第一卷

秘玺

赤州千百年来，凡建都称王者，必受命于三方传国玉玺：神玺、国玺、秘玺。若有一失，则为天命不授，必有倾覆之兆。

第一章
生辰

肖南回二十岁生辰这天，是很寻常的一天。

青怀侯府人丁稀少，统共也就那么几张面孔，热闹自然是没有的，不过老管事陈偲一大早就吩咐后厨做了她最爱的辣子宽面，等她一起身便送了过来。

按以往，她用过面后，将军便会送上礼物，逢战事的时候这礼物便是从军营里送出来的，若不然便是在府里的小院送。

她的生辰是四月初九，这是阙城茶梅开得最好的时候。在小院接了礼物，她便会说起城东永业寺的金茶梅开得盛极，邀请将军一同去赏。

将军会交代老管事备下马车，并言及傍晚时分回府用膳。将军不善饮酒，但这一晚的饭菜向来是要佐酒的。将军会要一坛梨花白，但她会悄悄吩咐换成云叶鲜。

云叶鲜味浓，不易喝醉，但将军仍是年年会醉，醉后拉着她在月光下说些什么，直到她吩咐老管事将人扶下去安置，这一天就算是过完了。

肖南回睁开眼，头顶上那缠枝纹的帷幔看起来都活泛了不少，透着一股生机勃发。

自十四年前来到青怀侯府，每一年的生辰她都是这么过的。这么多年了，她还是这么期待这一天。

等到这一天结束的时候，她会开始新的倒数，期望来年这一天的到来。

如果可以，她希望这样的岁月一直如此下去。

深吸一口气，她掀开被子从床上爬了起来。

伯劳那丫头向来不会起这么早，不到日上三竿断不会爬起来。府上没多少丫鬟奴仆，洗漱更衣她都是一个人解决，这么多年也早就习惯了。

今年的夏天似乎来得比往年都要早，天气暖和得令人昏昏欲睡。肖南回心满意足地吸溜着面条，时不时瞄一眼门口的方向，心下寻思着为何还未看到杜鹃的影子。

杜鹃是肖准的大丫鬟，性子比伯劳不知好多少，侯府里大事小事她都理得清，也算得上半个管事。

往常这时候，杜鹃便会带着礼物来找她。

一走神，辣子呛进嗓子眼，她咳了起来，抓起一旁的茶壶猛灌几口水，泪光模糊中看见一个影子从远处走了过来，却不是女子身段。

老管事陈偲快步从庭院那头走过来，匆匆行个礼，低声道："侯爷传话来，说是圣上一早召见，让小姐不必等。又说营里的事今日歇一天，小姐不必过去，可自行安排。"

左一个"不必"，又一个"不必"，肖南回压下嗓子里的咳意，连带着把疑惑也咽回肚子里："多谢陈叔，我用过膳后去趟燕扶街，义父若回来了，你便差人去唤我。"

陈偲颔首退下，肖南回盯着面前还冒着热气的半碗面条，突然间就没了食欲。

每年她最喜欢的这幕戏，没按照老话本走啊。

第二章

风起

春末夏初，日光暖洋洋的，舒服得让人生不出干活的力气。

肖南回在大街上百无聊赖地闲逛着，今天不是什么佳节吉日，街上除了惯常做生意的贩子，人并不是很多。

她左看右看，只挑了几个蜜橘用纸包好，便向燕扶街走去。

她的朋友本来就不多，更没什么闺中密友。

她刚满十岁那年，青怀侯架不住都城里显贵人家的好奇心，带着她去参加了烜远王家小公子的生辰宴。烜远王府后花园里，一众粉雕玉琢的小娃娃学着大人模样品茶赏花、投壶下棋。可惜她样样不懂，只能在远处木讷地站着。

结果不知从哪儿钻出个男娃娃，摘花“调戏”太常卿之女，本是“打情骂俏”，却被她看成“欺男霸女”，一个弓步出拳，将他——烜远王家的小公子——打掉一颗门牙。

从那件事起，肖准便不太带她去这种场合了。

自然而然，她也再没什么机会接触那些闺阁中的大小姐了。

起初她是有些委屈的，但小孩子心性转得快，渐渐便也乐得如此，那些教她打拳的师父好打交道得多，就连照看马匹的马夫看着都比那天花园里的人顺眼。时间久了，她对世家公子小姐的印象便停留在那日烜远王府的后花园，日后只要看到华服公子、美衣少妇，她便会由心底生出一股敬而远之之意，想克制都难。

练拳练枪练骑射，她的日子繁忙得很，闲暇时间本就不多，其实也很好打发的。

前几年跟着肖准四处奔波，她在军营混到了队正的位置。她做官的心气本就不高，作为一名女武将，她已经十分满足了。只是一有官职在身，就算没有战事，她也要时不时地往城北外的营里跑上一遭，上一次来燕扶街找姚易已是三个月前的事了。

姚易是望尘楼的管事，望尘楼是燕扶街有名的花楼，里面的名妓名倌艳绝天下。

要说这望尘楼的创建者，也是个随性之人，自第一家望尘楼在赤州立起来，楼里排在第一的规矩便定下了，即楼中人皆不必画押卖身，做事全凭自愿。客多的每月可多分金银，客少的便自付开销，日子久了留下的都是有些本事的。

楼中人没有被逼迫得强颜欢笑，客人也玩得格外尽兴，望尘楼确实是名副其实的销魂窟、忘忧林。

方便起见，肖南回穿了男装，她容貌不似一般女子柔媚，身量又高，倒不须多加修饰。

此时还不是花楼最热闹的时候，美人们都还在帐子里补眠，楼里都是些洒扫仆役，忙着清理春宵一夜留下的狼藉。

她打正门走进场的时候，倒是也没人拦她，大家忙着各自的事情，眼都懒得抬。

她四处张望着，在忙碌的人群中寻找着那个最忙碌的身影："姚易！"

不远处的柜台后，一身长袍的年轻男子转过头来，一张圆脸上嵌了一双充满怨念的小眼睛，眼珠滴溜溜转了转，最终目光落在门口的女人身上。

肖南回挥动手臂，笑得露出一口白牙。

望尘楼后院的偏房里，摘下的鲜花被分类堆在各处，等着用作楼里美人们的点缀之物。她对花粉有些敏感，连着打了几个喷嚏："你这账房就不能换个地方？"

姚易面前摊着五六摞账本，一手打着算盘，一手给自己倒了杯凉茶："什么事？说完赶紧腾地，我这儿忙得很。"

她早就习惯姚易这敷衍的态度，解开皮绳打开纸包，露出里面黄澄澄的橘子："没事，正好得空，就来看看你。"

姚易看一眼橘子，算盘依旧噼里啪啦响个不停："我怎么不信呢？是不是营里那帮土鳖又给你气受了，你斗不过他们才跑到我这儿发牢骚来了？"

姚易虽是个奸商，但喜欢自诩读书人，十分瞧不起肖准营里那些动不动就挥拳头的粗人。肖南回小时候跟着肖准在营里，一开始没少受那些人欺负，起先也哭过鼻子，后来便慢慢好起来了，偶尔帮肖准去营里办些事情，都还顺利。

"我没去营里。今天是我生辰。"

"生辰？"姚易手上的算盘终于停了下来，似乎总算想起还有这档子事，他打量着她，直把她看得有几分不自在，"生辰，你不和肖准过，跑到我这里来做什么？"

她一副不太在意的样子："哦，他有事进宫去了。"

"以往不都告假吗？"

"可能用不了多久，等下便回来了。"

"几时去的？"

"寅时刚过。"

姚易冷笑。

她有些不快："说不定是有要紧事呢？"

姚易挑挑眉毛："是，是，一定是要紧事。"

斟酌片刻，她还是开口问道："话说回来，近来宫中可有些不寻常的消息？"

原来是找他问这个。

姚易翻个白眼，做作地哼唧两声："你当我这儿是什么地方？宫里有什么消息，我怎么会知道？"

听这语气，他便是知道了。

她吸一口气，抓着屁股下面的软垫往近前挪了挪："当真不知？"

姚易使劲将头扭到一边："不知不知。"

她在他耳边叹息："好吧。只是可惜了我那千辛万苦从北郅带回来的蕈子，这天眼看就要热起来了，放怕是放不住了，勉强喂了吉祥算了……"

吉祥是肖南回的坐骑，一匹花斑杂毛、爱吃蘑菇的马。

姚易几乎是从原地蹿了起来，矫健得让人觉得他能一鼓作气从屋顶钻个洞出去："肖南回！你个败家子！我这么大一个活人，还不如它一只长蹄子的畜生？！"

有时候，肖南回觉得姚易和吉祥挺像的，长得丑，脾气不好，还挑嘴得很，不是最鲜的蘑菇，入不了口，但是你要真有用到它的时候，它还挺靠得住。

姚易的鼻孔还在喷着气，她赶紧笑嘻嘻地把他拉回软垫上："它怎么能和你比呢？那蕈子，我特意找人凿了冰镇起来了，要不……明天就给你送过来？"

姚易一把抓起桌上的蜜橘，剥开，狠狠地往嘴里塞了七八瓣："明天？"

她连忙表决心："今天今天，一会儿我回府就让人给你送过来。嗯……"她沉吟一番，总归是绕不开正经事，"那姚兄可有什么要和我分享的？"

姚易嘴里的橘子将将咽下去，他嘬一口茶，随后勾了勾手指。

她会意，赶忙凑近些。

姚易压低嗓子，慢悠悠地开口道："晚城瞿氏，你可听说过？"

她一脸茫然："瞿氏？哪个瞿氏？"

姚易语带嫌弃："你再窝在那军营里怕是要傻了。步虚谷，你总该知道吧？"

这一提，肖南回才恍然大悟。

晚城地处赤州西南，是座千年古城，整个城池，山环水抱，传闻城外正西方得一幽僻之所，非其家族中人不得出入，便是步虚谷。

千百年来，步虚谷净出奇人异士，至今晚城地界仍流传着其家族的传说。肖南回随军走南闯北，自然是听说过一些的。

她点点头，不甘心就这样被扣上傻子的帽子，半张着嘴，使劲思考了一番："你是说，宫里如今不太平和这瞿氏有关？"

"谁知道呢？"姚易不置可否，只扒拉着算盘上的一颗白珠，似乎是在闲话往事，"只传闻，当年可兴覆天下的瞿氏也是从步虚谷走出来的。但自天成以来，已有多年未曾听闻过这个姓氏了，如今他们突然出现，怕不是什么好事。"

三百年前，赤州大陆出了个瞿氏。瞿氏一门最兴旺的时候也不过十数人，但就是这十数人，兴了一个王朝，也覆了一个王朝。

传说瞿氏出奇人，家族中人血脉相连，一人精进，余者皆然。彼时江山还姓裘，昊帝裘止越重用瞿氏为皇家掌管秘事，虽无官职，却形同重臣，此后一直沿袭至王朝覆灭。

裘氏的江山是瞿家人帮着打点的，也是瞿家人断送的，只是究竟如何断送的却也不得而知。史书残卷有评："有西南瞿氏，自谷中来。彼时救世之神，此时灭世之魔。无常也。"

这般的存在，自古以来都是君王既偏爱又忌惮的。

姚易颇有说书的天赋，今日却显然不愿再多说，只低声道："半月前，霍州穆尔赫有人出高价找瞿氏后人鉴玉。如今半月过去，也不知是否有人回应。"

言毕，姚易便低头继续算账。肖南回知道对方不会再多说，便自己寻思起来。

霍州、玉、瞿氏后人，这三者之间到底有何潜在联系，使得那高高在上的君王竟有些坐不住了，连召重臣进宫议事。难道是……

她脑海中一闪而过一个模糊的想法，随即自己都觉得有些不可思议。

昔日瞿氏为皇家掌管的秘密事务中，有一项便是保管传国玉玺。而涅泫王朝覆灭后，三方玉玺中的一方始终下落不明，最后出现的地方便是霍州北部的穆尔赫附近。

这些年关于这方玉玺的传闻从未断过，但大都是捕风捉影。她不是个喜欢闲听野史的人，却独独对这件事有所关注，只因为这方玉玺关系着肖家的一段往事。

那厢姚易虽然头都没抬，但像是知道她在想什么，不客气地开口道："把你心里盘算的那点儿事赶紧给我放一放，有些事情不是你一人之力可以查清的。"

她不死心，小声道："可是……"

肖南回什么都好，就是有点儿死心眼。

姚易直觉以为快要压不住自己的脾气："肖家上下七十九条人命，独独留了肖准一人。你说，动手的人为何放过他？"

她没想到姚易会如此轻易地将那么忌讳的事说出来，一时愣了愣，半晌才开口道："许是因为他不知情。"

"是，因为他不知情。你说，如果他现在知道了，那些人会放过他、放过侯府吗？"

她沉默了。

姚易微微叹了口气，不再多说。

偏房里一时只剩下算盘噼里啪啦的声响。

第三章

永业

从望尘楼出来，肖南回心事重重，莫名有些烦闷。

姚易说的道理，她并非不懂，有些旧事并非无迹可查，只是不能查。那是疮疤，揭开是要流血的。

肖准也是因为深知如此，才几乎从不在她面前提起那些往事吧。

她自认了解肖准的脾性，沙场出身的人刚正有余而柔韧不足，她自己就是这样。她是肖准教出来的，肖准也差不多是这样。

只是朝堂之上何尝不是另一片沙场，没刀没枪，也看不见一招一式，但等到回合结束，便会有人被斩落马下。结果都是一样的。

肖准不适合那样的战场，肖南回明白，但因为帮不上忙，只能独自心焦。

转眼已是正午时分，不知怎的，刚刚还艳阳高照的天突然就阴沉起来。肖南回眯眼望去，只见一片黑压压的云从远方飘来。

这阙城四月的天，真是说变就变呢。

陈叔还未派人来唤，肖准怕是一时半刻不会回府了，她若想去永业寺祈愿，现下便要出城，否则城门关闭前就回不来了。算了，一个人也还是要去的。

她今年的生辰愿望，是希望肖准平平安安。其实从她来到侯府的那日起，她的每一个生辰都只有这一个愿望。过往的每一年，它都实现了。所以她私以为那山里的破庙还是有些灵验的，至少至今为止都是如此。

今年的开端不是很好，但总会有个美满结尾的，对吧?

永业寺坐落在阙城城东三十里处的枢夕山上，寺庙虽小，香客却不少。

相传建寺之时，寺名本为永邺。永邺是古时地名，寺建于此，故取同名。

可自从寺庙落成以来，永邺便灾难连连。先是数月的水患冲垮了山下的村庄，然后便是亢旱三年，紧接着赤州动乱，连年战火，永邺寺的山门遭山石砸落，塌了一半，原本石刻上的“永邺”二字损毁后只剩“永业”。寺中住持觉得这许是天意，便不再让人修复，只重建了寺门。

永郸寺变成了永业寺。也是奇了怪了，自此以后永郸一地再无灾害，寺庙内虽无高僧坐镇，却非常灵验，只是这灵验不在祈福，而在避祸。简而言之，若是有人觉得自己恐有祸事上身，便来永业寺祈求庇佑，只需三炷香和一点儿香火钱，便能逢凶化吉、转危为安。如此灵寺，即便藏在深山之中，香客也是往来不断的。

上香赶早不赶晚，像肖南回今日这般晌午过后才进山的并不多。

洒扫的小僧帮忙牵着吉祥拴在一旁。那里除了几匹马，还停着一辆马车，肖南回瞄了一眼没太在意，急匆匆地拾级而上，向寺内走去。

天色依旧阴沉，院内一簇簇金色花朵虽然开得正好，却因为没有阳光的照拂而少了几分光彩。这寺不似其他寺院喜植松柏，而是留了选址时便有的金茶梅。茶梅本就难养，金色茶梅更是难得，但永业寺的水土十分适宜茶梅生长，不须费心打理，也年年花香满园。

她左看看右看看，眼里也有欢喜，但一想到肖准不在，便又觉得少了些乐趣。

暗自叹了口气，她径直向大殿走去。

西南边飘来的那片乌云似乎又近了不少，正压在殿门的飞檐之上，没来由地让人生出一种压抑感。远远地，肖南回便注意到殿门口站了个人，那人一身青衣，负手而立。她眼尖地看到对方微微侧身，将腰上佩着的长刀掩到身体的另一侧去。

收回目光，她心下也没太多计较。阙城是皇城，有的是身份显赫的人，有些世家出门并不愿意彰显身份，因此都会尽量低调，甚至避开佩戴可以识别自己身份的东西。但永业寺地处偏僻，谨慎些的带了护卫随行也并不奇怪。

肖南回脑袋里想着，已和那人擦身而过。

殿内悬挂的幢幡挡住了光线，四周暗了暗，一阵阴气袭来。许是外面的花香太过清甜，衬得这殿内雨前返潮的空气中似乎弥漫着一股苦味。

她适应了一下光线，径直走到那半新不旧的蒲团前，拿起素帕擦了擦手，然后点上三炷香。

掺了麝香和雪莲的古香气味辛暖，中和了先前的苦味，肖南回深吸一口气，低声念叨保平安的话。

远处厢房那断断续续敲打木鱼的声音已停了下来，寂静的大殿内一时只剩她的低语。

她从战事开始念起，又念到肖准手下的将领们，最后念到侯府和肖准。不知过了多久，她举着香的手一抖，半截香灰落在手上，有些烫。她细细想了想，觉得没有漏下的，便恭敬地低头三拜，将香插入炉中后又俯身叩首。

做完这一切，她站起身来，不知怎的就看到了香案旁摆着的签筒，一时顿住了。

如今天下人拜神者寡，而礼佛者众，要说心底有几分信，肖南回自己也说不准。但每每出征前，肖准都要为军中将士拜一遍，久而久之，她也觉得这是必要的。但求签问卦的事，她从没干过。

她不懂定数天理，只知道人各有命，且命之一字，越算越薄。她自认是福薄之人，经不起这一算。但今天不知怎的，姚易说的话一直萦绕在她脑子里，刚刚她一看到那签筒，那些话便又冒了出来："你说，如果他现在知道了，那些人会放过他、放过侯府吗？"

如今的肖准早已不是当初那个孤苦无依的少年。但世事无常，肖家发生的一切就是一场活生生的劝诫。如果人能对无常有所预见，是不是就能避免所谓的无常了呢？

肖南回不知道，但等她反应过来，签筒已经握在手中了。

八角形的木筒外层被磨得发亮，一百支签拢在其中，沉甸甸的。

她闭上眼，一边默念一边摇动签筒。

哗啦啦，哗啦啦。

一支纤细的竹签从签筒里蹿了出来，她没注意，仍用力摇着。等她有所察觉，睁开眼时，那支签已嗖地飞了出去。

她叹口气，有些哭笑不得。

大殿内供奉的佛像两旁挂着直达藻井的巨大幢幡，幢幡离地面几寸高，刚好有条缝隙，她的那支签便从那缝隙穿了过去，落在不远处。

此处是永业寺的大殿，佛像后的念经台是绝不允许外人进入的。肖南回伸长手臂去够那支签，却总是差一点儿。

突然，大殿深处传来一阵十分轻的脚步声。

她动作一僵，没想到这大殿里除她之外，竟然还有别人。难道是住持一空法师？还是看殿的师父？但以往若是有僧人在殿内，香客来上香时，僧人便会主动上前帮忙诵上几段经文。或许只是个刚上殿的小僧？

她微微低下身，透过幢幡下的那道缝隙向深处望去。

晦暗的光线中，隐隐能见一双靴子由远及近，停在离她几步远的地方，随后一只戴着佛珠的修长的手将那支竹签捡了起来。

那靴子绝不是寺庙中修行之人穿的鞋子，但那佛珠是只有修行之人才能有的稀罕成色。

压下疑惑，肖南回还是客气道："不知师父在此，多有打扰。"

半晌，一个声音隔着帘子响起："无妨。"

短短两个字，却让她一愣。

这个声音太年轻了，无论如何也让人无法联想到那些枯坐念经的老僧。可若说年轻，这声音中又透着一股无悲无喜，像是得道高僧一般平静无波，让人摸不着情绪。

还没等她反应过来，那个声音又响起："施主求签所问何事？"

她犹疑片刻，还是照实回答道："问家中亲人是否平安。"

幢幡后平静了片刻。

"你既已求平安，便不必再问。求了又问，实是不信。"

她一窘，知道对方听见了自己方才的念叨，但也觉得对方说得有道理。

一只手从幢幡下伸出，拈着那支签准确投回签筒中，快到她来不及看清是哪支签。

"施主亲自登山门拜访，为何只问他人，不问自己？"

她思索一番，老实答道："我不知道要问什么。"

肖南回人生在世二十年，六岁前只求平安活命，六岁后的平安都是肖准给的，她便为肖准求平安。至于她自己，她不知道自己还需要什么。

幢幡后的人似乎并不惊讶，只淡淡道："商贾问财运，病患问疾厄，官宦问仕途，女子问姻缘。"

姻缘。她的姻缘……会是肖准吗？今天是她的生辰，她以前没奢求过什么特别的东西，但今天似乎有些不一样。

人总是这样，自己都给不了答案的问题，却期望神佛能够回答。

肖南回犹豫片刻，再次拿起那个签筒小心地晃动。过了许久，才有一支签掉出来。

她瞄了一眼。

四十九。四月初九，她的生辰。

掷出筊杯，一正一反。

签成。

幢幡后的人伸手拿起那支竹签，似乎端详了一会儿，她心跳得有些快。

片刻后，一张薄薄的签文纸从幢幡下递了过来。

肖南回伸手接过，心里咯噔一下。签文纸正中央的是三个字"下下签"，下面是四句签文："遥望山间一盏灯，四下临渊路难见。欲探灯下影中人，却逢风起云遮月。"

她的手指尖有些泛白，柔软的签文纸在她手中起了皱。

"不知施主刚刚所问何事？"

她涩然开口："姻缘。"

"施主姻缘坎坷。"

这还用他说？她莫名就觉得胸口翻涌起一股浊气。

若不是这人挑唆，或许她根本就不会求这支签。

肖南回当下对幢幡后的那人便不想搭理了，全然将礼佛时应有的敬畏心抛到了脑后。她起身理了理衣服，将蒲团放回原位，留下一点儿香火钱便欲离开。

谁知那幢幡后的声音突然响起，竟还带着点儿笑意：“施主可知绝处逢生的道理？”

那道古井无波的声音终于有了点儿人情味，但她半点儿不觉得开心：“师父有何见解？还请一次说个明白。”

那声音再次恢复了平静：“昔日永邺寺无福，却偏要求福，最终落入绝境，一朝醒悟，改为消业，便得重生。施主姻缘亦是如此。”

她没再回应，将那签文纸揉成团，胡乱往袖中一塞，快步向外走去。

殿门前那佩刀的男子正抱臂打量着她，肖南回脚下生风，压根懒得理会。院子里的金茶梅被她疾行而过时带起的风吹得摇摇晃晃，落下细碎的花瓣，似是叹息。

纵马离开山门的时候，她忍不住又回头看了看那石梁上破败的匾额。

永业。业，业障也。

之前她没觉得，现在真是怎么看怎么觉得晦气。

她赶紧摸了两把吉祥的屁股，安慰自己放宽心，随后从衣袖里掏出那团签文纸，恶狠狠地撕成几片，扔进草丛。

第四章

肖准

青怀侯肖准十七岁封侯，十八岁开府，二十岁获封骠骑大将军，掌肃北营三十万兵马，十九岁后未闻败仗。

这样的男子便是天成开国至今也是少有，却不知他为何迟迟未娶妻。将军带兵打仗一去少则数月，多则数年，阙城本就不是他经常驻扎的地方，因此就连见过他样貌的女子都少之又少。民间多有猜测：许是那青怀侯样貌不甚讨喜，这才迟迟没有世家女子愿意嫁作新妇。

可那些真见过肖准其人的少数派却据理力争，称其面若冠玉，是个实实在在的美男子。于是传言又向另一个方向靠拢：青怀侯年少便上沙场，青萍渡一战成名之时曾身中数箭，会不会有那么一支箭好死不死地插在了不该插的地方？

“若真是如此，那肖家岂不是要绝后了？”正听得聚精会神的食客吐出一枚瓜子壳，实在忍不住提出了自己的疑问。

他面前那个人正说得口干舌燥，正好有人打岔，便赶紧饮下一杯酒润润喉：“你说得没错，虽说如今那侯府里也有一位，但不管怎么说，都是个女娃娃，据说还是从路边捡来的。”

桌子那头的另一个人显然已经醉得有些迷糊，一开口，舌头都有些打结：“要我说，这事也不能全怪在这侯爷头上。要怪就怪肖家命数不好，你说，若是朔亲王还在，肖家又怎么会……”

嗑瓜子的那个人一把捂住那酒鬼的嘴巴，脸上冷汗涔涔。他四处看看，好在正是吃饭的时候，酒楼内人声喧闹，压根没人注意到角落里一个酒鬼说的话。

之前说得最起劲的那个人也哑了，缩了缩脖子，低头嘟囔道：“喝酒误事，喝酒误事……”他边念叨着边走到窗户跟前支起窗子，让夜晚的冷风灌进来些，散散屋内的酒气。

暖暖的灯火顺着那扇木头小窗倾泻到夜色中，照亮了方寸的墙根，还有一双毛茸茸、生着几撮杂毛的耳朵。

那双耳朵抖了抖，似是有些不耐烦。

黑暗中终于传来女子低低的声音："走吧，吉祥。"

虽说占着阙城最好的地段，青怀侯府一到了晚上仍显得分外冷清，深宅大院的墙根附近听不到里面半点儿人声和热闹。

陈偲就站在一盏长明灯笼下，来帮肖南回牵马。院子里站着穿着一袭粉袄的娇俏女子，听闻动静连忙过来迎她进门。

"怎么这么晚才回来？晚膳可用了？我听陈叔说你早上便吃得不多，瞧我准备的那一桌子菜，竟是生生放冷掉了。"

肖南回瞧出那张脸上毫不掩饰的关心和埋怨，心中总算暖了暖："杜鹃姐辛苦了，我倒是吃过了，你和陈叔也快些吃吧，以后莫要等我到这个时辰了。"她停了停，想起什么，又四处看看，"义父还没回来？"

杜鹃有些尴尬地点点头："不过应该快了，总不会宿在外面。"

不说还好，一说她的心又提了起来，早知道方才回城的时候，她就该绕去昱坤街看一眼。

"旧府那边可去看过了？"

杜鹃知道肖南回的担忧："天黑前才派人去看过，确实是还没从宫里出来。"

肖南回松了口气，这才想起来答应姚易的事情，连忙吩咐道："我上次带回来的那些蕈子，赶紧托人送去望尘楼。"

杜鹃不知其中原委，挑挑眉，甚是不满："急什么？都这么晚了。姚易那馋鬼难不成还要怪罪你送礼送晚了？"

肖南回只得讪笑："本就是带给他的，再压着都要捂坏了。"

杜鹃性子耿直，瞧不惯姚易阴阳怪气的样子，自作主张地念叨着："还是不要都给他，留下一半给吉祥好了。"

肖南回哭笑不得，折腾一天，身上的疲惫渐渐涌上来："他嘴挑，千万留些好的。义父若是回来了，你告诉他我在后院等他。"说完，她打着哈欠径直向后院走去。

她身后，杜鹃微微张了张嘴，眼神有些复杂。

侯府后院因为鲜少人来而显得有些荒凉，院里除了一些石凳石桌，就是建府时便有的花草，没什么名贵品种。肖南回不会伺候这些，杜鹃和陈叔也无暇顾及，时间长了便只有土生土长的野花野草活得最好，年年入春倒也有几分生机。

肖南回换了套干净衣裳走到院子中，左看看右瞧瞧。

今夜分外安静，寒气还有些，那些聒噪的小虫还没来得及钻出土壤，院子里只能听闻些许细微声响，像是晚风摩擦树叶的沙沙声，又或许是屋瓦间发出的吱嘎声。

肖南回听了片刻，也听不出所以然，干脆躺在石凳上，抬眼数头顶那棵老树藤上开出的花，数完花便数花苞，数完花苞便数叶子。

从前肖准教她锻炼目力，便是站在烈日下数叶子。

阳光常常晃花她的眼，以致对方在她耳畔说话时，她也以为是阳光晃乱了她的心。

当年热烈、涣散、令人窒息的空气，和今晚清冷的气息全然不同。但肖南回觉得，如果肖准此时在她身旁，那些晦暗的星光也能像骄阳一样令她心盲。

街角打更人的声音隔墙传来，她翻了个身，趴在石凳上。

她已经看不清叶子了，肖准还是没有回来。

墙头上传来一阵细微的声响，冒出个扎着翠绿丝带的脑袋瓜。那“脑袋瓜”一边啄着手里的葡萄，一边吐着葡萄籽。米粒大的葡萄籽落在地上，发出嗒嗒的声音。

肖南回皱着眉头忍了一会儿，实在受不了了，随手抓起地上的一颗石子就扔了过去。

石子带着十成的力道，又快又准地飞向那脑袋瓜。可那脑袋瓜却比石子还快，轻轻一歪，便躲开了。

她头也没回，抬手又是一丢。

这一次的石子飞得更快，却不是奔着那脑袋瓜去的，而是那串葡萄。

那脑袋瓜没反应过来，手里的葡萄啪的一声掉在墙根。

“那可是当今圣上赏给侯爷的，你居然敢让它吃灰！”

那脑袋瓜的主人站上墙头，一身红袄子配着头上的绿头绳真是分外扎眼，明明是个身材娇小的女子，却顶着一张长着浓眉大眼的脸，跋扈的神态中带着几分喜感。

肖南回掏掏耳朵，又捡了颗石子，拿在手里颠着：“你眼里可还有侯爷？居然敢偷吃他的葡萄。”

娇小身影叉着腰，底气十足：“哪有偷吃？那是侯爷赏我的，杜鹃姐亲自给我端来的呢。”

“那是为何事赏你啊？”

“是为……因为……”那墙头上的声音渐渐小了下去。

“也不知是哪家尽忠职守的丫头：主子起了，她还未起；主子用膳前，她先尝鲜；主子一要出门，她就不见人影；主子回来，她还是不见人影。你说，杜鹃要是知道——”

“你敢？！”

肖南回没说话，笑嘻嘻地看着对方。

真是一物降一物。杜鹃那张嘴要是数落起人来，可比刀子割肉还令人难受。

"绿头绳"有几分彷徨："……你不能告诉杜鹃，你要是告诉她，我就不帮你去看黛姨了。"

黛姨是肖准的姑姑，因为总有些神志昏乱，一直被安置在偏院静养，平日甚少见人。

肖南回收了笑："今日去看过她了？可有说什么？"

对方摸了摸脑袋上的头绳："左右还是那些话呗。她织了新的带子，送给我做头绳了。"说完，她似乎想起刚刚还在和肖南回斗嘴，连忙找回气势，"我是瞧你可怜才过来看看的，你竟用石头丢我，恩将仇报……"

肖南回是真的有些不耐烦了，今天一天的事情搅得她的心格外乱："伯劳，趁我叫杜鹃之前，你最好自己消失。"

伯劳缩了缩脑袋，嚣张地哼了一声，从墙头缩了回去。

肖南回竖着耳朵听了一会儿，确定对方走远了，才从石凳上坐起来，正准备起身活动活动僵硬的手脚，抬眼便看见院门口站着人。

她是习武之人，对人吐纳的气息最为敏感。只有少数功力极深厚的人才能令她毫无察觉，比如肖准。

晌午时的那片乌云已经飘到阙城上方，今夜没有月亮，但肖南回并没有点灯。即便如此，她还是能看见那熟悉的轮廓向自己走来。

肖准的长相英武，但不像寻常武将，眉峰与唇角皆飞扬、肆意，却不无威严、端正，倒似江湖侠隐，唯有双目神韵内敛，添了几分稳重。今天，这双眸子中多了些疲惫，令她有些心疼。

"义父。"

肖准笑了笑，神色柔和了些，他从袖中取出一个方形的盒子递给对方："今早出去得匆忙，想着半日便能回来，于是便带着走了。谁承想居然都这时辰了。"

盒子是铜打的，肖南回拂过上面的花纹时，指尖都是肖准的体温。

锁扣咔嗒一声打开，盒子里静静躺着一枚莹白的扳指，细看上面还有细密的纹路和孔隙，应是某种兽骨制成，但打磨得十分光滑，一眼看去仿佛玉质的。

她小心地戴上，竟然刚刚好。

"你现在用的那枚磨损得太厉害了，这是白犀角制成的，耐磨些，还能驱邪、保平安。"

她上次拉弓还是半月前的事，没想到对方还记得。

肖南回嘴角的笑压都压不住："谢谢义父。"

"对了，我听杜鹃说，你白日里自己去了永业寺，可是去求平安符了？"

每年她生辰都会从庙里求些平安符，带回送给营里的将士，保佑他们征战能够平安归来。

现下肖准说起，她这才想起来，白日里在那永业寺光顾着置气，竟把这事忘了，下意识开口道："本来是要的，结果光顾着求签的事，就给忘了。我再寻时间去一趟好了。"

"求签？"肖准微微扬了扬眉，"求了何签？"

肖南回一怔，随即脸上有些发烫："就……随意求了个签。"

对方打量着她，脸上带了笑意："随意求的签，还能让你忘了平安符的事？莫不是问的姻缘？"

她觉得好似被人当胸射了一箭，心跳都漏了几拍。

夜色下的肖准轮廓柔和了不少，像是在模糊他们之间那道跨不过去的界限。

她终于鼓足勇气开口道："我问的是关于义父的事。"

肖准脸上的笑停住，眼中再次被那层疲惫笼罩。她瞧见了，也泄了气般再次低下头去。

气氛一时尴尬，而最近这样的尴尬在他俩之间越发多了。

她生怕对方再开口说些自己害怕听到的话，连忙将当下这话头岔开："陛下找义父可是和秘玺之事有关？"

这话倒是缓解了尴尬，却也把肖准惊了惊："你是如何知道的？"他复又想到什么，眉间轻蹙，"可是姚易又同你说了什么？他倒是个不怕死的，你可不要跟着做了糊涂事。"

肖南回知道肖准向来不喜欢自己往姚易那里跑，大抵是因为姚易的身份，他终究是在那烟花之地讨营生的人。

"没有，他不愿说，是我一定要问的。"她停顿片刻才又说道，"他也没说那么详细，只提到瞿氏，我听闻事出霍州，便猜测是和秘玺有关。"

肖准神色有些复杂，似乎在斟酌如何说服她："南回，我不想你过多参与此事。"

肖南回没吭声，心里是"不答应"三个字。

从前年开始，肖准就忙得脚不点地，先是丘西水患需要人马筑堤，随后又是冢山剿匪，而后便是屯兵曲州。她随军帮衬，但也常常数月见不到他。这皇帝不知在想什么，把他一个大将军当杂役驱使，明知肖准心系碧疆之乱，却从来闭口不提收复之事。

"南回。"

对方轻声唤她，她赶忙抬起头："知道了，义父，听闻月前纪州岭西藩王有异动，或许对我们而言是个机会，义父可趁机向陛下提议。"

碧疆就在纪州西南，藩王有异的背后怕是有人别有用心。

"嗯。"肖准只应了一声，没再多说，或许是已经提过，但上面那位无动于衷罢了。

肖南回眼里的光闪了闪，随即平静下来。她看着对方眉间那道因为忧虑刻下的皱纹，脸上露出笑意："无论如何，南回都愿助义父一臂之力。"

肖准眉眼缓和下来，神情也柔软许多，斟酌片刻才开口道："这些年不甚太平，若有战事，或许又要耗得一年半载，待到明年你便二十有一，若是有合适的人家——"

她脸色变了变，连忙开口："军中事务繁忙，我还想多帮义父几年。"

肖准颇无奈："前年、去年你便这么说，难不成要到我这个年纪，成天仍和将士兵卒混在一起？"

不是的……肖南回默然。她想和他在一起。

"将士兵卒没什么不好，强过那些搅弄风云的术士大夫。义父若是一定要选，便在军中选个人吧。南回一切听从安排。"

对方细细打量她的脸色："当真？"

肖南回轻轻点头："当真。"

她的心思一点儿也不难拿捏，几分真几分假都摆在脸上。肖准又不眼盲，当然看得见，但当下只能装作没看见。

天空中积聚多时的乌云此时翻涌起来，一阵闷雷声传来，眼看便要落雨。

"此事我会留心。陛下催促我将曲州新的布阵图呈上，我……"

肖南回心里把那劳什子皇帝又鞭笞唾骂一番，笑中滴着血："义父快去忙吧，布阵图岂是一日可成？做不完便明天再做，切莫贪黑。"

她说罢便行礼退下，将将快出小院的门时，肖准唤了一声："南回。"

她转身，感觉到雨滴落在脸上。

肖准的脸在未点灯的院落中如一团黑漆漆的影子："生辰快乐。"

她没把持住，笑了笑。

但可惜啊可惜，天色这么黑，他们谁也看不清对方的脸。

第五章

君心（上）

天成皇宫建于前朝皇宫旧址之上，去旧立新，已看不出原本的模样，只保留了三重宫墙，从阙城外的山上望去，好似三个同心相套的环。

宫中正殿为元明殿，大殿前铺设光明甬道，晨起百官朝圣时如踏天路之上。

只是这殿中却无“光明”可言，元明殿呈狭长的长方形，迈入大殿后要行百步才能行至御前，而这百步的距离既无侧窗也无天光，只有明珠照亮，无论日夜都晦暗如梦境，在其中待得久了，便会忘却日夜更迭。

于是应群臣要求，宫中内侍便在大殿正中放置了一座巨大的青铜莲花刻漏。只是众人未曾想过，当今圣上心思难测、吝于言辞，每当大殿之上无人言语时，那刻漏滴答作响的声音便如催命的念咒声，简直令人毛骨悚然。

现下便是这番光景。

滴答，滴答。刻漏的声音在偌大的元明殿内回响，同殿外连绵不断的雨声交织在一起。朝臣百人立于殿上，仿佛泥俑一般，谁也不动弹，谁也不言语。

高阶之上端坐着的人也静默了许久，重重珠帘挡住了他的面容，也令他的视线更加难以捉摸。他像是这古老宫殿中供奉的一座石像，冰冷而令人敬畏。

终于，那道平静到毫无起伏的声音在大殿上响起，带着点儿许久未开口的沙哑：“诸卿何故沉默？可是孤强人所难？”

这何止是强人所难？简直就是强人所不能！

碧疆之乱已有十数年，新帝继位以来几乎从未提过收复之事，如今竟一开口便谈及三月之期，这不是要人命吗？

群臣腹诽，面上冷汗滑落，简直要和那刻漏声汇在一起。

这当中便只有站在最前方的那三人还能保持着面上毫无异色。肖准便是其中之一：“臣请一试。”

又是青怀侯啊！群臣微微松口气，随即又隐隐觉得不对。

果然，座上帝王悠悠开口道：“将军拳拳之心，孤感甚慰，只是京畿安宁还离不了将军。故此次平白氏乱贼，还须另寻他勇。”

安静终于被打破，群臣错愕，随即一片哗然。言三月碧疆归顺，却不准大将军出征？京畿安宁自有六军镇守，哪里用得着肖准这尊大佛，皇帝如此安排到底是何意？

“请陛下三思。”太尉徐友率先表态。

群臣附议。

烜远王夙彻就站在肖准身侧，此时倒是未说话。他身量颇高，看着比武将出身的肖准还要高些，须发已有些斑白，双目却依旧锐利。

“皇叔为何不语？可是有什么顾忌？”圣上眼神真好使，隔这么远还能一眼看到谁开口附和、谁没有。

夙彻上前一揖，沉沉地开口道：“臣以为，或许此时出兵实非上策。”

徐友这一听倒是来了精神，不赞同道：“下官不解烜远王此意。难不成我天成大军休养多年，还对抗不了他区区一方乱贼？”

烜远王面不改色：“徐太尉此言差矣，两方开战牵涉的绝不只是彼此，天成若能毫无后顾之忧，又怎会姑息碧疆之事多年？”

烜远王所说的便是肖准一直以来的顾虑。

天成王朝还未过百年，除去碧疆之患，看似再无外忧，实则多方受困。东有霍州沈氏盘踞地方，态度暧昧；北有格勒特高原，天高地远，鞭长莫及；西南纪州曾是最为稳妥的一块，却因邻境碧疆的陷落而岌岌可危。

白氏选择碧疆作为藏身之处，也是因为其广袤无边、地形复杂，大规模的军队进入其中，未必能讨得好处，若无准确情报，搜寻也会成为一大难题，最后难免会演化成拉锯战。而大军一旦开拔，后方都城必定空虚，到时候一点儿潜在危机都可能引起王朝动荡。

然而，这一点，当今圣上又怎会不知？

“皇叔所言极是，但不知有何妙计解此困局啊？”

烫手山芋又丢回烜远王手中，群臣事不关己，看起热闹来。

夙彻还未开口，另一个声音却响起：“臣以为，碧疆乱事非一日之祸患，平乱之事或该从长计议。”说话的是一名面白带须的老者，正是那当前站着的第三人——当今丞相柏兆予。

此话算是说出了群臣心声，大殿之上顿时一派“小鸡啄米”的景象。

帝王微微倾斜了身子，一手撑额，摆出一副玩味的姿态：“丞相所言差矣。自雨安之乱到逆贼白氏叛至碧疆，总共不过月余时间，如今孤给整整三个月，已是宽限了。”

这话听着便有几分耍无赖的意味了。

白氏叛逃虽花了不过月余时间，却是十几年前的事。先帝尚且无法，如今那逆贼已然休养多年，势必更加难以根除，自然不能当作小乱来算。然而皇帝要耍无赖，臣子又能说什么呢？说到底还不是这些年休养生息惯了，这忽然便要喊打喊杀的，任谁也有些缓不过劲来。

柏兆予年近古稀，说上几句便要咳上两声，瞧着像是一盏随时都会被风吹灭的油灯，可说出的话却硬朗得很："陛下所言乃是彼时光景，如今十数年过去，时局已大不同，当谨慎对待。"

老丞相的话音在空气中颤颤巍巍地扩散开来，像是一根羽毛，轻轻擦过座上那只猛虎的胡须。

众臣屏息以待，祈求速速过了今日这道坎。

慵懒的老虎终于抬了抬眼皮，似乎今日心情尚好，决定暂且放过座下这群战战兢兢的黄羊："孤也知众卿为难之处。"

群臣大松一口气，然而帝王下句话紧跟着而来："不如先做一月之期。一月后还望诸位爱卿各显神通、上奏良策，助我天成平此余乱。技穷力乏者，孤不勉强，便捐些粮草钱吧。"

言毕，座上人起身迤迤然离去，内侍高喊："退朝！"

这是赤裸裸的威胁啊。

群臣哀叹不已，只觉得往殿外走的脚步又沉了不少。

退朝的人群三三两两散开，文官武将们各怀心事，心知现下仍在宫里，不好明目张胆聚在一起议论什么，只擦肩而过时使着眼色，想来今晚城中茶楼雅间又要个个满席了。

肖准心中有事，脚下步伐越发快起来，等到行至元和殿门前，正碰上丞相柏兆予。

肖准挑了挑眉。他下朝后便直奔这里，天成皇宫内除送军报者，禁止跑跳奔袭，第一道宫墙内甚至严禁疾走，所以他只是走快些而已。但他到底是行伍出身，便是步子也比旁人迈得大些，没承想这老丞相的腿脚比看上去利落得多啊。

柏兆予抬眼看见肖准，随即又垂下眼帘，喘着喘着便咳嗽两声，身上那件厚重的朝服似乎快要压得他背过气去了。

肖准低头行礼道："见过柏丞相。"

柏兆予平息一番，也回礼道："大将军。"

肖准有两个称号，一是青怀侯，二是骠骑大将军。

但不论是公事相对还是私下里，朝中人都喜欢称他"青怀侯"，而不是"大将军"，毕竟侯爷位高一层，听起来也更气派。

只是这封号别人叫起来倒也还好，听在肖准耳朵里总是有些痛楚的。

青怀，怀青也。青，是已故朔亲王肖青的名讳。当初圣上赐封侯位时，也是花了一番心思的。

方才经历过元明殿上这一遭，柏兆予与他见面后便只称呼他大将军，而没有提起“青怀”二字，足以见得此人体察之入微、心思之细腻：“将军是来找陛下的？不知所为何事啊？”

肖准只顿了片刻，便如实答道：“为出兵碧疆一事而来。”

柏兆予这已经成了精的老狐狸，问也只是走个形式而已，八成早就猜到了他为何而来。

柏兆予轻咳一声，似笑非笑地看他一眼：“听闻将军昨日便曾为此事请见陛下，不知陛下可有当面召见你，与你共谋一二啊？”

肖准闻言愣住，随即陷入沉默。

他昨日寅时未过就进宫来，早朝过后便至元和殿外。同他一起前来的还有太尉徐友、护军都尉马孟仁，便是三人中随便一人，圣上焉有不见之理，何况三人同求？然而皇帝只召三人在偏殿等候，隔着帘子与三人待了一个时辰左右，大多数时间只是看他们三人辩论。

一个时辰后，皇帝便不再说话了，却留了他们三人在偏殿用膳。晌午过后，徐友与马孟仁便先后告辞，肖准不甘心，又留了片刻，谁知内侍竟端了个台子出来，说他若能解了那台子上的玲珑龛，皇帝便愿意当面同他一叙。

玲珑龛向来复杂多变，分外难解，他试到天色已黑仍未成功，请求将其带回府上琢磨，却被告知不得带离宫中，最后他只得作罢。

如今想来，定是皇帝有意刁难。

“不瞒丞相，陛下近来少有当面与我谈起平定之事，便是此次藩王有异，也未谈及出兵事宜。今日好不容易在朝堂之上提起，却又不准我带兵——”

“将军。”柏兆予轻声打断肖准，“将军所言，乃是圣上决断。既是决断，便自有其用意。为人臣子，最忌不信，君臣之间，最忌多疑。将军觉得可是如此啊？”

肖准看着老丞相亮闪闪的眼睛，一瞬间恍惚，仿佛眼前是昔日父亲劝诫自己时的情景，彼时他心高气傲，从来学不会低头。如今，他已变了许多。可只要牵扯到这件事，他仍是无法假装不在意：“丞相可知何为意难平？”

柏兆予暗暗叹口气，转瞬间已将目光收回：“将军心意便是阙城中随意一三岁小儿都知，圣上又怎会不知？将军之心不难揣测，但圣上之心难测，望将军自察。咳，老臣约了圣上下棋，将军可要一起啊？”

肖准又想起了昨日偏殿外的玲珑龛，心中有了自己的计较：“如此，便有劳丞相带路了。”

柏兆予看一眼身旁的男子，似是半点儿未察觉他的心思一般，笑呵呵地向前走去。

第六章

君心（下）

嗖！黑羽箭飞出，随后击在假山一块石头上，啪的一声掉落在地。伴随着箭矢落地的声音，还有一声充满不屑意味的嗤笑声。

伯劳就斜倚在那块假山石头上，手里捏着个桃子，怀里还揣着俩杏，活像个泼猴：“再这么射下去，箭头都要叫你磨平了。”

肖南回收了手中长弓，皱着眉头摆弄了一番大拇指上的新扳指：“一定是还未用顺手，拉弓还有些别扭。磨上几回定能成。”

伯劳一副实在看不下去的样子，翻身跳下来，随意捡起地上一支散落的箭，转身走向假山。

那假山很是嶙峋古怪，正中有一个极细小的孔洞，竖长约有一寸，但又极窄，像是开在这石头上的一处锁眼。

伯劳抓着箭便往那孔里塞，那箭将将进去半个箭头，便卡住动不了了：“你自己瞧瞧，塞都塞不进去，你还指望能拉弓将它射进去？”她说罢将手中的箭一扔，啃起手里的桃子，“侯爷那是想让你知难而退，你怎么如此固执？”

肖南回白她一眼：“义父同我说这事的时候你又没在场，你怎知他心思？”

还需她在场吗？事实就摆在眼前啊！伯劳一阵腹诽，到底还是没说出口。肖南回这死心眼的，她便是说了也是白搭。

肖南回确实没打算理会伯劳，自顾自地去捡地上散落的箭。

这是她和肖准之间的约定，旁人再怎么说，她向来不太放在心上。

小时候，肖准请人教她骑射，可那时她还小，身量还未长成，拉不开满弓，百步以外的靶子都射不中，为此她没少挨罚。

有一次，她在肖准的房间里见到一张十分漂亮的弓，看起来十分纤巧，便想拿来练手，却被肖准拒绝。

肖准告诉她，那不是一把能上战场的弓箭，长久练习只会消减力量，于她而言有害无益。

她有些沮丧，肖准见状便带她到了这座假山旁，并言，只要她能在百步之外将箭射进这个小孔，那张弓便可当作礼物送给她。

如今，距离那个约定已经过去十年，她仍时不时来这后院的假山前试练一番，只是这么多年了，她还是没能成功。

她将箭装进箭袋里，走近那个小孔，离近看了看。那上面有不少箭头撞击后留下的坑洼，看起来密密麻麻的一片。

有一瞬间，她心底某个角落突然响起一个声音：这些努力，肖准可曾看到？

“想通了？要不要我帮你把那个孔凿大一点儿？我估计侯爷根本瞧不出来——”伯劳话说一半，嘴便被圆溜溜的杏堵住了。

肖南回拍拍手，懒洋洋地看她一眼：“就不信这么大个杏都堵不住你的嘴。”说罢，她将手里的弓和箭袋一并扔给对方，“我要去看黛姨了。东西给我放回房里。”

伯劳将嘴里的杏吐出来，气呼呼地瞪着她离开的背影：“我好心好意帮你，你却嫌我聒噪？今日算是看透你了！你之后最好无事求我，若是求我，我定然不应！”

那厢肖南回头也不回地往外走去，伯劳又干号了两声，最后只得撇撇嘴，躺回石头上。

青怀侯府是个大府邸，但多数院子都空着，有些院子自建府以来就没怎么使用过，只定期清理一些落叶杂草，因为没住人，肖南回从一处到另一处常常喜欢翻墙而过，府中道路大都曲折，翻墙可以省去不少时间。但去看黛姨的话，照常是要从正门进去的，因为偏院的墙修得比其他院子要高不少。

偏院大门上落着一把铜锁，肖南回敲门的时候，里面静悄悄的。

等了片刻，她摸出钥匙开了锁，走进院子后回身将院门小心地关好。

一名长发女子坐在院中的秋千上，背影看上去极尽柔美，那头鸦黑的长发被松垮垮地编成一条辫子，垂在腰间，正随着女子身形轻轻晃荡着。

“黛姨。”

那女子似是没听见，仍哼着曲荡着秋千。

她上前几步，又唤一声。

女子这才停住，缓缓地转过身来。她有一张同肖准一样轮廓分明的脸，虽然已有岁月痕迹，但依旧黛眉深目，眼神柔和，只是那白皙的脸上嵌着一条深深的疤痕，从她左侧额角一直延伸到右嘴角，那张唇形饱满的小口被从中撕裂，再也没了娇柔之色。

“终于要走了吗？我等了好久，都不见人来唤我。”

肖南回露出一个带着歉意的笑，安抚示意她不必起身：“出门要用的车子坏了，管事去修了。”

对方脸上不自禁地露出失望的神色：“怎会出这种事？定是那管事的车夫懒惰了，多久能修好？半日？一日？”

“许是半日，许是一日。”

“那或许明日便能走了？还好不算太迟，奂哥儿可还等着我呢。”

虽然这番情景已经见了无数遍，但肖南回此时心中还是免不了有些酸涩。她尽量轻柔地开口，像是在哄一个不肯入睡的孩子：“奂哥儿长大了，已经懂事了呢，定不会为了这些小事哭闹。”

黛姨脸上露出些许欣慰的神情，她起身走到墙角，指着那砖墙上刻着的痕迹说道：“我上个月才给他比过身量，怎么说也是个孩子，你不要对他太严苛了。”

肖南回盯着墙角那从未变高过的刻痕，认真点点头：“是啊，许是奂哥儿长得太快了，我总将他当作半个大人呢。”

黛姨这才展颜，随后想起什么，拉着肖南回往屋里走。

这偏院的小屋清雅别致，但窗户都是封死的，门也是特别改过的，入夜后便会有人来落锁。这些事，黛姨都不知道，那时候她早已睡熟了。

“你瞧，这是我今日刚织的带子，虽说还不太满意，但也有个模样了。”黛姨从屋里的织机上取下一条锦带，上面的花纹细密、漂亮，一看便是花了心思。

“真好看。”她真心夸赞道。

“那是，我可换了好几种织法呢。”黛姨有些得意，脸上显出和年龄不符的娇憨，“等我定了花样，便可多织几条给阿衡他们，谨哥儿还小，用不上。但阿准用得上的，他再过两年也该行冠礼了，用来做个腰封刚刚好。你说，他到时候会不会比现在壮实许多？我可以多织些，若是长了，还可以裁掉……”

黛姨陷入自己的小心思中，秀气的手指在那堆彩色丝线中比画，像是已经拿定主意如何摆弄她下一条带子。

肖南回默默听着，悄悄将那截锦带收入袖中。

黛姨本名肖黛，是肖准的姑姑，朔亲王肖青的妹妹，如今也是肖准唯一在世的亲人。

十六年前雨安事变，肖家别馆上下数十口人只活下来两个。肖准找到黛姨的时候，她被人扔在院中的一口枯井里，只剩下半口气。她躺了一个月后醒来，记忆便停留在那桩灭门惨案的前一天，再也没走出来过。

肖准知道黛姨的死里逃生一定是对方疏漏所致，如果她还活着的消息传出去，灭口的人说不定很快就会找来。经过慎重考虑，他自立府邸后，黛姨就再也没走出过这个院子。

除了肖准和肖南回，府上只有陈偲、杜鹃和伯劳知道黛姨的存在，他们会轮流来偏院打理打理她的起居，和她说说话，岁岁年年都没有断过。

这些事本轮不到肖南回做，但她从前是抱着些幻想的，总是自己偷偷跑来。她觉得，如果多聊聊，黛姨总有一天能想起什么的。

然而多年过去了，黛姨说来说去一直是那些事情，情绪也没有任何波动。若不是她脸上那道疤，肖南回常常会忘记她身上曾经发生过什么。但她知道，有一个人肯定不会忘记。那个人就是肖准。

肖准拨给黛姨的吃穿用度都是最好的，自己却很少来偏院。肖南回觉得，他可能是怕看到黛姨的脸，心中自责。这自责其实完全无从说起，那场血案发生时，他只不过是个身量还未长成的少年，自己侥幸逃过一劫已是不易，不可能挽回已经发生的不幸。

当然，现在也不可能。未来，更加不可能。这便是肖准永远的痛。

肖南回常想，如果肖家没有发生剧变，肖准现在应该更加潇洒爽朗，也更加爱笑。虽然现在的他总是温和地抿着唇，但肖南回觉得那表情常常透着落寞和克制，像是被风一吹便会消散。从十七岁那年起，肖准的快乐便永远是短暂的。

如果有什么方法能让他走出那片阴霾，她都愿意一试。他不能亲自去做的事，她愿意为他去做。

肖南回握了握袖子里的那截带子，再次坚定了心中的那个想法。

肖准曾经许诺一生征战沙场只为君心，她也一样。只是此君非彼君，她向来只为一人心。

第七章

夜雨入北

自古仁义圣贤参天地。

赤州千百年来，凡建都称王者，必受命于三方传国玉玺：神玺、国玺、秘玺。若有一失，则为天命不授，必有倾覆之兆。而今开创天成王朝的夙氏确有一失，便是这三方玉玺中的秘玺。

夙氏本为前朝涅泫旧臣，涅泫末年国乱之时于昔日君王裘氏手中窃取王位，改称乐都为阙城，国号天成。可这到底是窃来的王座，涅泫皇帝亡国之时曾拼尽全力将三方玉玺分道送出，以断夙氏名正言顺坐拥江山的美梦。

夙氏斩杀旧王后，不惜动用重兵追赶藏匿玉玺的江湖高手，三天三夜后已截下两方玉玺，而这最后一方的护送者乃是亡国公主裘非羽。

裘非羽所骑骏马为秘古山口所育青骢，可日跋千里，且专行险峻之路。天成追兵在其后追赶月余，才在霍州以北的沼泽边缘将其围堵。传闻裘非羽宁死不降，连人带马奔入沼泽深处的白耀关，携着那最后一方玉玺沉于寒冷泥泞的沼泽地。自此南北大地之上再无秘玺下落。

夙氏接管江山之后奉行良策，刻意淡化缺失一方玉玺的事实，并对外称秘玺早已归位，裘非羽是失了玉玺后羞愤难抑，自刎于白耀关的。

然其中疑点众多，比如裘非羽尸首始终未见，而追击裘非羽的那支百人军队也在回朝后被解散，当中士兵解甲归田，却在返乡不久先后毙命。且天成开国和各种祭天大典上，也从未见皇帝拿出过这第三方玉玺。

近百年时光飞逝，昔日宸宫旧人尽数散去，就连见过那方秘玺的人都已寥寥无几，更莫提是否有谁能判定那方玉玺已经归位了。

自此夙氏的王位一路稳坐，就在所有人快要忘记这茬旧事之时，天成王朝却出了另一桩大事。

昔日御史中丞白鹤留谋反叛国，裹挟十万军队逃往南域碧疆。这便是雨安之乱。

一介文官，如何拥兵造反？这对天成百姓来说，从来都是一个谜团。

方士有云："天不亡白，命定之意。"意思是说，这白氏能在皇帝眼皮子底下叛国，还带走了军队，建立了自己的地盘，恐怕是老天有意为之。

这些百姓闲时聊上两句，倒也未曾放在心上，只是近些年碧疆与天成之间的对峙愈演愈烈，战争似乎很快又要降临，赤州中人难免心焦，小心嗅着各方动向。

如今秘玺一事只是初露苗头，尚未搅得满城风雨，但肖南回知道，这只是风暴的开端。

以往她溜出府去，都是和伯劳一起。长久下来，两人练就了一身避开杜鹃和陈叔的好本领，装备从轻，再牵上两匹快马，出了城便是鱼入江湖之中，谁也捞不着了。

在侯府时她可以借着杜鹃的淫威处处压着伯劳，出了侯府便是伯劳的天下了。

伯劳虽然个子不高，但是打起架来异常凶狠。

她和肖南回不同，肖南回师承肖准，学的是战场对敌的功夫，江湖经验不多，功夫虽好，却容易吃暗亏；伯劳却是安道院出身，擅长近攻和刺杀，十四岁的时候已经在江湖高手榜上有名有姓。但天妒英才，她的身量自十四岁后便没再长过，安道院的掌门人最终将大名鼎鼎的窦氏刀法传给了别人。为了这件事，伯劳怨愤了好久，还曾立誓从此再不入江湖。

当然，伯劳的誓言是最不能信的。

像是在野外飞惯了的鸟，虽然嘴上抱怨着饥寒交迫的辛苦，骨子里却还是无法忍受在笼中享福，所以肖南回开口提起霍州之行时，她故作姿态地扭捏了一番便答应了。

她们用了三日时间暗中做了准备，留下书信后赶在酉时前一刻出了城门，这样一来身后若有人想追，也要等到次日清晨城门再开的时候。

一路快马加鞭迎着朝阳向东北方向而去，两人行了十数日才到霍州边界。

一入霍州，阳光便消失不见。近来天公不作美，整个霍州都笼罩在一块巨大的乌云之下。虽说眼下远没有隆冬时节那样苦寒，但因为连下几场雨，空气又湿又冷，地上一直覆着层泥泞，一不小心鞋子便会湿透，那种钻入肌骨的冷丝毫不比冬日里逊色。

两匹马的蹄子上一直裹着湿冷的泥水，赶路时便会打滑。几天下来，吉祥看着肖南回的眼神中充满怨念。

伯劳虽然身材娇小，却喜欢骑高头大马。那马有个响亮威猛的名字，名叫花虬，屁股上的毛带个旋，从后面看上去好像一朵盛开的菊花。

欲往霍州去，必经大沨渡。

而跃原是大沨渡口旁的小镇子，因为经此前去穆尔赫的过路人颇多，镇子上倒也热闹。客栈酒家都在门口生了火，吸引赶路人进去暖和暖和冻僵的身体。

肖南回和伯劳牵着马挨家挨户地问，都被告知客满。要怪就怪这不寻常的鬼天气，虽已入春，却还是接连下了几场冻雨，昏河上游刚刚融化的碎冰被上涨的河水冲向下游，水流又大又急，稍大些的浮冰击到船上便凿出个洞，没有船家敢在这个时候渡河。

大沨渡已经连着十天没出过船了。赶着前往对岸的商客旅人都集聚在渡口附近的几个小村镇上，客栈早就人满为患，不少老板坐地起价，可镇上的客房依然供不应求。

肖南回敲开跃原镇上最后一家客栈的门时，已经是夜里亥时。开门的掌柜抱着个手炉，一双眯眯眼根本看都不看眼前的人，不等她开口便抢先说道："抱歉啊，这位公子，小店客满了，打尖您得自个儿在里边找位子，住店可就得寻别家了。"

他说完就缩了回去，伯劳赶紧上前一个迈步用脚卡住门，眼珠转了转，便看到屋内破木架子上还挂着一把钥匙，于是压低了嗓音："老哥，不是还空着间房吗？我都看见了。"

掌柜摆摆手："哪有哪有，你看错了。"

"天寒地冻的，老哥行个方便嘛。"

伯劳脚下稳如石敢当，那掌柜愣是关不上门，有些生气地说道："都说了客满，你们怎的还在这儿纠缠？莫非欺我店小？我和你们讲，那天字号房早就让一位姓钟的贵客包下了，人家可是付了我一年的银子，我怎么能转头让给别人住？"

肖南回和伯劳对视一眼，都听出其中留了活话，于是一脸诚恳道："掌柜真真是个诚信人，现在天色这么晚了，那钟公子想必也不会来了，我们就住一晚，定不会给掌柜添麻烦。"

掌柜果然为难一番后伸出肥肥短短的五根手指："五十两。"

她肉疼地笑笑："成交。"

五个圆润可爱的元宝收入囊中，掌柜的眯缝眼似乎都睁开不少："马棚在对面，错牵、被偷，本店概不负责。"

肖南回已经懒得搭理他，眼神示意伯劳先进屋里看看情况，自己牵了吉祥和花虬往马棚走去。

马棚内十分简陋，槽子里只剩些不太新鲜的草料，连豆子和燕麦的渣渣都看不到。吉祥不满地刨了两下地，她拿出些一早准备的干蘑混进草料里，它才勉强被安抚好。

雨下得越发急了，她转身快步走回客栈。

客栈里面实在小得可怜，看起来比吉祥的马棚好不了多少，屋里只有破破烂烂的五六张桌子，还都挤满了人，有些付了酒钱，只是想找个地方落落脚的，便直接坐在地上。伯劳正挤在一个角落，扯着脖子喊她："喂，这边！"

她除了身上蓑衣，小心地挤过去，也不知道伯劳是怎么抢了这个位子，竟还能匀出个破木凳子给她。她一坐下，伯劳又拉住她让屁股完全盖住那凳子：“坐好了，小心一会儿让人抢了去。”

肖南回有些哭笑不得，要了两碗热汤面，一边吃一边观察着屋子里的人。

她左手边三四步远的地方是一名拖家带口的生意人，一家六口占了好大一块地方，从衣着可见其家底殷实。四个半大孩子虽规矩地坐着，却仍不时要接受父亲的低声斥责。他们点了不少算得上奢侈的吃食，男人见桌上汤水吃得差不多了，便一直低头看着账本，他的妻儿们也不敢继续再吃。

角落里坐在地上的散客中，有不少人也在打量这一家，多数只集中在那未吃完的酒肉上，只有一人目光隐蔽，却是落在那当家男人腰间和一旁鼓鼓囊囊的包袱上。那是个束着额带的中年汉子，身边虽无显眼的兵器，但那双指节突出的手一看便是练家子。他似乎是冒雨赶了很久的路，身上的粗布衣裳已经湿透，滴答落下的水在地板汇成一摊，漫延到旁边的一张桌子下，那桌子下有双穿着白靴子的脚，此刻正有些嫌弃地往旁边挪了挪。

靴子的主人是个一身白衣的年轻公子，长相还算俊秀，只是那脸似乎搽了太多香粉，白得吓人，他跷着尾指捏着个瓷杯小口喝着酒。那杯子一看便是他自己带来的细瓷，比这店里的精致不少。他左右首各坐着一个妙龄女子，虽说没有望尘楼中的那般绝色，倒也娇俏可人，都媚眼如丝地望着他，时不时低声娇笑两声，像是听那公子说了什么风雅趣事。

酒过两巡，两名女子越笑越夸张，简直要前仰后合起来，脂粉味飘到隔壁桌，那一桌的三名大汉却都不为所动，个个眼观鼻、鼻观心，就连女子衣带拂过后背也岿然不动。细看三人，虽穿着各不相同，他们放在桌案上的兵器却都是清一色的小镡横刀，处处透着衙差的气息，不知他们为何要掩藏身份混迹于此。

肖南回垂下眼帘，赶在碗里的东西变凉前连面带汤吃了个干净。伯劳显然是习惯了杜鹃的厨艺，倒是有些矫情地剩了些。

肖南回这次出来得匆忙，盘缠带得不多，刚刚又叫那黑心掌柜宰了一刀，实在分不出银两改善伙食，正要开口劝伯劳多吃些时，客栈的破木门再次被人推开。

一阵冷风裹着雨水潲进屋里，门口的人便有些埋怨，然而进屋的人无半句抱歉。

当前那人一身天青色的褂子，长了张让人一看即忘的方脸。肖南回本已收回视线，眼角余光却扫到那人佩刀的刀鞘，蓦地停住。

这刀看着有几分眼熟啊。

第八章

夜旅人

肖南回的目光其实只停了一瞬间，便叫那人察觉了，当下一道锐利的目光扫来，她下意识便移开视线，这一挪便挪到了这方脸汉子身后的人身上。

那是个没什么表情的年轻男子，偏生长了双似笑非笑的眼，不知是因为病弱还是其他什么原因，一直微微佝偻着身子。他身上那件好似染了些薄红的烟色长衫，衬得他面上有种模糊了性别的白皙。那种骨子里透出来的精致和脆弱，没来由地让她想起在烜远王府后花园的那一天，当下便一阵恶寒。

隔壁桌那白衣公子显然也注意到了这两人，他下意识摸了摸自己的脸，白色香粉扑簌簌地落在桌上，他赶紧拂袖挥去，心中又生出几分不忿，连与身边美娇娘调笑的心情也没了。

那青衣刀客径直向掌柜走去。掌柜见对方气势不凡，这才没有怪罪他的不请自入，抬起一只眼："抱歉啊，这位公子，小店客满了，打尖您得自个儿在那边找个位子，住店可就得寻别家了。"

客栈里顿时弥漫一种微妙的自得气氛，就连最不济蹲在墙角的人都生出一股优越感。白衣公子更是难掩嘴角的笑意，心情大好地续上一杯酒，嘴中哼唧道："何用嗟迟疾，从来有先后。"

青衣刀客似是全然不觉，只从衣袖中掏出一样东西放在那有些油腻的台面上："掌柜可是上了年纪不记事了，须得我提醒一番？"

客栈里无数双好奇的眼睛都在偷瞄那柜台上的东西，肖南回也瞥了一眼，似乎就是张字条，上面盖着红印。

然而那从不正眼瞧人的掌柜见了那字条，却露出见了祖宗一般的神情，两片嘴皮子居然打了磕巴："原……原来是钟公子，这都好些年没见着您了，怎的不提前知会一声……"

钟公子？不会吧？耳朵动了动，她突然觉得这店里的粗劣茶水分外涩口。

"银子，掌柜已经收下了，不知还须知会何事？"

掌柜干笑两声："就……敝店粗陋，合该备些好酒好菜相迎才是。"

青衣刀客收了那字条，简短地说道：“不必了，烦请掌柜带路，我家公子身体不适，想要早些休息。”

掌柜瞄了一眼对方身后的人，愣了愣神，这才磨磨蹭蹭、不情不愿地拿了客房的钥匙，向二楼走去。

肖南回的目光一直粘在那把“天”字号的铜钥匙上，见那杀千刀的掌柜居然连看都不看自己一眼，心中的火苗噌噌噌地蹿了起来。

五十两银子啊。那可是她一个小小队正整整半年的俸禄。

她盯着眼前空空的面碗，只觉得周围空气憋闷不已，就连女子的笑声也分外刺耳。手中的筷子应声而断，她拍案而起，追着那上楼的三人而去。身后伯劳见状，手忙脚乱地去收拾散在地上的行李包袱。

“等一下！”

客房前的三个人齐齐回头，只见楼梯口站着个束发、高挑的俊俏公子，面上有几分难以遮掩的怒色。

青衣刀客见状挑了挑眉，长衫公子依旧一副事不关己的样子。掌柜只得轻咳一声，露出一个装傻的表情：“何事？”

肖南回呼哧呼哧迈着大步走到三人面前，深吸一口气，还是先作一揖：“打扰三位。在下方才已经付过这间客房的银子，掌柜收银子时也是颇为痛快，眼下可是要将我赶出去睡马棚吗？”

掌柜故意不看肖南回刀子般的眼神，含含糊糊地道：“公子有所不知，这位钟公子早已提前包下这间客房，我虽收你一晚房钱，却并未说过是今晚的房钱。”

她大怒：“我今晚来投宿，难不成是要八百年后才来住？！”

掌柜滚刀肉般笑嘻嘻的：“公子说笑了，八百年后小店在不在不好说，但公子肯定已经不在了。”

她头回遇见如此厚颜无耻之人，气急过后，反而安静下来，想她年纪虽轻，却也驰骋沙场、杀敌无数，竟会栽在一个黑心掌柜手中？实在不行，就打架解决呗。

她心下想着，眼已经不自觉地打量对方三人，特别是那青衣刀客。

这当口，伯劳已拎着包袱追上来，一看这架势便知道肖南回吃了闷亏，随即冷笑着看向那掌柜：“老哥这腰上布袋瞧着厚实，不知里面藏了多少宝贝，要是让心怀歹意的人盯上了，这里天高皇帝远的，可如何是好？”

不知是不是错觉，伯劳说出这话的同时，那一直没什么表情的长衫公子似乎微扬了扬眉。

掌柜感受到了威胁，明显有了退意：“我只是个生意人，几位大爷莫要为难小的了。”

伯劳深谙见缝插针、讨价还价之道，趁机说道："你这天字号房不是带个隔间吗？我们与这二位公子各分一间如何？"

掌柜下意识反驳："这如何使得？虽说是隔间，但也——"

"无妨。"先前一直沉默的长衫男子突然开口。

肖南回一愣。这声音瞬间让她回到在永业寺大殿的那天。同样的两个字，音调、音色，就连那淡漠的语气都一模一样。

"萍水相逢，何必为难！"长衫男子说罢，看都没再看她，径自开了门锁进了屋，似有些疲惫地对还站在门口的青衣刀客招了招手："未翔，我有些乏了。"

肖南回的视线就粘在那只一闪而过的手上，那只修长的手上戴着一串质感不凡的佛珠，越看越眼熟。

那厢青衣刀客听闻，不再多言，紧跟着进了里屋，二人将里屋隔断门关好，又放下厚重的帷幔，便再无声息。

肖南回的思绪还停在刚刚看见的东西上，有些愣怔。伯劳已经向掌柜伸出手："好好一间天字号房，我们却只分得半间，劳烦老哥退还一半银子。"

掌柜纠结得小眼同山根挤在一起，不情不愿地掏出两个银元宝："我没有碎银好找——"

他话还未说完，伯劳的魔爪已经伸向他的腰袋，搜出一个银元宝，两个指头一用力，银元宝便从中裂成两半。

她将一半扔回给掌柜，另一半连同之前那两个银元宝一起塞回包袱里，拉着肖南回的手雄赳赳气昂昂地走进屋内，砰的一声关上了门。

门一关好，肖南回便回过神来，压低声音急急地说道："我见过那两人。"

伯劳"哦"一声，踢掉脚上两只浸透雨水的湿靴子，低头自顾自地活动着冻僵的脚趾。

"我去永业寺那天在大殿门口见过其中一人。那人佩的刀比寻常的长五六寸，我一早就注意到了。另一人，我虽没见过他的长相，但记得他的声音，还有他手上的佛珠，还有……"她顿了下才犹豫着继续说道，"他身上有股气味，我之前在大殿上就闻到过。"

"气味？"伯劳总算看了过来，"什么气味？"

"形容不上来，像是庙里陈年香灰混了什么草啊、药啊的气味，有点儿苦，闻起来让人觉得骨头发冷、脑门发凉……"

"你形容的是樟脑的味道吧？"伯劳说罢使劲吸了吸鼻子，似乎并未闻到那股淡淡的气味，只分辨了一番，确认无毒无害，便也不甚在意，冲肖南回使了个眼色，示意隔墙有耳，嘴上打着哈欠说道，"好了好了，折腾这一天，天大的事明日再说。"

肖南回不再说话，心里却迈不过这道坎。此次秘玺的消息暗中流出，势必会有各路人马闻风而动，她从阙城而来实是在明，比不得那些伺机而动的暗中势力。

而这暗中势力又有多重，其一自然是天成皇帝自己的心腹人马，毕竟不管所谓的秘玺是真是假，若是落入他人手中，定是要做一番文章的。

其二便是如今盘踞的碧疆白氏，白氏一直处心积虑想要翻身做主人，若是能有秘玺助力便是顺应天意，说不准便能闹翻天。

至于其三，便是如今散落各地、态度暧昧的地方势力。譬如离北地沼泽最近的霍州，霍州据守着曾与裘氏有君臣关系的沈氏，尽管土地贫瘠、农耕落后，但盛产煤铁，养了不少扮作船帮的私兵。夙家建都阙城后，霍州明面俯首，实则并未称臣，只靠煤铁往来，还维系着相安无事的表象，然而其中形势之微妙，或许一夜间便可瓦解、倾覆，秘玺之事就是变数。

最后的最后，虽然涅泫王朝已亡了百年，但裘氏阴魂是真的已经散去，还是此时此刻正在某个黑暗的角落窥视着原本属于自己的东西呢？

她在永业寺遇到的人是谁？再次相遇会是偶然吗？她的身份暴露了吗？今夜这家小小的客栈里究竟有几人怀着心思，又会在几时露出真面目呢？

肖南回冥思苦想，忧思深虑。

一墙之隔的另一边，长衫公子斜倚在床上，狭长的眼此时不再收敛光芒，流露出一种和方才完全不同的压迫感，左手摩挲着腕上的佛珠，不知在想什么。

青衣刀客正在检查门窗，几乎是把每一个缝隙都查看了一番。

“未翔。”

丁未翔收敛神思，俯首应声：“主子早些休息，我来守夜。”

榻上那人却摇摇头：“今晚不必守夜了，这些天你都未曾睡过好觉，今夜好好补眠，接下来几天有事要忙了。”

丁未翔有些不解，仍坚持道：“属下——”

“好了，要你睡你就睡。”男子顿了顿，嘴角不自觉地勾起一个弧度，“今晚有人替我们守着。”

窗外夜雨连绵，雨水中似乎还夹杂些细小的冰粒，打在瓦片上发出细碎的声响。

肖南回彻夜未眠，稍有风吹草动，便警惕地睁眼。她时而贴墙窃听，时而扒窗偷窥，一夜下来，眼下乌青一片。伯劳倒是睡得颇死，一觉到天亮。

清晨时分，雨终于停了，外面却弥漫起大雾。折腾了一夜的肖南回疲惫不堪，终于支撑不住，打了个盹。突然，一声轻微的撞击声在窗棂上响起，她瞬间清醒，爬起来才发现隔壁房间人走灯灭，早已空空如也，于是快速到窗边查看。

窗框上只有一道细小的磕痕，像是小石子一类的东西砸到留下的。从窗边望出去，大雾不见边际，视野范围只有几丈远，目之所及倒是没有可疑人影，也再无声响。

伯劳也爬了起来，仔细看了看，得出一个结论：“这人扔石子的技术比你可差远了。”

她却有不一样的看法：“不善扔石子不一定不是高手，要知道今天这样的天气想要正好击中窗棂而不捅破窗户纸，倒也不是容易的事。”

伯劳眨眨眼：“他丢颗石子便跑掉，是何意？”

她摇摇头，伸手置于窗外，确认雨已经停歇：“收拾东西，去渡口。”

第九章

同船渡

大飒渡恰如其名，一年四季风声水声大作，其声嘈嘈，其势汹汹，汛期时人站在渡口，彼此说话须得提气大喊才能听清。

昏河行至大飒渡渡口时仍属中上游段，水流快速，本不是渡口的最佳选址，但昏河自此便入关天峡。关天峡峡长百里，两岸陡峭，再无更好的渡江之处，时间久了，勇猛的霍州人便也习惯了穿梭浪间的惊险刺激，偶有外乡人为此嗟叹，少不了还要打趣嘲笑一番。

所以肖南回料得没错，渡口已半月未出过船，今日又逢雨歇，尽管河水湍急，但定有胆大的船夫准备开船。

有人敢开，便有人敢坐。

她和伯劳赶到渡口的时候，一艘大渡船刚刚离岸，消失在雾气中。码头旁就还剩一艘小船，看起来也快要客满，船夫似乎也不打算等客满再发船，一副行色匆匆的样子。

两人见状，连忙牵着马走上前去。

“船家，怎么如此匆忙？我瞧这天色到了晌午还能好些，现下雾太大了，会不会有危险？”

那船夫手上不停，嘴上应道：“公子有所不知啊，昨天夜里有人在渡口劫财来着，听说都出人命了。官府的人还没来呢，若是来了，这船便走不了了，都得挨个盘问呢。所以您要是想走，可得紧着点儿，耽搁了怕是今日就走不了了。”

劫财？不知怎的，肖南回眼前一闪而过的便是昨晚客栈里吃着好酒好菜的那一家六口，还有那系着额带的凶悍男人。

那厢伯劳已经将银子付给了船家，对方是个好说话的，左右衡量了一番便应了，好在二人行李不多，加上两匹马，挤上那船竟然刚刚好。

整个船舱拥挤不堪，肖南回上了船才发现，她担心的那一家人正好端端地坐在船上，身边还堆着不少大大小小的行李。她当下放下心来，正要和伯劳说说到了霍州的打算，就瞧见船头坐着两个人，不是昨天“横刀夺房”的钟公子主仆二人又是谁？当下心气去了一半。她背过身，尽量不去瞧那二人。

那厢船夫解了码头木桩上的缆绳便要开船，冷不丁那岸上方向却传来一声疾呼：“等一下！”

肖南回皱眉回头望去，只见薄雾中冲出一个白花花的影子，离近了才看清却是昨天隔壁桌那白衣公子。

他似是刚从床上爬起来，衣裳还是昨日那件，头上草草插着支簪子，还漏了一缕头发在后脑勺飘着，手里抱着个疑似夜壶的罐子，喘两口气便埋头在其中呕上两声：“船家等一下！在下……在下也要上船。”

船夫倒是个实在人，没有为了多赚几两银子而昧着良心，诚恳地劝道：“这位小哥，这船已经满了，再上人怕是要沉的。”

“不行不行。”白衣公子扔了手中的罐子，快步上前一把拽住缆绳，抬脚就要往船上挤，“我为了赶这趟船连美人都得罪了，无论如何我也得上。”

离他最近的是那中年商户，当下便面露不悦：“船上又不止你一人，若是因你而沉船，难不成要全船的人给你陪葬？”

他老婆在旁揽着四个孩子磕头虫般齐齐点头，船上其余人也觉得有理。那白衣公子却没恼，反将视线落在对方大大小小的行李上：“这是渡船，又不是货船，你这大包小包岂不是占了别人的地方？”

那商户被说中要害，脸上有些挂不住：“我这都是些茶叶什么的，又不占分量。”说罢，他瞥一眼站在船尾甲板上的吉祥和花虮，言外之意也很明显。

肖南回害怕吉祥它们被赶下船去，正要开口，那白衣公子却从身上摸出个布包，抖搂开来，只见里面是一排闪亮亮的针：“在下是行医的，正要赶去霍州给人治病，那人都病入膏肓了，就等我的金针相救呢。这样吧，兄台，我花银子买你两担茶叶可好？你便将身边的位子腾些给我。”

商户依然不太情愿，船上的人却开始站在白衣公子这边：“他是医者，茶叶早晚要卖不是？这天气这么潮，估计你也放不住，不如顺便做个好事，也算是救人命的福德呢。”

最终，白衣公子顺利上了船，留了那商户两担茶饼在码头上。

渡船离了岸，大雾中的大沨渡除了风声水声，再无其他声音。

碎石滩上，河水拍打着河岸，将一条带血的额带冲上了河滩。

小船摇摇晃晃向河心驶去，手腕粗细的渡绳连着船头和船尾，像是没有尽头一般延伸进散不开的雾气中。

周围只闻嘈杂的水声，偶尔还有碎冰撞击船身的声音。虽说雨已停歇，但昏河上的温度比岸上要低许多，渡船四壁摇摇晃晃，四处透风。丁未翔将一件厚实的裘衣披在自家公子身上，自己抱着刀坐在风口，替他挡些寒风。

肖南回有些羡慕地看了一眼，又回头看了看窝在自己身后缩成团的伯劳，掏出一块饼子狠狠啃了一口，还没嚼几下便被抢走了。对方显然是昨晚挑食，没吃好。

“既然是主仆，就当守礼仪尊卑。公子这小书童也太不守规矩，居然敢抢主子吃食。”

她抬头，却见那白衣公子不知何时挪到她跟前，手上举着把不知从哪儿掏出来的扇子，极尽风雅地摇着。肖南回觉得自己都能看见他手腕上迅速立起的汗毛。

伯劳此生最痛恨两件事，一是拿身份说事打压她，二是有人说她矮小。

白衣公子的话无疑得罪了她两遍，她当下两只眼刀子般剐了过去。

肖南回连忙微微侧身，挡住那两道凶光，脸上露出一个和气的笑：“公子说得是，只是我这小厮自小与我一同长大，关系确非寻常主仆，如今又是出门在外，不好讲究许多。你说，是吧？”

白衣公子欣然点头：“也是，如今似公子这般宽厚之人也是不多了，理应结交一番。在下郝白。敢问公子姓名？”

好白？她这才好好打量这人，他身上还有宿醉的酒气，衣衫都系得不整齐，居然还能腾出时间在脸上涂了那么厚的香粉，倒也是个人才。

“姚易。”她面不改色地报了姚易的名字，头一回觉得自己那些蕈子没白给。

“原来是姚兄，幸会幸会。”那白衣傻子一脸开心，竟又开始自报家门，“在下晚城人氏，祖上三代行医，偶尔也做些丹药生意。不知姚兄家中是做什么的？”

她嘴角勾了勾：“经营秦楼楚馆的。”

郝白愣了愣，脸上竟可疑地红了起来，就连那白粉也遮不住：“姚兄说的是……”

“花街柳巷。”她有些好笑地看了一眼对方那别扭的模样，“怎么，郝公子昨夜美人相伴好不风流的样子，竟连花街都没逛过？”

郝白哽了哽，一时没说话，竟像是真的没去过。

一旁的伯劳见状，心情没来由地好了起来，故作沉痛地拍了拍对方的肩膀：“兄台，没去过花街怎好自诩风流？下次说一声，我定带你去见识一番。”

“在下也未曾去过，小兄弟可愿再多带一人？”

那声音一响起，肖南回就觉得头皮一麻。她没回头也知道说话的是谁。

伯劳也被这突然开口说话的人吓了一跳，回头看看坐在身后的人。江风吹过，他的发丝飞起，在这令人视线模糊的雾气中，有一瞬间他看起来像是在微笑。

船上恰有几人正好望向这里，都是一副有些呆愣的表情。

肖南回觉得形势有些不对劲，准备结束这场没头没尾的对话：“钟公子身份尊贵，定是瞧不上那下等地方的。”

“在下复姓钟离，单名一个竟字。”

她没想到对方竟然如此回她，只得敷衍两句：“原来是钟离公子，幸会幸会。”

“千里相会确是幸事，不知姚公子此次前来霍州所为何事啊？”

“来了来了，就知道你没安好心。”肖南回腹诽一番，不得不接招：“听闻五月初九便是朱明祭，在下是来凑凑热闹的。”

朱明祭是青阳、朱明、白藏、玄英四祭之一，历年在霍州举行。这里古来就有祭祀神明的习俗，其中白藏祭与玄英祭乃是皇家秘事，外人甚少知其详情，裘氏王朝覆灭后便逐渐销声匿迹，唯有霍州的朱明祭算是保留下来，如今依然盛行。

“哦？还有这等热闹？”钟离竟还未说话，一旁的郝白倒是来了兴致，“反正闲来无事，不如一起去看看。”

她看对方一眼：“郝公子不是急着要去救人？”

“今日不过初五,三天时间足够了。三天若是仍救不活，那便是阎王要留人，我也无能为力。”

哟，口气还挺大。肖南回只当对方信口开河，根本没往心里去。就在此时，船夫突然吆喝一声：“有碎冰，扶稳了！”

声音未落，一阵剧烈的撞击感便袭来，渡船瞬间倾斜、摇晃起来，翻起的浪打湿了半条船。众人不由得发出惊呼，吉祥和花虬也在甲板上打起滑来。

肖南回心下一凛，把住船沿向水中望去，只见江水中正涌来块块碎冰，个头瞧着一块比一块大，应当是上游巨冰融化后冲下来的。

肖南回是武者出身，什么都会些，就是水性不太好。不要说眼下水流湍急，又冰冷刺骨，就是条风平浪静的小河，她也从来都绕着走。这船要是沉了，她和她的马是不是就要出师未捷身先死了？

她下意识摸上自己后背上那布包，那布包只有一把短剑的长度，瞧不出里面包着的究竟是何兵器。然而手刚摸上，她便又重新放下。

这船上虽没几个人，但谁又能保证这几人中没有敌人呢？她的兵器太过特殊，轻易不能露的。

脑子飞快转着，她将目光落向船头。

穿过慌乱的船客，她跳上船头，一把夺过船夫手中撑船的篙，腰腹灌注十成的力气，一个回身刺向一块飞速靠近的浮冰，浮冰应声碎成小块，隐入混浊的江水之中。

一击即中后，她未停歇，一手握着那长篙末端，另一只手握住它三尺处，运气而动，进退有方，那沉重笨拙的长篙瞬间化作灵蛇一般，一次次飞快地钻入水中击碎浮冰。

这一切不过发生在短短瞬间，船上的人大都还没回过神来，丁未翔却看了个清清楚楚，脸上有一丝讶色。另一边伯劳早已不在原地，她身子轻盈，一个翻身便上了船顶，眯起眼向远处望去："船家，还有多久才能靠岸？"

船家正奋力把住渡绳，试图稳住船身："……最少也要半刻钟！"

那厢肖南回立在船头，回头冲伯劳喊道："你去牵住吉祥和花虬，别让它们把船带翻了！"

吉祥是战马，无论遇到多危急的情况都还算镇定，花虬则有些慌乱，已开始在甲板上打转。伯劳一把抓住缰绳，将两匹马圈在固定的位置，确保它们不会摔倒。

渡船还在乱流中艰难地前行，仍有被肖南回遗漏的碎冰不断撞上来，有些船客已经瑟缩成一团，闭着眼，不看周遭险境。

伯劳狠狠瞪一眼事不关己的丁未翔，这里除她和肖南回之外，应当就数这人武功最高："你守着他有什么用？！船沉了，还不是大家一起遭殃？！"

丁未翔看一眼钟离竟，后者的目光却在不远处那瑟缩成一团的一家子身上，最终他轻轻点了点头。

丁未翔这才起身，从气呼呼的伯劳身边飞快掠过，纵身一跃站上船尾，甲板上放着一个油麻绳编成的篓子，里面放着拳头大小的碎石块。那是碇石，船靠岸时下锚用的。

他抽刀一砍，麻绳断裂，碎石散落。他五指张开，一手便抓起三个石块，手腕翻转掷出，石块便又快又准地向碎冰飞去，速度竟不逊于肖南回手中的长篙。

肖南回听到声响回头，视线却只停留了片刻便挪开，再次专心应对江水中的碎冰。

多一人相助，危局终于得到控制，船身也慢慢稳定下来。片刻过后，浮冰似乎已经全部漂走，江水中只剩零星的碎冰，已无大碍。

经此波折，船上的人再无说话的兴致，就这么一路沉默着到了对岸。

下船的时候，所有人身上的衣衫都多少被江水打湿，寒风吹来，个个瑟瑟发抖，带着几分劫后偷生的余悸。而那钟离竟身上却无半点儿水珠，他身上那件裘衣不知是何料子做成的，竟能滴水不沾。

肖南回牵了吉祥下船，身后跟着哆哆嗦嗦的郝白。两人略一施礼，对方表情诚恳地道："今日多亏姚公子出手相助，实在应当好好道谢一番才是。但在下确有要紧事在身，耽搁不得，若是有缘，便在几日后的朱明祭上见吧。"说着，他控制不住地打了个喷嚏，随后从他那里衣里面掏出个破烂的油包，拿出里面的一颗白色丹药："这是益气补血的丹药，便当作谢礼，还请姚兄不要推辞。"

肖南回的视线却停在那瞧着眼熟的油包上。那好像是昨晚客栈里垫包子的油纸。

对方不等她有所表示，将丹药往她手里一塞，转身便急匆匆地走了。

她有些哭笑不得地看了看掌心的白色小药丸，想了想还是收了起来。

刚收拾妥当，她眼角余光便瞧见丁未翔从自己身侧走过，突然开口低声问道：“早上用石子打我窗棂的人可是你？”

丁未翔知道对方是瞧见了方才自己在船上扔石子的手法，不承认，也不否认，像是根本懒得回答这个问题。

她穷追不舍：“为什么？”

青衣刀客这才回头看她一眼，指了指在不远处长身而立的钟离竟：“主子说，百世修来同船渡，公子合该好好珍惜这段缘，言谢的话就不必了。”

对方说完便不再停留，快步离开，留下肖南回独自发呆。

百世修来同船渡？这是什么狗屁缘由！不想说就不说，咱们走着瞧！

第十章

穆尔赫

霍州最繁荣的一座城便是穆尔赫，因为地势优越，这里曾是屯兵重地，百年前闹过一场瘟疫，之后便不再有驻军。

土生土长的穆尔赫人已经很少了，现下城中居住的大都是随祖上迁移至此的。几代人过去了，就算自称穆尔赫人也没什么不妥。当中佼佼者，如今已是富甲一方，便是那以珍贵药材发财的邹家。

姚易的江湖消息向来灵通，那玉的消息最早便是从邹家传出来的。再追本溯源，就要从邹老爷最受宠的三房妾室的娘家人熊氏那里说起了。而说到熊氏，其实很早之前便和邹家是一条船上的人，嫁女不过是两家亲上加亲罢了。

熊氏曾是穆尔赫白耀关外一带鼎鼎有名的豪绅。白耀关几百年前本是商路要道，后来不知怎的就荒废了，慢慢地便被逐年扩大的北地沼泽吞噬。这样一个荒无人烟的鬼地方，熊氏一早便弃了未管，谁承想却让当年的邹老爷找到了发财致富的机会。

北地沼泽离关天峡不远不近，沼泽下面实则是一条通向昏河的暗河，暗河在沼泽蓄满水后向峡谷方向流动，便会将沼泽深处的一些东西缓慢地带向边缘。

其中便有一味珍贵的药引，名唤“陵前血”，是陷入沼泽中的鹿死去后，尸骨逐年沉积而成的一种结晶，通体深红色，圆润似珠玉，不溶于水，却溶于血，传闻服下可保容颜不老。

这等宝贝，莫说实际功效究竟如何，便是有那万分之一的可能性，也有的是世家贵族愿意掷千金买来一试。

邹家采药，熊氏守着地盘，两家联手做这神药的生意已有三代。当年的邹老爷十分有头脑，定下了每年出手陵前血不得超过九两的规矩，这样一来，物以稀为贵，几十年过去，此药价格不仅未跌，反而翻了几倍。

如此日积月累，邹家自然富得流油，连带着熊氏也鸡犬升天。两家和睦共处多年，待到邹思防这一代却生了变故。

邹思防的正房妻子赵氏是地地道道的穆尔赫人，娘家家底虽然不算厚实，却是正儿八经的名门望族，照理说嫁到邹家算得上下嫁，可谁也没想到，这正房妻子过门都快七八年了，硬是半个儿子也生不出来。眼看邹家就要绝后，邹思防一口气便纳了几房小妾，其中就有熊家塞进来的女儿。

这一来不要紧，邹家后院里的战鼓声便响了起来。

赵氏感受到了威胁，将这几房姨太的娘家人通通关在府门外。熊氏嫁去的第一年，连娘家人的面都没见着。不仅如此，不知那赵氏吹了什么枕边风，竟让邹思防谋划着要将熊氏在沼泽一带的地买下来。

要说这药材生意，本就是邹家一力打理，熊家出块地皮便能坐享其成，如果邹思防真将地买了来，便可一劳永逸地踢了熊氏，一家独大是迟早的事。

熊氏看明白这局势，有些急了眼，明里暗里的招数没少试过，最近竟偶然寻得个机会。

月余前，熊炳南巡视自家地盘的时候，在沼泽深处寻到一具比鹿还要大些的尸骨，看样子应该是马或者牛的。

然而沼泽边缘湿软，体形稍大的动物察觉有陷入其中的危险，大都不会走到沼泽深处，而野兔、野鼠之类的小兽又不足以陷入泥中，只有小些的鹿或獐子才有可能掉进泥潭。

熊炳南当下便觉得有些蹊跷，剖开那白骨后竟然发现一块美玉。那玉四四方方，虽是人为切割过的，却未过度雕琢，其色之润、其质之纯，都是从未见过的。

牛马尸首里怎会有玉呢？熊炳南是个粗人，只知道那是好东西，却不知好在哪里，左右一寻思，不如借花献佛，便私下叫了邹老爷出来，将一方美玉奉上。

霍州地广，穆尔赫却是个小地方。消息不胫而走，有心人盯上了邹思防和他手头的东西，几番上门询问出价。邹思防也不是个傻子，自然就明白那玉确实是个宝贝，更加不肯轻易出手，于是便有了他重金请瞿家人上门鉴玉的传闻，也才有了肖南回此次的行程。

肖南回和伯劳一入城便直奔最热闹的街而去。要知道民风越是开放的地方，烟花之地便越受欢迎，这里望尘楼的规模竟比阙城的还要大得多。

落日余晖还未散去，天色还透着晚霞的红光，整条花街却已灯火通明，空气虽然有些湿冷，却吹不冷霍州人夜晚寻乐子的火热情绪。街上弥漫着一股若有若无的脂粉味，这些飘散在空中的细小香尘，使得光影都变得似有形状起来，腾挪的烟气像轻薄的带子萦绕在恩客们的鼻尖，搔得人心尖发痒。

望尘楼今日值班的管事姓周，人称周外爷，只因满楼倌妓都是他的“孙子辈”。

周外爷今天状态格外好，连带着他肩头那只紫胸佛法僧看着都艳丽了不少。他天生一副和气的小老头模样，一边逗着鸟一边招揽客人，连着揽了几个大户，直把对街摘花阁的管事气得冒烟。

这当口又有两名俊俏公子走进来，周围几个有姿色的都去忙了，他连忙亲自迎上前去："二位公子今天可算是来对了地方。我们楼里一会儿便有个压轴的节目，这刚刚有两位订了座的突然有事来不了了，正好空出两个雅座，听曲看舞两不误……"

肖南回轻咳一声，摸出姚易给的薄薄纸封递了过去。

对方接过，拆开一看，里面只有一枚灰不溜秋的算珠。

周外爷一看那算珠，方才还笑眯眯的眼瞬间耷拉下来："原来是都城来的贵客，来得倒真是凑巧，正赶上我这儿最忙的时候。"

托姚易的福，肖南回早已习惯了各种势利嘴脸，面上一派平和，示意伯劳拿出一早准备好的银子："实在是住客栈不太方便，才来叨扰，一点儿小意思，还请管事不要推拒。"

本就是熟人打过招呼的，周外爷只是心气不平才嗔怪了几句，对方却很是上道的样子，他反而有些不好刻薄了。

利落地将银子收入袖内，他顺手招呼过来一个正端着空果盘的小童："金豆儿，过来一下，带二位公子去后院。阿汐隔壁不是空着个偏房吗？你帮忙收拾一下。"

那小童一愣，看了看肖南回和伯劳："你俩跟我来吧。"

肖南回和伯劳对着周外爷揖了揖，周外爷也客气地回礼，三人便各行其路，各忙各的去了。

穿过望尘楼高低交错的阁楼屋檐，那热闹的人声便渐渐淡了去。一踏入后院，四周瞬间安静下来，这是花了心思设计的地方，为的是让待在房里的各位主子能有个清净。

后院主体是个回字形的阁楼，中间天井花团锦簇，红绿相映，有几个今日得闲的美人正卧在花间逗趣，见到肖南回和伯劳二人，都讶异地停了嘴。有觉得对方俊俏的便大胆地摘了花砸过去，伯劳乐呵呵地照单全收。

那厢金豆儿已经上了三楼，趴在木栏杆上冲下面的两人催促道："快些上来吧，莫要耽搁了。"

肖南回连忙拉着伯劳上楼去。那金豆儿看着也就十二三的岁数，却处处透着一股老练，她带着二人来到一扇雕花木门前，指了指上面镂空的玉簪花："这白玉簪的房便给二位公子了，出入可切记看仔细了，晨起至晌午过后都须轻手轻脚些，莫扰了左右。"

肖南回一一应下，仔细看了看房内，觉得也不差什么，便对金豆儿说道："还有一事拜托姑娘，我们二人的马还在前门拴着，烦请托人照看。"

金豆儿似乎愣了片刻，随即低下头乖顺地应道："好说，这便差人去。"

"有劳姑娘了。"

“不敢，我这儿还有事要忙，便先退下了。”金豆儿说罢弯了弯腰，转身快步离开。

两人将行李放妥，第一件事便是除了有些潮湿的外裳，换上干净的衣服。

肖南回将背上一直背着的布包取下来，伯劳斜眼瞧见，一把便顺了过来：“你居然带了它出来？不是说好要低调行事吗？”

她欲伸手去夺，却被对方灵活地躲开。

她有些无奈：“我带着图个安心不行吗？”

“这次出来又不需要你杀敌千百的，何况有我在呢，你有什么不安心的？”

“你？你才让人不安心好吗？！”肖南回一阵腹诽。

伯劳却已经从行李里另翻出一把匕首扔给她：“先用这个。”

她还要再说什么，便听走廊里传来一阵男子抱怨的声音：“姓邹的不来了也不说一声，害我提前推掉了李公子的局，平白得罪了人。”

另一个年轻的声音听着倒是镇静些，声音也小许多：“汐主子少说几句吧，楼里人听见了，背地里要笑话我们的。”

原来这就是阿汐，她们的“邻里”。

原来那邹老爷放着家里几房姨太不宠，偏要来这烟花之地，是想换换口味。

肖南回和伯劳将门半掩上，缩着脑袋，继续偷听。

“这事还用我说？早就扬得满天飞了好吗？烟姐不也被耍了？一会儿又要摔东西了。”

啧啧啧，原来是有男有女，邹老爷这口味可是不轻啊！

“这也是没办法的事，我听回春堂的小六子说，那邹老爷病重可不是一天两天了，据说连床都下不了了，还能来楼里吗？”

病重？等一下！肖南回一把推开门，在门外那两人惊讶的目光中急急地开口道：“二位所言可是真的？”

那个叫阿汐的男子生得确实好看，一双桃花眼此时却生出几分敌意，上下打量着肖南回和伯劳：“新来的？竟如此不懂规矩！”

肖南回耐着性子解释道：“公子误会了，我们是周外爷的朋友，来这儿暂住几日。”

阿汐听罢，脸色这才好些，但仍是恹恹的：“原来是贵客，那便不打扰了。刚刚的话，你就当什么也没听见吧。”他说罢便走到隔壁那间雕着海棠花的房间前推门进屋去，半响才发现身后跟着的人没反应。

他身后那小厮模样的人正望着肖南回的方向，看到她身后那扇半开的玉簪花房门有些愣怔。

阿汐不满地斥道：“阿律。”

那个叫阿律的小厮回过神来，对着肖南回匆匆行了一礼，飞快地进屋把门关上。

肖南回张张嘴，把追问的话又咽了回去。

她出发前特意打听过，知道这望尘楼是邹老爷经常光顾的地方，这才死皮赖脸地求了姚易要住进来，谁知竟然这么不凑巧，人家窝在家里不出来了。不过左右都是小道消息，出些纰漏倒也正常。只要对方没出穆尔赫的城门，她就不信找不出这个人。

不过……邹思防病重？

她眼前不自觉地闪过一个人的脸。

她正想着，伯劳从她换下来的外裳里摸索出一样东西，放在鼻子底下闻了闻，疑惑地开口道："你怎么有颗枳丹？还是白色的！"

她迷茫地回头："什么枳丹？"

伯劳将那东西放在她手心，肖南回定睛一瞧才想起来："这是那个郝白给我的，说是为船上的事答谢。"

伯劳咂咂嘴："他倒是个实在人，这枳丹是个好东西，只是如今江湖上不大好寻了，以前我从师父那儿偷的都是明黄色的，白色的几乎没见过。改日我要找他多要些才行。"

肖南回盯着那白白的小药丸若有所思。

两条街之隔的一座大宅院内，邹老爷的几房小妾正在花厅哭得梨花带雨，正中坐着当家主母赵氏，她妆容精致，却难掩憔悴。

赵氏面无表情地吐尽最后一个字，再也无话可说，自顾自地喝起茶来。

这已经是她十天里不知第多少次说起邹思防的发病前后了，听的人换了一拨又一拨，妾室们的眼泪流了又流，这邹老爷的病还是毫无起色。眼前这位外地来的医者嘴上连根毛都没有，又能靠谱到哪儿去？

思及此处，她连发火的力气都没有，只觉得厌烦。她摆了摆手示意管家上前来："诊金可准备好了？郝先生若是无法，便让他拿了银子早些离开吧。"

她面前站着的那白衣白靴、嘴上无毛的公子正是郝白。

郝白一副沉思的模样，显然没有拿钱走人的意思。

"郝先生？"

郝白回神，又拿出那个装满金针的布袋子："夫人莫急，在下年纪虽轻，但走南闯北许多年，见过不少疑难杂症，您方才所说，也算不上最糟糕的情形。"

"这还不算糟糕？"赵氏惊了惊，茶都泼出来半盏，"他可昏睡了整整半月了，药石不进不说，连水都喝不下，要不是偶尔有口气在，我怕是早就让人准备棺材去了。”

“夫人若信得过，便让在下面诊一番。”

赵氏静了静，心知现在只能死马当作活马医了，如果邹思防就这么去了，这几房小妾少不了要和她撕扯一番。如今她膝下无子，若想未来的日子好过些，这一家之主可万万不能先咽了气。

“如此，那便有劳先生了。”

第十一章

怪病

霍州人信奉神明，认为万物皆有灵气，有取必有还，方能吐纳换新，天长地久。若是有人只取不还，日子久了便是要遭报应的。

邹思防病重的消息从回春堂走漏风声的时候，人们就是这样说的。

所谓风水轮流转，哪能什么好事都让你家摊上呢？好处拿得久了，总是要拿点儿别的来还的。尤其那邹家赚的还是带血的银子。陵前血便是一百只鹿也不见得能出几两，就算沼泽再大，也不可能年年寻到。

牧羊的人曾亲眼瞧见过，那熊氏的家丁和邹家的采药人骑着马挥着鞭子，将鹿群驱赶进沼泽深处。陷入沼泽的鹿群夜夜哀叫，经过沼泽边缘的过路人连着三日都能听到那小孩哭泣般的声音。然而最终一切都消失在那终年不散的雾气中，只留下死一般的沉寂。这便是邹、熊二家的财路，一条沾着血的财路。

而如今，这条财路的买路费便是邹家老爷的性命。

为了方便仆从日夜照料，邹思防的卧房被从正屋搬到了西厢，屋里四处生着火盆，驱逐潮气，重重帷幔遮挡着，生怕里面的人受了寒。

赵氏掀开最后一层纱幔，终于露出了床上躺着的人。

邹思防面泛青色，双眼紧闭，干裂的唇半张着，像一条被抛上岸后脱水的鱼。空气中弥漫着一股污浊、腥臊的气味，那是长久卧床之人便溺失禁的气味。

饶是每日都见，赵氏脸上还是涌上一种控制不住的厌恶。她花了不少银子请些嘴巴严实的人前来照看，就是不想自己日日困在这充满死气的房间内。

郝白年纪虽轻，倒是有些胆色，脸上不见丝毫嫌恶之色，只叮嘱道："夫人这房里要多多通风换气，有时这般捂着未必是好事。"

赵氏用帕子捂着口鼻，只摆摆手，示意他快些看诊。

郝白叹口气，开始为邹思防把脉。

屋内一时无人说话，只剩呼吸声撩拨着赵氏的神经。

这白衣郎中诊脉花的时间似乎是之前所有医官诊脉时间的总和，邹思防有些枯瘦的手腕在他指下被按来按去，留下几个指印。

就在赵氏快要失去耐心时，郝白突然对旁边低头伺候的丫鬟问道："可有火烛？"

那丫鬟看一眼赵氏的神色，这才点点头，去一旁的角柜上取了来。郝白点上一支，凑近邹老爷的脸，另一只手轻轻扒开他的眼皮。

邹思防眼珠混浊，但仍可见那原本该是圆形的瞳孔竟变成一条横线，在见光后微不可察地缩了缩。

郝白心下明了，吹灭了蜡烛，又伸出三根手指在对方的脸上、脖子上、肩颈上、手臂上四处摩挲探查。

一旁眼巴巴看着的赵氏终于忍不住，出声问道："先生这是在做什么？不是已经把过脉了吗？"

郝白没有立刻回话，手在摸到邹思防右手食指的时候终于停了下来，随后又拿起随身带着的一面小镜细细查看。

只见那食指指尖的位置有一个十分不起眼的小黑点，看上去像是被针扎过留下的痕迹。再仔细看，便会发现那黑点像是一根竖直扎在肉里的刺，只是皮肤上并无异物感，平滑如常。

他将邹思防的手放回被子里，恭敬地冲赵氏回话道："回夫人，老爷并非患病，实乃中毒。"

"什么？！"赵氏大惊，花容失色。

她脑海中闪过了种种可能，直把身边的人都猜忌了个遍，最后狠狠地咬牙道："想我府中平日里没少给出去好处，一个个围着老爷称兄道弟的，却原来是惦记着我家的钱财，竟要使出这种手段害人！"

郝白却显然不这么认为："老爷所中的毒十分古老，怕不是如今轻易能寻到的，且并非当下便要人性命。若是有人想谋财害命，必是要将人害死，这般留着一口气未免奇怪。"

赵氏渐渐冷静下来，但手仍止不住地抖："你是说，他一时半会儿还死不了？"

"此毒来历少说也在百年前，传闻曾是祭祀时用在牛、羊身上的一种毒药，为的是让祭神的牺牲不在祭坛上挣扎，但仍有一口气在，以供神明享用。祭祀过程往往需要四十九日，这毒的药效便也是四十九日。四十九日后，药石无用，神仙难救。"

赵氏听来听去，只听出一个"死"字，当下脸色便有些发白："先生可能解此毒？"

郝白垂下眼帘，神色明显有些不太自然："这……实不相瞒，在下确实知道解药秘方，但其中有一味药引实在太难寻得，恐怕……"

赵氏一听还有希望，当即表示："先生尽管开出药方，便是千年灵芝之类的稀罕物，邹家也绝不会吝惜这银子。"

郝白知道多说无用，便拿起桌上的笔，在宣纸上写下几个字。

赵氏拿起来一看，整个人愣住。

与邹府遥遥相望的北部老城，一辆不起眼的马车在一家老茶馆前缓缓停下。赶车的人佩着把颇为显眼的长刀，正上下打量着茶铺的门帘。

茶馆的门面经历风吹日晒，早就看不出原本的样貌了，梁上的牌匾也早就不知去向，只剩下门口柱子上刻着的两句诗："晴风石鼎浮花乳，夜雨春盘冷碧丝。"

说是茶馆，其实也算不上，只因其中连卖茶水的掌柜都无，只有来来去去的穷困茶客。

传闻此处曾是霍州境内最好的茶馆，馆主不仅烹茶手艺绝佳，更是个隐士高人，常有居士、修道者慕名而来，久而久之，名声与茶香飘出千里之外，可算得上享誉一时。

谁知后来馆主一朝病死，此处便渐渐败落。如今的茶馆早已没有烹茶的馆主坐镇，但昔日那些爱茶如命的书生、儒士还聚集在此，日夜畅谈、辩论，或针砭时弊，或求仙问道，参与者轮流自带新茶，各自备好茶碗，今日喝的是湘君兰雪，明日喝的是绿泉瓜片，虽然环境破败，茶客潦倒，倒也有几分远离世俗的快活。

"主子，应当就是这儿了。"

马车里的人低低应了一声，一只戴着佛珠的手轻轻撩开帘子，露出半张有些困顿的脸。那双狭长的眼此时带了几分迷离，只瞥了眼茶馆的门面，他便淡淡地道："那便进去吧。"

天色擦黑，茶馆里的破桌子上摆着些油灯，光线昏暗，只显得每个低声私语的人都有些神秘。

门口传来些响动，走进两个人。

这个时辰来茶馆的人并不多。晨起的茶馆最热闹，眼下当是酒肆生意最好的时候。

但茶馆里没有一人抬头去看那两位新客，所有人都沉浸在茶案前那一小块天地，就着日头西沉前最后一缕薄光，做着忘记尘世的美梦。

茶室越往里走越是昏暗，数十步后便似乎已到了尽头。钟离竟的脚步停了下来："未翔，这里。"

不远处有个胡子半白的老者正在油灯下和人斗着笔法，余光瞥见二人，突然开口道："后生，那处封着呢，进不得。"

钟离竟缓缓转过身，脸上带着淡淡的笑，只是那笑只停在嘴角，看着便有几分古怪："多谢老先生提醒，这便小心些。"说完，示意身边人动作快些。

丁未翔上前一步，左手轻轻握上刀柄。

茶室内有道极快的白光闪过。

众茶客还未反应过来发生了什么，那茶室后墙上钉着的木门封已应声碎裂，露出一扇通往后院的窄门。

也不知那人是如何下的刀，只砍断了那门封，却半点儿未伤及其后的门板。

先前说话的年轻公子不再看满室惊诧的脸，推开木门，迈步走进那结着蛛网灰尘的窄门。他的侍从紧跟其后，顺手将身后的门板重新堵上。

茶室内重归平静，若非地上那些散落的木头碎片，简直叫人怀疑刚刚是否真的有两个人从这里走过。看客们面面相觑，随后又投入新一轮的辩论，很快便把这怪人怪事抛在了脑后。

钟离竟走在一片碎石上，径直穿过这荒凉的茶馆后院。

这院里原本植了些竹子，但因为许久无人照料，已经荒草丛生，枯枝满地，碎石子路的尽头是栋石头垒成的小屋，门扉大敞着，露出屋内有些杂乱的地面，似乎还是主人匆匆离开时的模样。

丁未翔将几件简单的随身行李放在布满灰尘的桌上，忍不住皱了皱眉："此处实在破败，主子确定要宿在这儿？"

"无妨，方便最好。"钟离竟向屋内唯一的一张床榻走去，那其实根本算不上一张床，床头和床尾的垂花柱已经不见，只有两块床板还严丝合缝地待在原地，"比这儿糟的地方我又不是没待过，何必介怀！"说罢，他伸出手轻轻叩了叩那床板。床板发出空洞的回音，回音又在石屋子里回荡着。

丁未翔心领神会，上前小心地将其中一块床板挪开，一个深不可测的黑洞露了出来，隐隐有混浊的空气从其中涌出。

钟离竟似乎并不惊讶，披着件裘衣坐在那洞口旁。他半合着眼，不知在思索什么，手指摩挲着腕上那串珠子。

其实细看那些珠子，并不似寻常佛珠那般圆润，且每个形态都不相同，有长有短，有圆有扁，颜色也是从赤色到深茶色不一。二十一颗珠子被一根纤细的金线相连，颗颗质地都似玉般温润，一看便是被人贴身佩戴有些年头了。

许久，他终于睁开眼，将左手手腕伸出去，示意站在一旁的丁未翔："取一颗下来吧。"

丁未翔却并未马上应下。他很少质疑对方的命令，当下却忍不住开口道："邹思防的病兴许只是传闻，那郝白也未必真能药到病除，主子何必冒险？"

"他若与秘玺之事有关，那便是避不开的，总要走到这一步。"

"可是……"

"一颗而已，算不得大事。"

丁未翔的语气中透着深深的忧虑："或许就差那一颗。"

钟离竟终于看向丁未翔，语气依旧平淡："未翔跟着我，可是怕死了？"

他的声音比之前低沉些，音色也不再清澈，而是带着一丝沙哑，先前那种淡泊高远的感觉瞬间不见了，只留下上位者的威严。

丁未翔一惊，终于意识到今日的话说得有些多了，扑通一声跪倒在地，急急道："属下为了主子万死不辞，怎会贪生怕死？属下只是替主子不值，万一那人并无用处……"

钟离竟嘴角一勾，显出几分自嘲来："那便当作日行一善吧。佛祖知道了，说不定会为我记上一笔功德。"

丁未翔知道多说无用，只得将目光落在那串佛珠上："是。"

此时的望尘楼后院偏房内，肖南回正在点油灯。这房间许久没人住过，处处透着一股霉味，就连泡在灯油里的灯芯都有些糟了，她挑了半天才挑出来。

窗外已经彻底漆黑一片，隐约有丝竹声和喧闹的人声从前院的方向传来。

伯劳从行李中翻出一只竹筒，又从里面小心取出一张图纸铺在桌上："渡江的时候弄湿了，不知道还能不能用。"

肖南回没说话，将油灯端过来，豆大的火苗照亮了一小片天地。

那似乎是一座宅院的图纸，正中主宅院处盖着一方褪了些色的红印，隐约是个古体的"扈"字，因为江水浸入竹筒，图纸左下三分之一的地方染上了一片水渍，墨迹晕染开来，看不清原本的构造了。

她皱起眉头。

这可是她费了好大一番功夫才托姚易借来的，为的是万一计划有变需要潜进邹府时用的。如今邹思防闭门不出，好在她留了这一手。

邹家大宅是霍州有名的古宅，不仅地段是最好的，屋宅庭院修得也很是讲究，只是地价甚是昂贵，听闻邹家搬进去前那宅子少说空了三四十个年头。这样的老宅，若是没有图纸相助，摸黑进去难免迷路。

伯劳歪着脑袋看了看，伸出手在左下角那一片墨污上指了指："可惜了可惜了，之前看的时候我记得这里有一条密道来着，现在被水糊掉了。"

肖南回思索一番，觉得倒也不是那么糟糕："就算密道还在，可若不知道密道通向何处，于我们而言也是无用。"她说罢停顿一番，指了指图纸正中的几个大院，"邹思防买下这么大个宅子，肯定不是为了住在那犄角旮旯里。这几处院子我们重点探查一下，也就八九不离十了。"

伯劳随手拿起桌子上那盘不知放了多少年的干花生剥起来："这么快就要擅闯民宅了？好激动哦。"

肖南回笑了，虽然也是心痒，但碍于平日里肖准的教诲，对于半夜去翻人家院墙这件事还是有些顾忌，只粉饰太平道：“咱们只是进去看看，莫说得那样难听。”

伯劳撇撇嘴：“我说得难听？你要是真找到那玉玺了，难道不得偷出来……”

她一把捂住对方的嘴：“你小声点儿，小心隔墙有耳。”

伯劳把她的手拍下来：“你别一惊一乍的。要我说，如今这穆尔赫城里的外来客，有一半都是奔着这东西来的。”

“越是如此，越要小心。”肖南回又细细看了一遍，才将图纸收起来，转身在行李包袱中翻了一会儿才后知后觉地想起一件事，“伯劳，穆尔赫哪里有卖夜行衣的吗？”

第十二章

三方夜会

夜深了，邹府大院的后墙静悄悄的，一只老鸹正蹲在院墙里的白蜡树上打盹。

晚风吹过，这静悄悄中便多了点儿动静。

老鸹突然被惊醒，扭头一看，只见光秃秃的墙头上竟冒出个脑袋，“啊啊”叫了两声便飞走了。

那脑袋用一块桃红色帕子蒙着面，帕子上露出的两只大眼眨了眨，暗骂一句：“死鸟。”随后竖着耳朵听了一会儿，发觉没什么异常，才对墙根的另一人示意。

很快，墙头上又多了个脑袋，蒙着的却是翠绿色的帕子，语气明显有些迟疑：“你确定这样没问题？”

“红帕子”语气笃定：“我多年行走江湖的经验错不了，蒙面只是为了不让人看见脸，什么颜色不重要。”

“绿帕子”仍在犹豫：“可是……”

话还没说完，那“红帕子”已经飞身跃进邹府，轻得像一只燕子。

“绿帕子”无法，只得跟上。

邹府是个名副其实的深宅大院，修建的时候可能是效仿古时贵族的喜好设计的，大小庭院楼阁错综复杂，可容纳百人生活其中，而互不打扰。

邹老爷偏爱带假山的园林风格，花了不少银子造景，园中绿植也是颇费心思，还专门依照所谓风水阵法修了许多回廊、影壁，说得好听些便是“十步一景”，说得不好听些便是“机关重重”。

夜色给这座大园子蒙上了一层幢幢的鬼影，在这一片黑黝黝里，突然多了一点儿飘忽的白色。那白色在长廊间缓慢地移动着，因为没点灯，“它”好几次撞到柱子上，又好几次没看清脚下台阶险些摔倒。

终于，这团白色来到邹老爷的房门前，鬼鬼祟祟地四处张望了一番，便溜进了房中。

吱呀作响的木门刚关好，郝白连忙一把扯下蒙面的汗巾，深吸一口气，拍了拍在胸腔里狂跳不止的心，蹑手蹑脚地向里屋摸去。

这是邹老爷病倒前住的屋子，他白天没来过这个房间，对屋内摆设全然不知，若想不点灯不惊动他人，也就只能慢慢摸个大概。

死沉死沉的瓷花樽，他都要抬起来看看，抽屉、匣子挨个翻，多子奁盒也一一拆开来看，一盏茶的工夫，他已经累得气喘吁吁，显然是第一次干这翻箱倒柜的勾当，甚是不得要领。

靠在墙上喘了会儿气，他决定再接再厉继续找，抬头却看见窗棂上映着一个影子——黑漆漆的人的轮廓。

他吓得魂飞魄散，一个重心不稳，撞了下身后靠着的案子，还来不及反应，便眼睁睁看着那案子上一只脸盆大小的铜盂晃了晃，掉下桌来。

哐当！一声巨响回荡在房间内。

片刻后，四周厢房瞬间亮起灯火，渐渐有人声传来。

那窗棂上的黑影早就不见了踪迹。郝白叫苦连连，顾不得收拾现场，夺门而逃。

西厢房不远处的一座假山园子内，一点儿翠绿和一点儿桃红穿梭在青萝、流水之间，行色匆匆。

“你刚刚听到什么声音没？”

“没有吧？你先告诉我，咱们现在在哪儿。”

肖南回觉得脸上捂着的帕子越来越闷，这从青楼顺来的东西透气性怎么这样差？

她们已经在这处园子里绕了半天，就是绕不出去。

伯劳终于忍不住，压低嗓音问道：“你不是看过图了吗？怎么还是鬼打墙？”

她四处张望，也是无奈：“我是看过了，但是图上没有这么多破石头。”

伯劳是急脾气，原地转来转去已经烦躁：“放屁！石头是石头，房子是房子，那还能看错？”

肖南回也火了：“黑灯瞎火的，能看清楚个鬼！我说在墙上看清楚了再进来，你就是不听！”

“现在看又不晚。”伯劳说罢，纵身一跃便钩上假山旁的松树，几个起落后已经坐在临近的屋顶上，手搭凉棚，四处望着。

肖南回手脚没轻重，实在不敢冒着将瓦踩碎的危险跟上去，只能在下面干着急：“喂，看好了没有？”

伯劳没回应，夜晚的邹府内似乎并不如想象中平静，正当她以为自己看错了的时候，一道黑色的影子就在她眼皮子底下从不远处闪过，快得像一阵烟。

伯劳愣住，连忙翻身下来。

肖南回迎上前正要追问，伯劳一把捂住她的嘴，用极小的声音说道："还有别人。"

肖南回瞪大了眼睛，下一刻便看见那道人影从假山上一掠而过。

紧接着，火把的光在不远处亮起，邹府护卫的声音隐隐传来："好像往那边去了。你们几个去厢房，剩下的和我一起过去看看。"

肖南回和伯劳对视一眼，拔腿便跑。

邹府可能确实有钱，请的护卫都不是一般的护卫，身手便是放在江湖中也是上乘，加上她们两人不熟悉地形，只觉得身后追击的脚步声越来越近。

伯劳停下，语重心长道："咱俩得分开，你去那边，我去这边。回头见。"

回头见？回哪儿见？不等肖南回有所反应，伯劳已经瞬间跑到十步开外了。

这便是，主仆本是同林鸟，大难临头各自飞。

她狠狠瞪一眼伯劳那飞速消失的矫健小身板，只得挑了另一条道逃命去。

连绵数月的雨让地面变得湿润，从泥地和细沙上走过很容易留下脚印，肖南回四处张望，挑了一条铺着青石板的小路，还将脸上的帕子解了，扔到另一条路上，以便给自己争取些时间逃跑。

她沿着那条小路跑了片刻，便看见一座杂乱的院子，四散堆着些碾子和磨，屋墙下是码得整整齐齐的柴火堆，原来是邹府里下人的后厨。

借着一点儿月光，肖南回看见青石板地上隐约有块方形木板盖着，应该是菜窖一类的地方。不远处护卫的声音似乎越来越近，情急之下，她摸索着拉开那块板子。木板下果然有个空间。

她来不及多想，赶紧跳了进去。

脚一落地，她就感受到另一人温热的鼻息，心中一凛，刚要出手，鼻尖便闻到一股烂菜叶子也遮不住的熟悉气味。

眼睛适应了周遭光线，她抬头一看，正对上钟离竟有些惊讶的脸。

真是人生何处不相逢啊！

头顶上隐隐传来脚步声，肖南回顾不得许多，将眼前的人往里推了推。

"挤一挤，多谢。"说完，她伸手一把将头顶的木板拉下盖上，四周瞬间陷入一片漆黑，只有些许月光从地板的缝隙透过来。

那脚步声越来越近，听着非常沉稳，像个练家子。她屏住呼吸，钟离竟的气息也安静下来。

下一秒，头顶的木板被人一把拉开，露出一张焦急的方脸。

"主子，属下来迟了……"

肖南回挤出一个友好的微笑，和有些错愕的丁未翔大眼瞪小眼。

一身黑衣的丁未翔语气不善："你怎么在这儿？"

她也没好气："这话该我问你。"

丁未翔看一眼他那被挤到墙角一脸憋屈的主子，咬了咬牙："因为我家主子在这儿。"

不远处又隐约有人声传来，听起来混乱至极。丁未翔一个纵身也跳进这菜窖里，顺手将头顶的木板拉上。

空气再次安静下来，三人竖着耳朵听外面的动静。

果然，脚步声再次响起，这次似乎不止一个人，分外杂乱。

脚步声在木板的正上方停了下来，隐约还有喘气声。

肖南回有些纳闷，刚刚还觉得这邹老爷府里的护卫功夫不错，怎的过了会儿便如此不济，跑了几步就喘成这样了。

她正想着，一个声音便隔着木板响起："这……这下可怎么办？早知道我就不跑了，我又不是贼，我跑什么呀我……"

咦，这声音有点儿耳熟啊。

另一个更熟悉的声音响起来，带着几分气急败坏："谁让你跑了？我一个人跑得好好的，是你非要跟着我，还穿个白衣服……"

肖南回揉了揉脑袋，只觉得今夜的邹府不是一般的小。她站起身，把头顶的木板一把掀开。

月光下站着的两个人像被吓傻的狍子，正是郝白和伯劳。

肖南回面无表情地招招手："要不要挤一挤？"

却说那邹府里的护卫们举着火把一路狂追，那贼人的身影却在前方凭空消失了。

领头的那个在四周照着亮查看一番，只在不远处的树枝上捡到一块帕子——一块翠绿色的帕子。

他放在鼻尖闻一闻，有一股女人的脂粉味。

"大哥，这定是那两个贼人留下的，不如交给夫人，让她定夺一番。"

领头的却似乎另有计较，他压低嗓音，示意其他几个人凑近些："我看，那未必是贼人。"

其他三人面面相觑："不是贼人，那是何人？"

"你们说，有哪个贼人会用花楼姑娘的帕子来遮脸？"

其他人点点头，觉得有理。领头的便继续分析起来："我听说，前阵子老爷被那望尘楼里的绯烟姑娘迷得五迷三道，早早就订了两个雅座，本来今晚是要去听曲的。"

“这么一说好像确实如此，这事一直瞒着大夫人来着，谁知道人还没去就倒下了。”

“那可真是邪门，莫不是中了什么妖法？”

“啊，你说刚刚那两个……会不会……？”

众人盯着那块帕子，脸上变幻莫测。

“那个……”黑暗中不知道是谁先打破了这诡异的寂静，“有人带火石了吗？”

一阵窸窸窣窣的翻找声后，化不开的黑暗里终于啪地亮起一个火苗。

狭小的地窖里挤了五个人，大家身形都有些狼狈，只有钟离竟一人好似仍在高山流水间，风姿如常。

肖南回此时正坐在几棵白菜上，颇有些看不惯：“我当钟离兄何等高雅、淡泊，原来也行这般偷鸡摸狗之事。”

对方还是没什么表情，像是丝毫不介意她的挖苦。一旁的丁未翔则掏出一支精巧的蜡烛，用手里的火折子点上：“我与我家主子只是凑巧路过，姚公子不要误会。”

路过？他管这个叫凑巧路过？肖南回被对方脸皮之厚惊到了。

一旁的郝白坐在萝卜堆上，闻言连忙插嘴道：“在下是受委托来给邹思防看病的，也请姚公子不要误会。”

烛光下，他脸上的脂粉居然不见了，露出了原本黝黑的肤色，看着倒是比之前顺眼不少。

“等一下。”伯劳不客气地叫住他，“你说你来给邹思防看病，什么病要半夜三更偷偷摸摸溜进人家空着的房里看？”

郝白显然没有那对主仆睁眼说瞎话的本事，一时有些磕巴：“在下是……是白日问诊时落了东西，方才是去找东西的。”他说完似乎反应过来，又迅速将矛头指向伯劳，“话说回来，你刚刚又在做什么？”

伯劳懒得搭理，郝白又将目光投向肖南回，后者硬着头皮挤出一个微笑，试图将这一篇赶快揭过去：“其实……”

“各位此次前来霍州所为可是宝玉之事？”有人不开口则已，一开口就让人哆嗦。虽然他压根没说到“秘玺”两个字，但其中所指已经十分明确。

肖南回脸都憋红了，才勉强吐出几个字：“非也非也，都是误会。”

郝白的脸色也是非常精彩，感觉承认也不是，否认也不是，最后他只得无力地反驳道：“是或不是，干卿何事？”

钟离竟并未抬头看这两人，只伸出一根手指轻轻试探那蜡烛上的火光。豆大的火苗在他指尖摆动，留下一地影子。

"如今穆尔赫城内高手云集，哪个不是为了那瞿家鉴玉之事？二位不必介怀，我们可以谈谈合作。"

有诈，绝对有诈。肖南回第一个反应便是如此，那郝白也是一脸警惕。

"如何合作？我们有三方，东西却只有一个，难不成到手后还要砸碎了分成三块？"

"在下虽不是生意人，但也懂些经商之道。世间之物，都有可供交换的价值，但凡一桩交易未谈拢，大抵是因为出价未达所期，而非其物本身谈不得买卖。现下这宝玉亦是如此，二位若是买玉求财，那到时候只须开价便是，若是为了其他，也可共商一二，想必依两位的本事，到时候也绝不至于吃亏。"钟离竟慢悠悠说着，停顿片刻后话锋一转，"但那都是之后的事了。眼下玉还未在我们手中，各位烦忧之事未免早了些。"

这一番话虽说不得有十足的道理，却也令人动心三四分。

不管怎么说，如果最后东西落在别人手里，现下想这些确实没什么用处。

丁未翔抬起眼皮瞧一眼两人犹犹豫豫的傻样，暗暗摇头，又闭上眼。

像是看不到两人脸上神情一般，那人又不慌不忙地继续问道："邹思防患病，郝公子想必已查明其病因，对吗？"

郝白点点头："是又如何？"

"可医得好？"

郝白被问住了，一口气憋在喉咙里。肖南回偷偷瞧着，心下也觉得有几分好笑。原来当真有人的天赋是让人吃瘪。

郝白被噎了一番，还是决定要捍卫自己的医术："要医邹思防，需得一味药引。这药引怕是不好寻，若是寻不到，便是再高明的医术也无用武之地。"

"先生所说的药引可是佛骨舍利？"

此话一出，郝白的眼睛瞪得像是两只铜铃："你……你……你……"

"我是如何知道的不重要，重要的是这味药引我可以提供，便当作在下一点儿诚意。"

肖南回瞧着不对劲："佛骨舍利如此珍贵的东西，你怎么会有？"

"在下不仅有，还愿意出手相助，是因为邹思防必须活着。只有他活着，才能将那宝玉拿出来，也才好有后面的算计。"

伯劳有些不屑："他就算是死了，只要东西还在，那便早晚教人翻出来。"

钟离竟点点头："说得是，但不知各位刚刚可有翻出来？"

伯劳也被噎了一句，气呼呼地别过脸去。

罪魁祸首悠悠地总结道："看各位这般小心行事，想必都是有身份的人，当知道时机宝贵、宜早不宜迟的道理。在下愿出这枚佛骨舍利以换几位相助，若能事成，便依刚刚所说再行商议。”

宝玉再好也是死物，活人要用活人的办法才行得通。

多几人帮忙或许好过她和伯劳两人夜夜翻墙，且眼下邹思防这一关最难过，若是人死了，便当真成了死局。

有道是，兵来将挡，水来土掩。只要秘玺到手，到时候便各凭本事，也由不得他变卦。

另一边，郝白脸上也是神情变换，显然心中也在衡量此事的风险。

摇曳的烛光一点点矮下去，终于，那烛芯晃了晃，断开，黑暗中唯一一点儿光亮也消失了。

肖南回和郝白的声音几乎同时响起：“便依你所言。”

黑暗中传来一声低沉的轻笑，像是一阵微风刮过肖南回的耳畔：“如此甚好。”

第十三章

拨云见日

次日清晨，邹府炸开了锅，丈高的围墙都挡不住当家主母赵西梅尖厉的嗓音："一帮废物！这么多人连两个涂脂抹粉的贼都抓不到！"

领头护卫长了张木讷的脸，说出的话却硬气得很："夫人此话差矣，昨夜我和几个兄弟可是将这院子守得如铁桶一般，就是连只虫都未必能飞出去，可那两人却愣是凭空消失了。"

"就是就是。"其他护卫频频点头，表示老大所言非虚。

这言下之意便是将失职一事撇得一干二净。赵氏一听这话，反倒不急了，一屁股坐在花墩上，一边喝茶一边问道："说得有鼻子有眼。那我来问问你们，昨夜那两个贼穿的是何颜色的衣服？"

"黑的。"

"白的。"

"花的。"

赵氏冷笑，众护卫相互低声埋怨起来。

"怎会是黑的？我明明瞧见那人从正房跑出来，明晃晃的一身白。"

"哪里是白色？我明明瞧见人是从假山那头跑出来的，一个蒙红帕子，另一个蒙绿帕子。"

"胡说！我瞧见的是一身白的和一个蒙红帕子的……"

"够了！"赵氏将茶杯狠狠地掷在地上，一地冒着烟的茶水就像她此时的心情，"我瞧着一个个的也都鼻子是鼻子、眼是眼的，怎么一开口都像瞎了似的？！"

众护卫面面相觑，见领头大哥此时也未说话，便也碍于拿人钱财，不敢多言。

邹家这么大一个院子，昨夜府里进人的事其实还真的未必人人皆知，可眼下这样一闹，怕是那几房妾室连着府里的下人都知道了。

赵氏身后跟着的嬷嬷李桂珍见状，趁机解围道："那贼人落下的帕子上不是绣了花吗？查一查总能知道是哪儿来的。"

领头的护卫似乎就在等这句话，连忙将那翠绿色帕子呈给赵氏。

帕子是普通绿丝缎的，角上绣了朵白玉簪花。

“其实……今日一早便托人去问过了。这帕子是望尘楼阿韵姑娘的。”

“望尘楼”三个字一出来，赵氏的脸就有些扭曲。可护卫接下来的话才叫人心颤：“可那阿韵姑娘两年前就染病过身了。这帕子是她以前送给相好的。人没了之后，她那相好的便将东西偷偷送了回来，断了个干净。”

赵氏眉头一松，脸一白，手似被烫了一般将那帕子扔到地上。

整个院子里都安静了下来。

许久，赵氏才厌恶地说了句：“把这东西烧了吧。”

旁边的人应下，正要上前点火，赵氏突然又改了口：“等一下。”

半日下来，邹府上下便都传开了，邹老爷究竟惹了多少桃花债？说是那死了的阿韵姑娘也和他有瓜葛，还说昨儿夜里鬼怪都找上门来了，怕不是沼泽里的鹿化了精怪，这才勾了邹老爷的魂魄。

郝白来厢房问诊时，赵氏的脸色可用“面如金纸”来形容：“先生来了？今日先给我开两服安神的汤药吧。”

郝白没急着开药，反而神秘兮兮地将背后的门关上。

屋里一时只剩下半死不活的邹老爷和他们二人。

赵氏抬起头，眉尖轻蹙：“先生这是做什么？”

郝白幽幽开口道：“回夫人，药引可能寻到了。”

赵氏先是一愣，接着便是一阵狂喜。不枉费她重金寻医，这糟心日子看来终于要到头了。

“但是……”郝白眉头紧锁，一副欲言又止的样子。

赵氏一看便急了：“先生可是真的寻到那佛骨舍利了？这般犹豫可是还有什么难处？”

郝白叹口气，将那半是感慨半是遗憾的表情拿捏得炉火纯青：“夫人可信因果报应之说？”

赵氏一听这话，当即脸色便有些不好。前阵子外面的风言风语，她怎会不知？可她觉得那是外人瞧不得她家过得风生水起，这才落井下石，多加编派。府中下人碎嘴，她早打定主意要将人都换了。可如今连她请来的医者也搬出这套说辞来硌硬她，实在让人难以接受。

“你这是要用神鬼之事来搪塞我？”

郝白倒是丝毫没有介意赵氏的不快，反倒一脸真诚：“因果怎能和鬼神同论？有因就有果是这世间再简单不过的道理。如今老爷的病便是果，这因却要好好找一找。”

赵氏脸上仍有不满，但心中有些动摇："事在人为，我不信天命之说，老爷的病定是和人脱不了关系。"

郝白见状也不急于说服对方，只放缓语气道："夫人心中自有定夺，在下只是个医者，也有力所不能及的地方，此番将话说在前头，也是希望夫人能将此事看得更清，除此之外，别无二心。"

说罢，他从袖中取出一个小小的木盒。木盒打开，当中放着一枚长圆形的珠子，莹润剔透，仿若自带圣光。

赵氏两眼盯着那稀世珍宝，心里却不由自主地想起了那块翠绿色的帕子。

连下许久的雨停歇后，穆尔赫终于出了太阳，大街小巷都热闹、拥挤了许多，人们赶着出来舒展筋骨，驱一驱身上的霉味。

望尘楼的洒扫工作照常开始了。今日的活计格外多，周外爷一早便吆喝着小厮婢子将各屋的床单帐子拿出来晾晒。高低错落的楼台间一时飘荡着各色的布和纱，像是举行什么热闹庆典一般。

望尘楼后院偏房内，唯一的一张床教伯劳占了去，肖南回四仰八叉地趴在软榻上睡得人事不省。

自从出了阙城，她就没睡过安稳觉，先是害怕肖准发现后派人追来，拉着伯劳连夜赶路；进了霍州地界又整日提心吊胆，瞧谁都不像好人；昨日更是折腾了一整天，到了晚上还要扒墙头，被人追。眼下这望尘楼虽不是什么安乐窝，但总算能有个安心睡觉的地方，她这一倒头便睡到日上三竿。

一阵急促的敲门声响起，将肖南回从混沌中惊醒。

她活动一下手指，感觉浑身上下的每一个关节都是僵硬的。她恶狠狠地回头，罪魁祸首正在床上睁开一只眼看着她，一副有恃无恐的样子。

敲门声又响起来，比之前还要急上几分。

她喝了一口桌上的隔夜茶，感觉已经醒了七八分，便放轻步子挪到门前。

雕花木门上映出一个影子，看起来身量不高，瘦瘦小小的。

肖南回拉开门，便正对上还要再敲门的金豆儿。

金豆儿脸上有一层薄汗，手上还端着个巨大的木盆，里面堆满了杂七杂八的衣服，显然又是忙得脚不点地。她看见肖南回披头散发的样子愣了一下，似乎一时不知该如何称呼，磕巴了一下才开口道："那……那个，外面有个公子说要见你，就在前厅等着呢。"

正说着，伯劳顶着一头乱发从肖南回肩上冒出个头，把金豆儿吓了一跳："我……我还有事要忙，就不打扰了。"言罢低着头急匆匆地走远了。

肖南回眨眨眼，盯着那个落荒而逃的背影，又低头看看自己，思索一番后突然反应过来一件事。这金豆儿好像是个男孩子啊。

伯劳打着哈欠，蘸着桌上剩的半盏茶捋了捋翘起来的头发：“傻站着干吗？不是说有人找吗？”

肖南回没说话，她好像已经知道前厅的人是谁了。

穿过长廊转到前厅，肖南回一眼就看到了那两个人。

丁未翔一身黑衣服，不知是不是昨天晚上那套，他显然是第一次来这种地方，眼观鼻、鼻观心地站得笔直。

而丁未翔旁边的人却截然相反，正因为好奇而左顾右盼着。肖南回注意到整个楼里的人都在悄悄看他。

这也难怪，烟花之地的人对美色总是格外关注。

钟离竟今日穿了一件质地轻薄的白色长衫，在一片飞舞的彩色布单中显得格外明亮。因为微微弓着身子，那件衣服便在他的背脊勾勒出一道弧度，除了手上的那串佛珠，他身上几乎没什么装饰，但就是这样寡淡的一身装扮，偏偏叫他穿得有几分撩人心尖。

他似乎察觉到肖南回的到来，转过头来露出一个笑容，二楼、三楼、四楼趴在栏杆上偷看的脑袋瓜们便齐齐一抖。

这是肖南回第一次看到这人笑的样子。

之前他也露出过类似笑的表情，但那只是一抹停留在嘴角的弧度，笑意从未达眼底。现在却不一样，那双本就有些似笑非笑的眼变得生动，像是原本了无生气的塑像活了起来。

她想起永业寺大殿里的那尊佛像。雕佛像的人总有种本领，能教人无论在哪个角度瞻仰佛像时都能感受到佛陀温和的目光。现下便是如此。

“姚公子，昨夜睡得可好？”

“佛”开口说话了，她不禁打了个哆嗦：“你是怎么找来的？不是约好去茶馆见面的吗？”

“我改主意了。”钟离竟说着又笑了笑。

周围那些本该干活的人都干不了活了，整个楼里突然变得静悄悄的。

这人一定是故意的。

监工的周外爷察觉到了什么，从梯子后面走出来，没有半分晚上待客时的好脸色，边走边扬着手里的鸡毛掸子：“我一不留神，你们就偷闲。可是觉得我最近好说话了？”

楼里的一众男女这才纷纷回过神来，认命地低头做起事来，又回到那尘土和琐碎之中。

周外爷见状满意地收起鸡毛掸子，转身看见立在中庭的两个人，也愣了愣。

肖南回见状连忙上前解释道：“周外爷，这两位是我的朋友，我带他们去房中说说话，不会停留太久的。”

周外爷看一眼钟离竟，脸色有些古怪。他将肖南回拉到一旁，压低嗓音问道：“穿白衣裳那位也是你朋友？”

她言不由衷地点点头，还以为这周外爷要出什么幺蛾子，哪知对方却表现出几分压抑不住的兴奋：“那你同他说说，问他愿不愿意来楼里做事情。我可免他第一年的杂费，每月只须挂牌迎客十日便可，所得我同他三七分。”

对方话一出口，肖南回便有些控制不住自己扭曲的面部表情，过了好一会儿才婉转道：“周外爷兴许不知，我那朋友不是个缺钱花的主。”

谁没事闲得包一家根本不怎么住的客栈，还一包就是一年？那何止是不缺钱，应该是钱多得没地花才对。

周外爷不依不饶：“有钱又如何？还会有人嫌钱多？以我的经验，他那个样子日进斗金不成问题。”他言罢又顿了顿，意味深长地加上一句，“事情若是成了，头年的银子我分你一成。”

她看着周外爷认真到发光的小眼睛，艰难地咽了口唾沫：“我尽力而为。”

周外爷满意地点点头，结束了这场隐秘的对话。临走前他特意冲钟离竟挤眉弄眼地笑了笑，脸上的褶子都好似开了花。

第十四章

横生变故

肖南回低着头一声不吭地走着，许久才借余光瞥向身旁的人，却发现对方正分外乖巧地看着她，白皙的脸上透着一股无辜。

怎么办？她觉得对着这样一张脸问出那种问题，简直是一种亵渎。可是……真的好多银子啊！

“姚公子的眉毛怎么了？从刚刚开始就一直抖个不停。”

丁未翔将审视的眼光投在她身上，她瞬间便有些㞞了，只得将心头蠢蠢欲动的想法暂且压下，讪讪地笑道：“昨晚睡觉压到了，有些别扭。”

说话的工夫，他们总算到了偏房门前。伯劳听到动静，打开门，脸上有些不耐烦：“接个人，这么久。”

肖南回将她推回屋里，示意身后的二人进屋来。

雕花木门关好，她又贴着门缝听了一会儿，才对那两个不请自来的人问道：“不是说要等郝白的消息？怎的现在就来了？”

钟离竟坐在屋里那把破旧的椅子上，镇定自若地打量着那木门上雕着的玉簪花：“无事，就是突然想起姚公子在船上说过的话，便想来这秦楼楚馆瞧瞧。”

这人睁眼说瞎话的本事当真不可小觑，肖南回也懒得揭穿他，对周外爷那诱人的提议又有些心痒，觉得当下恰好是个时机，可以试探一下：“那钟离兄现下觉得如何？”

对方毫无察觉地点了点头：“尚可，倒也没有你说的那般不堪。”

肖南回眨眨眼，决定更进一步：“之前在船上我与郝白聊到家中情况，还不知钟离兄家中是做什么的，做官还是经商？”

不知是不是她的错觉，她问出这话的同时，一直在墙角阴影中站着的丁未翔似乎抬头瞪了她一眼。

钟离竟却是少有地思考了一番，半晌才淡淡地开口道：“在下不像姚公子与郝公子各有所长，只是继承祖上家业罢了。”

肖南回见状赶紧顺杆爬：“坐吃山空不是办法啊，况且钟离兄家中一定还有不少手足吧，这身在大家族之中啊，还是要早为自己做打算——”

“姚公子到底要说什么？”钟离竟还未说话，丁未翔已经有些黑脸，打断了她的话。

一旁的伯劳见状龇着牙护短道：“聊个天而已，主子都没说话，你在这儿蹦跶什么？”

丁未翔气极反笑，伯劳也不甘示弱，两人大眼瞪小眼，僵在那里。

肖南回没想到自己起的话头最后竟然闹到这般地步，一时有些无措。

可另一名当事者的心思却似乎根本不在这儿。钟离竟起身走到梳妆台旁，一只手拈起那条被随意扔在台上的桃红色帕子：“这帕子……”

肖南回连忙接过话：“哦，是我和伯劳昨晚用来蒙脸的帕子。”

“是姚兄自己的帕子？”

肖南回盯着那抹桃红色，觉得嗓子眼有点儿发紧。她可不是这个品位啊。

“不是，这次出来得匆忙，怎会想着带这些？是从这屋子里翻出来的。”

对方没说话，指尖却在那帕子上流连一番，似乎甚是感兴趣。

就在此时，后院中突然传来一阵嘈杂声，细细听来，好似有人闯了进来。

屋里的四个人相互对视一眼，都悄悄挪到窗子旁。

不知为何，肖南回心中生出一种不好的预感。她在侧窗上扎了个小洞，向外望去，只见院子里不知什么时候多了七八个人，当头的是个身形不输壮汉的嬷嬷，正是赵氏的贴身管事李桂珍。

肖南回皱眉。那该死的郝白到底同赵氏说了什么，竟让对方找上门来。

李桂珍身形敦实，底气也是十足，开口说话时整个天井仿佛都有回音：“月前是哪个接待我家老爷的，还请自个儿站出来，不要等到老身亲自去抓人，闹得大家面上都不好看。”

望尘楼里也养着些镇场子的壮丁，见状虽围了上来，但碍于邹家淫威，一时也不敢再上前，都瞧着一旁周外爷的眼色。

周外爷虽然年事已高，但撑起场面来也是绝不含糊，脸上还是那种老好人的笑，话却刺人得紧：“嬷嬷此话，我倒是听不懂了，这腿长在邹老爷身上，他要来便来了，至于找的究竟是哪位姑娘或公子，难道不该去问你们老爷自己吗？”

李桂珍吊梢眼一斜，旁边跟着的打手便将一样东西扔了出来。

肖南回眯起眼一看，顿时心虚地摸了摸耳朵。地上那团翠绿可不就是昨晚她丢在邹府的帕子吗？

李桂珍冷哼一声，指着那帕子咄咄逼人道：“昨夜邹府进了贼人，这就是那贼人留下的东西，一会儿我便教人送去官府，我倒要看看是哪个骚蹄子勾引了我们老爷不说，还敢半夜登门装神弄鬼。”

李桂珍这话还是有几分唬人的，毕竟这花街柳巷的生意最忌和官府扯在一起，就算最后查出来并无大事，也少不了要被扒层皮。

想到这里，周外爷简直要气出内伤。

对峙愈演愈烈，整个楼里的人都探出头来瞧热闹，下人们乐得有这么一出好戏看，顺便还能歇歇手里的活计，偷个闲。

金豆儿手上正抱着刚洗好的被单，透过那围着的一群人，一眼看到了地上的帕子，脚便跟着往前挪了挪。

“咦？这……好像是我之前拿去阿韵姐姐那屋的……”金豆儿嘴上说着，手便不自觉地指向顶楼偏房的位置。

此时缩在偏房里的三个人唰地将目光转向肖南回。

肖南回干笑一声，觉得自己这回罪过可大了。

只要那李桂珍上楼到这房间里来，他们就算是被一窝端了。

就在这千钧一发之际，三楼偏房旁边那扇原本紧闭的门突然就被人推开了，一个衣衫半解、满脸怨气的美男子走了出来，却是阿汐。他那小厮一脸焦急地跟在后面，想必是拉也拉不住，只得在一旁干着急。

阿汐瞥一眼楼下那咄咄逼人的嬷嬷，傲慢地开口道：“我当是何人在此吵闹，原来是只母鸡。”

李桂珍今日穿的是件黑灰底子绣着米珠的褙子，这是她平日里最喜欢的一件衣裳，可如今叫这男子一说，竟成了花毛母鸡，当下气得脸都青了起来：“你个不男不女、肮脏下贱的狗东西……”

阿汐本就因为之前被邹老爷耍了的事情窝着一口气，当下撒起泼来，嘴里吐出的污言秽语直将李桂珍骂得脸上青一块红一块，气得她带人直冲上三楼：“我今日不撕烂你这张嘴，简直无法给我们邹府一个交代！”

肖南回被这突如其来的变故吓了一跳，等反应过来时，外面已经鸡飞狗跳地厮打起来了。

狭窄的楼梯上一时挤满了打架、劝架和无辜被牵连的人，周外爷举着个鸡毛掸子却挤不进去，只能站在外围干瞪眼。

阿汐到底是唱曲跳舞的小身板，哪里比得过李桂珍这样伺候过人的嬷嬷，没几下便被一把薅住了头发，当即惨叫一声：“臭婆娘！还不松手？！”

李桂珍怎会轻易放过对方，当下五指发功，更加用力：“今日我便替天行道收了你这害人精，看看今后还有哪个敢祸害我们老爷！”

阿汐只觉得头皮发紧，再这么下去怕是要秃，急得大喊：“邹思防不过是在我房里谈事，你要找就该去找熊炳南！”

李桂珍手下一停，当即明白过来：“你说老爷来你这儿是为了私下里和熊家人见面？”

“谁知道那熊炳南来献的什么殷勤！哼，自己家后院着火，还赖到别人头上来了……”阿汐还在碎碎叨叨，李桂珍却松开了他，脸色铁青得吓人，对她带来的打手喝道：“走，去那熊家问个明白！”

这一出闹剧总算落了幕，周外爷急着打扫战场，吆五喝六，阿汐也跺着脚嚷嚷要请郎中，金豆儿趁乱将那地上的帕子捡了，一时竟也无人察觉。

随着李桂珍的离开，外院渐渐恢复了平静。

偏房里的四个人一时无话。过了许久，伯劳才开口打破了这诡异的氛围：“现在怎么办？”

肖南回有些郁闷。谁能想到昨晚她情急之下的行为竟引来了这么大的动静。

先前她虽然口头答应了与钟离竟等人合作，可到头来大家还是各怀心思。她先前一直想着，只须想办法医好邹思防，再让郝白从中挑唆引蛇出洞，等邹老爷将东西拿出来，她和伯劳便想法子偷龙转凤，定能不动声色地将那东西拿到手。如今赵氏与熊氏闹起来，这事便无法低调进行了。更莫提那赵氏都找上门来，估计玉玺的事也瞒不住了。邹老爷一旦被救活，自己就得抖搂出来，到时候他们少不了还要过赵氏那一关。

想到这儿，肖南回的思绪不由自主地拐了个弯。穆尔赫已经闹出这么大的动静，各方势力不可能一点儿行动都没有，可如今看来，整个城里风平浪静，似乎来寻玉的人不仅仅是为了这件东西，还在等一个人。

肖南回没有回答伯劳的问题，反而问出了另一个问题：“自打进了霍州，你们可有听过那瞿家人的消息？”

这话一问出来，伯劳便冲她使劲挤眼睛，那意思便是，是敌是友还不明朗，不要和对方说太多。

但她就是不信，钟离竟这么精明的人，就算她不说，对方知道的也一定不比她少。和这种人对垒，有时候藏着掖着倒不如坦诚相对。

果不其然，对方脸上并无犹疑之色，只淡淡地吐出两个字：“未曾。”

这就奇怪了。请人鉴玉明明是件不宜声张的事，可消息却一早便飘出了霍州。如今磨磨蹭蹭，等到各方人都赶来了，邹思防又病倒了，这玉显然就鉴不成了。除了月前那点儿消息，这瞿家人像是压根就没出现过一般。除非……

“你们说，这邀请瞿家人的消息会不会是个圈套啊？”停顿片刻，肖南回觉得自己的推断不是没有道理，“许是有人想将知晓玉玺之事的人一网打尽，通通杀掉，也不是没有可能。”

伯劳晃了晃脑袋：“你说这人会是谁？”

肖南回耸耸肩：“谁知道呢？也许是皇帝，也许——”

“不可能。”她话还没说完，就被丁未翔冷冷地打断了。

她有些奇怪地望过去：“你怎么这么肯定？”

对方飞快地瞥了一眼神色如常的钟离竟，声音放缓，滴水不漏道：“天家若想追究此事，不会等到此时，早在当年便该有所行动。况且霍州本就人多眼杂，何必舍近求远将圈套设在这里？岂不是自找麻烦？！”

肖南回边听边点点头，但仍对眼下形势心存疑惑。

那厢一直沉默的钟离竟开了口：“何必无端猜测，不如寻个机会让大家都出来热闹一番，彼此瞧瞧都是些什么人。”他说完便将目光投在她身上。

肖南回莫名便由心底生出一种不祥的预感，果不其然，对方接着说道：“三日之后的朱明祭，姚公子可有把握参加？”

她不由得愣住：“朱明祭？参加朱明祭做什么？”

对方笑起来，眉眼间突然便透出几分摄人心魄的锋芒：“夺玉玺。”

“你想让邹思防献出玉玺做祭品？”肖南回有些不可思议。

且不说那邹老爷如何看重那宝玉，就算他勉强同意将玉献出来，可她又有几成把握能在祭典上拔得头筹？就算拔得头筹，她在众目睽睽之下露了脸，又能有几分把握带着那东西活着走出霍州地界？

想通了这些，她终于反应过来，生气地说道：“你这是把我往刀尖上推。”说罢，她又指了指一旁站着的丁未翔，“他的武功怕是不在我与伯劳之下，你怎的不让他上？”

“未翔身手有些特殊，上场便会教人认出来，反倒惹麻烦。”对方说起推诿的话来理所当然，末了还不忘加上一句，“此次事情变得如此棘手，多少也有姚公子的功劳，还请公子不要推辞，就当将功抵罪。”

这不只是要把她往刀尖上推，还要把她架在火上烤。

肖南回悲愤地看了一眼伯劳。她就觉得那蒙脸的帕子不靠谱，如今果然害她不浅。

想到朱明祭的比试内容，她还想最后挣扎一番：“你怎知我就靠得住？不怕我胜出之后拿着东西远走高飞？”

“你自然靠得住。”

肖南回有些愣怔地看着那个男人从椅子上站了起来，一步一步向自己走过来。

“这一点，我们第一次见面的时候，我就知道了。”说罢，他的脸突然凑近她的耳边，他用只有他们两个人才能听见的声音唤了她的名字，“肖南回，你说，对吗？”

第十五章

〖断尾求生〗

五月初七这天，沉寂了半个月的邹府终于迎来了喜事。

邹老爷醒了过来，除了有些虚弱，另生了些褥疮，竟无大碍。

看着邹思防从半死不活到能开口说话不过一日时间，赵氏简直喜上眉梢，连带着之前的不快通通散了去："想不到先生年纪虽轻，医术倒是高明。家中可曾开过医馆？为何此前未曾听过？"

郝白面有得色，话匣子也打开些："啊，夫人有所不知，在下只是行医，不开医馆。另祖上曾立下祖训，只医重病将死之人，所以常年四处奔波，但从未在一处待过太久。"

其实他虽然喜着白衣，但本就生得剑眉星目，不刻意拿捏那酸腐气质时倒是瞧着爽朗，此时心情大好，更是神采飞扬。赵氏日日盯着邹思防那老头子，少见年轻男子，起先心思不在此，如今却是回过劲来了，脸上竟有些红晕。

"原来如此，是我先前怠慢了，公子千万莫怪。"停顿片刻，赵氏又开口道，"我家老爷当下虽然醒了，但我这心还有些不安稳，公子若是能在府上多留几日便是最好，一边可多照看些，另一边也好让我备些厚礼，答谢公子的救命之恩。"

郝白很是夸张地笑了两声："好说好说，夫人操劳了这些日子，看着都憔悴清减了不少，不如好好沐浴梳洗一番，驱驱这些日子的晦气。老爷这边便交给在下，正好还有几件须得注意的事项要亲自说与他听。"

赵氏巴不得快快离开这透着一股死气的屋子，飞快地行礼道："如此便有劳先生了。"

赵氏留下两名丫鬟给郝白打下手，自己急匆匆地回房歇息去了。

郝白推门进屋时，邹思防正在下人伺候下用膳。

对方在鬼门关走了一遭，可算是深刻地体会到了活着的好处，此时正沉浸在新生的喜悦中，左一盏鱼翅燕窝，右一碗灵芝熊掌，生怕一个没留神再背过气去，从此与这世间的山珍海味无缘。

郝白走上前，不动声色地将邹思防那碗吃了一半的燕窝挪到一边："老爷身子刚刚恢复，吃不得太多这进补的东西，小心热血上行，堵了心窍。”

邹思防这才停下嘴，但眼还盯着那碗：“我每道只吃上几口，应当不打紧吧？”

郝白笑一笑，露出一口白牙，吩咐左右丫鬟道：“你们几个去看看老爷要喝的药煎得如何了，我在这里替老爷诊脉，不便有外人在场。”

几名丫鬟互相看了看，只道这郎中是个厉害角色，自家老爷也没发话留人，她们便不敢多言，纷纷退下去了。

房间中一时只剩郝白与邹思防二人，那邹思防也不是个傻的，当即率先开口道：“此次我能病愈，先生功不可没，银子绝不会少了你的，若有他事相求，现下便一并说了吧。”

郝白见对方开门见山，便也不再兜圈子：“老爷可知晓此次逢凶化吉托的是谁的福？”

邹思防没想到郝白起了这话头，左右摸不着对方究竟埋的是什么心思，转了转眼珠：“自然是托先生的福。”

郝白摇摇头：“我虽有医人的本事，但若无药可用，便是神医圣手再世，也束手无策。”

“先生何必妄自菲薄？我听闻那解药中有一味佛骨舍利甚是难得，先生能在一日之内将药寻来已是好本事。”

郝白故作叹息：“舍利这等宝物，岂是平常人能有的？不瞒老爷，这赠我舍利之人才真正是那世外高人，怕是一早便料到这一切，所以在下才能在一日之内便取得药引。”

他这么一说，邹思防终于有些惊讶起来：“你是说，有个人一早就料到我会生病，特意将那药引送与你？”

郝白郑重地点头：“确是如此。除了这舍利，那人还有些话叫我传与老爷听。”说到这儿，他特意压低了嗓音，“那高人特意叮嘱过在下，传话的时候不得有外人在场，免得有人左右了老爷的心思。”

邹思防做生意多年，多少是信些这玄妙之法的，当下撑起半个身子，示意郝白快快讲来。

郝白清清嗓子，说出了那句最紧要的话：“高人说，老爷这番劫难，实是因为拿了不该拿的东西。”

邹思防闻言色变，有些惊怒地看向郝白：“你……你竟敢探听我内宅私事，究竟安了什么心？”

郝白料到邹思防会恼羞成怒，维持住面上的不动声色：“老爷这说的是什么话？夫人昨日带人去熊家闹了那一通，如今城里怕是没几个人不知道老爷得了块宝玉的事了，在下又何须去探听？”

邹思防一愣，知道事实确实如此，自家后院不宁根本赖不到别人头上，只是仍有些不甘：“这是我家事，与先生无关。”

郝白知道对方已经松动，当即语重心长地道：“正是因为与在下无关，在下所言才不为一己之利。如今老爷手上的东西虽然珍贵，却也是祸患，如不赶紧处理掉，便是此番捡回一条命，日后也逃不过凶险。”

邹思防到底还是怕死的，本来就不太好的脸色变得更加惨淡。

郝白见状，不慌不忙，从一旁的果盘中拈出三枚果子，在手中搓揉一番，一一摆在邹思防的床沿上：“邹家虽富有，却无权势，而今霍州权贵自成一体，外人难以介入，须得找块敲门砖，朱明祭便是机会。虽说祭祀名义上只是民间活动，但沈家年年都明里暗里地盯着，谁家献了祭品，沈家定会亲自接见一番，一来是全了自己的面子，二来也是要瞧瞧可有新贵可供拉拢。只要老爷肯将那玉献上，那朱明祭的风头便都是邹家的了。此为其一。

“其二，做生意讲究一个‘和’字。前些日子老爷生病的消息怕是已经传开了，更有人传您家买卖有损阴德，这才遭了祸。这嘴长在别人身上，管却是管不过来的，只是多少会影响那些年年买药的人。买东西，求的便是心安。朱明祭是祭神的活动，老爷若是当众将所得宝玉献给神明，便是抵了之前的糟心事，堵了那些人的嘴，于邹家生意百利而无一害。

“其三，也是最重要的一点。老爷须知：匹夫无罪，怀璧其罪。虽说那东西究竟是什么还未见分晓，但东西在何处已是众人皆知，届时会有多少明争暗抢，一不小心便会惹祸上身。那些高价求玉者大都不愿声张，甚至不愿透露自己的身份，就算买卖谈成，玉已离手，外人却未见得都知道，老爷便成了站在明处的活靶子，有苦说不出，有理讲不清，那才真是入了困境。”

钟离竟交代他这番话时的情景还历历在目，说是要他一字不落地复述出来，显然是有些信不过他这张嘴。郝白背了许多遍，此时一气呵成地吐出来，倒也有几分那人不容置喙、丝丝入扣的说服力。

邹思防委顿的脸因为这番话而越发沉默。

他虽贪财、固执，但绝非脑筋不灵光的人，邹家家业传到他手里能做到今天这步，也不是容易的事。眼前年轻男子这番话字字都好似敲在他心上，直把先前埋下的那颗钉子敲得越来越深。

他当真不知熊家心思吗？献宝不过是顺水推舟，还不是这块肥肉吞不下，拿在手里又是烫手山芋，这才到了他手里。

如今倒好，害他险些没了性命。

“两利相权取其重，两害相权取其轻。在下不负所托，已将话传到了。至于何去何从，便由老爷自个儿定夺了。”

肖南回仰面躺在条凳上，盯着头顶木梁上的一只壁虎发呆。

她已经这样一动不动地躺了小半个时辰。腰背酸痛得厉害，她微微侧了侧身，那人的身影便撞进视野里。

钟离竟就在她斜前方的榻上坐着，一副闭目养神的样子，也一动未动地坐了半个时辰。要不是偶尔能听到对方的呼吸声，她简直要以为这屋子里就她一个活人。

这是什么诡异的气氛！肖南回在心里仰天长叹。

半个时辰前，丁未翔准备出门去探听郝白是否得手，伯劳向来疑心对方，便一起跟了出去。

等她反应过来，屋里便是如此局面了。

距离昨日在屋中商议朱明祭的事已经过去好几个时辰，可肖南回一闭眼，耳边便是那人喊她名字的声音。更别提现在那人就在她眼皮子底下晃悠了。

其实一早察觉对方便是那日在永业寺遇见的人后，她就隐约有了些预感，自己的身份，对方怕是早就知道。可知道是一回事，说出来便是另外一回事了。如今他就是明着抓了她的小辫子，她却连人家一根汗毛都没捞着。

江湖险恶啊！

她瑟瑟发抖地翻了个身，暗自祈祷对方不是侯府的对头。

可如果……如果真的是对头呢？那便……杀了他？

这个念头冒出来，肖南回自己便吓了一跳。她不是没杀过人，但在战场之外，她还从未对任何一个人动过杀心。眼下和她共处一室的人毫无武功，随身护卫又外出，不知何时回来，她现在要是想动手，对方估计毫无还手之力。

可不知为何，她还是会隐隐感觉到不安。这不安来自人对危险本能的感应。有时候，看起来毫无杀伤力的人才是最危险的。

“你放心，我与你是同路人，算不得敌人。”对方突然开口，将她吓了一跳，竟像是看穿了她的心思。

她一个翻身从条凳上坐了起来，端起茶壶倒了一杯水，借此掩饰自己的异样：“口说无凭，我如何信你？”

刚倒满的杯子被一只纤长的手端了起来，手的主人将杯中水一饮而尽，又将杯子放回桌上：“你没有别的选择。”

“我有。杀了你就是一种选择。”肖南回心想。她望着那空杯子舔了舔嘴唇，手指不自觉地摸上桌子的下沿，她刚住进来的时候便在那里藏了一把匕首。她该不该用整个侯府的安危来赌这一局呢？

就在此时，房顶传来一声细微的声响。

啪嗒一声，那只刚刚一直趴在屋梁上的壁虎不知为何掉了下来，正落在两人之间的桌子上。

它惊慌失措地在那茶杯与茶壶间挣扎了一番，突然断了自己的一截尾巴，随后急匆匆地逃走了。

这突如其来的一幕打断了肖南回的思绪，她有些怔然地看着桌上那还在扭动的半截尾巴，对面的人却在此时笑了起来。

“你瞧，一只小小的壁虎尚且知道断尾求生，人也一样。”

她语气不善：“你这话是何意？”

钟离竟的嘴角还残存着一点儿笑意，让人分辨不出话里有几分真几分假：“自然是说邹思防的事。不然，你以为呢？”

肖南回默不作声。

她以为？她才不会承认，刚刚的某一瞬间，虽然明明刀在手中，她却有一种自己才是鱼肉的错觉。

第十六章

凭霄摘花（上）

穆尔赫城中西侧有一处十分宽阔的祭祀之所，名唤佑荫坛，每年城中庆典都会在这里举行。

佑荫坛可同时容纳千余人，而祭所四周则是些颇为讲究的饭庄、酒楼，为的是给那些祭祀完毕的权贵富户提供休憩的场所。

佑荫坛最惹眼的莫过于中央的那座通天巨塔。这座古老到已经不知经历过多少朝代更迭的木塔名叫凭霄塔，因为通体是木榫结构，经年风雨，塔身外侧的木雕围栏早已腐朽，脱落后便露出塔身内部。凭霄塔的塔心柱是一株三人合抱的参天老松，塔分七层，层层梁柱高挑，顶层高耸入云，流云涌动时似在云霄之上，天气晴好时自此能远眺昏河水向东流入关天峡之中的壮阔景象，可谓霍州第一高。

而朱明祭便年年在这巨塔之中举行。

“朱明”二字本是取自每年春末夏初时开得极盛的荼蘼花的样子。霍州当地特有的这种荼蘼花鲜红而明亮。祭典当日，祭司会取一束开得最好的鲜花做成花环，高悬于凭霄塔的最高处。塔内钟声响起后，谁先摘得花环戴在头上，谁便能成为那一年祭祀仪式的祭司，亲手捧着珍贵的祭品献给诸天神明。

霍州人对这一传统一直保有极高的敬意，视能亲手供奉神明为最崇高的事，参与者们的热情空前高涨，竞争也是颇为激烈，年年都有从塔上摔下的摘花者，坠落后往往非死即残。即便如此，还是不能阻止来年朱明祭的热潮。

今年的朱明祭瞧着比往年还要热烈几分。

这便要说到城中近来的风云人物邹思防将得来的美玉献与祭典一事。邹家前阵子也算是鸡飞狗跳地闹了一通，众人都无比好奇，究竟是怎样一块绝世美玉能有这般魔力。

钟声还未敲响，参与摘花的人们已经围聚在木塔下，不少人都在低头祈祷，希望神明赐予自己力量，一举夺花。几个能够抢占先机的出发点已经挤满了人，肖南回站在一众有备而来的参与者中，越发觉得自己有些格格不入。

听完规则，她突然有些后悔。其实若是论轻功，伯劳自然技高一筹，但对方有一个致命弱点，便是惧高。比寻常屋顶再高些的地方，伯劳几乎是从来不去的。

而肖南回的脚下功夫向来没那么轻盈。她自小在军中长大，各营最爱比试的项目便是摔跤，她是女子，身量、体重都不占优势，但摔打久了，下盘功夫也练得十分稳固牢靠，对这次攀塔倒也有些帮助。

除此之外，她能有几分胜算，便要看今年众摘花者的水平了。

可惜啊可惜，朱明祭不允许参与者携带任何兵器或是辅助工具，必须徒手攀爬。若她能将自己的兵器带着，便是在万丈高空之上动起手来，也没几个人是她的对手。

除此之外，伯劳先前的担忧也不是全无道理。江湖中人大都善使刀剑与暗器，对旁的兵器总会多些留意。她在昏河上的时候尚且没有露底细，此时人多眼杂，更不能太过显眼。

罢了罢了，赶鸭子上架而已。她一个上过战场的，如今不过摘朵花，还能怕了不成？

终于，日晷投下的阴影移至正中，守着那口巨大青铜钟的壮汉便推起钟杵。

钟声自佑荫坛中悠扬地传出，那无数蓄势待发的身影一跃而上，向着高塔进发，围观的人群也跟着沸腾起来。

才一开始，肖南回便发觉自己之前想的还是太简单了。她是第一次参加，虽说身体底子不错，但是根本没有多少实战经验，而她左右不少摘花者一看便是老手，连哪根横梁能踩，哪根绝对承不了重都一清二楚，攀塔技巧更是压她不少。一盏茶的工夫，她已落后不少。但她懂得现学现用的道理，渐渐掌握了一些窍门与要领，攀爬的速度越来越快。又过了半炷香的时间，不少之前一马当先的都开始有些体力不济，速度明显慢了下来。肖南回仗着多年行军练就的耐力，终于慢慢赶超上来。

然而越接近塔顶，周围的风便越大，围绕着塔心柱的横梁也越来越稀疏，攀爬者无不放慢节奏，小心落脚。因为从第五层开始，只要一不小心跌落下去，那便是凶多吉少了。

脸上的汗被风吹进眼睛里，她停下来喘息片刻，顺便观察着周围和她一样快要接近塔顶的人。左前方不远处，一个身影映入眼帘，引起她的注意。那人身量虽然不高，却十分灵活，但这并不是引起她注意的点，吸引她目光的是这人脸上蒙着的那块布。

来参加朱明祭的人大多是为了显示身手才来的。若是有人拼上性命来参加，却故意不以真面目示人，那便十分可疑了。此人多半与她目的一样，虽对摘花夺冠一事势在必得，却也害怕事后叫人认出来，所以才一早做了准备。

对方将头发束成马尾，只露出额头和鬓角。肖南回远远瞧着，觉得对方也许年纪并不大，只是那眼神却满是老练、狠辣，骨节分明的手牢牢地抓着一根榫头，瞅准机会一脚将他身侧的另一名摘花者踹了下去。其下脚之狠，令她仿佛隔空听见了那人胸骨断裂的声音。

眼下显然不是看热闹的时候，但她还是被今日目睹的第一桩惨案惊到了。

这朱明祭比她想象中的还要暴力、血腥，她真是有些后悔答应了外面那几个王八羔子，此时再想退已是不可能，只能硬着头皮拼到最后。

伴随着淘汰者的惨叫和重物落地的声音，下方围观的人群不禁发出或叫好或遗憾的呼声。肖南回咽了咽口水，抬头时发现那行凶少年锐利的眼睛也在盯着自己。这一回，她只停顿了片刻便移开视线，奋起向高处爬去。

高空之上动手绝非上策，如何避免狭路相逢的局面才是关键。

接连避开几名摘花者后，她借着巧劲登上凭霄塔第六层。耳边的风呼啸作响，下方的人声已经听不太清，还在向上延伸的塔身掩在云雾之中，流云像一块轻薄的布幕盖在头顶之上，令她看不清上面的情况。

她先前一直暗中计算着排在她前面的人头，如果计算无误，应当不超过五人。第七层是最惊险的一层，不会有人在短时间内顺利登顶，所以她应该还有胜算。

原地思索一番，她将身上所有易被人抓扯的布带全部捆扎好，又重新束了手腕和脚踝的布料，深吸一口气向着最后一层进发。

一进入那流云，四周便陷入一团团白色云雾，只能看到一丈远的地方，她尽力判断着方位，向着塔顶摸索而去。

突然，一只人手自斜上方刺破浓雾向她的手肘抓来。肖南回听风辨位，撤退闪躲的同时腿弯钩住横梁，一个空翻落在相邻的另一根木梁上。

对方一击未中，便不再出手，她刚喘口气，身后又有人向她右腿袭来。原来那人还有同伙。

木梁一侧已经残破，看起来再也经不住她一次跳跃，她避无可避，只得与其交手。

几个来回，她终于看清了对方的脸。那是个中年男子，一身灰扑扑的裋褐，大擒拿手使得炉火纯青，专攻她大臂和膝弯处，下手又稳又准。她小心地应对，拆了几招后正要反击，方才第一个突袭她的人又从梁上翻下，加入战局。更糟的是，竟有第三个人从下方云层中冲出来，局势瞬间向一边倾斜。

若是在平地上单打独斗，眼前三人也许并非她的对手，但现在是万丈高空之上，她赤手空拳以一敌三便有些捉襟见肘，且那三人行动默契，显然不是第一次配合，她想要将其中一人拆开来各个击破都难以下手。

脑海中各种念头一闪而过，她突然想起几天前在跃原镇那家黑店里遇到的三个人。那时他们还佩着清一色的小镡横刀。

“听闻冢山匪盗一朝被剿后，仍有三名寇首不知所终，原来是跟了沈家。”

此话一出，那三人攻势均是一停。

肖南回知道自己说中了。

其实她也只是猜测，这三人的武功看似是正统路数，实则暗中夹杂旁门颇多。这是常年混迹江湖才能练就的身手，绝非衙门差人的行事风格，可他们之前佩带的兵器却是霍州沈家部曲常用的横刀。

方才冷不丁的那句话，她用的是冢山以南一带的方言说的，那三人却都能听懂，这便更加印证了她的猜想。

先前她听肖准提起过寇首外逃之事，朝廷曾悬赏黄金千两取三人首级，却一直未有人在赤州见过这三人的行踪。此种情况，这三人要么躲进了深山老林，要么归顺了哪股势力，得到了庇护。如今天下敢收朝廷逃犯为己用的，总共就那么几个，沈氏便是其中之一。

此事一旦说破，便没有回旋的余地。看来她得趁机铲了这三个毒瘤才行。

“今日倒是没白上来这一趟，三位仁兄价值千金，可别掉下去摔个血肉模糊、面目难辨。不如现在就随我走一趟吧？兴许能够……”

冷光一闪，肖南回心下一凛。

其中一人从小臂内侧抽出一把匕首，显然起了杀心。

对方不顾规则带了凶器，虽说只是一把隐匿的匕首，但在关键时刻绝对可以置人于死地，如果中招摔下去也是肉泥一团，没有人能知道在上面究竟发生过什么。

然而此人急于取她性命，虽出手更加果决，却也乱了他们三人本来的步法阵仗。肖南回瞅准破绽，近前去夺刀制身，两人瞬间缠斗在一起。对方身量比她高很多，身子也沉重得多，力量上占了优势，她却利用这一点踹断了他脚下的一块木板。

匕首贴着她的右臂划下，那人惨叫一声，跌入云层之中。

余下二人见状，额角瞬间冒出汗来，但见肖南回手臂上挂了彩，便不再犹豫，双双扑来，一招一式都专攻脚下，试图将她逼下横梁。

肖南回脚不沾地，仗着身子轻盈，单手环柱借力飞出，一个回环后又转回，一脚踢向其中一人后背，那人失去重心，跌下横梁。

一对三的局面转瞬变成一对一，剩下的那名流寇这才后知后觉犯了轻敌的大错，攻势渐缓。

肖南回的情况也不算太好，先前那匕首划伤了她的手臂，眼下血顺着袖管淌下来，瞧着有几分狼狈。

虽是如此，但刚刚所见显然让对方有了忌惮，两人僵持不过数秒，对方突然放弃了对峙，转身向塔尖爬去。

肖南回知道这是最后的紧要关头，若是被人抢先一步，即便已经爬了这许多层，也和开始便被淘汰的人没有区别。她飞快地扯下一截布料将小臂扎紧，然后手脚并用，紧追而上。

越接近塔尖，四周风声便越急，疾风吹起她束发的带子，抽得她脸颊生疼。

右手扒上最后一截木梁，她只觉得已筋疲力尽。前方不远处那流寇也将将爬上塔顶，正欲向正中那高耸的塔心靠近。冷不丁一个人影从他身后袭来，他转身与那人影交手了三四个回合，不知怎的连哼都没哼上一声便晃了晃，像一只破麻袋贴着肖南回的身侧飞速跌了下去。

突如其来的变故只发生在一瞬间，她急忙翻身站上平台，寻了一处落脚点，站稳身形，向刚刚出手如电的人影望去。

第十七章

凭霄摘花（下）

那是个瘦小的身影，脸上蒙着块灰布，瞧着并不怎么起眼。

但肖南回不敢轻敌，因为这人就是刚刚她在第五层打过照面的那个。所谓人不可貌相，她身边不就有那么个又矮又圆、打架却从来没输过的奇女子吗？

这一层已经是凭霄塔的顶层，流云之上万丈金光刺得人几乎睁不开眼，二十四朵荼蘼花编成的花环就在正中悬起的麻绳上挂着，处处随意，却透着一种高不可攀。

能走到这一步，哪一个会是省油的灯呢？

若是正面对抗，她并非没有得胜的把握，但眼下需要速战速决，否则再有后来者加入战局，难免不会出现鹬蚌相争，渔翁得利的局面。

刚刚她瞧见那流寇中的一人和对方交手，虽然只有短短片刻，但她心中已有了些判断。此人功力远不及刚刚那三人，但招式路数甚是诡异，便是凭着三分出其不意才胜出的。她若想速杀也是难上加难。

已经到了这一步，如果就这么放弃了，岂非前功尽弃？

肖南回有个说不上是缺点的缺点，就是有点儿死心眼。只要是她认定的事，即便是头破血流，她也要撞到南墙方能死心。

她在这厢思索对策时，对方也在打量她，但似乎并没有花费太多时间。在判定肖南回不会退让后，他迅速调整好了作战策略。

顶层木塔空间十分狭小，花环就在两人之间的半空中。肖南回因为刚刚爬上来，离得稍远一些，那人便放弃了向她发起进攻，而是选择直接夺取花环。

肖南回自然不能让他得逞，紧跟着向花环奔去。

越接近中心，脚下能着力的点越少，最后半步她干脆一跃而起，一把抱住那人的右腿，将对方生生从半空拉了下来。

眼看花环与指尖失之毫厘，那人杀心顿起，欺她双手都在他身上，暂时无法伸展，两肘向下狠狠地击向她的背。肖南回听风辨位，凭借绝佳的躯体力量在空中翻了个身，抬起右腿扛下这一招。谁知对方却等她将前襟露出后，突然改变招式，左脚刁钻地袭来。

这一招分外眼熟，她在往上爬时就见有人中了这招落下塔去，即便命好，抓住个落手的地方，硬挨这一下也少不了筋断骨碎，绝对再也爬不起来。而她此时身形在下，处于绝对的劣势，就算能来得及挡下这一招，也免不了跌下去的命运。

左右是个死局，若想化解，就必得使出不怕死的法子。

肖南回一手仍死死抓住那人右脚脚踝，另一只手就近切向对方侧腹。这一招去势凌厉，既没给对方留余地，也没给自己留余地，因为这样一来，她的整个胸腹都暴露在敌人面前。

对方显然没有料到她竟连挡都不挡一下，待反应过来右侧受袭，躲避的本能已经令他不得不调整身形，那一脚杀招擦着肖南回胸前而过，她的危机不攻自破。

好一个置之死地而后生。

对方落脚站定，看向肖南回的眼神明显与之前不同。眼前的人虽是女子，却比刚刚掉下去的那个人难对付百倍。但仔细瞧，她身上已经见了血，他再拖上一会儿，未必没有胜算。

肖南回这厢才刚喘息片刻，对方便又缠斗上来，这次倒是没下杀手，但甚是恼人，高空之上的骚扰不比突袭好到哪里去，一个不小心，不用别人动手，自己跌下去也是有可能的。

随着二人交手次数增多，她内心的疑惑越来越大，眼前这人的身手绝对是高人指点过的，但功力不足，似乎又不是从小习武的根骨。如果是哪方势力派来的人，为何会选这样的人来争斗呢？

正思索着，对方又是一个近身，肖南回突然掉转方向，向他面上蒙着的布抓去。那人一惊，回身便是一掌。

这一掌显然失了章法，却打出了十成力气。她虽然躲过了，身后的一段木栏却遭了殃，连带木栏下的一根横梁瞬间折断。

这一招拆过，两人都正是力竭之时，再也无从提气辗转，只得结结实实落在那根只剩下一个支点的木梁上。

肖南回在一头，那人在另一头，而那段木梁就好似二人脚下的一架天平，就在这万丈高空上摇晃起来。

然而对方的体重竟然比她还要轻，她脚下的那截木梁瞬间沉下去。肖南回奋起一跃，想要去抓旁边的木栏，那人却手脚飞快，掷来一截断木，木栏顷刻间在她面前碎成几片，她手下落空，撞到巨塔中心的柱子，刚刚扎好的伤口绷裂开来。眼前一黑，等她反应过来时已经开始飞速下坠。

要赶紧抓住些什么才行。肖南回挥动手臂，不顾一切地去抓可能抓到的东西。她的掌心都是血，一把抓住木梁的时候便是一滑，还没等她反应过来已经脱力向下跌去，整个人拦腰撞上下面的一根横梁，五脏六腑像是要被震碎一般，她强忍疼痛，勉强来得及翻身抱住这根横梁，呼吸间带了血腥味。

呼，还好还好。

下一瞬风声自头顶而来，她急忙闪向一旁，险险避开从天而降的断木。

顾不得身上的疼痛，她迅速爬起来向高处望去。那瘦小的身影见她似乎已无威胁，便飞速向那中央悬挂的花环奔去，她此刻便是再爬上去，也会晚一步。

难道就这么失败了？在这最后一步失败了？肖南回咬紧嘴唇，颤抖的瞳孔急速掠过目之所及的每一个角落。

晴空之下木塔里的一切纤毫毕现，破损的木梁、历经沧桑的琉璃瓦片、塔心上已经褪色的彩绘，还有什么在风中一闪而过。

是绳子。

这万丈高空之上怎么会有绳子？

等一下，那塔顶上悬挂花环的似乎就是一模一样的麻绳。

眼下已经没有犹豫的时间，她的身体比思绪要快得多，转眼间已如同离弦的箭一般蹿了出去。她几乎没有看脚下，完全是凭借本能和余光选择落脚点。她脑中一片空白，恐惧也被丢到一旁，只剩下一股势在必得的信念。

麻绳距离塔身尚有一段距离，被风吹动，不时地发出抽打的声音，若是纵身扑过去，一旦失手，便再也没有回到凭霄塔的机会，只会坠下七层高塔，活活摔死。

人生在世，总有几个瞬间是站在生死交界处的，眼下这情形算得上她有生之年的第一次。

等她反应过来其中厉害，脚已经踏上凭霄塔木栏上的最后一截，下一步就是万丈悬空，她去势已定，此时想要收手已然来不及了。

不能犹豫，犹豫的话必死无疑。这想法坚定下来，她将全身力气都灌注在双腿上，整个人便似一只临到断崖的鹿，高高跃起。

风在她身侧刮过，似一双手从下而上将她托起，平地之上是没有如此凛冽的风的。

看来在这万丈高空之上，也不全都是坏处啊。抓住绳子的一刻，肖南回这样想着。

身体的重量令那根麻绳瞬间绷紧，绳子向上延伸的另一端突然传来轻微的啪声，她努力扭转脑袋向上望去，绳子的尽头，一点儿朱红色越来越近，最终落在她眼前。

肖南回心满意足地抱住那千辛万苦得来的花环，手中抓紧了那唯一可以凭靠的绳子，任由身体向下坠去。

云层、雾气在耳边呼啸而过，手中的绳索蓦然一紧，她整个人随着这股力量向前荡去，转瞬间便冲出了遮蔽视线的迷雾，偌大的佑荫坛出现在她脚下，眼前豁然开朗。

无数翘首以盼的人被这一幕惊住，待看清了那人身上的花环，瞬间爆发出热烈的欢呼声，震天响的声浪在佑荫坛上空涌动。

肖南回抓着绳索凭借附近几处楼阁减缓了下落的趋势，几经辗转，终于回到地面上，手心早已渗出血来，身上也是一阵阵发软。

主办祭典的城主已经迎上来恭贺获胜者，她迷迷糊糊地将怀里的东西递了出去，刚想提醒对方押走那三个被她踹下木塔的贼寇，话到嘴边，突然想起，自己此时还身在霍州沈家的地盘，那三人能来去自如，或许根本不是因为没人识得，而是有人暗中行了方便罢了。

思及此处，她有些冒冷汗，将到嘴边的话咽了回去，勉强笑着与那几人寒暄了几句。又有祭司在她耳边叨叨晚上祭典的事宜，她也再难提起精神去听，左耳朵进右耳朵出。

好不容易结束了这累人的场面，人群中突然冲出一个白色人影，正是郝白。

他身后那几人面上还算镇定，只有郝白的脸上写着“高兴”二字，整个人都有几分眉飞色舞。他大步流星地走上前来：“姚兄，你这功夫可真不赖，原来如今开青楼的都是这般身手了？”

伯劳就站在一旁，许是想到姚易那常年不动弹攒下的一身懒肉，没忍住哼了出来。

肖南回赶紧掩饰般跟着笑了笑：“好说好说，都是运气。”

她今日穿的是深色衣裳，血迹染在衣服上并不明显，离近了才能看到袖子上的印迹。

郝白走近几步，随即留意到她右手的血迹，表情变得严肃，他又上前查看一番：“姚兄受伤了？”

肖南回皮糙肉厚，在军营时受些小伤也是家常便饭，何况现在只是划伤、擦伤，她当即不太在意地活动两下手臂：“无碍，只是皮外伤而已。”

郝白没说话，开始检查她先前自己包扎过的手臂。

“姚公子衣服脏了。”有个声音不咸不淡地响起，接着便有一只手掸灰般拍了拍她的后背。

那手堪堪碰到她的背，一阵火辣辣的痛便自触碰的地方迅速蔓延开来，她控制不住地倒抽一口冷气。

是谁？是谁要在这种时候对她痛下黑手？！她怒而转身，便见钟离竟一脸惊讶的表情，像是当真无意为之。

另一边郝白已有所察觉，微微抖了抖衣袖，指尖便多了几枚金针，还没等她反应过来，便冲着她身上几处大穴扎了下去。

肖南回惨叫一声，伯劳在旁边叉着腰看笑话。

“你……你扎我做什么？！”

郝白一脸奇怪地看了她一眼：“治病啊。”

肖南回看着自己手臂上颤颤巍巍立着的金针，声音中充满怀疑：“你这隔着衣裳能扎准吗？”

郝白早已将她自己包扎的伤口重新处理了一番，正跷着兰花指在上面打结：“衣裳又有何妨？姚兄即便穿着衣裳，在我面前也好似未着片缕一般……”

对方全然不觉自己说了什么，听在肖南回耳朵里，却似一记棒槌。

她……她这是被调戏了吧？她堂堂一个武将，竟被一个江湖郎中小白脸给调戏了？！

伯劳的脸已经笑成个带褶的包子，看得肖南回更是气不打一处来，她三两下便将身上的针拔了，往郝白身上一丢：“不治了！”

“怎能不治呢？”白衣郎中不依不饶地缠了过来，吓得她赶紧跳开：“我没诊金！”

“在下怎会收朋友的诊金？”

她各种退让闪避，对方却似一块膏药般粘住她不放：“姚兄！你这样可算得上讳疾忌医，手臂外伤是小事，摔打可是要出内伤的。内伤不治，日后是要落下残疾的，你便是不为自己着想，也要为家里人着想啊。你还这么年轻，千万不要自暴自弃……”

半明半暗中，钟离竟静静地看着那闹成一团的三人，嘴角突然轻轻勾了勾。

这一细微的动作尽数落在丁未翔眼底。他难掩诧异，似乎想要开口问些什么，但终究没吭声。

第十八章
朱明玉现（上）

夜色降临，穆尔赫城正中的三条东西街南北道已经空了出来，不同于以往的灯火通明，今夜大道两边的灯笼都早早熄了光亮，路两旁围满了等着看热闹的人群。

祭典就要开始了。

肖南回从年迈的祭司手中接过面具，左右瞧瞧，没分出哪边是正、哪边是反，只得尴尬地开口道："老先生，不知这面具是如何戴的？我怕弄错……"

老祭司笑了，干瘪的嘴中没有一颗牙齿，看着有些瘆人。他动了动眼皮，肖南回这才发现，这祭司竟是个瞎子。

"姑娘不是本地人吧？那想来是不知道这朱明祭到底祭的是何方神明的。"

她点点头，如实道："不瞒先生，我是第一次参加这祭典。"

老祭司伸出枯瘦的手摸了摸面具上那些用鲜红色颜料绘的眼睛。其实那与其说是面具，不如说是个头套，因为那上面有九张面孔环绕在一起，每张面孔上都有无数只眼睛，有的睁开，有的闭上，让她想起那些或盛开或含苞待放的荼蘼花。

"朱明祭祭祀的神明名唤祭马，传说中是个有着花环一般的头颅、无数鲜红眼睛的神明，他掌管戒律，是最公正严明的神。祭马为了监管世间善恶是非，便多生了许多眼睛。可这些眼睛怕光，为了避开白日里刺目的太阳，他便只在夜间出没。人们敬畏他，每逢祭祀庆典时便纷纷熄灭火烛，只点燃符纸来为他引路。"

所以，现下外面的街道才一片漆黑，除了清冷的月光，竟无一丝灯火。

肖南回低下头，只觉得那面具上的无数双眼睛似乎都在盯着自己："原来如此，所以这面具没有前后之分？"

老祭司点点头，摸索着她的脑袋，亲手将面具戴在她的头上。

四周的光线暗了下来，视野也变得狭小，她只能通过面前的两个小孔看到外面的情况。

隔着面具，她听到那老祭司虚无缥缈的声音再次响起："面具虽无前后之分，路却是只有一个方向。姑娘要记得，切莫失了方向。"

祭祀礼队由九辆巨大的花车组成，每辆花车上都按照传统，用木头雕刻了九层魂楼，每层楼宇间都扎着各色纸人，演绎着一则神话故事。

花车前是一队一百一十九人组成的火把长龙，每个人手中高举扎满符纸的稻秆，点燃后便成一个个火球，正好能燃烧半个时辰。

这半个时辰便是礼队由始发点走到终点的时间，整个队伍从东南方向的街口开始进发，先沿最外围的东西街道向西而行，行过九个街口便改向北，由外到内走出三个“回”字，待到最终走至中心的佑荫坛，便是献上祭品的地方。

肖南回是今年的摘花祭司，须站在第九辆花车的最高层。与其说是站着，不如说是悬着。

本来最高的木雕楼层便只有方寸之地，而这小块地方还并不是实心木板所制，而是几根竹竿和木条拼成的，落脚须得十分小心。而随着队伍开始前进，这本就不是十分稳固的花车便开始摇晃，带着顶层的木楼也左摇右摆。

她开始有些明白，为何朱明祭要比攀高塔摘花，看眼下这花车便知，若是没些身手的人压根连站都站不住。

礼队随着鼓声舞动手中的幡旗，火球连绵，好似一条正在蜿蜒前进的巨龙。道路两旁早就挤满了前来观看的人群。除了除夕夜，便数朱明祭最是热闹，夜里不常出门的妇孺与老人也聚在一起，商铺中做事的伙计、家宅中的仆人这一刻都是能得几分闲暇的，纷纷拥上街头。佑荫坛早被围得水泄不通，寻常看客是根本抢不到位子的，但平民百姓也有自得其乐的法子，便是等到礼队路过自己时将手中的荼蘼花抛出去，然后低头默念许愿。

都说心诚则灵，或许只有在神明面前，每个人才是平等的。

肖南回站在高高的花车上，夜空中飘散着鲜红色的花瓣。她低头俯瞰仰望自己、虔诚合掌的芸芸众生，莫名地生出一种使命感。

这种原始而古老的庆典当真有一种神奇的力量，渲染着身处其中的人的情绪。这一刻她仿佛并不是自己，而是那名叫“祭马”的神明。神明正降临人间，视察他的子民，惩凶扬善，维护公正。

礼队一路前进，她也渐渐适应了颠簸的频率，时刻警惕着四周。

钟离竟说过，祭典仪式才是玉玺现身的时候，到时候必然还会有人出手。

可四周实在是太暗了，那点儿月光在这黑夜中实在微薄，她觉得自己似乎暴露在无数目光之下，却无法看清黑暗中的那些眼睛。

走完第一个回字形，依旧无事发生。她望着前方的路，发现左右两侧的道路突然变窄了。

这是走进穆尔赫老城一带了。

一百多年前，穆尔赫曾经发生过一场恐怖的瘟疫，现在北部边境还有当时残存下来的高大城墙，那是为了防止染病的人逃出穆尔赫而采取的非常手段。后来瘟疫终于平息，人们以凭霄塔为中心建立了新城，而曾经暴发瘟疫的城中地带则被封锁、烧毁，多年后，即便有人居住，也是人丁稀少。这儿便是老城区。

朱明祭要走的路线中，只有眼下这一小段会从老城边缘经过。

老城中有昏河的支流穿过，行至桥梁时，花车晃动的频率明显增大，两侧的民居黑乎乎的，透着一股死气，昔日焚烧过的废墟仍夹杂其中，高低不平的屋檐好似一只只枯瘦的手伸向路中，险险擦着花车而过。

此时若是有人埋伏在屋顶，只须轻轻一跃就能跳到车上来。肖南回不由得打起十二分精神，密切留意着左右。

木质车轮在老石板路上颠簸，听着比之前还要嘈杂。

突然，她听到车底部传来一声异响。那响动十分轻微，像是小石子弹起来后打在车辕上的声音。但是，偏偏在这个时候……

她猛然抬头，便见一只戴着精钢护指的手穿透了前一辆花车顶层的地板，下一刻那里便钻出一个人影，缓缓转过身来。

月光下，肖南回眯起了眼。

那人头上戴着一副和她一模一样的面具。这是有备而来啊。

祭典本就光线晦暗，观礼的人根本不会察觉祭司身量上的细微差别。而摘花祭司全程都要戴着面具，那些人只须杀掉她，便能神不知鬼不觉地成为最后接触祭品的人，谁也不会知道面具下面到底是谁。

那人与肖南回对视片刻，便如燕子般跳到她所在的花车上。肖南回自然不能轻易让对方得逞，趁那人还未落稳便抢先出手。

然而花车上本就狭窄，想要大开大合地伸展拳脚几乎是不可能的，那假冒者却似乎是这逼仄空间里搏击的一把好手，一对袖里剑使得又阴险又歹毒。她只得暂时放弃攻其下盘，改为小擒拿手去夺对方手里的凶器。

这一交手不要紧，肖南回立刻察觉到手下的触感柔软滑腻。这顶替她的人竟也是个女子。

就这一愣神的工夫，一股细线从她背后袭来，转瞬便缠上她的脚踝和手臂，紧接着一股巨大的力量将她拉起，她整个人便从花车上歪斜出去。

电光石火间，她只来得及随手抽出下层阁楼假人手中的铁棍，待跌落至道旁小楼的屋顶后，飞快地将铁棍插入瓦中，这才勉强稳住身形。

便是这一来一回间，花车队伍已然拐过弯去。

喧闹的人群和冲天的火焰阻挡了人们的视线，加上那冒充者已经就位顶上，队中根本无人察觉她已受袭。队伍继续向前行进，拐了个弯，便走入最后一条南北大道。

肖南回心中焦急，飞快思索着翻盘的办法，而袭击她的人同伙显然不想让她上前追赶礼队，很快便又缠上来，将她从屋顶逼入相邻的另一条街中。

眼见礼队走远，肖南回终于有些不耐烦了。那根从花车上拆下来的铁棍在她手中快如电光，起落间便刺穿了其中一人，抽回之后去势不减，直直挑入另一人脚踝处的筋脉。

两声惨叫过后，那两人终于倒在地上。肖南回无心恋战，扛起铁棍拔腿便追。

虽说只是一街之隔，但眼下这条街上空无一人，清冷的月光将道路两旁的房屋拉出长长的影子，使得脚下的路斑驳难测。隔街的喧闹隐约传来，但青石板上只闻她一人的脚步声。

她喘息着四顾，总觉得那空洞的黑暗处要有什么东西钻出来。

终于，有轻微的响动从四周的屋瓦上传来，一处、两处，细细密密，似是一张网将她笼罩在其中。

月色下，十几道影子出现在左右两边的房屋上，鬼魅般跟上她的脚步。

黑暗中视线虽受限，但耳朵变得异常灵敏，她无须回头去看，光是听那脚步声，便能大概判断出对方有几人、都在何方位。

距离下个东西贯通的交叉路口还有百余步的距离，火龙就在与她平行的那条大道上呼啸而过，肖南回发足狂奔。她必须想办法甩掉身后的人，回到祭祀礼队的花车上。

可是……不是先前都说最多只有几个人？这哪里是几个人！

嗖！破空声从她背后而来。

肖南回头也未回，脚下不停，回手便是一抡。

锵的一声，铁棍与冷箭相击，在黑暗中迸出一阵火花。冷箭失了准头，嵌入一旁屋檐下的门柱上，箭身覆着一层异样的绿色油光，显然是淬了毒。

轻轻试探过后，便是如漫天泼雨一般的突袭。十数支冷箭齐齐飞出，直奔肖南回的后心。

眼见避无可避，她只得停下脚步，手中的铁棍舞得密不透风，只听叮叮叮连响数声，冷箭尽数被击落，然而那打头持刀的影子已借势杀到跟前，转瞬间便与她交上了手。

两方相对，都使上了十分力气，对方处处展露杀招，肖南回也只攻不守，直取当前三人咽喉处，铁棍所过之处便留下一个个血洞。

对方倒下一批又上一批，她手中铁棍到底只是普通的黑铁，比不得对方手中的百炼钢，运足气力相碰，便被削去一截，渐渐地手中便没了傍身的武器。

那黑布蒙面的不速之客个个都是刺客身手，只求速杀，不求掣肘。领头那人所用兵器甚是狠毒，是一条前端带着金钩的锁链，远攻时令人无法近身，她几番想要夺兵器，都以失败告终。对方以轮番缠斗的方式消耗着她的体力，用心之险恶，不言而喻。

包围圈越缩越紧，肖南回背倚一堵石墙，喘息而立。

“喂。”冷不丁，一个声音在一片打斗声中响起。

领头刺客一凛，猛地回头。他惯常以机敏自居，教人离了这么近却毫无察觉，足见对方轻功远在自己之上。

他抬眼望去，只见路旁石狮子头上蹲了个矮小的身影，圆乎乎的脑袋上扎着个单髻，剪影看着像个葫芦一般。

“喂，你不求我吗？”那圆脑袋的人像是看不见这一地的刀光剑影，就只跨在那石狮子的脑袋上，两条短腿晃啊晃。

肖南回狠狠地将手中只剩一尺来长的铁棍掷在地上，拍了拍手上的灰，指着那一众大眼瞪小眼的刺客道：“这几个便赏你了，不用谢。”说罢，她不等对方有所反应，一个闪身便跳上那只石狮子，又一脚踏在对方那敦厚的脑袋上，借力一蹬便上了屋顶，也不管踩碎了几片屋瓦，大步流星地逃离了战场。

伯劳惊怒不已，赶紧摸了摸头上那被踩瘪的圆髻，瞥了一眼屋顶上飞速消失的背影，又猛地回过头来，脸上摆出了迁怒于人的架势：“看什么看！没见过被人突袭吗？！”

眼看要除掉的人逃走，领头刺客冷笑一声，手腕微动，那带着森森寒光的锁链便似一条吐着芯子的毒蛇，仰起头来向伯劳咬去。

白光一现，有什么寒凉之物反射出月光，一闪而过，之后便是断金之声。锁链上的金钩应声落地，整条铁索仿佛一条被斩了头的巨蟒轰然落地。

领头刺客犹自看着手中的锁链，眼中满是不可思议。

“原来这便是江湖上近些年风头正劲的金蛇君，我许久不问江湖事，却不知原来江湖已经落魄到这种境地了。当真是无人了吗？竟连个软脚虾都能有名号。”那身形矮小的人口气甚是狂妄、老辣，仍稳稳立在狮子头上，手中不知何时多了两把尖刀。

那是两把不过一尺来长的短刀，刀身纤细，前端微微翘起，无半点儿装饰，看起来平平无奇。但就是这样两把平平无奇的短刀，在须臾之间斩断了精钢炼成的锁链。锁链本在长度上占着先机，且有以柔克刚的优势，却仍是在一招间便败得彻底。

这世间确有武功相对、兵器相克之理，但若实力相差甚远，便不存在优势一说。江湖本就是个只看本事的残酷地方。

“你们是一个个来，还是一起上啊？”

第十九章

朱明玉现（下）

屋脊上，肖南回一边发足狂奔一边眺望不远处祭祀礼队前进的方向。

跃动的火龙在成片的屋舍间时不时地闪现，好似神明真的降临这古老的城池，正一步步迈向属于他的祭品。

队伍转过最后一个弯，向着终点前进。

佑荫坛的轮廓已经隐隐在夜色中浮现，再有两三百步的距离便是祭台了。

驾着最后一辆花车的小厮手心已被汗湿透，这驱车也是体力活，何况祭典路线复杂，一路走来，他一直想着千万别出差错，总归是要提起十二分精神的。眼瞧着终点便在前方，他心中的担子这才轻了些。

他正想着，一侧车轮突然一沉，整个花车微微倾斜起来。小厮茫然地回头，却见一个身影不知何时跳上了花车。

车顶的冒充者也察觉到了，见到肖南回去而又返，一时没有动作，似乎有些惊讶。

“怎么？以为甩掉我了？”肖南回踢开脚上沾着的碎瓦，不再废话，直直向那人攻去。

几个回合后，那冒充者便看出肖南回功夫远在自己之上，她仗着女子身段柔韧，在花车的竹竿间来回穿梭躲避，肖南回则紧追不舍，势要将对方从车上赶下来。

火焰中，只见花车顶层竟有两名头戴面具、一模一样的摘花祭司。两人在难以落脚的花车上翻转腾挪、你搏我击，争着要去夺那放在祭台上的美玉，煞是精彩。

围观者们不明就里，以为这便是今年朱明祭的特别表演，当即爆发出更高的欢呼声，气氛一时达到鼎沸。

九层木楼搭起的花车本来就重心不稳，须十二分小心，如今上了这两个大活人，还在上面蹦来蹦去，直把车子弄得摇摇欲坠。赶车的小厮叫苦不迭，满头是汗，拼尽力气拉紧手中的缰绳，才没让受惊的马横冲直撞。

队伍就这么踉踉跄跄艰难地前进着。

百步之外的佑荫坛内，邹思防正在三名大祭司的陪同下走向祭台。

这坛内的祭台年岁也很久远，但因为是石头垒砌而成，如今倒还结实，只是边缘的砖块破损了些。

那些石砖块头巨大，烧制的技术如今已经失传，一旦缺损，便再也补不了了，后人便在其中铸了铜灯做点缀，又沿着外围砖石凿出一道浅浅的沟槽，每逢庆典的时候便在其中灌上滚烫的灯油，流动的灯油便能将整个祭坛包裹在夺目的火焰之中，甚是壮观。

今夜，青铜灯中的灯油已经添满，就等花车上代表神明祭马的摘花祭司到达祭坛，亲手将供品放上天地台后，随即点燃灯油。祭坛上的灯火会持续燃烧，其间不断有人加添灯油，确保火焰不熄灭，此后尤其忌讳油尽灯灭，必须小心看护，直至下一场雨水从天而降将火浇灭，才算祭典完成。

据说，最久的一次，那青铜灯燃烧了月余才等来那场雨。不知这一次又要等多久呢。

祭坛上一个个翘首以盼的身影背后，古塔高可入云的巨大身影矗立在夜色中，将今晚朦胧的月亮挡去了一半。

白日里比拼激烈的凭霄塔，此刻静得像一口深井，只依稀听到塔外祭典上人们的私语声。

塔身第五层的琉璃瓦上，静立着黑漆漆的两个影子，一坐一站，好似原本就待在屋瓦上的两只脊兽，除了被风吹起的衣摆，几乎一动不动。

许久，坐着的影子徐徐开了口："今夜月色不算明朗，一会儿看得清吗？"

站着的那个点点头，低声回应道："看得清。"

"好，那便按之前说的做吧。"

丁未翔回头去看身旁那人的脸色，犹豫道："主子，属下还是觉得……"

"无妨。"男子脸上那暧昧不清、似有若无的神情和这黑暗相得益彰，就连身形也与之融为一体，只有下方花车队伍中的火焰映在他眼底，映出细细碎碎的一点儿亮光，"你都将我放在这里了，便是有人想杀我，也要爬上小半个时辰，有甚好担心的？"

丁未翔的面色却轻松不起来。这根本不是担心不担心的问题，而是这百密都免不了一疏，而他担不起这一疏的后果。

"此次不同以往。自出城以来，属下便日日提心吊胆，此番此举实在冒险，属下……"

钟离竟换了个盘腿而坐的姿势，这样一来，他的两膝便自那飞檐之上翘起悬空，其下便是万丈深渊。但他只淡淡瞧着，仿佛只是坐在平地中的一张草席上："你一路跟着我，可曾见我哪件事十拿九稳才去做吗？若是那样，你我此刻根本就不会在此地。”

丁未翔语塞。左右他是说不过眼前这位主子的，他每每这么自讨没趣，又是何苦来哉？

“属下明白，一会儿当竭尽全力。”

“嗯。”钟离竟只轻哼了一声，末了又不咸不淡地加上一句，“你是该竭尽全力。你瞧她一个外人，都一副拿命做事的样子，不知道的还以为那位才是我多年的心腹。”

丁未翔顺着他的视线向下望去，祭祀礼队的花车已经向着终点徐徐走来，当中最隆重的花车上，赫然有两个人影正难解难分地打斗。

鬼使神差一般，丁未翔几乎是下意识地开口道：“肖姑娘这般拼命，也是为了将军吧。”

这话一出，四周空气都有些不对劲。他随即意识到什么，瞬间便后悔了。

过了许久，那黑暗中才传出一个冷冰冰的声音：“那又如何？反正到头来都是一样。”

赶车的小厮第七次将回头去看的想法压下来，自欺一切尚好，他什么都不知道。

眼下对他来说，不回头确实是绝对明智的做法。因为他若回头，便会看到那为了朱明祭辛苦月余搭建出来的精美花车被拆得七零八落、面目全非的样子。

此时奋力拆车的两人都有些气喘吁吁。肖南回实在有些厌倦这种憋屈的打法，眼见花车已经转入佑荫坛的正门，当即飞起一脚，直奔对方面门而去。那人见状连忙躲闪，却被她一把抓住腰间的带子，两人抱作一团直直跌下花车，滚了十数步，正好停在祭坛的石阶前。

这一摔打，两人头上戴的面具都跌落下来。肖南回率先爬起来，定睛一看，眼前的妇人竟有七八分眼熟，细细一想，可不就是几天前在大沨渡口一同乘船的那商人的老婆？只是眼前这人横眉怒目，好似个夜叉，哪里还有先前那种低眉顺目的良家妇人模样？

跌落的面具剐到对方的一缕头发，将她原本甚美的云髻扯得乱七八糟，那妇人一边提防着肖南回，一边气急败坏地想要摆脱那面具头套。

肖南回摸了摸自己脑袋上那溜光水滑的圆髻，头一次因为选了和伯劳相同的发型而感到欣慰。此处开阔、平坦，她冷笑一声，走上前去，轻而易举就避开了那人的攻击，一把便抓住了对方的头发。

那妇人惨叫一声，恨恨地看向肖南回：“黄毛丫头，竟敢薅老娘头发！”

肖南回叹了口气，道：“我也知道抓头发是泼妇打架的招数，但现下咱俩这情况，若硬要往那两个字上靠，倒也不算冤枉。”

妇人手中短刃快要捏碎，终究还是舍不得割自己那一头长发，想要还手却处处受制。

肖南回就这么揪着她的头发，将她一口气拖回花车跟前，再一使劲往上提了提，将对方的发梢往车毂上绕了两圈，然后拍拍手退开。

那妇人头皮被揪住，连站都站不起来，只能坐在地上看着肖南回转身大摇大摆地离开。

一口气做完这一切，肖南回走到自己先前掉落的那副面具前，小心地捡起来，重新戴好，向左右围观的震惊的群众摆了摆手示意，随即一步步走到祭坛之上。

佑荫坛共修得九十九级台阶，由于每级台阶都很高，走起来比平时费力不少。肖南回折腾这一天，此刻觉得自己骨头都要散架了，便是这常年行军打仗的身体也有些吃不消，等到爬上最后一级台阶，她的两条腿已像灌了铅一样沉重。

邹思防还未好利落，坐在一把特意为他准备的太师椅上，斜倚着身子，手上还抱着个盒子，想必盒子里装的就是那千呼万唤始出来的宝玉。

肖南回不由得有些激动，三步并作两步地走上前去。

她还没近得那邹思防的身，两个大钢叉便将她挡住了。其中一个老祭司面色不善地看了她一眼：“开始前没交代过你祭典礼节吗？”

礼节？什么礼节？她几乎一直在走神。

她面上依旧保持着微笑，言不由衷地点点头：“交代过。”

老祭司点点头，示意身后小童走上前来，那小童手里捧着个盖红布的托盘。肖南回看着，心里顿时生出一种不祥的预感。

老祭司大手一挥，红布落地，她暗自仰天长叹一声。托盘上赫然摆着一只精美的青铜小鼎和一把雕花匕首。

这一天到晚，她除了挨打，现在还要放血，难怪丁未翔那奸诈小人不来做这事，要是她一早知道是这样，她也不愿意啊！

一旁的小童已用火把将青铜灯点燃，蜿蜒的导油槽将火焰蛇形传递开来，整个祭坛瞬间被一片火光围绕。

在老祭司催促的眼神下，肖南回悲愤地看着那把匕首，咬咬牙自己拿了起来，在手心一划，将血挤在那青铜小鼎里。

几名老祭司开始低声吟唱，唱的不知是什么语言，她一个音节也没听懂。

约莫过了半炷香的时间，她觉得手心的血液已经干涸，那老祭司枯瘦的手便蘸着她的血在她的脑门上画了几下。她自己也看不到他画的究竟是什么，只感觉到温热的液体沾湿了她的皮肤。

在两名小童的搀扶下，邹思防终于站了起来，颤颤巍巍地向她走来。

肖南回感觉心怦怦地跳得更快了。她就要摸到那个东西了。那个隐藏着无数传说与秘密、流传数百年的古老宝玉。

沉甸甸的匣子落在她双手之上，透着一股寒凉之意。肖南回收紧手指，捧着玉盒子向祭台的最高处走去。那里有一座石桌模样的祭台，因为多年祭祀的关系，表面覆着一层厚厚的动物油脂。那里已经码放好新鲜屠宰的整具牛、羊尸首，牛头被单独摆在正中，头上贴着红纸。

在小山一样堆起的祭品正中有个特意空出来的白玉高台，当下所有人的目光都胶着在那台子上，那便是肖南回要放那个东西的地方。

钟离竟之前说，只要她到位，他们自然有办法将那个东西取出来。

这众目睽睽之下，他们到底能有什么办法呢？该不是诓她的吧……

肖南回眉头紧锁地看着那台子，缓慢地将手中的盒子放了上去。盒子上的铜锁已经打开，她只要将盖子打开便能看到这传世之玉了。

手指有些出汗，她在衣服上擦了擦，向那盒子缓缓地伸了过去。

突然，四周一暗。紧接着，人群中传来疑惑的惊呼声。

她抬起头来，惊讶地看见那原本熊熊燃烧的火龙正以肉眼可见的速度迅速熄灭。她只来得及将双手牢牢按在那装着宝玉的盒子上，转瞬间，四周便已陷入一片彻底的黑暗。

人的眼睛对光线和黑暗都需要有个适应的过程。由于前一瞬还暴露在明亮炽热的火光之下，肖南回此刻什么也看不见，她陷入了短暂的盲视状态，周围的一切像是浓得化不开的墨，没有边际，也看不到轮廓。

佑荫坛外围观的人群也陷入慌乱之中，没人知道发生了什么，拥挤之下有人跌倒、踩踏，哭喊惊叫声四起。等到肖南回听到风中不同寻常的声响时，那声音已经离她很近了。

左边、右边、前边、后边，黑暗中看不见的影子从四面八方拥来，像是无形的浪潮扑向正中的祭台。

还来？！肖南回只觉得自己快要吐血。此刻她身边连一根铁棍都没有，难道要她用牛头去和别人搏斗吗？还是说……这便是那人说的办法？

这想法在脑海中一闪而过，她几乎来不及抓住它，下一秒像是在印证它一般，一道破空声从她的正上方急促地逼近。

是谁？她要不要回击？可是，她要往哪里回击？她现在连自己的手指头都看不到。

最后一刻，肖南回整个人扑到祭台上，用身子压住了那装玉的盒子。

她感觉到那个飞速移动的物体擦着她的后背而过，落在她身后几步远的地方。几乎是与此同时，那些自四面八方拥来的影子也已到达祭台中心。

周围的空气被搅动起来，杀戮一触即发。

肖南回屏气凝神去听周围的动静，然而几声杂乱的脚步声后，空气中便只余血肉被划开和重物落地的声音，全然听不见半点儿刀剑相击的声音。

怎么会有这么快的刀？她的心狂跳不止。究竟是什么人能出刀快到让对方连反应、抵挡的时间都没有，只能任人宰割？此人武功在她之上，很可能和肖准不相上下。

最关键的是，对方能在黑暗中如白日一般视物，她却只能看到眼前晃动的人影，就凭这一点，她就毫无胜算可言。

有喷溅的血液落在肖南回的面具上，她的手仍死死按着身下的盒子，已经到了最后一刻，她仍不愿意松手。

可是，会不会死呢？欸，她才刚刚摸到一点儿真相的边缘，就这么死了，会不会太差劲了？伯劳会把事情原委告诉义父吧？可是若一五一十地说，又实在有些丢脸，她发过誓要死在战场上的……

“是我。”

耳边的声音响起，肖南回瞪大了眼睛。

对方察觉到她瞬间解除戒备，便一把揽住她的腰。

她只觉得身体一轻，整个人便腾空而起，佑荫坛在她脚下越缩越小。

几乎就在她离开后的下一刻，先前跑去寻火种的小童终于气喘吁吁地跑了回来，将备用的火把一一点亮。

重新找回光明的佑荫坛一片狼藉，主祭司的面具掉落在地上，上面沾满了血污，穿着黑衣的刺客的尸体散落在祭台各处，当中还有不少断肢。一只断手滚落祭台，掉在围观人群边缘，将好不容易平复下来的围观者们又推上了惊恐的风口浪尖。

一个更为慌乱的声音随即在祭坛高处响起。

那个登上祭台查看的小童正举着火把四处查看着。但无论他如何细心地查看每一个角落，就是不见那个方方正正的影子。

“宝玉……宝玉不见了！”

第二十章

真假难辨（上）

耳边的风呼啸而过，肖南回俯瞰着夜色中的穆尔赫城，还有那蜿蜒远去的昏河河水，突然有些明白为何古来文人骚客总爱登高吟诗。这高处的景色随着日夜变换、晴雨交替，当真是每时每刻都不一样。

“姚兄辛苦了。”

她狠狠地回头，钟离竟一身玄衣，就坐在这凭霄塔上唯一一块完整的屋脊上，干净整洁，近乎慈悲地看着她。

当然，如果没有身后那个一身血污、正在拭刀的丁未翔，她或许还能说服自己当下乃是良辰美景。

“那灯油是你动了手脚？”

钟离竟垂下眼帘，高塔下的佑荫坛再燃不起熊熊火光，只有零星几点光亮在四处移动，那是举着火把清理现场的人。

“那不是油，是水。”

“水怎么会烧起来？”

他站起身来，掸了掸衣衫上的灰：“燃烧的是水上面漂的那层油。油一烧尽，火自然就灭了。”

肖南回有些气闷：“为何不一早告诉我？火灭了的时候，我险些以为自己死定了。”

钟离竟轻轻提起衣摆向她走过来，他脚下的瓦片哗啦作响，好似下一秒便会塌下去一片。她光是看着便有些心惊，对方一个毫无武功根基的人倒是满不在乎。

他走得足够近了，近到她觉得自己如果往后躲一躲便会掉下去，终于停住了，开口低声道：“你这是不信我？”

明明是对方理亏，她却被问得有些含糊起来：“那倒不是……”

“擦擦脸吧。”她还没说上几个字，一块半湿的帕子突然迎面糊在她脸上，带着一股熟悉的气息，那人的声音在她耳畔响起，“今日过后，这城中与我等抱着相同目的的人必然会有所顾忌，我们趁此间歇速速将事情办妥，姚兄，你说，可好？”

“你既已安排得这样明白，又何须问我？”肖南回一把将帕子扯下来，上面沾了些血迹，是祭司在她脸上画的。其实她还有点儿想找块镜子看看脑门上画的到底是什么，不过若是顶着这么张脸，一会儿让人撞见也不是什么好事，她想了想，还是使劲擦了擦。

不远处横梁上的丁未翔一直在弯腰倒腾着什么，此时似乎准备妥当了，起身对钟离竟做了个手势。肖南回眯眼瞧着这对主仆，觉得自己要留个心眼才行。

“这个……”肖南回拿出一直紧紧攥在手里的盒子晃了晃，“先放在我这里保管，你们没意见吧？”

丁未翔没说话，只看着钟离竟，后者面上看不出丝毫情绪，淡定地点了点头：“无妨。”

“无妨、无妨、无妨。你倒是真想得开啊，什么事都无妨。”她心想，懒得去猜对方这葫芦里卖的是什么药，四下望了望。白日里她爬到这个高度差不多用了半个时辰，可刚刚丁未翔带她上来的时候似乎不过一眨眼的工夫。

她正想着，一条精巧的索链便啪嗒一声扣在她腰间。

她抬眼，正对上丁未翔面无表情的脸。

方才对方就是靠这个带她上来的？她就说嘛，怎么可能有人轻功好到可以平地跳起五层楼的高度呢？还不是要靠些外力？

“飞梭链只有一条，这个给你了。我带我家主子从那边下去了。”说罢，丁未翔转身走向钟离竟。后者轻飘飘地看她一眼，嘴角似乎带着点儿笑意。然而还未等她看真切，两人便齐齐跃下，彻底消失在混沌的夜色中了。

肖南回呆愣在原地，提起腰上的索链左右看了看。这玩意儿……怎么用来着？

寅时未过，卯时将至。夜之将尽的时候，偏偏夜色最浓。

今年的朱明祭真是不同寻常，不仅见到了两个“摘花祭司”同台对打，还在最后大典上出了人命，看热闹的人群比往年都要早地回了居所。孩童们心中无事，玩闹过后便累得睡熟了，徒留忧心忡忡的大人们依旧点着蜡烛，窃窃议论着刚刚发生过的一切。

一座石桥相隔的另一边，穆尔赫老城区内一片寂静。

黑压压的破旧房屋中，零星几点亮光也像鬼火一般。

肖南回将发霉潮湿的灯芯剪掉一截，重新换上灯油，这才点亮这屋里唯一的一盏灯。

她举着灯四处看了看，除了墙角那张快要散架的床榻，这里几乎空无一物。那人说这里以前是个茶馆，但她实在看不出这里有半点儿茶馆的样子。

郝白似乎已经在这里等他们很久了，屋里连把椅子都没有，他正搓着手坐在一块搬进来的石墩上。

“伯劳呢？还未到吗？”

郝白笑嘻嘻地应道：“我托她办了些事情，可能要耽搁一会儿，估计也快来了。怎么样？东西拿到了吗？”

钟离竟向丁未翔使了个眼色，对方会意，走出门去望风了。肖南回慢条斯理地将那盒子掏了出来，示意郝白将这屋子里唯一的一张“台子”腾出来。

郝白显然已经用屁股将那块地方焐了很久，好不容易焐热了，现下是一百个不愿意。

肖南回走上前，直接将他提了起来放到一边。经历了这一天的波折，她此时耐心早已用完，话都懒得说上半句。

这一日似乎格外漫长，所有人都显得格外沉默。三人围在那石墩旁，注视着其上那方方正正的盒子，一时却没有人有所动作。

谁也不傻，那邹老爷先前半死不活的前车之鉴还在那儿摆着，谁也不知道这盒子中是否有机关、机关又在何处。

过了许久，却是钟离竟率先开了口：“二位若是不介意，便由我开吧。”

郝白咽了咽口水：“你确定要这么做？”

钟离竟面上无波无澜：“无妨。”

无妨？这也无妨？

“等一下。”肖南回下意识地一把抓住了对方的手腕。

他的手有些凉，肌肤却十分细腻，她只接触了片刻就赶紧松开了。

他扬了扬眉看向她，她有些支吾地开口道：“虽说你能搞到那舍利子，但那毒着实怪异，我瞧着郝公子只是依照家中祖传的药方制药，恐怕也不能保证十人十愈，更不知道愈后是否还有什么别的不便利。你瞧那邹思防那样惨，万一……我是说，万一医不好，岂不要搭上性命？”

她也不知道为什么脱口而出这些话，这人知晓她的身份，或许是个威胁，但她只是觉得不能有人轻贱自己的性命。

一旁的郝白少见地没说话，却算是默认了她的说法。

房间里安静了片刻，钟离竟打量她的眼光有些异样，片刻后才收回来：“我看姚公子先前夺花时的气势，何尝将性命放在心上，现下又何必劝我？”

肖南回被噎得说不出话，只觉得自己一片好心被人当了驴肝肺。对方不再理会她，已经将手伸向那平平无奇的盒子。

铜锁扣被打开，盒盖吱呀一声开启。

众人屏住呼吸，却见无事发生。

那盒子内静静躺着一方莹白温润的方形玉玺。玉玺，确实是玉玺。

钟离竟莹白的手将那方玉玺拿起来，放在手里灵巧地转了个圈："看来，咱们还是晚了一步。"

肖南回愣了片刻，有些摸不着头脑："什么晚了一步？"

一旁的郝白似乎并不疑惑，只托着腮接道："晚别人一步拿到这个盒子呗。"

肖南回感到有些不可思议，盯着对方手里那无瑕的美玉，不敢移开视线："难道，这个是……"

钟离竟语气依旧淡淡的，看不出任何失算的沮丧："没错，这个是假的。"

肖南回一把抓起石墩上那装玉的盒子上下查看："不可能！我是亲自从邹思防手上接过来的。一直到丁未翔来找我，这期间我的手都没离开过这盒子……"

一想到自己今天为这小盒子吃过的苦头，她便有些掩饰不住地崩溃。除非……

"除非那邹思防一早交到我手里时玉玺就是假的！"

她被自己脱口而出的推断惊呆了，原来这邹老爷还是没想明白呀！这是背地里藏着私心呢，他们险些都被耍了。

钟离镜却看向有些神游天外的郝白，突然出声问道："郝公子以为呢？"

郝白似乎没想到自己会被点到，含糊道："祭典上人多眼杂，这种事谁也说不准。"

"我不是问你它是如何被调包的，而是问你是否也觉得这玉玺是假的。"钟离竟顿了顿，随即垂下眼帘，"不过，现在看来，郝公子倒是一早便知道了。"

郝白一愣，随即察觉自己着了道，想了想，觉得此时说一说也无妨，若是不说，反倒容易引人生疑："我确实知道那玉玺不是这般模样，所以方才盒子一打开，我便察觉这个是假的。"

这话听在肖南回耳朵里，有几分睁着眼说瞎话的味道："你才多大年纪，便是你太祖爷爷也未必见过那玉玺，遑论是你？"

郝白脸上又浮现出那熟悉的纠结神色："这便说来话长了。这实物，我确实是没见过，但祖上是有人见过的，而且我见过记载这玉玺样貌的文字，其中有几项都与眼下这个不符，所以……"

祖上有人见过？他不是江湖郎中？为何一个江湖郎中的祖上会见过传国玉玺呢？

肖南回正觉得有些奇怪，门口传来响动，丁未翔随即走进来，后面跟着个人影，却是伯劳回来了。

第二十一章

真假难辨（下）

伯劳矮小的身影出现在门口，肩上还扛着个人，捆得像粽子一般，一踏进屋子便将那人丢在地上。

肖南回定睛一看，却是刚刚在祭典行街时伏击她的那伙刺客的首领。

伯劳指着地上那人，对郝白说道："你要的人，我带到了，其余的都就地解决了。别忘了说好的东西。"

郝白点点头，掏出一只梨子大小的瓷瓶子递了过去。肖南回估摸着，那里面少说也能有十几颗枳丹。他出手倒是阔绰，就是不知如此大手笔究竟图的是什么，难道他与这刺客有旧仇？

钱货两清后，郝白正要上前去，那刺客却突然睁眼醒了过来，恶狠狠地往前蹿了蹿。

郝白吓了一跳，连忙躲到肖南回身后。

其实伯劳捆得相当结实，那人根本动弹不得。肖南回有些好笑地看了身后的人一眼："你要留这人活口，却把自己吓成这样？"

郝白没说话，表情与平日嬉笑风流的模样有些不同，他示意肖南回帮忙将那人脸上的黑布取下。

她依言上前一把按住那人脖子，扯下黑布，露出一张有些熟悉的脸，正是几天前他们在跃原镇客栈遇到的那个拖家带口的商人。

当然，在方才见过他老婆后，此时再见到他的脸，肖南回并不意外。

对方已全然褪去那种生意人的小精明，整个人流露出的是一名江湖杀手才有的骇人气息。

郝白见了，一时说不出话来。

"果然是你。"一个声音响起，肖南回转头去看，却见钟离竟走上前来，"早在码头的时候我就怀疑过你。茶商根本不会这个时节来穆尔赫贩茶，四五月是霍州天气最潮湿多变的月份，茶叶放不了多久便会生霉。"

经他这么一说，肖南回才想起来，这人一早是扮作茶商的。霍州寒冷多雨，不适宜种植茶树，所以一年四季往来最多的商贩之一便是茶商。

选茶商身份做掩护本来没错，但错便错在月份不对。寻常茶商宁可将新茶放上月余再运来穆尔赫，也甚少会冒险赶在雨季运送茶叶。

那刺客冷眼听着，似是打定主意一字不说。

钟离竟随即从袖中取出一样东西，展开来扔在地上。那是一张官府绘制的通缉画像，上面是一名头系额带的男子，神情有些阴郁。

“其实到那时为止，我也只是怀疑。但到了穆尔赫，我见到了城内的通缉告示，上面打头的便是月前流窜在渡口一带的江洋大盗。凑巧的是，那夜我们在跃原时，这个正在躲避追捕的贼匪就在客栈里。”

那一夜客栈内的情形随即在肖南回脑海中一闪而过，好像确实有个头戴额带的男人看着分外危险。紧接着，渡口船夫的话便勾起她的回忆：“我记得，那天有人在渡口劫道，说是还死了人。”

“没错。”钟离竟点点头，低头望向那刺客，“只是死的并不是那被劫之人，而是劫道的人。”

原来如此，所以，尽管清晨是退潮之时，那石滩上也只有打斗痕迹，却并无尸体。

若是劫道的想要谋财害命，又怎会特意费工夫去处理尸体？当是拿了钱财速速逃离才是。有些人就不同了，尽管死的是个流寇贼匪，但只要官府介入，便会麻烦缠身，所以才会赶在天亮前将尸体销毁。

亏她先前还以为整个客栈只有那一家是真正的良民，却不承想他们也是扮猪吃老虎的狠角色，现在想起来不禁一阵后怕。

许是所作所为被道破，那刺客脸上竟显出些许不屑的神色：“是又如何？我同你们不一样，我是受邹家邀请来穆尔赫的，一路上小心掩藏身份，怎能被一个小小的毛贼坏了大事？！”

肖南回看着对方那神情，险些以为在这屋里被绑得结实的人不是他，一时又好气又好笑：“照你的意思说，邹家是特意请你来的？你是买主？”

“买主？我是来鉴玉的！邹思防这老贼一早便承诺过我，只要鉴定完那玉石，不论卖得几金，都会分我三成。可等我赶来，他却开始装死，没几天突然又说要将那玉献出去做祭品，到底还是出尔反尔了。江湖上断然没有如此的买卖，我便是敲上他一笔，也只是拿回我该拿的东西罢了。”

肖南回瞥一眼旁边的钟离竟，那让邹思防“出尔反尔”的罪魁祸首正怡然自得地看着眼前的好戏，一副压根不想插手的样子。

她就不信了，瞿氏再落魄，也算得上代传奇，怎么会沦落到成为这种放冷箭又厚脸皮的货色？

“你说你是瞿家人？有什么证据？”

那人一副信誓旦旦的样子，丝毫不畏缩：“怎么？你们不信吗？玉玺不是落在你们手中了吗？你们给我松绑，我现在就能鉴定一番。我还知道许多秘密——”

“我呸！”一声怒吼突然在两人身后响起。

肖南回呆愣地回头，却见郝白撸胳膊挽袖子气势汹汹地走了过来，这回胆子倒是大起来，竟敢一把抓起那人的领子：“就凭你也好意思自称瞿氏后人？你算哪门子瞿氏后人？便是连边都沾不着的事，也能往自己身上安？我可真是开了眼！”

那刺客亦是恶狠狠地盯着郝白：“我是瞿家收养的义子，便是行医问药、占卜预言之事也尽得其真传，你又是哪里冒出来的泼皮小人，空口白牙便在我这儿喷粪？！”

郝白翻了好大一个白眼，鼻间的哼唧声轻蔑得能高出几个音调：“我今日若没有资格将你就地正法，那便没人有这个资格了。”说罢，他从衣襟中取出一样东西，狠狠地甩开，正是之前那排看诊用的金针。

先前肖南回一直以为那八成是对方用来蒙人的摆设，不料那刺客见了，脸色居然瞬间变了。

郝白叉着腰，姿势有些像那骂街的鸨母，但说出口的话分外严厉：“李景生，三十七年前的腊月初八，你倒在晚城郊外十里破庙的施粥处，正逢我外祖前去礼佛，见你可怜，便出手相救。你醒后却不肯离开，哭诉家中遭劫难，至亲无人幸免。外祖念你命运与我族人相似，这才动了恻隐之心，破例收了你这个外人做药童。你在瞿家整整二十年，瞿家自问从未亏待于你，然而你做了什么？”

那李景生眼见身份被拆穿，先是恨恨地瞪着郝白，随后破罐破摔般怪笑起来：“是又如何？是那瞿老怪自己做的决定，我又没强按他的头。事到如今，这账便是算不清了，你又能拿我怎样？”

郝白瞧着那嚣张的嘴脸，也突然笑了笑，随即从那不起眼的布包里取出一枚细如牛毛的长针来。

“我不想怎样，我只是要从你身上拿回我们瞿家的东西。”郝白一手拈针，另一只手慢吞吞地摸上对方的后颈。

那李景生似乎终于有些不安，拼命扭动身子，奈何伯劳捆得着实结实，他便是使了吃奶的劲也只是衣角颤了颤。

郝白似乎并不着急，慢条斯理地沿着对方脊骨摸索提捏一番，突然两指屈起，重重地压在那截最突出的颈骨两侧。只见李景生两眼蓦地瞪大突出，舌头也吐出半截，喉咙深处传出一阵咯咯的声响，看着甚是吓人。

郝白视若未见，变换手指的位置又是一推，另一只手将那枚长针刺入，只见那脊骨处的皮肤竟微微隆起，下一秒顶出另一截尖锐的针尖，似乎是在这人体内埋藏已久。

郝白拈住那针尖，一鼓作气拔了出来，那是一枚七八寸长的金针，比寻常看病问诊的金针都要长。

接下来不可思议的一幕发生了。肖南回眼见李景生的身体像泄了气的皮囊，迅速萎缩，从脖颈开始弯曲、佝偻，整个肩胛、锁骨都塌陷下去，原本不过四十几岁的模样顷刻间便成了七旬老翁，就连身上原本捆得结结实实的绳索也松散，落了一地。

李景生意识到自己身上的变化，抬起因骨骼变形而扭曲的双手，颤抖地摸着自己的身体："你……你对我做了什么？！"

郝白从头到尾都没再看过他，有些嫌恶地远离了些，低下头用一块上好的白色丝绢细细擦拭那枚金针："我刚刚便说过了，我只是取回原本就属于我们瞿家的东西罢了。当年你身患骨疾，连直立行走都做不到，外祖怜惜你，不惜用伏骨针为你重新固定筋脉，令你能如正常人般行动自如，甚至能习武。伏骨针何其珍贵，我族人费尽心思，如今也不过才留得七枚。你的这一枚一开始便是借给你的。怎么，如今习惯了这白得来的好身体，便不想还了吗？"

李景生目眦欲裂，眼睛死死地盯着对方手里的那枚金针。

"不……不！你还给我！你把金针还给我！"他挥舞着手臂，试图去抓郝白手里的那枚金针。但他忘记自己早已不再矫健，便是想要抬起头、维持身体的平衡都难以做到。他像一只丑陋的蛤蟆在地上扭动着，筋骨扭曲的疼痛重新占据他的身体，令他的神情由愤怒渐渐变为绝望，口中的吼叫也渐渐变为嗫嚅。

这一连串的反转让肖南回有些回不过神来，但最令她无法接受的是，那涂脂抹粉的江湖郎中小白脸居然真的是瞿家后人！

她偷瞧钟离竟的反应，对方却淡定得很，居然还吩咐自己的侍卫："未翔，帮郝公子找个地方安置一下这人，郝公子应当是要带活口回族中交代的。"

那郝白倒是不客气，点头应道："如此便有劳丁兄弟了。"

丁未翔安静地领命，提了地上那人便向门外走去。

肖南回却心思一动，不知为何想到凭霄塔最后一层那个瘦小的身影。她快步上前一把抓住李景生，急急地问道："凭霄塔上与我争花环的是你的人吗？"

李景生翻起眼皮看一眼肖南回，眼里只有麻木。肖南回见他的状态，知道怕是问不出什么了，只得示意丁未翔将人暂且带了下去。

可是，如果凭霄塔第七层与她交手的人不是李景生的人，又会是谁呢？

第二十二章

局中局（上）

笼罩在北地之上的乌云终于散去，霍州的雨季宣告结束，夏天正悄悄来临。

天色已有些泛白，但距离日出尚有小半个时辰。

整个穆尔赫城还沉浸在昨夜的狂欢中，未能醒来，就连聒噪的鸟雀都有些懒惰，东西南北各条街道上都静悄悄的。

望尘楼院子后门处，一个人影从内院钻了出来，一身斗篷遮住了他的身形和脸。老旧的门枢发出一阵刺耳的吱呀声，那人顿住，左右瞧瞧，确认无人，便上了一早等在后街的马车，向着城北的城门而去。

车轮辘辘地逐渐远去，那后门处便又有了动静。

四五个影子鱼贯而出，上了另一辆停在街角的马车，紧随前一辆而去。

城北城门前，几名守卫正搓着手准备交接。守了彻夜，好不容易挨到日出前的时刻，最是人困马乏的时候，所有人都巴不得早些交差，好回去休息。

大街上远远地传来些动静，竟是辆马车。

此时距离城门开启尚有段时间，然而领头守卫见了，却下令开了侧门。

赶车的老奴飞快地递了沉甸甸的一锭银子，赶着车出了城门。

其余几名守卫早已见怪不怪，走上前重新将城门关好。

谁知就在此时，街道尽头竟然又出现一辆马车，也是冲着城门而来的。

领头守卫有些不耐烦，教手下将那马车拦了下来："时辰未到，不得出城。"

赶车的小厮掀开一点儿帷帽，露出一张圆溜溜的脸："大哥，我瞧着前面那个不是也出去了？您就行个方便，左右也就还有不到半个时辰了。"

守卫语气不禁有些轻蔑："你前面那个？你前面那个可是邹家老爷，人家是去城外自家庄子上盘点的，耽搁不得，提早便打了招呼。你又是哪里冒出来的，当我们这守门的做事如此随便吗？"

边上另一个守卫见那马车虽不张扬，细看却绝非普通人家用得起的，害怕得罪了人，便想打个圆场："左右一会儿便开门了，你们几个就多等上一会儿吧。"

"我们倒是等得，就是不知邹老爷等不等得。"一个声音从那马车车厢里传出，轻飘飘的一句话，却在这清晨冷清的城门前显得分外清晰。

那几个守卫听了都是一愣，便连那马车上赶车的小厮也愣了愣。

随后，那声音又响了起来："在下是邹府管事，老爷今晨出门匆忙，落下了重要的印章，府里察觉，这才差人追出来，晚了怕是要误事。老爷出行向来低调，不喜张扬，所以我家小厮才未禀明，各位官爷还请见谅。"

邹思防向来谨慎，当真会犯这种错误吗？众守卫将信将疑。

似是察觉他们的疑惑，那车帘被人掀起一角，半个人影斜斜地露出来，手中还捧着个盒子，盒子里方方正正地摆着一方印章，洁白无瑕，精美异常。

领头守卫走上前细细看了看，见那印章侧面似乎雕了些文字，但鬼画符一般，他本就大字识不得几个，压根看不出门道。

待他再抬头去看那拿着印章的人，那人正对他微微一笑。那笑……怎么说呢？虽然对方看起来也不过二十几岁的年纪，却莫名让人觉得他慈眉善目。

守卫默默退开一些，冲那小厮招了招手，又对他耳语几句。那小厮飞快地塞了块银子在那人手心，动作倒是十分隐蔽，守卫随即摆了摆手，示意手下打开城门。

那赶车的小厮似乎没料到会如此顺利，一脸惊喜地连声道谢，赶着马车急匆匆地出了城。

出城不久，道路便从石板路换作土路，马跑得越发欢快起来。佐劳将那遮脑袋的帷帽一扔，露出两条又黑又粗的眉毛，气急败坏地骂起来："一群贪银子的草包！要钱便痛快些，磨磨叽叽这么久，搞得现在连邹思防的屁都看不见一个！"

车厢内，肖南回也有些着急："你再赶快些，实在不行便卸了马车，我骑马去追。"

钟离竟坐在离车门最近的位置，将方才演戏用的那方白玉玺放在手中把玩："不急，出城五里只有这一条路。他为了掩人耳目，将马车车轮做了手脚，虽然声音小些，但也跑不快，赶在分岔路前追上便可。"

肖南回看这人一眼，又回想起方才出城的那一幕，头一次觉得，原来人的模样生得好些是真的有些用处的。

郝白坐在车厢最里面，同丁未翔挤在一起，听到这里不禁出口称赞："钟离兄当真厉害，不论遇到何种情形都能临危不乱。刚刚城门口的那遭，我险些以为过不了呢。"

他不说话还好些，一说话，肖南回便想起昨夜的事。亏她还曾觉得这郎中是个实在人，没承想也是个藏着掖着的主。

"瞿公子又何必谦虚？你这一遭既成了生意，又处理了家族事宜，也是厉害得紧了。"

郝白听出这话里的不满之意，眨了眨眼，有些无辜，开口道："姚兄可是还在怪我未能如实相告？要知道在下也并非自愿前来，实在是家中所托，迫不得已啊。”

人各有难处，肖南回自己也不例外，确实没什么责怪别人的立场，当下语气便缓和了些：“你既是追寻叛逃之人，又为何对玉玺之事如此上心？”

“实不相瞒，确认这玉玺传言是真是假也是家中族老托付在下的事情之一，说是干系重大，教我探明虚实后速速回去禀明。”郝白说罢，偷瞄一眼钟离竟，对方眼观鼻，鼻观心，似乎对他说什么压根没有兴趣。见此情形，他突然便有些气闷，撇着嘴加了一句：“想来是怕落入什么贼人之手，害了黎民苍生吧。”

钟离竟听到这里果然看了他一眼，但仍是一字未说。

那厢肖南回听见这话，心思却在别处，她小心地试探道：“你说干系重大，到底是怎么个重大法呢？”

郝白有些奇怪地看了她一眼：“传国玉玺，难道干系还不重大？”

肖南回噎了噎，道：“那是自然，我是说……除此之外，这玉玺中是不是还有什么别的秘密啊？”

郝白移开视线：“这倒是未曾听过，许是因为在下是家中小辈，有些事也轮不到我知晓。”

看到对方开始打太极，肖南回只得作罢，但心中还是痒痒得很。她始终觉得，秘玺之事不会这么简单。如果那传说有几分真，为何涅泫皇帝唯独派出公主护送这一方玉玺，而公主最后宁可沉潭也不愿交出呢？还有肖家的灭门之祸……

“追上了！”伯劳的声音从车前传来，打断了肖南回的思绪。

马车猛地向一侧倾斜，颠簸感随即袭来。这是在岔口拐上了一条小路。

靠近窗子的丁未翔掀开帘子一角向外望去，神色有些凝重：“邹思防来沼泽地做什么？”

肖南回目光一凛，也向外望去。

车窗外一片灰蒙蒙的，不远处朝阳已经升起，但阳光刺不透那笼罩在大地之上的雾气。

风吹来一股潮湿、腐烂的气味，这是北地沼泽特有的气息。

穆尔赫城外三十里便是沼泽边缘，从此处开始便无官道可走，只能依靠过路者偶尔留下的车辙印勉强分辨可行之路，寻常旅者在边界便会看到石碑警示，提醒从此处开始便进入沼泽地带，若无向导，异常凶险。

然而这一切对邹思防来说实在算不上什么顾虑。他走这北地沼泽的小路已经许多年，便同走自己家门口也没什么两样。

从前他每月都要进几次沼泽地，瞧瞧熊氏这月采来的货色如何。如今他上了岁数，这些事都交由下面的管事去办了，他自己便两三个月才来一次，每次只是多停留个两三天，再多待些时日便会觉得湿气入体，关节都疼得难以忍受。

想到这儿，他不禁抱紧了怀里的暖炉。

这次大病一场，他便觉得身体大不如从前，加上膝下至今也没个一儿半女，这生意，他若无法牢牢攥在手里，便是迟早要落在熊家手中的。他思来想去，只有一个办法，那便是将熊氏的地彻底买下来。只是买地需要的金银可不是小数目，姓熊的也不傻，定然不会轻易松口。好在他很快就能凑到这笔钱了。

邹思防掀开车帘望望天色，随口问道："快到了吧？"

赶车的是跟了邹思防近二十年的老奴，也知道今天老爷有重要的事要办，不敢怠慢："再有不到一里的路便到了。今日行的是老路，抄了近道，只是先前落雨，有些地方淹得厉害，耽搁了些许。"

邹思防低声应了，表示自己知道了。他望着手里的盒子，方才压下的忐忑又泛上心头。

但他特意寻了熊家的地盘同第三方谈这桩生意，也算是留了心眼，熊家便是看在这金银的面子上，一会儿也是要给他撑撑场面的。这里是他们的地盘，还有谁能比他更熟悉这里呢？

想到这里，邹思防的心又落回肚子里。

阴森的沼泽之中有一片近百亩的平地，上面坐落着一座松木为基、夯土建成的宅院，高墙小窗，鲜闻人语，便是熊家老宅。若是不知情的迷路人见了，定会以为这荒野中的宅子是座鬼宅。

邹思防的马车驶进宅院大门，却未见其他车马。

院子里空落落的，一个人影都瞧不见，雾气中只能看见远处宅院正中的窗户下面挂着一盏白灯笼，似乎是昨夜点起的，还未熄灭。

邹思防叮嘱老奴在大门外候着，自己抱着盒子缓慢地走向那座宅子。

地上铺的是鹅卵石，人走在上面便会发出咔嗒咔嗒的响声。

穆尔赫不产这种鹅卵石，这是邹思防特意花银子从别处运来的，铺在这里是为了防偷药的贼。毕竟熊氏贮藏药材的地方就在宅子里，荒郊野岭的，难免让人惦记。

邹思防在离宅子十几步远的地方停了下来。

他已经能看到那木门上贴着的门神画了，熊家的人早该听到动静了，可还是没有人出来迎接他。

会不会……邹思防的心跳得有些快，他正要掉头离开，那木门突然吱呀一声开了半扇，一个头顶半秃的老头露出个脑袋。是熊氏的管事。

邹思防松了口气，随即有些不满地说道："买家一会儿就到了，你们怎么连个人都不派？”

那管事眼神有些呆滞，嗫嚅半晌道：“人……已经在里面了。”

邹思防一愣，没想到对方竟然比约定时间早到了。

他有些心急，快走几步到了门前，一把拉开那老头，便要进屋，左腿刚迈出半步便悬在半空了。他的视线凝固在他左脚下的地面上挪不开，那里一摊黑乎乎的黏稠液体还在缓慢地向外漫延着，是血。

邹思防僵硬地抬头，那管事也正僵硬地看着他，颤抖的胡子上还沾着几滴血。

第二十三章

局中局（下）

熊氏当家人熊炳南祖上是地道的穆尔赫人，有着穆尔赫人引以为傲的强健体魄和浓密的须发，身高八尺，声如洪钟，站在一众外乡人里，仿佛庄稼地里钻出来的一棵朝天树。

然而此时此刻他的头颅被摆在只有一尺来高的矮凳上，那生前细心照料的美髯被飞溅出的脑浆糊成一团，整个头像一颗被踩烂的冬瓜。

邹思防的脸正对着熊炳南的脑袋，那上面的一双眼珠子已经开始泛白，死鱼眼一样瞪着他。

“邹老爷。”同样的声音又唤了他一遍，这一遍带了些不耐烦。

邹思防强迫自己不去看那声音的源头，宁可将视线停在眼前这颗脑袋上：“各……各位好汉，此处我也算熟悉得很，这个……金子、银子都是有的，还有银票！都是小梅庄花笺金印的，绝对没有问题……”

脚步声响起，那个说话的人离他又近了几步：“邹老爷不是来谈买卖的吗？怎的连买家的脸都不看一下？岂不是太失礼了？”

邹思防控制不住地抖着，许是因为大病初愈的虚弱，竟腿一软坐在地上。他顾不得狼狈，仓皇地将视线投在地上：“诸位好汉，我从进门起便没看过各位的面容，各位要拿什么请便，我绝无怨言！”

此言一出，周遭一阵安静，随即几声怪笑从屋内各处传出来，像洞穴中蝙蝠的嘈杂声。

“好一个绝无怨言！”一股大力袭来，邹思防的头被人拎起，他被迫与对方对视。

入眼的是一张皮肤紧绷、平平无奇的脸，平平无奇到你简直记不住这张脸上的任何一个部位或细节。甚至不光是他，就连屋里其余的几个人也都生着这样的脸。

邹思防脑袋上的手慢慢松开，悠悠一转，指了指熊炳南的脑袋：“邹老爷，这话，你可应当和熊当家商量过后再说啊，你说是不是？”

远处的其他几人附和着，时不时地从身后药匣中取出一颗颗圆润的红色珠子丢着玩。

眼见那价值千金的陵前血被当作弹珠，丢在地上滚来滚去，邹思防的心都在滴血。他心知难逃此劫，无力地闭上眼："你们究竟要做什么？"

"做什么？自然是一手交钱一手交货，邹老爷乖乖地将东西交出来，我们便将您的命还回去。"

邹思防没说话，手指仍死死地扣着手里的盒子。

那人冷笑一声，伸手去夺盒子。邹思防不肯松手，那人手下一用力，盒子便飞了出去，滚落在地，一抹翠绿跌落出来。

行凶者将目光落在那东西上，似乎在评估着什么。

而此刻熊宅屋顶的瓦片上，亦有几双眼睛正盯着下方那翠绿的东西。

肖南回碰了碰身边的人，用唇语问道："是那个吗？"

郝白眯着眼，费劲巴拉地从那瓦缝间的空隙瞧着："嗯……颜色瞧着倒是对的……"

肖南回有些着急："什么叫颜色是对的？你再瞧仔细点儿。"

郝白十分憋屈："离得这么远，又似从锁眼窥物一般，如何仔细？"

她憋了口气，想问问另一边的钟离竟，对方竟然竖了根手指示意她闭嘴。

屋内传来一声脆响，邹思防的脸被按在地上，那翠绿的玉玺被当中那人捡了起来："邹老爷，你这回带来的是真的吗？"

邹思防想咽口唾沫冷静一下，却无论如何都咽不下，像有个东西堵在喉咙里，令他呼吸都有些困难。

"这个问题很难回答吗？邹老爷倒是说话啊！"

邹思防心意已决，愣是咬紧牙关一字不说。

冷笑声在他头顶响起："你以为你不说我们便拿你没办法了吗？或许……"那人边说边慢悠悠地将手里的东西高高举起，"或许我们并不是要它，而是要毁了它呢？"话音未落，那人的手已经落下，那玉玺眼看便要被掷在地上。

电光石火间，屋内横梁上方传来碎裂声，一道身影直直落下，直冲那人后心而去。

两相交手过后，玉玺飞出，正落在熊炳南的脑袋上。

肖南回跳下来得有些匆忙，险些闪了腰，但目光片刻不敢离开那件东西。

这熊家老宅的屋顶被她踩出一个洞，此时显然是禁不住其余人的重量了，哗啦一声塌了个彻底，连带着又掉下来三个人。丁未翔一手护着钟离竟，另一只手略微提了提郝白的腰带，免得他摔死。即便如此，他还是摔到了屁股，正有些愤怒地看向肖南回。

肖南回知道对方嫌她莽撞，可方才那般情形是赌不起的。她用眼神示意玉玺的位置，那里离郝白最近。

然而还没等白衣郎中有所动作，对方十数人便已无声地变换阵形，将肖南回等人团团围住。

之前隔着瓦片看不真切，她此刻才发现，这些人的脸似乎被人做过手脚，五官与周围皮肤都粘连在一起，像是被某种东西腐蚀过一样。这是什么江湖组织吗？还是谁家豢养的刺客杀手？不以真面目示人的原因又是什么？

还未等她细想，对方已率先发起进攻。

迎面而来的不是刀光剑雨，而是一根根如同蛛丝一般的细线。那些细线相互交织成网，在那些人的操纵下迅速向中央收紧。

肖南回险险避过一波，那些线却立刻从另一个方向变换着缠上来，她下意识地抽出腰间匕首向着最近那根绷紧的线砍去。

刺耳的金属摩擦声在她的耳内回荡，引发一阵耳鸣。细线切着她的鬓角而过，一缕发丝瞬间掉落，连着半截被削断的刀刃一同跌在地上。

她终于明白那矮凳上熊炳南的脑袋是怎么掉下来的了。即便是江湖手法，眼前的招式也是少见地凶狠、毒辣。如此极端的手段，为何之前从未有所耳闻？还是说见过这阵法的人都已经……

角落里，丁未翔的眼中也透出些许异样的光。他没说话，只左手握在他那把佩刀上。

削铁如泥的丝网再次收紧，这一次便将所有人都揽在其中，似要把一切都绞碎。

丁未翔终于动了。

这是肖南回第一次看到他手中那把长刀出鞘。但准确地说，她只是看到出鞘的动作，并未看清那把刀本身。她只能捕捉到一道掠过的影子，还有那些坚硬、纤细的线被斩断的声音。这感觉如此熟悉，同那晚在祭坛上一样。丁未翔的身法与刀已合二为一，快过人眼能捕捉到的移动速度。

当然，快是一回事，他手中那把刀又是另一回事。

从刚刚她匕首折断的刀口来看，这些刺客所使用的细线是特殊材质打造的，专门对付各种冷兵器的刀刃，越是迎头砍上，越是容易被斩断。但丁未翔手中的刀丝毫未受影响，而他本人显然也从未担心过这一点。这人的武学造诣比她想象中的还要高深莫测。

长线被斩断，那些杀手也有些意外，但转瞬间便默契地散开，将长线化作短线，准备将眼前这几个人各个击破。

以丁未翔的武功，通杀全场只是时间问题，然而他似乎压根不打算离开钟离竟半步，只管杀那扑上来的，全然不管其他。

渐渐地，那几名杀手察觉到他武功最高，便不再碰这硬钉子，转过头来围攻肖南回与郝白。郝白不会武功，瞬间便拖了后腿。

局势愈演愈烈，肖南回只恨刚刚动身太过匆忙，来不及去取自己的兵器，眼下竟然沦落到要贴身肉搏的境地。

她抬脚踹飞一人，急得像热锅上的蚂蚁，冲那呆傻的白衣郎中一阵咆哮："傻愣着干吗呢？！给我递件兵器！"

郝白一哆嗦，仿佛刚刚回魂，仓皇四顾。熊家以前会雇人看管地盘，眼下他背靠的那面墙上就挂着不少斧钺钩叉、刀枪剑戟，样式颇多，但都积了不少灰，看起来平时只是被拿来摆摆样子。

"你……你用什么兵器？"

肖南回一个头两个大："随便什么兵器！"

郝白晕头转向，一把抓起离自己最近的一个，也来不及细看，使劲向肖南回扔去。

哐当一声巨响。肖南回看着地上的两把八棱莲花锤，眼角抽了抽，只得认命地捡起来，抡圆了，迎上那些飞线。

锤子杀伤力虽大，但实在太过笨重，举起来都费劲，更别说对上那些敏捷的杀手了。

她抡了两下便气喘吁吁，对方得寸进尺，攻上前来，她干脆一弯腰将那两把大锤当作"碾子"，专砸对方的脚。

那一锤下去地上便出了个坑，一名杀手躲闪不及，被砸了下脚背，当即惨呼一声倒在地上，下一瞬丁未翔的刀如风般掠过，那人的喉咙便开了血线。

肖南回觉得自己终于找到了这武器的窍门，加入厮杀的战局，与丁未翔配合，将人一一递到他刀下，其余几名杀手瞬间便被压制。

郝白被扔在一旁，一转头正和邹思防的眼神对上。对方与他僵持片刻，突然爬起来抓起熊炳南头上的那方玉玺，趁着肖南回与丁未翔将那伙人缠住的当口夺门而出。

郝白傻眼了，偏偏因为害怕，动弹不得，只得急声喊道："邹思防带着东西跑了！"

肖南回猛然回头，顾不得身后的凶险，将手中重锤狠狠掷出，撞飞一名杀手后，向门口的方向追了过去。

角落里，那个始终冷眼旁观的人闭了闭眼，显得有些疲惫。有一瞬间他似乎打算就一直待在原地，等待这场胜负已定的战斗结束。

但最终，他还是动了。

丁未翔的刀越来越快，待他将最后一人斩杀于刀下，再一回头时，钟离竟与肖南回的身影都已消失不见了。他的心漏跳了一拍，手下的刀一歪，削掉了那杀手的半个脑袋。

那个人……那个人可千万不能出事啊。

守在大门口的伯劳正倚在马车上剔牙。她不是没听见屋里的动静，但她还在气肖南回留她看车这件事，决计是不肯主动进去帮忙的。她正寻思着一会儿如何挽回一点儿面子，却见熊家大宅的双开木门被人砰的一声踹开，一个披头散发的人冲了出来。不是邹思防是谁?

伯劳将嘴里的草棍子一吐，慢慢悠悠地站起身来，换了个霸气的姿势立在车辕上。

邹思防望一眼门口的马车，只得一咬牙，转身向熊家大宅的后院跑去。

熊宅后院不似普通人家的后院，无一根草，无一朵花，有的只是成堆似山的野鹿尸骨，熊家采药人将来不及取药的鹿尸从沼泽拖回这里，随后再一一清理。白骨与鹿角将这里埋没，破碎腐烂的皮毛遍地都是。

但邹思防已无暇顾及这些，在求生欲的驱使下，他那双越发不中用的腿像打通了筋脉一般，飞快地倒腾着。

肖南回也是没料到这前些天还半死不活的人竟然跑得如此之快，但她更没想到的是，那邹思防冲出熊家后院，竟一头扎进了一人多高的芦苇荡。

她的脚步顿了片刻。她知道那芦苇荡里是什么，但是，那东西还在邹思防手上。

深吸一口气，她也奔入那一望无际的芦苇荡。也就是那一瞬间，她仿佛听到身后有人急促地喊了她的名字。

但邹思防的身影已经快要消失不见，她无暇顾及，急急奔向沼泽深处。

第二十四章

腐草为萤

春寒刚过，夏绿初上，本该是鸟语花香的日子，然而沼泽之地向来是没有这些的。

四周是一望无际的绿色。深绿、浅绿、黄绿、褐绿，杂糅着、交织着，铺天盖地，遮天蔽日。这是一片绿色的地狱。

邹思防感觉胸口快要炸裂。他已经全力狂奔了将近一炷香的时间。

他是记得这里的路的。年轻的时候，这里的每一寸土地，他都踩过，他将松木一块块运来，在泥坑和隐秘的水塘上架起木栈道，供来往采药的人行走。在这座绿色的宫殿里，他是唯一的王。

如果说今日的事还能有一丝回转的余地，那一定是在这里。没有人能在这片沼泽地里战胜他，他总有办法活下去的……

噗！一声轻响从邹思防脚下传出。他的腿僵住了。他知道这是什么声音，这是踩到漂浮在泥潭上的荇草时才有的声音。

怎么会呢？他明明记得这里是木板来着。一定是因为那场雨，那场该死的雨。

身后隐隐传来那女子的脚步声，邹思防努力稳住下沉的身子，手里紧紧捏着那方翠绿的宝玉。还好，他将这块玉带了出来。

肖南回拨开没有尽头的芦苇丛，一眼便看到邹思防的半个身子已经陷入泥潭之中，他脸上的汗成股流下，露出一种力竭后的苍白，只那双眼睛死死地睁着，流露着对生的渴望。

“你想要这个，对吧？你救我出来，我就把这东西给你。”

肖南回的目光落在那巴掌大的翠绿宝玉上。不傻，知道邹思防若非身处绝境，又怎会将东西拱手让人。救一个泥潭中的人绝非易事，但现下她若什么都不做，有些事情就再也没有回旋的余地。

四周连一根能用的树枝都找不到，她只能伸出手抓住邹思防的肩部，将他横向向外拉。

她的力气是很大的，但也正因如此，她双脚下的地面在一瞬间便承受了翻倍的重量。

那块湿润脆弱的泥地开始飞快地塌陷、下沉，邹思防身旁的泥水瞬间淹到了他的脖颈处，他只来得及发出一声破碎的呜咽，便被泥水挤压到难以呼吸。

事情发生得太快，以致没有时间供人权衡、思考，肖南回瞬间便扑向那块下沉的泥地，抢在最后一刻将那玉玺拿在手中。

下一瞬，邹思防已经僵硬的手指便被污泥吞没，紧随其后的她也陷入污泥之中。她扑过来时为了跳得远些，身体几乎是垂直落下，这让她下沉的速度变得更快。她试图抓住周围的树枝、野草，却发现沼泽地中根本没有根深叶茂的植物，全都借不上力。

淤泥很快就淹过了她的胸口，她的呼吸开始变得困难起来，心脏挣扎跳动的感觉令她头晕耳鸣。她想起从前总和伯劳开玩笑，说，若战死沙场，尸身找不到了，便找人雕个石像葬了，这样雕的时候还可以把自己雕得美一些。如今她倒是没死在战场上，可估计什么都留不下了。

努力深吸一口气，她打算再做最后一次挣扎。抬起自己唯一还能动的一只手臂，肖南回奋力向污泥上方爬去。

她没想到，下一刻，一只修长白皙的手一把将她的手抓住。那是一只有些瘦弱的手，手腕上还戴着一串佛珠。

这是佛祖的手吧？肖南回有些飘飘然地想着，紧接着一个冷冷的男声便将她唤醒："抓紧了，我可没有力气拽起一个死人。"

她飘忽的目光终于聚焦在钟离竟近在咫尺的脸上。汗珠和溅起的污泥使得那张原本白皙如玉的脸失了光洁，他的发丝也乱了些，因为被他压在身下而稍显狼狈。

可此时她突然觉得他没有之前那种令她敬而远之的脆弱感了，那因为精致的五官而产生的养尊处优感消失不见了，取而代之的是一种坚决和强硬。

不自觉地，肖南回握紧了对方的手。

因为外力的介入，她的下沉停止了，可因为拉住她，钟离竟所在的地面却开始下陷。他慢慢调整着身体，尽量趴在这片脆弱的泥地上。

终于，手握手的两人似乎达到了一个平衡点，就这么僵持在这泥潭之中。只是这平衡是如此脆弱，只要稍有动作便会打破。

远处芦苇荡中隐约传来丁未翔和伯劳的呼喊，飘忽得令人难辨方位。肖南回用尽力气想要呼喊，但叫了几声，便不敢再动，眼下哪怕只是最轻微的呼吸和颤动，也能让他们迅速下沉。她的呼喊被四周潮湿冰冷的空气吸收干净，似乎压根没飘出去多远。

芦苇荡里一丝风都没有，水汽凝结，渐渐起了大雾。

人声渐渐远了，四周安静下来，湿冷泥地上的两个人像两块连在一起的石头，一动不动。

又不知过了多久，沼泽地上的最后一丝日光褪去，气温渐渐低了下来。肖南回身体底子较好，尚且能够支撑，但钟离竟不是习武之人，已然是强弩之末，她能感觉到他的手在颤抖。

她轻轻地开口道："松手吧。"

对方没说话，但也没动作。

她有一瞬间感动了，但紧接着便想到了自己紧握在另一只手里的玉玺，也有点儿明白对方这么坚持的原因了。可就算如此，她此刻再回想起方才那只戴着佛珠的手，也觉得那就是佛祖的手。

佛祖保佑，他们一定不会死在这里的。

嗒，嗒，嗒，有什么声音在靠近。

肖南回猛地睁开眼，耳朵动了动。

嗒，嗒，嗒，那个声音更近了，从她背后的方向传来，隐约还能听到草木被压断的细微声响，像马蹄落地的声音。

肖南回心中一喜，吉祥的鼻子最是灵敏，许是伯劳找来帮忙了。

"吉祥？"

背后的声音停住了，然后有温热的鼻息喷在她的后颈，一个有些湿润的鼻子在她的发顶嗅了嗅。

不是吉祥。吉祥是熟悉她身上气味的，从来不会这样嗅她。

她有些慌了，用力捏了捏钟离竟的手，对方缓缓地睁开眼，视线落在她脑袋后面，却没说话。

她使劲转着眼珠，想要看清自己身后究竟是个什么怪物，下一瞬就感觉肩上的衣服被一股巨大的力量咬住，向泥潭外拖去，她与钟离竟一直相握的手被这股外力分开。

肖南回来不及挣扎，整个人便被拽出泥潭，压迫已久的肺部终于得到解脱，她大口地喘着气，撑起因为灌满泥浆而沉重不已的身体，抬头看去。

那是一只年轻的雄鹿，长着一双湿漉漉的大眼睛，它轻轻晃了晃巨大的鹿角，抬起蹄子向钟离竟走去，用同样的方法将他拉了出来。

她赶忙上前扶起钟离竟，再抬头时，那只鹿却已经走远。那双鹿角隐没在半高的蒿草中，像一只孤独的怪物。

在这劫后余生的奇妙时刻，肖南回终于长出了一口气，小声吐出两个字："谢谢。"只是她自己也不知道，这是说给那只鹿听的还是说给钟离竟听的。

而此时此刻，后者其实根本无暇顾及她说了什么。他正艰难地脱着身上那件外袍，污泥将布料浸透，衣带都纠缠在一起，又湿又重地裹在身上，根本挣脱不下来。

她抬头瞧见了也没多想，走上前，两只手抓住他襟前的衣料用力向两边一扯，那件“泥衣”瞬间应声碎成两片。

钟离竟愣了一下，随后低头看了看自己里面穿着的中衣，再抬起头来时，脸上的神情甚是古怪。

肖南回后知后觉地看着手里的两片破布，想着自己是不是吓到对方了，便耐心地解释道：“你那样是脱不下来的，平白浪费力气。出门在外，就不要讲究太多了。”

对方静了静，慢慢吐出两个字：“罢了。”说完，也不看肖南回，起身四处张望起来。

她只当对方性子别扭，低头将那千辛万苦拿到手的玉玺捡起来抓在手里，也跟着四处张望：“怎么，你知道出去的路？”

“不知道。”

他答得理所当然，肖南回快要忍不住翻个白眼出来：“我看你的样子可不像是不知道……”

钟离竟没说话，而是走了几步站到肖南回身后。

她突然发现，这人站直了竟然这么高，背脊挺直，两肩宽而平，虽然不似习武之人那般健硕，但也绝非体弱多病之人。

他站得很近，几乎是前胸贴着她的后背，近到她能感受到他身上蒸腾起来的热气，那种独特的气息更浓郁了。

不知为何，她下意识地屏住了呼吸，而她身后的人却示意她看向沼泽深处。

今夜天空中有云层涌动，月光暗淡，沼泽中的一草一木都失去了轮廓，变成混沌的一团。

突然，混沌之中亮起一点儿淡绿色的光，那光缓慢地升起、盘旋，流连在腐烂的水草和浅溪之中。

又一点儿蓝光亮起，追着之前那点儿绿光飞去，紧接着便是第三个、第四个……绿光相继亮起，在草丛中徘徊飞舞，使得原本笼罩在黑暗中的沼泽泛起点点幽光。

“是流萤。”

“嗯。”

钟离竟向前走了几步，她有些紧张地一把拉住他：“现在光线还不比白日，你这种走法，咱俩马上又得到坑里待着去。”

钟离竟低头看着紧紧抓着自己手臂的那只手，尽量让自己的声音听起来正常些：“未翔白日的时候在附近寻过，短时间内便不会再来，等在原地便是等死。”

肖南回这才后知后觉地发现手下的那具身体正在发抖。

气温下降，他一个毫无武功根基的人已陪她在泥坑里趴了几个时辰，眼下又只穿着一件湿透的中衣，确实不能再等下去了。

可是怎么办呢？找个东西探路？这黑灯瞎火的，又要探到什么时候呢？

“你听说过腐草为萤吗？”

肖南回点点头。萤火虫喜腐烂潮湿的水草，每当夜晚降临，便会出来觅食。

“避开有流萤的地方，应当就是坚实些的地面。”

第二十五章

耀夜之关

细草柔荇在脚下被小心地分开，发出窸窸窣窣的声音。

肖南回其实压根不确定这个方法是否可行，只能说服自己眼下别无他法，然后尽力分辨着黑暗中的光亮。

越来越密集的萤火像一道天然的屏障，将蜿蜒曲折的道路分隔了出来，她与钟离竟深一脚浅一脚地在这条泥路上前行，大约过了小半个时辰，才觉视野渐渐开阔，脚下的土地也开始多了些碎石，变得坚硬起来。

绕过最后一片湿地，一个巨大的洞口出现在前方，它似乎是开在一道由白石堆成的土坡上，洞是向地下延伸的，黑漆漆的，望不到尽头，像巨兽的嘴。

"这是……"肖南回仔细分辨着洞口石碑上的古体字。

"白耀关。"钟离竟看着石碑，再次确认道，"这便是已经荒废了数百年的白耀关。"

火星随着温热的空气飘向半空，肖南回与钟离竟盘腿坐在洞口的碎石滩上，背对黑漆漆的白耀关，面向空无一物、夜幕低垂的沼泽大地。

她将湿掉的靴子放在火堆旁烘烤，鼻间飘来一股若有若无的清苦气味，冲淡了从沼泽吹来的潮湿气息，竟令人有种心安的感觉。

她回过头，盯着几步外坐着的男子看了许久，心中有点儿好奇。什么熏香能这么持久？外衣都没了，气味还在。

"喂，你身上到底是什么气味？不管走到哪儿都能闻到。"

夜色下，钟离竟一动不动的侧脸像神庙里的石像，沼泽地里沾上的点点污泥还未来得及拭去，散落的发丝也无暇整理，但这些此刻让这尊神像有了几分人气。

"死人骨头的气味。"

"死人骨头？"吓唬谁呢？肖南回四处张望着。

钟离竟把左手袖子提起来些，露出手腕上的佛珠。

她盯着那佛珠，过了好半天才反应过来对方的意思。难道说，拿给郝白做药引的佛骨舍利其实是这佛珠？可佛骨舍利一枚已是难得，这人怎么有这么多？这算什么？炫耀财富吗？

像是知道她在想什么，对方理所当然地看向她："我是个有佛缘的人，你莫嫉妒，更别把我想得那般低俗。"

低俗？她可什么都没说出口，他又是从哪里读出了"低俗"两个字？

温暖的篝火照亮了这座已经数百年未闻人语的石碑，将上面的字照得纤毫毕现。

肖南回抬头看着碑上的字，有心刁难身旁这"高雅"之人："这上面写的是什么？"

钟离竟就靠在火堆旁的石头上，老僧入定一般，听到声音才缓缓睁开眼，瞥一眼石碑的方向："晴晚不过白耀关，破晓走黑不走白。"

虽然不知道对方是真的认识还是随口胡说的，但肖南回还是小小地惊讶了一下。

天成各地都有方言，但传说上古时候这片大地上的文字与语言都是统一的。如今古音已经因为无从考究而失传，但古体文字尚有人识得，只是通晓的人实在不多了，而其中大都是年过半百的圣贤或昔日贵族，年轻人甚是少见。若是有，这样的人在天成绝不会寂寂无闻。

"我在永业寺见过你，你是阙城人？"对方身份绝不简单，她终于问出心底的疑惑。但她没想到他真的会回答她。

"算是吧，我只是丞相府的门客而已。"

丞相府？那不就在昱坤街隔壁的斜对面？她又起疑道："可为何我之前从来没在丞相府附近见过你？"

"我身体不好，出门都是坐车，想必你平日也不总是在城里晃荡，自然没见过。"

肖南回觉得这话缺乏说服力，却一时找不到反驳的理由，刚想作罢，又想起来，对方早已知道自己是青怀侯府的人了。

一定是那次她在永业寺祈福时说的话让对方听了去。

拜他所赐，她得了人生中第一支下下签。

"你冒充寺庙僧人，还偷听别人祈福。"

钟离竟对这控诉仿若未闻，再次闭上眼。

肖南回最恨别人装傻充愣，若是放在以前，她说不定会跳起来狠狠踹这人一脚，但一想到对方刚刚救了自己一命，便又压下这股烦躁，低头专心地烤起火来。

时间静静地流走，这一夜似乎格外漫长。

除了风声，这里什么也听不到。

这样安静久了，若一直没人说话，人会怀疑自己是否聋了，分不清耳边的细微声响是风声还是体内血液流动的声音。

湿气从沼泽的方向涌向山洞，带来的都是荒凉的气味。那是千万年间草木腐朽的气息，夹杂着水的腥气，充盈着鼻腔和每个毛孔。

肖南回不喜欢这种感觉，水草中飞舞的那些小虫挣扎着破茧而出，然后争抢食物。雄虫筋疲力尽地寻找雌虫，拼尽全力繁育下一代，最后迎接死亡，朝生暮死，日日轮回，演尽了生命的短暂和早衰。

她深吸一口气，将已经干透的靴子穿上，边穿边哼起一首小曲，试图冲淡这令人颓丧的氛围。那是她几年前在玄门岭一带驻兵时听当地山民唱过的调子，原本是很长的一首歌，如今她只记得其中一小段，便反复哼着。

一直沉默不语的钟离竟突然开口问道："唱的是什么？"

"这是山民歌颂山神的歌。他们信奉永恒的山神，传说，如果山神被歌唱者婉转的歌声打动，便会将祝福降临在这个人身上，让他享有同自己一样的永生。"

说完，她便发觉那人万年不变的脸上竟多出些情绪，狭长的眼微微眯起，眼睫在他漆黑的瞳仁上投下一层阴影。

"世人追求'永恒'二字实在愚蠢。他们不晓得只有初始、没有终结的可怕之处，岁岁年年于永恒而言也同一瞬一息没有分别，那感觉就像掉入虚无之中，而这虚无永远没有尽头。"

自初识到现在，肖南回甚少在钟离竟的脸上看到表情。然而他刚刚在说这番话时的神情，却是前所未有、毫不掩饰的厌恶。那是一种从心底涌出的情绪，令没经历过的人都感到迷惑和害怕。

她有些愣怔。她一直隐隐觉得眼前的人是千年的高山，是万年的湖泊，总是难以撼动、不起波澜的。可现在她有了些不一样的感受，或许他的情绪只是深藏在山中湖底，多数时候无人能见，无人能晓，可终有一日会洪水滔天，地动山摇。

她斟酌了一会儿，才慢慢地开口道："世人追求永恒，大概是因为永恒并不存在吧。"

钟离竟停顿片刻，淡淡一笑："不错，所以死亡有时也不全是坏事。世间欢愉总是短暂的，若不能停留在喜乐的瞬间，人便总是要面对悲苦的来临。悲苦过后又是喜乐，周而复始，只有死亡才能让这一切停止。"

"可是，若没有痛苦，哪里能衬出快乐的可贵？"她认真思考过后一脸真诚地说道，"永业寺的一空法师曾经说过，生而为人，总是要吃苦受罪的。既然避免不了，不如坦然面对。"

言罢，她才发现对方正一言不发地看着她，直将她看得有几分发毛："你盯着我做什么？"

钟离竟又沉默了片刻才面无表情地说道："一空没说过这话。"

肖南回面上一窘，随后有些心虚地狡辩道："一空法师最爱说话了，他每天说那么多句话，你怎知他没说过？”

钟离竟微微侧了侧头，原本端坐的姿势变得有几分慵懒，语气也带了戏谑：“我与一空乃是多年好友，他每日除了念经，几乎不开口说话，他一个西海外来的人，赤州音韵都还没学利落，哪儿来那么多话？”

肖南回被噎得哑口无言，无名火起。要怪就怪这无趣的夜晚和无趣的地方，她一定是刚刚脑袋进了泥水才会想要和这人坐在这里聊天。

她唰地站起身来，活动着手腕、踢着腿向洞口走去：“火不够旺了，我去捡些干柴。”

钟离竟瞧着那气鼓鼓的背影，对着火堆突然就笑了笑。

不知过了多久，肖南回感觉到脸上多了点儿温度。

她睁开眼就看到金色的朝阳在沼泽上缓缓地升起，炙热的光在地平线上射出，刺透了那终年不散的雾气，反射出一片明晃晃的光，像是有人在这片荒凉之中摔碎了一块巨大的镜子，镜子的碎片如今在阳光的照射下反出耀眼的白光，亦真亦幻。

原来这才是白耀关得名的原因。

流萤又名耀夜，夜晚的时候，大批萤火虫从白耀关入口钻出，在有水的沼泽地上觅食，避开有流萤的地方，就能避免陷入沼泽。但萤火之光十分微弱，只有在月光不甚明亮的夜晚才能看清，因此才有“晴晚不过白耀关”。

而到了白天，流萤便都蛰伏起来，隐没于沼泽中的路又消失不见了，只有日出前后的一个时辰可以出关，且只能出关，不能入关，因为白耀关出关洞口朝向正东，太阳刚刚升起时会照亮沼泽上有水光的地方，将可以走人的路显露出来，只要避开反光的地方，就能顺利走出沼泽，因此才有“破晓走黑不走白”。

肖南回怔怔地看着这天地间最平常却也最神奇的一刻，一时忘了言语。

她突然想起那个传说中只身对抗一支军队，最后尸沉沼泽深处的亡国公主，会不会也曾看到过这样的日出呢？又或者她走进了那个废弃的关口，一路向下，到了地心深处，再也没有回来……

“走吧。”一个突如其来的声音打断了她的思绪。

钟离竟站起来，转身看向肖南回。朝阳将他的脸镀上一层如火般的颜色，他的声音一如往常地平静，好像这只是一个普通的清晨，他们正要出门去一个普通的没有危险的地方。

她迎着朝阳露出笑容，突然觉得有这样一个波澜不惊的同行者也不算坏事。

第二十六章

被污泥遮掩的翠绿

“你一动不动坐在那里有什么用？莫不是傻了？”

丁未翔石头般坐在地上，眼睛直勾勾地盯着眼前那一团破衣裳已经半个时辰了。

那是一件被撕成两半的外袍，上面浸透了泥水，不难看出是被从哪里捞出来的。即便它已经污糟成那样，丁未翔还是能一眼认出来那是谁的衣服。

“一件衣裳而已。俗话说得好，活要见人，死要见尸，你不要这么早就下定论——”

伯劳话未说完，丁未翔猛地回头看向她：“无知小辈！”

伯劳被骂得一愣，随即反应过来，瞬间火冒三丈：“你个鳖孙，骂谁小辈？！老娘混江湖的时候，你还不知道在哪儿光屁股呢！”

丁未翔的脸色阴沉得可怕，他抓着那团破衣裳缓缓地站起身来：“若非肖南回紧追邹思防不放，主子根本不会跟过去。”

“你这是赖上我们了？也不知是哪个先前一定要跟来，明明自己弱得像只鸡，还非要往前凑！”

丁未翔几乎是原地蹿起，伯劳闪身躲开，袖中的短刀已经露出：“想打架？正好，让我看看你到底有几分本事。”

丁未翔单手抚鞘，神态自怒气中又生出几分倨傲：“无理取闹。”

伯劳的眼珠滴溜溜转着，目光落在那把绝世好刀的刀鞘上，她终于不再掩饰自己的嘲讽：“怎么？窦氏的刀难道生锈了吗？”

这话一出，丁未翔再无法像先前那般端着架子，脸上浮现出一丝诧异。他虽出身江湖，但从未在江湖行走过，自安道院出师以来，他的位置就只有那个人的身旁而已。那人虽有时喜欢以身犯险，但能让他出刀的人本就不多，见过他刀法的人大都已死。眼前这个，他是丝毫没有印象的。

目光落在对方手里那双短刀之上，丁未翔终于回想起一些事：“先前便听师父提起过，我曾有位同门欲承刀法，天资虽尚可，然身量不足。原来就是你。”

伯劳听到“身量不足”四个字简直咬牙切齿：“姓谢的老头什么眼神？！竟找了你这么个……”她哽了哽，搜肠刮肚地想要用一些恶毒的词来回击对方，“竟找了你这么个傻大个儿！”

伯劳有些破音的控诉在熊家空荡荡的后院震荡开来。

接下来，像是特意回应这场江湖高手之间幼稚至极的争吵一般，一阵低低的咳嗽声在芦苇荡中响起。

丁未翔猛地回头，风一般掠过伯劳身旁，转瞬间扶了个人出来。

伯劳回头去看，就见肖南回两脚泥水、衣衫单薄地跟在后面。

“你俩刚刚不是要打一架吗？继续啊！”

伯劳听出她语气中的揶揄，别扭地踢了一脚地上的衣裳：“我们昨晚找了一整夜好吗？这鬼地方白日都看不清脚下，更莫提夜里。今天早上天一亮，他就又进去探路了，结果只找到你们的衣裳，出来之后就这样了。”

丁未翔没有理会伯劳的话，他飞快地检查了一下钟离竟全身，发现对方并未受伤，这才长舒一口气，随即又抱拳跪下：“属下罪该万死，请主子责罚。”

钟离竟只轻轻摸了摸对方的发顶，语气淡淡的，听不出什么情绪：“好了，此事与你无关，是我莽撞了。”

丁未翔那万年不变的死鱼眼中竟然浮起一丝感激，但他一时仍不肯起身。

肖南回在一旁酸溜溜地看着，一脚踩在伯劳的脚丫上，恨声低语：“你们安道院的不是向来以忠贞闻名吗？还什么此生宣誓只效忠一人，怎么我出事的时候没见你有多着急？”

伯劳抱着脚跳开：“我是被逼的，好吗？！要不是侯爷将我塞给你，你以为我愿意成天在你后面吃屁？”

这话说得当真是又难听又不留情面，还是当着外人的面。

肖南回倒吸一口气，默念“忍”字诀，将一直护在怀里的玉玺小心地拿出来：“谁要你当跟屁虫？带你出来是想着你能帮我做事，可到头来还是要靠我自己，还好东西没掉在那烂泥里……”

“别捧着了，那个也是假的。”

肖南回如被一道雷劈在原地，不可思议地看着丁未翔身旁那个嘴唇有些发青的男人。

“你说什么？这个……这个怎么可能是假的？！这是邹思防自己拿出来的，咱们一路跟过来的，不可能有错啊……”

钟离竟披上丁未翔递来的厚厚裘衣，脸色似乎终于缓和些，但声音莫名有些沙哑：“他也被骗了。至于那些找他交易的人，一早便没有要取东西的意思，本就是奔着毁尸灭迹来的。东西是真是假，他们并不知道。”

自朱明祭之争到现在，先后已换了多少批人前来抢夺、试探，肖南回自己都记不清了。此刻盯着手中那千辛万苦、九死一生得来的“宝玉”，她怎能轻易死心？

“郝白人在哪里？叫他来看看，他不是知道些细节……”

话音未落，熊家老宅里便传出些动静，郝白拖着个巨大的兽皮袋子从侧门走了出来。

他撅着屁股拉那袋子，一时没察觉这院子里多了两个人，等反应过来时神情甚是尴尬：“你们出来了？真是太好了。刚刚聊到哪里了？继续，继续……”

肖南回对着那袋子里快要溢出来的鹿茸、山参、奇珍异草挑了挑眉：“不必了。郝兄这般忙碌，怎敢继续打扰？”

说话间，丁未翔已将马车赶了过来，钟离竟轻咳一声，走上前：“有人先我们一步知道邹思防要去送死，于是提前将东西换了出来。自他出城起已经过去整整一天一夜，你们若是还想留在原地磨蹭些时日，就请便吧。”

从穆尔赫北城门出城，车马行个一盏茶工夫，便能在荒野里见着一座极简易的土坯房。

这里原本是供往来商旅落脚休息的地方，因为距离穆尔赫最近的驿站在渡口附近，赶路的旅人在等待城门开启前习惯在这里短暂休憩一下，也是图个方便。只是近些年新修的官道改了路线，这座房子便偏离了主道，绕个远来歇脚自然就没有那么大的吸引力了，日子久了，这里便荒废了。

肖南回远远望了望那座房子，又转头看了看身边的人：“你是何时查到这许多事情的？”

钟离竟从刚刚开始便一直闭着眼，闻言才抬起眼皮看了她一眼：“这倒是托你那条帕子的福。”

他话音刚落，马车便晃晃悠悠地停下。钟离竟不再多说，率先下了车。

许久没有车马碾压的地面长满了杂草，丁未翔一人在前，率先走进了那座院子。

土坯房中十分安静，他们似乎来晚了一步。

郝白正要开口说话，肖南回一把捂住了他的嘴。空气中有细微的声响，是常人难以察觉的声响。

肖南回、伯劳、丁未翔三人几乎是同时看向院子中的一个角落。下一瞬，一个瘦小的身影从半截坍塌的土墙后掠过，试图翻墙而逃，被伯劳一个飞身拦了下来。

那个身影出人意料地灵活，一试不成，脚不沾地又向另一个方向逃去。

肖南回望着那个灵活的背影，情不自禁地“咦”了一声。

这回出手的是丁未翔。他似乎根本懒得再玩猫捉耗子的游戏，出手便是狠手，那人痛呼一声，跌在院子中央。

虽然之前肖南回心中便有预感，但待她瞧清那人的脸后仍不禁瞪大了眼：“是你。凭霄塔上的人是你。”

地上挣扎的身影倔强地直起后背，仰起头来，却是那望尘楼里伴在阿汐左右、名唤阿律的小厮。

钟离竟就站在一旁冷眼瞧着，似乎对眼前的人究竟是谁既不好奇也不惊讶：“看来你等的人在路上耽搁了。”

那阿律闻言一僵，随即换上一副茫然的表情：“你说什么？我听不懂。”

钟离竟话都懒得再说，一旁丁未翔面无表情地走上前，出手如电，直接将那阿律按在地上。瘦弱的少年摸出一柄匕首反手就刺，被丁未翔一掌卸了腕骨，他痛呼一声，却仍是不肯停止挣扎，下一秒森凉的刀刃便贴上他的脖子。他终于不动了。

回想起那日在凭霄塔上惊险的交手过程，肖南回有些感慨。其实若是在平地上，对方身体轻巧的优势便不复存在，即便招式刁钻，也不足为惧。只可惜那日情形大不同，她险些因此丢了性命。如此看来，挑选他的人确实有些巧思，且深谙此道。

丁未翔显然不是第一次做这种事，三下五除二就从对方身上摸出了个盒子。盒子被递到钟离竟手中，他将外层木盒轻轻打开，露出里面的东西。

肖南回在一旁瞧着，有一瞬间的失望。

那盒子里的东西黑乎乎的，虽是四四方方，却似乎被一层污泥覆盖，瞧不出任何精细花纹或是雕刻，只正中的位置有一个小孔，似乎是这奇怪盒子的入钥处，除此之外，再难寻开合之处。

“这……就这？”肖南回的声音带着几分不信。

钟离竟看了她一眼，从腰间玉佩上取下一块冲牙，轻轻在那方方正正的东西上划过。刮痕之下，露出那污泥下真正的颜色——纯粹、浓郁的翠绿。

第二十七章 安律

肖南回盯着那块似玉非玉的东西，一时有些回不过神来。

“别忘了，它被找到之前已经在那沼泽地里泡了许多年。”郝白的眼睛也离不开那披着伪装的宝玉，一张大白脸越凑越近。

啪的一声，钟离竟利落地将木盒关上。

郝白摸了摸鼻子，随即想起什么一般，从身上取出肖南回先前带回的那方玉玺，放在阿律面前：“这个是你之前调包的吧？谁给你的？”

阿律微微扭过头去，眼里满是倔强：“是我自己的。”

郝白忍不住开口道：“给你东西的人知道得不少，不然也做不出这近乎以假乱真的赝品。他同你说了什么，让你心甘情愿为他做事？”

阿律闭口不言，郝白还要再问，一旁的钟离竟不慌不忙地从身上拿出一条桃红色的丝帕，在阿律面前展开。丝帕上的一角绣着一朵玉簪花，正是那晚伯劳用来蒙面的帕子。

“你可知这是什么？”

阿律嘴角勾起一抹讥笑：“当然，这是我姐姐绣的东西。怎么？难道你以为我会为了一条帕子就对你知无不言？”

钟离竟摩挲着那帕子上惟妙惟肖的玉簪花，那花绣得纹理分明，连花瓣上的经脉都清晰可见，足见绣工之精湛。

“那你可知，有种女子为心爱之人才肯花心思的绣法是用刺绣者的头发做绣线？”

钟离竟话语平和，那阿律却似听到霹雳惊雷，嘴唇哆嗦了片刻，突然疯了似的扑上前来要夺那丝帕。

肖南回吓了一跳，丁未翔已经出手如电，一掌将阿律打了出去。

阿律被击中胸口，气血翻涌，在地上用力地咳着。

肖南回有些不忍，但钟离竟的脸色自始至终都没有变过：“霍州史上曾发生过严重的瘟疫，可谓谈瘟色变。阿韵死于疫疠，死后尸体被焚烧，生前用过的被褥、贴身衣物等也都被一并焚毁。找上你的人大抵许诺，若寻得他要的东西，便能助你将死去的姐姐带回来。我猜，必须要些阿韵身上的东西才可做招魂之用。然而你接到消息赶来时，望尘楼内已经不剩她的东西了。你翻遍了整个楼，她用过的妆台、每一把篦子，但还是连根头发都没找到。你不死心，于是便当了楼内的小厮，一边在穆尔赫打探那东西的下落，一边搜集阿韵生前留下的点滴细碎。我说得可对？”

阿律喘着气，瞪着眼看着面前的人，好似他是洪水猛兽一般：“你……你究竟是何人？为何……”

“安律，你可知安这个姓氏曾经也是荣耀满门的贵族之姓？你以为，那个想要助你寻回阿姐的所谓好心人当真是因为好心才帮你吗？”

安律对眼前人的情绪已由惊疑转为惧怕。

想他姐弟二人生于世上时便是奴籍，若非安韵姿色甚佳，在望尘楼熬出了头，他很可能这辈子都是别人府中最下贱的家奴，终生摆脱不了这贱籍。

他曾经问过姐姐，为什么有人生下来就是少爷小姐，而他们生来就要为奴为婢。姐姐告诉他，因为只有这样，才能活着。

什么样的人生来便是奴籍，就连同屋的其他小厮都可欺辱，安律长大后渐渐想明白了。安韵比他大些，能说出家中不少长辈的名字，只是这些人无一在人世，这是因夷三族之罪，是谋大逆之罪。

而安这个姓氏自他懂得这个道理以后就没再用过，姐姐亦是如此。

可那个找上他的人见他第一面时便说出了这个他已经快要遗忘的姓氏，那情形就像今天这般。

他自小在最恶劣的环境长大，看人的本事还是有的，眼前的人和那人一样，都是他招惹不起的。

安律抿紧嘴唇，许久才艰难地开口：“他同我说，那玉不是寻常的玉，是有神力的。若是有了那块玉，就能招回我姐姐的魂魄。”

肖南回在一旁听着，实在忍不住插嘴道：“这不是胡扯吗？一块玉而已，还能让人起死回生不成？”

安律执拗地摇着头，眼里都是疲惫和激动过后的血丝：“不，这是真的！他说，以前的皇帝就是这样做的。”

这话一出，众人皆是惊诧。

许久，钟离竟冷冰冰的声音响起：“皇帝？你说的是哪个皇帝？”

安律莫名地哆嗦了一下，声音都小了些：“涅……涅泫的皇帝。”

安律的声音轻轻的，还带着几分颤抖，但落在所有人的耳朵里，如同巨石入海一般。

即便那旧日王朝已过去近百年，但前朝旧事向来是天成大忌。能忌讳到什么程度呢？传闻昔日涅泫皇帝裘鸢喜爱红莲，皇城宫殿处处可见红莲，一朝覆灭之后，天成用了短短三年时间，将国境内能看到的红莲全部根除。这种偏执的程度，常令肖南回感到不解。但那王座上的人究竟是如何想的，她这个出身贫寒、向来不问政事的人又怎会知道呢？

许是人人都被这突如其来的话震得愣了片刻，没有人注意到钟离竟眼底转瞬而过的情绪。再开口时，他的声音又恢复了平和：“我倒是第一次见有人空口无凭便能让人以身犯险地卖命。”

安律低下头，声音中有几分自嘲和悲凉：“若有其他选择，我又何必如此？”

钟离竟从衣袖中拿出一只细小的信筒，将当中薄薄的信纸抽出来。

安律见状，脸色一白。他终于明白自己为何暴露了。

“除了书信往来，你亲眼见过那人吗？”

“他与我一直是靠书信联系，除了第一次见面。但那时我们隔着一道门，我也未见过他的面容，听声音应当是个年轻人。”

钟离竟的手指一松，那信纸与信筒落在安律眼前，与此同时落下一句轻飘飘的话：“姐姐是个聪明人，却不想弟弟竟是个蠢的。”

少年的双手瞬间青筋暴起，十指狠狠地抠入土中，眼里似有泪水滴落。那泪中是屈辱，也是恨意。他败了，败得彻彻底底，没有余地。

已经走出那院子很远，肖南回转头看了看那个瘫在地上的落寞背影，竟有种说不出的同情。

安律做的一切，她都能理解，如果要死掉的人是肖准，她说不定也会像抓住救命稻草一般相信任何一个能帮助她的人。但凡有万分之一的可能性，便能叫人飞蛾扑火一般地投入其中。说到底，都是执念罢了。可这人世间又有几人的执念能够有所回报呢？

树林里起了风，呜呜咽咽地吹起一阵尘土。

等到尘土落下，一个瘦小的身影从不远处的草丛中钻了出来，四处看了看，便溜进那土堆的院子。

“阿律哥哥。”

少年的身形已如石头般在地上匍匐了很久，闻言缓慢地抬起头来。门口那个身量还未长成的人正一脸怯生生地看着他，却是金豆儿。

“阿律哥哥。”金豆儿又唤一声，犹豫着走上前几步，“你没事吧？”

安律眼神直勾勾地盯着眼前的人，却未开口说话。

金豆儿觉得眼前的人和他之前在望尘楼接触的那个谨小慎微的阿律根本不是同一个人，但他摸到袖子里揣的东西，还是鼓足勇气递了过去。

他瘦小的手掌慢慢展开，手心是一团已经攥得有些发皱的翠绿："这个给你，这是阿韵姐姐的东西。"

安律的眼神瞬间变了，他像饿狼一般夺过那东西，又极其小心地展开。

绣着玉簪花的帕子，细密的针脚栩栩如生，只是那玉簪花却不是白色的，而是暗褐色的。他之前怎么没发现？

安律抬起头，打量着金豆儿："为什么给我……"

金豆儿看着那帕子，似乎想起了以前的事，圆溜溜的眼睛里透着一种依恋："从前阿韵姐姐对我很好，她是整个楼里对我最好的人。可惜我太小了，救不了她……这是她在世上最后一件东西了，你若也想她，便留着吧，权当是个念想。"

安律看着金豆儿，对方其实比他小不了几岁，但身量矮了不少，这是长期干重活却吃不到什么有油水的食物才会有的样子。他自己也过过那样的苦日子，但是……

"你是何时到这里的？"

金豆儿没有留意对方变化了的眼神，下意识地答道："就……看你一个人出了楼，便跟着送菜的李伯过来了。"

那就是该听到的都听到了吧。安律挣扎着站起身来。

丁未翔下手很重，他胸口仍隐隐作痛，但他丝毫不在意，只将那翠绿的丝帕小心叠好，贴身收了起来。

"金豆儿，"安律低声唤道，声音有种兄长般的柔和、慈爱，"到我这里来。"

金豆儿有些怔然地看着安律，眼前的人长得本就和阿韵有几分相似，先前表情生疏，自然有些令人胆怯，此时流露出温和的一面，便教他想起从前阿韵对他说话的模样。金豆儿的脚不由自主地向这有着哥哥般笑容的少年靠了过去。

安律张开怀抱将他揽入怀中，声音低沉得像在哄小孩子入睡一般："谢谢你为安韵做的一切，我会把她带回来的。"

金豆儿原本快要闭上的眼蓦然睁大，有温热的液体从他身体中流走，他的瞳孔渐渐扩散，像两个空落落的洞。

安律没什么起伏的声音再次在他耳边响起："我一人便足够了，你安心去吧。"

第二十八章

聚散终有时

夕阳西下，天地间万物昏黄，影子狭长。

穆尔赫渡口旁的最后一艘渡船再有一炷香的时间便要启程了。

湍急流淌的昏河已没有浮冰，雨季过后，混浊的河水正在慢慢变得清澈。肖南回望着那暮色沉沉的河面，一时有些感慨。当初她踏上这片土地的时候，无论如何也想不到竟会在短短几日内经历如此多的波折。

她身后不远处，郝白将李景生捆好安顿在船上后，走下船来与众人告别："此行能够完成家中族老所托，还要感谢各位相助。今日在此分别，便不知何时才是再见之日。"

钟离竟轻轻回礼，礼数做得十足周到："有缘自会再见。只是不知再见之时当如何称呼公子呢？"

郝白爽朗一笑，牙比脸倒是白上几分："在下本名瞿墨，只是家中很早便定下规矩，在外行走不得使用本名。郝白乃是在下行走江湖用的名字，各位日后还是唤我'郝白'便可。"

肖南回在一旁听得偷乐。"墨"这字起得好哇。毕竟他生得那样黑，怎么好意思叫"好白"呢？

郝白似乎察觉肖南回的表情，目光悠悠地转了过来："不知下次见面在下是要称呼姚兄公子还是姑娘呢？"

肖南回瞬间正色："郝公子说笑了。在下从来坐得端正，行得坦荡，没那么多秘密藏着掖着。何况我等体谅公子，公子却反过头来试探我，又是什么道理呢？"

其实她知道，对方好歹是个医者，要知自己是男是女还是易如反掌的，只是自己这厢一定要嘴硬到底，打死也不承认罢了。

这江湖之中谁还没层面皮？

郝白眨眨眼，故意露出一副受伤的模样，做作地捂着胸口："想不到姚兄竟如此看我。想我出生时确实是黑了些，但也不至于用个'墨'字。奈何名字是爹娘所赐，实在更改不得，可我内心还是欢喜别人唤我郝白的，与人结交也都是用这个名字，万万没有欺瞒之意。"

哼，狡辩。肖南回微微一笑，准备“送客”：“郝兄不必同我解释，咱们这一路虽然坎坷，但也算是圆满，便权当结了善缘。日后——”

她本想客气地说句“山高水长，后会无期”，不料对方却接过话头顺杆爬起来：“日后定是要去阙城好好拜访姚兄的，到时候姚兄可莫要忘了我。”

真是厚脸皮！

谁承想，对方下一瞬竟然真的厚着脸皮再次开口道：“还有一事，虽是不情之请，但还望姚兄多多帮衬。”

她一脸警惕地问道：“何事？”

郝白指了指不远处和伯劳一起溜达的吉祥和花虬：“在下此次归乡急得很，万不能像来时那样优哉。渡口买马不易，可能又要耽搁些时日，想请姚兄割爱借马一用，待我抵达家中，定想办法尽快归还。”

借马？肖南回有些为难：“倒不是割爱不割爱的问题。只是我这马脾气有些不好，外人恐怕不大好驾驭……”

郝白的脸眼瞅着便垮了下去，渡口最是人员往来繁杂，大家都行色匆匆，确实不会有人可供相求。肖南回犹豫一番还未开口，冷不丁一个声音淡淡地插话道：“姚公子那小厮不是还有一匹马吗？不如先借郝公子。”

肖南回瞥了钟离竟一眼：“花虬不在，伯劳骑什么？”

“伯劳小兄弟可以骑姚公子的马，姚公子若是不嫌弃，可与我同乘一车。我们都走山路回阙城，应当是顺路的。”说罢，他顿了顿，好死不死地又加了一句，“在下的马车绝对宽敞，姚公子可以不必顾虑。”

教他这两头一堵，肖南回如果拒绝，倒显得她十分小气，爱计较。

对了，还有秘玺。横竖她还要看着那好不容易得来的东西。若真让那人独自待在车上，搞不准对方到时候会不会耍花样。她可比不得对方那七窍玲珑心，还是用自己的眼睛盯着为好。

“也好。”肖南回点了点头，略微交代了一番，便将花虬交给了郝白。

郝白又是一番千恩万谢，末了偷偷塞给肖南回两个大盒子，说是谢礼。

待他安顿完马，时辰刚刚好。

渡船缓缓驶离岸边，郝白那惹眼的一身白衣在船尾亮闪闪的，最终消失在河面上。

岸上往来的商旅在这最后一艘船离岸后便散得七七八八了，只剩零星几个纤夫在收拾码头上的缆绳。

丁未翔将重新套好的马车赶过来，欲搀扶钟离竟上马车，碰到对方的手时顿了顿。手下的肌肤冰冷似雪，他下意识地去探脉象，却被对方躲开：“无碍。”

丁未翔的脸可以用大惊失色来形容，但那人不让他碰，他便不敢越雷池半步，只得单膝下跪请罪："属下没能顾好主子，实在罪该万死。"

钟离竟只轻轻摆了摆手，示意并不会追究。

丁未翔熟悉那种神情。他的主子就算生病，面上也不会有多大变化，只是那双眼中有着不易察觉的恹气，细看还是能够辨识的。

此时伯劳已上马，肖南回抱着郝白给的盒子走上前来，刚想说自己占用人家马车，一路上要添麻烦了，就接到丁未翔两道刀子似的目光。她脸上的笑僵在那里，客套的话生生憋了回去。

钟离竟已经钻进车厢，丁未翔又狠狠瞪了她两眼，从另一侧翻身而上。

她有些莫名其妙，挠了挠脑袋，只得自己爬上马车。

车厢内安安静静，隔音、密闭性做得甚好，四下干净整洁，半点儿多余的东西也瞧不见。钟离竟就坐在靠左的角落里，轻轻合着眼，听她进入车厢也未多说一句话。

马车动起来，天色已经不早，他们要尽快赶在天色全黑前到达霍州边境，中途估计不会再停车了。

透进窗子的光线渐渐由暖转冷，暗淡下来。车厢内一时安静，肖南回坐在那人身边，还有些不习惯这种奇怪的氛围。她脑海中闪过方才夺取秘玺时的情形，有些没话找话地开口问道："你……为什么没杀安律？"

钟离竟与她之间隔着一个软垫的位置，虽只露出半个侧脸，却仍能看出那标志性的波澜不惊。

她的问题有些没头没尾，但他答得很快，像本来就知道她会问这个问题一样："即使是落单的蜂，也会有回巢的一天。"

果然，他并不是真的放过安律，只是在等更大的鱼上钩。安律只是他放出的饵罢了。

许是因为那孩子同自己一样也是无父无母、漂泊多年的可怜人，她心中多少有些怜悯。

"那个……其实吧，我觉得安律才十五六的年纪，未必有那么多心思，反正东西已经到了我们手里，估计那个利用他的人不会再找他了。况且他人在霍州，你若是回阙城了，还要盯着他，也是诸多麻烦，你说，是吧？"

钟离竟没说话，似乎连脖子都懒得转一转，只是瞥了她一眼，传递了个眼神。

肖南回认识这种眼神，这眼神叫"你懂个屁"。哼，不说就不说，本来也不关她的事。她刚转过视线，又突然停下，再次转过头去看身边的人，果然觉得哪里有些不对劲。

钟离竟瞥完她便闭上了眼，嘴唇有些苍白，额角的发丝都湿了，似乎在出汗。

"喂？"

对方没什么反应。

她下意识地伸出手碰了碰他的手臂，却隔着衣料感受到了不正常的热度，再一摸他的额头和手心，都是滚烫的。

肖南回吓了一跳，赶紧喊人："丁……"后面两个字还没喊出来，嘴便被人一把捂住了。

"叫什么？还没死呢。"

肖南回颤颤巍巍地回头，撞入一双漆黑的眼。

对方灼人的呼吸就在她耳边，距离近得她能看到他被冷汗打湿的睫毛。

难怪他上车后就一动未动，显然已经难受至极，应当是在沼泽的时候就受了风寒，之前没的喘息，只能一直撑着，现下这是撑不住了。

其实认真算起来，从前天夜里朱明祭结束到昨日追着邹思防进了沼泽地，再到今日黄昏时分，他们将近两天两夜未合过眼了。这人倒真是能忍。

对方因发烧而微烫的手指从她的唇上缓缓移开，轻轻往角落里一指："那边箱子里有几个瓷瓶，拿绿色的那只给我。"

看在对方是个病人的分上，肖南回没计较那近乎发号施令的语气，将车厢一角的巨大箱子翻了个底朝天，最终把药瓶递到那人手上："都这副德行了，方才为何不说？就算郝白急着离开，我们好歹也能回城里请个郎中，非要等到了这荒郊野外受罪。"

"赶着回去。"他熟练地打开那瓷瓶，倒出两颗药丸，水也不喝，直接服下，"何况受罪总好过送命。"

肖南回默然。他说得没错，现在他们看似大获全胜，实则危机重重，只要没走出霍州地界，一切便不算尘埃落定。安律的事未必只有他们知晓，还有安律身后那个最终也未现身的神秘人，此刻是否也在暗处看着他们呢？

想到这里，她原本有些困顿的脑袋又立了起来，她郑重地摆了个军中打坐的姿势，时不时撩开车帘观察一下外面的情况。

然而马车那规律的摇摆和频率相同的噪声实在催人入睡，她勉强挺了不到半个时辰，便倒头睡得人事不省了。

一旁服了药便安静休息的男子缓缓睁开眼，瞧一眼瘫在车上的某人，她高高束起的头发散开了些，衣服被压在身下，拧得厉害，整个人像宿醉的酒鬼一般，唯有那张脸在熟睡中柔和下来，倒不似醒着时那样倔强、凌厉。其实，她最凶悍的时候都够不上"凌厉"二字，充其量只算得上在逞凶罢了。那是没有受过伤害的人才有的神态，下手虽重，心却狠不起来。

钟离竟瞧了一会儿，突然便从一旁扯了条毯子往地上那人身上一丢。毯子落下，将女子的脑袋盖了个严严实实。

车厢里似乎这才真正平静下来。钟离竟换了个姿势，轻轻闭上了眼。

第二十九章

过桥

肖南回是被憋醒的。不知道是不是自己睡着的时候胡乱扯了一旁的毯子，那毯子结结实实蒙在她脸上，直把她捂得胸闷气短。她掀开毯子坐起来，将怀疑的目光投向身旁的人，但那人的姿势几乎和自己睡着前没有两样，呼吸也甚是平稳，看起来也睡着了。

见对方没什么动静，她干脆明目张胆地观察起对方来。

不得不说，他的睡姿极其端正，即使是在病中，有些昏沉，他也自始至终都保持着盘腿而坐的姿势，脑袋都不歪一下。

这让她想起以前在冢山见过的采药人，那些人为了采到珍贵的草药，常常要几天几夜攀爬高山，晚上便睡在悬崖峭壁的岩缝之间，睡前必须将自己捆绑结实，因为睡熟后稍有翻动便有可能跌下万丈深渊。

眼前这人嘛，姿态甚高，看得出绝对出身不凡，可不知为什么，偶尔却会流露出一丝吃过苦、受过折磨的气质。他究竟是谁？当真只是那丞相府中的一名门客吗？

肖南回的目光缓缓下移，最终落在那人腰间。不知他身上会不会带着些特殊的腰牌、玉佩，或许可以从中寻到些蛛丝马迹。深吸一口气，她轻手轻脚地向那人身旁挪去。

她刚动了一点点，车厢门便毫无预兆地被人打开了。与此同时，钟离竟的眼睛也睁开了。

肖南回像被凌空一击一般飞速地退回原位，后背笔直地靠向车厢的侧板。

门外的丁未翔挑了挑眉，眼睛将车厢内扫视一遍，并未发现不妥，这才开口道："主子，到地方了。"

到地方了？什么地方？肖南回有些纳闷地钻出车厢，入耳是一阵阵呼啸声，脚落地没走两步，便被伯劳从后面一把拉住。

她低头一看，离她一步之远的地方便是一座断崖，崖下百丈处是汹涌奔腾的河水，刚刚她耳边一直萦绕的噪声便来自那里。

四周黑灯瞎火的，半点儿亮光也不见，她的眼适应了片刻，借着月色向远处望去，发现这断崖之上架着一座用铁索和木板搭成的桥，看起来有些年头了。

丁未翔正将钟离竟从马车里扶下来，她连忙上前问道：“这便是你说的山路？那桥看着不像能走人的样子，要不我们还是……”

丁未翔瞥她一眼，不知为何，肖南回再次从这眼神中感受到了不满和敌意。

“这是关天峡上的近路，从此处入赤州边界会比从大沨渡走快上三日。”

所以呢？肖南回眨眨眼：“可万一掉下去……”

钟离竟脸色虽仍有些苍白，但除此之外，看不出什么异样：“回赤州的大路上，埋伏的人没有上千也有几百，你要是想同他们一一打个照面，留些纪念，我也不反对，只是莫要带上我。”

肖南回哑然，她没想到这秘玺落在他们手上的消息传得竟然这样快。

钟离竟似笑非笑地看了她一眼，像知道她心中所想一般，慢悠悠地继续说道：“当然，也不全是冲那东西来的，还有冲我来的。”

她这才反应过来，秘玺落入他们手中不过是几个时辰前的事情，就算传得再快，也不至于引来那么多人，原来她们是被这人连累了。等等，之前好像是他主动提出要她同行，还说借马车给她坐……

“你们两个黑心鬼，原来是要拉我们上贼船。”伯劳已经反应过来，气呼呼地一脚踢飞地上的石子。那石子骨碌碌飞出去，掉到悬崖之下，顷刻间便被奔腾的河水吞没，彰显着此地的凶险。

钟离竟对气到跳脚的伯劳视而不见，转身从马车上捧下那装着秘玺的盒子：“从接手这件东西的那一刻起，我们就已经在一条船上了。”

这话落在肖南回耳朵里，倒是让她想起在穆尔赫昏河上坐渡船时遭遇的险境。彼时丁未翔用什么“同船渡”来糊弄她，怕不是从那时候开始这人就已经将她算计在内了？她打了个哆嗦，觉得一定是自己多想了，但那份丝丝密密、诡异非常的感觉在她心里扎了根，总让她有些不安。

肖南回擦亮火石照亮四周，发现那桥头旁立着一块削平的石头，石头上用凿子粗陋地刻下两幅简笔画，依次是三个小人过桥、一人一马过桥，大意是在说明这桥的最大承重量。

难怪她先前从未听说过这条近路，地处偏僻，本来该结队而行，但这桥偏偏承不住太多人。这哪里是什么近路，分明是条黄泉路。

那厢丁未翔已经开始拆卸马车，他将拉车的两匹马解放出来，又把车厢里的行李和那只大箱子搬下来，固定在马背上，看样子是要弃车过桥了。

肖南回嘀咕了一句：“浪费啊浪费。”

丁未翔抬起眼皮看了她一眼：“马车虽贵，但人命更值钱些。”

“是你主子的命更值钱些吧。”她心道，懒得揭穿他，上前帮忙将剩余的行李全部转移到马背上。

吉祥从来没有被当成过驮东西的牲口，整匹马都在表达不满的情绪。

肖南回从阙城带来的蕈子干已经用完，说什么也安抚不住了，只得从它背上挑了个沉些的行李，自己背在背上。那杂毛的畜生瞬间便觉得平衡了些，屁股都不抖了，蹄子也安分下来。

眼下他们只有四个人、三匹马，保险起见，他们决定让体重较轻的伯劳率先牵吉祥过桥。

伯劳起先是不愿意的，她本来就惧高，万万不肯做打头的人。肖南回连哄带骗，说是早死早超生，后面走的反而不安全，这才算是说动了她。

目送着吉祥的屁股慢慢消失在索桥上，肖南回看了一眼身边的人：“下一个谁来？”

一阵沉默。

不久，对岸传来一声呼哨，那是伯劳的信号，意思是，她已经过桥，可以安排下一个人了。

肖南回又看一眼身边雷打不动的丁未翔：“丁兄不打算过桥了？”

丁未翔目视前方，头都不歪一下：“你先走。”

肖南回有点儿纳闷：“为何我先走？这不是你们的马吗？难道要我牵过去？”

“有劳姚公子了。安全起见，在下不能离开主子身边。”

肖南回又去看钟离竟，对方竟对她露出一个无辜的表情：“在下不似姚公子那般身手矫健，时刻都要倚仗未翔，教你看笑话了。”

她头疼不已，只觉得快要被这对主仆弄到崩溃了，刚有些动摇，想要妥协，转念一想，不对啊，她如果一个人去对面了，这两人抱着玉玺跑了怎么办？

“要我过去也可以，东西要交给我才行。”

丁未翔面不改色地说道：“不行。”

肖南回气极反笑：“这也不行，那也不行。那咱仨干脆就在这儿耗着吧。”

空气再次陷入一片死寂。

不知过了多久，伯劳许是在那头等得不耐烦，又折了回来：“你们到底在磨蹭什么？”

肖南回一指旁边剩下的两匹马：“你来得正好，把这两匹马也牵过去。”

伯劳一瞪眼：“凭什么？这桥只禁得住一匹马的重量，我岂不是还要再跑两回？”

肖南回实在懒得解释其中要命的曲折，觍着脸拍了个马屁：“你轻功最好，走得稳当。”

这招果然甚得某人欢心，她飘飘然之下便想着得寸进尺，小脑袋也扬了起来：

“你求我啊。”

肖南回收敛笑容，一巴掌呼在那圆脑袋上：“我是你主子，你还要我求你？！小心我回去向杜鹃告状。”

伯劳捂着后脑勺，愤恨地看一眼肖南回，最后还是迫于威胁，只得从命。

月上中天，子时刚过。

伯劳来回走了两趟，才将那两匹马牵到对面，脸色已是极差。她按住索桥的一端晃了晃，提示对面的人快些过桥。

断崖旁只剩下孤零零的三个人和那只木盒子，夜色下，那座黑乎乎的索桥真是怎么看都透着一股不祥。

肖南回死死盯着钟离竟手里的盒子：“还愣着干吗？走啊！”

丁未翔死死盯着肖南回的脸：“一起走。”

只有夹在中间的那人自始至终都是那副天塌下来当被盖的欠揍表情。

三人几乎是同时迈上那窄得要命的索桥，谁也不肯在前，谁也不肯落后，只能挤成一排，艰难地移动着。

长长的索桥约莫三十丈长，越靠近中间，晃荡得越厉害。

桥下河水声震耳欲聋，他们像是悬在一只巨兽之口上，若是掉下去，便会转瞬间被吞噬。

水流与崖壁撞击产生的水汽飘上来，有些迷人眼。肖南回顿了顿，抬手去抹睫毛上的水珠。而她脚下那块木板突然便因为这短暂的停留而发出一声断裂般的闷响。

丁未翔猛地回头，肖南回已经僵住，缓缓低头看去，只见那木板上的裂痕似乎已经停止了扩展。她松了口气，小心地迈步离开了那块板子，谁知她前脚刚离开，身后紧接着便传来一串接连不断的刺耳响声。

这回不是木板断裂的声音。环环相扣的铁索上锈迹斑斑，黑暗中，不知哪一段铁索率先断开一个小口，随后接二连三地，其余铁索也不堪重负般断裂开来。

整座索桥发出一阵低沉嘶哑的轰鸣声，这声音在峡谷中回荡，产生恐怖的回声，让肖南回本能地咽了咽口水。

他们并未超重。难道这桥当真年久失修，所以越发不中用了？还是因为刚刚从吉祥背上卸下来的行李？总不会是因为……她这几天吃胖了许多吧？！

“你们有没有觉得这桥晃得有些厉害？”

肖南回的目光正与丁未翔对上。

不对。还有一种可能，那就是现在这座索桥上根本不止他们三个人。

第三十章

平弦

雪亮的刀尖穿透木板冒出头时，肖南回的思绪有一瞬间的飘忽。这刀很配今晚的月亮啊，弯弯的，尖尖的，刚好填满那半个凸月。

咔嚓一声巨响，那块被穿透的木板裂成碎片，两个黑影从下而上钻出桥面。为什么偏偏是那块木板呢？因为那块板子的位置恰好在丁未翔与钟离竟之间，如此一来便能将两人分开。

这突袭的位置选得当真刁钻。肖南回如是想着，隔着落下的木头碎片望向丁未翔慌乱震惊的脸，居然有几分想笑。方才说要分开走时一万个不愿意，眼下着了人家的道，还不是说分开就分开了？

一眨眼的工夫，钟离竟的身体便因为失去平衡向一侧歪去，那刺客的刀尖似一条跃出水面的银鱼，紧随其后。

肖南回暗暗叹口气。罢了罢了，这一路走来也算是有些共进退的情谊了，就算是被算计了，她总不能真的见死不救。

一股大力从钟离竟的腰侧袭来，细密的水珠混着天上的星子在他眼前散落开来，墨一般的夜空旋转颠倒一番后，终于停了下来。他漆黑的瞳孔微微颤了颤，最终将视线落在眼前飘扬的发丝上。

女子的手臂似一段柔中带刚的绳子，紧紧扣在他腰间。一个沉稳中带着点儿笑意的声音在他耳畔响起："抓稳了。"

那刺客眼见快要得手的猎物转头突然消失，紧接着迎面一个黑影砸了过来，他出刀迎上，狠狠地劈下，却见一堆山参、灵芝劈头盖脸地落下。

"浪费啊！"肖南回心疼地大呼，手下却不闲着，一手抓着钟离竟，飞起一脚向前踹去，那刺客躲闪不及，整个人飞了出去。

另一边，与丁未翔缠斗的刺客闻声回头，只见同伴跌过来，一分神便挨了一刀。

因为这突如其来的打斗，整个索桥摇摇欲坠，原本连着两端的四条铁索已经断了两条，剩下的两条也是岌岌可危。再耗下去他们都得死在这儿。

肖南回抱起钟离竟拔腿便向对岸跑去，趁那刺客还没爬起来，一脚便从对方身上踩了过去。

丁未翔见状，连忙飞身跟上。两名刺客紧跟其后，手中弯刀接连飞出。

呼啸的风声向后脑勺袭来，肖南回根本腾不出手来，冲着丁未翔吼道：“你挡一下！”

丁未翔心思全在她怀里抱着的那男子身上，刀未出鞘，便回手去挡，那弯刀失了准头，嗖的一声削掉肖南回半截头发。她气得七窍生烟，但眼下正是争分夺秒逃命的时候，偏生还没工夫同那人讲理。

咔嚓一声，索桥的铁索又断一条，整个桥身瞬间失去平衡，向一端倾斜而去。肖南回转头一看，便见那桥上木板好似狂风中的枯叶一般，一截截掉入悬崖下咆哮的河水中，坍塌的桥身瞬间向自己逼来，她将怀里的钟离竟扔向丁未翔：“你的人，接着！”

丁未翔手忙脚乱地接住那人，脚下寻找着力点，往桥的尽头跳去。

桥头，伯劳望着那坍塌的桥面，只觉得天旋地转，腿一阵阵发软，只能扯着嗓门大喊：“快点儿！桥要塌了！”

肖南回疲于奔命，还要顾着在后脑勺飞舞的刀子，悲愤地喊道：“还用你说？！绳子！快扔绳子！”

伯劳转身从行李里翻出一截捆东西用的麻绳，灌注力气抛了出去。

丁未翔最靠近桥头，瞬间截和，一把将绳子抓住，借着伯劳的力气，带着钟离竟成功到了对岸。

伯劳收了绳子，再向肖南回抛出。谁料绳子在半空飞到一半，便被那刺客手中弯刀砍成两截。如是反复两三次，绳子越来越短，肖南回转头怒骂：“你大爷的！”

回应她的是那刺客的两把大刀，眼下三人脚下都只余一条铁索支撑，不论是对方的攻击还是她自己的躲闪，都好似杂耍一般，只是这条铁索已支撑不了多久。

对方似乎抱着必拖一人下水的信念，怎样都不肯罢手，肖南回瞅准空隙猛地回头冲伯劳喊道：“砍铁索！”

伯劳愣了一下，没有马上动作。

肖南回再次催促：“快砍！”

话音未落，一旁的丁未翔已经飞速出刀，只听空中锵的一声响，索桥仅存的一条铁索瞬间断裂，而铁索上的三个人纷纷坠入水雾之中。

伯劳急了眼，怒视丁未翔：“要你砍你还真砍？！”

丁未翔抿着嘴没说话，一把拉住要跳崖的伯劳，示意她看向索桥下坠的方向。

桥头上的三人齐齐屏息向下望去，却见一道银光刺破雾气而出。

啪、啪、啪，三声脆响，那银光转瞬间暴涨出几倍的长度，似一道闪电钻入崖壁。

碎石滚落，水雾似轻薄的纱被推向两边，却见那银光原来是一杆长枪。

下一瞬，一双手追着银枪而来。肖南回一把抓住那抛出去的枪杆，下坠的身形瞬间停在半空。

精钢打制的枪杆在重力的作用下弯成了不可思议的弧度，在月光下反射着雪亮的光。

借着枪杆反弹的力道，肖南回在崖壁上高高跃起，反手将长枪从崖壁上抽出，再迅速掷向更高的地方。这一个来回过后，她的手已经可以够到崖顶，伯劳和丁未翔一左一右抓住她，一把将她从下面拉了上来。

肖南回死鱼一样在地上喘息了一会儿，这才撑着枪杆慢慢爬起来。

“先前同行多日都未曾见过姚公子的兵器。如今一见，果真不同凡响。”

肖南回瞧着那罪魁祸首故作惊叹的模样，气不打一处来：“那还不是托了钟离兄的福？若不是您招来这些黑衣大兄弟，我也不至于要用这险招来保命。”

丁未翔一听这话，那一心向着主子的狗腿子嘴脸又露了出来：“姚兄既有如此能耐，那日在泥潭之中何故还要主子来救？”

伯劳像听到天大的笑话一般，毫不掩饰脸上的讥讽：“你家主子是为了救人吗？还不是为了那块破石头？”

丁未翔这回是真的怒了，一向青白的脸上居然染上了些许红色：“你胡说什么？！主子明明早就知道——”

“未翔。”

丁未翔的话就这么戛然而止，唤他名字的人脸上并未见怒色，但他只看一眼那人的眼神，便读懂了其中的警告意味。

肖南回莫名其妙地看着眼前突然冷下来的场子，五指握紧、微动，掌中那一人多高的威风银枪应声缩回不到三尺长的样子，收回背上时也不过一把短剑的长度，真不知其中究竟是何精巧设计，着实令人惊叹。

“距离天亮还有不到两个时辰，若就这么原地耗着恐生变数，但我们眼下没有马车可以运送行李……”

“马车还是有的。”钟离竟飘飘然从肖南回身边走过，径直走到一片隐秘的树丛前。

肖南回先是不解，定睛一看却发现，那树丛后竟然藏着一辆事先准备好的马车。

丁未翔已经牵着马走过去，重新安置行李，经过她时轻轻哼了声：“险路难行，若是连这点儿准备都没有，我们一开始便不会选这条路。”

她一股气上不去下不来，只觉得被这主仆二人噎得胸闷气短，干脆甩手不理，一个闪身先上了车。

钟离竟进入车厢的时候，肖南回正在擦拭那杆枪的枪头。因为方才插入崖壁，那上面沾了不少泥污。她对这杆陪她出生入死过的枪十分爱惜，刚刚它又救了她的命。

钟离竟垂下眼帘，撩起衣摆坐在肖南回的对面：“姚兄方才救我时，我十分感动。”

肖南回手中动作一停。他的语气听起来十分真诚，只是不知为何，她每每看到那双漆黑的眼睛，都会生出本能的退缩，原本想应和一句“不必挂心”，话到嘴边又咽了回去。

钟离竟似乎并不介意，目光移到那杆银色的枪上：“此枪名唤平弦，我说得可对？”

此话一出，肖南回不由得抬头向那人看去。

世间名枪众多，可能伸缩的长枪只有一把，那就是平弦。每一个见过平弦的人都无法忘记这种特别，但真正知道这个名字的人不多，肖准曾叮嘱过她，不要向任何人透露这杆枪的名字，这是造枪的人唯一的嘱托。

她没想到眼前这个和武学半点儿关系都不沾的人竟然能叫出这个名字。

“我怎么会知道？你在想这个吗？”对方的声音很平静，像在诉说一个再普通不过的事实，“有些事不是只有青怀侯才知道。何况这枪本来就是他从别人那里求来的。”

他正说着，手突然伸过来。肖南回吓了一跳，反应过来后发觉，他只是将手放在平弦上。

他落手的地方有些凹凸不平，上面是一些为了掩饰机栝位置而雕刻的花纹。那一看便不曾握过粗糙之物的莹白指尖轻轻滑过平弦，仿佛指下并非一段精钢寒铁，而是美人的暖肌玉骨。

“肖南回，你可知道这杆枪背后的故事？”

她几乎是下意识地打了个哆嗦。

这人只要一唤她的名字，她便有些不安。她究竟在㞞什么呢？对方怕是连她一个脚指头都打不过。

想到这里，她又硬气了起来：“人们喜欢将夫妻比作琴瑟，夫妻之情便似琴弦。此枪是为女子所用，取名平弦是为昭告世间，女子也可上阵杀敌，与男子平等无二。”

钟离竟的表情有一瞬间的停顿，优美的唇形轻轻勾起一个弧度。待他收回那只手时，他的脸上已恢复原本寡淡的模样。

“看来你只知其一，不知其二。给你这杆枪的人并没有同你说许多。”说完，他便闭上了眼。

车外伯劳与丁未翔还在为走哪条路而吵嘴，肖南回却有些听不进去。直到此刻，她依旧相信，肖准将平弦赠予她，是希望她习武不输男子，除此之外，不做他想。

她低头望着手里那杆随她出生入死的银枪，牢牢将它握紧，仿佛只有这样，她心中那份莫名的忐忑才能平息。

第三十一章

蓬藥

一眨眼，距离那晚的惊险已经过去七八天。

这一路走来，来刺杀的人一拨接着一拨，但肖南回总觉得暗中似乎有人在帮他们清理，因为越接近阙城，来刺杀的人便越少。

进入赤州地界，天气一天比一天热，道路两边浓荫蔽日，已经是夏天的气息。

肖南回其实是不习惯坐马车的，特别是时间久了，简直是腰酸背痛。她央求伯劳将吉祥换给她骑一骑。伯劳是何等“奸诈”之人，怎肯与那尊“佛”同乘一车，当下残忍地拒绝，不留余地。

肖南回没有办法，便只能这么忍着，熬着熬着也就快到阙城边界了。

这倒是比她预想中的快许多。想当初去程的时候，她与伯劳都是快马加鞭地赶路，还未曾遭遇伏击和追杀，也未见比如今这马车快多少。

她从小就经常往军营里的马厩跑，也见过不少将军的名驹。她看得出拉这马车的两匹马不简单，虽然外表看不出什么，但不论脚程、耐力、速度，甚至是对路面的判断能力，都是一般马匹无法比拟的，用来拉车简直是暴殄天物。但肖南回并没见过这种马，只推测这马可能并非赤州育种。

她曾经偷偷摸摸地扒过这两匹马的耳朵和屁股，甚至暗促促地掀过马掌，却未见任何标记。按理说，皇城中达官显贵有几匹好马倒也正常，但最好的马向来是在打仗的人手里。何时丞相府的马都如此讲究了？肖南回有些困惑。

车窗外隐隐传来流水声，不似昏河那样轰隆、嘈杂，却是叮咚脆响。

肖南回跳下车，知道此处离阙城不远了。

这条小溪的水是从枢夕山上流下来的，盛夏的时候，城中不少男女老少都会来这条小溪旁消暑、垂钓。

终于逃离了霍州的诡谲风云，眼下见到这熟悉的景色，肖南回心中有些说不出的雀跃。在此处补足水源后，便可一口气赶到阙城，若是顺利的话，说不定可以赶在关城门前回城。思及此处，她的脚步都轻快起来。见丁未翔将空了的水囊卸下来，她便主动上前想要接过来帮忙打水，对方却仿佛没看见她一样，自顾自地从她身边走开。

伯劳在给吉祥挠痒痒，瞥见这一幕哼唧道：“一个大男人居然如此小心眼，这一点倒是随了谢老头。”

其实早在从穆尔赫起程时，肖南回就察觉到丁未翔似乎对自己有些不满。但对方一直一副秉公办事的样子，她也懒得问，现在却忍不了了。

她紧跟上去，“阴魂不散”地跟在对方身后：“丁兄何故给我脸色看？我自问并没有得罪过你。”

丁未翔脚下不停，依旧是一副面无表情的样子，将他主子那张死人脸学了个七八成：“有吗？姚公子误会了。”

误会？这脸摆明了就是她没有误会！肖南回深吸一口气，道：“从穆尔赫开始，你这一路都阴阳怪气地同我闹别扭，如今这快到地方了，你若是条汉子，就让我死个明白。”

丁未翔到底还是没修成他主子那“无面神功”，猛地停住脚步，将那水囊往溪边一丢，一脸严肃地看向她：“在熊家的时候，主子早就料到玉玺可能是假的，但仍选择救你性命，你当心怀感激之情才对。”

肖南回眨眨眼，思考了一会儿才反应过来那是多久以前的事。原来是因为这事？可是这事有什么好生气的呢？等一下，他说钟离竟早就知道玉玺是假的？

“他怎么知道玉玺是假的？”

丁未翔一哽，随即含糊道：“主子自然是知道的。你莫要打岔，总之，你要记得这份救命的恩情。”

肖南回有些无语：“照你这么说，那夜渡索桥的时候，我也是拼了老命才救了他，他也该记得我的恩情才对。”

丁未翔的脸因为气闷而涨红，这是她第二次在他脸上看见这种颜色，似乎只要一提到他那主子，这位向来沉稳的刀客就非常容易失控。

对方似乎仍憋着半截话未说出口，沉默片刻，最终只是挤出两个字：“罢了。”随即转过身去，径自蹲在地上打起水来，似乎再也不打算说话。

肖南回被晾在原地，一脸莫名其妙。难道是她在军营待得久了，已经无法正常理解外面的人情世故了？

她越想越憋屈，一脚踢飞河边光滑的石头，小石子飞出，在溪面上打了几个水漂，这才咕咚一声沉了底。

不远处吉祥正在刨树根，肖南回走上前，将那树根上长出的几株蘑菇摘下来扔给它。吉祥扭着屁股去觅食，她这才发现这棵树旁生了几丛野刺莓，眼下正是成熟的时候。她摘了一个尝了尝，对很多天没有尝过新鲜蔬果的人来说，那味道真的甚是美好，于是她兜起下摆多摘了些。

伯劳不知从哪儿疯完回来正好瞧见，土匪一般上来就抢。肖南回显然不是第一次遭遇这种黑手，反应飞快，瞬间跳出几丈远："想吃，自己摘去。"

伯劳看一眼那树丛，又摸了摸自己的小爪子，显然是嫌那刺莓树上刺多扎手，嘴上却是另一套说辞："瞧你那点儿出息，不就几个果子？跟要你老命似的，那是熟透的果子，吃不完连半天都放不住，早晚要烂的。不如给了我……"

肖南回转过身干脆不理，心里想的是"便是烂在外面，也不要烂在你肚子里"。就这么着，她的目光恰巧落在不远处的马车上。

马车静悄悄的，除了微风偶尔会将那车窗上的帘子吹起一角，那车里一点儿动静都没有。谁又能想到那里面坐了个人呢？那人似乎不太喜欢下车走动，这一路走来，除了必要的时候，他下车的次数可能两只手都数得过来。

肖南回时常感到困惑，怎么会有人能忍受在那狭小拥挤的空间里待那么久？

她本来不是个爱管闲事的人，但不知怎的想起先前他生病时的样子，心中又有些不忍。毕竟对方是因为救自己才染了风寒，也不知他现下是不是已经好利落了。

看了看兜着的果子，她快步走到马车前，抬起手敲了敲车窗。

片刻后，靛蓝的帘子被掀开，露出半张还有些苍白的脸。他并未说话，只静静地看着她，似乎在等她自己说明来意。

她踟蹰片刻，从兜着的果子中挑了一颗看起来最饱满、最鲜艳的，递到那人眼前。

钟离竟乌黑的瞳仁盯着那果子看了一会儿，他才慢吞吞地开口道："这是什么？"

她又将那果子举高了些："蓬蘽，山里的一种野果子，现在正是熟的时候。你尝尝看。"

那人一动未动，只上下打量着那颗鲜红的果子，似乎在审视那东西是否真的可以入口。有一瞬间，肖南回甚至以为对方完全静止了。罢了，想来这人是养尊处优惯了的，怎会吃这山间奇奇怪怪的果子？她方才便是教伯劳气糊涂了，才会想着来这么一出。

就在她要收回手时，钟离竟终于动了。他的脸缓缓向前靠了靠，树荫下金灿灿的光斑便落在他脸上，因为有风而跳跃着。

肖南回愣住了。

他没有用手接过来，而是直接凑了过来，张口从她指尖衔走了那枚果子。

他的动作十分优雅，以至于她的手指既没碰到他的牙齿，也没碰到他的嘴唇，最多只有一点儿温热的气息一掠而过。但那感觉还是有些奇怪，她几乎是下意识地缩了缩手。

一切只发生在一瞬间，等她反应过来时，钟离竟的脸已经重新回到车窗后的阴影之中。他慢慢品着那枚果子的味道，一点儿红色的汁水浸染着他的唇，给那张脸添了几分生气。

肖南回眨了眨眼，想要打破这诡异的氛围：“怎么样？味道还不错吧？”

对方顿了顿，缓缓吐出三个字：“有点儿酸。”

“酸？不会啊，我很会挑果子的。”她不信邪，又从兜里挑了几个出来，自己尝了一个确认过后，将剩下的递给他，“你再试试这几个。”

阴影中的男子似乎更加沉默了。他的目光从那果子上挪到她的脸上，眼中有些半明半暗的影子在晃动。

她不是第一次看这双眼睛，但每一次都看不透这双眼睛中的情绪。她有时觉得，那双漂亮的眼睛中可能从来就没有情绪。但这一次她分明看到了什么，只是那东西飞快地闪过，她实在无法确定那究竟是什么。

“喂，你在干什么？”丁未翔的声音突然在身后响起。她吓了一跳，随即想到这护卫要是知道自己给他主子吃了些奇奇怪怪的东西，指不定又要如何编派自己，第一反应就是要将手缩回来“毁尸灭迹”。

谁知车里那人动作比她还快，已经将那果子一股脑地揽入手中，末了还若无其事地露出一个微笑：“姚公子说这车厢闷得很，要我掀开帘子透透气。”

肖南回连忙跟着点点头。丁未翔将信将疑地走上前，四处看了看，似乎没有发现不妥，便将刚打好的水递给钟离竟。

肖南回见状，连忙寻个由头抽身离开：“该赶路了吧？我去叫伯劳。”

她走出去挺远了，丁未翔的目光仍似蚂蟥一般叮在她后背上，他思来想去，还是决定再确认一遍：“主子……方才当真无事？”

钟离竟眼皮都没抬一下：“能有何事？”

丁未翔想到刚刚在河边时那女子讲的话，忍不住出声提醒道：“肖姑娘不知主子身份，有些事还是要留些分寸的。”

钟离竟一时没说话，低头浅浅地喝上一口那水囊里的水。河水清凉，冲淡了他嘴里蓬虆的味道。

其实那果子一点儿也不酸，但不知为何，当时他心中会有一瞬间的恶意，想知道她的反应。他很少对人有好奇心，如今这算是好事还是坏事呢？

“那是蠢钝之处，也是有趣之处。”钟离竟撑着额角，眉间是几分孩子气的笑意。

丁未翔瞧见了，不禁有些愣怔。他跟在这人身边十数年，已经很久没有见过这种神情了。

钟离竟似乎察觉，抬头瞥一眼他：“怎么了？这般看我。”

丁未翔摇摇头：“没什么，就是觉得主子好像比从前要多些情绪。”

钟离竟那抹还残存在嘴角的笑瞬间烟消云散，取而代之的是令人胆寒的冷意。

“或许，我那日不该救她。”他目光落在不远处正与伯劳打闹的女子身上，一字一句地开口道，“乱我心神者，当杀。”

丁未翔心下一惊。他险些忘了眼前的人是如何神秘莫测，就像此时此刻，他根本摸不清对方说出口的话究竟有几分认真、几分敷衍。

温热的风吹过他额角的冷汗，那人的声音却又渐渐恢复了平静：“罢了，倒还没到那个地步，就当是送肖准一个人情。青怀侯府向来冷清，我岂能再让人唏嘘、寒心？”

那几枚蓬蘽正在他手中握着。新鲜果子上的茸毛搔着他的手心，有些痒。

第三十二章
左将军

日落西斜，再有小半个时辰阙城城北的城门就要关闭了。

城外十几里远的小路上，一辆马车伴着一匹灰白杂毛的马正飞速移动着。

肖南回此刻正坐在马车上清点自己的行李。一会儿回城，他们便要分道扬镳了，眼下已经到了最后时刻，然而面前这人不知是在装傻还是试探自己，丝毫不提那玉玺该如何处置。

手下忙活着，她时不时地偷瞥一眼对方，寻思着不能再拖，无论如何都要将事情说明白。

"唉。"肖南回故作叹息。

"姚兄何故叹气？"那人终于看了她一眼，不咸不淡地接了一句。

她举起自己干瘪的荷包，抖搂出里面仅存的一块碎银和几枚铜板："我想起来我那未到手的千两黄金。"

钟离竟眉梢微挑："黄金？"

她无精打采地看对方一眼，语气越发伤心："我在凭霄塔上踹下去的那三个人，正是天成先前以千金悬赏的三名贼首。可惜当时身在沈家地盘，我担心东西没拿到先惹祸上身，便没有主动上报官府邀功。现下想想，真是窝心。"她边说边抬眼偷看，见对方仍没什么反应，只得硬着头皮继续说道，"你倒是不缺钱的样子，不知道我们行伍出身的实在寒酸，便是一锭银子也要掰成好几块来用——"

"姚兄想说什么？"清冷的声音打断了她卖惨。

肖南回咂咂嘴，手指头使劲抠着那铜板上面的钱眼，一直没敢抬头："我其实是想说……这个……你既然已经这么有钱了，这般千辛万苦求来这玉玺应当不是为了钱吧？咱们商量一下，丞相托你办事许了你什么好处？你说来听听，我若是能——"

"不知姚兄打算如何处理那玉玺？"对方不答反问，直接将她的话堵了回去。

她突然便觉得坦荡些也好，思索片刻便如实答道："最后自然是要上交给皇帝的。"

"最后？"钟离竟对于字眼的敏锐程度已经到了可怕的地步，"看来在上交之前，你还有事情要做。”

她点点头，下意识便要说出彻查肖家旧案之事，话到嘴边险险打住，差点儿惊出一身汗来。

一定是这几日相处久了，她那对身边人不设防的臭毛病又犯了，竟险些酿成大祸。要知道，在霍州的时候，这人或许还称得上“盟友”，可回到阙城，他便是侯府的死对头也是有可能的。

调整一番，她将问题抛了回去：“你呢？是否要跟我抢这宝贝？”

“宝贝？”钟离竟笑了，但那笑维持了不过瞬间，转眼便消散了，“说是宝贝，也确实见了不少人为争夺它而头破血流、家破人亡。可到头来宝贝到底宝贝在哪儿都还不知道，岂非愚蠢？姚公子是个通透人，可别犯一样的错误啊。”

对方这话说得是有几分尖锐的，肖南回怎会听不出其中的警告意味，但她没打算退缩：“我一不求财，二不做伤天害理之事，只是想要查明真相，更不会想将那不属于自己的东西占为己有，自问于心无愧。倒是钟离兄将这东西把得那样紧，又与那邹思防有何区别？”

她话回得毫不客气，那人面上却未见丝毫怒色，只淡淡地瞧了她一眼：“姚公子何必如此着急地下结论，在下未曾说过要将这东西占为己有。”

她整个人愣住，喃喃地开口道：“难不成……你还能让给我？”

钟离竟刚刚将一杯新茶倒掉，将温热的茶杯轻轻放在小案上：“姚公子这几日与我同车，可见我经常摆弄茶具？”

肖南回不明所以地点点头。

几日来，这人除了偶尔同丁未翔低声说说话，便是摆弄那套茶具。她不太懂茶，但闻那茶香也知那些瓶瓶罐罐里一定都是好茶，只是那香气扑鼻的茶水没有一滴进了那人嘴里，全都被倒掉了。

“我常斟茶，却不饮茶，多数时间只是想要闻闻茶香。玉玺一事也是如此。”

“什么意思？你说你大老远跑去霍州就是为了过把眼瘾？鬼信啊？！”肖南回的内心仿佛有一万名壮汉在大声咆哮。

偏生那人一举一动、一言一行都那样淡然，就好似对他生出些许质疑的想法都是一种污蔑。

“东西就在那里，一会儿你自行拿走便是。”仿佛知道她不信，钟离竟又淡淡地加了一句。

这一路走来，那盒子确实就放在那里，除了每日确认一遍，肖南回从没挪动过位置。她已经做好为了将它拿到手不惜一切代价的准备了，谁知最后竟然解决得如此容易。她有些控制不住自己的面部表情，一边咽着口水，一边偷偷将手伸向那盒子。

男子余光瞥见那小动作，嘴角闪过一丝狡黠。

“主子，前面有一小队人马，看样子是天成军队。”丁未翔的声音突然从外面传来。

肖南回一听“天成军队”四个字，便浑身一抖，伸出一半的手也缩了回来，整个人瞬间矮了三分，仓皇地问道：“军队？何人带队？”

丁未翔的声音顿了顿，再次响起：“举黑底交龙旗，当是光要营的人。”

光要营？光要营向来是烜远王管着，那便和肖准没多大关系。肖南回瞬间背脊又挺直了，连带着表情都轻松了不少。

她身旁的人此时却突然开口道：“可是烜远王亲自前来？”

丁未翔过了会儿才答道：“打头的是银甲黑马，当不是烜远王。”他停顿片刻又说道，“应是例行边巡，烜远王不会亲自前来。”

“知道了。”钟离竟淡淡吐出三个字，又合上眼帘。

肖南回却揪住了一丝不同寻常的信息，眼珠一斜看向身边的人：“怎么？看来钟离兄和烜远王有些过节？”

“谈不上过节。我是丞相府门客，自然该避则避。”

朝堂上柏丞相和烜远王为两大阵营，早已不是什么秘密。想来这钟离竟应当是奉了丞相密令前去霍州的，万万不能让烜远王的人知道。不知这老丞相又在鼓捣什么名堂，会不会将肖准牵扯进去。肖南回冥思苦想一番，奈何实在只知一二，不知其三，到头来也没理出个子丑寅卯。

这当口，马车已与那队人马相遇。她扒着门缝偷偷向外瞧，只见领先一名银甲小将骑一匹通体乌黑的高头大马，马鞍四周缀着殷红的穗子，看起来甚是神气。

当然，他这身行头在肖南回眼里，便似姚易楼里那几个靠喝牛乳来丰胸的舞娘一般不上道。谁会穿这么一身去打仗？她在心里翻了大大一个白眼。

那小将在还有十几步远的地方勒马停住，他身侧的士兵便喊话道：“左将军在此，前方是何人？还不下车？！”

“左将军”三个字在脑海中一闪而过，她隐隐觉得哪里不太对劲，却没抓住那不对劲的究竟是什么。

马车缓缓停了下来，她瞥一眼身边的人。钟离竟泰然自若，面上没有半点儿波澜。她开始觉得这人可能天生就长着这张表情寡淡的脸，毕竟相处了这些时日，她甚少看到此人流露情绪，想想也是可怕。

透过门缝，肖南回看到丁未翔跳下马车，躬身行礼道：“在下雁翅营中尉丁未翔，奉命前往霍州查案，正要回城复命。”

银甲小将驱马上前。肖南回连忙使劲往前凑着，想要看清这招摇的左将军到底是何方神圣。然而头盔遮了对方的半张脸，只露出线条利落的下颌，隐约透着些淡青，一看便是个年轻人，开口却甚是沉稳：“雁翅营的人？我同扶风校尉也算交好，时常到他营中去，怎的从未见过你？”

丁未翔不慌不忙地答道：“属下面容普通，将军就算见过，不记得也是常理。”

丁未翔的佩刀被他藏在车帘后，马上的人见他并未带兵器，气势便没有之前那般咄咄逼人，只是仍用审视的目光打量着这辆毫不起眼的马车：“车上是何人？”

“丞相府门客，钟离竟。”

丁未翔说罢，双手将一块腰牌呈了上去。有士兵帮忙递给那银甲小将。他看了看确实没有不妥，便冷声问道：“只他一人？”

丁未翔有一瞬间的犹豫，那小将眼神十分凌厉，立刻察觉，冷笑一声：“丁中尉莫怪本将军多疑，实是最近畿辅一带不太平，常有人冒充朝廷中人打探王城消息。圣上有旨，严查入阙城的各条要道，以防贼人有可乘之机。”

肖南回在马车里听着，有些坐不住。这皇帝老儿好生令人心寒，她一路千辛万苦、出生入死、一波三折，总算替他把那劳什子玉玺寻了回来，现在他却派人在家门口给她下马威？还怀疑她是贼人？

“哼，这皇帝的眼神怕是不太好，居然寻了这么个愣头青来守家门口。”她说罢也不看钟离竟做何反应，一把将马车帘子掀开，冲着马上那人自报家门道：“在下是青怀侯府的人，并非什么贼人。如今赶着回城，还望将军莫要为难我等，快些放行吧。”

不知是不是她的错觉，她觉得那银甲小将听了她的话竟连人带马退了半步。

“青怀侯府的人？可是姓肖？”

肖南回心想，废话，侯府总共就那么几个人，能在外行走的只有那两个，这人怎么如此不熟悉军中的事？怕不只是个愣头青，还是根废柴。

“是，在下青怀侯义女肖南回。”

银甲小将沉默了许久，才从牙缝里吐出几个字：“原来是肖队正。”

这下倒是轮到肖南回意外了。她自认官小势微，无人认得她一个小小队正，所以在外报名号时也不客套，都是直接报上侯府的名字，这样也省得之后浪费口舌多做解释。可眼下这人竟然知道自己在营中的编制，也是少见。她有些起疑：“将军难道认得在下？”

银甲小将却突然掉转马头，将一个马屁股留给她：“不认得。”

不认得就不认得。正好，她也不认得他。

银甲小将已经走远，他身后跟着的亲兵对丁未翔说道：“将军与巡察小队正好回城，丁中尉可愿一道回去？”

丁未翔看一眼探着个脑袋的肖南回，露出礼貌的微笑：“好。”

第三十三章

卑鄙

应付完那劳什子左将军，肖南回板着脸把帘子放下来，一屁股坐回垫子上，马车又缓缓地移动起来。

过了一会儿，她感觉到似乎有人在打量自己，一回头果然发现钟离竟正淡淡地看着她。

她撇了撇嘴："怎么？发现我不过是个小小队正，便觉得我不配与你同乘一车了？"

钟离竟摇摇头："那倒不是。只是先前不知，原来你对当今圣上竟然意见这么大。"

肖南回愣了一下才反应过来，他是在指先前她无意中抱怨的那几句话，当下连忙装傻："你在说什么？我不太明白。"

"肖队正刚刚才说过的话，现下便忘了？"

"我这人忘性大。"

"无妨。肖队正不记得，我还记得。你说，皇帝眼神不太好。"

她脸上一僵，皮笑肉不笑地咧了咧嘴："有吗？一定是你听错了。"

"你还说……"钟离竟的后半句话最终没能说出口，被肖南回一把捂住了。

她的掌心不似一般女子那般温润细腻，反而有一层薄薄的硬茧，粗糙得有些硌人。

而他的唇却比看上去还要柔软，温热的气息几乎灼伤了她的手，令她没来由地想起方才在溪边马车旁他从她手上衔走果子时的情景。肖南回蓦地将手缩了回来。

车厢中一时寂静，先前进行到一半的对话戛然而止，再没有人提起。回阙城的最后一段路程就这样在安静中平稳地度过了。

日落枢夕山前的最后一刻，肖南回终于赶在城门关闭前回到了阙城。

此去霍州实则前后不过一个月左右的时间，却同以往出征回朝后一般令人疲累。从前她随军在外月余回城后，第一时间都是要去望尘楼找姚易的。她的头发长得很快，长时间不修整，行军时便难以打理，杜鹃是决计不会让她动头发的，所以她每次只能去找姚易帮忙。

这一次，她也是要去找他的，只是不是为了头发，而是为了那盒子里的东西。

“此行多谢钟离兄借车马一用，既然已经回城，不如就此别过。想来钟离兄也有要紧事要办。”

钟离竟看一眼肖南回，从善如流地点点头：“自然。不过此处尚在城门附近，人多眼杂，待行到丁禹路附近，便与姚兄作别。”

肖南回觉得对方说得有理，便点头同意了。

马车又行了一盏茶的工夫，缓缓地停了下来。

只是不知为何，车厢外似乎人声亦是嘈杂，不比城门附近安静多少。

“到了？”

丁未翔已经将车门打开，示意肖南回可以下车了。

她跳下车辕才发现，四周不知何时摆上了不少摊位。每个摊位上都悬着一盏糊着粉纸的灯笼，灯笼下人头攒动，多是姑娘与妇人，而那摊位上卖的都是胭脂水粉之类的小玩意儿。

“今天是什么节日吗？”

丁未翔闻声回头，先是有些惊讶，复又想起什么，看向她：“倒也不是什么节日，是城中一年一度的桃花集，商户们会摆些摊位，来逛的大都是女子。肖队正对这些不感兴趣，想来是不知道的。”

桃花集，她是听过的，但诚如丁未翔所说，她一介习武之人，平日里莫说涂脂抹粉，就连钗环都甚少戴，这类集会她从未逛过，今日一见，竟然比想象中还要热闹不少。

她这一分神的工夫，周围的人又渐渐多了起来，她可不想一会儿撞见熟人，转头正要吩咐伯劳快些将行李整理好。

“肖南回？”一个又尖又细的女声在她身后炸开，像一个尖锐的指甲剐蹭着她的耳朵。

与此同时，伯劳那矮冬瓜像见了猫的耗子一般，狠狠夹了一下吉祥的肚子，飞也似的逃没了影。

真是怕什么来什么，肖南回不回头也知道喊她的人是谁。但仗着周围这么多人打掩护，肖南回决定暂时装听不见，猥琐地缩了缩脖子。

“肖南回！”那声音又近了几分，这回带了些怒气，还有几分笃定。

肖南回又换了个姿势，正准备再扛一会儿，谁知她面前马车里的男人竟然在此刻好死不死地开了口：“咦？那边好像是你的熟人。”

肖南回绝望地闭上眼，只听后面传来一阵急促的脚步声。下一秒杜鹃的魔爪一把按在她肩头，将她扳了过去："肖南回，老娘唤你，你竟敢装作听不见？！你还知道回来？不如死在外面算了！"

杜鹃最怕别人说她老，所以很少自称"老娘"，除非是气急了。

此时正是黄昏时分，街上往来除了闲逛的人，还有不少收工回家的路人，杜鹃这一嗓子引得路上人人注目，肖南回只恨自己的脸没有生得细小些，能用袖子挡一挡。

"杜鹃姐，我错了还不行吗？你行行好，莫要在这大街上大呼小叫的了。"

杜鹃秀眉一竖，声音倒是低了下来："哦？你知道错了？那错在何处？"

肖南回嗫嚅："错……错在……"

杜鹃冷哼一声，手中刚买的银钗子往发髻里一插，腾出手来飞快地拧住她的耳朵："说不上来是吧？今日活计我已做妥，有的是时间陪你好好聊上一夜，看看你这脑袋瓜里究竟装了些什么道理。"

肖南回惨呼。她一直不明白杜鹃那样的纤纤细手怎么有着如大悲寺方丈枯禅手一般的功力。

"等一下。"钟离竟的声音慢悠悠地从车上传出。

杜鹃愣了一下，手下的力道不自觉就松了些。

肖南回一点儿也不意外。第一次听到这声音的人大都是这个反应。

"未翔，将姚公子的行李拿给他。"

几个布包和郝白赠予她的大盒子被从车帘后推了出来。末了，一只骨节分明、白皙精致的手从帘子后伸了出来，优雅地将她千辛万苦得来的那盒子郑重地放在一堆行李的最上面："姚公子这最重要的东西可别落下了。"

杜鹃看着那只手吞了吞口水，声音不自觉地就温柔起来："多谢这位公子，我家南回性子顽劣，定是多有添麻烦的地方，还望多多谅解。"

添麻烦？谁给谁添麻烦还不知道呢！肖南回觉得对方绝对是故意的，她要在城门口下车他偏不肯，非要挑什么丁禹街，又正好碰上杜鹃来逛桃花集会，怎么事事都如此凑巧呢？

她正要狠狠地质问上两句，杜鹃手下的力道又提了起来，这回是狠狠掐在她腰间："东西也拿齐了，还不跟我回家？！"

肖南回几乎来不及同车厢里的那人再有任何交谈，便被强行拉走。

远离了主街的喧闹，肖南回好不容易挣脱开来："杜鹃姐，你别气了，我也是为了义父……"

"你哪里是为他？！你这厢不顾头尾地走了，侯爷担心你安危，一直暗中派人在赤州境内寻你，也不知你是搅进了什么浑水，他的人时常夜里来府里复命，侯爷连个安稳觉都睡不好……"

原来，之所以进了赤州后刺杀的人便少了许多，是因为肖准。肖南回呆呆地听着，心间一种又酸又暖的感觉扩散开来，任凭杜鹃的嘴巴开开合合地数落，她也毫不在意。

肖准是在乎她的啊。这世间能在乎她肖南回的人不多，所以，对于他们每一个人，她都会回报以百倍千倍的珍惜。而这些人中能有肖准，是她此生觉得最幸运的事。莫说是去求那一方玉玺，便是天上的月亮，她也愿意试一试。

在墙角腾出一只手，她美滋滋地去拿那摞行李最上面的那个盒子，然而拿起那盒子的一瞬间，笑便停在她的嘴角。这盒子未免太轻了些。

她慌乱地抬头去瞧巷口的街道，车水马龙中，那辆马车早已不见踪影。

杜鹃见她色变，不明所以。肖南回没时间解释，当下急急地打开手里的盒子，入眼的并非那一抹翠色，而是几团深红。盒子里静静地躺着三枚分外眼熟的蓬虆，哪里还有那玉玺的影子？

阙城城西深浅巷子里，有一座民宅模样的院子，虽然临街，却是座三层小楼，三层飞檐之上挂的是少见的白玉檐铃，微风拂过，玉击之声清脆悦耳。

这院子临街的院门无匾无字，只有常客才知道这里是一处玉器阁。

天色已暗，楼内亮起点点烛火，仍是人声嘈杂，看样子竟未打烊。

丁未翔驾着马车缓缓停在院楼门前，早有一名身着黑衣的男子等在那里，待那两人下车后，独自将马车驾离了门口。

钟离竟一身轻松，两手空空，丁未翔也只得手中那一件东西，眼下没了盒子，那宝贝暂且被一块软巾包着，从外面瞧，也看不出什么名堂。

丁未翔掂量着手里的东西，有几分感慨。主子那偷龙转凤的动作，他一早便瞧见了，身为出身名门的刀客，他私下觉得那手法有些不大光明，可现在想想，却是不动声色、免去麻烦的上上策。毕竟两相争执，肖姑娘肯定是个难缠的主。

“未翔可是觉得我卑鄙了？”

饶是陪伴他多年，猛地被他拆穿心思，丁未翔还是吓了一跳。他连忙正色道：“主子自有决断，属下怎敢妄议。”

那人却似只是随口揶揄，并未打算深究，已经抬腿向那楼中走去。丁未翔便收了心思，跟了上去。

第三十四章

秘玺

两人一进玉石楼，便有个机灵的小厮上前招呼道：“二位公子是来挑货还是出货？可有熟识的掌柜？小的这便给您唤来。”

丁未翔四处张望一番，没见到要找的人，于是说道：“大掌柜可在？”

此间玉器阁共有八个掌柜，八个掌柜各有精通，平日坐镇楼里，可谓各显神通。但群龙不能无首，八个掌柜上面还有一位大掌柜。大掌柜是大东家、玉器阁真正的主人，也是这赤州玉器行里最资深的行家。

那小厮愣了愣，没想到对方竟然一开口便要见主人，当下客气地回绝道：“公子有所不知，大掌柜年事已高，行动不便，已经多年不见客了。”

丁未翔却道：“我等与大掌柜有约在先，烦请通报一声，就说钟离公子来找便可。”

小厮不敢怠慢，应下后快步向后院走去。约莫过了一盏茶的工夫，他便搀了个拄着黄玉龙头拐杖的老者走了出来，正是大掌柜本人。

那老者看到钟离竟，有些惊讶，过了半晌才示意小厮退下，亲自取了提灯来，将二人引向后院。

玉器阁后院有条狭长的甬道，两边是一间间的矮房，个个门上落着巨大的铜锁，都是存放玉料的地方。大掌柜最终停在尽头的一间小瓦房前，徐徐开口道：“父亲前些日子受了些风寒，请了郎中来瞧过，只说怕是不太好，公子若有未尽之言，此次便做个了结吧。”

钟离竟躬身一揖：“幸得再见老先生一面，亦无多求。”

大掌柜笑了笑：“公子能有此心也是难得。父亲确实年事已高，唯恐不能给公子想要的答案啊。”说罢，他推开屋门。

那屋子十分狭小，但该有的东西也都齐全。初夏天气已经微热，房间里却清凉宜人，角落里有一小摊草灰，是刚刚烧过艾草留下的。

绕过简单的屏障便见一张暖榻，榻上躺着一名裹着厚毯子的老者，他须发尽白，形容枯槁，一只搭在毯子上的手瘦骨嶙峋，若不是那还略微起伏的胸口，见了的人怕是会以为这已经是一具干尸。

拄着拐杖的大掌柜向着床上的人恭敬行礼，特意提高了嗓门："父亲，您等的人来了。"

老者一直紧闭的眼皮颤了颤，缓缓睁开，混浊的眼珠转了转，目光勉强落在钟离竟身上。他辨别了一会儿，这才微微动了动手指："知道了，你下去吧。"

大掌柜看一眼钟离竟和丁未翔，不再多言，躬身退下。

榻上的老者微微撑起身子，好让自己喘气喘得顺畅些："公子总算来了，老夫还以为等不到你了。"

"老先生不必起身。"钟离竟示意丁未翔将那东西拿上来，"东西，我已经拿过来，在榻上看就好。"

丁未翔走上前，将一旁立在床头的小几拿来摆好。那小几是最普通的樟木制成，因为常年使用，已经磨得发亮，岁岁年年中不知有多少美玉奇石在其上流转停顿过。安置好小几，丁未翔小心地将那软巾中的东西取出来，素白的软布上静静地躺着一个四四方方的物什，左右不过寻常男子手掌心大小，看起来污蒙蒙的，不知是何材质。

老人吸了口气，慢慢挽起袖子，枯瘦的手指在触到那东西的一瞬间似乎变得灵活起来，他上下摸索一番，在看到正中那个小洞后不由自主地点了点头："那边柜子下面有个黑色的坛子，你拿上来。"

丁未翔依言将那不过拳头大小的坛子端了过来，坛子里是一种无色透明的液体，闻起来有种淡淡的苦味。老人颤颤巍巍地将里面的东西尽数倒在这物件上。一层细小的气泡在这物件表面浮起，老人随后抓起一旁的绸布细细擦拭，那绸布像施了法术一般，所过之处便将那污泥厚尘尽数抹去，露出下面莹润剔透的本相。

一块被透明薄壁包裹着的翠绿玉石显现出来，却原来是被装在一个量身打造的透明盒子中。

如此精妙之物实属罕见，若非亲眼所见，便是千言万语也难描述其中玄妙。

"我眼睛不中用了。你看看，里面那块玉上可有字？"

钟离竟小心地托起那个透明的盒子，透过雕花的水晶薄壁，只见一块四四方方、光滑如镜的碧玉静静悬在其中，像是漂在一种透明的液体里。

"无字。"

"可有一角是有裂痕的？"

钟离竟摆弄盒子，让烛光照亮四角，终于隔着盒子看到了那玉上一道不甚明显的裂痕："有。"

"那便错不了了，这就是你要找的东西。"

虽然心中一早便已肯定七八分，但此时听到这句话，钟离竟还是微微展了展眉。

这一趟霍州之行虽然剑走偏锋、险象环生，但如今这结果确实也不枉他亲自走这一遭。何况，他还认识了有趣的人。

他修长的手指轻轻点在那玉石上，莹白与翠绿形成刺目的对比，就像年轻与古老之间横亘着深深的时间鸿沟。

“老先生当年是如何见到这东西的？”

空气安静了片刻，那沧桑的声音才再次慢悠悠地响起：“我这样的人原本是一辈子也不可能见到这样东西的。你姑且将这一切当作机缘巧合吧。”

老者说到这里咳嗽两声，眼睛却越发亮了，像回忆起以前的时光，脸上也有了些精气神：“我那时不过是个十二三岁的学徒，师父嘴巴严，我跟着他进老皇宫的时候，都不知道自己是要去做什么，到了才知道，原来是要修补传国玉玺。”

钟离竟望着那四四方方的水晶盒子，开口问道：“玉玺这般贵重，怎会损毁？”

“我只记得当时宫内的传闻说，太上皇瞧上了这做玉玺的宝玉，说是其质地精纯，可保人魂魄不散，便要那玉玺做他百年后的陪葬品。当时的涅泫皇帝自然不依，没有玉玺如何传国？两人便在寝宫争执起来，混乱中，这方秘玺坠落在地，便摔坏了一角。说来也都是天意吧。传国玉玺受损可不是什么好征兆，后来确实应验了。”

钟离竟听了，不知想到什么，嘴角微微勾起，眼中却无笑意：“依老先生所见，这世上当真有宝玉可令人长生不老吗？”

老者听闻笑了起来，脸上的褶子都堆到了一起：“倘若真的有，那老夫何故在病榻之上苦苦挣扎？老夫在这玉石楼中做了一辈子的活计，多好的玉石都经过手，也没见过哪块玉成了精，还能装人的魂。石头就是石头，不过是看在谁手里罢了。”

时间在那具肉体上留下苍老的痕迹，却也赋予了他通透的智慧，那双混浊的眼其实已经辨不清细小物件，却能洞察人世间的许多道理。

“公子来找老夫，应当不只是为了确认这样东西是真是假吧？”

钟离竟面色平和，也不多做掩饰，单刀直入地问道：“老先生可有法子将东西取出来？”

谁知老者却摇了摇头：“我虽知道这盒子的机窍原理，却无能为力。”

钟离竟的声音依旧淡淡的，却隐隐带着几分压迫感：“老先生是不能，还是不愿？”

老者是个见过世面的人，声音坦坦荡荡、不卑不亢：“公子是何等尊贵的身份，老夫不敢隐瞒。并非老夫不愿助公子取得这里面的东西，而是你我，乃至整个天下，恐怕再难有人能打开它了。”

钟离竟眉头微蹙，他看向盒子正中那个圆形的小洞，那洞里有一个尖锐的凸起，不知是做何用："先生所言，是指这盒子的钥匙已经遗失？"

"想必你已察觉那处机窍，只是这盒子没有钥匙，若想开启，得有裘家人的血才行。"

原来如此。那洞并不是钥匙的插孔，而是藏了取血的刺。邹思防费尽心思要开匣子，无意中刺破了手指，这才中了机关，染上剧毒。

然而自打江山易主，裘氏一脉便被赶尽杀绝，夙家人若想坐稳王位，便容不得任何差池，近百年过去，若想觅得一滴裘家人的血，怕是比摘星捞月还要难。

"若是强行将外面的盒子毁了呢？"

"你可知裘氏当年为何要花心思打造这盒子？那便是若有不测的一天，就将玉玺锁入盒中，非裘家后人不能开启，强行毁掉盒子便是玉石俱焚。这是昔日径荫楼的手艺，你若不信，大可一试。"

径荫楼曾是赤州境内最大的玉石楼，制作秘玺所用的玉料便是此楼所出。传闻径荫楼楼下已挖空百丈土地，其中所藏的奇巧珍玩数不胜数，楼中更是多技艺高超的匠人，平日除了打磨玉器，便会钻研机关机栝，专为权贵定制。

径荫楼已经随着百年前那场王朝倾覆的动乱消失在历史长河中，而由其经手的东西市面上甚少流通，已是有市无价的宝贝。如今眼前这件真的有传说中那般神奇吗？

老者说了这许多话，先前吊起来的精气神又有些不济了，眼皮沉重地垂着："老夫所知，已尽说与公子。如何定夺，便是公子的事了。"

夜风骤起，檐铃清响。

榻上的人已然昏昏沉沉，不知是否进入那长夜旧梦，不愿醒来。

榻边的人缓缓起身，因为赶路，他一身风尘，却不见丝毫疲惫、憔悴，那双眼反而黑得发亮。

或许，事情远没有看上去那么简单。

那一夜，涅泫皇城寝宫里，两任帝王究竟在为何事争执，以致一直置于盒中的玉玺竟会跌落受损？而后裘家人又为何独将这一方玉玺放入盒中，费尽心思地藏起来，即使已经国破家亡，也要力保它，无法护住便要毁掉？

秘玺，秘要之玺。裘氏究竟还有何秘密呢？

第二卷 碧疆

这是一场荒野盛宴，来赴宴的都是虎狼之辈。

第三十五章

许束

天气转暖，阙城的天亮得比前些日子又早了些。

卯时刚过，城中街道已然亮亮堂堂，勤快的商贩已经洒扫完毕，等待第一拨客人光临。

早起的小厮打着哈欠溜到后街，找了个背人的树根处，解开裤腰，淅沥沥地尿起来。他正尿到一半，忽然就觉得头顶上方传来些动静。他呆呆地抬头去看，便见一团黑影从天而降，一声巨响落在他身旁两步远的位置。

一阵烟尘消散，露出个发髻散乱的憔悴人影，细看似乎是个扮作男装的女子，脸色甚是难看。女子瞧都没瞧他一眼，脚步沉重地向外街走去，那小厮张着嘴瞧着，连尿湿了鞋子都没发现。

肖南回此时的心情与这五月的艳阳天可谓格格不入。

昨夜，她好说歹说、软磨硬泡地哄走了杜鹃，在丞相府后门的那棵树上蹲了一宿，直到将那送菜送瓜的贩子都等来了，还是没有看到那张教她恨得牙痒痒的脸。果然，什么丞相府上的门客，都是骗人的。她是被蛊惑了才会相信对方那一本正经的胡说八道，居然让人家不费一丝力气便骗走了那东西。

一想到要回侯府见肖准，肖南回的心里就七上八下地翻腾着。她这回任性远行，不仅擅自将军营事务丢在一边，最后还两手空空而归，一张老脸简直无处安放。

心中纠结，脚步迟迟不肯向青怀侯府挪动，她就这么晃晃悠悠地到了昱坤街。

昱坤街上最大的一座院子便是朔亲王的旧府——肖准长大的地方。

自当年那件事发生到如今，这里已经荒废了很多年。在肖南回的记忆里，肖准经常独自来这里徘徊。他不喜欢她跟进去，所以每次她只是站在大门外等他，对朔亲王府的印象也只停留在大门上那两个生了铜绿的狮子头上。虽然心中大抵知道那高高的院墙内除了荒草、鼠蚁，不会再有其他，但她还是会好奇。她觉得那墙里装的是肖准的过去那段没有她的过去。日子久了，她也时不时地会晃到这条街上来，就像今天这样。

肖南回叹口气，就近找了家开张的茶铺坐了下来，决定先填填肚子。

清晨的茶铺比她想象中的要热闹，早起的人大都是附近的商贾，另外还有些赶着出城的过路人，一个个都行色匆匆。

她特意挑了个人堆里坐进其中。一个月没有回城，她需要听听最近市井间的消息，商贾们光顾的茶铺是最好的选择。

她这才坐下，身后几人的对话便钻进她的耳朵里。

“李当家的，我瞧你已整装待发，本不该讲这些话的，但咱们几人生意往来多年，我岂能眼睁睁看你涉险？”

那李姓当家的似乎有些惊讶：“兄弟此话何意啊？西边的货，我已跑了许多年，你若是忧心前些日子水患的事——”

“此事与水患无关啊。你凑近些……”

那人的声音压得很低，但肖南回耳力不比常人，仍听得分明。

此时勤快的店家已将那笼热腾腾的包子端上桌子，她决定吃喝、偷听两不误，猛灌一口凉茶，便伸出筷子去夹那汤包。

“你听说了吗？岭西康王月余前便被刺身亡了。”

肖南回手中筷子一抖，包子啪的一声掉回盘子里，摔得皮肉分离。

李当家的和桌旁其余几名食客显然也是震惊：“这可胡说不得！藩王一死，那碧疆与赤州之间岂非再无遮挡？”

身后那声音继续说道：“此等大事，我怎敢胡说？我那小叔子就在城外肃北营校场当差，说是朝廷已经开始重编军队，八九成错不了。我看这战事马上就要来了，西边的路很快就要走不得了。”

“难怪最近从岭西来的素丝都断了货，我还当是我多想了，没承想竟是出了大事……”

身后嘈杂仍在继续，肖南回却只觉得耳朵里一阵嗡嗡声，一字一句也分辨不出来了。

这厢店家拿了醋罐正要给方才那叫了包子的人送去，一个转身的工夫却见桌旁早已没了人影，桌上只剩那笼动了一筷子的汤包和半个银锭。

店家拿起银子，左顾右盼地寻那刚刚还坐在原处的年轻公子：“客官？客官？还没找您银子……”

清冷的大街上一眼望得到尽头，却瞧不见那公子的影子，真是令人咋舌的腿脚速度。

虽说此事早有预兆，但真到传开的那一刻还是令人心脏狂跳。康王庸碌，却是拥兵十数万的一方藩王，竟在自家地盘上被人活活刺死，这只能说明如今碧疆的势力比她想象中还要强。

肖南回一路杀回侯府，等不及陈偲开门，直接翻墙而入，直奔肖准的书房而去。

陈偲正捧着几件旧衣服和换洗被褥从房里出来，见到形容狼狈的肖南回也是一愣，半晌才反应过来，急忙迎上前：“姑娘可算回来了，怎的没知会一声，这样急匆匆地就跑来了？”

肖南回还有些气喘，顾不上解释，望了望书房的方向，那里似乎并没有人：“陈叔，义父呢？”

“昨天夜里宫中急召，责令文臣武将今日寅时便去上朝，不得告假。侯爷一早便进宫了。”

看来皇帝已经开始为此事刁难群臣了，肖准八成要领军令了。

“那……那我在书房等他。”

肖南回转身便要向书房走去，却被陈偲一把拉住：“姑娘不要这样心急，你入赤州境内，侯爷便知你行踪，已然算到你日前便会回来，叮嘱老奴转告你，如今形势吃紧，他恐怕不会有时间回府上了，叫你直接去营里找他。”

是啊，如今这情形，肖准很快就要忙得见不到人影了。她就知道今年不是个太平年。

“伯劳那臭丫头回来了吗？吉祥还在她那儿，我要骑它去大营。”

陈偲点点头，匆忙将手里的东西塞到一旁堆放杂物的深口箱子里：“她昨晚偷偷回来的。马，我今早刚刚喂过，你骑走便是。不过你先别忙着离开，我去叫杜鹃来给你拿件换洗衣裳，你这样子去，侯爷见了是要担心的。”

肖南回听到杜鹃的名字仍有些腿软，脸上不自觉地显出难色。陈偲见了，心里跟明镜似的笑笑：“姑娘心里还犯怵呢？你放心，杜鹃是个明白人，拎得清事情的轻重缓急，这回暂时不会为难你了。只是下次莫要再这般莽撞行事，教人怪担心的。”

老管事的腰杆已经不如前几年挺拔了，鬓角头发也已斑白，那略带几分嗔怪的语气令她又心暖又愧疚，当下却说不出什么，只低声应了。

半个时辰后，肖南回已经连人带马立在北郊大营门前，一面赤底肃字旗迎风而展，比平日里看起来还要肃杀。肖准所在的营多重甲骑兵，因为常年固守北方防线而赐营号“肃北”，是天成兵力最强悍的一支军队，眼下这个大营是离阙城最近的一个分营。

吉祥对这里熟门熟路，肖南回将它放开后，它便自行往马棚的方向溜达过去。

营里的人大都认识肖南回，但依照军法仍需一一验过腰牌才能放行。等到真的进到营里，肖南回瞬间便感觉到气氛的不同。

之前从不露面的监管武库的考工令，此时行色匆匆地奔走在各营帐之间，地上遍布运送盔甲盾戟留下的深深车辙印，平日与她一同当值的几个队正一个也不见，八成已经被曲长叫走重新编制作战部队了。一切都透露着一个相同的信息：战事已起，避无可避。

想到自己先前竟然还不知愁地在霍州晃悠，肖南回心下就一阵后怕。她若再晚回几天，说不定便见不到肖准了，战事一起，便是金戈铁马，生死相隔，到时候不知要有多后悔。

心中想着事，她继续闷着头往肖准的营帐走去。

突然，一阵劲风从斜后方袭来，又快又狠，肖南回侧身险险躲开，抬眼便不意外地看到一张熟悉的脸。都到了这种时候仍不肯轻易放过她的也就那一个人。

“许束，这是营里，私自武斗是要军法处置的。”她努力压着声音中的怒气。

对方却似乎并不这么想：“哪里来的武斗？明明只是军中同僚友好切磋罢了。”

年轻男子长了一张玩世不恭的脸，左眉上拜肖南回所赐多了一道疤，这断眉让他每每挑眉时都有几分邪气，在她看来便是“欠揍”。

许束是当今廷尉许治之子，与肖南回同岁，也是肖准最得力的副将之一。

以往肖南回每次都尽量赶在营中擂鼓灭灯前最后一轮换班时进营，就是为了尽量不碰见许束。她觉得许束是个奇怪的人。

初时相识，肖准受许治所托，觉得她与许束年纪相仿，又都在营中习武，不如结伴练习。许束不知是不是继承了他爹那狡猾的性子，从小便油滑得很。当着肖准时是毕恭毕敬的“好义兄”，一转头便嘲笑她是女子，身娇体弱，不配和他一样在军营里受训。可真的开始训练后，他每每对上肖南回的时候从来不见心慈手软，甚至比对男子下手更不留情面。肖南回知道，他是想要她知难而退，以此证明他的判断是对的。

但当时的她也正是不服输的年纪，自打跟了肖准学本事，便没将自己当作姑娘看，不论挨打还是遭了黑手，从不会向肖准哭诉，最多憋久了在姚易那里号两嗓子也就算完事了。

最严重的一次，许束故意将练习用的木棍错拿成未装枪头的铁杆，本来只是为了在一场有人围观的比试中让她喊输，可肖南回却牛劲上头，手中木棍被打断，她也未喊停，硬是以血肉之躯相搏。许束迟迟胜不了，加上旁边看热闹的士兵起哄，怒气上头，一杆刺穿了她的右腿。

在场的都是半大的年轻人，当即便吓傻了。肖南回自己拖着扎了一根铁杆的腿找到肖准时，血已经淌了一裤腿。

当晚，肖准用这根铁杆打得许束三个月下不了床，随后亲自抬了人到许府登门请罪。许治何等精明又能屈能伸的人，就算儿子被打成那个熊样，理智上还是不能和手握兵权的青怀侯撕破脸。双方各自赔礼道歉后，这事便算揭了过去。

从那以后，这结伴练武的难熬岁月终于结束了，可肖南回与许束两人之间的梁子也算是结下了。

本以为过了关系最恶劣的年纪，两人之间便能有所缓和。可惜啊可惜，如今看来，这关系是半点儿改善都没有。

“让开。”肖南回连废话的时间都不想多给。

许束回应她的便是一个近身拉臂，她反手挣开，对方又得寸进尺地缠斗上来。几个回合后，肖南回忍无可忍，正要还击，许束突然收手，喊道：“见过将军。”

她吓了一跳，连忙收手。就这一瞬间的工夫，许束已经得了机会，一把抓住她的腰带，将她整个人摔了出去。

这一招实在恶毒，摔跤招式一出手，总有九成机会让对方大头朝下摔个狗吃屎，就算对手解得好，也免不了裤腿衣袖滚得一身土。肖南回刚换上的是一身深色衣裳，到时候见肖准定会狼狈。

唉，论功夫，她未必落下风，可论斗心眼，她每每栽在对方手里。

肖南回心中哀叹一声，正试图在下落中调整好自己的姿势，半途却跌进一个宽阔的怀抱。身后的人手臂颇有力量，一把托住她，将许束的力道卸了，又稳稳地将她放在地上。

这个怀抱，她只待了短短一瞬，却令她久久不能回神。

肖南回不用回头也知道这个人是谁。

“义父。”

第三十六章

咫尺天涯

肖准身上仍穿着朝服，广袖窄腰的绛色纱袍将他衬得分外挺拔，听见肖南回唤他便淡淡应了一声，随即看向许束：“束儿刚升了卫士令，当是转调入宫当差了，不知何故仍在我营中徘徊？”

什么？她才短短一个月没回，这讨人嫌的家伙竟然升了官？

许束早就换上毕恭毕敬的表情，躬身行礼道：“见过将军。今日才接到调令，这便回营交代些事宜，收拾个人杂物。没想到方才正巧碰见南回，许久未见，都不知要说些什么，想着开个玩笑拉近些距离，不料出手重了些。”他说罢，诚恳地看向肖南回：“肖队正可还好？若是伤了，我这心里就太过意不去了。”

这许束前世八成是个戏子，如今就算转世投了胎，也改不了这瞬间就能变脸的习惯。

肖南回从牙缝里挤出两个字：“还好。”

那厢肖准只瞥一眼地上的痕迹便心知肚明，淡淡地道：“既是误会，那便不必多耽搁了。此刻正好碰上了，许卫士令不如现下就将腰牌交出来吧，免得日后再生误会。”

四大营的规矩，人走，牌子留下。

但是此时这般明抢似的赶人法，说是没有敲打的成分，任谁都是不信的。

肖南回难掩脸上的嘚瑟，想到今后再也不用在营里和这讨厌鬼碰见，心情更是大好：“恭喜许兄升官啊，以后想来是不大容易碰上面了，你一人好自为之啊。”

那许束不愧是与肖南回多年明争暗斗的“常胜将军”，面上只僵了片刻，随即便从善如流地摘下腰牌，恭敬地递过：“是在下考虑不周，多谢将军提醒。”

言毕，他又后退行礼道：“时辰不早了，在下便先告退。日后得闲再叙时，希望肖队正也已升官发财，方可与我同乐。”说罢丢给肖南回一个挑衅的眼神，转身离开。

肖南回瞪眼回击，就听肖准的声音响起：“我叫你来，不是为了看你打架。”

她瞬间蔫了，委顿地点点头：“哦。”

跟着肖准走回大帐，肖南回一路都耷拉着脑袋。肖准的背影似乎散发着一种令她畏惧的气息，能瞬间将两人之间的关系打回长辈与晚辈。

她想先提起康王遇害一事缓解一下气氛，却又觉得此事只会徒增对方的烦恼，只能时不时地偷偷瞄一眼肖准的脸色，心中反复琢磨着他对这次霍州的事知道了多少。不知伯劳那死丫头是否已经被问过话，依她那一口一个“侯爷”的狗腿样子，九成九连哪天她们吃了什么都汇报了。

她恍神间，肖准已除了武弁，飞扬的眉眼自带一种凌厉的神色，一开口便直入主题：“我刚从宫里出来，秘玺的事，我已经听说了。”

嗯？怎么这事传得这么快？听说了？听谁说的？钟离竟那厮？不对不对，他一个丞相府门客，应该没有进宫的资格吧？听丞相说的？那丞相又是听谁说的？她昨天夜里守了一晚上呢，丞相府压根就没进过外人。

“是陛下私下亲口同我说的。”

肖南回被自己的口水呛了一下，像个傻子似的开口问道：“陛下……还说什么了？”

肖准看一眼肖南回，只觉得她脸上的表情有些好笑：“你怎么如此好奇陛下说了什么？莫不是还等着他给你论功行赏？”

肖准的话令她有些委屈，但更多的是觉得丢了脸面。

昨天她还和那秘玺同乘一车，却因为一瞬间的疏忽而将它拱手让人了。她信誓旦旦地说要为肖准做些什么，可到了最后还是一场空。秘玺如今落在皇帝手中，便再没有她私下动作的机会。一想到这些，肖南回就不敢看肖准的眼睛。他是不是对她失望了？是不是觉得她很可笑？

“秘玺既已找回，便不追究过程了。此次你擅自离营远赴霍州，论军规是要受罚的。你可认罚？”

肖南回早有心理准备，单膝跪下：“南回认罚。”

“好，一会儿去领二十军棍。之后我，差人送你回去。以后莫要擅自做这等冒险事，吃力不讨好。”

挨打，她心甘情愿，可一提到这事，她心中还是有些不服，她到底还是想在肖准面前证明自己的：“江湖险恶，战场亦是如此。义父培养南回，岂是要我做那贪生怕死之辈？”

肖准揉了揉眉心：“此事与贪生怕死又有何干系？”

肖南回挣扎了一番，才开口道：“义父，皇帝不知实情，我不希望你也那样认为。追寻玉玺一事，我是下了决心的……”

她想说自己在那凭霄塔上如何九死一生，想说在那朱明祭上是如何惊险、危急，想说在那冰冷的沼泽中是如何难熬，想说在那索桥之上是如何命悬一线……但最后，这些话只化作一句：“总之，若不是最后被人以卑鄙手段骗了，此刻那玉玺定是在我手中。”

可肖准并未留意到她脸上的表情，他只将她从地上扶起："无论如何，玉玺最终还是落在皇帝手中，左右不过是何人邀功领赏罢了，你若一开始没有私心，便也不必放在心上。"

不，她是有私心的。她的私心是帮肖准查清当年的旧事。肖家满门被杀一案是当年许治任廷尉时督办的第一件大案，可白家几乎是在一夜间逆反叛逃的，以致就算凭许治的凌厉手段，许多事实也都无从对质。

其中最引起她注意的便是灭门案发生前月余的一件事。这件事被为此案提供文书佐证的御史台记载下来，她费了很大一番功夫才看到那份文书。上面明确提到过，当时朔亲王府曾收到一封来自霍州北部黑木郡的书信，虽然这封信的内容究竟是什么并不可知，但这封信还是引起了御史台的注意，因为肖家与霍州向来毫无交集，更遑论有书信往来。

而自从天成建都起，凡是牵扯到霍州的事，朝廷便要十二万分小心。其中除了有沈氏的缘由，还因为霍州是前朝玉玺的失落地。当时的御史中丞白鹤留也曾因此调查过肖家。一个月后，肖家便出了惨案。

虽然一切都只是凭空猜测，但肖南回一直隐隐觉得，肖家满门被杀或许是因为知晓了关于秘玺的秘密。只是白氏又在其中扮演了怎样的角色呢？

肖准看着眼前女子阴晴不定、风云变幻的脸，心下有些无奈。她最爱在与人交谈的时候想事情，又偏偏是个所有情绪都写在脸上的人。所以他才常常担心她，眼下这般的情景落在有心人眼里，她纵是有一身好功夫，到头来还是要被人拿捏的。他若不打断，她是不是要在他面前发呆到天黑？

"不要胡思乱想了。我问你，你从霍州回来这一路，与你同行的到底是何人？"

肖南回这才回过神来，如实答道："是在穆尔赫寻玉玺时遇上的，他说他是丞相府的人。"

"丞相府？"肖准的眉头微微拧起，"丞相府何时能调用禁卫营的人了？"

"什么？"肖南回一脸茫然。

肖准已然收敛神情："无事，你且记着，在外行走切莫与人深交，最近时局不比从前，切莫让有心人利用了，吃了暗亏。"

肖南回心下一暖，点点头应道："义父放心，南回定当注意，绝不连累府上。"

肖准终于笑了笑，伸手轻轻拍了拍她的脑袋："什么连累不连累，我们本是一家人，无论发生何事，我都会想办法护你周全。"

肖南回感受着头顶传来的力量和热度，控制不住地眼眶一酸。

她虽生来没有亲人，但从未因此自怜自艾。因为她有伯劳、杜鹃、陈偲、姚易，她还有肖准，他们与她非亲非故，却胜似亲人。从前是他们护她周全，如今她已长大，那便换她来守护他们。

她的心因为这份迫切而快速跳动着，她从没有像此刻这般庆幸肖准授她武艺，是这一身武艺让她有了可以报答这份恩情的力量。

“义父，这次岭西的事——”

肖南回话还未说完，便被肖准打断：“这次出征，你不必跟随，我会安排你进光要营留作驻守。”

她一愣，随即急急问道：“这是为何？义父可是怪罪南回此次擅作主张？我发誓，绝对会遵守军令，不会让义父为难的……”

“此事与你做了什么无关。”

“那为何不许我一同出征？”

肖准看着眼前女子诚惶诚恐的样子，终究还是说道：“说是平定藩王之乱，最后定是免不了要卷入碧疆一事。碧疆局势复杂，远非一两场战事便能解决的，我已身在其中，你又何苦跟来？”

“就是因为你在那里，所以我才要去那里。”肖南回心想，而后低下了头，说：“我……我在阙城待着也是闲着……”

“胡说。若真是进了禁卫营，别的不说，倒也绝不至于让你闲着。”

她咬了咬嘴唇，先前憋在心里的话终究还是没拦住：“今早我去了昱坤街那边。”

肖准的脸色几乎瞬间变了变，他没有说话，透进帐子里的光线将他分割成阴阳两面，半张脸都隐没在阴影之中。

“我没翻墙进去，只是看到墙里的花都谢了。”她吸了口气，顿了顿，继续说道，“我也没有别的想法，只是觉得，过去的事，义父可以同我说的。”

她的语气中透着期盼。她总是希望能够走近他，哪怕他站在深渊里，她也愿意去陪他。

肖准看着眼前这张年轻真诚的脸庞，心中有一瞬间的动摇。可那瞬间的脆弱终究还是瓦解不了长久以来包裹着他内心的茧。对一个人来说，快乐远没有痛苦令人印象深刻，而最可怕的常常不是痛苦发生的那一刻。痛苦并不会随着时间的流逝而消失，只会变成碎片融入血液，在之后每个相同的瞬间都能激发人逃避的本能。

“你不该被牵扯进来，这对你不公平。”肖准的声音有种熟悉的疲惫感。

肖南回几乎能看到那道无形的墙在他身边渐渐长高，最终将他包围、淹没。

他又一次将她推远了。已经数不清这是第多少次了。她与肖准之间总有一条跨不过的线，平日里他们似乎是最亲密的人，但只要谈到过去的事，谈到她进肖家前的事，那条看不见的线便会浮现出来，深深刻在那里，擦不掉，也抹不去。

从十四年前他们初识的那一天起，他们之间的距离就定格在那里。

千里之遥和咫尺之间是否真的有差别呢？在这一刻，肖南回觉得它们并无分别。无论距离是长是短，她都未曾真的到达过肖准的心里。

第三十七章

夜深沉

望尘楼后院厢房外，一名小厮正拎着两坛子酒站在门外。

下一秒，描金雕花的秀气门扉被人猛地拉开，一张有几分怨念的圆脸阴惨惨地露了出来。

小厮见状，连忙把手里的酒递了过去："姚掌柜，云叶鲜拿来了。"

姚易将屋里的一摞空坛子踢出来，沉着嗓子问道："这是第几坛了？"

小厮扳扳手指："嗯……第十坛、第十一坛了。"

姚易狠狠地闭了闭眼。那死酒鬼，挨了二十军棍还这么能喝。他深吸一口气："再叫你拿酒，你便兑好水再拿来。一坛兑十坛。"说罢，不看那小厮呆傻的脸，接过酒坛子回到屋里，哐当一声砸在桌上。

桌子那头的"死酒鬼"毫不在意这动作中的不满，两只眼珠子只盯着酒坛，熟练地拍开泥封，便满上两大碗，一碗塞给姚易，一碗自己端起："来来来，别让我一人喝。"

姚易嫌弃地接过酒碗，突然有些后悔为什么要在这房间里摆两个碗，他要是摆俩袖珍小盅，眼前这女人或许还能少糟蹋些酒水。

肖南回生得一副不大能喝的清秀模样，实则是个海碗都灌不醉的酒坛子。姚易自然不能陪她疯，碰完杯后脸不红心不跳地飞快将酒倒在一旁的花盆里，一个劲地肉疼这十几两银子一坛的云叶鲜。

"姚大掌柜，你可知道他为何给我起名南回？"

姚易冷哼一声。他当然知道，她每次喝酒都会同他讲上一遍，他如今都能倒背如流了。然而他是否知道并不重要，重要的是她一定还会再讲上一遍。

"他给我起名南回，是因为当年他在宿岩打了败仗，发过誓一定会向南回到那里，收复失去的土地。我是他在那里捡的，我的名字就是他毕生夙愿啊。可是这回出兵碧疆，他却不准我去！他宁可要我去光要营守城门也不肯让我跟他同去！我……我在阙城待着，万一再碰上许束怎么办……"肖南回并没有醉，她只是心乱如麻，所以才会语无伦次罢了。

姚易掏掏耳朵，显然已经习惯眼前的情景了，心中毫无波澜，关注点也并不在肖准："光要营好啊，都说烜远王做事挑剔，营下将士大都是贵族出身，与肃北营那帮土鳖相比定是强上百倍，你借此机会升个曲长，每月份例又能多拿几钱……"

"许束这龟孙子也在光要营，到时候指不定如何编派我呢！我宁可战死沙场、马革裹尸，也好过死在他那阴险小人的唾沫星子里。我究竟哪里做得不够好，我多希望他同我讲明白……"

姚易闭了闭眼，觉得自己简直是鸡同鸭讲，眼前这人自顾自地沉浸在被肖准拒绝的悲伤之中不可自拔，三两句便又绕了回来。他抬手将那人手里的碗抢过来丢到一旁："肖南回。"

女子这才勉强抬起眼看过来。

"肖南回，你有没有想过……"

"想过什么？"

姚易顿了顿，觉得还是有必要借着酒桌，将那早就堆在肚子里的话说出来："你有没有想过，或许肖准他仅仅是把你当作那些死去亲人的替代品？"

这话一落地，整个房间便安静下来。

云叶鲜特有的回甘此刻在嘴中慢慢变得苦涩，肖南回觉得胸口像被人打了一拳一般闷闷的，偏偏她又无法责怪对方那张嘴。她不会怪姚易的。这种话也就对方会同自己讲了。

被情绪压垮后的沉重只在她的眉眼停留了片刻，随即便换成一张笑嘻嘻的脸。

"那又怎么样？亲人哪里不好？那只说明我在他心中地位还是挺高的。"

姚易狠狠翻了一个白眼，只觉得自己方才酝酿了那么久的苦口真言全都白费了。在这件事上，对方装傻充愣的本事是一年比一年厉害。

罢了，他叫不醒她，日后早晚有人会一棒子敲醒她。

"哼，我丑话说在前，有一日你撞得头破血流，也莫要找我哭诉，更别想糟蹋我的酒。"

肖南回轻嗤一声："原来还是心疼银子。罢了罢了，下次不来找你了。"

姚易的声音凉凉的："你知道你刚刚已经喝掉你三个月的俸禄吗？"

她眨眨眼，打了个酒嗝，悄没声地将眼前摞得高高的空酒坛子挪到一旁，努力和那堆贪杯的罪证划清界限。

就在这时，窗户上传来啪嗒一声轻响，似是有什么小虫撞到了窗棂。

姚易起身走过去，将窗户支起，一个娇小的身影刺溜一下便钻了进来。

姚易对那身影甚是嫌弃："怎的才来？慢死了。"

伯劳回过头，两眼下一片乌青，本就浓眉大眼的五官看起来像化了戏妆一般，将姚易吓了一跳。

“怎么这副鬼样子？”

伯劳怨愤地看了一眼坐在地上一身酒气的肖南回：“昨天夜里教杜鹃逮到，念叨了一个通宵，眼都没合一下。今天白天等着她回来救场，谁知她竟然直接去了营里，我一直被困在杜鹃那儿，方才得了空隙跑了出来。”

姚易想到杜鹃那张嘴，感到恶寒，打了个哆嗦：“罢了，总算是来了，再不来，她便要将我活活喝成穷鬼。我叫你拿的东西带来了吗？”

伯劳眼神闪烁了一下，一只手飞快地从背上取下一只竹筒递了过去，另一只手近乎蛮横地将肖南回从地上拉了起来。

肖南回一副老大不情愿的样子：“这才亥时刚过，我又不会喝醉，你便让我在这儿喝点儿白水也是好的……”

伯劳背着姚易疯狂地向她挤咕眼睛示意，对方却一脸茫然地嘀咕道：“你这眼睛是怎的了？挤来挤去，好生灵活的样子……”

伯劳气到失语，身后姚易已将那竹筒打开，取出里面的东西，她再也管不了那么多，提着肖南回的领子便将她从来时的窗口拖了出去。

姚易回过神，有些奇怪地看一眼那半开的窗子：“什么毛病，不走正门！”嘴上说着，手上已将竹筒里的东西展开，正是肖南回借走的那张穆尔赫邹家老宅图纸。

图纸展开到尽头，赫然是一块触目惊心的水渍，像要戳瞎看图人的眼。

“肖南回！”姚易的怒吼飘出望尘楼好远，惊得四周树上栖着的鸟呼啦啦地飞走。

夜色已深，寺门清冷。

白日里喧嚣的香客们早已下山，禅房中的僧人们做完晚课也已熄灯休息，整个永业寺仿佛空寺一般静悄悄的，偶有几只野猫急匆匆地跑过，带起草丛间一股浓郁的栀子花香。

一个月前茶梅盛开，如今却是栀子花正好。

黑暗中，两个人影一前一后自大殿前走过，并未提灯点蜡，脚下却是熟门熟路的轻巧。

大殿上，烛火长年不灭，一千盏油灯被摆成塔状，将殿内的佛像映照得有几分神秘。

殿内正中有一名披着玉色袈裟的僧人正在打理新采下的栀子花。他听到脚步声抬起头来，却是张异常年轻的脸。或者说，那张脸上有种让人分辨不出年纪的纯真，尤其是那双眼，分外清澈明亮，似乎只要它想，便能洞悉一切。

烛火照亮了来客的眉眼，恍然间同那殿上的佛像有着相似的神态。

“一空法师。”钟离竟略一行礼。

一空回礼，语气有些讶异：“公子月前不是刚来过？按例还未到日子。”

钟离竟平静地答道：“自是有事，这次便提前了些。”

两人似是有约在先，但一空并不急着请人入殿：“哦，那要劳烦公子等等了。殿中事务繁多，昨日又跑了两名僧人，如今各种活计都要落在我这个住持身上，实在是抽不开身。”说罢，不知从哪儿掏出块破布，自顾自地擦拭着佛台。那破布左抹一下，右抹一下，他便也跟着左唉一声，右叹一声。

丁未翔看着这诡异的一幕，半晌只能无言地抬头望望大殿藻井，装作看不见。

钟离竟深谙这庙里和尚的心思，淡淡地问道：“近来寺中可好啊？”

一空果然眉头轻蹙，表情颇有几分惨淡：“你也知道，永邺穷山恶水的，地方又偏僻，比不得大寺庙，来上香的香客大都是穷苦人家，每年的香火钱怕是连大成寺的零头都没有。近来畿辅一带又不甚安稳，说是常有人遇袭，这来寺里的人就更少了。还能留在寺中的僧人大都是清苦惯了的，没有抱怨，可这东、西二殿的屋顶都漏了好久，旧瓦片补不上，新瓦片买不起——”

“一千两。”钟离竟简短地终结了一空的长篇大论。

一空顿了顿，又说道：“还有那后殿的几尊金身未贴……”

“黄金。”钟离竟补充道。

一空立刻将手中的破布一扔，躬身撩开重重幢幡：“公子里面请。”

一旁的丁未翔目瞪口呆地看着眼前这一幕，头一回觉得自己从未看清过这和尚。

幢幡后的诵经台别有洞天，却是一空自己修行打坐的地方。

丁未翔瞥了一眼，发现里面只有一张矮榻，当下脸色便有些难看：“主子，我叫人再添些桌椅吧，现下这是不是有些不大方便……”

一空耳朵微动，似是听见了，笑眯眯地看向丁未翔，语气甚是诚恳：“丁侍卫此言差矣，佛法交流，自然要面对面、心对心，远了便疏离了。”

丁未翔看一眼钟离竟，后者说道：“无妨，之前都是如此。”

“属下还是在殿外候着，主子随时唤我就好。”丁未翔说罢，目光冷飕飕地扫过一空，躬身退了出去。

幢幡放下，将大殿后面隔出一个单独的空间，这里空旷、寂静，大殿屋顶高悬，虽然光线晦暗，却并不让人感到压抑，屋顶正中有个四四方方的小天井，正好能看到一轮明月挂在夜空中。

一空与钟离竟对坐在榻上，两人之间就隔着一张小桌，桌上正煮着茶，时候刚刚好。一空便将壶提起，为两人各斟上一杯：“公子莫急，先容我喝口茶，一会儿开始了便喝不得了。”

钟离竟从善如流，也拿起那茶杯轻抿一口，随后便将茶杯放下：“无妨。”

一空眼睛瞥过钟离竟的手腕，已经发现了问题：“公子手上的佛珠怎的少了一颗？”

钟离竟手指轻轻摩挲着茶杯，垂下眼帘，遮住了眼底的情绪：“若是没少，我提前来找你做什么？”

一空眼明心净，知道事出有因，当下也不追问，又给自己空了的茶杯续上热茶：“公子莫怪，我还以为是公子潜修心法，又精进了些，为了考验自己特意摘了一颗。”

钟离竟嘴角微微勾起：“你一个修行之人，说话怎么如此夹枪带棒？”

一空双手合十，眼中是一片清澈无害：“看来是我赤州官话还未学利落，叫公子误会了。”

这便是狡兔对上狐狸，论起说话揶揄人的功夫，两人向来是不分伯仲的。

两人对视片刻，都默契地移开目光，像刚刚并未发生任何事一般。

“时辰不早了，开始吧。”

一空不再多言，从羊皮匣子中拿出一捆用白色丝绢包着的残破经卷，将一旁的酥油灯取来放在小桌上，然后将经卷摊开。

贝叶上是小如蝇头的古老文字，用的是佛法本来的语言，而裹在这长长经卷中的还有一物，那是一根通体黑色、金铁质地的降魔杵，上面雕着许多恶鬼阎罗，看起来有些可怖。

钟离竟看一眼那黑漆漆的法器，虽然每次都见，但还是感到有些别扭：“你非要放个凶器在旁边恐吓我吗？”

一空笑笑，将降魔杵放在手边随时可以拿到的位置：“公子的能耐，我是见识过的，虽说以前没出过差错，但还是小心些的好。”

钟离竟沉默片刻，竟然少见地没有再多说什么，将手腕上那串佛珠取了下来，放在面前的桌子上。

一空翻开经卷的第一页，悠悠地开口道：“开始之前，我想多念叨公子几句。那二十一颗舍利子，公子戴了多年，如今少了一颗，多少会受些影响。”

钟离竟合上眼帘：“心在我肚子里，我自然管得好。”

一空将手放在面前男子的头顶上：“我也只是提醒而已。心是否还安稳，向来只有公子自己知道。”

低沉的念经声响起。梵音清澈，在大殿内回荡、盘旋、上升，最终透过那扇小窗飘向漆黑的夜空。

第三十八章

升官发财

“圣旨到！青怀侯府肖南回接旨。”嘹亮的嗓音将肖南回从宿醉的昏沉中唤起。她勉强翻了个身，只觉得肚子里好似有块火炭一样烧得她难受。身上衣裳还是昨夜喝酒时那件，靴子只脱了一只，她一头栽下床来，晕头转向地被杜鹃从房里拉了出去，人都跪在地上了，还没反应过来要接旨这件事。

“可是肖南回肖队正啊？”那内侍官斜着眼从上方瞥了她一眼，反复确认眼前这个发髻散乱、衣衫不整的女人就是他要宣旨的对象。

肖南回想要朗声开口，一张嘴，嗓子却劈得走了音：“正……是。”

呃，接旨什么礼仪来着？她这不算是冒犯皇帝吧？等等，为什么会有圣旨？为什么接旨的不是肖准而是她？该不是丞相府那小子得了便宜还卖乖，跑到皇帝跟前说了什么吧？她想起昨天在军营里肖准告诫她的话，心下一凉。她当时好像确实在回来的马车上说过皇上的坏话，说什么来着？

她忐忑不安地等着，胃里还烧着，冷汗却从额角滑落，偏偏那宣旨的内侍倒是不急不慢，还在摆弄圣旨。

天成圣旨要封三道玉扣，宣旨时要一一将玉扣拆开示意，以证圣旨自皇帝亲笔落字后无人拆阅。

“青怀侯府肖南回听旨。肖卿贤劳，乃朝廷之著典，英勇锄奸，杀敌千百，亦洁己自修，与人不苟，负壮心于收复疆土之计、兴复兵甲之事，兹特封为光要营右将军一职，赏黄金百两、光要甲一副。钦此。”

肖南回呆呆地听着，愣了片刻，才接过圣旨，叩拜：“臣肖南回接旨，叩谢圣恩。”

“恭喜右将军，又是转营又是升官，择一吉日进宫叩谢圣恩吧。”

内侍官一行浩浩荡荡地出了门，她还站在原地，没回过神来。皇帝居然升了她的官位，还赏了金子？

“喂，发什么傻呢！皇帝赏金子了，不开心吗？”杜鹃将那盘黄灿灿的金子小心地托起来，心里已经开始盘算要如何用这笔钱给府上添些家用，“今早说宫里来人的时候吓了我一跳，以为是你这次闯了祸，没承想竟然还有点儿功绩，先前怎么没说呢？害得我一个劲地数落你。”

肖南回不知为何却有些开心不起来：“杜鹃，右将军这个职位，你觉不觉得有些耳熟？”

杜鹃心思明显没在这里，她摆弄着那一百两黄金，一副喜上眉梢的样子：“有吗？我倒是头一回听，管他什么称呼，总之，也是个将军呢。”

天成有过右将军这个职位吗？好像没有。可她为什么觉得好像不久之前听过类似的称呼呢？

“左将军现下是谁来着？是余将军吗？”她记得之前似乎一直是余禁在这个位子上。余禁和肖准在战事上向来意见不合，可最近好久没听过有关两人争执的消息了。

杜鹃小道消息灵通，不知想起了什么，话匣子便打开了：“余禁余老将军？好像不是啊，前阵子听医馆的人传他得了风痹之症，医了好久都不见起色，皇帝便准他告病还乡了，但新提了烜远王家的二公子做了左将军。哦，对了，那会儿你人还在霍州，应该是没听说这事。烜远王家的二郎，你还有印象吧？我记得你小时候还和人家有过一面之缘呢。哎哟，前些天他回城的时候我见着了，那可和小时候一点儿都不一样了。这男子长成后还真是变化大……”

杜鹃还在絮絮叨叨，肖南回已经左耳进右耳出，完全听不进去了。

夙平川，烜远王家嫡出的二公子，今年十八岁，比她小两岁。

十年前，她在人家的后花园打掉了对方一颗门牙。这种事，她当然记得。那能叫一面之缘吗？那是一牙之仇吧。她又想起来前几日才刚见过他。她还觍着脸问过人家是否认识她，现在想来，他确实认识。

天成以左为尊，也就是说夙平川官大她一级，两人又同属一营，官位相似，免不了抬头不见低头见。这下好了，除去许束，她又多了个添堵的人选。

肖南回苦笑，这皇帝老儿当真不是故意的吗？

就在这当口，肖准迈进院来，身上仍穿着朝服，显然是刚刚从宫里回来。

肖南回喃喃地开口道：“义父，皇帝升了我的官……”

肖准的脸上并没喜色，他只淡淡地点了点头：“嗯，我方才遇上了来传旨的内侍官，已经听说了。”

肖南回似是回想起什么，略微有些忐忑：“那位要我进宫谢恩，我是不是该准备些什么？什么时候去呢？用不用提前通报一下什么的……”

“放心，这些事，我会让陈偲帮你准备妥当。”

正说着，陈偲脚步匆匆地进来，哭笑不得地看了一眼肖南回：“姑娘，姚公子今早在后门等您大半个时辰了。他方才传话过来，说是西街丰字号茶馆见，若是您不去，以后便都不必见了。”

肖南回面色一白，昨晚的记忆断断续续地浮现。姚易这人十分小心眼，那张邹府宅院的图纸看起来又十足金贵，她要是不走上一遭，日后怕是少不得要脱层皮的。

“义父，我去去就回。”

她急匆匆要往外走，杜鹃连忙快步跟上，一边唠叨着一边伸手去捯饬她的一头乱发：“你要是这副样子出门，以后就别说是府上的人了。好歹擦擦脸……”

两人的声音渐渐远去，肖准仍立在原地。

陈偲双手微拢于袖中，许久才开口低声说道：“侯爷，升官发财而已，不一定就是坏事。”

肖准没说话。他确实奏请皇帝将肖南回调入光要营，但绝没为她邀功请赏。高处不胜寒，这个道理，他很早就懂了。皇帝的心思向来深如幽潭。希望就如陈偲所说，一切都只是他的无妄揣测吧。

肖南回赶到茶馆的时候，门口早有伶俐的小厮在等她，显然早就料到她一定会来，见她一露面，便引路去往楼上雅间。

姚易这拿捏人心的本事当真厉害，心尖怕是住了只狐狸。

莫名地，肖南回眼前闪过一张神情淡漠的脸。若是这两人对上了，不知又会是谁占上风。

“客官，到地方了。”

肖南回回过神来，一定是霍州之行诸多不顺，她才会频频想起这些事吧：“有劳。”

拉开那扇轻巧的格栅小门，又撩开三层重帷，这才现出后面的雅室。四周陈设简单，光线柔和，安静得仿佛身处竹林深处，而非闹市之中。这是谈事情的人最喜欢光顾的地方。

姚易正与一名须发斑白、书生打扮的中年男人对饮，见肖南回出现，露出招牌迎客笑：“肖大人到了。”

肖南回愣了一下，半晌才反应过来对方是在叫自己。她早上刚接了旨，这会儿便成了肖大人。姚易这家伙消息未免也太灵通了些吧？

“这位是吴醒吴先生。先前楼里的许多字画都是仰仗先生的门路，你也是知道的。”

“你那歪门邪道的生意，我知道个屁。”她心道。

“见过先生。”肖南回微笑着行了个礼，坐在姚易身旁，手指暗促促地去拧姚易的胳膊。

姚易抽出胳膊，装模作样地烹起茶来，手上倒腾着，嘴上也没闲着：“先生方才还同我讲起，说上次那批字画差点儿还没运到，便被那山匪给劫了。”

“就是就是。”那吴醒忙不迭地点头，一副心有余悸的样子。

山匪？肖南回疑惑地瞥一眼姚易。这都城附近哪里会有山匪呢？别人兴许含糊，但姚易这精明鬼不会不知道啊。

姚易却好似压根看不见，不慌不忙地满上三杯热茶：“哎，好在将军也不是外人，这光要营的差事不就是在都城附近溜达吗？日后见了吴先生的车马多多关照一番想来不是难事。你说，对吗，肖大人？”

肖南回一口热茶哽在嗓子眼，差点儿烫死她。他原来是在这儿等着呢。

这吴醒想来是个只好读书的死脑筋，平日收集字画也不问细节，手下人兴许做了些手脚坑了他。姚易不好点明，只将她这新官上任的将军做了个顺水人情，大家皆大欢喜。

那厢吴醒不知这些弯弯绕绕，面上颇有几分殷切的期盼：“肖大人不语，可是有难处？”

肖南回咽下那口茶水，只得摇摇头：“也不是什么大事，先生不必忧虑。”

吴醒喜上眉梢，忙不迭地道谢：“如此便多谢肖大人了。大人不知，我上次损失的那批书卷有多么可惜，当中很多都是孤本，是我花费数年才从各地搜集的……”

读书人聊起书来那真是滔滔不绝，像决了堤的江河一般，然而十句中有九句废话，肖南回几乎插不上嘴，一边喝茶一边在一旁听了个七七八八。

这吴醒是当今太常博士廖君禾府上的书库管事。廖君禾喜好古籍，但平日里官场事务繁忙，无暇自己打理，书库中又典存众多，平日里清点修补的工作便交由吴醒负责。吴醒喜爱书画，尤其痴迷名家古迹，奈何一介管事手头颇紧，也没什么金银满足自己这点儿爱好。

姚易便是瞧中这一点，才将吴醒纳为自己的“供货者”。望尘楼常有些附庸风雅的茶会，少不了要拿出些实在的东西来撑场面。西街上古玩字画店的东西，客人们都瞧不上，要价又黑得很，似吴醒这般来路的东西要划算得多。

先前这吴醒也是自恃清高，说什么也不愿意与青楼掌柜扯上关系。姚易略施手腕让对方尝了甜头，又给足了面子，这一来二去才有了如今的往来，此番“借花献佛”也是为了巩固这段利益关系。

几轮茶过后，吴醒终于有些说乏了，姚易这才微笑着接过话茬：“瞧咱，这说了许多，差点儿忘了正事。”

来了，不想面对的事还是要来了。

姚易将那眼熟的竹筒拿出来放在案子上，肖南回瞧着那竹筒咽了咽口水。伸头一刀，缩头也是一刀，她觉得这种事最好还是她自己开口解释一下。她有些尴尬地笑笑：“那个……姚易之前可同先生提起过出了些状况？”

吴醒茫然地摇摇头，而后反应过来，脸色一变：“什么状况？”

肖南回咬牙瞪一眼姚易，后者一脸安然自若、等着看好戏的模样。

调整好表情，她斟酌着开口道：“嗯……突发状况，您也知道，前些日子天气不好。唉，要怪就怪这竹筒的封口做得不严实……”

吴醒已经听不进去话，颤颤巍巍地端起茶水喝了一口：“受……受潮了？”

肖南回的头快要低到桌子下面去：“……打湿了。”

吴醒手中的杯子哐当一声落地，整个人都瘫在席子上。

肖南回试图挽回一点儿局面，伸出手掌比了比：“其实也没有湿很大一块，也就手掌大小的一块水渍……”

吴醒依旧痛心疾首的样子：“罪过啊罪过……”

肖南回撅着屁股给吴醒行了个礼，真心实意地说道：“在下自知罪过深重，先生有何要求尽管提出，肖南回愿意一力承担，弥补这次的损失。”

吴醒有气无力地抬眼看看她：“这图纸全天下便只有一张，你要如何弥补？”

肖南回哑口无言，只能沉默。

一旁一直未说话的姚易终于微微挪了挪屁股，将吴醒那只掉落在地的杯子捡起来，用素巾擦干净：“肖大人真是幽默，这一番话说得我险些都要信了。”

肖南回不明所以地望向他，吴醒也挣扎着撑起身子来：“姚掌柜此话何意啊？”

“肖大人方才是在和先生开玩笑呢。不信的话，先生亲自打开这竹筒验验东西便知道了。”

吴醒将信将疑地将案上的竹筒打开，取出里面的东西展开一看，确实是那邹府宅院的图纸。只见那图纸分毫未损，哪里有什么水渍？

这回轮到肖南回瞪大了眼睛。姚易假装看不见，乐呵呵地对着吴醒道：“肖大人先前借用的是我让楼里人照着原图做的仿品，先生这般贵重的东西，姚某怎敢怠慢呢？”

原来如此，想来姚易是预想到她此去霍州必定会经历艰险，所以一早便留了后手。这正印证了她很早以前便得出的结论：姚易虽然长得丑了些，嘴下也无德，但办起事来还是很靠谱的。

吴醒看着自己心爱的宝贝“失而复得”，心中的欢喜不言而喻。

姚易随即又拍了拍手。

隔间门板被拉开，一名小厮恭敬地将一只用蜡封口的红漆筒放在案上，而后安静地退下。

姚易将那红漆筒也呈给吴醒：“竹筒不防潮，这是漆过的楠木画筒。先生下次再装这等稀罕物，便用这个吧。”

吴醒虽然酸腐，但绝对认得这好东西，当下连声道谢地收下了，小心地将那张“屡经波折”的宅院图纸拿过来准备收起。

不光物归原主，姚易还附带送了份礼，这吴醒看来是彻底逃不出姚易的手掌心了。肖南回下意识地想要上前帮个手，余光瞥过那张薄纸的左下角，目光突然就停住了。

第三十九章 谜题

“等一下。”

吴醒有些疑惑地顿住。肖南回又细细看向那张图纸，心中更加确定。

伯劳的记性不错，邹府确实是有一条密道，就在大宅靠西侧的一座偏院内。先前她手里的那张图纸因为被污了，看不真切，现在她倒是看清了。

那偏院的位置看着甚是眼熟，很像那一晚他们五人藏身的那个下人后厨所在地。

她之前就一直对一件事有些困惑。那晚五人达成共识之后，郝白最先离开。他本就暂住邹府，行动比他们几个外人要方便得多。她和伯劳随后离开，尽管两人功夫都不差，还提前看过那张图纸，仍是费了好大一番功夫才离开邹府。而钟离竟没有武功傍身，丁未翔就算有摘星揽月的能耐，也不太可能带着一个连爬墙都不会的人。在没有惊动任何一名守卫的情况下悄无声息地进了府，最后还能全身而退。

就在刚刚，她突然想到一种可能性，会不会钟离竟和丁未翔……是从那张图纸上标注的密道离开的。

可是，如此隐秘的事情，他们又是如何得知的呢?

“肖南回？你中邪了？”

她回过神来，姚易正在旁边瞪着她。她忽略对方那不友善的目光，转头看向吴醒：“先生且慢，还有一事……”

吴醒短短一盏茶的工夫便经历了大起大落，此时只觉得心窍都有些颤抖，再也经不起折腾了：“怎的，还有事？”

她连忙露出安慰的笑：“先生莫紧张，我只是想问，这张图纸在借给我之前，可还有其他人看过？”

吴醒连想都没想，便摇了摇头：“自是没有。这等偏门收藏，就连知道的人都甚少，更莫提特意来看的人。”

“那有没有可能是在这图纸流入书库前……”

“这图纸在廖府里待的时间比我都久，而我在府上做书库管家已经三十多年。若说有人看过，便至少是三十年前的事，再者说来，在我之前，那书库根本少有人去。”

肖南回沉默了。

或许，钟离竟得知的一切根本不来源于这张图纸。因为这张图纸并没有具体表明那条密道通向哪里，但钟离竟知道，甚至他一开始就是从密道的另一端进府的。肖南回隐约觉得，这事越想越诡异。

“我看这正中有个‘扈’字，是什么意思？”

“你这问题若是搁旁人身上，怕是无人能解，不过我闲暇时研读过一些这方面的杂记。”

吴醒平日最喜欢研究偏门野史，或许是觉得肖南回问到点子上了，竟能将刚刚的不快放到一边，面有得色地说道：“这扈姓曾是霍州一大贵族姓氏，和当时的沈姓、安姓、龙姓并称霍州四霸，皆是权贵之家，风头正劲时不亚于皇城贵胄。但一朝改朝换代，除了沈氏逃过一劫，其余三姓皆因树大招风而落败，其中安氏与龙氏两族更是几乎满门抄斩。其中唯有扈氏一族不知所终，像一夕之间便从宅邸中消失不见，只留下一座空宅子。这宅子隔了数十年才有人接手，便是你去拜访过的那药商邹氏的府苑。”

安氏？那不就是安律一家？

“可有文书记载过那安氏和龙氏被杀的原因？”

吴醒面上有几分感慨：“史书未记载，但正是因为没有记载，反而不难猜测，加上前后时间上的佐证，那原因多半是和当年裘非羽携玉玺路过霍州有关。”

“可不是说那玉玺最后沉在沼泽地中了？为何后续还有这些纠缠？”

“那便不得而知了。不管真相是否和玉玺有关，新王改朝换代，旧臣是生是死向来是不需要理由的啊。”

肖南回默然，那厢姚易将壶中已经冷掉的茶浇在炭火上：“此处虽是间不错的雅间，但隔音未必有想象中的那般好。两位还是少说话、多多品茶为好。”

茶水在炽热的炭火上发出刺耳的滋啦声，升起一股白烟。

吴醒似是醒悟过来，闭上了嘴。

肖南回张了张口，还是将那说不清的疑问咽回了肚子里。

肖准请见皇帝的时候，并没有想到对方会答应求见。毕竟天成的这位皇帝是出了名地讨厌见人，如果不是提前几天奏请私下面见，九成九都是见不到他的。

一般情况下，前来回绝大臣们的都是赤衣内侍官，若是太阳从西边出来了，皇帝同意一见，那来的便是一名黑衣常侍。

所以当那抹黑色自宫中小道走来时，肖准亦是有些惊讶。

“陛下有请，青怀侯请随我来吧。”

肖准照例被引到了元和殿旁的偏殿前。皇帝似乎很喜欢这个地方，总是在这里召见大臣。

肖准却不太喜欢这里，只因这元和殿的布局十足局促、迂回，光线也不太好，似乎永远都处于半明半暗的状态。

收敛心神，肖准照常行礼：“参见陛下。”

皇帝半隐在一道纱帐之后，伏在案上，似乎在捣弄什么东西。

“嗯，青怀侯来了？那边有个盒子，你先打开看看吧。”纱帐后伸出一只修长的手，慢条斯理地指了指正庭中放着的一口箱子。

肖准顿了顿，起身走到那箱子前。

八角包铜的漆木箱子，没什么装饰，连个锁也没有。

鼻间萦绕着一股异样的气味，肖准顿了顿，还是将那箱盖掀起。饶是心中有所准备，见到那颗血肉模糊的头颅时，他的瞳孔还是一缩。

纱帐后的人将案上一直摆弄的东西端起来，却是个香炉。他四处走动起来，让穿堂而过的风带着熏香的味道飘散开来，驱散空气中的那股腥臭味。

“青怀侯可还认得出那是谁吗？”

箱子中的头颅已经肿胀、腐烂，臭气熏天，只能勉强看出是个头发披散的男性。

“臣辨认不出。”

“罢了，这天气热得比想象中还要快些。箱子刚送来时，倒还能勉强辨出康王的样子呢。”

原来，这就是那被刺身亡的康王。杀他的人当真大胆，竟连首级都送到都城来，这摆明了是挑衅。肖准薄唇微抿：“敢问陛下，此举……可是白氏所为？”

纱帐后的男子放下了那香炉，向着肖准的方向走了几步，那道影子在纱帐上若隐若现，似乎正居高临下地打量他：“是或不是，都无法改变孤要踏平碧疆的决定。”他顿了顿，又接着说道，“孤想知道，依青怀侯所见，这康王是死于何等利器啊？”

箱子中的尸首是从脖颈处被齐齐切断的，截面上隐约可见被拦腰斩断的脊骨，除了渗出的骨髓和血污，截面显得甚是整齐。

肖准没有急着给出答案：“此处只得一头颅，臣无法判断躯干上是否另有致命伤痕。不过……”他的目光落在那整齐的边缘上，“康王脖颈处的切痕甚是少见，当不是寻常刀剑。”

“哦？”纱帐后的声音意味深长地扬起，“不是刀剑，又是何种兵器？”

肖准明显顿了顿，才淡淡地回道："臣非仵作，一时也看不出来。"

"嗯，孤也只是随口一问。不过孤曾听人说过，江湖中有种兵器，细线制成，施以重力可断金石。不知青怀侯可听说过啊？"

肖准脸上的平静慢慢碎裂，但身体仍纹丝不动。若非面对面，否则没人能看到他此刻的表情。恍惚中，记忆深处似有铺天盖地的鸦群呼啸而过，夹杂着凌乱的马蹄声。少年沉重的喘息声、口鼻间浓重的水腥气，还有那紧追不舍、摧人心肝的漫天银网……

"青怀侯？"

肖准的头又低了些，声音一如既往地平静："臣，未曾听过。"

"哦？看来果然只是些传言罢了。"纱帐后的人似乎一瞬间失去了兴味，转身又回到案前，声音也冷淡下来，"孤这儿积了许多卷宗未看，青怀侯还有事吗？"

其实自肖准进这院子起，就没得着机会开口说明来意，也不知这是否皇帝故意为之。他收敛心神，还是开口道："臣的义女肖南回年纪尚轻，臣唯恐她担不起右将军的重任，会给陛下添麻烦。"

"青怀侯可知冢山那三名匪首乃是她击杀的？"

肖准明显愣了片刻，随即答道："臣不知，她未曾提起过，想来是前些日子去霍州胡闹的时候，教她撞见了吧。"

一阵低沉的笑声从纱帐后传出。肖准甚少听到这人笑，总觉得那笑声中并无几分愉悦之意。

"青怀侯何必谦逊？虎父无犬女，在孤看来，她好得很啊。"

这话听着有几分奇怪，肖准还未来得及品出其中深意，那声音又响起："月前你来偏殿解过玲珑龛，可有眉目了？"

这便是不想再聊肖南回的话题了。肖准自知多说无益，只得回答眼下的问题："臣已能破解七八层，再有个把时辰，应当便能尽数解开了。"

"甚好。"

皇帝轻轻敲了敲案子。之前那名如烟般消失不见的黑衣常侍又不知从哪儿飘了出来，手中捧着一样东西，正是那九转玲珑龛。

"这玲珑龛是孤的母妃留下的，先前拿出来只是为了打发时间。你若能解，便当是应了她生前一桩心愿，孤可许诺你一件事。只是求何事，你可想好了？"

肖准的目光牢牢地定在那繁复精巧、拳头般大小的物什上，半晌，他终于颔首道："臣已想好，便请圣上考虑任臣为此次收复碧疆的将领。"

帝王的身影在纱帐后摇曳，似湖水中一道随波变换的影子："孤，准了。"

第四十章

面圣（上）

自那日宣旨已经过去十几日了，这短短半月可算得上肖南回有生以来最尴尬的一段时日。

夙平川身为光要营左将守西城门，平日经常带一队人马巡视京畿一带要道。肖南回身为光要营右将守东城门，偏偏东城门外便是禁军营，为了避免和许束那个倒霉蛋“短兵相接”，她只能龟缩在城门附近十里远的地方，巡视工作也交由手下完成。即便如此，每天早晚开闭城门之时，她还是会避无可避地和夙平川照上一面，另一人在甲子大道东头，一人在西头，即便偶尔擦肩而过，也从不说话。

几天下来，肖南回手下将士已将她定义为不苟言笑的长官，她几次想要解释，却适得其反，只得每日端着架子，回到侯府时便觉得甚是疲惫。

雪上加霜的是，她这才走马上任没几日，阙城便要迎一支重要车队入城，她与夙平川都少不了要打起精神来。

这事就要从那该死的皇帝老儿要选妃说起。

天成如今的这位皇帝在位已近十年，此前诸如向各地征采良女入宫的事，似乎只安排过一回，还是在他登基后不久进行的。皇帝对子嗣一事似乎向来不冷不热，有大臣爱操心，多说几句便会被扣上一顶“干预立储”的大帽子。时间久了，大家念在皇帝正值年轻力壮，一时半刻也不会驾鹤西归的分上，便不再提了。

群臣装聋作哑许多年，这话题却因为康王被刺一事又被提起来了。传闻康王被刺时，行宫内外无人生还，他的家眷也大都无一幸免，只有一人逃过一劫。这人便是康王之女崔星遥。

崔星遥生母是余家人，外祖是余禁老将军，舅舅是当今宗正余右威。她先前一直同生父康王定居在纪州，月前不知怎的突然兴起，回了赤州拜访外祖家。她前脚刚走，后脚康王便遇刺身亡，纪州巨变，崔氏满门如今竟只得她一根独苗。

朝堂之上，余禁退出朝野博弈已久，余家看似风光，实则势微。余右威心知此次康王之死看似已入绝路，实则藏有转机。他心知崔星遥的身份使她注定会成为皇帝安抚纪州的一颗棋子，只要时机得当，皇帝便没有理由会拒绝。

康王头颅被送到阙城后没几天，余右威便在朝堂上声泪俱下地抒发感慨一番，随即提出将这孤女送入皇宫的建议。

果然，皇帝对此事不置可否。要知道，没有被拒绝便已经是最大的胜利。余右威见目的达到，便不再作声，可这阙城里其他几家权臣却都坐不住了。谁不希望送两三个女子到皇帝身边去？说不准哪天飞上枝头成了凤凰，好处岂是一点两点？

自此，每日上朝变成了各家举荐良女的戏台子，皇帝不声不响地听了几日，终于发了脾气，说现在正是举国备战时期，他们一个个不想着如何打胜仗，反而天天惦记着往皇帝老子床上塞人，是活腻味了吗？

群臣遂惶恐，此时太常卿李鲤不知从哪儿冒出头来和稀泥，进言称，纳一人是纳，纳十人也是纳，不如干脆新开采选，征选各门良家女子入宫。他愿意以一人之力揽下这苦差事，绝不惊扰皇帝，且凡是应选的各家良女须携礼金些许，以表对战事的援助之意。

皇帝似乎就在等这个提议，终于心满意足地点了头。一众大臣瞬间有种被耍了的感觉，然而左右已经骑虎难下，回不了头，只得恹恹地退下，回家数银子去了。

于是，便有了今日肖南回连夜守城门这结果。

若只是几名女子，哪里用得着这么大阵仗的车队护卫？还不是因为美人们都是坐在金山银山上进城的？哼，皇帝真是打了一手好算盘，可怜她一个光杆将军，连守夜的额外贴补都拿不到。

好不容易熬到天亮，最后一批要入城的女眷车队已进了城，肖南回顶着两个黑眼圈交接完毕，回到侯府。她一进门，杜鹃便闻声赶了过来，将一封信塞到她手中：“姑娘可算回来了，这是方才到的书信，说是从晚城送来的呢。”

肖南回接过信，想了想才反应过来，晚城来的信十有八九是郝白那家伙寄来的，连忙拆开来看。

郝白的这一笔字写得龙飞凤舞，遣词用句又十足繁复、做作，她费劲巴拉地看了好一会儿，才勉强分辨出其中意思。大体便是说，他已平安到达晚城，多谢她将花虬借给他，他会好吃好喝地供着这马，等下个月他来阙城云游问诊时便顺路带过来。之后，他又啰里吧唆地说了一堆甚是惦念她的话，不知道的还以为他们是多年老友、生死之交。最后，那信的最下方还有一行小字，写着：“钟离兄与姚兄恐非同路人，不如相忘于江湖。”那小字被涂抹来涂抹去地改了又改，足见落笔之人的纠结。

肖南回这厢正看得有些纳闷，杜鹃装作转身收拾门口的杂物，时不时地回头向着这边偷瞄。看了一会儿，她终于忍不住开口问道：“什么人的信啊？看这么久。”

肖南回连忙将信折起来，胡乱地揣进袖里：“晚城的一个朋友。”

杜鹃瞬间嗅到了些许“奸情”的味道，连忙追问道：“我倒是不知你还有晚城的朋友。不知是男是女啊？”

肖南回深谙杜鹃的心思，面无表情地回道：“男的，是个喜欢涂脂抹粉的江湖郎中。”

杜鹃仍有些克制不住地激动，一把拉住肖南回的衣袖，谆谆教诲道：“郎中好啊！以后有个病有个灾的不愁没地方治啊。而且给人治病也算一技之长，将来是饿不死的，你这种管不住银子的就该找个这样的……”

肖南回颇头疼，杜鹃这喜欢乱做媒的毛病也不是一天两天了。自打她过了十六岁生日，杜鹃便一直明里暗里地寻觅着城中各家未娶妻纳妾的年轻才俊，不放过任何一个可能的潜在对象。

肖准一个大男人，自然是操心不上这些事，杜鹃就不一样了，只要有机会便拉着城中各大户人家的丫鬟婆子东扯西扯，总能时不时地寻觅出个好儿郎来，然后拐弯抹角地要介绍给肖南回认识。

然而肖南回的脑筋在这方面向来是有些转不过弯的。起先她完全不明杜鹃的心思，只道是去见客吃饭，人家要吃酒，她便陪人吃酒，人家要赏花听曲，她便陪着赏花听曲。可到最后这客人总是把话题引到奇怪的地方去。来来回回几次后，她这才明白过来，以后只要是杜鹃撺掇的饭局，她是坚决不会去的。

近些日子肖准那边时常有事，府中氛围有些沉重，这档子事已经好久没听杜鹃提起过了，如今杜鹃竟然将主意打到郝白头上，她哭笑不得。

左思右想，她觉得不如趁此机会把这事说清楚：“杜鹃姐，我现下并无嫁人的打算。”

杜鹃这才停住，一双丹凤眼转向肖南回，上下凌厉地打量着：“能说出这话来，是心里有人了？”

肖南回心里咯噔一声，脸色已掩饰不住。杜鹃正要追问时，门外传来些响动，一个人影迈进门来，正是肖准。

“正要找你。”肖准目光落在肖南回身上，她的心跳得更快了。

“嗯？侯爷找姑娘何事啊？”杜鹃注意力被分散，暂时忘了方才的那茬事。

“宫里来了消息，叫你即刻进宫谢恩。该打点的，我已叫人都准备好了，让杜鹃帮你换身衣服，不要耽搁了。”

前几日肖南回天天想这事的时候，那皇帝是半点儿动静也没有，这几日她不想了，皇帝反倒找上门了。

杜鹃手下利落，将肖南回收拾妥当，也不过花了一盏茶的工夫，在她临出门前又塞了个锦盒在她手中。肖南回瞧着眼熟，似乎是先前在霍州时郝白送她的东西。

“别盯着看了，是你拿回来的东西。我都请人看过了，确实是好东西，给你用都糟蹋了，不如趁这机会带进宫去，说不定皇帝一高兴，又赏你个好差事。”

肖南回有些无语地上了马车，进了三层宫门后还在想着那句话——她用怎么就糟蹋了呢?

脚下踏着白玉石，左右两边是闪耀的琉璃瓦，偶尔路过的一两个宫人也都生得甚是白净，举手投足间透着一股养尊处优的气息，肖南回又默默垂下了头。好吧，横竖这么一比，她确实是个粗人。

她行了半炷香的工夫总算到了尽头，一名内侍模样的人孤身立在那里。与寻常穿着深红宫服的内侍不同，那人一身玄色，还戴着玉冠，一看便是个管事的。

他听到脚步声转过身来，是张意外清隽的脸，眉眼十分乖顺，半点儿没有寻常管事那狐假虎威、咄咄逼人的气势。

肖南回今日穿的是新官服，虽然束发戴了官帽，但仍能看出是女子。那内侍官见了，面上却无半点儿探究、惊讶之色，足见沉着、稳妥之处。

肖南回见状连忙行礼，报上身份：“在下青怀侯府肖南回，此次进宫是为当面叩谢圣恩。不知内侍官如何称呼？”

那看着极面善的内侍笑了笑，眼角现出温和的笑纹：“见过肖大人，在下单将飞，是陛下身边的中常侍。之前陛下特意叮嘱过，让我在这儿候着您呢。”

这内侍官当真好说话，肖南回微微松口气：“原来是单常侍，我第一次进宫，对诸多规矩都不甚明了，还请常侍多多担待。”

单将飞微微地颔首回礼：“肖大人莫折杀小的了。陛下现在在东暖阁泰和汤苑沐浴，请随我来吧。”

第四十一章

面圣（下）

肖南回愣了一下才点头跟上那内侍官。看来今天来得不是时候啊，正好赶上皇帝洗澡，可这光天化日的就开始沐浴，这皇帝也是怪癖甚多。

肖南回谨记肖准平日的叮嘱，一路低头猛走，连左右景致都没看上两眼，待到了地方又被告知皇帝还未沐浴完毕。

泰和汤苑是皇帝单独沐浴的地方，一般不会让外臣入内，她只得隔着三道门在外院等候，为了不“触犯圣颜”，还要一直躬着身、低着头。

汤苑的围墙比宫内其他院落的都要矮些，为的是让修剪过的甜月桂能半遮半掩地探出墙来，瞧着别有一番趣味。汤苑内有一口四季流淌的热泉，须得引入凉水与之混合才能享用，而那热泉蒸腾起来的热气常常溢出围墙，将整个泰和汤苑衬得好似一座神仙浴池。

肖南回正对着汤苑的正门，那门被修成少见的正圆形，上面用明黄和深绿绘了许多曼妙的纹样，一直绵延到汤苑前的玉石地面上。只是迎面而来的水汽模糊了视线，她盯了许久也没看出来那画的是何东西。

热腾腾的水汽将人包裹其中，而这六月的天早已开始潮热，她穿着厚重的官服，没一会儿里衣便已经湿透。转眼已经过去一炷香的时间，汤苑的门内依旧毫无动静，不知那皇帝究竟在里面做什么。

不是说面圣吗？这头都不让抬，又隔着这千重墙万重门的，能“面”个鬼……肖南回腹诽着，躬着身向前挪了挪：“单常侍，敢问圣上何时才能沐浴完毕？”

单将飞恭敬地回道：“该是快了。”他顿了顿又补充道，“圣上沐浴时不喜有人在侧，更不喜有人打扰。肖大人便耐心等等吧。”

肖南回无法，只得又缩了回去，长长的衣摆下双脚换着步伐，左边撑一会儿，右边撑一会儿。

又过了大约一炷香的工夫，汤苑的大门里还是毫无动静。

肖南回已经站得昏昏欲睡。就算皇帝再如何讲究，可这洗的时间也太久了吧？一个大男人也要在沐浴上浪费这么多时间？这是洗澡吗？这是褪毛吧？不过……她眼前闪过几个时辰前那一车车拉进城的美人。想想看，那一个个行走的温香暖玉，真要是都送进宫来，也够皇帝喝上一壶了吧？啧啧啧，是一天一个呢，还是一天好几个呢？照这么个算法，也难怪要泡久一点儿，这是肾虚啊！她对自己的推论深以为然，又在其中寻到一种不可说的乐趣，嘴角不由自主地就勾了起来。

“肖大人有何开心事，笑得如此不可言说啊？”

肖南回抬头对上单将飞笑眯眯的脸，心下没来由地打了个冷战，连忙收敛笑容：“哪里哪里，单常侍，你看错了。”

单将飞倒不再多言，径自躬身立在一旁。

不知又过了多久，肖南回正昏昏欲睡之时，突然听到一阵清脆的铃铛声从苑内传来。她迷迷瞪瞪地睁开眼，正看见泰和汤苑外墙候着的一众婢女鱼贯而入，那扇圆形的门被打开，露出里面的隔院，隔院外又是一道圆门。那铃声一路飘进院子深处，宫女们便一扇扇地打开那些圆门，每开一扇门便在两侧随侍两人，余下的再向内院行进。

如是这般，一重套一重，总共开了六扇门。待到还剩最后一扇，那领头的女官便不动作了，只恭敬地退下，候在一旁。

单将飞转头对肖南回说道：“肖大人在此稍候，容我去向陛下通报一声。”

“有劳。”

单将飞一路穿过那层层的门，直至苑内那座清雅的竹屋：“陛下，青怀侯府肖南回请见。见，还是不见？”

半晌，一个低沉沙哑的人声从屋内传来：“叫她进来吧。”

单将飞又回到肖南回身边，笑眯眯地说道：“陛下让您进去呢。”

肖南回暗暗松口气，握紧了手里拎着的那个绒布锦盒，想着赶紧交差赶紧了事。她是真的不太适应这宫中的气氛，规矩如此多，暗中盯着的眼睛又不知有多少双，稍有行差踏错便是承受不起的后果，她可不想到时候给侯府找麻烦。何况她早就听闻，天成这位帝王是出了名地冷淡和喜怒无常，平日里最不喜人近身，就连重臣议事，也时常要隔着帘子，不得亲近，也不知那些美人妃嫔都是如何过活的。这样的人，今日总不会是真的要见她，应当就是看在肖准的面子上把礼数做周全，否则又怎会在这汤苑见人？这明摆着就是做好随时“逐客”的准备了。

脚下量出一段最保守的距离，她走到那倒数第二扇门前便停下了，随即清了清嗓子，朗声报上名：“青怀侯府肖南回，叩见陛下。”言罢，恭敬地行礼，额头缓缓触碰地面，静候君音。

过了一会儿，那屋内的声音才响起：“近前来。”

肖南回有些意外，没想到这皇帝竟会嫌她站得远。顿了顿，她又站起身来，拎着锦盒跨过眼前那道门槛，终于进了最里面的院子。

进了这进院子，脚下的青石板便消失不见，取而代之的是细碎的白色石子。那些石子尖锐、粗糙，人走在上面时会不自觉地放慢脚步。

“停。”突如其来的声音吓了肖南回一跳。她连忙停下脚步，脸上有几分惶恐。

“太近了。”

她简直有些哭笑不得，想了想，只得犹豫着又退了几步。

“嗯，便站在那里说吧。”

她此时站着的地方是这院中唯一有花草的地方，几株盛开的兰花拥在道边，浓郁的花香飘散到她面前，令她的鼻子有些发痒。

肖南回强行忍住打喷嚏的冲动，将先前已经翻来覆去练习过许多遍的话说了出来：“陛下此番施殊恩于臣，令臣接连升任，位列将军，理应当面叩谢圣恩。承蒙陛下厚爱，臣感戴圣恩，不胜欢忭，唯谨遵圣旨，竭诚效力，以报君恩。”这是陈偲叮嘱过的话，她是一字不落背下来的。

然而皇帝没说话。

怎么回事？她背错话了吗？肖南回有些忐忑，偷偷看一眼前侧站着的单将飞，对方却眼观鼻、鼻观心，压根看都不往她这边看一眼。

良久，皇帝的声音才响起，却似乎对她先前那套说辞半点儿都懒得回应：“爱卿可以抬起头来。这样说话不累吗？”

“爱卿”这叫法莫名有些别扭，但肖南回还是松了口气，抬起有些酸涩的脖子，向那竹屋望去。

这最后一层门是个薄纱做底、秀竹做框的耳门，说是门，其实称作屏风更为合适。那薄纱上绣了和外面院门一样的藤蔓纹样，透过那层纱，勉强能看到屋里面晃动的人影，依稀是个长发未束、一身黑衣的男子，面目模糊得很，不知是什么模样。

“手上拿着的是什么？”

肖南回这才想起来，险些将正事忘了，随即将手上一直捧着的锦盒递给单将飞：“此次承蒙圣恩，愧不敢当，这是微臣的一点儿心意，还劳烦单常侍帮忙转交给陛下。”

单将飞接下东西，从侧门进了屋内，将东西放下又退了出来。

只听那纱门后一阵窸窸窣窣，那人影似乎是将锦盒打开，看了看里面的东西，又合上了。

锦盒里是血红色的两只鹿角。仔细看的话，上面还有刀砍留下的痕迹。

“爱卿为何送孤此物啊？”

肖南回不知为何便想到郝白那日临行前同自己说的话，便依样画葫芦地照搬了一遍："听说这鹿角入药，服之可强身健体、延年益寿。这两只算是相当完整的了，乃是臣此次前去霍州时偶遇的那药材世家的邹氏所赠，说是取自第一次换角的幼年花斑雄鹿，甚是难得。"

唉，可惜可惜。若非那天晚上在桥上遇袭，她本来还有许多萝卜那么大的山参、小伞一般的灵芝……

"孤以为这鹿茸乃是温肾壮阳之物啊。"

这一句话宛如惊雷将肖南回劈在原地，原本因为热气湿透的里衣突然就冷飕飕的，一股凉意顺着背脊爬上后脑勺，让她有些颤抖。

"杜鹃啊杜鹃，你可害惨我也。"她早该料到杜鹃送礼只挑贵的，可她却忘了皇帝如此年轻，她送什么也不能送这种东西，便是什么都不送也好过暗示人家英年早……唉。

"陛下威武，自然……自然是用不上的。"

用不上还送个屁啊！肖南回盯着地上的白石子，恨不能就地挖个洞遁了。

泰和汤苑内安静了一会儿。许久，那道影子才自那纱门后站了起来，似是将那装鹿茸的盒子踢到了一边："爱卿的心意，孤领会了。只是今日召你前来，乃是有要事相商。"

肖南回只求赶紧将这篇掀过去，连连点头道："陛下请讲。"

"碧疆之事，青怀侯可曾向你提起过啊？"

"收复碧疆乃是义父毕生所愿，臣自幼时起便常常听他提起。"

"听闻你幼时曾在宿岩一带生活过一段时日，可讲得那里的方言？"

这皇帝消息倒是灵通，她五六岁的时候被肖准从宿岩带回赤州的，宿岩话一早就会说一些，而后十几岁的时候跟随肖准在岭西一带镇守，同土生土长的当地人混得很是熟稔，南羌人的话也说得一些，若再算上赤州官话，她也算是通晓三门语言了。

"回陛下，臣也是自坊间习得的，登不得台面。"

"便是登不得台面才甚好。孤有要事欲托付于卿，卿可愿竭力相助啊？"

"你是皇帝，我当然……不能拒绝。"肖南回心道，而后一揖到底："肖南回愿粉身碎骨以达成陛下心愿。"

纱门后的人勾起嘴角："如此甚好。"

第四十二章

窥美人

肖南回从宫里出来时，晌午刚过，送她来的马车并未一直等着，她便步履沉重地在街上走着。

果然，这皇帝老儿哪里来的好心升她的官，原来是早有算计。

皇帝的话犹在耳边回响，每思及一句，她的心便沉上一分。

“孤已决心讨伐碧疆，然白氏狡诈，一击不中，恐怕又要拖上几年。孤想命你做前哨，先行去往岭西勘察敌情，你以为如何啊？”

“前哨之责甚重，臣恐不能胜任。”

“爱卿可知孤此番托付于你而言是不可多得的机遇？”

都说为上位者玲珑心窍，最善攻心。这话，肖南回以前便听过，但从没在意过，直到此时此刻才见识到厉害。皇帝所言一字一句无不落在她心上。她虽人在侯府中，却并非生在那里，归根结底始终都是个外人。

肖准性情豁达，肖家情况又极其特殊，因此她才从未受过苛责、质疑，这么多年过去，也很少会细想自己的微妙处境。

肖准如今虽算不上多么位高权重，但也时常惠及她。先前她不过是一个小小队正，军功虽也立过几件，但在肖准的功绩前便似溪流入海，实在掀不起多大风浪。日子久了，旁人虽还未在明面上表示过什么，但总归有人会意难平。简单来说就一句话，她不配站在肖准身边。

不论是出身还是建功立业的能力，她与肖准仍是两个世界的人。这本来也没什么，左右她是女子，有一日嫁出府去，便不会再承受这层压力。但她渴望的并非那些，她想要的是成为真正的肖家人。出身是她无论如何也改变不了的，而建功立业对女子来讲虽然辛苦些，但她仍有机会可以一试。再者，退一万步讲，青怀侯府如今只靠肖准一人撑着，她若能成事，对侯府和她自己来说，都是好事一桩。当然，前提是她将事情办得漂亮且有命回来。

皇帝这是要她去以命相搏为他办事，到头来她还要感激人家给了她建功立业的机会。黑心，实在是黑心！

肖南回停住脚步，突然有些后悔答应了皇帝。

什么叫前哨？说得好听点儿，是先遣部队，说得不好听点儿，不就是细作吗？她自己最恨细作，实则也做不来那些糊弄人的勾当。这皇帝身边是没人了吗？竟然派她去做这种事。

肖南回心乱如麻，决定找个聪明人好好探讨一下这个问题。可她绕到燕扶街的时候却扑了个空，望尘楼的小伙计告诉她，姚掌柜一早便出城了。

出城？姚易这千年王八一般懒得挪窝的人竟然会出城？

肖南回找到城外十里那道土坡的时候，姚易正抱个小暖炉端坐在一块石头上。他今日穿了件艳俗的宝蓝蝠纹对襟小袄，守着个架烤着兔肉和地瓜的火堆，身旁放着个装银子的瓷罐子，嘴里嗑着瓜子，活像个土财主。

“你这又是唱的哪出？好好的楼里不待，非要跑到山上来。”

姚易将罐子挪到一旁，勉强给她腾了个地方：“来就来，别影响我做生意。”

肖南回奇怪地四处看看，只见周围平地上摆了不少软垫，靠前的精致些，每个软垫前还配着小桌，桌上放着茶水小点，看着十分讲究。只是这荒草丛生的土坡有何生意可做？难不成是看风景吗？

数十个垫子上此时已七七八八坐了人，一个个都望着南边。肖南回也跟着看了一眼，发现从这儿望过去刚好能看到天成宫墙内的月栖湖。

月栖湖在第二道和第三道宫墙之间，原本是一座莲池，前朝时便在了，但夙家入主后发现池水不知为何已经枯竭，本想将它平了，修个园林造景之类的，却怎么也填不上那个巨坑。据说那池底的淤泥厚不可测，挖也挖不到尽头，填土进去便会下陷。最后，夙家人只得命人蓄上水，还是做了观景的小湖，湖水甚是平静，夜晚月光倒映其中，好似湖中也住了个月亮，遂取名“月栖”。

眼下那湖边聚了些人，看起来确实是有什么事要发生。

“那边到底有什么热闹可看？一个个的脖子抻得像鸡似的。”

姚易吐了口瓜子皮：“你不知道吗？皇帝选老婆呢。”

选老婆？皇帝选老婆？肖南回一脸不相信，将刚烤出来的地瓜剥了皮，一块一块地往嘴里送：“他选老婆还能让人看？骗谁呢？”

姚易颇为不屑地看了一眼她和她手里的地瓜：“瞧你那没见过世面的样子。皇帝在采选良女，采选过程当然不会让你看，但选完之后带进宫里，你不就有机会看了吗？”

肖南回突然想到自己方才见皇帝时的情形。那时他似乎就是刚刚沐浴完毕，原来确实不是为了见自己，而是为了去见那些美人。

她嘴里塞着地瓜，已洞察一切般挑了挑眉：“你是说，她们进宫后面圣是在这月栖湖边上？”

姚易一脸高深莫测地点点头。这时又有“客人”急匆匆地赶来，显然不是第一次来这儿“观景”了，熟练地掏出银子放在姚易眼前的瓷罐子里，就要往里走。

姚奸商露出客气的微笑：“这不是黄公子吗？时间刚刚好，位置都给你留好了，只是今年京畿一带的光要营守卫换人了，查得严了些，这观景费恐怕……”

黄公子吹胡子瞪眼：“又要涨银子？去年不是刚翻了番？”

“去年是去年，今年是今年。小本生意，黄公子见谅啊。”

就在这当口，那姓黄的身后又有两名富家公子结伴而来，见状连声催促：“这位兄台是否要入席啊？若是不入便让开些，莫要耽搁别人。”

姚易慢条斯理地指了指一旁用炭笔写在石头上的字：“普通座席银钱三十两，前排五十两，不收铜板。”

那黄公子纠结一番，最终还是狠心掏了银子。他身后的两位富家公子随即也爽快地掏了银子。姚易笑得眼睛都要看不见了，大手一挥，送了对方一套果盘和蜜饯。

肖南回在一旁看得酸溜溜的。想她走一趟霍州，小命差点儿不保，也就得了百两金子，这厮怕是一天就能赚出来。

“来了来了！”不知是哪个眼尖的率先看到湖上有动静。整个山头瞬间沸腾起来，众人目光如炬地望向月栖湖，只见一名女子款款地从岸边走上曲桥，向着湖中心的小亭走去。

不得不说，姚易选的这个地方甚是妥帖，角度刁钻，视野却开阔，虽然离那湖挺近，但因为有松柏遮挡，所以山下的人并不容易察觉，而且因为正好在湖的北侧，整个山坡都处在阴影里，下面的湖区却亮堂得很，更不会注意到这边。

周围气氛热烈，肖南回暂且忘了在皇帝那儿攒下的烦心事，跟着看起了热闹。

不看不知道，这一看肖南回才觉得，这选给皇帝的美人确实不大一样。一个个体态婀娜，行如弱柳扶风，细看那露出的脖颈和素手，无不白皙透亮，乌发梳了各色样式，便是稍稍缀上几样珠翠，也是光艳夺目。那不仅仅是美人，还是正值最好年纪的美人。

不知为何，此情此景令她想起黛姨，心中有些惋惜。若是黛姨脸没伤过，便是不用年轻十岁，也绝不比眼下这些女子逊色，定是个艳压群芳的主。

那厢花了银子的公子们早已热血沸腾，一个个争相议论着。

“快，快瞧那个！那是护军都尉马孟仁的独女，年年马球赛上都拔得头筹，风头厉害得很。”

“哟，我瞧着也不怎么样嘛。腰肢粗了些，臂膀也甚是宽厚，不像个姑娘，倒像个武将。”

肖南回狠狠剜了那人一眼，但又不好砸了姚易的场子，只得又拿了一块地瓜闷声吃着。

“你懂什么？这皇帝的品位岂是你能猜中的？！”

她没说话，靠前席位上的一名中年男子却开了口，显然已经不是第一次看热闹，颇有经验的样子：“传闻皇帝偏爱脸上带痦子的，也有说他专挑眉毛寡淡的，还有说他喜欢嗓子粗哑的。总之，谁也不知道皇帝的喜好究竟如何，只知其品位甚是多变，所以上次采选的时候可难坏了女官。”

先前讲话的那人冷哼一声：“还痦子、眉毛呢？隔这么老远，能看清楚个鬼。”

“看个热闹而已，还当真了。”

“哟，快看！这回来了个纤细的。不过瞧着脸生啊，不知是谁家的美人。”

肖南回眯起眼使劲瞅了瞅。嗯，这个确实应该没几个人见过，不过她昨天在城门口与其打过照面，还有几分印象。是已故康王之女崔星遥，最早被塞给皇帝的那一个。

不得不说，这康王可能娶了个姿容甚美的妻子，不然也生不出这样的女儿。

“可算来了个入我眼的。瞧这身段，风一吹，小腰恨不得折了去……”黄公子醉眼迷离，全然忘了自己这是在调侃皇帝的女人。

冷不丁一颗鸡蛋大小的桃核飞过，正正好砸在他头上，打断了他的胡言。

黄公子愤怒地回头：“谁？！敢砸老子……”

一双有些邪气的眼正恶狠狠地盯着他，手上还捏着个啃了一半的桃子。“瞧什么瞧？砸的就是你。收起你那污言秽语，再让我听见便一脚将你从这山头踹下去！”

黄公子到底是个读书出身的，没见过如此凶神恶煞之人，舌头都有些打结：“光……光天化日之下，你难道还要行凶不成？！我便是赞上美人几句，又干你何事？”

回答他的便是那半个桃子，那人这回显然是使了十分的力气，黄公子只来得及惨叫一声，再抬起头时，印堂正中便肿起个大包，一道血线顺着脑门流了下来。他颤颤巍巍地擦了，递到眼前一看，整个人便瘫在地上。

这突如其来的一遭让周围人都吓了一跳，纷纷望了过来，没人敢上前说上两句。

扔桃子的终于站起身来，那身形一看便和这一众锦衣公子不同，甚是挺拔、矫健。只见他上前一把揪住黄公子的衣领，将其整个人从地上提了起来：“你惦记旁人也就罢了，竟敢惦记她。今日只是个提醒，也是让你们这帮在场的淫贼都瞧个明白，今后谁若是敢对她出言不逊地调笑，我便有一个打一个，有一双打一双……”

“许束？”肖南回有些不可思议地看着眼前这个背影。相处多年，她觉得自己不会认错。

那嚣张的青年转过身来，脸上也有些惊讶。确是许束无疑。

“真是你。你不在禁卫营当值，跑来这里做什么？”

第四十三章

难堪

许束终于放开那已经吓得快要厥过去的黄公子，随后快步上前，拉起肖南回向山包上的几棵松柏后走去。

姚易抬起眼皮看着消失的两个人，起身到刚刚那烂摊子处打圆场：“哎哟，黄公子，您慢着点儿。那毛头小子想来是酒浆喝多了上了头，您又何必同他一般见识呢？今日出了这种事，真是过意不去，几位下次来望尘楼可免一次酒钱，就当我这个掌柜的赔个不是……”

那厢松柏下，肖南回甩手挣开许束，一脸莫名其妙：“你到底……”

话还没说完，许束一把将她的嘴捂住，凶巴巴地威胁道：“我长话短说，今日的事，你若说出去半个字，我定有法子叫你好看！”

肖南回平白无故受了威胁，顿时无名火起，一掌推开眼前的人：“你发什么疯？！你的破事，我向来不屑知道，但若有人问起，难道我还要替你收拾烂摊子不成？”

许束没说话，只咬牙瞪着肖南回，额角的青筋都暴了出来，不知在恼怒什么。

肖南回心中疑惑更深。许束虽然喜欢找碴儿，却很少在她面前失态。她不禁想起刚刚黄公子被打时那个在月栖湖畔走过的姑娘。

“你该不会是……”她上下打量着许束，将心底的推测说了出来，“你该不会是喜欢上了那崔星遥吧？”

这话一出口，许束的表情就变得有些不受控制。肖南回见惯了对方嚣张、不可一世的样子，对眼前的一幕不禁啧啧称奇：“原来你也会有喜欢的女子，我还以为你生来就不待见女的。只是可惜，崔星遥八成是被选入宫中了。今日的事也就罢了，往后你可要收敛些，毕竟那是皇帝的女人，就算是你爹，也未必能给你抢回来。”

许束捏紧拳头，深吸一口气，调整一番面部表情，便又恢复了那副玩世不恭的样子。

“肖南回，何时轮到你来看我的笑话？”他凑近她的耳朵低声说道，“我那妹妹可是正值好年纪，前些日子见过青怀侯便很是动心。等哪日我回去和父亲多说几句，你说他会不会起心思要同侯府结门亲事？”

肖南回脸色一白，狠狠看向许束。对方朝她露出一个恶劣的笑，末了看一眼不远处姚易的方向，翻身上马，扬尘而去，留她一个人怔在原地。

许束的话像一块沉甸甸的铁砣，坠得她的心闷疼。

肖南回喜欢肖准是个秘密，秘密都是不想让别人知道的。何况她与肖准之间从一开始便隔着一道难以逾越的鸿沟。就算她只是他的义女，他们之间的感情也不是轻易能说出口的。

有时候她也会想，被肖准收养于她而言究竟是幸运还是不幸运。如果她从没进侯府，那自然永远不会识得肖准；可也正是因为她进了侯府，从那一刻起，她便只能是他没有血缘的家人，除此之外，再无其他可能。

她总是对自己说，没有关系。有些事情，她一早便知晓，一早便料到了，她可以忍耐。只是从何时起，喜欢一个人竟然成了如此难堪的事。

肖南回的眼睛有些酸涩。

“你蹲在地上做什么？”

肖南回抬头，看见姚易不知什么时候走了过来。她沉浸在有些颓丧的气氛里，这会儿才发现自己已经不知不觉在树下蹲了好久。

姚易依旧冷着脸，不知是否还在为方才赔了银子而不悦，但他仍伸出手，将蹲在地上的肖南回拉了起来：“你一个光要营的将军，蹲在地上像什么样子？”

肖南回没在意对方的训斥。她望着宫墙的方向，眼神中有些许迷茫：“你说这天底下是不是只有皇帝可以想喜欢谁便喜欢谁？不用看旁人脸色？”

姚易知道她在多愁善感些什么，不由得轻哼一声：“皇帝怎么了？皇帝也是人。一个人只要没干什么伤天害理的事，喜欢的是老是少、是男还是女、是猫还是狗，向来都不是什么丢脸的事。你又有什么可郁闷的？”

肖南回斜眼看向姚易：“便如同你喜欢初念一样吗？”

初念曾是阙城望尘楼最有名的小倌，人如其名，是个漂亮到让人第一眼见了便念念不忘的人。

肖南回一直觉得姚易暗恋人家。初念当年决定离开望尘楼的时候，姚易这做生意风雨无阻的掌柜竟然称病三天。

当然，姚易从未承认过他喜欢初念。他只承认他喜欢钱。尽管如此，听到那个很久没人提起过的名字，他那张皮糙肉厚的老脸还是少见地涨红了。肖南回觉得那可能是恼羞成怒所致。

“我好心劝你，你却来编派我？！你怕不是被许束那混账东西给带沟里去了，好心当作驴肝肺……”

他还有更难听的话没有说出口，可下一瞬迎接他的却是一个久违的拥抱。

“我明白。”她明白姚易的心情，就像姚易总能明白她的心情一样。

“肖南回。”

“嗯。”

“……你鼻涕流我身上了。”

半个时辰后，姚易再次恢复铁面奸商的嘴脸，吆五喝六地指挥着她搬这搬那。

肖南回将那堆软垫、小几一股脑塞进马车里时，前来看美人的公子们早已经没人影了。

日头向西歪去，山间的小路上树影婆娑、虫声唧唧，一时只有她与姚易一行人。

下山的路有些颠簸，肖南回放慢了速度，让吉祥贴着姚易的马车慢慢溜达，自己便和对方隔着马车帘子有一搭没一搭地聊着。

姚易当了她多年的“狗头军师”，早就瞧出她有心事：“今日大老远地跑来找我，难道就是为了看热闹？”

经历了刚刚许束那一出，肖南回想起自己为什么来之后心情更加抑郁了：“皇帝今日宣我进宫了。”

“哦？”姚易的声音没有多少忧虑，反而透着兴趣，“皇帝是吃饱了撑的，要见你一个刚走马上任、无权无势的小官？怕是没安好心吧？”

姚易说话虽然难听，但说的往往都是事实。

“一个好消息，一个坏消息。好消息是，皇帝终于下决心要把碧疆这根刺拔掉了。”

“坏消息呢？”

肖南回耷拉着嘴角，长叹一口气，道：“坏消息是，皇帝要我隐藏身份先去纪州岭西探探情况，不能随大军一起过去了。”

相处这些年，姚易能不知她言下之意？到底还是有些瞧不上她那为情所困、没出息的样子，他嘴角抽了抽，骂道：“肖南回，你这是色令智昏。你就非要成天和肖准腻在一起吗？单独行动有什么不好？不用和那些瞧不上你的土鳖抢军功，说不定回来你就又能升官了。你到底只是肖准收养的义女，和他非亲非故，侯府又不是什么万年青山，能让你靠一辈子，对你来说，升官发财才是正道。”

“成吧。”肖南回还是有些无精打采。

姚易说得都对，但是他懂个啥？人生九成九的时间里，他就是个只认钱的算盘，你能指望一个算盘认同“情”大过“钱”吗？做梦吧。她的名字承载了肖准毕生的夙愿。如今这愿望眼看就要实现了，她却不能陪在他身边。皇帝给她升官升得真不是时候。

“你说，皇帝为何不找别人，偏偏找了我？”

姚易正在清点罐子里的银子，头都不抬一下：“你瞧着脸生，好办事呗。”

肖南回一愣，随即觉得这说法有点儿道理。

天成几名能征善战的大将，谁人不知？白氏一定也没少下功夫打探消息，若是太显眼的人，怕是还没进纪州境内，便早已传到敌人耳朵里。

她就不同了。升官之前，她只是一个小小队正，除去青怀侯养女的身份，压根没人会把她这号人物放在心上。再者，她还是个女子。世间对女子多有偏见，但这偏见有时候也不失为一种绝妙的伪装。

奇兵有时候远胜悍将。皇帝用人果真是有一套。就是不知那样一个玲珑心窍的人，若是对上丞相府那位，又会是怎样一番情景。

肖南回想了想，还是开口问道：“你可听过钟离这个姓氏？”

姚易顿了顿，显然是想起了什么，但最终只是含糊道：“是个少见的复姓，怎么想起来问这个了？”

肖南回还在想事情，没留意姚易的神态：“这次去霍州遇见一个人，他说他是丞相府门客。”

姚易的语气带了几分自己都没察觉的急躁：“他说你就信？你们才认识几天？”

肖南回奇怪地看他一眼：“我又没当真，你急什么？”

姚易的话似乎就在嘴边，然而打了几个转，还是咽了回去，他最终只草草说道：“在外行走，谁还没几个阿猫阿狗的名字？你当谁都像你一样蠢？”

肖南回暗自哼一声。她可不蠢，她还用了他的名字呢。当然，这话可不能告诉姚易。对方要是知道了，她这一路可就要遭罪了。

肖南回正暗自偷笑，突然，土路的尽头，一人快马加鞭而来。她眯眼一瞧，看清那来人穿着官服，便道不好，离近了再一瞧，竟然是那每日抬头不见低头见的冤家夙平川。

肖南回勒马停在原地，敲了敲马车隔板：“喂，你这抠门生意可是让人盯上了？怎的来了个官差，看着是要来抓你呢。”

姚易拉开小窗，从马车里探出半个脑袋，小眼睛里全是不可思议：“不可能！该打点的我早就打点过了，除了那新上任的什么左将军，但他这时候向来在西边守着，怎会来这里？”

肖南回皱了皱眉头，她也不知道啊。

姚易狡猾得很，做这种事情向来谨慎，无论如何都不该被人盯上。除非……有人告密。而且，这人很可能刚刚参加了“观景”，所以才能将时机掐得这般准。肖南回稍稍一想便冒出一个名字。除了许束那个浑蛋，还能有谁？

第四十四章
友好切磋

夙平川转眼已经快要杀到跟前，肖南回示意姚易将脑袋缩回去，最后叮嘱道："你先藏着，我没出声，你千万别出来。"

姚易心领神会，刚将小窗关好，夙平川的声音便传了过来："前方是何人？"

这夙平川怕不是个秤砣？也太实心眼了些，每次都是这一套，还真是始终如一啊。

肖南回没急着回他，待他走近了才报上名来："左将军，在下肖南回。不知将军匆匆途经此地有何要事啊？"

夙平川看清肖南回的脸后，神情便有些古怪，想来是因为两人先前的纠葛，有些尴尬，不知两人算是熟人还是陌生人："原来是肖大人。我方才接到密报，说是有人在城北山坡上聚众偷窥、猥亵宫中女眷，特意来探查一番。"

好一个偷窥、猥亵女眷，许束这顶帽子扣得可真大。

肖南回露出一个得体的微笑，故作不解道："宫中女眷不是都在那宫墙之中嘛，此处便是离城门还有一段距离，不知那密报中提到的猥亵女眷又是何用意？"

夙平川冷哼一声："亵渎之罪难道还必须动手动脚？那是专为陛下选采的女子，外人就算只是远远看上一眼也是有罪。"

肖南回点点头："原来如此。那请将军速速去拿那贼人吧，在下便不多耽搁了。"她说罢，马上行了个礼，吆喝着吉祥和身旁的马车便要离开。

"慢着。"夙平川胯下那黑马似与主人心意相通，一扬蹄子便挡在姚易的马车前头，"肖大人何故如此匆忙？不知这马车上又是何人啊？"

此番情景似曾相识，只是现下这车里的人可没有丞相府的令牌，若是被逮了，望尘楼可就要换掌柜了。

"车上的人是在下的朋友，我们刚刚自山头赏花归来。平川弟可是疑心我窝藏了贼人？我肖南回以侯府之名担保，他清白得紧。"

这声"平川弟"真的叫得她自己都立起了汗毛，那夙平川听了更是面上一僵。她笃定自己都将青怀侯府抬了出来，对方就算再想刁难，也不好当众撕破脸吧？

“肖大人话说到这份儿上，我若强行查这车，倒是说不过去了。”

肖南回爽朗地笑笑：“好说好说，我这朋友是个胆子小的，见到带刀带剑的便会犯病，还请平川弟网开一面，让他早些回去——”

“让他走可以，但是你要留下。”

肖南回一愣，一时反应不过来对方这葫芦里卖的是什么药。可眼前这形势，她也管不了那么多了，能走一个是一个。她连忙拍了拍马车车厢，示意姚易赶紧先撤。

夙平川倒是说话算话，等到姚易的马车走远，他才冷冷地开口道：“方才我也算给足了青怀侯府面子，现在肖大人可愿还我烜远王府一个人情？”

他真的不用左一个侯府右一个王府地来堵她，她人都在这儿了，他就有事快说，有屁快放！

肖南回笑眯眯地点点头：“那是自然。就是不知平川弟有何需要我帮忙的？”

夙平川额角的青筋随着她那一声接一声的“平川弟”跳动着，声音都有些扭曲：“休得再唤那三个字。”

哪三个字？平川弟？不叫他平川弟，难道叫他平川兄？笑话！她可是比他大好吗？！她内心又是一阵咆哮，面上依旧委婉地笑着：“那……不知平川你有何需要啊？”

夙平川又是一滞，半晌似是已经放弃纠结称呼这件事，沉沉地开口道：“你我堂堂正正比试一场，如何？”

哈！原来在这儿等着她。就这要求？她还怕了他不成？！

“尽如平川所愿。”

肖南回生平比武无数，但是如此兴师问罪般找上门来的，倒是头一遭。

应夙平川要求，两人找了片空旷地带。

主人比试，两匹马便也被牵到附近。夙平川的大黑马站得仿佛帝陵前的石像，姿势威猛，一动不动，虔诚地望着它主人的方向，似乎正期盼着这场比试的结果。

再看吉祥，从她撒开它的那一刻起就一直撅着屁股，鼻子贴地，挨个在树根下面刨坑。肖南回觉得，别说输赢了，它压根不在乎她一会儿是死是活。

这厢，两人刚刚相对站好，夙平川便唰的一声拔出剑来。

肖南回吓了一跳，不禁咽了咽口水：“在下此次出城是来陪朋友的，并未带兵器在身旁。”

夙平川这才缓缓收了剑，四处寻了寻，扔给她一根树枝：“听闻肖大人师承大将军，学的是枪法。这是白蜡的树枝，你便将就一下，我剑不出鞘与你比试，你看如何？”

肖南回看看手里秃了吧唧的树枝，又看看夙平川手里那一看便出自名家的宝剑，满脸写着“不怎么样”四个字，可一想到姚易那厮恐怕还没能回到城里，她当下也只能硬着头皮点点头：“使得使得。”

夙平川单手握剑，剑尖朝下，摆出一个十分古怪又凶险的起手式：“虽说只是切磋，但想来磕碰是免不了的，肖大人一会儿可莫要怪我下手重了些。”

肖南回这回总算是看出来了，对方这是记恨着十年前的事，现在要讨回公道呢！

可是当初她只是打掉他一颗牙，况且他应该正巧还在换牙吧？现在看这架势，他是要砍死她呀！

“等一下。”肖南回将手里的树枝换了换手，只觉得掌心直冒汗，“说好了是切磋，可不能拼命。”

夙平川两眼放光，一副今天便要她有来无回的架势，嘴上却说着：“那是自然。”随即又抛出一个挑衅的眼神，言下之意便是：“怎么？怕了吗？”

话音未落，他便原地蹿出，动作之快让肖南回心下一紧。对方的步法根本不像是行伍中刻板训练出来的，倒像江湖高手调教过的。

她连忙握紧手中的树枝，脚下已灌注了十成的力气。枪法讲究以不变应万变，她原地未动，眯起眼盯紧对方的招式。

剑鞘碰上树枝，她只觉得手中一震，连忙旋身卸了那力道，虎口仍有些麻。

这小子气力是真的大。肖南回觉得，他根本不该习什么剑术，应该去练七十多斤的偃月刀。

一个回合后，虽说两人不分胜负，但夙平川明显占了上风。他有些得意地看向肖南回：“这才刚开始，手里的树枝可要拿稳了。”

这话一出便露了底细，他到底是个沉不住气的。

肖南回收敛心神，认真起来。抛开武学高低不谈，有一点是夙平川比不上她的，那便是战场之上的那份专注和镇定。她随肖准征战数年，生死都是见过的，这种小比试无论如何也乱不了她的情绪。

又十回合过去，她便有些摸透了对方的路子。夙平川的身法多变、招式刚劲威猛，但比之伯劳那种功力深厚又极尽狡猾的老江湖还是差些，特别是在下黑手方面，他确实不得要领，几次中途变化招式都教她挡了回去。

屡次进攻都被化解，夙平川明显有些心急，原本完美的招式开始出现纰漏，肖南回目光如电，瞅准一个空当将手中长树枝单手挥出。

这招原本是两个骑兵相遇时抢占先机用的。枪头一出便能挑了对方一侧马鞍，将人直接从马上掀下来，随后再补一枪。

可肖南回忘了，他们眼下根本没骑马，她那一下子去势凌厉，直直冲着夙平川的大腿内侧而去。

夙平川急于解了这招，大腿内侧别着劲，一个回身后便听见刺啦一声，胯下跟着一凉。

肖南回呆呆地看着手中树枝一头缠着的一条布料，再抬眼望向夙平川的下半身，后知后觉地眨了眨眼。还好还好，亵裤还在呢。

那厢夙平川不可思议地晃了晃腿，只感觉到两片薄布勉强包着下半身，当他意识到发生了什么的时候，俊脸便以极快的速度红到了脖子根。

肖南回干笑两声，将手中那根树枝上挂着的布料扯下来，双手递过去："那个……你看看还能不能穿上……"

"你不要过来！"夙平川大吼一声，连退十几步。他左顾右盼，想找棵树或者树丛躲一躲，却发现这是个空旷地带，实在避无可避。

肖南回伸出的手僵在半空。好好一场比武，最后竟然如此收场，她也有些不知所措："今日比试之事，只要平川弟不提，我是绝不会向旁人提起的……"

夙平川正捡了树杈子遮掩，听到这话狠狠地瞪了过来。

肖南回苦笑。她本来还指着这一场切磋能与他化干戈为玉帛，这下可好，直接化干戈为尴尬。

她唤来在远处找蘑菇吃的吉祥，翻身上马，心中还是有些过意不去："你眼下这样怕是不方便吧？从这儿到城门还有一段路，但也不算远，我可以回城帮你取一趟衣裳，最多也就半个时辰——"

"不用！"夙平川气到气息不稳，似乎再多说一个字就要蹦出脏话。

肖南回左右权衡一番，决定让他一个人静静，遂拍马远去。

马跑出去百十来丈，方才切磋时的勇猛消散了一些，她突然有些不敢回头。她也怕啊，怕回头看见什么不该看的东西。

真是令人尴尬的一天。

第四十五章

虚实

自打那日被迫和夙平川“切磋”一番，肖南回就连着三日告假，没敢去城门附近转悠。其实就算她照常去当差，也是见不到夙平川的，因为左将军也告假了。

光要营的人开始有些相信一个传闻：左将军与新上任的右将军在城外狭路相逢，大打出手，互战三百回合后两败俱伤，最终也没能分出输赢与高下，各自回府养伤去了。

当然，这事，肖南回都是不知道的，她正在为南下纪州做准备。

皇帝交代给她的任务，除了姚易、肖准和伯劳，她没有告诉其他任何人，对外只说是随军出城，可能要走上几个月。

杜鹃为此颇为伤感，但可能还是为了那几个肖南回见不了的相亲对象。但肖南回走之前，杜鹃还是大包小包地给她包了许多吃的用的。她不敢告诉杜鹃，那小山一样大的包袱，她一出府就转头叫人捎给姚易了。

除了吉祥、平弦和伯劳，她只带了不多的盘缠，随身行李比上次去霍州时带的还少，怕的就是路上太过惹眼。她是吃过苦的，就是将她丢到深山老林一个月，她也是能活命的。

伯劳却显然不愿意陪她吃苦，都快走到甲子大道正中了，肖南回从她身上硬是抖出几块金子。

肖南回看着伯劳，一阵冷笑，对方心虚地辩解道：“皇帝想必是怕你执行任务的时候少不了要花钱，这才赏你的。你不记得带上，我替你想着呢。”

“你倒是多虑了。”她将那几块金子捏巴捏巴搓成了球，往伯劳手里一塞，“这次行动咱们要从底层渗透，奉行的是省钱策略。趁现在还没走远，你把这碍事的东西赶紧给我送回去。”

伯劳气呼呼地往回走去，肖南回暗自叹口气。伯劳没去过岭西，而她自小在那边长大。那鬼地方根本没地方使金子，能使金子的人总共就那么几个，她绝不该是那几个人之一。

肖南回下马蹲在路边等伯劳，一抬头，突然觉得眼前这棵树有点儿眼熟。她四处看了看，发现这里正是丞相府的后门。

这棵树嘛，当然眼熟了，她还在上面蹲过一宿呢。

所谓不到菩萨门，不记香火事。她差点儿忘了先前让人骗得团团转，平白被抢了功劳不说，本想调查肖家的事也没了头绪。之前她数次想着上门算账去，可临到头来到底还是㞞了。

隔着丞相这尊大佛，她便是要降妖除魔也得礼让三分。

不算账归不算账，她打听打听总是可以的吧？那人没少行诓骗之事，万一那丞相门客的事也是假的呢？可那日在城外丁未翔给出的牌子却不像假的。那……说不准是偷的别人的呢？

肖南回正在那儿自个儿翻来覆去地想着，丞相府的后门竟突然有了动静。

一个书生模样的人正从侧门出来，带着一名小厮，看样子也是个门客。

脑子还没转过来，肖南回的身体已经一个箭步蹿上前，将对方堵在墙根。

那人吓了一跳，可能他确实是个斯文的读书人，没见过似她这般上蹿下跳、矫健如虎的人，当即后退几步，有些结巴地开口道："壮……壮士有何事，在这儿说便可，切莫拉拉扯扯。在下可是柏丞相的学生，你莫要胡来。"

肖南回心道："知道你是丞相府的人，找的就是你。"只是这读书人也太弱不禁风了，同样是不懂武功的人，某人的胆识可比他大多了。

她怕这人再喊几句惊动府里的人，便面上尽量做出和善些的神情："这位兄台，我就是想向你打听些事情，没有别的意思。"

书生上下打量她一番。

肖南回今日准备出城，穿得甚是普通，虽说不至于被看成流民寇匪，但也可以断定她不会是什么名门大家的人，也难怪行事会如此粗鄙。

他当下心中便有些不耐，却也不敢硬来，只是神色颇为别扭："在下赶着去城北书苑，可耽搁不得。"

肖南回连忙点点头："必不耽误兄台办事，就是想问问，这丞相府上可有一名姓钟离的门客？"说罢，她担心对方怀疑自己的目的，又加一句，"他欠了我银子不肯见我，我这才找上门来。"

书生愣了一下，随即眯起眼来，似乎确实是在思索回忆："这般奇特的姓氏，我若是听过或见过，当是不会忘记。"

"那……是见过还是没见过？"

书生摇了摇头。

肖南回不死心："那可有见过一名带刀侍卫？姓丁，是雁翅营的中尉。"

这回书生似乎有印象了："你说的是丁未翔丁中尉吧？他与丞相大人家的三少

爷交好，倒是时常走动。”

肖南回听了皱起眉头。这就奇怪了，丁未翔那厮向来是寸步不离他那主子的，怎可能只见过他一人？除非，眼前这人也没全说实话。

肖南回犹疑的目光落在那书生身上，对方却已经急匆匆地退开，拉着自己的小厮往远处走去：“在下真的有急事，劳烦兄台让道。”

光天化日之下，她总不能真拦着人不让走，只得让开路：“给你添麻烦了。”

书生急匆匆地走远，伯劳后脚赶了回来，见肖南回正一脸呆呆地望着路口的方向，便公报私仇地踹了她一脚：“看什么呢？还不快走？”

肖南回掸了掸身上的鞋印，面无表情地抓起伯劳，使劲抖三抖，确定这回她身上再没藏什么奇怪东西后，一言不发地翻身上马。

伯劳也赶紧骑马跟上。

马蹄声远去，丞相府的后街再次安静下来。

后街尽头拐角处，方才匆匆走开的书生正停在一辆不起眼的马车前，仔细确认肖南回已经离开，这才上了马车。

除了赶车的老伯，车厢里只坐着一个人，须发尽白，却是老丞相柏兆予。他见书生上车，并不惊讶：“人走了？”

“回老师，已经走了。”

“都问了什么？”

“问学生府上是否有姓钟离的门客。”

“那你如何作答的？”

“我按老师交代的回过她了。”

老丞相慢条斯理地“嗯”了一声，捻了捻胡子，似乎对自己的先见之明颇为满意。

“老师……”书生的表情有几分犹豫。

“还有何事？”

“昨天夜里丁中尉来过一趟。”

“又来了？！”柏兆予本来维系得还不错的气定神闲瞬间碎裂了。

书生估计是第一次见老丞相如此吹胡子瞪眼，一时有些蒙，只点了点头。

“他来做什么？又来借老三的牌子？”

“没有。”书生顿了顿，如实说道，“三少爷将牌子藏起来了，这回借的是二少爷的牌子。”

柏兆予使劲闭了闭眼：“还有吗？”

“……还借了府上一辆马车。”

马车里一阵令人绝望的沉默，书生有些不知所措。

在他的印象中，丞相年纪虽大，却不是迂腐之辈，相反，还十分睿智、豁达，应当不是这等小气之人，怎么会因为一辆马车动这么大的气？不过，好像丁中尉一来，丞相就会一反常态。上次差不多是半个月前，丁中尉来还三少爷的腰牌，丞相嘴上没说什么，等人一走，便冲着三少爷发了脾气。

三少爷最是儒雅知礼，那次却忍不住回了嘴，父子二人不欢而散。

要说这三少爷也快到而立之年了，除了一两个通房，正室之位竟然一直空悬，上次同丞相吵嘴还是因为娶妻的事呢。等等，三少爷老大不小还未娶妻，而丁中尉一来，老丞相便十分焦虑。难道说……书生脑海中徐徐展开一番不着边际的遐想，丞相发脾气会不会是因为那丁中尉看上三少爷了啊？

书生被自己的想法吓了一跳，随即却越想越觉得有道理。昨天三少爷将牌子藏起来，就是在委婉地告诉丁中尉，自己已下定决心斩断这份情了。好一出棒打鸳鸯的苦情戏啊！

方才那莽夫搞不好就是丁中尉自己派来的人，胡言乱语地打探虚实。真要是如此，那方才老丞相那些荒谬的嘱托也有了缘由，这就叫故布迷阵！唉，可怜他的老师一把年纪了，还要为这种事操心受累，也是令人唏嘘。当然，他如此聪慧，即便猜透这一切，也不能乘人之危，所谓看破而不说破才是上乘之道。

柏兆予终于睁开眼，全然不知身边的书生正飘飘然地想着什么，吩咐车前老伯道：“张伯，出城去。”

张伯应了一声，驾着马车向城门方向驶去。

书生小心地看一眼丞相的脸色，斟酌着问道：“老师，咱们这是去哪里？不去书苑了吗？”

“去永业寺。”

“去永业寺做什么？”

“烧香拜佛。”老丞相使劲顺了顺胸口的气，似乎已经平静下来，然而颤抖的胡子尖还是泄露了他此刻的心情。

书生连忙跟上一句：“是，学生到时候也会敬三炷香，祈求老师家宅平安。”

柏兆予奇怪地看他一眼：“与我家宅何干？”

书生茫然：“那老师是去求什么？”

老丞相叹口气，眉间是真实的忧愁：“求菩萨保佑我天成命数未尽，顺便跟一空法师讨几炷安神香，不然未来一两个月我都别想睡安稳觉了。”

第四十六章

康王之死

康王别宫就在纪州彤城。如今正是盛夏时节，也是彤城一年中最热的时候。

接连几个月的酷暑和干旱令彤城水贵如油，城外好几座村庄的村民都要跋涉数里才能打到水。这样地方的人对外来人都很警惕，加上康王遇刺一事，彤城实际上已形同无主之城，城中人在短短一个多月的时间里搬走了大半。若非天不落雨，否则通往彤城的官道上恐怕早已杂草丛生。

在这种人人自危的紧张气氛下，镖局的生意倒是好得不像话。城中的有钱人纷纷掏银子保命，举家撤离彤城，运气好的时候，一趟普通的护送便能赚得百两银子。

肖南回瞅准这个机会，便想办法在镖局的护卫队里寻了个差事。她和伯劳身手都好，混口饭吃不成问题，顺带跟着在彤城外的官道走了几趟，也算是混了个门清脸熟。

万事俱备，现在她只差一个机会——一个进城的机会。

现如今的彤城是出城容易进城难。

康王死后，其麾下十万大军暂由纪州牧鹿松平掌管。那鹿松平不知是何出身，算得上天成派往地方最年轻的州牧。此人年纪虽轻，野心却不小，从他敢接纪州这块烫手山芋这一点便可知一二。

一月前刺杀发生后，彤城进入紧急戒备状态，想要入城，除了要有文牒，还要证明户籍确实在城中。鹿松平对外宣称此举是为防止碧疆细作再入城作乱，但也有传言说这州牧或许早已同白氏勾结，为了屏蔽天成朝廷的耳目才以此为障眼法。

肖南回日日打探着城内的消息，心急如焚，奈何找上镖局护卫的大都是从城里逃出来的人，赶在这节骨眼上还非要进城往虎狼窝里钻的怕是脑子摔坏了。她不甘心，又苦等数日，就在她与伯劳都快要放弃，准备夜爬城墙的时候，居然真的等到了一个要进城的人。

进城的活，大家都不太愿意接，肖南回没费什么工夫就揽下了这单生意。雇她的人姓贾，年纪轻轻，仪表堂堂，看着也不像脑子摔坏的人。她曾经旁敲侧击地问过对方为何要进城，但都被沉默堵了回来。一来二去，她也不再好奇。只要能达到目的，对这点儿过场戏也没什么必要刨根问底。

贾公子办事效率极高，从付了定金到起程总共不过半日，肖南回还没反应过来，人已经立在彤城的城门下了。

守城的士兵是平日的三倍多，除了递了银子的贾公子，肖南回等人的随身行李都被翻了个底朝天，并被勒令不得在城中滞留超过三日。在文牒上加盖了入城日子的红印后，守城的士兵才放他们入了城。

几乎人去楼空的彤城安静得有几分诡异，仍留在城中的人家大都选择关紧门窗，闭门不出。空气中都是死寂的气息，这种氛围从一入纪州开始便在四处蔓延，越往西南，越是浓厚。

压抑的情绪会相互传染，肖南回觉得连向来聒噪的伯劳话也少了许多。贾公子显然也不愿多做停留，将剩下的雇用银两如数结清后，自己便急匆匆地离开了。

肖南回思索一番后，决定和伯劳分开行动。

“不行！”

她才刚说到一半，便被对方冷酷地打断，不禁有些愤愤不平：“我还没说完，你急什么？”

伯劳慢条斯理地瞥她一眼：“你憋什么屁，我能不知道？不就是想甩了我，自己蹦跶去？出门前侯爷特意交代过我了，说要寸步不离地跟着你。”

这是又将肖准抬出来压她了。

可她人手有限，恨不能一个人拆成两个人用，伯劳这等机灵鬼放在她身边除了吃就是睡，实在太浪费了。

在对付伯劳这件事上，肖南回有多年心得：“我已经联系安道院的人了，他们会借一只夜枭给我们，你就留在彤城帮我盯着鹿松平，顺便将我的消息传回阙城就好。”

果然，一提到安道院，伯劳便似一只奓了毛的母鸡一般狂躁起来：“你联系安道院做什么？我已经从那儿出来了，那儿的人，我一个也不想见，那儿的鸟，我见一只宰一只！”

话音未落，一只滚圆带着麻点的夜猫子咻的一声降落在伯劳的肩膀上，敏捷程度与其身形十分不匹配。

伯劳僵硬地转过脖子，同那尖嘴圆眼的猛禽进行了一次充满死亡意味的视线接触。

肖南回手搭凉棚望望天：“哎呀，你们安道院的办事效率真是高。不过也难怪，你师父这些日子正在晚城，离这里也不算太远，说不准哪日心血来潮，便来彤城看看你。”

伯劳怎会听不出这话里话外的威胁意味？夜枭是安道院特有的信鸟，可耐饥耐渴地日行百里且凶悍无比，外人难以靠近。一只夜枭价值千金，是当今掌院谢黎的看家宝贝之一。她便是有能耐将这鸟宰了，谢老头还不转眼便提刀来见她？横竖这次肖南回是吃定她，不打算带她去碧疆了。

但想到临行前将军那张认真交代事宜的脸，伯劳还是垂死挣扎一番："我便是同你一起行动，也能传递消息的。"

肖南回凉凉地看她一眼，没好意思说出那句话，要是她俩都失手被人砍死了，到时候连个收尸的人都没有。

思索片刻，她决定来点软的："听说岭西这边要上贡的葡萄因为康王的事被耽搁在彤城了。"

伯劳没说话，只垂下眼，试图掩饰自己的情绪。

肖南回又说道："今年是个旱年，雨水不好，葡萄倒是比往年的都要甜。"

说完这一句，她便觉得自己都快能听见伯劳咽口水的声音了。

入纪州后，她们一直风餐露宿，伙食上甚是寡淡。伯劳最喜的新鲜瓜果已经断了好久，她那张圆润的大脸瞧着已经比在阙城的时候干巴了不少，像个快要风干的柿饼子。

"侯爷……侯爷日后要是问起来……"

肖南回痛快地接话道："我就说，是我给你下了药，将你绑了起来！"

英勇威猛的安道院第一杀手伯劳就这样为一只胖鸟和一串葡萄折腰。

从彤城往西，官道也大都淹没在广袤无边的戈壁之中。肖南回不忍吉祥跟着受苦，便一同托付给了伯劳，啰啰唆唆地交代再三，两人便开始分头行动。

彤城夏日的白昼似乎格外长，酉时过后，天地间还一片明亮。

康王别宫就在彤城深处。传闻康王生性散漫、任性妄为，尤其喜爱花草虫鸟，因为生母是在烟雨之都晚城出生的，他继了藩王之位后便斥重金移栽花草，将别宫打造成典型的园林，雕梁画栋、曲水流觞，样样都有。或许这在别处算不得大手笔，但在缺水的纪州岭西确实是十分奢侈的。

肖南回借着夕阳趴在墙头观赏的时候，心里对康王的印象又差了几分。她心知天成如今这位皇帝的手腕，在这样强势的君王手下，太有野心的藩王是活不了太久的。只是谨小慎微的后果便是不作为，而有时候不作为就是最大的昏庸。

戌时过半，天地间尚余最后一点儿光亮。守卫一天的士兵们将岗位交给守夜的队伍，疲惫地从别宫的侧门离开。

肖南回还是没有动，她等的人还没离开。

又过了一炷香的时间，天色彻底暗下来。一道着官服的黑色身影终于从正殿走出，与守夜的亲卫低声交代一番后便匆匆离开了。

这鹿松平当真嚣张，康王尸骨还没下葬，他已经打着驻守勘察的名号大摇大摆地住进别宫了。在如今的别宫，瞧不见康王禁卫，却大都是着绿衣的鹿松平亲卫。不过眼下他却在别宫待不住了。肖南回勾起嘴角。为了将这山中老虎调开，她交代伯劳去搞了点儿动静出来，现在看来是起作用了。

利落地脱了靴子，她从墙头一跃而下，尽量没有发出太大的声响，沿着墙根向别宫的深处摸索而去。

一路上处处可见枯草败枝，往日里被精心打理的花草失了照拂，短短一个多月的时间已经有了枯萎凋敝之象，整个别宫透着一股死气。

上次在霍州夜探邹府的不愉快经历还历历在目，肖南回此时还没开始干活，心里便已有些犯怵。可这只是她此行的第一步，便是再困难，也是要硬着头皮迈出去的。

整理一番心情，她边摸索着小道，边梳理着这些天收集到的情报。

如今对天成来说，要想探明白氏的真实情况其实难于登天。碧疆局势混乱，若无一星半点儿能够入手的地方，便是耗上一两年也未必能摸到些有用的信息。

如今这康王之死似乎算是个切入点。此事十足蹊跷，要说白氏没有掺和其中，她是不信的。可白氏也不傻，彤城毕竟还是天成地界，必然不会明目张胆地行事，但若仔细调查一番，抓住白氏的一两个尾巴也不是不可能。

肖南回要求不高，只要有迹可循，不愁最后摸不到白氏的大本营。眼下最关键的是要找个当事人了解一下情况。

于刺杀当日当值的宫女内侍大都已经被处死，只有几个情况特殊的被留了下来，其中一个便是康王最宠爱的侍妾兰氏的胞弟。

这兰氏仗着自己得宠时的风光，硬是将弟弟塞进宫里当差，做了三五年熬到了副总管的位置，只可惜还没滋润几天，便赶上康王出事了。

事发后，鹿松平的人接管了宫中事宜，查处当日伺候内外的宫女内侍时，不知这兰氏使了何等手段，竟将自己这弟弟保了下来。死罪可免，活罪难逃，这倒霉的兰副总管挨了三十杖后被关进了束心阁，暂时无人问津。

肖南回却觉得，此人若是那日当值，定是知道些什么。她费了一番功夫才打探到这个消息，此时便趁着夜色向束心阁摸去。

束心阁本是用作惩戒犯错宫女的地方，底层不设楼梯，只有一道可以开合的吊梯。关人的房间都在阁楼顶层，虽说只有三层楼高，但对自小生长在别宫的女婢们来说，这已经是不可能逃脱的高度。

当然，肖南回并不属于这种情况。凭借着在霍州攀爬凭霄塔时学到的本事，她手脚并用爬到三层气窗的位置时，也不过花了半盏茶的时间。

狭小的气窗周围钉了些木板，她四处看了看，并未见人影，便一脚将那木板踹开，欺身进了阁楼。黑暗中，只见一双圆睁惊恐的眼死死地盯着她。

对方似乎是想叫唤，但因为太久没有开口说话，一张嘴只有嘶哑的气声传出。一阵剧烈的咳嗽过后，他终于吐出一句话："……你是来杀我的吗？"

肖南回四处看看，找了块平地，盘腿而坐："杀不杀你，就要取决于你一会儿的表现了。"

对方又是一阵沉默，半晌才回应道："你要问什么？"

"康王被刺的那天你是否在殿上当值？"

隔着一片黑暗，肖南回明显感觉到角落的那个人影瑟缩了一下。

"我……我什么都没看见。"

她皱了皱眉："我还没问，你急着撇清什么？那日参加宴席的宾客都有何人？"

"好多人……"

肖南回觉得这人可能受了点儿刺激，答起话来颠三倒四的。

"废话，我问你都有谁！"

当奴才当久了，汇报细节的本事早就成了本能。这兰副总管报起人名来，比酒楼里那些报菜名的小厮还利落。

肖南回安静地听了一会儿，突然打断道："等等，杂役使阿匡等十六人，这个阿匡是谁？为什么一个杂役使能上殿？还有，怎么会有人姓阿？"

"阿匡也算是宫中的老人了，本名拗口得很，大总管便赐了个名叫阿匡。他虽是杂役使，却深得宠信，只要宫中有宴席，他便会负责其中的一两个节目。他有些江湖野路子，总能从四处找来些新奇玩意儿邀功。"

肖南回终于听出些苗头："民间艺人的话，身份应该核查得十分严格，你刚刚却没报这些人的具体名字，这等疏忽，鹿松平都不管吗？"

兰副总管近乎报复性地笑了笑："王上不喜欢他，州牧又如何？还不是连一个小小杂役使都不如？"他随即想到什么，笑又消失了，"他倒是捡了条命，临到跟前了愣是没进殿。"

"等一下。"肖南回神色一变，整个人往前倾了倾，"你是说，那天鹿松平其实也在别宫中？"

"没错。那日康王宴宾客原本并未邀请他，可不知怎的，他却不请自来。我听得殿外内侍报了他的名字，半晌却不见人进来，以为出了岔子，正要出去瞧瞧，殿上就……就……"他声音突然哽住，枯瘦脸上的那双眼睛睁得更大了，戴着镣铐的手颤抖着扶住脑袋。

肖南回这才注意到，他右手的两根手指不见了。那伤处看起来已经萎缩、发黑，像被人齐齐切断的样子。

不知为何，她瞧着那伤处，竟然觉得有些眼熟。她正要开口再追问清楚，冷不丁四周一暗，一个影子浮现在她背后的窗口，挡住了半边月光。

肖南回只觉背后冷汗涔涔。吐纳若无，行止无声，好一个内家高手。

“何人如此有雅兴，非要等到这月黑风高时来和兰大人叙旧啊？”

肖南回侧着半边脸向身后望去，来人背光而立，面目一团漆黑。但她能听出那个声音。一个时辰前，她亲耳听到这人交代手下说要离宫办事去。是纪州牧鹿松平。

第四十七章

雪迷兰棹

面对鹿松平的发问，肖南回压根就没打算搭理。明知是场一触即发的对决，谁还会多费口舌聊两句不成？笑话！她深吸一口气，头也不回，猛地向着那蓬头垢面的兰副总管冲了过去。

姓兰的倒霉蛋吓得不轻，以为对方这是死到临头还要拉个垫背的，忙不迭地往旁边躲，奈何脚上锁链笨重，他只能在原地蠕动一下。

下一瞬，一阵风擦着他身子而过，一声重响过后，他身边的地板开了个洞，那块原本传递吃食时才会开合的木板此时被人整块踢掉了。

肖南回从束心阁底部钻出，试图借着月色略微分辨一下方向，然而那鹿松平压根不打算给她这个机会，几乎是后脚便杀了上来。

肖南回转身踹飞一块木板，腿下用了十分的力气。

一道针尖似的银光闪过，那木板悄无声息地化作两半，跌落在地。她抬头望去，便见一道锋芒直冲着她的眼睛而来，疾如流光，有破空之声。

肖南回不敢轻敌，然而身形已退无可退，遂用尽全力扭转肩颈。一股寒凉擦着她的下颌、耳畔、发间而过。

她看清了，那是一把长而窄的剑，没有君子之气，反倒带着几分阴柔，和它的主人相配得很。

肖南回想起岭东一段古老的传说，说是天神降临人间时曾点化几种生灵开窍顿悟，其中便有蛇类。

鹿松平手中的剑就好似一条蛇，而且是一条成了精的银蛇。它一击未中，便飞快地撤回，再次游走时又换了行进的方向。

肖南回无心恋战，一心想着溜之大吉，便只守不攻，把手边能捡到的一切东西都朝对方扔过去，逮到空隙便想拉开距离。

那银蛇似乎着恼了，突然弯折，剑锋回转成一个不可思议的角度，狠狠地咬向她的后心。如此窄的剑，竟还是一把软剑。

肖南回暗骂一声，直觉自己要挂彩。

这一招本是夺命的招数，谁知使剑的人出手时却故意留了几分，让那剑锋刺出的方向歪了歪，力道也缓了缓。于是本该皮开肉绽的精妙招式最后变成了破人衣裳的无赖打法。

肖南回低头看看自己腰间被割破的衣料，便知道对方恃才傲物，有点儿猫捉老鼠的心态，心下反而放宽了些。

鹿松平若是抱着杀死她的心态对战，她便是拼尽全力，可能只有五成机会活命。但若对方不拿出十成的力气来对付她，那便是全然不同的局面了。

一个喘息的工夫，鹿松平的剑又以刁钻的角度向她的后肩袭来。

这一回她没有闪躲。

银蛇一般的剑锋眨眼间便欺身跟前，肖南回反手摸向后背，将一直束在后背的布包运力抽出。

锵，精钢相碰，火花四溅。

肖南回手握住平弦，不给鹿松平反应的机会，一招湖底捞月将对方的剑猛地震开，自己借着反向的力量飞向屋顶，一个翻身便与他拉开了距离。

一寸长，一分强。一寸短，一分险。现下她亮出了兵器，虽说也令鹿松平险不到哪里去，但让她自己脱身倒是足够了。

她不做多想，得了便宜转身便逃。

几丈开外，鹿松平眼中的惊讶逐渐转变为一种被挑衅后的求胜心。他像一只被兔子踢了下巴的豺狼，以更快的速度追了过去。

为了不惊动更多的追兵，肖南回只得放弃逃往院墙的路，往人烟稀少的别宫深处跑去。

或细长或粗实的枝叶藤蔓在她耳边飞快地掠过，她一脚踏出那条荒僻小路，抬头便见夜色中一座巨大宫殿的轮廓。

这座宫殿规制之大极为少见，似乎隐约透露着一些信息，然而整个殿宇之中不见半点儿烛火，死一般沉寂，令人瞧不清殿门上的字。

除了这座宫殿，便是正对宫殿的大道，若走大道，追兵必然不会少，将人引入封闭的空间内反而好脱身。宫殿的背后似乎就是后花园，花园之后便是院墙，总能寻个出路。短暂地判断一番，肖南回飞身踏上眼前的石阶，向那黑漆漆的宫殿大门而去。

几乎与此同时，她身后那阵一直紧追不舍的阴风突然静止了。

肖南回气喘吁吁地回头看去，月色下鹿松平的影子就立在这大殿外的第一级台阶下，再也不肯向前半步了。

奇怪，他是追累了吗？肖南回来不及细想，快步向着黑暗深处跑去。

夏日温热的晚风在这座大殿的门前戛然而止。

迈入黑暗的那一刻，肖南回感觉迎面有什么凉凉的东西轻拂她的脸颊。她以为那是一面很大很大、很薄很薄的纱，伸手挥了挥，却发现那空气中的东西并无形态。

四周寒凉而无风，仿佛踏入的是一个密闭的山洞，她不由得放慢脚步，等到眼睛适应光线后，静静打量起四周来。

偌大的宫殿内空空荡荡，一人多高的巨大装饰瓷瓶东倒西歪，杂乱翻倒的小案和粉碎的瓷盘、琉璃盏混在一起，地上偶尔可见一两枚干瘪的果子，上面蒙着一层灰绿色的霉菌。

她知道这里是什么地方了。

传闻康王宴宾客的宫殿名唤“雪迷”，是一个只招待贵客的地方，宫殿内一年四季凉爽如初秋，这对四季炎热的彤城来说是个神奇的所在。不少拜见康王的人都慕名而来，然而能真正踏入殿内的人不多。

康王最近一次在此宴客，便是一个多月前。

一切像停滞在那晚的宴会场，除了被拖走的尸体，四周仍旧保持着刺杀发生时的样子，甚至连挡在路中间的桌椅都没人挪动过。

鹿松平的人做事有点儿匆忙啊。

肖南回思索着，没留意脚下，突然觉得半条腿一凉，整个人已经踏进一泓池水。

这池水并不深，只淹没到她小腿处，却彻骨地冷。她正要抽身离开，突然注意到池水中有什么物件，整个人一顿。

极暗的光线下，有什么东西在水里反射着微弱的光。

肖南回俯身，手探进水中摸索，片刻后摊开掌心，只见掌心多了两块晶莹剔透的白色玉佩。

不对。她又摆弄了一番，那不是两块玉佩，而是一块——一块被切成两半的韘形佩。

韘形佩只有帝王或者帝王赠予者才能拥有，眼下这种情况，这玉佩的主人只有可能是康王。

她拿起其中一块，凑近了仔细去瞧。冰白圆润的玉佩被拦腰切开，切口平整，好似天生如此，似乎是在康王受袭时受到了连累。

只是，什么利器能制造这样的刀口？要知道玉石又硬又脆，寻常刀剑即便能凌空将如此细小的物件击中，但大都会令玉佩原地碎裂。

过往的场景在她的脑海中一闪而过。

纤细、坚韧、伴随着又快又狠的绞杀……是飞线！除此之外，她还想起了在穆尔赫沼泽深处熊家老宅时遇到的那群使飞线的杀手。

怎会有这种巧合？还是她的联想出了差错？

肖南回怔怔地立在冰冷的池水中，突然觉得康王之死似乎只是一叶浮在水面上的浮萍，谁也不知道这幽深的水面下的真相。

冷硬的玉佩被她紧握在手中，硌得她掌心生疼。

穆尔赫的事没有完结，秘玺的事也没有完结，一切只是刚刚开始。

肖南回捏着玉佩走出水池，不知是不是因为脚下被水打湿，她觉得四周的空气似乎更凉了，甚至能隐约看到自己呼出的白汽。

现在不是盛夏吗？这别宫怎么阴气这样重？

肖南回将目光落在更深处的王座上。那是康王宴客时坐的位子，此时已被斜斜劈开。同那玉佩一样，断口处处透着一种干净利落。

质密的王树木制王座竟像一块豆腐一样被切成两半。她觉得自己有必要上前查看一番，说不定能发现更多线索，可刚迈出一步，脚下却突然一软。她以为是自己刚刚在冷水中站久了，腿有些麻，又换另一条腿，又是一软。

麻痹感从四肢渐渐向躯体扩散，她头重脚轻地踉跄了几步，在距离那张被劈成两半的王座几步远的地方跪倒在地。

肖南回使劲摇了摇头，试图保持清醒。这感觉好奇怪，和中迷药的感觉并不一样。感官还在运转，只是运转的方式十分混乱，耳鼓像蒙了一层蜡，只有自己的心跳听得真切，可嗅觉像被放大了好几倍，渐渐便能分辨出这空气中不同寻常的花香。

这殿中怎么会有花香？

不知不觉中，她整个人已经仰面瘫倒在地。她试图抬起手，在自己眼前晃了晃，微微放大的瞳孔无法聚焦，看不到近在咫尺的五根手指，却能看见大殿顶上倒悬着的发光的花草。

那是一大片散发着蓝色幽光的巨大兰花，隐隐散发着寒气，经络缠绕，繁盛、茂密，正是盛放的时候。每一朵花的中央都有细小的粉尘落下，星星点点，四下飘散，因为太过细小，而形成一种半透明的烟尘，不仔细分辨，根本注意不到。

她终于知道自己跨进殿门时迎面扑来的是什么了。

难怪鹿松平那龟孙子不肯进来，这雪迷殿是有古怪的。康王喜爱奇花异草，养了某种可以令空气变冷的花草。只是这种花草本身是有毒的，平日必须勤加修剪，否则一旦任由其泛滥，人进来待上片刻便会神志不清。

看鹿松平那退避三舍的样子，该不会再吸上两口就要死了吧？想到这里，肖南回拼命挣扎着撑起上半身，想向着殿门的方向爬。然而眼前的景象在她起身的瞬间开始天旋地转，月光从殿门透进来，像一片飞驰的光斑，上下左右地在她的视野里逃窜着，无论如何，她也抓不住。

扭曲的视线令她爬了几步又瘫倒，只能在原地挣扎。她能听见自己沉重的呼吸声，嗓子像一扇漏了风的破门。

四周似乎越来越冷，她的挣扎也越发迟缓。

突然，窸窸窣窣的声音响起。肖南回的瞳孔动了动。是靴子摩擦地面的声音，似乎有人向她走来。

她分不清那声音是否她的错觉，直到下一瞬，一个低沉沙哑的声音透过她变得厚重的耳膜滞缓地传来：“肖南回，闭上眼睛。”

这声音有些熟悉啊。

她压根听不进去那人的话，拼命瞪大眼睛想要看清来人的脸，最后却只得见一片模糊的白色——微微发蓝的白色，和今晚的月亮一样。

那月白色又靠近了些，肖南回感觉自己失去平衡的身体触到了什么，终于稳住，脸颊和手臂下是上好绸缎布料才有的触感，隐隐透着一股温热。

这月白色为何瞧着是冷的，摸着却是暖的呢？

“别摸了，把手拿开。”

啊，真的好熟悉，在哪里听过呢？她转不动的脑袋费力地思索着，手下却不肯松开。她像个喝醉了的无赖，固执地沉溺在这温暖的月白之中。

良久，耳边似乎飘过一声叹息。紧接着，她的身体便腾空而起，离开了地面，那抹月白将她包围得更紧，像一泓温热的泉水。

鼻间弥漫着一种若有若无的清冷香气，那一直旋转不停的视野似乎终于渐渐静止。昏沉继续侵蚀着她的意识。闭上眼的前一刻，她仿佛看到那坠落的点点粉尘都化作漫天而降的飞雪。

第四十八章

沙堆宿东

睡梦沉浮中，肖南回觉得自己的一条腿火燎般地疼起来。她想翻个身，把这条腿抽回来，身上却似压了一块大石头，怎么都动弹不得。她气得在梦中大吼一声，突然就把自己吼醒了。

头顶上是明晃晃的大太阳，有脸盆那么大。她眨眨眼，动了动手指，摸向压在身上的东西。几个巨大的麻袋死沉死沉的，偶尔漏出些沙子样的东西落在脸上，她伸出舌头舔了舔。

咸的，是盐。这种粗麻袋装着的盐，她只见过一次，便是在被抓的私盐贩子那里。

深吸一口气，运力一推，麻袋应声落地，肖南回在一辆破板车上坐了起来，终于将那条快要被太阳烤焦的腿收了回来。

与此同时，坐在不远处一棵梭梭树下乘凉的几名大汉听到动静齐齐回头，黝黑的脸上有些惊讶。

肖南回艰难地吞了吞口水，试图润一润干裂的喉咙："请问……这是哪里？"

那些人见她开口说话了，神情反而变得有些古怪。她听到其中一人嘀咕着些什么，用的是一种十分拗口的方言。

她有些不可思议地开了口，这回用的不再是赤州官话，而是岭西宿岩一带的方言："这里是宿岩？"

领头的那人一顿，似乎没料到她会讲这方言，半晌才看向她，点了点头："就快到宿岩了。"说完这句，他似乎想起了什么，又问道，"你不是岭东那边过来的？"

肖南回知道这是岭西一贯的排外表现，当下讪笑两声，道："前几日在彤城干了几单镖局的生意，结果让人坑了。"

一听是老乡，那领头的倒也不避讳，直言道："那就难怪了，那人给了银子，说是要快马加鞭把你送到宿岩。我们几个还寻思着，这人牙子还挺有意思，卖个人还自己先垫钱，原来是怕你中途跑回去找他算账啊。"说罢，他哈哈哈大笑起来，他周围的几个人也跟着傻笑起来。

肖南回却有点儿笑不出："卖人？卖谁？"

笑声戛然而止。

"卖你啊。"

一阵风刮过，一团风干的猪毛菜欢快地滚了过去。

气氛一时诡异。

"那个……咱们能不能商量一下……"

"不能。"领头的站了起来，他身后跟着的五六个人也站了起来。

肖南回只觉得头痛欲裂，下意识地摸向后背。还好还好，平弦还在。她冲那几人笑了笑，低声说了句"抱歉"。

戈壁上响起几声男人的惨叫，一阵叮叮咣咣后，迅速恢复了平静。又过了半炷香的时间，一道骑着骆驼的身影一溜烟地上了路，笔直地奔着正西的方向而去。

肖南回将自己裹得像个粽子。身上这套衣服还是从那几人身上扒下来的，透着一股汗馊味，她没的挑选，只能忍着。

戈壁的天气，她再熟悉不过了，暴露在这样的烈日下，不出一个时辰便会虚弱、脱水，有时候穿厚点儿才是保命的硬道理。

这骆驼是头老骆驼，不仅会自己避开有流沙的地方，还认得去宿岩的路。

那几个人也算是帮了忙，彤城已经回不去了，她下一步确实是要想办法去宿岩，那里便是白氏地盘的边缘。

走着走着她放心不下，又开始检查身上能用的东西，看看能否撑到目的地。

骆驼背上有两只水囊，都是七八分满的样子。她微微松口气，在这戈壁中唯一不能无中生有的便是水。只要有水，其他的都不是太大的问题。放好水囊，她又解开刚刚顺手拿走的那领头人的包袱，里面有一把匕首、几串铜板、一些干巴巴的馍，还有一小袋粗盐，虽然寒碜，倒也够了。

肖南回挑了挑眉，又摸了摸背上被太阳晒得滚烫的平弦。真奇怪，她身上的铜板碎银都被搜了去，那些人却将平弦留给了她，或许是没看出平弦究竟是什么东西。

她这才想起来昏死过去之前手里应该还攥着那块玉佩。那块韘形佩在她醒来之后却没了，不知是被那几个盐贩子搜出来占为己有了，还是……

一道月白色的影子在她的脑海里一闪而过，雪迷殿那一晚的情景就那么毫无预兆地翻腾起来，压都压不下去。

因为那兰花，她的记忆变得梦境般虚幻起来，但不知为何，她总觉得那应该是个男人，而且是个有些熟悉的人。那个人究竟是谁？是他救了自己吗？可为何又要把她卖去宿岩呢？

她想起自己似乎最后是埋在那人怀里的，脸上不知是因为热气还是什么的缘故，突然就红了。

长这么大，除了挨打，她其实并未和其他男子有过如此亲密的接触，就连对肖准，也从未有过半点儿逾矩的动作。

想到肖准，肖南回整个人又凉了下来，抬眼望去。风沙漫漫，她何时才能再见到他呢？

宿岩宿岩，星宿之岩，空旷、肃杀，万里无云，古来便是占星观天的圣地。只是气候变化，沧海桑田，如今的宿岩只是一块因为缺水而贫瘠的不毛之地。

若是能从半空中望下去，便能清晰地看到一道裂谷将这座古城一分为二，一边绿意盎然，另一边黄沙滚滚。

这要拜孙家所赐。孙家本非权贵，只是有钱而已。孙家这点儿钱在别处或许不算什么，但在宿岩便足以撼天动地，也足以滋生人心不足的贪婪。

宿岩地势奇特，西高东低。西边地势高且平坦，占了整个岭西戈壁中最大一片绿洲的边缘，洲中不仅有天然泉眼无数，更有贡多山上雪水融化而下汇成的天沐河，是块水草丰美的宝地。与之有着天壤之别的东部则地处盐碱山石之地，属山脉南侧，气候干燥，土地贫瘠，水源稀少，只得天沐河下游的支流经过。

孙家以修葺水利作为幌子，骗过城中镇守使，在天沐河上游筑起高高的堤坝。此后，下游的宿东便再没有一滴水，河床也日渐干涸。

但这只是开始。孙家一边紧锣密鼓地圈占绿洲、筑起高墙，一边笼络城西的富商权贵，常年与碧疆中陆的南羌人勾结，劫杀宿岩过往的商队。这座已存在千年的古城终因孙家分裂成东、西两座城池，西城中及城外百里皆有孙家与南羌人的持弯刀骑兵据守、巡视，若遇非本城中人，便格杀勿论。而东城嘛，便是有人用八抬大轿去请，也是没人愿意进去的。

肖南回走过那摇摇欲坠的城门时，简直要怀疑自己是不是这一天中唯一通过这扇城门的人。

她皮囊中的水早已饮尽，需要赶紧补充，然而稍一打听才发现，这宿岩东城的情况比她预想的还要糟。

东城中原本靠打深井获取水源，然而近几年便是再深的井也打不出一滴水了，不少东城百姓散尽家财给孙家作为“入城费”，只求可以举家搬去西城生活。至于穷人，那便只能守在沙子旁等死了。

原本的五口共用水井如今枯了四口，只剩下一口，便是挤破头都抢不上一口水喝，更遑论洗衣做菜用的水，城中人人都灰头土脸的模样，好似整座城市都蒙在尘土之中。

肖南回自己也没好到哪里去，先前从盐商那儿逃出来便一直赶路，身上当真一块银子也没有带，只剩几串铜板，一路风餐露宿，到最后连水都没的喝了。好不容易挨到城里，她却发觉这城里同荒野外也没什么区别。

她连着几天都穿着同一件衣裳，一路下来早已蓬头垢面，脸上的污垢搓一搓都能搓成个丸子。

这一切的一切，让她恍惚间回到了肖准收养自己前的日子。小时候她几乎不知道自己长什么样子，她家那土堆的房子里连半块脏污的铜镜都没有，便是偶尔去井中打水映出了脸面，也因着厚厚的污垢而从未看清过。

现在想想，肖准带她走时，可能以为她是个男孩子。这话倒不是她平白揣测出来的。很早之前，陈叔不经意间说过，她能来到侯府也算得上是意外中的意外。

那一年的三目关之战，肖准败了，准备回赤州的时候因为天沐河泛滥，不得已只能绕道，途经宿岩古城时，飞廉将军伤重不治身亡，因此耽搁了数日。

就是那么巧，在那一天那宿岩城外的路边，她和肖准相遇了。

在此之前，她已经孤身一人在城中漂泊了数年，而那一日是她决定走出宿岩的第一天。

从那天起，肖南回就坚信，人和人之间是有缘分的。

而她的缘分从来是要福报来换的。她用了六年生不如死的时光才换来和肖准相遇，如今又要用什么来换他们未来的缘分呢？

是以，她总是抱着要受苦难的决心生活。每一次经历磨难，她都告诉自己，这是在为她和侯府的未来积攒福报。只有这样，她才能在一次次的跌倒中爬起来，义无反顾地继续向前。便是如今这样的光景，她也遭遇过无数回，次次都是这么过来的。

第四十九章

求水

跟着长长的队伍蠕动了半个时辰，肖南回才勉强望见风沙中的水井。和周围饥渴的人群相比，那水井就好似蚁群中的一粒米，干瘪而渺小。

前来打水的人家派出的都是家中的男丁，有时一个不够，还要拉帮结派，只因打水早已演变成一场恶战，稍有不慎，便是打水不成，反要遭罪。队伍中还混了些病弱的妇人，被排在身后的抢了先，也不敢言语，生怕一个不小心再将自己搭进去。

肖南回冷眼看了一会儿，心中多少有些不是滋味。如果没有肖准，她便是那些人中的一个，眼睁睁被人欺负，连还手的力气都没有。

“喂！喂，说你呢。让一让，别在这儿挡道！”一个粗哑的人声从身后传来。

肖南回微微侧身向后看去。

后方挤上来一群人，有七八个汉子，一看便是结成一派后一路插队，现下挤到她跟前来了。

她身后排着的几个都是上了年纪的老翁和没什么力气的妇人，瞧见这几个人，他们连忙避让开，显然不是头一次遇上了。

打头的那大汉身形看着甚是威猛，见肖南回迟迟不肯让，一掌拍在她肩头，手下暗暗使劲。这是看她身形瘦了些，不比他们一帮壮汉有力气，在这儿耍威风呢。

肖南回许久喝不上水，嘴里发干，心情也正是糟糕的时候，想也不想抬腿便是狠狠一跺，正踩在身后那人的脚背上。

她是习武之人，脚下力气不比寻常妇人，这下更是使了七八分的力气。那人当即惨叫一声，捂着脚坐在地上：“你……你敢踩我？！”

肖南回转过头，脸上一阵惊讶，像刚刚发现地上的人，随即又换上一副胆小怕事的模样：“这位大哥怎么了？难道是我不小心踩到您了？怪我怪我，这些天都没吃过一顿饱饭，腿脚没力气，站不稳，这才晃悠了几步。”

旁边看热闹的人中另有几个汉子显然是别伙的，早已听出肖南回话中深意，争相嘲笑起来：“顾三，你要是身体不利落，就别出来搁这儿凑热闹了，便是一个妇道人家，也能将你踩得哇哇大叫，我看你以后也不必出来混了。”

那叫顾三的壮汉失了脸面，便将怒气撒在肖南回身上，一条腿撑着站起身，挥拳便打了过来。

肖南回假意受到惊吓，矮身一躲，那顾三瞬间失去平衡。她暗中抓住他腰带略使了些力气，顾三那庞大的身躯便不受控制地向另一侧倒去，结结实实地扑在旁边一个妇人身上。

那妇人可不是寻常妇人，这一点从她裤腿下露出的半截茁壮小腿便能看出一二；她是一个人来打水的，却没人敢插队在她前面，这便又能知三四。

果不其然，那妇人一声尖叫，站起身来时，人群中仿佛平地立起了一座铁塔：“顾三，你个瘪三！揩油揩到老娘头上，今日便捆了你回去给你那娘子瞧瞧，生得人模人样，却是个猪狗不如的东西！”

顾三也算壮实，但在这妇人面前还是矮了三分，像个鸡崽一样被拎了起来，话还没说出口，便被直直扔了出去。人群中看热闹的人不由得一阵哄笑，倒是给这苦不堪言的日子添了些乐子。

肖南回拍拍身上的灰，若无其事地向前走去。

宿岩东城的最后一口水井被一圈拒马牢牢围住，周围的地上撒着些铁蒺藜，以防有人偷偷摸进去。而那被重重保护起来的水井看着也比寻常水井要高些，那是因为风沙不断在井口堆积，所以只得年复一年地将井口修高才能避免井口被埋没。

看水井的是一对中年夫妻，男人手里拎着把斧子，身量并不高，但明显比那顾三之辈要精明许多，不论打水还是歇息，那柄斧子都不离手边。

他那婆子就坐在一旁，守着个铁框模样的东西，来打水的人只能带一只盛水的器皿，这个器皿会在这个铁框中衡量一番，稍稍超出一点儿便不可用。至于这一趟能否将带来的容器装满，便要看那盛水人的心情，若是肯出些铜板，或许可以盛个七七八八，若是一文不出，那便是一分都装不满也是有可能的。

轮到肖南回的时候，那井边的婆子照例将身前的竹篓子向前推了推，薄唇抿得紧紧的，一双蟹目死死盯着肖南回的腰间，寻思着那里面能挤出几个铜板。

不得不说，同是“做生意”，姚易在这方面实在高明太多。

便是眼下，她要买的是那救命的水，但只要看见眼前这两人的嘴脸，她就是半个铜子都不愿意掏。她冲那婆子傻笑一声，示意自己“两袖清风”。那婆子看她一眼，冷笑着将竹篓子收了回去，顺带给自己那守在井边的男人使了个眼色。

男人慢条斯理地走到井边，在那一地破桶中挑了最破的一只，挑衅似的看她一眼，系在缆绳上往下一扔。

等了许久，打水的缆绳仍在一圈圈地转着，看样子是伸下去许久都碰不到井底。肖南回知道，这口井也撑不了多久了。

等到绳子拉上来，她的心却沉了下去。

水桶里只有浅浅一底子的水，与其说是水，不如说是泥汤子，混浊不堪也就罢了，竟还隐隐散发着一股不太对劲的气味。肖南回犹豫了一下，没将水装进水囊中。

她许久没回宿岩，如今刚到，难免水土不服，而且那井水一看便知有问题，她接下来还有事要做，不能在这上面栽了跟头。

她的犹豫被身后的人看在眼里，那老妇迟疑着开口问道："姑娘不打水吗？"

肖南回看了她一眼，将那桶递给她。

那妇人先是不敢置信，接着反应过来，忙不迭地将那桶中的水倒进自己的罐子中，生怕别人抢了去。

肖南回本想开口提醒，后来还是未作声。如果能有办法找到更干净的水，谁又会在这里受这个苦呢？

将空木桶从老妇手里接过，她轻巧地一扔，木桶狠狠落地，激起一阵尘土，呛得井边那两人咳嗽连连。等这股烟尘散去，男人低头一瞧，好家伙，一地木桶被砸碎了三个。待他拎着斧子气冲冲地抬头去找刚刚那打水的人时，一群枯黄干瘦的人中哪里还有肖南回的影子呢？

如今，东城最大的几户人家大都搬去了西城，只有一户姓田的人家还据守老窝，不过看样子也挨不过几个月了。

大户人家都会在自家院子中打私井，每口私井每年要向官府上交不少银两。从前官府还能发挥些作用时，未登记造册的私井是绝不允许用的，可大约从一年前开始，就连坐镇的县长都举家奔逃了，这城中便渐渐乱了套。有钱人家请得起护院，尚且没遭殃，那些没来得及应对的人家便相继被没水喝的暴民攻陷，几户有井的人家一开始还拼死反抗过，后来便死的死、伤的伤，便是活下来的也沦为城中难民，从此过着四处讨水喝的日子。恐慌就这么在宿岩东城中蔓延开来，城中原本的五口水井相继被淘干，新挖的井难以打出水来，逢数月滴雨未下的时候，城中死去的难民尸骨便堆积成山，若非天气干燥，恐怕早就暴发瘟疫了。

肖南回脑中飞快地思索着，手臂已经伸出，拦下了一名妇人。

这妇人刚刚排在她后面，正是分了她一点儿水的那位，此时见肖南回去而复返，还在这儿拦下自己，脸上不由自主地带上几分恐惧，连带着抱紧了怀里的水罐子，嗫嚅着说不出话。

肖南回知道她心中想什么，开口低声道："我不要你的水。"

老妇愣了愣，实在不知眼前这行径古怪的人究竟要做什么，仍是不敢出气。

"你在这东城生活多久了？"

老妇沉吟片刻，沙哑着嗓子回道：“好几十年了，生来便在了。”

肖南回点点头：“我想向你打听些事。这城中说是有个姓田的大户人家，你可知道在哪处？”

老妇抬起呆滞的眼，像不知对方为何问起，只木讷地答道：“以前那几户有钱人家都落在城西北，许是宽街与妙巷交叉处。”

肖南回点点头，转身刚要走时，看到那妇人手里的水罐子，没忍住多说了一嘴：“这水要煮沸才能喝。”

老妇人没动弹，仍呆呆地看着她。肖南回走出去很远，回头看去，她仍站在原地。暗自叹息一声，她转身向城中西北方向走去。

第五十章

伍家小六

混阙城的贼窝常年流传着这么一句话："宁上衙门，不爬宫墙。"那意思是，阙城皇宫的宫墙实在太难爬了，里三层外三层不说，还高高低低、崎岖不平，更遑论还要冒着被内廷侍卫斩杀的危险，他们宁可去投官自首，也不愿去走上一遭。

此时此刻，肖南回立在田家的院墙底下，竟觉得那都城里的贼略有些没见过世面。和眼前这院墙比，那宫墙算个屁啊！

田家的院墙目测便有三丈来高，墙上有拼接过的痕迹，一看便是加高了一次又一次，偏偏墙面上铲得甚是光滑，表面还刷了一层桐油，便是老鼠想要打洞都会打滑，更别说人踩上去了。再往那墙头上看，密密麻麻扎着七八寸长的铁钉，便是连只鸟都落不得，更别说人要落脚了。

田家当真下了血本，宿岩东城最后一口还未干涸的私井，便被这铜墙铁壁一般的墙护得死死的。肖南回轻功一般，冒不起这个险。难道，就没有可以钻进去的缝？哼，怎么可能呢？有人的地方就有空子可钻，这是世代不变的道理。

肖南回在田府后门对街找了个隐蔽处，一蹲就是好几个时辰，两眼死死盯着那后门，不放过一丝风吹草动。

终于，纪州一带漫长的白日就要过去。日落时分，田府后门吱呀一声开了道缝。

一个瞧着分外机灵的小厮在门后张望了一番，确认无人后，从院内抬出一个大木桶，往后门的台阶上一放，便火急火燎地缩回那门里，再没了动静。

肖南回又等了一会儿，见四周确实安静下来后才走到那石阶上。

她走近了才发现，那木桶盖子下还压着一串铜钱，虽然不多，但在这个人人贫困的城中也算是不少的钱财。肖南回有些奇怪，随手一掀桶盖，瞬间便后悔了。

一股恶臭迎面扑来，她连忙将桶盖盖了回去。真是货真价实的一桶金汁啊。那股气味还在鼻腔里盘旋，她还没喘过气来，街道尽头便传来一阵沉重的脚步声，她连忙躲回之前的隐蔽处。

不到片刻工夫，一个挑担子的中年汉子脚步匆匆地走来，停在石阶处，随后熟练地用汗巾蒙住口鼻，将那桶里的东西尽数倒进他挑的两个大桶之中，又将空桶放回原处，末了将那铜钱收好，心满意足地哼着小曲离开了。

肖南回见他走远，又回到原处，左右看了看，从衣服里侧的暗袋里掏出一串铜钱，小心地数出来几枚取下来。

这是眼下她身上剩下的最后一串铜钱了，虽然不多，但是她费尽心思从那盐贩子手上搜刮来的，同在阙城时那来得容易的银子可不是一样的。狠了狠心，她又从那串越发稀少的铜钱上抠下两个铜板。要成事，便要狠心些。

肖南回将剩下的铜钱装回暗袋，将刚取下的铜钱放在那空桶旁边，想了想又捡起来，跳下台阶走了几步，将铜钱一枚枚散在离后门不远的地上。

夜色开始将宿岩东城慢慢笼罩起来，一轮弯月挂上了天。

四周温度降了不少，但空气依旧是挤不出一滴水的干燥，吸进鼻子里如被刀子割般地疼。

后门吱呀一声响，钻出个人，依旧是先前那小厮，他像往常一样将空桶抬进门里，正要关门，整个人却突然一停。

月光下，门前那被黄沙蒙上一层的街道上有什么东西正闪闪发亮。

他有些犹豫，依旧是左右看了看，又回头看了看院里的方向，终于确认无人，这才飞快地跑上前确认一番。

还真是钱。地上前前后后有十几枚铜钱，和他先前放在桶上的差不多。

许是那挑粪的粗心大意，没放稳这钱财，所以掉在这儿了。这里是后巷，鲜有人来，天色又黑了，没人留意也是有可能的。

是你自己不小心，也怨不得我。小厮美滋滋地想着，将铜钱一个不落地捡起来，揣进袖子里，转身回到门内，又将大门关好，仿佛一切都没发生过。

只是，他没留意到一件事。就在刚刚他下台阶去拾那十几枚铜钱的时候，一道紧贴着后门斗拱的影子从阴影中剥离，悄无声息地溜进了那门缝。

一入院内，肖南回便开始在心中默默记下走过的路线，也处处小心不要惊动院子里的人。

可一路走来，整个院子却是死一般沉寂，虽说现下已经入夜，但对点得起油灯的富贵人家来说，远远还未到就寝的时候。可此时这院子里莫说妇人和家主，便是下人也未见一个，着实有些诡异。

她估摸着那水井的方位，先从外围找起，一点点向府邸的中心摸索去，倒也没费什么工夫。可真到了那井边，她才知道自己将问题想得有些过于简单了。那水井上确实悬着一截绳子，但她将绳子拉上来才发现上面并没有能打水的桶。不仅井里没有，就连四周也没有一个能装水的容器。

肖南回不死心，又就近翻了几个没人的屋子，却连只花瓶都没找到。这就不是偶然了。

其实细想一番，便不难明白其缘由，水井就在那里，便是让人一天到晚地看着，也总有疏忽的时候，不如从装水的器皿开始管起。每日府中各院都是按例申领木桶的，需要提着桶去井边才能打到水。

看来这大户人家的日子也没好到哪里去。

肖南回望着那井中清澈透亮的水和水中那轮月亮，长长地叹了口气。想喝口水真是不容易！

好在她还有些本事傍身，虽然费劲些，倒也不是没有办法。

那井边的绳子已经有些磨损，怕是禁不住一个人的重量。肖南回将随身的包袱放在水井旁的石头堆下，取出水囊，拴在那绳子上顺下井去，随后自己倒退着下到那井中，依靠手臂和双腿的力量撑在井壁上，一点点向井底挪去。

井壁上生了不少青苔，有些滑腻，不好着手，她几次险些失手掉下去，硬是靠着一身力气撑下来，待到了井底，身上已是酸痛不已，比行军数月还要累上几分。

好在井底的水是她近几天来看过的最清亮的水，肖南回喘着气将绳子头拴着的水囊取下，盛起水饱饱地喝了一顿，随即又将水囊装满，重新系上绳头，准备爬上井口后再将水囊拉上去。

一通折腾，她抬头看了看井口那轮月亮，竟已到了夜里子时。若是再来一趟，她可真的有些受不了。

她正想着，头顶上方垂着的绳子突然动了。她还没来得及反应过来，那水囊便跟着绳子刺溜一下升了上去，她伸手去抓，刚好落空。

这……这是什么情况？！井边来人了？

肖南回来不及细想，连忙手脚并用向井口爬去。因为心急，上井反而比下井还要快不少，只是可惜她那本就已经处处破洞的衣裳，又被剐破了几道口子。

待她一只手终于扒上井沿，探出头来一看时，只见月光下一个圆润堪比伯劳的小胖墩正抱着她的水囊喝干最后一滴水。

肖南回没说话，但发出了喘息声。

那胖墩听到动静，呆呆地转过头，只见一个披头散发、脸色甚差、雌雄莫辨的人正恶狠狠地盯着他。手中的水囊落地，他后知后觉地退了半步，吓得坐在了地上："是……是人是鬼？"

肖南回这厢已经爬上来，根本懒得理他，只快步走到他跟前，捡起水囊倒过来摇了摇，水囊早已空空如也。她费尽心思打上来的水就这么进了别人的肚子。

肖南回气得闭上了眼，一只手准确无误地抓住那胖墩的耳朵："水呢？你给我吐出来！"

那胖墩显然已看出她是个人，且是个不属于这院子的人，竟壮起胆子要喊人：“来人啊，有……”

他刚喊了几个字，肖南回的魔爪便挪到他脖子上，他嗓子一堵便说不出话来。

“这三更半夜的，你愿意嚷嚷就嚷嚷，看看是人来得快还是你死得快。”

胖墩脸色通红，眼中泛泪，翻起白眼来。肖南回不想一会儿还要埋尸，便松开了手。

胖墩得了空气，跪在地上咳嗽，嘴里还不忘念叨着：“你个贼人，翻墙来偷水喝，我禀了东家叫人捆了你。”

便是被欺负成这个样子，他都没跪地求饶，肖南回觉得这人有点儿意思，故意刁难道：“你是这院子里的小厮，未经主人允许便来偷水喝，便是你东家来了，怕是也没你好果子吃。”

“东家是信我还是信你？我只须禀告称水都是你喝的，我是正好撞上，自然也没人会站在你那边。”那小厮知道跑不掉，竟破罐破摔地往地上一坐，脖子一梗，一副死猪不怕开水烫的架势，“哼，反正这水我是喝到肚子里去了，你便又能将我如何？”

耍无赖是吧？肖南回唰地从靴子里拔出一把匕首，在衣袖上擦了擦。欸，许久没摸兵器了，手感真好。

“你……你要做什么？”

肖南回抛着手里的刀子，上下打量着那胖墩的肚子，笑得有几分不怀好意：“水在你肚子里，我便将你剖开不就好了？”

胖墩咽了咽口水。肖南回那张脸许久不洗，有些面目可憎，怎么看都像个穷途末路的女土匪。这城中的人早就渴疯了，怕是什么缺德事都干得出。

“你……你休要唬我，水进了肚子，还能留在那儿不成？”

“那能怎么办？我渴得厉害，已经顾不得那许多了。听说人这薄薄一层皮下，水分都在这血里面，我便在你身上随便扎上一刀，凑合喝些，也能顶个一天半天呢。”

俗话说得好，要杀要剐给个痛快。这左一刀右一刀的，搞不好最后肚破肠流还咽不了气，那可就太惨了。

“大姐！姑奶奶！我的亲祖宗！您饶了我吧，我也是不知情啊，这才喝了您的水。”

胖墩飞扑过来，一把抱住肖南回的大腿，顺便在上面抹了抹自己干号才挤出来的鼻涕。

肖南回扣着对方那肥厚的双下巴，嫌弃地将他推远些：“我问一句，你便答一句，若有含糊，我们便退回刚刚那一步。”

胖墩咽了咽口水，艰难地点点头。

肖南回将刀子收了回去。

“你叫什么名字？”

“伍小六。”

肖南回的刀子唰的一下又拔了出来，伍小六一脸欲哭无泪：“女侠，我这名听着是随便了些，但绝对是真的。爹娘没念过书，随便起的……”

肖南回又看了他一眼，慢条斯理地擦着刀：“慌什么？我又没说什么。你来田府做事多久了？”

“马上便快满五个年头了。”

“田府上下如今有多少口人？”

“家主一人，少爷三人，女眷十六人，丫鬟、小厮不到三十人。”

在这么个榨不出一滴水的地方还能养活这么大一家子，这田家也是不简单。

“那这田家人和西城的人可有过来往啊？”

肖南回这话一问出口，伍小六便明显停顿了下，飞快地抬眼看了下她的脸色：“之前是没有的，最近……”

肖南回察觉对方有些吞吞吐吐，抬了抬眉毛。她是西南纪州人，五官本就生得冷峻些，平日里憨笑打闹时便令人觉得她一身正气，如今稍稍拿出些气势，便显得有几分厉害。

伍小六挣扎一番，还是一五一十地说了：“最近听说西城也不安稳，碧疆那边来了人，说是要借地打仗了，大家都估摸着这一借便还不了了，以后宿岩就是白家的地了。”

伍小六低声说着，肖南回在一旁听着，面上仍是没什么表情，但心里早已狂跳不止。

白家是知道天成的打算了，这是要先下手为强。宿岩虽然贫苦，却是战略要地，因为气候恶劣，自古以来都是兵家苦争之地。如今两方相争，孙家夹在其中，早晚是要选一边站的，不如早做决断，以免被殃及。

“我也是偷听来的，说是田家要嫁女儿到西城的孙家，也就这几天的事了。”伍小六说完，又抬起眼皮偷偷看一眼肖南回。

“田家嫁女儿？这城中怎么一点儿动静也没有？”

伍小六摇摇头，却是一脸惋惜：“嫁过去做妾的，有什么脸面大肆宣扬，恨不得没一个人知道才好。可怜那姑娘花一样的年纪，生得又那般好，却要羊入虎口了。”

嫁娶，就算再低调，也少不得一大伙人由东到西地走上一遭。肖南回正愁没法子过三目关，现在算是老天助她。

“原来就连田家都要卖女保命、投靠西城了，我看这风向倒是明朗得很。”

伍小六听着肖南回这通话，不明所以，只寻思着自己是不是能走了，脸上挤出一个笑：“女侠，那个……你要是没什么要问的，那我能走了吗？”

肖南回没点头，却上下打量他，直把他看得有些发毛，半晌才说出一句吓人的话来：“我看你别走了，同我一起去孙家好了。”

伍小六仿佛一只被吓傻的鸡，立在原地：“去孙家？”

“是啊，你我在这东城不都是吃不饱穿不暖的，连口水都喝不上？不如去那西边讨讨生活，说不定从此就发达了呢。”肖南回笑嘻嘻地说着，眼神却没几分商量的意思。

伍小六一脸倒霉相，艰难地开口道：“女侠，我觉得吧，这发达不发达的，总要有命在才行。要我说，在东城虽然受苦，但也好过进那虎狼窝备受折磨。人活在世，讲究个痛快，若是到时候小命都不在自己手里攥着，想死恐怕都办不到啊。”

肖南回将匕首插回靴子里，低头做沉思状：“你说得确实有道理……”

伍小六忙不迭地点头：“是啊，你再仔细想想……”

“不必想了，就这样吧，既然孙家如此凶险，那更要你同我一道过去了，若是真到了那一步，也好有个人来将我了结了。当然，你若是也到了那半死不活的境地，我也一定不会手软。怎么样？我这提议还不错吧？”

伍小六没说话，他知道他现在说什么也没用了，只怨恨地看一眼那躺在地上瘪着的水囊，痛恨自己为什么要喝那一袋子水。

第五十一章

血嫁

伍小六不愧是在田家干过几年的人，拿捏起这高门深院里的事来甚是有门道。肖南回面上不表现，但深知自己这方面决计是比不上的，暗自庆幸赌对了。

说来这事也不算难办，即便是再忠心的丫鬟，也是不情愿陪着小姐去送死的。都知道孙家绝不是个好过日子的地方，早在半个月前便有年轻的丫鬟想要临阵脱逃，结果被抓了回来，打个半死，丢出府去，吓得其余的再也不敢有什么念想。

伍小六知道，若想插个陌生人进去，必须找不那么惹眼的人来替。田家姑娘身边的人都不行，那都是脸熟的，少不了要左右顾忌。

他思来想去，便选了做浆洗缝补的和随轿小厮这两个位子，正巧有对兄妹才十五六的年纪，本是府中管事的儿女，因被选上跟去孙家伺候而苦闷了好久。伍小六找上门才说了两句，对方便感激涕零地答应了，生怕两人反悔，连夜将田家上下琐事一一告知两人，以防出纰漏，还特意照着肖南回的身形赶了套丫鬟衣服出来。

肖南回乐得有件干净衣裳穿，全然不觉得愁，只有伍小六一直愁眉苦脸的，短短两三天仿佛叹尽了一辈子的气。

就这样，田家嫁女的日子终于到了。

送亲的队伍血红血红地铺了一路，在丑时刚过便出发了。无人高唱，无人敲锣打鼓，一队人就这么悄无声息地带着新娘子上路了。这不像办喜事，反倒像办丧事。

整个东城还处在一片混沌之中，肖南回跟在新娘的轿子后面，回头望向这黄沙中的衰败古城，紧了紧面上的汗巾。

她离她的目标又近了一步。

宿岩东城与西城原本只是一河之隔，但自从孙家截源改道，天沐河便不再流经此地，久而久之，随着风沙侵蚀，原本的河道下陷、坍塌，成了一道绵延百余里、人畜都难以逾越的沟堑。所以要想从东城入西城，就必须绕回岭西戈壁，穿过三目关才能到。

三目关俯瞰形似鱼嘴，是一个宽入窄出的峡谷口，若将碧疆比作一只圆形的布袋子，那三目关就是这布袋子的扎口。当年肖准便是在这里吃了败仗，这也是为什么孙家与白氏只须出兵镇守三目关，再派巡游铁骑于戈壁之中，便能守住碧疆一地。

近些年白氏作乱碧疆，戈壁外已经少有人走动，昔日官道早已被粗粝的砂石覆盖，车轮行在上面异常颠簸，行人亦是走得脚底生泡。肖南回心中早预料到了这情形，出门前在脚底板裹了厚厚的两层布，大半日下来，仍是走得两脚生疼。即便如此，她还是不肯浪费一丁点儿时间，抓着伍小六一直低声询问这些年宿岩一带的势力情况。伍小六说得口干舌燥，起先还愿意分享一点儿，渐渐地，便任她如何威逼利诱也不肯开口了。

正午阳光炽热，日头刚刚偏斜，前方的风沙便散了些，一行人终于看到了那若隐若现的奇特关口。

那是一座巨大高耸的神像，由沙石堆砌而成，却在风沙中屹立了数百年，仍未倒下，只是面目模糊了些。在那神像的脸上有三个孔洞，两处开在眼睛那里，第三处开在额头上，远看好似长了三只眼，所以此地才被称为“三目关”。

所谓望山走死马，看到神像后，肖南回等人又走了约莫一个时辰才到峡谷关口。一支孙家的骆驼骑队正候在神像下，姿态甚是傲慢，连上前迎几步都不愿，只等一队人到了跟前，这才慢吞吞地从骆驼上下来个人，操着一口宿岩方言，面上是一副皮笑肉不笑的模样：“可是田家小姐？”

送亲队里的礼官连忙上前一步：“正是。”

“我等是孙太守的下属，特意在此接应。”

肖南回皱了皱眉。这姓孙的还有点儿手段，竟然搞到个太守之位。

那人顿了顿，又继续说道：“队中随行女婢、妇人上前，待我等清点一番。”

送亲队伍里的人都是一愣，随即互相看了看，也不敢多言，女人们都一一上前。

驼队中另有一人手中拿着田家递上的随嫁礼册，按照上面的人头和姓名，一个一个地确认。

这人看着便与周围其他几个不大一样，身上穿的是上好的软甲，胯下的鞍子上镶着七彩的宝石，十足招摇。再看那张瘦削的长脸，天生长了双发黄的狼眼，配上那鹰钩似的鼻子，八成是个难对付的角色。但这都不是最吸引肖南回目光的地方。她第一眼看到的是这人背上背着的长棍。那不是普通习武者使的棍子，而是西南一带特有的长枪枪杆，猛地一看有点儿像加长版的平弦。

纪州西南一带曾经遍布游猎民族，民风彪悍难驯，当时的统治者为了杜绝当地人私自起兵的隐患，规定家家户户不能私藏兵器，就连铁器也都须在地方官府备案。

但是上头有上头的管法，民间自有民间的对策。何况这里本就不是太平地方，便是“我不犯人”，也难保不会“人来犯我”。由于时常有匪徒流窜，一些村民便在家中备好长杆，再将铁打的锄头敲直、压尖，制成简易的枪头，等到有危险的时候就将长杆与枪头组合，瞬间手里便有了傍身的武器，而这种枪头与枪杆分离的特殊传统也流传下来。

眼下那人手中的便是其中最典型的一种。此人很可能是早前落草为寇，最后辗转到孙家做事。附近像这样出身的游骑还有很多，他们大都不会只效忠一人，而是在各方势力之间摇摆，见哪边得势便偏向哪边。如今孙家与白家的势力中，恐怕有很大一部分都是这样的人。如果是这样，想要从内部将其瓦解，倒不是完全无从下手。

一番思虑过后，肖南回再抬头时便发现前面的人已经一个个过了排查，眼看便会轮到自己，她连忙将头垂下。她知道，她的身量比旁人高出不少，走路姿势也与不习武的人有差别，一般人难以察觉，但是只要有些功夫在身、眼神厉害些的，就不难看出来，她若是这么直愣愣地走过去，恐怕会被揪住尾巴。

不知怎的，在这样有几分危急的关头，她脑海中第一个闪过的竟然是那人。

那天夜雨客栈中第一次见面，他就是佝偻着背，一副病恹恹的样子，想来也是为了掩饰身形，避免显眼。想着想着，她也缩了缩脖子，肩膀塌下来，两只脚摆出内八字的样子，一小步一小步地往前挪着。

终于轮到她了，她觉得有视线在她头顶停了片刻，周围似乎格外安静。过了片刻，那个冷冷的声音才再次响起：“你抬起头来。”

肖南回心中狂跳，尽量做出一副臊眉耷眼的样子，怯怯地抬起头来。

她来纪州这月余，整日风餐露宿，皮肤已经黑了些。临行前，她又找那田府管事要了半碗姜汁，和了些葛根粉糊在脸上，将原本有些张扬的眉眼弄得没精打采，再缠上那汗巾，猛地一看，和那偏僻小村里的村姑没什么分别。

那骆驼上的人用一种放肆的目光扫了扫她，突然笑着同旁边的人说道：“你瞧瞧这个。”

旁边的四五个恶汉同时将目光投过来，都不由自主地一愣，随即神色古怪地勾了勾嘴角：“倒是真有几分像。”

像？像谁？有什么好笑的？肖南回内心千抓百挠，但面上还得努力保持着一副蠢样子。终于，那人摆了摆手，示意她赶紧站过去。她松一口气，挪着碎步站到一边。

那人又点了四五个人，送亲队伍中所有妇人、丫鬟便都已被清点完毕。肖南回躲在骆驼屁股后面，抬起一只眼，看向对面队伍里的伍小六，发现他似乎也在偷看自己，眼神有些不安。

先前发话的那人摸了摸鼻子，没说话，只向左右随从使了个眼色，十几人便从骆驼上翻身而下，向送亲队伍中剩下的人走去。

肖南回心中一凉。这不太对，他们这是要……

噗，一声闷响，送亲队伍最靠前的那名礼官捂着脖子倒了下去，惨呼声被卡在他的喉咙里，只余一点儿破碎的咝咝声。

十余名骑手齐齐撩开斗篷，弯刀自后腰抽出，午后炽热的阳光照在那刀尖上，亮起一片明晃晃的白光。

只留女眷，不留男丁，真真是土匪的做派。

送亲队伍里其余人这才反应过来，惨呼着四散奔逃。可怜其中除了四名轿夫，其余小厮不过是十几岁的半大孩子，手中连个能抵挡一下的防身之物都没有，眼都没眨一下便丢了性命，几十人的队伍转瞬间便被切瓜砍菜一般宰了个七七八八。

肖南回身体紧绷得好似一张弓，周围的人都被这场杀戮吓破了胆，一时无人注意她，她的拳头攥得死死的，最终还是没有动分毫。她可能是在场唯一能救那些人的人，但她不能出手，她是身负军令的士兵，她还有要做的事。

眼见前排的人纷纷倒下，队伍中的伍小六站得靠后，勉强得了片刻喘息的工夫，惊慌失措地钻进了坐着新娘子的花轿。终于，田家带来的最后一个男丁也倒下了。领头的骑手一刀劈在轿辕上，碗口粗的木头登时被削下去一截，整个轿子跟着一震："里面的小子识相些，自己出来，免得血脏了轿子。"

花轿红彤彤的轿帘子颤巍巍的，像染上了几分轿里人的战战兢兢，可害怕归害怕，那帘子后还是无声无息。

领头的见状，冷笑一声，猛地抬起一条腿，狠狠地跺在轿辕上，那花轿瞬间被压得向前倾斜，轿子内传出两声惊呼，下一瞬，伍小六和一身喜服的田家小姐便从那轿子中滚了出来。

田薇儿落在沙地上，滚了一身尘土，头上钗环也散了些，十分狼狈。伍小六也好不到哪里去，晕头转向地抬起头来，那亮闪闪的弯刀就悬在他脖子上，刀上还沾着上一个倒霉蛋的血，未干透，一股腥气扑面而来。

这是双刃斩首刀，只要对方手腕一转，他的头颅便会像熟透的柿子一般落在地上。

握刀人手指关节的咯咯声传入伍小六的耳鼓，他绝望地闭上了眼："大爷！大爷饶命啊！"

一个走了音、破了嗓的惨叫声从背后传来，紧接着一股大力袭来，伍小六脖子上的弯刀擦着他的下巴划过，留下一道血痕。

那欲行凶的人低头看去，只见一双干瘦有力的手正死死地抱着他的大腿。他一时有些反应不过来。除他以外，现场其他人也都是一愣，那驼队中没有人留意到那个村姑是怎么一瞬间就跑到那轿子边上去的。

肖南回内心的理智已经开始疯狂掌掴她，然而事情已经发展到这一步，后悔是没用了，她只期望能赶紧挨过这一关。手臂下一阵猛挣，是这大腿的主人狠狠地蹬了她一脚，想将她踢开。

可是肖南回是使了吃奶的劲，对方这一脚只让她略微飞起来些，随即又牛皮筋一般弹了回去，嘴里喊道："军爷饶命啊！我家一脉单传，就这么一个弟弟，死了可就断香火了啊！"

她说的是地道的宿岩土话，在场的几人没太怀疑她的身份，只觉得她是个多事的傻姑，看向她的眼神都是嘲讽。

她话音刚落，便感觉到那森凉的刀刃又架在她的脖子上："断香火？没那么复杂，我让你们直接断了气，就没那么多事了。"

肖南回狠狠地瞪一眼伍小六，对方正可怜巴巴地看着自己，她脑子飞快地转着。如果此时动手打起来，她的一切谋划都会失败，大好的机会放在眼前就要被葬送，她心有不甘。但若教她看着伍小六送死，她确实有些良心不安，毕竟走到如今这一步，实则都是靠着伍小六，而他之所以被拖下水跟了送亲的队伍，也是因为她。

肖准时常教导她一点，人生在世，要做到问心无愧。她一直记得，所以，虽然从前在战场杀敌，练就了一身顷刻间取人性命的本领，但她从不滥用武力，更无法见死不救。可怜她根本不是个会演戏的，就这一出还是她从戏折子里看来的，如今可要如何才能收场呢？

眼下这情形，可能只有一个人能救他们。

肖南回努力忽视那把在自己脖子前晃来晃去的大刀，突然就将矛头指向那正往轿子里爬的田家大小姐："小姐啊！你不能不管小六啊！他可是你婶婶的表叔的三儿媳家的孩子，你可不能不管他死活啊……"

那田家小姐田薇儿是个甚少见识这等场面的人，早就吓傻了，哆哆嗦嗦回过头来，看一眼伍小六的胖脸，死活想不起有这么个人。

有了这片刻喘息的功夫，伍小六的求生欲终于爆发。他连忙扯住田薇儿的裙角，一脸委屈："小姐，你不记得我从前翻墙出去帮你偷买糕饼的事了吗？那回被老爷抓回来，我腿都被打断了。这次为了来伺候你，家里新娶的婆娘都扔下了，你承诺过我能有银子拿，我才跟过来的，现在不仅银子没见着，就连小命都要没了，你可莫要害我啊……"

这下不光田薇儿回不过神来，就连肖南回都听傻了。

这伍小六当真是个当泼皮的人才，这一套套的碰瓷话信手拈来，连个磕巴都不打一个，看来以前没少干这勾当。

那举着刀的恶汉陷入一种尴尬境地，一方面他也拿不准这胖小厮与田家小姐到底在搞什么鬼，另一方面要他就这么放过这人他又有些不甘心。

在场的人也都被这突如其来的一幕打乱了节奏，一时僵持在那里。

肖南回的心蹦到了嗓子眼，兴许生死就在某些人的一念之间，她暗自祈祷那杆看不见的秤最终会向对自己有利的一面倒去。

就在此时，安静干燥的空气中突然传来一声细微的声响。那是一声咳嗽声。

咳嗽声并不奇怪，奇怪的是那声音是从很远的地方传来的。而这很远的地方似乎还在他们头顶上方。

先前那个拿着礼册的领头人最先察觉，锐利的目光向两侧高耸的悬崖之上扫去。然而那里空空如也，并无半个人影。他有些恍惚，那两侧峭壁何等陡峭，莫说是人，便是猴子也难以攀爬，怎能有人说来便来、说走便走呢？

也许，是他听错了？但这倒是给他提了个醒。最近是多事之秋，有些事最忌讳节外生枝。他们在这里逗留太久了。

想到这里，他突然开口唤道："阿齐，田小姐以后便是太守的人了，你便是不看僧面也要看佛面，不要将事情做得太难看。"

这话说得四分真切、六分嘲讽，有种从骨子里透出来的轻蔑。

想想宿东城里那一栋栋空落落的大宅，就知道曾经有过多少田薇儿这样的姑娘葬送在这荒漠之中，葬送在有肉吃有酒喝的宿岩西城孙家。多一个、少一个，本就没什么分别。

那个叫阿齐的人终于得了命令，施了大恩一般将刀子从肖南回脖子上挪开，就着下摆擦了擦血迹，收回腰间，阴沉地看一眼那畏畏缩缩的三个人，这才转身骑上骆驼。

肖南回几乎是毫不掩饰地长出了一口气，拉起地上已经瘫作一团的伍小六，踉跄着回到队伍中。田薇儿则被两个骑手直接抱上骆驼。

除了那一车车的金银嫁妆，原本车队中的马匹、轿子都被留在原地，和那红色花轿、一地鲜血、尸体混在一起，有种说不出的凄凉。

走进三目关关口的巨大阴影中，队尾的肖南回下意识回头看了看。不知是不是她的错觉，似乎有两个人影伫立在那高大神像的肩上，一直在注视着他们。

一阵风起，风沙飘散在空中，等这阵风沙散去，她再眯眼去看，那神像又只是孤零零地立在那里，哪有什么人影？是她眼花了吧？

肖南回裹紧头上的布巾，急匆匆地跟着队伍向碧疆深处走去。

第五十二章

水绕岩西

一过三目关，周遭景致便大不同。

远处虽还是绵延不断的戈壁，但深入腹地，植被便茂盛起来，脚下不再是坚硬干涸的砂石地，而是变成了掺杂细沙的松软泥土。空气中弥漫着一种醉人的气息，那是只有新鲜树木花草才能散发出来的。

四处虽然明面上不见兵马，但早有布兵痕迹。肖南回越看心越沉，只觉得诚如肖准所言，碧疆一战很可能将是一场苦战。

如今的岩西已经被南羌人同化，南羌不喜修建城池，而是以游牧地域划分领地，各个领地内有独立的寨子，寨子内由一族主母当家，依靠宗族势力发展壮大，外部势力松散广布，内部高度团结，极难攻克、瓦解。这是人心组建成的堡垒，比什么铜墙铁壁都坚固。

刺杀康王的人听起来像南羌人，很可能就出自那些寨子，可究竟出自哪一个寨子，白氏在其中又扮演了什么角色，都还是未知数。

行进的队伍终于放缓了脚步，四周的天色也已经彻底暗了下来，肖南回估摸着应当已是亥时左右。

四周的布哨更加密集，高耸的瞭望塔一座接着一座。她不敢抬头细看，只能借着身边骑手的火把打量四周方寸远的地方，在心中记着路线。

他们似乎进了一处山坳，只是戈壁中没有高山，此处更像一块巨大的砂岩，而孙府的大门便立在这砂岩脚下。

姓孙的到底是岭西人，就算已经投奔了碧疆和南羌人，骨子里压根住不惯低矮的夯土房，更不要说胡杨木搭建的简陋寨子了。这处宅院大体上还是岭西院落的模样，只是野心颇大地修成了行宫制式，处处透着主人那嚣张的品位。

领头的骑手勒停了坐骑，翻身而下，清点队伍中的女眷和货物。

经历了方才那一场杀戮，整个送亲的队伍一片死寂。在流干眼泪之后，那些女眷的脸上便只剩下麻木，加上将近一整天的长途跋涉，每个人都散发着说不出的疲惫感。那几个骑手甚至用不着摆出凶神恶煞的样子，便能将这二十余人像羊群一般赶来赶去。

“你们几个跟着他到那边去。”其中一个骑手突然发话，指向另一边。

肖南回抬眼看了下近在咫尺的孙宅大门，无论如何也不甘心就这样被挡在外面。

“快点儿！别磨蹭！”

人群缓慢移动着，落在最后面的肖南回一步三回头地看向骆驼背上的田薇儿，突然下定决心般转身冲了过来：“小姐，我不能丢下你一个人啊！”

田薇儿僵硬地低头，便看见一个脸色蜡黄的婢女此刻正抓着她的裙角不放手，似乎有点儿眼熟。与她同乘一骑的骑手厌恶地看了一眼，抬脚便踹。

肖南回倒也不躲，结结实实挨了一脚，踉跄着退了几步，却一把薅住了那头骆驼的尾巴。

骆驼嘶鸣一声，原地转了个圈，将骑手和田薇儿一同甩了下去。

肖南回暗叹一声，咬着牙上前一步，让田薇儿落在自己身上，当了回人肉垫，趁机抓住她的手，大声道：“小姐，你忘了吗？你的癫疾若是犯了，连个会配药的人都没有，身体怎么受得了？”

田薇儿目瞪口呆，不知自己何时多了个癫疾。不远处的伍小六则两眼一闭，一副快要晕死过去的模样。

肖南回不敢去看周围人的神色，手下力道收紧，死死攥住田薇儿的手，看着她的眼睛一字一句道：“小姐，我和小六是田府出来的人，生是你的人，死是你的鬼，你就将我们带在身边照顾你吧。”

从出嫁开始便似傀儡一般任人摆布的田家小姐此刻终于回了魂。她再蠢也该知道，孙家绝不是什么好地方，刚刚在三目关的那一通下马威就是最好的证据。虽说眼前这两个看着也中用不到哪儿去，但好歹是自家带出来的不是吗？若是等到深陷孙府再谋出路，那才真就成了叫天天不应，叫地地不灵。

“这不是刚刚撒泼的那个？看样子是个刺儿头，这才多大一会儿就又出来找事，要不连她那个胖阿弟一起宰了算了。”

“就是，瞧着那样肥，怕是个费粮食的。”骑手们不怀好意的笑声传来，肖南回几乎能感觉到身后正在接近的杀气。

“军爷。”田薇儿终于开口了，声音虽有些柔弱，但清脆悦耳，让人没来由生出几分怜惜之意。特别是那声“军爷”让那几个骑手颇为受用，要知道他们干的是见不得人的勾当，平生最恨别人瞧不起，这声“军爷”虽说是叫高了，但落在他们耳朵里特别舒服。

“军爷，我自小身子就弱，这两个奴才也算一直跟着我的，多伶俐倒也说不上，但绝对忠心、本分，几位爷看在小女子的分上，便让他们随了我吧。”

肖南回看着田薇儿娇弱的模样，这才发现这世界上最容易掌握的一门手艺就是说瞎话。在她和伍小六的言传身教下，田薇儿这方面的造诣简直突飞猛进。

那几名骑手听罢将询问的目光转向那名领头“鹰钩鼻”：“克桑，你来决定吧。”

那叫克桑的首领不置可否，他缓缓向三人走来，先看了看田薇儿，随后突然出手掐住了肖南回的脖子：“女人，我记得你的脸。不要耍花样，这里是碧疆，杀人可不止掉脑袋这一种死法。”

肖南回被掐得喘不上气，她拼命控制自己想要还击的本能，终于等到对方松了手。

大口喘气间，她听到那人交代道：“让他们两个跟过去吧。”

夜已深，孙家大宅内似乎一片宁静，只是细细去听便能发觉，这宁静中掺杂着些许细微声响，听着让人隐隐不安。

田薇儿的脸色瞬间变得煞白，肖南回暗自叹息。

那是女子压抑的呜咽声，伴随着些许重物落地、钝物撞击的声音，模模糊糊听不真切，却堪比地狱里的鬼哭狼嚎。

一直在前带路的嬷嬷蓦地停下脚步，缓缓转过身来，露出一张面无表情的脸：“老爷今日收了几个南羌美人做伴，此时正在教她们品茶作画，没时间招你前去伺候。”

田薇儿几乎毫不掩饰地松了一口气。那嬷嬷瞧见了，嘴角勾起一抹冷笑：“不过，田小姐再怎么说也是我们孙家刚过门的新妇，该守的礼数总该守的。老爷今日不便完礼，你便穿着嫁服等着吧。老爷若有吩咐，我会随时叫人来传你的。”说完，不等田薇儿有所反应，便将刀子般的眼神狠狠投在肖南回和伍小六身上：“你们两个得跟我学学规矩，省得以后给你们主子丢脸。”

伍小六的小腿肚子开始哆嗦，肖南回把他往旁边挤了挤，一个跨步凑近那嬷嬷身边，用土到不行的宿岩方言怯生生地说道：“一切都听嬷嬷安排。只是……”

“只是什么？”

肖南回将手指插进头发用力搔了搔，几个可疑的黑点便蹦了出来：“……东城水太金贵，我和家弟有半个月没洗过澡了，身上痒得很。不过，嬷嬷如果不嫌弃，我们愿意先学规矩！”

那嬷嬷果然后退三步，嫌恶之意写在脸上：“腌臜东西，滚去后院马厩洗干净再进这院子！要是到时候脏了老爷的眼，我扒你们的皮！”

肖南回点头哈腰地应着。那嬷嬷不敢久留，唯恐沾上什么虱子、跳蚤，飞快撤了出去。

偌大的院子再次安静下来，那若有若无的呜咽声又钻入人的耳朵。

一天的惊吓此时涌上心头，田薇儿再也承受不住，两眼一翻晕死过去。

折腾了半个时辰，肖南回总算将田家小姐收拾妥当，安顿下来，往窗外一看，离天亮也就还有个把时辰。她没心思睡觉，借着夜色将孙府能转的地方都转了个遍，之后才小心回到田薇儿的院子。

田薇儿的房间没点灯，四周黑漆漆的。

黑暗中有个胖墩的背影坐在院子里的石凳上，和半个时辰前她离开时没什么两样。

“伍小六。”

对方缓缓转过身来，露出一张幽怨的胖脸。

“喂，你那是什么眼神？是对救命恩人该有的态度吗？”

伍小六仿佛刚刚被解了穴，愤怒地啐出一口口水：“我呸！要不是被你拉进这火坑，还轮得到你来救？早知有今天，我当初宁可被你开膛，也好过来这儿担惊受怕！反正我也没爹没娘了，在这世上也算无牵无挂，真要死了倒也干净……”

一阵糕饼的香甜气息飘入他的鼻孔，打断了他那无处发泄的愤怒，方才还要死要活的心已被旺盛分泌的唾液淹没，他那圆滚滚的肚子随即发出一声响亮的肠鸣。

肖南回毫不意外地挑了挑眉，将手里那半块温热的透着奶香的糕饼递了过去。

伍小六的自尊心还在做最后的挣扎：“谁……谁要吃你偷的东西？”

肖南回默不作声，将糕饼放在石桌上，自己找了个地方坐下，又慢条斯理地从怀里掏出一大包用粗布包着的馒头、甘芋，末了还有一只装了水的茶壶：“哦？看来你心意已定，决心选择饿死在这条路上了。”

伍小六的眼睛离不开那块糕饼，终于还是伸出了胖手。

“吃吧，就算是要死也吃饱肚子再上路，不然小心成了饿死鬼，下辈子投胎投成猪啊。”

伍小六的腮帮子被糕饼塞得满满的，许是想到先前的种种不易，眼中有泪水在打转，嘴上还硬得很，含混不清道：“你又没投过胎，你怎么知道？”

“我没投过胎，可我挨过饿啊。”肖南回一边满不在乎地说着，一边往嘴里塞着馒头。伍小六这才发现，这女人比他还能吃，这一会儿工夫已经吃了三个馒头。

“挨饿的滋味真不好受，有时候会觉得去死可能还轻松些。可那时候我太小了，就算想死都不知道该如何去死，日子便那么一天天地熬过来了。”

伍小六吃急了，打了个嗝：“那和投胎投成猪有什么关系？”

肖南回抓过一旁的茶壶，给他倒了杯冷掉的茶水：“你不知道吗？人死之前要是有执念，就会带到下辈子去。死之前吃不饱，下辈子就想着能吃饱，把其他的事都忘了。佛祖一看，这还不好办？直接就给你扔畜生道去了。”

伍小六喝饱了水，将信将疑地看一眼身边的女人：“瞧你说得头头是道，可我看你长得又高又壮，母老虎一般有力气，可不像挨过饿的人。”

肖南回忍这难听话忍得额角暴起青筋：“那我看你如此肥润，更不像挨过饿的人。”

伍小六一脸认真：“我这是虚胖，从小就这样。以前我家的黍子都是数着粒吃的，有一次我偷吃过后放些壳子进去充数，被发现后暴打了一顿，小命差点儿就没了。”

这是要和她比惨？肖南回冷笑一声：“你家还有黍子？我家连米缸都没有，印象中，我的米缸就是那些进城商人拴马的马槽。饿急的时候，我要同畜生抢吃的。有时候商户有钱，马槽子里放的是燕麦，我能高兴好几天。现在想想，真是又好笑又可怜。”

伍小六呆呆地看她片刻，随后咬咬牙道：“你赢了。”

院子再次安静下来，只剩咀嚼东西的声音。

又过了许久，肖南回终于填饱了肚子，就势躺在石桌上，抬眼看向微微泛白的天色，突然开口问道：“伍小六，你算是地道的宿岩人吗？”

伍小六哼唧一声，算是默认。

“我问你，你有没有听说过这一片有什么杀手组织，或者发生过什么离奇命案？”

“有多离奇？”

肖南回试图组织语言：“这个组织的人……所有人都长得一样。嗯，也不是一样，就是好像都被毁过容似的。而且，他们是用飞线杀人的。”

这一回，伍小六那边就陷入沉默了。

她等了一会儿不见有回音，转头一看，那胖子已经趴在石桌上打起了鼾。她真是被这岩西的风水迷昏了头，竟想向一个家奴打探江湖之事。

躺了一会儿，她干脆起身往屋里走去。离天亮还有些时间，她决定借那田家小姐的软榻用一用，养养精神。

听着身后的脚步声进了屋子，门扉吱呀一声关上后，伍小六的鼾声便停了下来。他睁开眼，从石桌上爬起来，抹了抹嘴上沾着的糕饼渣子，脸上带着几分挣扎和迷茫。

第五十三章

荒野盛宴（上）

孙太守要娶亲。这样的消息在岩西每隔月余就会听见一回。次数多了，谁也不记得孙太守究竟娶过几房妾正房又是谁了。反正孙府那么大，多装几个女人而已。

可是这一回，孙太守却要将这喜宴大办，直接将酒席设在府邸旁的别梦窟。

别梦窟是在一座天然洞窟里凿挖而成的，里面的壁画既不知是何时画的，也不知是出自何人之手，颇有古韵。洞窟中最大的一间空室可容纳数百人同时宴乐，其余小室更是多不胜数、复杂相通，可谓一处奇景。

可田家对孙太守来说并不算什么大户人家，按道理这次办喜事根本用不着如此兴师动众。唯一的解释便是，醉翁之意不在酒。喜宴是假，会人是真。至于会的是谁，即使没有明说，众人也都心照不宣，九成九便是白氏的人。

岩西其实早就是白氏的地盘，只是这么多年来白氏没有在明面上派人来讨罢了。孙太守也在等，等一个可以谈价码的机会。如今天成要对碧疆开战，他等的机会终于来了。

从白日开始，整个孙府就忙得鸡飞狗跳，随处可见行色匆匆、满头大汗的奴仆小厮，成车的瓜果梨桃、琼浆玉液流水一样地被送往别梦窟，准备随侍晚宴的侍女们一早便开始沐浴更衣、敷粉涂脂，蒸腾的香气冲淡了空气中的沙土味，处处都是奢靡的味道。

孙家的人进进出出，几乎都在准备此次晚宴。然而田薇儿的院子死一样安静。大半天过去了，连个来知会一声的人都没有。

肖南回觉得，孙太守虽然是在办喜宴，但可能压根早就把新娘忘到脑袋后面去了。

田薇儿巴不得没人找到她头上，伍小六更是乐得清闲，肖南回却抓耳挠腮，如坐针毡。她可是有任务在身的，难道千里迢迢来到这荒野之中就是为了吃一口那姓孙的王八蛋的馒头？

简单交代一番伍小六，她独自摸出了院子。

起先因为忌惮这府中的眼线，她还不太敢走动。颇为小心地试探一番后，她便发现自己的担心实则有些多余。所有人都忙得脚不点地，根本没有人留意她一个内院的人。往来宾客都是有名册的，此刻她更加庆幸昨晚做的决定，要知道如果没能混进府中，现在要想进入宴席可能真就比登天还难。

找到侍女换衣的地方，她决定给自己寻身行头。乱成一团的更衣厢房里总共有三种款式的衣裙，她分辨不出这三种分别对应什么差事，左思右想挑了套有头饰的。这头饰的帽子上缀着一圈珠帘，可以挡挡脸，也算是层好处。

待她穿戴整齐后，整个厢房就剩她一人了。窗外火红的落霞横亘在戈壁之上，好似一条染了血的带子。这般艳丽的色彩落在荒野之中，早已失了该有的美感，只让人徒增诡异不祥之意。

肖南回又检查了一遍脸上干掉的姜汁，低着头往别梦窟的方向走去。

人间有此景，自此别梦吟。

尽管已经在心中尽可能地想象了一番这座石窟的美丽之处，但等到真的走进其中，肖南回还是在心底狠狠地惊叹了一番。

洞外的天已暗成深蓝色，洞内却烛火通明。

洞窟中的岩石呈现出一种曼妙的紫色和赤色，层层叠叠交织在一起，在天顶和地面蜿蜒流淌。

周围墙壁和梁柱间布满金色颜料绘成的壁画，内容大多浅俗易懂，运笔也是粗放、随意，画中人物的眼睛无不镶嵌着血红、墨蓝、翠绿色的宝石，妖艳而夺目。

宴客厅的正中设着回字形的水渠，深浅不过刚没脚踝的样子，底部却铺着一层细细的碎金，水面静时那金沙沉在渠底，一旦有东西在水中搅动，那金沙便似雾一样在水中蔓延开来，反射着点点金光，甚是好看。因着这处处富丽堂皇的装饰，烛光初上后，即使是在夜晚，整个宴客厅也都映衬在一种金灿灿的光晕之下，像神话故事中魔王藏宝的魔窟。

宴会已经开始，四周丝竹声不断，夹杂着一些宾客的谈笑声，在洞窟的石壁间回荡。

肖南回正在入口彷徨，一个管事模样的人便颇不耐烦地呵斥道：“怎么这么慢？！去，那边还缺个侍酒，给我动作麻利点儿！”

肖南回得令，欢快地向大厅侧面的席位走去。

左右宾客已坐满七八成，正享受着这宴会中最迷人的开场舞。

舞女歌伎穿梭其中，其中竟然还有男乐伎，个个也都盘发束腰，一副妖娆的做派。细想便大概能猜出，这恐怕是为了迎合各个寨主的口味，都说南羌一带母系掌权，如今看来果然如此。

肖南回摸到那处空位定睛一看，是个长着两撇八字胡的胖老爷。她低声下气地赔着不是，对方却是个好说话的，哼哼哈哈地看着表演，根本没空搭理她。

没想到一切还挺顺利，肖南回开始一边殷勤地给胖老爷添酒递吃食，一边偷摸打量席上的宾客。

她从前惯常不善偷窥暗察之类的事，如今才不过几天，已经将贼眉鼠眼看人的本事学了个通透。

无奈头上那顶瓜皮帽子开始挡碍，一圈五颜六色的珠子在她眼前晃啊晃，她实在受不了，左右看看也没人在意她这个小小女婢，便偷偷伸出一根手指将眼前的几串珠子撩起来往头发里一塞，视线瞬间清晰了不少。

这一清晰起来，一个人影便入了她的眼。

斜对面不远处坐着一名公子，面容生得普通，其实并不引人注意。但这人她不久前刚刚见过，却是重金聘请她做护卫进彤城的那个贾公子。

肖南回心中警铃大作，这人的行进路线怎会同她一模一样？莫不是白氏有所察觉，派来试探她的？可细一回想先前在彤城时的一些接触，她又觉得对方看着不像城府颇深的人，甚至有点儿不谙江湖事的蠢钝，不然也不会只身一人到如今最乱的岭西来，却连个贴身体己的人都不带。

就像眼下也是如此，那贾公子并不善于应酬，只低头喝着身后女婢倒上的酒，喝光一杯又倒一杯，有几杯他便喝几杯，似完全不知杯中物是何滋味，目光一直在宾客入口处徘徊，似在寻什么人的身影。

其实宾客中不止他一人目光飘忽，这是一场甚是人多眼杂的聚会，参加宴会的人大都抱着看热闹的心态，想看看白氏同孙家的这桩“生意”最终会谈出什么结果，而他们又能不能趁此机会在其中捞上一笔。

金碧辉煌、琼浆玉液、衣香鬓影都是幌子。这是一场荒野盛宴，来赴宴的都是虎狼之辈。

乍一眼看上去，那贾公子与席间其他人并无分别，但细细琢磨他眼底的情绪就不难发现，那里甚少幸灾乐祸和左右逢源，反而流露着一丝焦虑，这种情绪使得他尽管摆出一副左拥右抱的姿态，看起来却同其他人有些格格不入。

这男的看着不对劲啊，但具体哪里不对劲，肖南回一时半会儿也摸不清楚，只得留心，等着一会儿开席之后再做观察。

她正寻思着，一阵骚动从门庭处传来，看样子又是哪个大人物来了，阵仗如此之大，人还未到，声音已经到了。

“潘寨主到！”

哦，那便是那碧疆有名的女匪首潘媚儿了。

肖南回先前听伍小六念叨的时候便留意过此人，别看潘媚儿这名听着像花楼姑娘的名字，正主却是个地地道道、杀人不眨眼的女魔头。

传闻这潘媚儿原本是宿岩一带有钱地主家的女儿，结果连年大旱，颗粒无收，家途中落，又遇流民打家劫舍，一家人四散分离，遭了难，只有潘媚儿和一个哥哥活了下来。潘媚儿跟随兄长做了流寇，因为目睹家门劫难而性情大变，在日复一日的劫杀生活中渐渐成了如今这副凶悍模样。

前几年她的兄长在一次绞杀行动中被流矢击中，挣扎半月后还是断了气，寨子里便涌起争寨主位子的暗流。潘媚儿其人极其多疑，宁可错杀一万，也绝不放过一个。可怜那带头的人连跳反的时机都没等到，便被潘媚儿挑了手筋脚筋，丢到荒漠里活活喂了狼群。从那以后，潘媚儿的地位终于稳住了，她身边的人无不战战兢兢，对她惧怕大过敬畏，加之潘媚儿也有些手段，不知怎么着便勾搭上了白家的人，这几年风头正劲。

两排大汉列队站好，无不恭敬地低着头。片刻后，一阵脚步声传入内室，一个身形甚是妖娆的女子徐徐而入。

肖南回在看到那女人脸的一刻便愣了一下，随即终于明白过来，在三目关的时候，那些游骑为何见到她的脸后都神色古怪。原来，那潘媚儿的脸与她有五六分相似。若是她卸了此刻脸上的伪装，或许两人能有七八分相似。

潘媚儿眉眼更显风情，嘴唇也更薄些，脸上轮廓不似肖南回圆润，她的头发因为常年暴露在风沙烈日下已经变成茶黄色，当中夹杂着几丝银发，虽然人不过是三十出头的年纪，但已经有了几分沧桑，她对此也毫不掩饰，这让身段妩媚的她即使站在男人堆里也散发着几分不好惹的气息。

“孙大人，别来无恙啊。”潘媚儿笑着走向坐在正座的孙太守，声音带着几分恰到好处的娇俏。那是女子惯常对付男人的一种嗓音，并不清澈，反而带着几分沙哑，听得人心尖痒痒。

孙太守脸上露出一种十分受用的神情，起身相迎，顺便在美人的手臂上揩了把油。

肖南回无语地看着，有些明白这女人为何能在多方势力中立足不倒了。

潘媚儿带来的人足有二三十人之多，落座后，这席间便只剩几个位子。就在肖南回以为不会再有人来时，另一个人影安静地出现在厅堂入口。

那是个男人，落脚却轻过舞步最轻盈的舞姬。

肖南回认识的人中，只有肖准和丁未翔是她无法听出脚步声的人，若勉强加上鹿松平，也只有三人。眼下这个，莫说脚步声，便是连呼吸吐纳的声音都几乎难以察觉，这是何等的武功造诣，细想之下便会心惊。

那男人穿着一袭深紫色的衣裳，旁若无人地走到席间，随意找了个空位，便坐了下来，其间没有开口说过一句话，没有看过在场的任何一人，仿佛这百余人的热闹宴席之上原本只得他一人。

好一个目中无人的狂妄之徒。

孙太守不愧是老奸巨猾之人，即便如此，也没有流露出半分惊讶和不满，只向手下人递了个眼色。很快便有穿着清凉的柔美女婢靠上前去，试图探出这人底细："官人怎么冷着一张脸，不说话？奴家好生害怕，都不敢亲近您了呢……"

那男人长了一张很讨女人喜欢的脸，偏生没有流连花丛的那种酒色之气，眉眼间虽然倨傲，却也极尽单纯。他带着几分疑惑看向那张涂抹着脂粉的脸："你是谁？为何叫我官人？"

女婢的脸僵了一瞬，随即又绽开如花般的笑颜："官人真会说笑，竟然调笑奴家，可是嫌奴家伺候得不好吗？不如一会儿让我服侍你一番，你便知道奴家的好了……"

那女婢边说边向男人耳边凑去，一股带着甜腻香味的气息直喷他的耳朵。如此这般，谅是再有定力的男子也要心神荡漾一番，可那男人只微微皱了皱眉，刚要开口说什么，另一个声音却响起来："贱婢，把你的脏手给我从他身上拿开。"

说话的人是潘媚儿，然而她此时的声音无半点儿妩媚，只剩冰冷、怨毒，像尖锐的指甲划过铁板一般刺耳。

那女婢仗着是孙太守的人，一时没动弹，还回过头挑衅般地看了潘媚儿一眼。

只是她没有料到，这一眼便是她在这人世间的最后一瞥，下一秒，她的两眼之间便多了一把錾着牡丹花的嫣红钢刺，入肉三分。

一阵黑气顺着那钢刺扎进去的地方迅速四散，蔓延开来，很快那女婢便僵硬如石头一般，再也不能动弹。她的脸上以那钢刺为中心长出一条条黑色脉络，远看便好似绽出一朵黑色的花，诡异而恐怖。

死亡的气息在宴会上蔓延开来，而"好戏"似乎才刚刚开始。

第五十四章

荒野盛宴（下）

潘媚儿旁若无人地在偌大的宴会厅堂横穿而过，赤脚蹚着那金灿灿的水渠走到对过，一脚踢开那婢女硬邦邦的身体，又抬起脚踩在她胸前狠狠地踝了踝："就你这身子，拿来擦脚都不配。"

孙太守自始至终都坐在他那把描金錾银的座椅上冷眼看着，他的手下见他并未多言，便识趣地叫人将那女婢的尸体抬了下去，平静得好似无事发生过一样。

潘媚儿远远瞥一眼孙太守，眼神中有种有意为之的放肆，这一眼过后，她便将目光飞快转向眼前的男子，那双凤眼中简直能溢出水来："燕紫大人，你还记得我吗？咱们之前是见过面的。"

那叫燕紫的男子看她一眼，眼神与刚刚看那女婢并无分别："不记得。"

肖南回掐了一把大腿才强忍住没笑出声来，为了掩饰情绪，连忙弓着身子给眼前的胖老爷又上了一盘盐渍小梅干。

那潘媚儿脸色僵了僵，倒是没气馁，干脆坐在那男子旁边，将桌上的两盏空杯倒满，自己端起来一盏放在嘴边磨蹭着，欲饮不饮地看着对方。

这当口，孙太守听到潘媚儿叫出口的名字，似乎是终于反应过来那男子的身份，举起酒杯遥遥相祝道："早就听闻白大人的爱将燕先生是个谪仙般的人物，如今一见，果然卓尔不群，孙某当敬你一杯。"

燕紫闻言，单手拿起桌上酒杯向孙太守示意一番，一字未说尽数干尽杯中酒。

肖南回的心情却开始七上八下，刚刚她姑且能抱着看热闹的心态，此时得知此人竟然是白氏的人，不由得想到日后对上他时的情景。也不知这燕紫究竟是何来头，总之，白氏得此能人，将来恐怕是更加难以对付了。

一巡酒后，那燕紫竟像从未喝过酒一般红了脸颊。孙太守斜眼瞧着，有心给对方一个下马威："燕先生远道而来，孙某合该好好为你接风洗尘一番才是。这潘寨主与我也算多年交情，不如就让她替我再敬你一杯，共祝我等的未来大计如何？"

那潘媚儿是何等玲珑心窍，转瞬便明了对方的意思。这是要将人灌醉，之后谈事便好商量。她此刻也存了些试探的心思，当下便将对方酒杯满满斟上：“燕大人，这可是上好的烧玉酒，莫要浪费了。”

见那燕紫仍是不动，孙太守又不咸不淡地添上两句：“燕大人可是担心会醉？若是醉了也不打紧，今夜便在我府上歇下，我府上的人个个乖顺机灵，定能将燕先生伺候得妥帖舒服。”

这前后左右地一堵，摆明了就是要对方喝酒。

在场的其余宾客也都摆起了看热闹的架势，毕竟谁也没想到，这白氏瞧着不可一世的样子，竟然只派了个如此年轻的后生来谈事，被人刁难不也是情理之中吗？

可肖南回却觉得，要倒霉的不是这年轻男子，而是孙太守。

果不其然，潘媚儿倒出的酒静静地摆在那里，紫衣男子根本看都不看一眼。他一言不发，顿了顿，随即霍然起身，向着主位的孙太守走去。

孙太守也是花了银子请了护卫的，其中有几人便是昨日前来迎亲的弯刀骑手，见此情形迅速上前阻拦。

来赴这种宴席是不能带兵器的，可那人却平白令人生出一种他压根便不屑于使用兵器的感觉。

左右四人同时攻向他，他却连躲都懒得躲，只等刀光离近，便赶苍蝇似的挥了挥手。那本该砍在他身上的刀子突然就掉转了方向，割开离得最近那同伴的喉咙后，又转瞬切掉旁边两人握刀的手指。第四人呆愣地看着，手中的弯刀应声落地。

前一刻还调笑声不断的宾客席瞬间鸦雀无声。

肖南回看得咋舌。年纪轻轻便有这等功力不说，就连手段也令人胆寒，就是不知出自哪家功法。她对江湖武学还是知之甚少，伯劳若是在此，说不定还能看出一二。

那燕紫一步步走上台阶，径直到了孙太守面前，面无表情地隔空挥出一掌，对方案子上的酒壶、杯盏、瓜果吃食便似狂风卷落叶一般呼啦啦地被扫到一旁。做完这一切，他活动了下手腕，全然不觉自己的行为有何不妥，只掏出一份羊皮卷放在那已经腾空的案子上：“白大人说，要我将这份协议交与你看，你若认可便在此画个押，若是不允便原样奉还。”

孙太守低头看了看那羊皮卷，吞了吞口水：“嗯，燕先生，你瞧，我这酒气正上头，可否容我酒醒后再看……”

燕紫轻皱眉头，认真思索一番后看向对方：“你何时酒醒？”

孙太守笑了笑，露出一口黄牙：“许是明日就醒了。”

燕紫点点头，神情甚是漠然：“那我便等你到明日。”说罢，又迤迤然原路返回自己的席位，仿佛一地狼藉与血污同自己没有半点儿关系。

那潘媚儿咬牙盯着自己刚斟满的酒，只得自己喝了下去。

缓了缓神，孙太守决定寻点儿别的事来挽回自己刚刚弄丢的面子。他故意提高嗓音道："瞧，我差点儿忘了正事，今日本是喜宴，怎么能没有美新妇呢？来人，将田家送过来的女人带上来。"

此话一出，满堂宾客又恢复了生机，俱是大笑起来，声音中无不充满调笑、暧昧的意味，似是早就知道这宴席上会有这么一出。

没多久，田薇儿便被两个嬷嬷带上厅堂来，她还穿着红色的嫁衣，手中固执地抓着把团扇遮挡着脸。那扇子下一瞬便被其中一个嬷嬷一把夺过来扔到了一边。

肖南回看一眼跟在不远处的伍小六，他显然也是一脸慌乱，不知会发生何事。她心中不由得生出一种不祥的预感。

孙太守满意地打量着这名新送上门的妙龄少女："光是喝酒听曲太过无趣，都说你田家祖上曾在宫中教舞坊做过差事，想来跳个舞助助兴对你来说也不算难事。今天在座的各位都是贵客，能取悦他们对你来说也算幸事。"

肖南回皱了皱眉，她有些低估了这姓孙的恶心人的本事。

嫁来的新妇第一日便被叫上厅堂给客人跳舞取乐，即便是个妾，也受不了这种羞辱，何况一个从小养在闺中金尊玉贵的小姐。

那田薇儿当即白了一张小脸，鲜红的唇颤抖着，像两片摇摇欲坠的蔷薇花瓣。美人一副泫然欲泣的模样，在座宾客却只觉得更加有趣，歌舞伎哪里都能看，而这穿着红嫁衣的新娘却是不常见，这种碾压道德伦常的快感令所有人都兴奋起来。

然而那一张张要看好戏的脸中，有一人神情明显不大对劲，便是那锦衣华服的贾公子。肖南回瞧着，他手中的白玉小盏都要被捏碎了。

"你会跳什么舞啊？来，说与乐师听。"孙太守步步紧逼。但田薇儿根本说不出半个字，整个人都开始抖起来。

宾客中有好事者已经开始撺掇着喊道："孙大人，您该不会被人蒙骗，纳了个哑巴回来吧？"

孙太守方才丢过一回脸，此时脸色已经变得十分难看："来人，教一教田氏如何起舞。"

话音一落，一名身穿花衣、脸上涂抹着鲜艳彩绘的嬷嬷从舞伎中走出，正是先前将田薇儿领进门的教习嬷嬷。她面上挂着一种夸张的微笑，盯得久了，反让人心生寒意。她走到田薇儿身旁十步远的地方停住，缓缓从袖子中抽出一条金色的鞭子。

肖南回从未见过那样长的鞭子，虽然长，却十分纤细，像初春柔弱的柳枝一般。但看到一旁舞伎脸上那控制不住的惊恐表情，她就知道这鞭子绝非看上去那样轻巧。

田薇儿有些无措地看着眼前的嬷嬷，呼吸都凌乱起来。

忽然，那金色的鞭子便舞动起来，像一团藏在空气中的雷电。随着执鞭人将鞭子挥出，那雷电便劈在地上，啪的一下炸开一声响。

那鞭梢落下的地方离田薇儿的足尖不过几寸，吓得她一个踉跄后退一步，还未来得及有所反应，下一鞭又接踵而至，这下正落在她脚后，她又不得不向前躲去。这左一鞭右一鞭，田薇儿几乎是不由自主地在地上跳动起来，远看就像一个笨拙的人在跳舞。她不敢停下来，只要稍有迟疑，那鞭子便像火烧一样舔过她的脚踝，麻木过后是钻心的疼。不知不觉中，她越跳越快，额头上滴下汗来，精心梳过的发髻也散落开，珠钗掉了一地，不小心踩到又差点儿摔倒，在座宾客的哄笑声达到了顶峰。

肖南回看得揪心，正想着如何帮对方摆脱这困局，突然，厅堂正中发出一声脆响。

一只白玉酒杯被人掷在地上，碎裂成片，掷酒杯的人正大口喘着气，面有怒色地看着一众宾客，却是那贾公子。

孙太守挑了挑眉：“贾公子？此举这是何意啊？”

“堂堂一家之主，怎能允许自己新娶过门的妻子在堂上如此遭人羞辱？还有你们，你们难道都没有廉耻之心了吗？”

肖南回被这一出突如其来的反转惊呆了，她先前还有些怀疑这贾公子的身份，现下只担心这说话如此直接的贾公子能否活着从这儿走出去。

果不其然，宴席上一阵安静后，随即爆发出一阵哄笑。

孙太守也跟着笑了两声，只是那笑看着比不笑还吓人些：“贾公子也是有身份的人，当知道这女人已过了门，便是我孙家的妇人。你一个外人，与她非亲非故，切莫因为一些小事而做出不符身份的事来。”

这话说得留了三分余地，是要这贾公子识相地赶紧顺着台阶下来，谁知对方根本不领情，死活不肯将这篇揭过去：“孙家也是大户人家，当知道嫁作人妇怎可轻易抛头露面的道理，如今她被这般对待，又和那些被迫迎客的舞伎有何分别？”

孙太守的脸色彻底沉下来：“你到底要怎样？”

“孙大人若只是把她当作寻常舞伎，我愿出金银将她买下，你看如何？”

肖南回这次总算是有点儿看明白了，再看那田薇儿看着贾公子两眼含泪、羞愤难掩的表情，基本已经八分肯定这是怎样一出戏了。

公子佳人互许心意，谁知一朝变了天，姻缘就此破灭，公子不死心，这才千里迢迢地追来了。她能看明白，在场的其他人也能看明白。

只是谁也没想到，孙太守竟然没有一口回绝：“贾公子所说，我尚需考虑一番。贾公子不妨同燕大人一起在我府上多留些日子，左右不过几天时间，就当在这儿多看几天风景好了。”

那贾公子进退两难，只得暂且应了。

田薇儿被人拉了下去，洞窟里转瞬便又恢复了热闹，席间宾客欢言笑语与先前并无两样，只是各人心中又多了几分计较，却是没人知道。

第五十五章

情为何物

次日清晨，孙府一片寂静，四处弥漫着一股狂欢过后的污浊酒气。

田薇儿那座偏僻的院子内，一个身影鬼鬼祟祟地从屋内钻出来，身上穿了件侍女的衣服，发髻却是胡乱盘的。她蹑手蹑脚地从门前熟睡的小厮、婢女跟前经过，四处张望了一下，便往院子外走去。

听得那脚步声走远，肖南回这才睁开眼，看了下身边睡得雷打不动的伍小六，起身跟着出了院子。

田薇儿的脚步越发匆忙，心跳得怦怦响。

这是她第一次在没有人服侍的情况下自己换衣裳。她那身嫁衣太显眼了，发髻上的钗子也太过隆重，便索性都换掉了。可惜她不会自己梳那流云髻，只能随意盘了盘，又留了一支她喜欢的簪子揣在身上带走了。不过，这些小烦恼，在她想到即将要见的人时便都烟消云散了。

嘴角的笑容像掺了蜜，她的脚步已全然没了大家闺秀的端庄，几乎是一路小跑。

孙府给贵客的别院都备在东侧，以免西晒时的炽热阳光将屋子烤得太过炎热。

七八处别院虽然各自分隔开来，实则院院相通，只有最靠近里侧的院子留有后门，方便洒扫的奴仆出入。

此时各院各房的主子们还在睡梦中，除了守夜的丫鬟小厮，没有哪个不长眼的奴才会在这个时候打扫院子。可那别院的后门处却立了个人。那人徘徊不安，时不时地向着甬道的两边张望着。

不一会儿，田薇儿的身影在尽头出现了。她看见后门处的那人，脸上压抑许久的兴奋之情终于溢出："翰郎！"

贾翰因为睡眠不足而有些苍白的脸，因为这声呼唤而终于有了几分红晕。他小心捉住向他飞奔而来的少女的手，却不敢碰她的身子："薇儿。"

少女急急握住心上人的手，似有千言万语要倾诉，到了嘴边却成了委屈、酸楚，还未开口，泪便掉了下来。

男子惊慌失措地去擦那泪，眼中既是心疼又是懊恼："薇儿，你……你莫哭了，都是我不好，我该早点儿来寻你的。”

田薇儿摇摇头，终于开口低声道：“你能来已经很好了。”

贾翰轻轻拂过少女柔软的发丝，只觉得心间又酸又疼，咬了咬牙开口道：“我一定会带你离开这里的。”

田薇儿想到心上人昨夜在宴席上的那番话，又是欣喜又是感动，刚要开口说些什么，突然便听身后甬道旁的草丛中传出两声闷哼，接着便是重物落地的声音。

这对情到浓处的鸳鸯吓了一跳，贾翰强自镇定，逼迫自己缓缓转头去看身后的情景，却只来得及看到一双慢慢被拖进草丛里的脚。

“谁……谁在那里？”他的声音有些颤抖。草丛中无人回应，只传出一阵窸窸窣窣的声响。

深吸了口气，他再开口时声音大了些：“是谁……”

他才刚吐出两个字，草丛里便呼的一声站起一个人：“别叫了，你想让所有人都出来围观你俩私会吗？”

田薇儿瞪大眼睛打量着那个只穿着中衣的婢女，觉得对方似乎有些眼熟：“你怎么会在这儿……”

肖南回做了个噤声的手势，竖起耳朵听了听，确定没人在附近了，这才不耐烦地对贾翰招了招手：“过来搭把手。”

贾翰呆愣片刻才走上前去，赫然发现草丛中横七竖八地躺了三四个护卫模样的人。

“把他们拖到树丛后面，别让人发现了。”

一阵忙活后，肖南回看一眼仍云里雾里的贾公子，开口道：“你以为姓孙的留你住下，真的是在考虑是否要将人卖给你吗？”

贾翰一脸深信不疑：“难道不是吗？”

深吸一口气，肖南回决定敲醒这个有些迟钝的蠢公子：“田家又非奴籍，嫁的是女儿，又不是卖家妓，哪儿来的身契？没有身契，孙家又是明媒正娶，你即便是交了银子带走了人，转头孙家也能随时将人抢来。”

贾翰的脸白了又白：“怎……怎会如此？”

“更有甚者，我看那姓孙的瞧你出手阔绰，搞不好想要将你一并扣下。方才你私会他家女眷，若非我及时将蹲守的人处理掉，便是抓你现行，到时候扣上一顶诱拐新妇私奔的帽子，你若想活命，便要家里人交银子来赎吧。”

一旁听着的田薇儿的脸色也白了：“那要如何是好？”

肖南回伸出两根手指：“两个选择。第一个，你回去继续做孙太守的婆娘，有生之年不要想着和人私奔的事，贾公子寻个由头说是回家取银子也好，老父病重也罢，总之，速速离开此地，有生之年不要想着再回来。”

她顿了顿，正要说第二个，田薇儿已一脸坚定地打断了她的话："不用说了，我们选第二个。"

肖南回眨眨眼，发现眼前这个姑娘其实比看上去要有主意的多。

一炷香后，孙府后门附近的哨岗正在日常巡视。守卫值了几个时辰的夜班，正是困顿的时候，远远看见换岗的人走来，心中生出一丝疑惑。

打更的人还未走过，距离换岗的时辰应该尚有片刻。

还未等他开口询问，那来人已经站在哨岗下喊话道："克桑叫我来替你，让你去盯着别院那边。"

他皱起眉来："什么别院？"

"还能是什么别院？当然是白大人身边的贵客。"

守卫这才露出了然的神情。老大早就说过，那别院里住着的什么燕紫是个难缠的角色，孙大人授意他们要多加留意。

没再多想，他爬下哨塔，正准备将岗位交给来人，抬眼却发现这人顶着张面生的脸。他正要上前讯问，突然身后降下一个黑影，一掌将他劈晕了。

肖南回拍了拍手，上前利落地检查一番，确定对方真的昏死过去，便将人拖到隐蔽处。

穿着护卫服的贾公子心有余悸，将藏在后门处的田薇儿唤出，三人牵了那守卫的骆驼便向通往戈壁的山谷口赶去。

脚下渐渐又变为干硬的黄沙，肖南回将骆驼交到贾翰手中，想了想没忍住，将自己一直以来的疑问问出了口："其实我一直想知道，没有向导，又只身一人，你先前是怎么过三目关的？"

听见她问起这个，那贾翰眼中泛起奇异的光，语气中也带上了几分兴奋："便是如今想起来，我也觉得有些不可思议。那日我半夜行至三目关前，随身水囊已经空了几日，实在口渴难耐，便想寻处绿洲看看能不能讨到点儿水喝，结果却遇了狼群。"

肖南回默默听着，心里倒是一点儿也不惊讶。戈壁中水最珍贵，夜晚的狼群最喜欢守在水源旁边，等口渴难耐的猎物自己送上门来。

"我以为这下小命休矣，突然便听得一阵琴声。那琴声当真高远如飞鸢过群峰之上，如游龙临深渊之下——"

"等一下。"肖南回越听越不对劲，不禁出声打断，"戈壁中怎会有琴音？"

贾翰越发眉飞色舞："我也觉得奇怪，但更奇怪的还在后面。那狼群听得琴音便似被震慑住一般不敢妄动，随后一名青衣侠士突然从天而降，以迅雷之势瞬间便割下那其中一只狼的头颅，余下的便作鸟兽散。都说三目关如鬼门关，夜晚更是少有人走动，现在想想，或许是老天爷在冥冥中要帮我和薇儿，这才留我一条性命……”

肖南回越听越头疼，有什么联想过后的思绪在脑海中翻涌，她却有些抓不住关键：“你是说有人将你从狼群中救出？那抚琴者同侠士可是一人？”

“并非一人。侠士是侠士，抚琴者另有其人。其实我未见那抚琴者之前，一直以为那人会是耄耋老者。因为那琴音的境界便是常年抚琴苦修、年过不惑的琴师都少有能达。可见了他才发现，他不过二十又几的年纪，真真令人惊讶。”

肖南回听到这儿，终于抓到了些许感觉，眼前闪过那日在三目关时悬崖上那道一闪而过的影子，几乎是下意识地问道：“那抚琴的人手上可戴着什么东西？”

贾翰停顿片刻，随即想起什么似的点了点头：“是有戴东西，好像是串珠子。说来其实抚琴的人都不太会在手腕上戴东西，不过那人倒是丝毫未受影响。我想，他可能很久以前就习惯如此了。欸，说来我与他攀谈琴道，他个中见解当真不俗……”

他后面说的话，肖南回已经听不进去了。

年轻男子，手上戴佛珠，还有武功高强的青衣侠士。她心中只有一个想法，这会不会太巧了些？为什么……为什么哪儿哪儿都有他？！

许是肖南回脸上的表情太过纠结，那贾翰似是察觉，瞪着一双无辜的眼睛问道：“怎么？可是有何不妥？”

肖南回自是说不清其中的不妥之处，只敷衍道：“无事，就是听着有些奇特，多想了些。”眼见前方便要进入戈壁，她停下脚步，思索片刻交代道：“孙家早晚会发现你们逃走了，到时候必定会派人去追。出了三目关，最好不要直接回宿岩。戈壁虽然凶险，但也好藏身，你们带的干粮和水省着些用也能撑半个月。挨过这段日子，再想办法直接往彤城去吧。”

那田薇儿又看一眼肖南回，似是挣扎一番，下了决心后说道：“要不……要不你同我们一起走吧！”

肖南回摇了摇头：“我还有别的事要做，一时离不开。”

“可是他们发现我们逃走后刁难你怎么办？”

她心下一暖，眼前又闪过那胖墩的身影。其实她本来就打算送走这二人后，想办法就近找处岩洞躲起来，等那潘媚儿回寨子的时候伺机跟上去，只是一想到伍小六那胖子，心下便多少有些不忍。她已经将田薇儿放走了，若是自己也拍拍屁股走掉，伍小六绝对要遭殃。

她笑了笑，随意说道：“当下人的嘛，总要被刁难。我习惯了。”

“谢谢你。”那田薇儿突然一把拉住肖南回的手，低声道，“其实我之前就知道你不是我们家的人，我虽是小姐，但家中奴仆还是认得清的。”

肖南回盯着眼前这个粉颊少女小鹿般的大眼睛，一时间有点儿脸红：“这个我都说过了，你们不必放在心上，我也只是举手之劳。”

贾公子也学着江湖中人的样子抱了抱拳：“在下贾翰，蠡州江北人，此次承蒙女侠出手相救，我和薇儿感激不尽，若是日后——”

肖南回哭笑不得：“别日后了，你俩再不走，等会儿那下一班守卫前来换岗就全露馅了，到时候谁也走不了。”

田薇儿郑重地点点头，不再道诀别的话，拉住贾翰的手上了骆驼，两人摇摇晃晃向远处行去。

肖南回望着那两个笨拙的背影，神情有些复杂。

一个是富商家的公子，一个是大户人家的小姐，从出生起便过着锦衣玉食、有人伺候的生活，如今却要在这黄沙中风餐露宿，看那样子连骆驼都牵不好，更不要说在那恶劣的环境中照顾好自己。可他们看着彼此的眼神是那么安心，似乎只要在一起，便永远不会畏惧那些未知的苦难。情之一字，令人失去理智，但也令人坚强。这样的情愫，肖南回自己从未体会过。她对肖准的情意总带着三分敬畏、三分感恩、两分小心翼翼和一分懦弱，真正留给她那点儿甜蜜的部分，可能连一分都没有。

呆呆地看了一会儿天空和昏黄的地平线，她转身快步向孙宅走去。

第五十六章
代价

肖南回返回孙府的时候，守卫已比清晨时密集许多，她费了一番功夫才翻回田薇儿之前落脚的院子。

脚一落地，伍小六的声音便在院子里响起："你去哪儿了？"

肖南回愣了愣，回头一看，伍小六就坐在昨晚吃糕饼的石凳上，目不转睛地看着她。

还未等她回答，对方又问道："小姐去哪儿了？"

肖南回沉默片刻，开口如实说道："我将她送走了。"

伍小六的脸上瞬间露出绝望之色，随即又恢复了先前那种淡淡的忧伤。似乎不需要再多问一个字，他也清楚地知道发生了什么。

见对方如此反应，她轻声安慰道："我这不是回来了吗？你要是没地方去了，可以和我一起走。"

"走去哪里？"

"去孙家找不到的地方。"

伍小六听到这里突然笑了笑，随即摇了摇头："不，你能去的地方，我去不了。你身手那么好，又来去自由，而我只是个连鸡都不敢杀的胖子。"

肖南回望着有些反常的伍小六，一时无措。许久，她走上前，想要说服对方："是我拉你来这里的，我定有办法护你周全。"

伍小六没回应，一直低着脑袋。他拿起石桌上的茶壶，倒了两杯隔夜茶，递了一杯给肖南回："先喝口水吧。"

肖南回接过杯子，一边喝一边将自己的打算告诉对方："如今孙家其实算不得最好的落脚点，明面上风光，实则处处受白家掣肘，加上他家中守卫大都是雇来的游骑，人数虽多，但却是一盘散沙，早晚会叫人吞了。不过我看那潘媚儿倒是有些底气，不知她寨中究竟是何模样，或许可以先去那边看看情况……"

她说着说着，突然觉得舌头有些打结。她停了停，以为是嘴上沾了什么东西，便伸手去摸，却发现嘴唇开始发麻。等她反应过来，视线已经飞到那明晃晃的天空中去了。

这岭西的风水真是不好，刚来了半个月，她就犯晕两次。

模糊的声音断断续续传来，她仿佛看到伍小六异常冷静的眼在她头顶晃来晃去：“对不起啊，我只是觉得你护不了我一世，到头来靠得住的还是只有自己。你说，对吗？”

她张了张嘴，无声地感叹道：“真是人不可貌相啊！这年头，便是连个胖子都不可信了。”

她终于撑不住，彻底晕了过去。

肖南回再睁开眼的时候，手脚都已动弹不得，先前藏在衣服里侧的平弦和匕首都不见了。屁股下面是粗粝硌人的砂石，四周也是相同质地的墙壁，只有靠近顶部的地方开了一个碗口大小的气孔，四周光线微弱。

这是一座天然的石室，用作天然牢房绝对比任何栏杆都要坚实牢靠。

石室唯一的入口只开了一人高，用一种只能从外面推开的巨大木桶封住。她目光刚刚落下，那木桶便缓慢地滚到一旁，一个人影捧着一只碗走进来。他刚走进，身后的木桶便被人从外面滚回原地。

肖南回没抬头也知道来的人是谁。

那只装着水的瓷碗被放在她眼皮子底下的那块地面上，一个声音随即响起：“喝点儿吧，不知道他们之后还会不会给你水喝。”

她没动弹，盯着那碗里的东西有些出神：“我怎么知道这碗水里是不是也下药了？”

那两条一直立在她面前的胖腿蹲下来，伍小六蹲在地上静静地看着她，半晌才开口道：“其实除了我是孙家的人这件事，其他的，我都未骗过你。”

肖南回终于抬起头，看向这张有些陌生的胖脸：“有人和我说过，只有恐惧能让人说真话。看来是咱们处得太融洽了。”

伍小六顿了顿，自己端起面前那碗水喝了个干净：“我太想回西城了。他们把我扔在东城让我自生自灭。我是个笨的，这么多年都没能抓个阿猫阿狗回来交差。你是送上门的，不能全怪我。”

“为何刚到孙家的时候不揭发我？”

“那会儿你也没做什么，我也一度觉得在孙家有你陪我还挺好的。可你将小姐放走了。我——”

“好了，不必说了。”肖南回突然就失去了倾听的耐心。

他们从一开始就不是一路人，能走到一起才叫邪门。况且现在讨论这些也没什么意义了。

一时间，石室内只剩沉默。

当伍小六终于起身要拿起那只碗的时候，入口处的木桶突然动了，随即走进来两个人。当前那个正是孙太守，而他身后跟着的那个却是潘媚儿。

伍小六整个人匍匐在尘土中，结巴着行礼道：“见……见过大人，见过寨主。”

潘媚儿越过孙太守走向前，一脚踢开那只碗，声音仍是又软又媚：“听说孙大人逮到一个内贼，我便过来瞧个热闹，可怎的如此冷清？一点儿意思也没有。”

孙太守没说话，示意身后跟着的两个仆从将肖南回从地上拎起来扔到一旁的刑椅上。

肖南回的屁股刚刚经受过砂石地的折磨，又被按在这把铜椅上，实在有些无福消受。

那孙太守慢条斯理地看她一眼，又亲自将她的两条腿塞进那铜质的箱板中固定好，外面只留了两根细长的皮绳。

肖南回从外面看不出那箱板里藏的是什么折磨人的玩意儿，这反而让人备受煎熬。看来这孙太守平日里没少做这审讯人的活计，在这刑具上还出了不少巧思。

潘媚儿走上前，摆弄着那皮绳上的两颗珠子，依旧是那副笑盈盈的样子。

肖南回望着对方，简直怀疑这女的天生就长着张笑脸，不然她实在是不知道眼下这番情景到底有何好笑。

“你叫什么名字？”对方发话了。

肖南回舔了舔干裂的嘴唇，轻声道：“姚儿。”

“姚儿？”潘媚儿的声音在她头顶盘桓，“你这脸蛋长得可是十分有趣呢。”

肖南回继续大言不惭地道：“是，从小便有人说我长得像那庙里救苦救难的女菩萨。”

“女菩萨？”一只冷硬的手掐住了她的颌骨，迫使她看向上方，“那你看看我长得像不像菩萨。”

肖南回眨眨眼。先前在宴席上离得远，她看不大清，现在离得近了，却不愿意看了。要是有哪个庙里的菩萨长成这样，那别说香火钱了，估计庙都得让雷给劈了。

左右她今天一句真话也不想讲，干脆继续睁眼说瞎话：“像。”

下颌骨上的力道消了去，潘媚儿发出一阵古怪的笑声，和她之前的声音都不大一样：“不光脸蛋长得有趣，说话也有趣呢。我是想给你个轻松痛快的，有什么想说的，不妨先说来听听。”

“潘寨主想听什么？”

潘媚儿的手指在皮绳上灵活地打着圈：“不如就从你是谁家的狗说起吧。你也知道，就算是只狗，也有属于自己的地盘。不在自己的地盘老实待着，跑到别人那里四处转悠，免不了就要被抓了炖汤，你说，对吗？”

肖南回静了片刻，抬起脑袋笑嘻嘻地看向那潘媚儿：“我不养狗，潘寨主说的话，我一个字也听不明白。”

潘媚儿的脸瞬间失了妩媚的笑容，她仿佛一只脱了人皮的精怪，现出原形，手中的长绳猛地一抽。

只听一阵刺耳的金属摩擦声传来，箱板内两侧突然长出一排铁齿钢针，牢牢地夹在肖南回的踝骨上，根根钢钉刺破皮肉，嵌入骨头。

钻心的痛袭来，她咬紧牙关，破碎的呻吟声在喉咙中翻滚。

一旁的伍小六呆呆地看着，渐渐白了一张脸。

笑容又回到潘媚儿脸上，她那又长又硬的指甲在那两只铁夹上刮过，发出刺耳的声响：“哟，瞧这样子，倒像受过些训练的。”

肖南回知道今天注定无法善终，反而没什么顾虑了。她抬眼看向那潘媚儿，也跟着笑起来：“潘寨主最好再用点儿力气，若能夹断我的骨头，以后便连穿鞋的钱都省了。”

饶是见过不少花样百出的问讯现场，潘媚儿的脸还是有一瞬间的扭曲。

一旁的孙太守倒是自始至终都没什么表情，他抬手舀起一旁那口缸里的液体，黑乎乎的一团，不知泡过什么药草，径直浇在肖南回腿上。

那液体淋淋漓漓地浸入破损的伤口，先前种种疼痛在瞬间被放大。而这一回相比理智，疼痛占了上风，肖南回听见自己的惨叫声在密室内回荡，力竭方止。

伍小六就一直站在旁边看着，起先是一脸麻木，随后身体便抖得厉害，最后终于忍不住，瘫在地上。

他膝盖发软，勉强向前挪动着，嘴里断断续续地嗫嚅着：“大……大人，她只是想赚银子，迷了心窍，才会帮那田家女人和外男私奔。您大人有大量，饶了她这次……”

孙太守将手里的空瓢扔回缸里，依旧是那副皮笑肉不笑的嘴脸：“小六，你是个老实人，不该掺和这些事。如今局势不太平，想来天成也是没少派人打听碧疆的情况，我们总要做些准备，免得让些别有目的的混进来，日后出了岔子，我们同白氏岂不是要一起遭殃？”

孙太守的话像一支长矛直指肖南回的身份，但此刻疼痛占据了她的身体，令她说不出反驳的话。而她的脑海中此时翻涌着的却是那漫天黄沙中田薇儿和贾翰远去的背影。

从前她总是想，这世间为什么常常坏人多，好人少，坏人长命，好人短命呢？其实答案很简单，做好人是要付出代价的。这个道理，她以前不明白，现在总算懂了。

“怎么不说话了？方才不还是个顶顶有趣的人？”潘媚儿的眉眼在她面前晃着，似乎还是那张笑脸，但那笑又十足扭曲。

因为疼痛，她脸上汗如雨下，先前混着生姜的葛根粉掉得七七八八，混在汗水里，变成混浊的水滴落在她眼前。她努力让思维重新运转起来，一个大胆的想法冲破理智钻了出来。

她喘息着，费劲地控制着自己的舌头，让它不至于因为疼痛而变得不听使唤：“孙大人，我是何人，你该问问潘寨主。”

孙太守那肥厚的面皮终于有了些不一样的神情：“哦？潘寨主，你可知道她是何人啊？”

第五十七章

绝处逢生

肖南回的话将囚室里的氛围搅得微妙起来。

那潘媚儿没料到这半死不活的女人竟然咬到自己身上来，气极反笑："我说方才怎么一直不吭声，原来是在这儿等着呢。你以为你随口胡诌，便有人信你？你一个低贱的走狗奴才也说不出什么有用的信息，我若有闲心便陪你耗一会儿，觉得无聊了，你便多一个字也说不出口。"

肖南回冷笑："潘寨主想堵住我的嘴，确实有无数种办法，我一个低贱的奴才确实只能任你摆布。"

这话说得显然是有意蹿火，潘媚儿只觉怒上心头，便要出手将眼前人那条令人讨厌的舌头割下来，却在下一瞬看到孙太守的反应后停了下来。

她可不能着了道。这人死了也就死了，她却是有嘴也说不清了。她在孙老贼这儿花了多少心思，可不能就这么葬送了。想到这里，她反倒摆出一副平心静气的模样，朝着孙太守的方向靠了靠："给你个说话的机会又如何？我倒是要听听你有什么鬼话要讲。"

肖南回等的便是这刻，她酝酿了好一会儿，才猛地抬头。其实不用怎么准备，她此刻也因为疼痛而双目赤红，神情仿若看见了不共戴天的仇人："阿姊！都已经到了此刻，你仍不打算认我吗？"

此话一出，当真是石破天惊。

潘媚儿先前摆出的淡定顷刻间碎成渣渣，因为激动，殷红的唇拉扯成了倒梯形："胡说八道！哪个是你阿姊？！"

肖南回拼尽最后的力气扯着嗓子喊着，声音竟然盖过了对方："你是我阿姊！我是你的亲妹妹！当年你亲手杀了哥哥，将寨子据为己有——"

潘媚儿一巴掌狠狠地扇在她脸上："住口！你是哪里冒出来的狗东西，也配提到兄长？！今日我就剥了你的皮……"

肖南回逼迫自己不去看潘媚儿那张因愤怒而扭曲的脸，只死死盯着孙太守的眼睛："大人！大人若是不信，就来看看我的脸！"

潘媚儿的指尖瞬间多了一把嫣红的钢刺，她反手便要向肖南回的脸上划去。

“潘寨主。”孙太守的声音慢条斯理地响起。

潘媚儿几乎将银牙咬碎，却不得不生生地止住了那杀气腾腾的动作。她还在孙家的地盘上，何况这老贼暂且得罪不得。

孙太守压根不去看身边女人那气急败坏的神色，他向那刑椅上的女人走近了几步，似乎想要伸手去拨开她脸上的乱发，但最终还是缩了回来。

肖南回知道，他是嫌她脸上脏，压根就没正眼瞧上一瞧。

“倒是有几分相似。”

潘媚儿的脸色更加僵硬，肖南回却笑了。瞧不瞧又有什么所谓呢？她已经把杀鸡的刀递到孙太守的手里，就看他怎么用了。

“说，接着把你刚刚的话说完。”

肖南回吐了一口嘴里的血沫，努力将胸腔内狂跳的心平复下来。她天生不善说谎，说多了总会露馅，面上也挂不住，但眼下的情形便是头破血流也要一试的。万事开头难，总要有个第一遭。

她试着回想那人似笑非笑的脸和说话时无悲无喜、颠倒黑白的样子，舔了舔牙齿上的血，徐徐开口道：“她杀了兄长，自导自演了一出为兄报仇的好戏，趁机排除异己，坐上了寨主的位子。如今是要故技重施，将算盘打到大人头上。她早就勾结了南羌人，要借此次碧疆与天成相争之时，趁乱杀了大人，便可吞了三目关一带的地盘。我此番混进府中，就是为了接近大人，要这狠毒女人的奸计落空。”

潘媚儿手中的刚刺蠢蠢欲动，眼中已是恨极：“空口无凭的指控，孙大人凭什么信你？”

孙太守乐得看个热闹，点头道：“潘寨主所言极是，你可有证据啊？”

证据……他们要证据。肖南回绞尽脑汁在心中编派着，然而大脑中仍是一片空白。

时间一点一滴地过去，冷汗又落了几滴，她能感受到空气中那迅速累积的不耐烦和杀意。她需要一点儿灵感，一点儿绝处逢生的灵感。

下一瞬潘媚儿刺耳的笑声传来，透着一股嘲讽：“孙大人，我看还是算了。这死奴才进这儿之前早就搜过身的，便是连片碎纸都没有，又能有什么证据？”

肖南回眨眨眼，有什么在一瞬间涌进了她的脑袋：“我有证据。”

“哦？证据在哪儿？”

“先前我身上有一只信筒，证据便在那信筒里。”

“信筒？”

肖南回嘴唇微动，缓缓地说道：“对。长不过三尺，精钢打制，精密非常。”

囚室中有片刻的安静，静到每个人的呼吸吐纳都听得一清二楚。

短短一瞬间，在肖南回的眼中却似过了漫长的一天。

孙太守终于抬起手对立在门前的两个守卫招了招手：“你们去瞧瞧有没有她说的那样东西。”

守卫领命离开，没过多久便捧着一样东西折返回来。

肖南回努力控制着自己的目光，不让眼神中的渴望出卖了自己。

“此物便是你说的信筒？”

她点点头：“此物极为重要，所以先前我一直贴身带在身边。”

孙太守粗短的手指在那金属圆筒上摸索一番，似乎没找到打开的机窍，又将它丢给潘媚儿。

潘媚儿冷哼一声，握紧手中的钢刺，依次在上面每一个缝隙戳刺试探。她毕竟善用暗器，手劲颇大，刺耳的金属剐蹭声在室内回荡，仿佛剐在肖南回的心上。

“我那信筒上藏有机关，若是开合不当，便会触发。潘寨主还是小心点儿为好。”

潘媚儿瞥她一眼：“我怎知你是不是在骗我？”

“潘寨主大可一试。”

两人正僵持着，突然，整个囚室莫名地震了震，天顶上有黄土扑簌簌地落下。紧接着，透过囚室那扇小窗，外面隐隐传来嘈杂的呼喊声。

孙太守面色微变，眼神示意守卫外出查看，看向肖南回的眼神终于有些不耐烦了：“你可能打开那信筒？”

肖南回轻轻点头。

孙太守看向潘媚儿：“把她的手解开。”

潘媚儿不依不饶：“可是……”

“腿都那样了，便是有两只手，又能跑到哪儿去？”

潘媚儿只得照办，片刻后，肖南回活动着因为血流不畅而微微僵硬的手臂，示意潘媚儿将手中的东西交给自己。

指尖距离那快要到手的东西不过三寸时，潘媚儿却突然停住了。她的目光落在眼前这个脏兮兮的女人的手上。

那是一双好看的手，纤长有力，唯一美中不足的是那微微变形的关节和掌丘上不甚明显的硬茧。这样的硬茧非沉重兵器所不能形成，怎会是区区一个使匕首的人能有的呢？

她猛地抬眼，四目相对，暗涌的情绪已然藏不住。

也就在此时，囚室入口处传来断断续续的高声呼喊：“大人！不好了！是天成的人！天成的人要攻进来了！”

就这一愣神的工夫，肖南回五指成掌，狠狠地击在潘媚儿的手腕上，对方没料到她会有此举，手中脱力，那样东西凌空飞出，下一秒落回肖南回手中。

熟悉的手感重新回到手中，肖南回对着眼前气急败坏的女人勾起嘴角。

银光乍现，破空声起。眨眼间，离她最近的两名守卫被一枪贯穿，当场毙命。

掉转枪头，双手握紧枪杆，她将平弦狠狠地插入脚下的铁箱之中。

咔嚓一声巨响，伴随着双腿上的剧痛，钢齿的枢纽被破坏，应声断成两半。刑椅上的女人撑着手中的那杆长枪，缓慢却坚定地站了起来，鲜血顺着她的裤管滴滴答答地落在地上，隐约可见双腿上翻起的皮肉，她的脸上却带着笑，宛若从地狱爬出的厉鬼。她已经好久没有这么痛快过了。

精神上的兴奋盖过了肉体上的痛苦，她听见自己的声音带着几分沙哑和颤抖："不好意思啊，我这儿没有证据。"

透过囚室小窗传来的阵阵呼喊声越来越大，夹杂着刀剑相击的声音，摧人心肝。

孙太守粗糙油腻的脸上有汗滑落，他看一眼站在另一侧的潘媚儿，突然便将她一推，夺门而逃。

谁能想到局势竟会在顷刻之间发生如此扭转。

肖南回也不知外面究竟发生了何事，但总归对现下的她而言算是天助。

她手腕微动，平弦带着一道寒光直指潘媚儿："孙大人看来是有要事要去处理，潘寨主可是要留下来与我切磋一番？"

潘媚儿的脸上神情变换，最终定格在那标志性的浪荡笑容上，涂了丹蔻的指甲点了点平弦的枪头，她愣是挤出几声笑来："妹妹，别动不动就喊打喊杀的。你这样下去，姐姐会担心你嫁不出去呢。"

肖南回心下也是感叹，这人都到了这步田地，还能在这儿和她嬉皮笑脸地打岔，也是个人才。

下一瞬，那潘媚儿便扭着腰肢向牢门的方向走去："我同你之间本也没什么仇怨，先前你攀咬我一番也算是扯平了。日后若是再相见——"她说到此处，突然便出手向瘫坐在牢门口的伍小六袭去。

肖南回大吃一惊，几乎是下意识地出手去挡。

长枪飞出，她才发现对方原来是虚晃一招，潘媚儿反手接连掷出三枚钢刺，皆是奔着她腰下而来。

这一招甚是毒辣，对方知道她伤了腿，下盘不稳，便故意声东击西，她若中招自是不必多说，便是躲闪，也会顷刻间失去平衡，凶多吉少。

眼见避无可避，电光石火之间，肖南回突然被一股大力撞开，随即三枚钢刺发出三声闷响，却是钉在那只巨大的木桶上。

伍小六在一旁气喘吁吁地靠在那木桶上，肖南回有些复杂地看了他一眼，没说话，捡起跌落在一旁的平弦。

潘媚儿一击未中，便向门口逃去，刚迈了几步，便被一杆长枪挡住去路。

肖南回这次没有手下留情，平弦自女子大腿外侧穿入，小腿穿出，将对方活生生钉在地上。

潘媚儿发出一声惨叫，抬起狰狞的脸看向肖南回：“贱婢，有种你便杀了我，否则日后见了，我定要你求生不得、求死不能……”

命运也是奇妙，两个长相如此相似之人第一次对上竟然就是你死我活的局面。

肖南回一直狂跳不止的心此刻竟然平静下来。

其实对潘媚儿来说，她所做的一切不过是在讨生活罢了。

若是论出身，她和对方也没什么分别，都是宿岩落魄人家的孩子，在这片贫瘠的土壤上争夺一点儿生存的养分。只不过她的运气好一些，遇到了肖准，否则依她的性子，现在坐在那寨主位子上的是她也说不定。如今对方确实论罪当诛，但作为行刑者的她感觉有几分怪异，就仿佛她是将另一个自己亲手杀死了。可是，那别梦窟中死掉的婢女何其无辜？被杀死的其他人何其无辜？她自己又何其无辜？

“如你所愿。”下一瞬，平弦化作一道银光将那具身体贯穿又抽出。

潘媚儿的咒骂声戛然而止，她痉挛僵硬的身体终于在这一刻恢复了柔软，像一条被抽了筋的花蛇坠落在那片黄沙之中。

肖南回收起平弦，当作拐杖支撑着身体，与伍小六擦身而过，头也不回地向着牢房外的光亮处蹒跚而去。

第五十八章

俯瞰众生的神明

个把时辰前还固若金汤的孙府此时早已溃如蚁穴，乱成一团。

金铁击鸣声、黑羽箭破空声不绝于耳，其间不时有几支流矢飞入院内，将四散奔逃的家眷仆从吓得哭号不止。

守卫的骑兵早就派出，也不知是在与天成军队对抗中被杀了还是自己逃命去了，总之，连半个人影都瞧不见了。

从来只将苦难带给别人的孙家，怎么也没想到这苦难有一天会落在自己头上。

孙太守从地牢跑出来，左右四顾一番，直奔自己的后院而去。他倒是早就料到会有这一天，最值钱的玩意儿已经打包就绪，拿上便可自顾自地逃命去。只要有金子，甭管是落在天成还是白氏手里，他就不信没有活路。

然而久不见刀光剑影的孙太守显然低估了战场的严酷程度，便是从后院到后门的这几步路，他走得也是举步维艰。他长期养尊处优、作威作福惯了，孙家的墙垒得实在不够高，时不时便有流矢飞入。好在他仗着熟悉地形，东躲西藏地避开，正松口气时，冷不丁便觉得身后站了个人。他下意识地转身胡乱挥去，拳头落了空，连对方的一片衣襟都没摸到。

虚张声势不成，他便要呼救，可呼救声却在见到那人的脸后戛然而止。对方一身艳紫的衣衫，却是那燕紫。

“原来是燕先生，天成的军队来了，快快随老夫一起从这儿杀出去……”

燕紫的神情依旧没什么变化，似乎周围的喊杀声同他一点儿关系都没有。他又将那羊皮卷拿了出来，指了指画押的地方：“今日已是第二日，孙大人酒醒了吗？”

孙太守的眉梢有青筋在跳动。这死蠢的榆木脑袋，都什么时候了，还想着同他签什么狗屁条约！若不是眼前这人武功深不可测，或许能救他脱困，他真想一脚将人踹开，再从其身上踩过去。

深吸一口气，孙太守默念忍字诀，而后道：“燕先生若肯将我活着带出这里，老夫定心甘情愿地将三目关一带所有哨岗双手奉上，到时候燕先生这边也绝少不了好处……”

燕紫的眉微微皱起：“白大人没有要我护送别人。”

“你若不从，我定不会签字画押。”

“那我便将空白羊皮卷带回去即可。”

孙太守情急之下脱口而出：“你若不肯保我性命，我便同天成的人签订协议，将三目关一带都让出去！”

这句话仿佛一道咒语钉住了对方的身形。许久，年轻男子缓缓地转过头来：“你说什么？”

“我说，我要同天成的人……”孙太守的话没能说完，因为话刚说到一半，他的头已经不在他的脖子上了。

燕紫慢条斯理将手中的剑慢条斯理地送回鞘中，那剑上竟滴血未沾：“白大人交代过了，只有这个不行。”他低下头，有些烦恼地看了看地上身首分家的尸体，想了想，蹲下身，捏起孙太守还未僵硬的手指，蘸着地上渗出的浓稠血液，在那份羊皮卷上印下一个指印。做完这一切，他脸上终于流露出满意的神色，将羊皮卷收起，旁若无人地从孙府飞身而出。

肖南回从地牢跌跌撞撞走出来时，外面的厮杀声已小了不少，但方才那天摇地动的感觉还停留在这片土地，四周透着一股不安。引发慌乱的人似乎已经撤出了孙家的院子，一路走来，她只见一地尸体，却很少见到一个活人。

在地牢的时候她不会听错，那守卫确实喊了天成军队的名字。奇怪，天成的人为什么会这么沉不住气？是知道碧疆已派人来讨三目关一带了吗？

她这个前哨做得有点儿失败啊，消息还没送出去，人家就已经知道了。来的人是谁呢？会是肖准吗？会是肖准……来救她了吗？

肖南回的心又怦怦地跳起来，她分不清那是因为失血还是因为忐忑。即便知道肖准几乎不可能会出现在这里，她还是依靠那点儿卑微的念想，想办法让自己重新振作起来。

平弦撑在地上，发出刺耳的摩擦声，她努力不去看自己脚踝上突出的白色骨头，只寻着出谷口的方向，拼尽全力挪动着。

偶尔有流矢飞过，她连躲避都懒得躲，全然当作在撞大运，愣是挨到了戈壁滩附近。

道路自此分作两条：右边一条便是来时的路，行上个把时辰便能回到三目关；左边一条则是深入碧疆的路，她不知路的尽头有什么，也不知若遇不测还能否顺着那条路折返回来。她嘴中发干，冷汗却流得更厉害。抉择越来越难做，她的脑袋越来越不清醒，心中只祈祷日后回想起此刻来不要后悔。当然，那要有日后才行。

肖南回侧了侧身，向着左边的路艰难地挪去。才走了三步，她就后悔了。

只见前面岩石后走出一人，那人摘下蒙面的汗巾，正是先前那驼队的首领克桑："女人，我们又见面了。"

肖南回勉强抬起手摆了摆："幸会幸会。那个，孙大人还在后面，你现在赶去救他应当还来得及。"

克桑嗤嗤地笑起来，道："我不找他，我找你。"

肖南回装作没听见，一瘸一拐地继续往前走着。她脑袋发木，只觉得眼前的人像座镇妖塔，怎么绕也绕不开。一低头，克桑的脚就踩在她已经快要磨烂的衣摆上，她猛地一挣，衣摆便碎成两截，这一回迎接她的便是当头一棍子。

肖南回只来得及歪一下脑袋，那棍子便直直落在她肩上，砸得她几乎能听到自己锁骨碎裂的声音。

不动手的时候都不动手，一要来全一起来。她怎么能这么倒霉呢？

悲愤地吐出一口血，她几乎都没什么力气去擦嘴："你为何非跟我过不去？！"

"女人，我之前便说过，我记得你的脸。"克桑目光转了转，落在平弦上，渐渐露出兴奋、贪婪的目光，"这么好的东西在你一个女人手里实在是糟蹋了，不如送了我。"

左右躲不过这一遭，肖南回反倒没心没肺地笑起来："你倒是识货。可我却不打算将它送人。它在我手里一日，我便是用它当根手杖，也同你没什么关系。"

克桑没说话，他缓缓地抬起一只脚，从那只脚的靴子里掏出一样东西，吱吱嘎嘎地拧在他手中那根长棍上。那声音简直像拧在她骨头上才会发出的动静。

她的两条腿一直在抖，脚踝上的伤口已经麻木。这倒也好，省了分心。不管怎样，她握枪的手不抖就好。

钢铁划过粗粝砂石的声音袭来，带着沉重的风声，像一头愤怒的公牛向她冲来。这是沉重兵器相争时才有的声音。

从前姚易总是用这个嘲笑她，说那是羊奔牛喘，比不得名剑出鞘时如鹤鸣一般的清响。她之前不觉得，和姚易顶嘴，说是对方不懂行，现下她倒是有点儿回过味来了。

剑的杀气没那么重，不会像枪那样给人喘不过气的压迫感。而且剑招多留余地，但枪一出手便往往带着雷霆万钧之势，于人于己都没有退路。这么一想，枪确实不招人待见。

只是一瞬的工夫，待她再回过神来，那克桑手中的铁枪已近面门。失血令她心跳如擂鼓，虽然四周没有千军万马、兵将士卒，却已同战场无异。她退无可退，只能以杀止杀。

分不清几个回合过去了，她的反应越来越慢，对方的动作在她眼里也越来越模糊，她有些懊恼，等反应过来时两腿已经跪倒在戈壁上。

“女人，你自己了结吧，不要白费力气了。”

肖南回恍若未闻，慢慢地将两只手交替在衣服上蹭了蹭。那上面沾了太多血，黏腻不堪，险些令她握不住手中的枪杆。

克桑静静地看了一会儿，冷笑一声。他一手握枪，缓缓地走向肖南回。从一个活人手里抢来的兵器远比从一个死人手里抢来要有趣得多。那精致古朴的花纹此时浸透了它主人的血，却依旧雪亮，真是把好枪。

他的手漫不经心地伸向它，那一直跪坐在地上的女人却突然抬起眼来，手肘微动，一记刁钻的平扫挥出，直奔他的喉咙而去。平弦锋利的侧刃划开了克桑的下颌，留下一道血痕。

一击未中，肖南回飞快地将平弦收回，平握于手中，尽量掩饰自己气息的混乱：“我七岁开始习枪，学的第一课便是握枪。只要我还有一口气在，便没人能将这枪从我手中抢走。”

可惜啊，要不是她现在已经是强弩之末，气力不继，这一招要了他的命也说不定。

克桑脸上的表情终于有了些许恼羞成怒，她熟悉那种表情。

劲风裹挟着风沙迎面扑来，肖南回闭了闭眼。

世界在她眼中暗了一瞬，却有一声清响点醒了她的耳朵。音起清脆，声场浑厚，余韵悠长，是琴音，是变徵之声。随即那点儿余音不知为何转瞬间便化作破空之声，由远及近，狠狠地停在她耳边。

肖南回睁开眼，睫上似有朱红滴落。

克桑的脸离她只有一掌的距离，但那从他两眉之间钻出的漆黑箭尖却几乎抵着她的额头。

克桑已失去生机的躯体跪倒在地，沉重的身体腾起一阵尘土，只有手中的长枪还斜斜倚在地上。

四周似乎起风了。风又带来那诡异的琴音，这一回是宫之声。

声未落地，便见一小片如黑云一般的箭雨落下，转瞬间将克桑的尸身射成了筛子。

余劲未消的箭羽在她眼前颤抖着，像一只低头食腐的鸦。

肖南回越过那箭羽向背后极远处的悬崖之上看去，赤红色的山岩之间嵌着一块四四方方的黑色，细看却有磷光点点，那是阳光照射在玄甲上的反射。

三层玄甲武士逐次排开，第一层持连发劲弩，第二层持铁镞王弓，第三层持一人多高的落日长弓，唯一的相同之处是，他们手中的箭羽都漆黑如墨。万箭齐发，如群鸦过境，故称黑羽营。

她终于知道为什么孙家的护卫喊着“天成的人要攻进来了”，她一路走来却几乎一个天成士兵都没看见，只看到一地尸体和箭羽。

黑羽营，这支天成最精锐的部队为何会出现在三目关？

无数念头翻涌而过，她却抓不住任何头绪。

不远处倾倒的墙后，一个灰扑扑的身影跌跌撞撞地从斜里跑出来，却是伍小六。

肖南回来不及细想，嘶吼一声：“别动！”

伍小六圆滚滚的身体一个急刹车，就那么定在离克桑尸体几步远的地方。他也意识到有些不对劲了，有种细微的声响在空气中僵持着。那是成千上万条弓弦拧紧的声音，像一只张开了嘴的巨兽，不知何时便会猛地合上尖锐的齿牙。

过了不知多久，绵长的琴音再次响起，低沉、轻柔，似一片羽毛缓缓地落下。那紧绷的弓弦这才松弛下来，方阵由攻转守，甲衣的摩擦声在山谷间回荡，整齐得听不出任何杂乱之音。

肖南回这才看向伍小六，气不打一处来：“你跟着我做什么？找死是不是？别以为我不敢杀你……”

“你不是说想去潘家的寨子看看吗？”

“……我有腿有脚。”

“你腿脚不方便。”

“我方不方便和你有什么关系？”肖南回的声音又冷又硬，她成心要将这对话掐死在原地。

可那伍小六却不管不顾地朝她走了过来，没等她反应过来，便一把将她扛到了肩上：“你走不了，我背你去。”

肖南回愣住，随即在这胖子身上挣扎了几下，但因为腿上流着血，身上也有些僵硬，她觉得自己像一条躺在砧板上被拍了脑袋的鱼。她心里压根还没完全消气，可眼下也不是消气的时候，她现在这副鬼样子，有没有下一口气都难说。

伍小六肥厚的身体转了个圈，向着西边路的方向一步步艰难地走去。

肖南回的脑袋正对着身后那面崖壁，她在颠簸中勉强抬头看去，却看到那片黑色左右分开后隐约露出一点儿亮色。那是个未穿护甲、衣随风动的人。他就站在风中，身形瘦削却挺拔，高高立在那石壁之上，同那三目关巨大的神像一般，俯瞰着脚下在黄沙中挣扎的生灵。

虽然那人的面目一团模糊，但那份气韵便远隔千里也未削弱分毫。熟悉的冷漠与高傲，一如那日他坐在凭霄塔之上旁观祭坛上的杀戮一样。如果这天地间真的有神明存在，一定也是如此这般地俯瞰众生的吧。

他……究竟是谁？

肖南回哆嗦着嘴唇看了一会儿，突然觉得那颠簸已经停下来好久，猛地一巴掌拍在伍小六后脑勺上：“看什么看！走了。”

伍小六愤愤地回头看了背上的女人一眼，难掩不满。刚才她明明也看得入神嘛。

伍小六继续向前迈动脚步，肖南回趴在他背上昏昏沉沉地想着事情。不管这姓钟离的究竟是谁，他胆子倒是真肥，不仅敢偷丞相府的牌子，这回竟然都偷到黑羽营头上去了！这还了得？他怕不只是个门客而已吧，一定是哪家的败家公子。黑羽营出动这么大的事，等她回了赤州一定能有所耳闻，到时候要不要拉他一把呢？毕竟算上霍州的事，这阴魂不散的家伙已经救了她两回了呢。

思绪又沉浮了一阵，便彻底沉入深海之中，肖南回放心地将命交到了伍小六手中，就像之前从未发生过那些不愉快一样。

七弦古琴狭长，色沉如赭，其间断纹细如牛毛，恰如春风细雨。这样一把千金难求的琴，如今就这样被人置在那粗粝的砂石地上，也不见那抚琴人的踪影。

目送着那叠在一起的两个身影慢慢走远，男人挺直的背影仍是一动未动。

一道人影悄无声息地落在他身后，单膝下跪，刀鞘触地，行了个作为刀客最高规格的拜见礼。

崖边的男人微微侧了侧身，露出半张淡漠的脸：“可有追到那燕紫的下落？”

“未能，请主子恕罪。此人武功深不可测，属下轻敌了。”

男子没说话，目光依旧落在远处。

丁未翔没敢起身，眼底弥漫着散不去的担忧。他们本不该来这里的。

“主子，此处虽已肃清孙家余孽，但三目关一带仍有凶险，白氏若闻风声，必定前来探查，此地不宜久留。”

不远处那背影依旧未动，像没听见他方才那一番言语般。

“主子？”

男子终于收回目光，语气轻得听不出任何情绪：“罢了，日后总会再见的。”

言毕，他转身离开断崖边。丁未翔终于得以看清方才那人视线所及之处，却只见得那一点儿灰色背影，转瞬间消失在尘土之中。

“主子说的是……？”

恢复冷淡的侧脸如风般从他眼前掠过，没有半点儿要回复他的意思。

丁未翔默了默，转身跟了上去。

第五十九章

他乡遇故人

许是太久没回岭西看看了，这次一回来，便教肖南回想起许多沉睡在记忆中的往事。

她做了一个很长很长的梦。

梦里的前半部分，她都挣扎在一片沙土和混沌之中，依稀是些小时候的片段。梦到后来，她的视线终于清晰了些，可恍惚又不确定自己身在何处。看那院落摆设，分明是在阙城侯府时自己的院子，可抬头望天，却是宿岩才有的黄色。她很饿，嘴里也是干得发苦，拿起桌上的茶壶，却倒出一杯沙，于是只能走出那院子。

陈叔、杜鹃、伯劳、肖准，他们一个也不在。偌大的院子里，无人应她。她穿过一道又一道月亮门，突然就看到前面的院子中孤零零地立着一口米缸。她走过去一看，发现里面一粒米也没有。

这时，一队人呼啦啦地从各处拥了出来，将她围住，她定睛一看，领头的赫然是那孙太守。

孙太守气沉丹田，声如洪钟："好你个偷米小贼，竟偷到我家来了。给我打死她！"

肖南回急着想解释自己并没有偷他的米，临到张口，却发现说不出话。周围的那些人举着棒子围上来，她想反抗，伸出双拳才发现那是一双孩子的手——一双沾满污秽泥巴、枯黄干瘦的小手。

四周的人影显得分外高大，一支大棒就要当头落下，突然，一道月白晃过。她愣怔地抬头，便见一人光辉四溢，衣白无瑕，眉眼含笑，好像那九重天上的仙子一般。

"仙子"冲她笑了笑，一挥衣袖，周围那些人便都不见了。

肖南回想开口询问他们是不是在哪儿见过，然而张开嘴后依旧无声，只是上下动着嘴唇。

眼看那"仙子"便要转身离开，她一着急，便伸手抓住了对方的衣袖。

那"仙子"缓缓地转过身来，突然开了口，却是个男人的声音："肖南回，别摸了，把手拿开。”

肖南回吓了一跳，突然就能出声了。她听到自己微弱地哼了哼，然后就醒了过来。

入眼是一处高挑倾斜、细胡杨木的简易屋顶，稀疏的茅草没能遮住阳光，正好有那么几束投在她腿上。她就着亮光一瞧便分了神，方才的梦境飞速消退，她一点儿也抓不住，只留下一点儿奇怪的感觉。她试着活动了一下脚踝，两团包得好似粽子一般的白色跟着晃了晃，上面还立着两个蝴蝶结。这是哪个村野郎中的手艺？真是糟糕……

正想着，门口的方向传来些动静，她下意识便抬手摸向后背，却什么也没摸到，只得赶紧躺回原处。她眼睛将将合上，来人的脚便踏进屋里来，似乎不止一人，伴随着一点儿杂音，好像木桶滚在地上的声响。

一个熟悉到令她握拳的声音在门口响起来：“做好了？”

“是，今早才做好，这不刚送来？人醒了吗？”

没人回答，肖南回只听那沉稳的脚步声向床的方向靠了过来，她努力控制住抖动的眼皮，呼吸也放缓了些。

来人似乎在床边停了下来。一阵窸窸窣窣之后，肖南回感觉有人将她的手从被子下拿了出来。她正有些奇怪，突然便觉得手指上传来一阵剧痛。

她“啊”地大叫一声，控制不住地在床上坐了起来，入眼便是伍小六那张愚蠢中透着精明的胖脸，此刻那双小眼睛中还闪烁着一点儿欣喜的光，活像一只见了萝卜的土拨鼠：“你醒了！”

肖南回抬起手指一看，大拇指上赫然立着一枚缝衣服用的粗针。她气不打一处来：“你扎我做什么？！看我死没死透吗？”

“这是人家大夫吩咐的，说每天扎一下，就能知道人醒没醒了。”

她赶紧将十根手指头都伸出来瞧一瞧，果然已有三四个针眼。她把针拔下来扔到一旁：“你从哪里找的大夫？他之前医的病人可还活着？”

“活着呢，活着呢，大家都在外面等着呢。”说罢，伍小六也不看肖南回的脸色，提起嗓门高呼道，“老天开眼！天神显灵！潘寨主醒了！”

还没等肖南回有所反应，这间屋子的门砰的一声便被人从外面踢开了，屋外竟站着一大群男女老少。

三四个胡子拉碴的南羌大汉神色复杂，率先齐刷刷地单膝跪下，口中用南羌话高呼：“天神显灵！”

人群跟着呼啦一下跪倒一片，各种音色、各式方言的声音交杂着吵上了天。

肖南回被这阵仗吓了一跳，她推一把伍小六，压低嗓门道：“喂，你把话说清楚，谁是寨主？”

伍小六头也不抬："你。"

她发了会儿呆："这是哪里？"

伍小六半抬起胖脸，一阵挤眉弄眼："潘寨主，你怎么糊涂了？这里是你的寨子啊。"

啊，对了。她险些忘了，她本来是要来那潘媚儿的寨子的。嗓子有点儿发紧，她再开口时便换了赤州官话："你骗他们说我是潘媚儿？"

伍小六站起身来，肥胖的身躯挡住了门外那些探寻的目光："哪能呢？我说你是潘姚儿，潘媚儿的亲妹妹。"顿了顿，对方好死不死地又添一句，"这不是你自己说的吗？"

肖南回被噎得差点儿躺回床上。伍小六也不管她，利落地起身走到一旁，将一把装了木轮的木椅子推了过来："寨子里的人都等你发话呢。"

空气中一时安静，但她觉得那并不代表真正的平静。

她挣扎着从床上坐起来，再挪到那把木头椅子上，伍小六便推着她走到了屋子外。

入眼是赤色的泥土和鲜嫩黄绿的矮小灌木。这是碧疆特有的地貌，肖准毕生想要寻回的这片土地就在她的脚下蔓延。她有些激动，复又想到来到这里每一步的艰辛，再加上脚上那隐隐作痛的伤口，眼中竟然浮现出些许泪花。

她借着这情绪，正要开口好好慷慨陈词一番，可下一瞬目光扫过那黑压压的人群，一道亮眼的白色好似一粒粘在视野中的白米饭一样，闯进她的视线。

肖南回那本来快要滚出的眼泪就那么卡在了眼眶里："郝白？！"

那"白饭粒"显然是听到了，猥琐地往人群中又缩了缩，看着却更显眼了。

肖南回一激动，险些从那轮椅上站起来，教一旁的伍小六一掌给按了回去。

下方站在前排的几个人却听得清楚，其中一名"大胡子"率先开口问道："寨主可是认得那东边来的郎中？"

"潘寨主刚醒，脑子还不太清楚……"

肖南回一把将伍小六的胖脸推到一边："我当然认识他，他欠了我一匹马没还，这笔债我可记得清楚着呢。"

"大胡子"闻言，和周围几个大汉站起身来："原来是这样。寨主放心，把他交给我们，不出半日，定将他爷爷的夜壶都拿来给你。"

几人说罢，哈哈大笑起来。

肖南回并不觉得好笑，郝白当然也不觉得好笑。可那几个大汉眼瞧着便向他走去，他只得将求助的目光投向轮椅上的女人。

肖南回垂下头来，看着自己脚上的两个蝴蝶结，叹口气，道："算了，他好歹也算救了我一命。"

不远处的郝白似乎听见了，满怀希望地抬起头来，身板都挺直了不少。

谁知下一瞬，那女人慢慢悠悠的声音便传了过来：“便扒光了送到我房间里来吧。”

肖南回没想到，这寨子里的人做起扒人衣服的事竟这样干脆利落。郝白被光溜溜地丢进她房间的时候，距离她发话也不过就一盏茶的时间。欸，想来这上一任寨主没少指使他们做这样的事。

“姓肖的！你我好歹也算相识一场，我好心为你治腿，你竟羞辱我！这岂是君子所为？！在下一介医者，还从未被人如此对待过，你若真要对我行那苟且之事，我、我、我……我不如死了算了！”床上那人从方才被丢进来便一直喋喋不休，好在他说的是赤州官话，那些南羌人也听不大懂。

肖南回掏掏耳朵，又从里面抠出一点儿沙子。她也不想这样，但坐拥数个男人是这碧疆寨子里的常态。她若想充作潘媚儿的妹妹，便最好不要太过异样，挑个认识的下手总比不认识的强。

郝白双手双脚被缚于背后，摆着个甚是屈辱的姿势，眼下怒急攻心地说了这许多话，一时间有点儿喘不上来气，瞧着甚是可怜。

又过了一会儿，门外那几人的脚步声终于走远。肖南回示意一旁的伍小六将郝白身上的绳子解开，又丢了一套靛蓝粗布的衣服给他，全程没往床的方向看一眼。对方一副大姑娘被毁清白的模样，日后若是找上侯府被杜鹃撞见，她便是跳进昏河也洗不清了。

“你那身白衣服太显眼了，这里没有那么好的漂染技术，一瞧便知你是从外面来的。”

郝白已经飞快地将那衣服套在身上，心有余悸地缩在床榻的一个角落。

肖南回听得声音转过身来，有些好笑地看着对方，问出自己的疑惑：“你不好好在晚城待着，怎么跑这儿来了？”

“还不是因为——”郝白话说到一半，突然便似被掐住了脖子的鸡一般，他眼前浮现出那人的脸和他叮嘱过的话。

月前他本是准备去阙城的，秘玺的事在家族中掀起不小的波澜，族中长老要他亲自前去确认几件事。然而还没等他踏出晚城半步，他要找的人便自己找上门来。

自从知道了那人的身份，他已全然不能再继续装傻，族中上下亦有几分战战兢兢。但谁承想那人只是提出要他做随行医官，他大大地松了一口气，没多想便答应了。

呵呵，和那人相处了那几日的时间，他早该料到事情没那么简单。果不其然，他们一路向西，越走越偏僻，等他反应过来的时候，已经到了彤城和宿岩的边界。

最近发生的事，他便是消息再闭塞也知一二，只是他没想到那人竟然要亲自前去探查。每晚在惊疑不定中合上双眼的时候，他便会想起民间的一些流言蜚语。

女肖父，子肖母。生母若是个疯子，那人的性子是不是也多少随了些？要说这天下之大，有几个疯子不足为奇，但是谁不好，偏偏是那个人。

他顿时为天下苍生感到些许痛心疾首，但没想到更痛心的还在后头。他本来随其余人驻扎在三目关以外三十里的地方，那日突然便被叫了去，那人要他独自一人往碧疆深处的寨子走一趟。

“你说的那人可有性命之忧？”他记得自己如是问道。

“暂时未有。”

“瞿氏不才，只医将死之人。”哼，他也是很骄傲的人好吗？怎能像个江湖郎中一般被呼来唤去的？何况碧疆好危险啊。

“她虽无性命之忧，却是你的朋友。”

他耳朵动了动。朋友？他哪有岭西的朋友？哼，想骗他，没门！

下一瞬，那人的声音忽然就近了些：“瞿墨，此刻答应是功德一件，若是不从，便只能算作戴罪立功。左右都是要去的，你可明白？”对方的话轻飘飘地扫过他耳边，他一激灵，感觉是被女鬼吹了脖子。

“郝白？”

女人有些不满的声音将他的思绪拉回现实，然而想到之前的种种，他实在摆不出好脸色来：“干甚？！”

“你刚刚话说了一半，因为什么？”

因为被人威胁了啊！两片嘴唇哆嗦着，两排牙齿也恶狠狠地磨了磨，郝白那未敷粉的脸上显出几分菜色，半晌他才开口道：“我外出行医，正巧路过。”

肖南回仍有些疑虑：“可是你之前不是送信到我府上，说你这个月是要去阙城的——”

“你管我做甚？！我愿意来这儿便来这儿！愿意去哪儿便去哪儿！”郝白一阵怒吼，然而因为衣衫不整而气势不足，像个撒泼的小媳妇。

肖南回被这喜怒无常的郎中惊到了，只觉得是这碧疆的水土与赤州的不同，让眼前这人神智都出了些问题，遂眨眨眼道：“我没别的意思，你这么激动做什么？”

屋内一阵沉默，伍小六慢慢悠悠地从两人中间走过，径直来到窗前，将那破麻布做的简易帘子一掀，面无表情地看向两人：“你们要是觉得不够刺激，还可以再大声点儿。”

肖南回讪讪地一笑。她有点儿忘形了，这里是碧疆，房子四面透风，自然也是不隔音的。

想到这儿，她推着轮椅到了床边，将自己那包得粽子一样的脚举起来，伸到郝白眼前："我这腿何时能好？"

郝白将衣服上最后一根带子系好，蹦下床来，并不打算回头去看她的脚："三个月。"

"三个月？！"肖南回几乎要从轮椅上蹦起来。要她在轮椅上等三个月，还做什么前哨工作啊！

"三个月已算是恢复得快了。你踝骨虽只断了一侧，但两腿的筋脉几乎被毁了个彻底，这天底下找不到第二个能将你那筋脉接得像我这般好的人了。"更不会有第二个人舍得在她身上下两根伏骨针。两根啊！一只脚一根，想想他就肉疼。

"庸医。"

郝白彻底奓了毛。他打算愤而挥袖离去，但刚一抡袖子便教那女人一把薅住："去哪里？"

郝白不吭声，死命挣扎着。然而他挣了半天，袖子却分毫未动。

"你若真想走，我也不拦你。只是你当真走得出去吗？"

"……你别想吓唬我。"

她凉凉地看对方一眼，又淡淡说道："碧疆一带医术落后，寨子里若有人生病受伤，也只能仰仗巫医作法，一场伤寒便要人性命的事都不算稀奇。莫说是个医者，便是个采药的误入这里，被打断腿留在寨子里也是常有的事。"

郝白不死心："他们不是叫你寨主吗？你若开口，他们还敢不放人？"

肖南回轻轻地叹气："我这寨主的位子都还没坐热，现下怕是保不了你。你也是知道的，若是到时候露了馅，真刀真枪地干起来，我也只能坐在这椅子上比画比画。"

郝白两眼呆滞，一屁股坐在地上。他本以为自己完成了任务，在这穷山恶水的日子便能到头了，又怎会想到……

"所以啊，咱们谁也别嫌弃谁了。之后的日子还长着呢。"

第六十章

山中方一日

肖南回在安抚郝白的时候，压根没想过这日子能过成什么样。早些年，她随肖准剿过山匪、擒过流寇，唯独没见识过这女寨主该是什么模样。

她以养伤为名，又在房里躲了几日，每天没别的事做，就占着她这间房地势最高，悄悄地从那扇破窗往外偷看。观察了几日，她也算心中有了数。

先前潘媚儿去孙太守那儿赴宴，想必带了不少心腹，谁承想却全军覆没。也亏得如此，她这番鸠占鹊巢才没掀起多大风浪。这些天她几乎将寨子中常驻的几户人家一一记在心里，左右不过百人。她发现那些南羌人其实活得甚是贫苦、麻木，或许也并不怎么在意所谓的寨主究竟是何人。毕竟不管寨主是何人，他们的境遇从未变过。

碧疆地势复杂，河流时常因为降水不均而改道，以畜牧为生的碧疆人必须常年追随水源迁徙，寨子与寨子间时常因为抢夺资源而爆发冲突，连年战乱使得这个群落的生气几乎被耗尽。若非如此，当年白氏也不可能乘虚而入。毕竟南羌一族最是好战、排外，无论如何也不可能主动接纳来自东边的赤州人。

最近正是碧疆的旱季，算得上这块土地上每年最艰难的一段日子。肖南回却从中嗅到了机会。

她同土生土长的南羌人还是不一样，有些打井耕种的技术，都是她以前随军的时候习得的。只要她愿意，便多少能将这个寨子打理好，使它恢复生机。

就碧疆而言，寨主便是一族之主，南羌人的寨子更是出了名的母系掌权，一个寨子数百来人都以当家主母为首。男人在这里掌不了权，最多只能当打手。

寨子里的男丁占了大半，脾气虽然暴躁，但相处起来并不难。肖南回本就是在军营里长大的，先前也常与伯劳在外面混街巷，耳濡目染地沾了些江湖气，虽是正规行伍出身，却无官家那样的威严、刻板，加上讲得一口流利的岭西土话，渐渐便也有了些威严。

肖南回要做的第一件事，便是把半数在外巡视、抢地的青年男子召回，派他们去开荒、打井、种地。有了吃的，之后的一切都好说。

第一茬菜豆成熟后，所有人都因为吃饱了肚子而打消了疑虑，连带着逆反的心思也少了许多，寨子里终于开始有了几分真实的平静。

伍小六自从出了之前那事，倒是分外乖巧起来，在她身边帮衬得已是十分熟练。倒是郝白染上了伤春悲秋的坏毛病，日日带着“囚徒”的心态吟诗作对，言语间的酸腐令肖南回频频感到胃中不适，间接督促她早日摆脱轮椅，离开屋内。

安道院的夜枭在她落脚寨子后的第八天便找了上来，伯劳依照暗语交代了一下彤城的近况，只提到肃北和光要两营的三十万大军向西而进的大致动向，鹿松平也似乎安分得很，除此之外，没有关于黑羽营的只言片语。

肖南回心下疑虑的鼓点越敲越响，但想到三言两语说不清当时的状况，还是决定暂且按下不表，只汇报了先前在三目关一带目睹的岗哨情况，最后告知已顺利进入碧疆，并定下之后传递消息的频率。

山中方一日，人间已十年。从炽热酷暑到秋意渐浓，日子就这么悄没声地一闪而过。

肖南回先前没想到，习惯了每日的生活作息后，觉得这碧疆居然是个如此养人的地方，有时候若不是寨子中那帮人偶尔粗声粗气地大吼一声，她简直要以为自己是在带着薪俸休假。

待脚上的伤好得七七八八，肖南回便让伍小六做了一副拐杖，打着视察地盘的名号，每天拄着拐杖在寨子附近溜达，将地形和周边寨子的分布情况一一传给了伯劳。然而她并不完全满足于这些，总想着若能获得更靠近碧疆中心的情报就好了。但那些必须要等她的腿脚好利落才能落实，毕竟打草惊蛇可不是什么好事。

又是一日午后，秋日阳光打在人身上无比舒坦，寨子里忙着准备过冬的食物。今年多亏那新寨主的法子，收成好了不少，连带着牛羊也肥了起来，人们的脸上终于多了些笑容。

三个半大孩子捡了地里的青稞穗子，拿在手里耍威风，一边追逐打闹着，一边唱着走调的童谣。

其中一个落在后面，脸上脏兮兮的，涂了些画，张牙舞爪地追着前面两个，显然扮的是捉人的鬼。

前面的一个跑得慢了些，被一把抓住，两个人抱成一团滚到地上。

“你死了！”

“我没有！”被压在下面的孩子用力挣扎着，“咱们还没对过仗！还要大战三百回合呢！”

“哼，就算对仗，你也打不过我！青怀侯三头六臂，生得是墨黑如炭，四四方方金刚脸，怒眉赤瞳白虎睛，坐似一座山，行似……行似……”他说到一半，似乎忘了词，又怕教旁边小孩笑话，憋红了脸。

“我怎么不知道那青怀侯生得是三头六臂啊？”一个懒洋洋的女声在三个小孩的头顶上方响起。他们抬头一看，却是那传说中的新寨主。此刻她的拐不知扔到哪里去了，整个人依靠双臂挂在那歪脖子的胡杨树上，两条腿在莎草上方晃荡着，早前包着的白布上如今画满了奇怪的笔画。

“寨……寨主大人……”三个小屁孩流着鼻涕，结巴着匍匐在地上，学着大人的样子行着南羌人的伏地礼。

肖南回咂咂嘴：“赶紧起来吧，地上怪脏的。你刚刚念的那个是谁教的呀？”

方才忘词的那个抢着说道：“阿嬷教的……”

站在他旁边那个赶紧用胳膊肘捅了他一下。

肖南回看在眼里，觉得有些好笑：“你阿嬷还教过你什么呀？”

这回三个孩子都不吭声了。

她也不强求，语气一转：“你阿嬷说得不对，那青怀侯哪有那么可怕？都是编出来骗小孩子的，你们怎能轻信？到时候长他人志气，灭自己威风。”

脸上涂了画的小孩有些心虚，另外两个倒是立刻精神起来。

她心不在焉地笑笑，完全因为无聊而问道：“都说到青怀侯了，那有没有听过那天成皇帝老儿的传闻啊？”

“我知道！”其中一个兴奋地吸了吸鼻子，磕磕绊绊地说道，“皇……皇帝五岁能诵，七岁能诗，九岁抚琴已有空谷绝响之音，宫中琴师无人能对……”

什么玩意儿？！为什么肖准是个黑金刚，皇帝就是个世外仙人？这都是什么道理？！

“等一下，你这都是哪里听来的？”她话出口觉得有些过头，于是又此地无银三百两地加上一句，“咱们岭西人不该很讨厌他吗？”

自打白氏占了碧疆，天成没少在暗处施压，要说这儿的百姓对皇帝有多爱戴，她可是不信的。

另一个眨着大眼睛接话道：“是很讨厌他啊。但是夸他的是须弥子，是我们南羌最敬重的琴师。寨主怎么连这个都不知道？”

肖南回愕然。来碧疆前她也是做过功课的，但可没想过还要了解琴棋书画，更没想过还要去做皇帝的功课。莫名地，她又想到那日在三目关口的情形，那琴音仿佛就在她耳旁，她虽不大懂音律之事，却能听出其中绝非文人意趣，而是杀伐屠戮。不知那天成皇帝的琴音是否与那人有些相似之处？

“潘寨主！”

肖南回转头一看，却见伍小六从她背后急急地走来。

经过这段时日的相处，她只须看这胖子脸色便能知事情一二。现下他这脸色，嗯，看着是不大好。

她跟着伍小六从寨子入口走出来的时候，一眼便看到了那群眼生的南羌人。他们和她寨子里的人在穿着举止上有很大的不同，看起来要富足、跋扈得多。

当中只有一人背对着她，负手而立，身形最为矮小，可那气势却有丈二那么高。所谓人不可貌相，说的便是这类人。小人难缠，切不可放松警惕。

思绪流转间，她已走近那群人。

矮个子有所察觉，转过身来，露出一张笑眯眯的脸，然而那过薄的眼皮泄露了主人的些许精明，一双豆大的眼珠子转了转，目光落在肖南回身上："潘寨主，好久不见。怎么竟伤了腿脚，人看着也清减了不少啊！"

肖南回压根不打算玩这打太极的套路，直奔主题地摆出一张困惑的脸："请问你是……？"

矮个子故作惊讶："这才三月未见，媚儿便不记得我了？"

伍小六在一旁见机清了清嗓子："大胆！这位是潘姚儿潘寨主，不是你的什么媚儿！"

矮个子往前走了几步，似乎想离近了看看。

肖南回几乎能闻到他身上那股若有若无的腥气，那是喜吃生肉的人身上特有的气味。

即便在碧疆，吃生食这个古老习俗也算得上十分罕见了，这人当是来自南羌最蛮荒的几个部落。

"潘媚儿是我阿姊，如今这里由我说了算。你若有事，当下便说了吧。"

矮个子眨眨眼，在最短的时间内调整好了自己的表情，依旧笑眯眯的样子："原来如此，既然是第一次见面，那我便要好好交代清楚，以免一会儿有什么不愉快和误会。毕竟我与媚儿相交甚好，换了她的妹妹也当如此。"

肖南回不语，她的目光落在其余那些人后背的空袋子上，心中已明了七八分。

"潘寨主不说话，我便当你默认了。"

矮个子向旁边让了让，露出身后那些南羌壮汉："这几位兄弟都是白大人的家仆，按照惯例来此视察，顺便……"他故意顿了顿，伸出两根短粗的手指捻了捻，"讨点儿辛苦钱。"

肖南回今天早上还在想，白氏为何还没动静？这还真是不禁念啊，白氏这么快就找上门来了。

肖南回露出一个大大的笑容，也不管一旁的伍小六如何龇牙咧嘴，下一瞬便做出一个"我家大门常打开"的欢迎姿势："那是自然。还未请教，这位兄弟尊姓大名啊？"

对方也笑了，露出一口密密麻麻的牙齿，活似那怒江里食人的鲳鱼："小的姓匡，大名匡巫戊。潘寨主便随大家叫我阿匡就好。"

第六十一章

仆呼那

夜色降临，秋日特有的凉意从红土地中钻出来，侵蚀着白日太阳烧灼留下的温度。

肖南回裹了一条粗毛毯子窝在椅子上，看着面前两个行动能力堪忧的男人正在用言语互相攻击。

“我早就说过，这么遮掩是行不通的。现在人家都找上门来了，我倒要看看你们能有什么对策。”

伍小六手里攥着一沓莎草纸，上面是郝白今日新鲜出炉的酸诗：“对策？你还好意思管我们要对策？你这纸上写的是什么？是对策吗？”

郝白手下一用力，手里的扇子险些碎成两半。那是他这几天偷寨子里小孩糊纸鸢的东西自己做的，样子虽然比不上他之前的那些名家之作，拿在手里倒也有了他往日七八成的“风采”。

“我为何要出对策？！此事与我何干？好好地出诊变成蹲大狱，可有人问过我是何感想？！”

伍小六肚子上还系着粗布围裙，这段日子他不光要伺候肖南回的饮食起居，还要伺候这位涂脂抹粉的江湖郎中，早已憋了一肚子气，如今瞧着那扇子更是分外碍眼，语气也跟着尖酸起来：“我们这些穷苦人家出身的，可不比郝先生金贵，日常好吃好喝地伺候着，还要说成下狱一般，日后若真有个天灾人祸，怕不是第一个拍屁股跑路的？”

郝白最听不得这阴阳怪气的说话方式，眼看便要开启泼妇骂街的模式：“你个胖子，竟敢编派起我来！当我真不知她脚上的伤从何而来？我见你生得敦厚，却不想内里也是个奸诈小人，我便是出去和那牛羊畜生睡在一处，也不要再和你同处一个屋檐之下！”

自打来了这鬼地方，他便三天一大怒，两天一小怒，短短月余便将瞿氏一门淡泊高远的血脉自我了断了个干净。

而伍小六显然只是刚刚热身完毕，这才撸胳膊挽袖子准备大战三百回合：“这可是你自己提出来的，择日不如撞日，还请郝先生现下便收拾妥当，我定会将那羊圈里最舒坦的一块地方留给你……”

一直在旁抠脚的女人终于看不下去了：“你们两个有完没完？人家不过七八个人，便将你俩唬成这样，以后又教我指望哪个？”

两个男人瞬间安静下来，但这安静只维系了片刻。

郝白不知怎么想的，竟将炮火对准了她：“他们只是视察地盘，最多抢你些吃食，你给了便是，为何还要留他们在寨子里？简直是自找麻烦。”

肖南回懒懒地白了他一眼：“你懂个屁。这个寨子易主了，他们不探个明白是不会回去的，你急着赶他们走，岂不是昭告天下这寨子出了问题？”

伍小六也是一副不大认同的样子：“即便如此，他们也不会善罢甘休的。这次见咱们好说话，日后的麻烦怕是少不了了。”

“少不了那便受着。”她换了个姿势，整个人倒挂在床边，做着一种奇怪的仰卧运动，“你们两个要多锻炼身体，若是日后出了什么差错，谁也顾不上谁。活命看运气，逃命看本事，你俩好歹也要能跑出去个十里地，我这心才能放下啊。”

郝白想到这遥遥无期又担惊受怕的日子，脸色黑如锅底。

“平白与你费这口舌，简直是对牛弹琴！”说罢，他愤而拂袖而去，手里的纸扇因为这力道破了个洞，他也不管不顾，气哼哼地甩了门走远了。

肖南回心里叹气，面上还是没什么表情，手指头又开始抠自己脚上包扎好的布包。这几天脚上痒得厉害，她觉得这应该是痊愈的好兆头，想着索性不如今日拆开来看看。

她刚拆到一半，那胖子许是觉得没自己什么事了，转身也要离开。

“小六啊。”

伍小六浑身一抖。这女人很少叫他名字，平日里都是对他呼来唤去的。此时一叫他名字，怕没有什么好事。

“你留一下，我有事要问你。”肖南回从椅子上站起来，脚上剩下的一点儿白布散落在地上，她将它们踢到一旁。

她脚上的伤已经好得七七八八，只是有些一瘸一拐，没什么人的时候，她已经不用那双拐杖了。旁的不说，她对郝白的医术还是十分满意的。

肖南回抬手挑了挑灯芯，快要熄灭的油灯又亮了起来，照得她的脸忽明忽暗。

伍小六站在门边偷偷看着，突然觉得许是那数月的风沙打磨了她的棱角，她的眉眼看着比刚到宿岩的时候要坚毅、凌厉许多。

女人似乎察觉他的目光，下一瞬便看了过来：“你我也算相识于危难之中，相互扶持才走到今日。你的身份，我已知晓，你对我的事难道就不好奇吗？”

伍小六闻言，脑袋摇得像个拨浪鼓：“不好奇不好奇……”

肖南回凑近那张胖脸，就差在那上面瞧出两个洞来：“当真？”

伍小六的腿肚子又开始不受控制地打起哆嗦来：“当真当真……”他这是造了什么孽，好不容易与她融洽相处了一段日子，怎么一夜便回到两人初见时的情景。

女人退了回去，满意地点点头：“好，那便是你自己不愿知晓，算不得我不坦诚。”

伍小六悄悄往门口挪了半步：“时候不早了，要不咱们明天再——”

对方眼皮子都没抬一下，突然便开口问道：“那晚刚落脚孙宅的时候，我问过你一个问题，你还记得吗？”

伍小六蠢蠢欲动的脚蓦地停了下来。他没说话，却反而说明他记起了什么。

“我问你，有没有听说过一群人，他们生得一样的面孔，用飞线杀人。”

肖南回的话似一记重锤敲在伍小六心头，使得他脸上的表情几乎无处可藏。

“这回你装不了睡。你要是脸皮够厚，可以装个死来看看。”

这不是脸皮厚不厚的问题，这是胆肥不肥的问题。

伍小六扑通一声瘫回椅子上，低着头不敢看对方：“我知晓你是有来头的人，但那些人……你还是不要遇上的好。”

“要是我已经遇上了呢？”

他震惊地抬起豆大的小眼，上下打量着对方：“那你咋没死也没缺胳膊少腿呢？”

嗯，是没缺胳膊少腿，毕竟她、伯劳加上那姓丁的，放眼江湖恐怕也难找到能让他们缺胳膊少腿的存在。只是，他们也没落到什么好。

她想到那日在霍州熊家老宅的狼狈情景，有点儿想笑，弧度刚爬上嘴角又落下来：“你果然一早就知道些什么，我之前问你的时候你怎么不说？！”

伍小六又露出那胆小怕事的委屈样：“这事说来晦气，你又没追着我问……”

肖南回最瞧不得他那窝囊样子，抓起桌上的茶壶倒上两杯：“这么说来倒是我的不是了，今天正好有时间，咱们就把上回的一并补回来。你把你知道的都说与我听，一个字也不许落下。”

伍小六叹口气，拿起茶杯一饮而尽：“我生在晚城以南三十里地的帽儿镇，那里前些年兴旺的时候也能有几百户人家。我从记事起，便同镇上的孩子们结伴去山里找吃的……”

“你莫不是要从你三四岁讲到如今？”

“……不是你让我一字不落地说吗？”

“说重点。”

“……你说的那些人曾经在我小的时候来过镇上。他们拐走了许多孩子，我也差一点儿被掳走。”

肖南回的眼睛终于亮了起来，人也向前倾了倾："拐孩子？多大的孩子？可有找回来的？"

"半大的孩子，大都七八岁的样子。我从小就长得比同龄人壮实，五六岁瞧着也有七八岁。被抓过的人里除了我，其他人再也没回过镇子上。不过那些被拐走的孩子大都没爹没娘，本来也不会有人过问。"

"那你又是怎么逃出来的？"

伍小六又有些扭捏起来。肖南回一巴掌拍在桌子上，桌上那一只茶壶连着两只茶杯、一盏烛台都跟着离地三寸又落回来。伍小六赶紧开口道："我……我那会儿好像是……好像是尿裤子了，他们嫌晦气，就把我丢了……"

肖南回嘴角抽了抽。这组织里的人都不怎么样，倒是有洁癖的毛病。

"你同他们在一起的时候可还记得他们说过什么、做过什么？"

伍小六的身子并没有抖，眼中却流露出真实的恐惧："我那时太小了，又受了惊吓，只记得……只记得有许多疯了一般的野狗，还有带刺的荆条、烧红的烙铁……"

肖南回垂下眼，遮去眼底复杂的情绪："好了，不用说了。"她觉得她可能知道那些人毁容一般的脸是怎么来的了。

烛火跳动一下，又暗了下来，她没去管，破天荒地给伍小六搓了几个沙枣。

伍小六嘴巴里嚼着东西，心绪渐渐平静下来。

几只秋虫围着火苗转着圈，翅膀发出轻微的扑棱声，让人心烦。

良久，肖南回开口问道："你说那是你小时候的事，也就是说之后那些人没再出现过？"

"那事过后几年，我便不在帽儿镇上了。但在岭西四处流浪的这些年，确实没再听过那些人的事了。"

"那些人可有个称呼或者名字？"

伍小六摇摇头："脸都不愿意教人认出来，又怎会有名字？不过在我家那边，大家都管他们叫……仆呼那。"

肖南回皱起眉头："仆呼那是什么？"

"我也是听老人们说起过，说很久以前，那些人刚开始在纪州一带活动的时候，曾经有个从东方来的老僧试着去度化那些人，最后惨遭杀害。他临死前只说了'仆呼那'三个字，村子里的人也听不懂，就口口相传下来，再提起那些人的时候便会说是仆呼那来了。"

一阵夜风吹开窗口的布帘，桌上的烛火终于熄灭了，化作一缕青烟。

仆呼那。肖南回活动着刚刚得到解放的十根脚趾，在黑暗中默念了一遍这三个字。他们究竟是什么人呢？

第六十二章

虎落平阳

潘寨主的寨子这几日分外清静、悠闲。寨子中的人非但没有受到那几个不速之客的影响，相反还拿出一种死猪不怕开水烫的气势来。他们寨主交代过了，所谓生死有命，富贵在天，伸头一刀，缩头也是一刀，既然横竖免不了一劫，不如泰然处之。

当然，肖南回说这些话的时候，心里多少已经有底了。白家就算再不济，也不会直接授意手下人去做鱼肉乡里的事情，那阿匡八成是背着上头私自出来捞油水的。只要白氏的威信依然在，那些人便是在她的寨子里住上十年八年，也不会真的做些烧杀淫掠之事，把动静闹大。白氏对这些人的所作所为是否知情，她不知道，但有一点可以肯定，这些人游走在各个寨子间，就是为了监视各个部落的情况。没有白氏的命令，他们也不敢轻举妄动。

这些日子以来，她想起来时路上的九死一生、种种磨难，便常常觉得再不会有别的人和事能成为她完成任务的阻碍。

那阿匡虽然是个豺狼之辈，但不入虎穴，焉得虎子？她以秋牧的人还未回寨子为由，留那阿匡一行人多待了几日，便是想趁这个机会打探一些白氏的情况。

此举无异于虎口窃须。阿匡起先嘴严得很，这一点从白氏能派他去连线刺杀康王的任务便能知一二。肖南回自己也不是个善于套话的人，但伍小六是个尖嘴的鹬，任他阿匡是个壳闭得再紧的蚌，也能给他撬出缝来。在这基础上，肖南回只要再推波助澜地提供一点儿便利之处，效果还是立竿见影的。

这日半夜，她照常拉着阿匡吃夜宵。

这是这几日深夜惯常的场景，那阿匡被她扣在这寨子里早就百无聊赖，却也抵不过这好吃好喝地伺候。

空气越发清冷，篝火却暖融融的，人窝在舒适柔软的毛毡里便不想动弹，此时更是一天之中最疲惫懈怠的时候，三杯两盏下了肚，什么话题都能聊起来。不需多少时日，她已套得不少信息，尽数都传与伯劳了。

今日不知是不是酒酿得烈了些，这阿匡没聊两句正题，便已经开始大着舌头讲他的风流韵事了。

肖南回有一搭没一搭地应和着，难以掩饰地打起了哈欠。

她正困顿着，便见一人急匆匆地从外跑进来，瞧了她一眼，将脸上的神色敛了敛，凑近阿匡的耳边低声说了些什么。她余光偷瞄一眼，心知对方不会让自己听得只言片语，压根也就懒得提起神来。

过了片刻，那人汇报完了，恭敬地退到一边，还没等她问起，那阿匡居然破天荒地主动提了起来："寨主多日款待，阿匡感激不尽。今日有一事相求，不知寨主可否通融？"

肖南回笑眯眯地抿了口发烫的油茶："那要看阿匡说的是何事。"

阿匡酒后那双三白眼就盯在肖南回的脸上，目光如有实质："昨日北边出了些状况，离潘寨主这里不算远的样子，今日须得借地一用，会个人。"

出了些状况？什么状况？她心下痒痒得很，面上却还要装作一副云淡风轻、不甚挂心的样子："好说好说，不知阿匡你是会敌还是会友啊？我也好让寨子里的人帮忙准备一番。"

那阿匡笑起来，看起来阴恻恻的："哪敢劳烦潘寨主？潘寨主若是无事，也可一并来看。说到底阿匡只是个拿钱办事的卒子，很多事也不大懂，还要多听听潘寨主的意见呢。"

相处这些日子，她已经习惯眼前这人说话时令人不适的调调，脸上甚至能带点儿笑容："那我就不客气了，阿匡前面带路吧。"

碧疆的北部横亘着一条荒芜陡峭的山脉，那条山脉是格勒特高原向南延伸的部分，天成叫它垡莽岭，南羌人叫它束赫，意思是"那座山"。

碧疆得天独厚的屏障有二，一是三目关，二便是垡莽岭。

没有大批军队能从垡莽岭通过，白氏可以节省出一半的兵力镇守碧疆其余要道，可谓坐享天成。

然而这一回这道天然屏障似乎要失效了。

肖南回此刻坐在寨子中最大的院子里，从阿匡手下那低沉到断断续续的声音中听出了大概。

天成组织了一支奇袭军，人数并不多，利用刚刚步入雨季的几场秋雨，在垡莽岭开出一条泥沙冲出的狭窄山道，随后昼夜兼行，秘密进发，目的是包抄碧疆北部空虚的地方，只要得手，必能使得其内部阵脚大乱。

就在昨日，那支军队中的一支分队与白氏的兵马相遇，白氏折损大半，虽没讨到好处，却擒住了对方的一名小将。

两军交战，将领落入敌手可谓大忌。

若按以往来看，白氏委实不会让阿匡这样一个卒子来做审俘虏这样的事，然而战事已起，他们一时半会儿却顾不上这等细枝末节了，就这么阴错阳差叫她给撞上了。

“来人，将那天成的狗兵带上来。”

那话落在肖南回心里似钝刀子割肉一般，她的指尖捏紧了手下的藤椅，指甲泛起白来。

南羌人再蠢也不至于不识得肖准吧？可从那寨中小童口中所闻来看，他们或许当真不知。但……他们说是小将，那便不会是肖准吧？何况肖准是何身手，怎会轻易被擒？不要是肖准，千万不要是肖准。

她佯装低头喝着碗中已经见底的油茶，目光尽量垂在脚尖上，不让轻颤的睫毛泄露一点儿情绪。

一阵杂乱的脚步声由远及近，夹杂着一些盔甲相碰的声音，接着一人被重重地扔在地上，发出沉闷的声响。

阿匡的声音在她身侧响起：“哟，瞧这身上的这套光要甲，八成是光要营的人了。”

光要营？那便与肖准搭不上边了。

肖南回暗松一口气，默不作声地摸着手里的碗边，内心却有些惊讶这些土匪对天成军队的了解程度。或许天成之前都将这些人想得太过蛮荒，他们其实还是挺聪明的。

“天成人，报上你的名字来，让我们大伙听听，究竟是哪个孬种被我们打得屁滚尿流。”

阿匡的声音未落，一阵哄笑便从四周围观的碧疆人中传出。

那天成小将沉默地俯首在地上，十指狠狠地插入沙土之中，因为屈辱而微微发抖。

“事到如今，倒是装起哑巴来了。来人，让他抬起头来。”

两个南羌大汉走上前去，一把抓住那天成小将的头发，强迫他抬起头来。一张沾了些血污却写满不屈的年轻脸庞露了出来。

肖南回没控制住自己的眼皮子，只瞄了一瞬，正往嘴里送的那口新油茶便尽数喷了出来。

一身银甲虽然染了污泥，那张已经长出胡须的脸却是分外眼熟，可不就是那烜远王的二公子、她的好同僚夙平川吗？

夙平川正咬着牙试图挣开按着他的两个匪徒，一抬眼看到肖南回，也是愣了一下。

肖南回虽然装束打扮和之前差得太多，但熟人若是想从一群地道的南羌土著里认出她来倒不是难事。

阿匡看似粗鲁，实则最是心细，肖南回和夙平川的一举一动都逃不过他的眼睛，当下便察觉出了端倪：“怎么，潘寨主难道认识这天成的狗兵？”

肖南回擦擦嘴，并没有急着反驳。她不擅长遮掩，眼下也不是供她练习的最佳时刻。若是让这帮匪徒知道了他的真实身份，夙平川决计是活不了的。他不只活不了，可能还要被削成人彘，送到烜远王眼前恶心恶心天成的人。

“不瞒你说，这小子和我先前便有些过节。”思索一番，她淡淡地开口道。

这话一出口，夙平川显然有些意外，抬头瞪着她。

阿匡不动声色地问道：“过节？寨主不是岭西人？久居碧疆腹地，怎会和这天成的狗兵有过节？”

肖南回长叹一声，似是想起什么不堪回首的往事：“说起这过节，便要说回很久之前。那时我年轻气盛，一次与阿姊言语相冲气愤离家，在那岭东游历了一阵子，路遇这小白脸调戏一良家女子，心中不平便出手将他教训了一顿，但手下还是留了分寸，只断了他一颗牙齿。谁料到这小子竟然如此小心眼，从此便记恨上我，寻得机会将我拦在回家途中，手中拿了天兵神器，欲借自己的身份公报私仇，我为自保只得迎战……”

这一通瞎话编得是半真半假。地点、时间虽是假的，但当中细节和情绪是真的，听得阿匡这老狐狸也是半信半疑。

说谎令人口干舌燥，肖南回拿起一旁刚采的沙椰果，使劲嘬了两口，趁机飞快冲被捆在地上的夙平川眨了眨眼，语气十足嘲讽：“最后嘛，这小子是输得毛都不剩一根，光着屁股走的。我那会儿也是不想惹事，便又一次将他放走了，哪承想他现在倒成了个祸害。”

夙平川虽然年纪尚轻、心思稚嫩，但不是个傻子，当下有些看明白这形势，就势啐了一口：“我呸！就你这泼皮那两下子假把式，我便是赤手空拳也能将你揍到喊娘！”

这话一出口，在场所有人都瞪大了眼睛。这俘虏怕是不想活了，话说得如此决绝。

肖南回嘴角抽了抽。虽说知道对方是进入了角色，这是在跟她对戏，但这话也说得忒难听。还喊娘？她哪里有娘？！真是越想越生气！

那阿匡不知怎的，就觉得今日之事的发展有些不在他的预料之内，正想开口将主动权攥回自己手中，就听得身边女人狮吼一般破口大骂起来：“好你个鳖孙乌龟王八羔子！竟敢在老娘面前撒野！今日便是天王老子在，也保不了你了，我若不把你扒皮抽筋再用文火炖上个三天三夜，我便不姓潘！”

阿匡有些愕然。扒皮抽筋？不不不！这可不行，虽然他最擅长这些，可白家的人叮嘱了，切不可弄死这俘虏。

思及此处，他连忙轻咳一声："潘寨主息怒，左右不过是个吃了败仗的丧家犬，定是在那天成狗皇帝那里养尊处优，惯常是只会耍耍嘴皮子的，怕是稍稍来点儿真格的就要服软了。您要是不想脏了手，便交给我来处理好了。"

"交给你处理？那才真是要玩完。"这帮土匪下手都黑，夙平川这皇亲贵胄细皮嫩肉的，落在他们手里还能落得好？怕是不死，也要去掉半条命。脑中飞快地转着，肖南回站起身来向夙平川走去，一把扣住他的下巴抬起来，语气透出几分猥琐来："你说得有理，好端端的一条汉子，扒皮抽筋岂不可惜？先饿上几天，没力气折腾了，我便亲自来会会他。"

阿匡的眼角抽动两下，面上还要尽力客气地笑着："潘寨主的意思是……"

肖南回横他一眼，似乎在责怪对方不识相："阿匡竟如此小气吗？左右玩过后还你便是，还是说这几日你我之间的交情都是假的？你从未将我这寨主放在眼里？"

后面两句说得重了些，那阿匡心下虽然恨极，只后悔今日为何偏生叫了这女人过来，面上却暂时不敢撕破脸。他拿出自己二皮脸的十成功力，送上谄媚的笑容："怎会怎会？潘寨主能瞧上他，倒是他的福气呢。"

肖南回满意地点点头，做戏做全套，末了又摸一把夙平川的小脸，仰天淫笑几声。

夙平川显然没见过肖南回这副模样，虽说知道她是在演戏，但还是不由自主地哆嗦了一下。都说虎落平阳被犬欺，只是他没想到竟是这么个"欺"法。

第六十三章
夙平川

肖南回是不可能真的把夙平川弄到自己房间里去的。对方和郝白的身份不同，她若真这么做了，阿匡那伙人很容易起疑心。所以虽然心下不忍，她还是让人将夙平川关在临时搭起来的牢房里，装模作样地饿他三天，美其名曰要等对方没了力气再下手。

那阿匡嘴上虽然没说，但她估摸着白氏的人可能过几天便要来提人了。她心下火急火燎，面上还要摆出一副稳如泰山的样子，熬到第三天晚上的时候，总算将那几个土匪喝趴下了。

三言两语打发了门口看守的南羌人，反复确认四下无人后，她先让郝白进去瞧瞧那倒霉蛋的伤势。

约莫过了半炷香的工夫，郝白便拎着自己的小箱子走了出来。

肖南回正搓手跺脚地等着，见状连忙迎上去："如何？"

郝白将手拢进袖子中，一副高深莫测的表情："他身上中了支毒镖，是南羌这边惯用的一种蛙毒，能瞬间让人全身无力。好在他身体强健，虽拖了这些天，倒也没什么大碍，只是手脚筋脉受阻，提不起力气来，须找到解药服下去方可痊愈。"

"那你可能解毒？"

对方冷哼一声，声音中充斥着膨胀的自信和对某人无知的轻蔑。

肖南回用力地拍了他一下，压着嗓子吼道："能治就能治，瞎哼哼什么？！"

郝白恶狠狠地瞪她一眼，看样子是想要反击一下的，但想到这女人手下的力道，还是讪讪地缩回了爪子，颇有些怨念地拎着药箱回自己房间去了。

肖南回在牢门外站了一会儿，估摸着夙平川应当穿戴妥当了，这才迈步走进去。

这牢房是她先前派人现搭的，虽然简陋了些，倒还算干净，只是光线不好，如今又入了深秋，夜晚便冷得厉害。

夙平川的甲衣已经不知去向，八成是被那阿匡的人扒下来存着卖钱了，内里的白色衣裳上隐隐有些血迹。他整个人缩在角落里，听见有人进来也没抬头。

肖南回轻咳一声。半晌，夙平川才抬起头来，语气不善地开口道："你还来做什么？看我死没有？"

她本想出言安慰几句，一听这话，便有些来气："真要你死，你早就死透了，何须我亲自来看？"

夙平川冷哼一声，又不作声了。他到底也还是个半大的孩子，除了甲衣，便同那阙城中名门望族家的少年郎没有两样。

肖南回叹口气，从怀里掏出两个馒头递了过去。

看着那两个从里衣掏出来的连油纸都没包的馒头，夙平川将头扭到一旁："我不饿。"

肖南回慢条斯理地将馒头上那层薄薄的面皮撕了去，塞在他手里："一个打了败仗的将军，还敢挑一个白面馒头的不是，传出去怕是要笑死个人。"

夙平川已经连着几日没吃过半粒米，只靠喝点儿脏水过活，胃里早就只剩苦水，他挣扎一番便狠狠地咬了一口。

一个馒头下了肚，对方的面色终于缓和了些，她又将水递了过去："说吧，怎么如此不小心教人擒了去？"

夙平川一口饮进半囊水，擦了擦嘴，才恨声开口道："若不是有人将此次突袭的路线泄了出去，垡莽岭一战怎会出差错？！"

这倒是出乎肖南回的意料："什么意思？你说天成军内有白氏的暗桩？"

"光要营一向是身份审查最严的，我也不信其中会有奸细，但事实如此，我和我的几名部下已吃了大亏，若放任那奸细继续下去，岂非——"

"那你可有怀疑的人或者关于那奸细的什么线索？"

夙平川蓦地停住，像被方才那最后一口馒头噎住了，好一会儿才挤出两个字："没有。"

肖南回一时有些想翻个白眼，但顾及对方此刻的心情，生生地憋了回去："无妨，兵不厌诈，彼此彼此罢了。"

夙平川却将奇怪的目光投在她身上："难不成你也是个奸细？"

这死崽子，说话忒难听。方才就不该顾及他，应当狠狠挖苦一番的。她正要开口反击几句，对方却又接着说道："听闻先前有人将碧疆地势图送至军中，没承想竟然是你。不过此次突袭未成，白氏也会有所察觉，你在此处怕是不宜久留。"

肖南回眨眨眼，又将难听话咽回肚子里。她与这左将军说来虽没共过几回事，但不难看出对方是个实心眼的小爷，嚣张跋扈、孤高冷傲或许都有些，但坏不到哪里去。这样身份金贵、偏生又脑筋不大灵光的活祖宗，怎会被派来执行包抄突袭的军令？何况那烜远王膝下如今只得这一独子，又如何舍得送他来这修罗场？

"我说……"她斟酌了一番，还是觉得不如直接问，"这次出征，你该不是自己跑出来的吧？"

这话一问出口，她便瞧见对方那有些缓和的面色又不自然起来。答案显然已露了七八分。想她如何费尽心思建功立业，这才提着脑袋接下皇帝派给她的任务，这边却有人放着安稳地方不待，偏要往刀尖上这点儿地方挤。人比人，气死人。

“阙城有何不好？你偏生要往这处来，现在出了这样的差错，你不为自己着想，也当为烜远王着想。他若知道你出了事——”

“怎么？你怕父亲知情后降罪于你？”夙平川突然出声，毫不掩饰声音中的冷意、讥讽，“你放心，他不会。我那好姨娘已有数月身孕，医者瞧过，说是男胎。我便是死在外面，他也不会绝了后。”

肖南回毫无准备地吃了一记家宅怨事，一时也不知该做何反应，只得又递了个馒头给对方。

夙平川接过那馒头，吭哧吭哧地往嘴里塞去：“你倒是悠闲，还有心情来看我的笑话。”

肖南回知道对方嫌她碍事，但觉得自己有些冤枉：“并非我乐意同你挤在这鬼地方，只是时辰尚早。”

夙平川瞪她一眼：“夜半三更，哪里尚早？”

肖南回吹了吹角落里的灰，又挪了挪屁股：“我同那几个守卫说要同你欢乐一阵，预留了半个时辰。时辰未到，我便出去，岂非节外生枝？”

夙平川愣了一瞬，紧接着反应过来对方在说什么，手中的馒头瞬间变了形：“你这女人，不知羞耻！”

这回肖南回终于控制不住，翻了个大大的白眼。

这几日同郝白抬头不见低头见，她耳濡目染地学到了翻白眼的精华，这个白眼翻得可谓十足圆满：“你一个大男人，还需女子来救，到头来还要说我不知羞耻？若非看在你我也算同僚一场的分上，我合该将你丢给那些南羌人，教你领会一番何为羞耻。”

这一番话说得宛如一记响亮的巴掌，将夙平川打得满脸通红。他垂下头去，沉默了很久。

肖南回气呼呼地等了半刻，回头一瞥竟见对方眼睫带泪，豆大的泪珠子隐忍着没落下来。

“原是我没用，母亲不在了，父亲也不会再疼惜我。此次被俘一事过后，即便我身未死，回去也是徒增屈辱。你若难做，便将我交给他们吧。”

她生平最怕人掉泪，何况是眼下这般情况！虽然觉得对方突然这样矫情、丧气实乃幼稚，但心中到底还是不忍起来：“怎会呢？你想多了。”

夙平川抬头幽幽地看她一眼：“你当真是不会安慰人。”

肖南回哑然，对方却自顾自地说起来：“都说战场最是凶险，依我看，不及后宅半分。后院养出来的那些本事，我儿时便见识过了。母亲在我三岁的时候便去世了。我是姨娘养大的孩子，九岁前只知吟诗作画、赏花赏美人，最是不屑那些舞枪弄棍之人，总觉得粗鄙至极。”

肖南回有些恍然大悟：“难怪你那会儿连我一个女娃娃都打不过，可如今怎么竟成了个武将？莫不是我那一拳将你打坏了脑袋？”

夙平川嘴角抽了抽，这女人还真是哪壶不开提哪壶。他深吸一口气，尽量平和地开口道：“你当年打我的那拳教父亲知道了，这才察觉姨娘早买通了教我骑射的师父，平日习武强身都是摆样子，骑射、刀剑样样不会，倒是学了一手斗蛐蛐、品小曲的本事，当晚便将我狠狠地毒打了一顿。第二天一早派人送我去了终天桃止山，拜在六刹折剑门门下。我独自在山里苦修了五年，父亲才将我接回家。”

一听桃止山，肖南回便来了兴致：“你那剑法是在桃止山学的？难怪招式那样好看。不过，我看你的筋骨并不太适合学剑，倒是可以试试陌刀。等回去后我给你引荐几个厉害的师父——”

“我堂堂折剑门出身，怎能拜他人为师？！”夙平川一脸气愤，只觉得今天这场对话本身就是个错误，狠狠地转过身去，再不肯看肖南回一眼。

不拜便不拜，气个什么劲！气性这么大，到底是怎么在军中待下去的？

“算了算了。”肖南回碰了一鼻子灰，白了对方一眼，心中默念：“看在你比我小的分上，便当作你年少轻狂。”她身为前辈，当然不能和小辈计较：“时辰差不多了，我先走了。这里到底是匪窝，白氏的人过几日恐怕也会来。你自己留点儿神，我会想办法弄你出去。”

肖南回交代完，起身准备离开，走到一半想起什么，又折了回来。

夙平川正面壁坐着，蓦地就被捏着肩膀转了过来。去而复返的女人左右手抓着他的衣襟用力一扒，他半片胸膛唰地便露了出来。他呆傻着，还没反应过来，那只“魔爪”又向他的腰带伸去，使劲一扯，他身上唯一的一条带子便断成了两截。

肖南回离远看看，觉得还是有些不够狼狈，又要上前去抓夙平川的头发。对方终于回过神来，一巴掌抡在肖南回的面门上：“你做什么？！”

肖南回摸着脑门上的红印，也急了眼：“遭受凌辱便要有受到凌辱的样子呀！总不能我在你这儿待了这么久，你还干干净净、整整齐齐的，那岂不是要露馅？！”

那夙平川估计自出生以来从未遭受如此的奇耻大辱，眼睛都气红了。他本就生得清秀，这么一来便像只受了委屈的兔子，一副十足的可怜相。

肖南回见了，心头那股火又憋了回去。她何尝不知道这王公的嫡子是个多么骄傲的人，如今沦落至此，估计也是没少受罪，当下便放低声音安慰道：“你饿了这么多天，不比我有力气。我也知道你心里别扭，自己做不来这事。你放心，今天发生的事，我绝不会说出去。”顿了顿，她又加上一句，“人活着比什么都重要，别和命过不去。”说完，肖南回便转身离开了。

第六十四章

寒霜降

肖南回失眠了。

她很少失眠，以前在军中的时候更是从不失眠，基本上每晚后脑勺挨着枕头的一瞬间就睡着了。可自从听了夙平川说的话，她这觉是彻底没法睡了。只要她一闭眼，脑中翻来覆去就都是不好的画面，仿佛明日一早阿匡便会将肖准押进来，在她面前张牙舞爪地炫耀一番。

军中出了奸细，依此人知情程度来看恐怕职位还不低，眼下很可能就在肃北营中，这要她如何能安睡？想到这里，她从床上爬了起来，胡乱地披了条毯子，在院子里站到了天亮。

伍小六早起正要去打水，便看见那女人塑像一般站在那里，头发上都结了霜。定是昨夜那俘虏出了什么岔子。

“出了什么事？”伍小六明知故问。

肖南回看他一眼，却懒得回答。她确实也无从答起，伍小六连她的真实身份都不知晓。这里唯一能知她一二、十成十会和她站在同一战线又没病没灾、四肢健全的也就只有郝白。

她正盘算着，郝白顶着一头乱发从另一边厢房飘出来。枯黄的草地上结了一层霜，他一脚没踩稳，险些滑个跟头。

肖南回仰天叹出一口浊气。一个胖子、一个江湖郎中，外加一个瘫在牢中的伤兵，她也想能有点儿指望，可当真哪个都指望不上。

“潘寨主原来早就起了，早知这样，小的方才就进来报了。”

一个声音在院门口响起，她知道是自己寨子里的人，没太着急：“怎么了？”

“阿匡先生同他的兄弟们早些时候离开了。”

“什么？走了？”这倒是出乎意料，随即她想到什么，心中一紧，“那个天成的士兵也带走了？”

“那倒是没有。他是从西边离开的，路过哨岗的时候同兄弟们说是有些急事，兴许又是北边打仗的事吧。”

她略松一口气，一种不安的感觉却浮上心头。不对，他这走得也太没有征兆了，而且不可能连夙平川都扔在她这里。是她露了马脚，引对方怀疑了？还是夙平川的身份……

她脑海中闪过无数种可能性，哪一种都只让人心惊肉跳，生不出半点儿安慰。

肖南回将身上的毯子扔给伍小六，飞快地取了平弦出来，压低嗓音对他说道："我出去一趟，日落为限，若我没回来，便按照我先前叮嘱你的行事。听明白了吗？"

伍小六有些吓傻了，似乎没想到这一天这么快就要到了："到底怎么了？"

"现在还不清楚。"肖南回将平弦放在背上，检查了一下靴子中的匕首，"不过八成不是什么好事。我交代你的，都听明白了吗？"

伍小六点点头，下意识回头去看郝白。

郝白脸色也有些不好看，却少见地没有聒噪，只转身回了屋里，不知去忙什么了。

等伍小六再回头的时候，肖南回已经不见踪影了。

阿匡磕了磕炭灰，又点上一炉新炭暖手，换了个姿势缩在大氅底下，心下已经开始骂骂咧咧。

这碧疆最冷的时候不是深冬，而是当下，像这种下过霜的林子最是聚寒气，能将人身上最后一点儿热乎气都吸走。他在此处已经等了一个多时辰。眼看日头从中天往西沉了去，他等的人还没来。若不是忌惮那人身后的主，他又何须在这儿受罪？这些年他为白氏做过的事没有千八万件也有百十来件，便连刺杀康王这样的活计都是他牵的线。他嘴角有些上扬，突然又想到那康王死时的模样，脖子一凉，不由自主地打了个哆嗦。算了，等就等吧。

"先生，人好像来了。"

他的手下机灵得很，早就见他不耐烦，四处巴巴地望着，瞧见有人影便回来报他。

阿匡胡乱地将脚下一堆的果皮与炭灰踢到一边的树丛中，打起十二万分的精神望着来人的方向。

一颗圆溜溜的果核左拐右拐地顺着山坡滚了下去，撞上一丛红柳才停下来。

肖南回低头看着那枚果核，抿了抿干燥的嘴唇。

此处地势平坦，不易隐藏身形，她追寻那些人的踪迹来到附近，左看右看只找到两块石头勉强可以一用，便用平弦将自己架在两块岩石中间，每隔一段时间下来小心地活动一下腿脚，半天下来滴水未沾，冻得手脚僵硬，比那有果子、有手炉的阿匡可惨多了。

不过总算是没有白等，她调整一番身形，找了个方便偷窥的角度，一动不动地望着阿匡那伙人的位置。

只过了半盏茶的时间，但她觉得等了许久。

终于，一队灰蒙蒙的身影从错乱交织的树丛中显出来，除了一点儿砂石细碎的摩擦声，安静得像一片飘进林子的云。

她轻轻地转动眼珠，目光落在打头那个人身上。

那是个瘦小的身影，并非南羌人的打扮，身上的袍子精致、华贵，却显得过分宽大。他走得十分缓慢，似乎在打量阿匡一行人。

那阿匡的反应却十足恭敬，低垂的背甚至透出一丝过分的卑微和服从。

在距离阿匡还有一步远的地方，那身影终于停住，又立了一会儿便缓缓转过身来。

肖南回在看清那人的正脸后瞳孔猛地一缩，呆呆地愣在原地。

那张尚有一丝少年气的脸比数月前成长了不少，但仍有一丝阴柔之气未消。

是安律。霍州穆尔赫罪臣安氏之后，数月前还因做事败露被丢弃在荒野村屋，如今却出现在千里之外的禁忌之地，这绝对不是巧合。

“这位便是阿匡先生了吧？”安律的声音低低的。他背对着阿匡，似乎对阿匡本人并没什么兴趣。

“正是小的。听闻安大人要来，早早便依您吩咐在这儿候着了。只是不知是何事，为何不移步寨中一叙——”

“可有惊动旁人？”

阿匡愣了片刻，连忙答道：“自是没有。”

安律轻轻摆了摆手，他身后的那些人便上前一一检查阿匡和阿匡的手下，个个身手利落。

“你当知道这是燕大人吩咐下来的事。他说先前在孙府的时候曾见过一个有些奇怪的女人往这边逃了，叫我过来看看。”

燕大人？肖南回眼前闪过那名穿紫衣的男子，随即又想起对方那令人不寒而栗的武功造诣。是她大意了。那时她受伤不轻，又急于摆脱克桑的纠缠，定是露了些身法底细，而且之后路上她都处于意识不清的状态，也不知伍小六究竟是如何将她背进寨子的。那人能做白氏爪牙，定是识人的好手，许是早就有所怀疑了。她该感谢碧疆的寨子实在太多，所以对方这才将将找上门来。

“燕先生说的或许是这寨中如今的寨主潘姚儿？”那阿匡的反应甚是敏捷，已一瞬间抓住了要害。

安律果然提起了兴趣：“如今的寨主？先前的寨主呢？”

“潘媚儿先前去了孙府贺喜，不知为何没能回来。从时间上看，这寨子正是那前后才易的主呢。这位新寨主还说自己是潘媚儿的妹妹——”

阿匡还要继续说什么，安律已冷声打断：“她人在哪儿？带路吧。”

百草杀，寒霜降。

碧疆低矮的灌木丛林中已落了厚厚的一层叶，混着枯黄的牧草，最深处能没人半条腿。

日光西斜，失了温的空气沉下来，林间起了雾。一道飞快移动的身影在雾气中划开口子，带起一道长长的白烟。

肖南回拖着初愈的腿飞快地在枯叶中奔袭着，片刻不敢停留。

安律带来的人虽然不多，但个个全副武装，如今知道事有蹊跷，脚程定不会太慢。她知道阿匡也是当地人，认路不会比她生疏，但好在过去三个月她没有荒废，寨子周边的山头荒地已教她踏了个遍，最短的路已刻在她心底，拼上十分的力气或许可以拉开一炷香的时间。

这是她第一次当逃兵。

正面对上，她不是没有胜算，但她输不起。一旦落实她冒名顶替的事，再要脱身便不会像之前几次那样幸运了。她不能在这里失手，一个人死也就算了，就怕到时候还要拉上不少人陪葬。

安律的脸仿佛还在眼前，他是白氏的人？是他的主子召他来碧疆的？他的主子是谁？是那燕紫吗？在霍州时，他的目标是秘玺，如果是受白氏驱使，确实也说得通。可他和那名叫仆呼那的组织又有何关系？那些杀手究竟是不是白氏一手培养的？可如果是的话，为何伍小六在儿时便与他们有过交集？要知道雨安之乱是十几年前的事，而伍小六所说至少是二十年前的事了。

肖南回觉得自己仿佛身处一团乱麻之中，麻丝越缠越紧，令她透不过气。眼下只有一件事她十分确定，那就是不能让安律看到她的脸。

虽然只在霍州短暂地交过手，她却丝毫不敢对这个半大少年有丝毫懈怠。临别前他眼中的恨意和扭曲是那样刺目，足够驱使凡人之躯行尽极端之事。

碧疆恐怕是留不得了。这个想法其实从昨天夜里便在她脑中徘徊着，但在刚刚才算成型。而且她有一种模糊的预感，关于仆呼那的事可能会是她此次西行最重要的一条情报。然而夜枭还要三日才会再来，她没有时间了。

日光在地平线上挣扎着。最后一缕残阳消失前的一刻，肖南回终于看到了寨子的轮廓。

“伍小六！”她顾不得快要炸裂的肺部，力竭地大喊。

寨子中没有动静，四周半个人影也不见。

“伍小六！伍小六……”她又喊了两遍，就在她要喊出第四遍的时候，一个圆滚滚的身影颤抖着从高脚竹楼下面钻了出来，手里还举着半个冒烟的火折子。

肖南回长舒一口气，一把将他拉了过来："寨子里的人——"

伍小六紧张得直咽口水："都……都按你的吩咐散走了，半个时辰前走的，我看你一直不回来——"

"好，好，好。"她连说三个好，又急急地问道，"郝白和牢里那个呢？"

她话音未落，一个白花花的身影便从不远处挣扎着走过来，他似乎是想用跑的，但肩上那手脚绵软的男子把他压得迈不开腿。

"这儿呢，这儿呢。"

她望着对方那一身明晃晃的白衣，眉角的筋都在跳。她记得她把这件衣服藏得很好，居然还是被他翻出来了。

天边最后一丝亮光在这一刻消失了，四周落入一片漆黑之中，空气中有细微的震动，由远及近，像魔鬼的脚步声。

肖南回拿过伍小六手里的火折子重新点了，火光照亮了她的眉眼，疲惫却坚定："我们离开这里吧。"

阿匡带着安律等人走到寨子外几里地的时候就察觉到不对劲了。空气中有一股烟味，不远处的天空也是一片紫红色。是火光。

掺了麻油的干草被塞在寨子的各个角落，点燃时连半点儿余地都没留，几乎是转瞬间便烧了起来。

"人逃了。"

百丈之外的一片灌木丛中，几个灰扑扑的身影正飞速地向远处移动着，其中一个白点分外显眼。

那阿匡显然看见了，然而追去的路被大火阻挡，绕行不知要费几多时间，他只能亡羊补牢地指挥着周围的人："用弩！快用弩！"

十发劲弩破空而出，然而那些箭矢遇到遮挡的矮树丛时纷纷受阻，没有几支到得了远处。

"废物，让开。"安律的脸色越发难看，他一脚踹开一段烧了一半的梁子，仗着身形轻巧一个翻身上了一侧塌了一半的土墙。

肖南回听见耳后的破空声，庆幸自己选了这条荆棘丛生的路，难走是难走了些，但关键时刻倒是能保条命。

箭弩飞了一阵便停了下来，她没控制住自己，回头看了一眼，这一瞥便看见了那墙头上站着的少年。他还是那身不合身的袍子，双手垂在身体两侧，全被袖子遮了去，像一只提线傀儡。下一瞬，他缓缓地抬起了双手，两截枯瘦的手臂从袖中滑出，在火光下染得血红。

肖南回有些奇怪于对方的动作，然而她随即便看到那些隔在他们之间的树枝树叶似乎被一把看不见的刀劈开。

草屑飞舞间，一股劲风转瞬便到了她眼前，令她避无可避。

几乎与此同时，一股大力从她身侧袭来，她整个人趴在地上，爬起来时才发现伍小六趴在她刚刚站的地方，整个肩膀几乎被撕碎了，血瞬间从他的伤口涌了出来。他虚弱地抬头看着她，张了张嘴。

“伍……伍小六！”她嘴唇有些哆嗦，一把按住对方的伤处，“你别说话……”

“有句话我一定要说。”那胖子撑着眯缝一样的眼，缓缓地吭哧道，“遇见你……我可真是太倒霉了。”

又一阵劲风袭来，几人齐齐地趴地躲过，身后一棵胡杨中招，树干发出一声闷响，缓缓地折断倒地，腾起一阵沙尘。

趁着这片刻喘息，郝白从地上爬起来，眼明手快地撕了块布，将伍小六的伤处飞快地绑住：“他一时半会儿死不了。但是要是再不走，我们都得一起死！”

肖南回却还沉浸在震惊中，回不过神来。方才经历的一遭超出了她长久以来对兵家身法的认知。

安律的身手，她是知道的，他绝不可能在短时间内成为如此高手。而且，她明明没有看到对方手里有任何兵器，怎能转瞬间便教百丈外的人见了血？是什么？到底是什么？

墙头上一直低头不语的少年缓缓地抬起头来，肖南回还未来得及收回目光，就这样隔着冲天的大火，与那双阴鸷的眼对上。她看到那张脸上绽出一个没有温度的笑。他认出她了。

冲天的热浪卷起冰冷的空气，肖南回打了个冷战。

下一瞬，夙平川的手猛地抓着她的手腕：“肖南回！”

粗糙带着温度的手令她瞬间回过神来，她一把抓住伍小六被血浸透的衣服，用力将他扛在肩上。

倒下的胡杨为他们提供了短暂的庇护，但冷风很快便将腾起的沙土吹散。是东边来的风。

肖南回最后看了一眼寨子的方向，握了握拳。她由衷地感激这片土地赋予她融于骨血的坚忍不屈，但她不属于这里，从前不属于，现在更加不属于。她要去她爱的人身边，即使那里并不是生她的故土。

肖南回转过身，任凭那冲天的火焰映红了她的背：“我们走。”

第二卷 碧疆 161

目录

第一卷　秘玺　1

解甲

上

八条看雪◎著

北京联合出版公司
Beijing United Publishing Co.,Ltd.

绿 宝 石

Fall into your light

目录

第三卷 神血 307

第三卷 神血

传说上古的时候，神明会借用凡人的躯壳降临人间，人们将之称为降神。

第六十五章

见到皇帝的一百种方法（上）

岭西一带有很多稀奇古怪的传说，其中流传最广的一个便是枯衣氏化赑的故事。

传闻上古时候岭西远不是如今这番干旱的模样，这里的山丘间遍布湿地与丛林，珍奇异兽遍地可寻。

枯衣氏是驯兽一族，族中人皆可通走兽飞禽之语，就连鲜少有人见过的异兽也会在其召唤下现身。

然而天有不测风云，似乎老天爷也觉得这样的天赋是为逆天之举，有意要覆灭枯衣氏。一直风调雨顺的岭西突逢暴雨，遮天的黑云笼罩了数月之久，倾盆而下的雨水使得河水暴涨，溢出河道，湿地变成了湖泊，湖泊又扩大，彼此相连，整个岭西很快便成了一片汪洋。

枯衣氏被困孤山之上，一族老小在恐惧中等死。族长悲从中来，跪于山顶之上，五体投地以表对天神的臣服，并自刎于崖边以血献祭，希望可以换得天神的宽恕。

也许真的是这份卑微到泣血的请求打动了神明，从崖间坠落洪水中的族长尸身竟发出耀眼的光芒，随后一只巨大的赑屃浮出水面，它载上枯衣氏其余族人，使得他们免于水患的侵扰，又带领他们到了新的大陆，随后便消失在汪洋之中。

自此枯衣氏后人都将赑认作神灵，每年到了神迹降临那一天，都会祭祀纪念他们的先祖，感恩他为族人争取来的生机。

这便是枯衣氏化赑的传说。

肖南回怎么会想到这个传说呢？因为她现在觉得自己就是那只龟。不，她连龟都算不上，她只能算是个苦命的王八。

她左手拖着郝白，右手拽着夙平川，肩上还要扛着个伍小六，一路往东狂奔。三目关如今情况不明，不能再走，垡莽岭又正是两方交战之地，唯有横跨天沐河后从东南方向离开。

渡河的时候，她险些死在那里。

虽说岭西的河湖是不结冰的，但数九的河水依然冰到骨头疼，她不敢伐些木

头做筏子，一条筏子加上四个大活人目标太明显，她只能蹚着没腰的河水过去。

除了她，其余那三个人都是旱鸭子，又伤的伤、残的残，她一次背上一人从岸这边渡到对面，饶是在碧疆养得再好的身体，过到第三趟的时候也已经冻得手脚发麻，肺管子都能结上冰碴子。剩下最后一程的时候，她全靠自我激励才撑下来。她想象自己便是那只传说中的王八，要救人于危难之中，总算提着一口气到了对岸，将三个人带到了相对安全的地方。

过了天沐河就算是开始远离碧疆了。离开河岸的那天晚上，她几乎是控制不住地松了一口气，之后睡了一天一夜。她再醒来的时候，伍小六已经能自己坐起来吸溜一口热水泡的干粮了。

他那身肥肉救了他一命。安律那奇怪的招数几乎从他的左肩一直斩到右腰，但神奇地没有伤到腑脏要害。

当然，这也少不了郝白的功劳。在如此恶劣的情况下，他还能从各处找来奇怪的草药，混上他那小小医箱中的各色粉末，一股脑地糊在伍小六的伤口上，难闻是真的难闻，但那皮肉是肉眼可见地长起来了。

夙平川的毒也解得差不多了，如今他已经可以不用别人搀扶地走路，估计恢复到当初和她生龙活虎比武时的状态也要不了十天半月。

按理说，一切都在好转，他们也确实死里逃生活了下来，但肖南回的心中总有一小片黑云悬在那里，梦里都是一片阴霾。

那道隔空而来的斩杀究竟是什么？与那凶险的飞线有何关联？仆呼那的目的究竟是什么？还有，夙平川提到的那件事。

她已不在碧疆，但夜枭识人，一定会想办法跟来，就是不知需要多久，她必须在此之前尽快想明白接下来要怎么做。

出了天沐河流域，四周景象又变为荒凉的戈壁，一望无尽的砂石平原上，连只四脚动物都瞧不见。好在北面飘来的乌云遮住了太阳，空气似乎没有那么干燥了。但肖南回知道，他们必须赶快走出荒漠。如果赶上落雪，他们的处境将会更加艰难。

此刻他们的位置已偏离回彤城的路，大致快要到岭西南部的白鹿丘陵，如果她估计得没错的话，只要穿过那片丘陵，便能到达晚城。

然而白鹿丘陵听着甚美，却是个弯弯绕绕走不出的迷障之地，没有向导的情况下，迷路耗死在里面也是有可能的。

思虑一番，肖南回领着三个“拖油瓶”在丘陵边缘暂时驻扎下来。

入夜，她生起篝火，将那三个人叫到跟前，围着火堆坐下来。

前几日害怕有追兵，他们不敢将火烧得太旺，煮水都只能用余烬。如今有了这团温暖，即使仍在荒野之中，大家也觉得十分满足了。

火光照亮四人疲惫的脸，肖南回看见郝白的白衣裳已经变成了灰色的。

“时间紧迫，我长话短说。”她用石块在火堆周围垒了一圈挡风墙，将火苗小心地护起来，“后面的路，你们要自己走了。”

空气安静了一会儿，伍小六不可思议地开了口：“你要抛下我们？”他的语气是惊讶的，但因为有气无力，听起来像临终前的控诉。

“白氏的人应该不会追来了，我会叫人来领你们去晚城。她还有个三四天便能到了，你们只需要等在原地就好。她还会带些干粮和水，足够支撑你们穿过白鹿丘陵。”

伍小六依旧不愿接受她的安排：“你的人？你的什么人？是否可靠？你莫要诓我们。”

肖南回有些不耐烦：“我诓你做什么？她是我的贴身婢女，可靠得紧。”

夙平川正往嘴里送水喝，听到这儿，一口水喷出来：“婢女？你让一个婢女来这鬼地方救我们？”

“她可不是寻常的婢女。”她顿了顿，又补充道，“她比寻常婢女的脾气坏得多，你们见她时务必小心些。之后若是顺利到了晚城，便去投奔安道院，郝白也可自行回家。晚城是定王的地盘，便是鹿松平要起事端，也不敢动那里……”

郝白闷声问道：“那你要去哪里？”

肖南回垒好最后一块石头：“我还有事要做，晚些去和你们会合。”

说完这句话，天空中便出现一个小小的身影，由远而近。是夜枭。

她起身拍拍屁股，也不看那三人的脸色，走到一旁的荒滩上，将早就拟好的密信放入夜枭的信筒中。

她不太擅长向人解释自己都说不清的事，更不擅长告别。

军中有细作是大忌，而且如果真如夙平川所说，那此人必定还会再有行动。时间很宝贵，她等不起，必须亲自走一趟。

这一晚，所有人都分外沉默。

伍小六似乎是对她生气了，一口气吃了许多干粮。郝白到底是瞿家人，内心还是通透的，也没多问什么，只塞给肖南回一颗枳丹。夙平川后半夜便没了人影，她估摸着是他自己找地方生闷气去了。

长夜过半，天空微微泛白。肖南回收拾好几件随身行李，将平弦捆在背上，正要离开，一回头便见夙平川蹲在不远处，正幽怨地望着她。她吓了一跳，又退了几步：“你一声不吭的，想要吓死人啊？”

“我知道你要干吗去。带上我，不然你哪儿也别想去。”

这话，她是信的。从先前打交道时的种种迹象来看，这夙平川也是倔脾气，她要是不把他敲晕了，保不准他能跟出她十里地。

“军中有细作，除你之外，还有何人知道？”

夙平川摇摇头：“行军路线乃是绝密，只我一人知晓路线暴露。”

“那你回去营中岂非自寻死路？那人见你没死，估计都不会让你踏进主帐半步，就算你侥幸逃过，敌人知道你回去了，定然会有所警醒，你又要如何抓出那细作？”

夙平川将头扭到一旁：“我不管，总会有法子的。总之，这是我的事，你别想撇下我。”

深吸一口气，她耐下性子来，将自己的计划详细说与他听，又口干舌燥地分析一番她独行的好处和带上他的弊端。

说到最后，她自己都快被自己说动了，那夙平川却一脸愤怒地将她打断：“你这是铤而走险！”

敢情自己那些唾沫都白费了，看着对方那张激动的脸，她觉得自己的血直往天灵盖冲：“要不然呢？！你还有更好的法子？！”

夙平川鼓着脸，眉头紧锁地沉思一番，硬是没吭哧出一个屁来。

哼，她就知道会是如此。

“我同你说，这些也只是告知你一下，压根也没指望你能提什么好建议，当然也没打算听你的建议，更没打算带上你。你若是还想不通，非要和我在这儿耗时间，我便只能将你敲晕了。”

郝白也不容易，她不想总给他找麻烦。实在不行就捆了吧？不过这小子这几天力气恢复得差不多了，她还真没把握能擒住他。

肖南回还在盘算着如何才能摆脱夙平川，那厢却自己坐在地上喃喃自语起来：“你知不知道，这次讨伐碧疆，陛下都亲征了？”

肖南回愣了一下，眼前莫名地闪过那日在三目关岩壁间的黑羽营弓箭手。难怪。皇帝亲征，所以黑羽营才会出现在岭西。看来她低估了皇帝此次的决心。

“肖南回，你可知帝王亲征意味着什么？他帐下将臣关系又有多复杂？你升作右将军前怕是连朝中之事都触不到一二，你又有何把握能独自一人将此事完满解决？”

夙平川的发问不无道理。

但那又如何？就算不懂权谋之术，她也有她自己的方法：“既然你说情势如此复杂，军中之人又都有嫌疑，那我便去找那个绝对没有嫌疑的人好了。”

肖南回突然觉得眼前豁然开朗，便连冷冽的空气也跟着清爽起来：“我去找陛下，接下来的一切便都由他定夺。”

第六十六章

见到皇帝的一百种方法（下）

天成朝中流传着一本从未有人见过的秘籍手抄本，名唤“窥圣颜之百解”。顾名思义，就是可以见到皇帝的一百种方法。

究竟有没有这样一本秘籍，其实是个众说纷纭的无解命题。但关于这个抄本的流传说明了一件事，那就是，天成如今的这位皇帝出了名地不爱见人。

有多不爱见人呢？传闻皇帝登基的那天本来是要坐御辇经光明甬道往元明殿中去的，群臣便在殿中等着觐见新王。谁知那御辇抬起来才发现，皇帝命人在辇上加了个盖子，盖子上还扣了一层纱，纱上绣满了密密麻麻的花样，那叫一个只可远观而不可亵玩焉。

从那以后，但凡有点儿眼色的朝臣都明白了一件事，皇帝不喜欢露脸。

内侍总管最先心领神会，将那元明殿中的龙椅往后又移了一丈，寝宫的内侍们见状连忙有样学样，将元和殿的侧殿全装上了纱帐，便连元华殿内的烛火都点得甚是抠门，也不知那些后宫美人承接圣宠时到底有没有看清过皇帝的脸。

这等受不得风、见不得光的做派，若放在以往，教肖南回得知，她定能在心底笑上很久。嘿嘿，皇帝是长得太丑，怕人瞧吧？要么就是受了风邪，嘴歪眼斜，总之，皇帝定是有点儿什么，否则一个大男人还如闺阁女子般遮遮掩掩，实在做作。然而眼下她实在笑不出来。

那日清晨，她终于与那三人分道扬镳，虽然最后还是免不了将夙平川敲晕了，但总的来说这再次西行的路还算顺利。

然而这顺利没维系多久，就教她内心突如其来的疑问彻底击碎了。

她知道皇帝长什么样吗？答案显而易见。

她离皇帝最近的一次是那天在泰和汤苑外的谒见，然而他们之间隔着一层纱帐，她有限的一点儿智谋都用在了与皇帝周旋上，根本没心思窥探对方长什么样。

一个她见都没见过的人，又要如何向他传递重要信息？！皇帝的行军帐在哪里？早晚作息都是如何？帐中都有何人？最重要的是，哪个是皇帝？

肖南回枯坐在已经干涸的天沐河古道边冥思苦想了一夜，脑袋里越来越空，

最后只剩一点儿冷风和沙子。她也想过打退堂鼓，觉得要不然干脆先去找肖准算了。肃北营，她再熟悉不过了，肖准，她也绝对认得。她又好久没见他，恨不得马上冲去他的营地。这股冲动终究还是被她的理智压下来，因为那样一来势必会将肖准卷入这件事。

此事虽然尚不明朗，但可以肯定的是，绝不是件好事。传闻皇帝最是心思难测。肖准兵权在身，难免不会被猜忌，此时正值多事之秋，她不能把他往火坑里推。

戈壁上的黎明来得很早，天边亮起来的时候，她不敢再浪费时间，只得迷迷瞪瞪上了路。

根据她之前从夙平川嘴中抠来的消息，皇帝最有可能身在黑羽营。再根据伯劳最近一次传给她的密信，黑羽营大军应该是驻扎在天沐河下游附近。

那个地方，肖南回在随田家小姐出嫁时曾远远地瞥过一眼。拜孙家所赐，天沐河上游的水被人工筑起的堤坝拦了起来，下游枯竭的河床经不起风沙的侵袭，渐渐下沉，塌陷成一道百里长的裂谷，将宿岩一分为二，其陡峭程度，鸟兽途经亦会胆寒。这样的天险于大军来说是个好的隐蔽点，却不是好的行军路线。白氏显然也是深谙其中道理，否则断不会放着那块空隙不管。

确认了目标方位，眼下便只有两个难题。其一是关于皇帝是谁的担忧，其二便是如何才能潜入黑羽营。

她没有黑羽营的腰牌，虽然先前在肃北营多年，但隔营如隔山，在没有可以自证身份的物件的情况下，贸然闯入，只会闹得鸡飞狗跳、打草惊蛇。如果乔装一番趁夜潜回去，且不说黑羽营的布防一定严密非常，她没把握能来去不留痕迹，就算运气不错，真教她溜进去，可还有那第一个难题在等着她。

她绞尽脑汁想了想，就还剩一个最笨的办法。

深吸一口气，她开始沿着枯竭的河滩向天沐河的下游摸去。越往下走，河谷的沟壑越深，犬牙差互的河岸上寸草不生，连一颗石子都显露无遗。肖南回觉得自己不是走在裂谷中，而是走在一把悬在碧疆与天成之间的大刀的刀刃上。

估摸着走到了军营的边缘，她便停了下来，找了一道岩缝藏身，一直等到暮色降临，天地间光线昏黄暧昧的时候，她才终于开始行动。

黑羽营弓箭手的眼力当真厉害，她都不用做什么鬼祟姿态，几乎是刚冒头没走几步便被射了一箭。

第一箭只是试探，教她一个翻滚躲了过去。想来是她这一躲实在有些利落，那第二箭便带了杀气。也不知那些弓箭手是哪个校尉调教的，她明明已经躲得很及时了，那箭还是一头扎在她大腿上，好在没有伤到要害。

“什么人？”崖壁间的人声在河谷中回响。

肖南回不作声，爬起来做逃跑姿态，没跑两步便被从天而降的黑羽军按倒在

地上。

这些人是黑羽营的哨兵，日夜不间歇地隐匿在附近的峭壁岩缝中，发现可疑的人便会出手。

她身上还穿着碧疆寨子里南羌人的衣服，脸上也是脏兮兮的一片，张嘴便是一口哇啦哇啦的岭西话。

"是个女的。"那几名黑羽军对视一眼，似乎已经对她的身份有了定论。

"搜身。"

她被按住，身上带的东西被翻了个底朝天。

"都带了些什么？"

"除了一根半长不短的棍子，其余就是些干粮。"

那士兵话音未落，一件巴掌大小的物什从肖南回的里衣掉出，哐当一声落在地上，质地坚硬。她继续趴在地上，余光瞥见一人将那铁牌子捡了起来。

四周一片静默，随后有人低声道："带回营里。"

那天早晨夙平川与肖南回纠缠的时候，她就已经在打对方的主意了。

她这次西行实为秘密举动，严格意义上来讲，她身为天成光要营右将军的身份已经被暂时"摒弃"了。如此一来，万一真的到了须辨明身份的最后关头，她必须有一点儿真实可靠的物件来证明自己。她自己的东西是彻底没有了，不过还可以借一借别人的。于是将夙平川打晕之后，她顺道摸走了那块左将军的腰牌，眼下果然派上用场了。

那几名黑羽军显然对她的来历和目的产生了疑问，于是没有就地将她斩杀，而是带回了俘虏营，交给了他们的队正。

他们对接的时候说话的声音很低，但也没有特意回避，可能是已经认定她是个不懂官话的南羌人。

"她身上有一块光要营的腰牌，看制式是个将军的。"

"还有别的吗？"

"没了，她就一个人，还是个女子……"

"就算如此，你们也不该掉以轻心。碧疆多女子掌事，何况黑羽营的箭居然能射偏，是她太有能耐，还是你们太懈怠了？"

几名哨兵连忙请罪，那队正没理会，只拿着那块薄而方正的铁牌递到肖南回眼前，用岭西的方言问道："这个，你从哪儿得来的？"

她脖子一梗，大言不惭地道："捡的。"

"从哪儿捡的？"

"不告诉你。"

队正冷哼一声，一把抓住她腿上的箭羽用力一拧，肖南回便疼得大叫。

果然全天下人对待敌人的态度都是如此蛮横的。

她眼中挤出几滴泪花："你杀了我也没用，我要见你们皇帝，我只告诉他一人。"

那队正果然面色一变："是谁告诉你皇帝在这儿的？"

"我还知道更多！你带我去见皇帝，我就都告诉你们。"

这话一出，对方显然有些动摇。眼前这个女人绝对有问题，但也可能藏着能帮他升官发财的军情。上战场提着脑袋杀几个敌人，可能也记不了多高的军功。

肖南回自知有戏，正等着那队正进一步询问，突然一个声音在她身后凉凉地响起："瞧这样子，不像能撬出点儿消息的人，还是拖出营砍了吧。"

这声音一出，便令她有种熟悉的冷意。还没等她想起来这声音的主人是谁，那队正已率先说出了那个名字："见过鹿大人。"

是纪州牧鹿松平。他不在彤城，跑到这里来做什么？但眼下不是思考这个问题的时候，鹿松平的声音又响了起来："这等穷凶极恶之徒，怎能提到圣上跟前？若是出了什么差错，你们不想要脑袋了吗？"

"鹿松平，你个乌龟王八蛋，三番五次坏老娘好事。"肖南回内心在咆哮，然而还是要面对现实。身体奋力一扭，她努力将自己真诚的脸对上她身后的鹿大人："大爷！求您饶我一命，我说的都是真的！我真的知道很多事，不信您可以问我，我知无不言，言无不尽，我们南羌人是从不说谎的，说谎是要遭天打雷劈、下刀山油锅的，死后不得超生……"

肖南回知道对方听得懂岭西方言，于是滔滔不绝地表达着自己旺盛的求生欲，希望对方能够看在她如此卖力的分上，给她一个"叛敌"的机会。

鹿松平似乎是嫌她身上有些脏，先是退了半步，紧接着看到了她的脸，突然就不动了。

对方的目光实在有些吓人，看得她心里开始打鼓。按理说那夜只是匆匆一瞥，而且她现在都这副模样了，鹿松平应该是认不出她来的。但不知怎的，她就是觉得有点儿怪怪的。

"我保证我绝对会听话的！我说的都是真的，不信你们可以去问，我那寨子就在对岸，寨子中牦牛三十头、黑尾羊一百一十八只，还有很多鸡，总之也算是颇具规模的，你过了三目关一直往西走，穿过一片红柳林——"

"吵死了。"鹿松平终于对肖南回的长篇大论做出了总结。

下一瞬，一只铁拳迎面而来，结结实实地正中她的面门。

肖南回两眼一黑，陷入短暂的昏迷。

重击后的耳鸣渐渐散去，一阵阵布料摩擦地面的声音有节奏地传入肖南回的

耳中。她并没有完全晕过去，只是被人蒙了眼，失了方向感。她身上的麻绳似乎捆得更紧了，在拖拽的过程中将她腿上的伤口勒得生疼，口中被塞了东西，下巴撑得发酸。

坚持了一会儿，拖拽她的人终于停了下来，她听见士兵交接时的低语，心中悬着的石头这才放下来。这些士兵还是没有将她拖出去砍了，不知是不是鹿松平递了话，那队正让人将她和其他俘虏分开，单独将她带到这个地方。之所以蒙了她的眼，应当是不想让她知道主帐的位置。

她试图安慰自己，不管怎么说，她的笨方法还是有点儿成效的，虽然这已经不是笨方法了，简直可以称为馊主意。

肖南回恶狠狠地想着，努力忽视自己大腿上插着的那支箭。

此番回了阙城，她一定要好好从夙平川身上讨回这笔血债。他自己打了败仗不说，还丢了个吃力不讨好的差事到她头上，她一个优秀的前哨卧薪尝胆，混成寨子老大，结果因为救他险些暴露，现在还要在这儿替他收拾烂摊子。

粗粝的绳索将她的手反剪在背后，眼睛上的蒙布也没摘去，她只觉得方才挨的那拳打得她鼻子又肿又痒，她努力抬着脑袋，想把那股痒意压下去，不一会儿，那痒意又翻涌上来。血从她的一只鼻孔潺潺流出，她想擦一擦都做不到，只能感知着鼻血在脸上画出一条红线，随后落在地上。内心的屈辱感已经盖过了肉体上的疼痛。她只恨自己之前往脸上抹的灰不够厚，若是一会儿被熟人认出来，她就解甲归乡，以后都不要在军中混了。

眼睛看不见，她便沉下呼吸来，竖起耳朵去听。

四周没有方才那么嘈杂了，也暖和了些，但听不见火盆火炭的声音，她估摸着自己应该是在一顶大帐的外间。几个低低的人声从不远处传出，也许是因为隔着毡帘之类的东西，即便她耳力过人，也只得一点儿模糊的声音，并听不清具体内容。

带她进来的士兵显然不敢贸然进到内间，只退到离她不远处等着。

肖南回当然也得等着，却是以狗啃泥的姿势等着。半个时辰过去了，就在她打算挪挪屁股，换另一边脸吃土的时候，有人掀开了那道帘子，紧接着一个雄厚的男声传来，听起来像某位将军："帐外是何人？方才怎么一直不出声？"

"见过颜将军，小的是俘虏营那边当值的。"

她刚刚想过会不会碰到熟人，这熟人就来了。

镇西将军颜广，她有些印象，从前跟着肖准四处走动的时候，应当同此人有过多次照面，她记得她还夸过对方的胡须修剪得甚美。

"俘虏营的怎么跑到这里来了？"

"回将军的话，是鹿大人方才交代的，说是在南边的河滩抓到一个南羌人，有

要紧事要求见陛下——”

“鹿松平？”大胡子颜广的声音瞬间冷了下来，语气中透出一股不加掩饰的不屑，“他的手倒是伸得长。陛下还要与我等商议行军要事，岂有闲工夫见这阿猫阿狗？还不快快丢出去，别堵在门口碍眼。这也不是你该待的地方，赶紧滚出去。”

“是。”那士兵显然不是这颜都尉的对手，半句也不敢多言，领了命令，便直奔肖南回，动作利落地拎起她后脖颈的绳结，就要将她原路拖回去。

开什么玩笑？她千辛万苦到了这一步，这是要被打回原点了？！

电光石火间，她急中生智，头一转嘴一张，隔着嘴里的半块破布，一排门牙狠狠地咬在那名士兵的手背上。肖南回心狠意绝，嘴下简直是使了十分的力气，只听“嗷”的一声惨叫响彻营地，整个大帐随即安静下来。

“早就听闻这南羌蛮子野得很，今日教我撞见了，便要好好修理一番。”

唰。她听到了佩剑出鞘的声音。下一瞬，寒凉贴上了她的脖子。

“不是吧，老哥？我之前还同你寒暄过几句，你难道就对我一点儿印象都没有吗？！”然而她的质问只能卡在喉咙中，她的舌头在同那块破布做着殊死搏斗，拼尽全力，还是发不出一个完整的音。

“等一下。”一道低沉沙哑的声音在毡帘后响起。

肖南回悬在嗓子眼的那口气慢慢放下，方才随着她的挣扎，那块系在她双眼上的布歪了歪，使得她获得了一道缝的视野。她努力瞪大眼睛向外望去，只看见那道毡帘和地面的缝隙中，一双白靴由远而近晃了晃，慢悠悠地绕过毡帘一步步向她走来。

这个窥视的角度很特别，让她恍惚间想起数月前在永业寺求签时的遭遇。那时的她也是像眼下这般，隔着厚重的幢幡，瞧见一双上好的靴子向她走来。

那人又走近了些，她看到了靴子上的一截衣摆，上好的冰丝雪缎绣纹精美，透出一片缥缈的浅蓝色，是月白色呢。

不知为何，肖南回觉得这颜色有些眼熟。

“陛下，请将她交给末将去处置，定不会碍了您的眼……”

陛下？肖南回觉得自己的鼻子又痒痒了。

“不必了，孤另有打算。”

第六十七章

臣不知

夜寒侵体，月冷沁心。

逃亡的日子过得太快，本以为现在大帐顶上悬着的应当是一轮新月，却不想已经快是满月了，肖南回呆呆地看着，就那么维持着两眼望天的姿势，一动不动。

她待在一顶黑乎乎、没有点灯的帐子里，四周静悄悄的，只有头顶上两块毡布间的缝隙透出一点儿月光。她也想在这种环境下保持自己一贯的专业素养，但长久紧绷的神经一旦松懈下来，困意就像杜鹃那双纤纤细手一样揪住她不放。她昏睡了一会儿，再睁眼的时候恰巧能看到升到头顶上方的月亮。黑暗中，仿佛就只剩下那轮月亮。

过往数月发生的一切在寂静中消退，她觉得自己应该总结一下她在碧疆的所见所闻，但思绪不受控制地放空。一定是方才鹿松平那一拳把她的脑袋打坏了，所以她现在才无法集中精神想事情。

大腿上的伤口已经被人妥善地处理过。这次没有骚气的蝴蝶结，包扎的人手法冷酷，连一根线头都没有留下。一切都简洁到无趣，在有人来叫她之前，她觉得自己除了睡觉，可能也没别的事可做了。

肖南回翻了个身，将身下毛茸茸的毯子往身上裹了裹。这毯子真暖和，摸起来还滑溜溜的，她不知道这世上还能有如此顺滑的羊毛毯子。

啪，下一刻，随着一声火石碰撞的声音，一点儿火光在她身后亮起。

肖南回后背上的汗毛都立了起来。有人在她身后不到十步远的地方点火，她却连那人的脚步声、呼吸声都没听见。

接着是毡毯被掀起的声音，一阵冷风灌进来，伴随着一点儿清浅的咳嗽声。

肖南回一骨碌从那张矮榻上爬起来，一个利落的翻身落下，单膝点地，大腿上的伤让她踉跄了一下，但她及时调整好了平衡，没有出丑。

冷风带来帐外的空气，透着一股清冷的苦味。

她已经准备好行个大礼，然后高呼万岁了，可眼睛适应了突如其来的亮光，在看清那站在大帐入口处的两个人后，她整个人不由得呆住了。

刚进帐子的人压根没望她一眼，正慢条斯理地解着身上那件厚重的裘衣，手腕上的舍利珠串上下滑动着，衬得那截腕骨笔直、精瘦。银色皮草缝制的裘衣如此厚重，却也遮不住其下瘦削挺拔的身形，穿着月白满绣纹雪缎的那具身体上顶着一张她熟悉的淡漠的脸。而就在他身后，丁未翔正面无表情地用手里刚点燃的蜡烛引燃账内的火把。

肖南回舌头打结："你……你……你怎么在这儿？"

她话音还未落地，一旁的丁未翔已经虎目圆瞪，大吼一声："放肆！陛下面前还敢口出狂言！"

与此同时，帐外守着的士兵一股脑地冲进来，唰的一下便对着肖南回拔刀相向。

她彻底蒙了，只觉得眼前有一万个丁未翔在对她大吼大叫。

陛下？哪个陛下？天成的皇帝？那个洗澡让她等了一个时辰的皇帝？

男子的目光依旧没有偏移分毫到她身上，径直越过她僵硬的身体走到那张"软榻"上坐了下来。

帐内有了光亮，她这才发现，那滑溜溜的毯子根本不是什么羊毛毯，而是一张黑色的貂绒皮草，那"软榻"也不是软榻，而是一把过分宽阔的禅椅，方正的椅圈上雕着繁复生长的莲蔓纹，与那泰和汤苑门上的图纹一模一样。

肖南回咽了咽口水。她刚刚"蹂躏"了皇帝的座椅，还将他的坐垫当被子盖……

"未翔，这俘虏莫非摔坏了脑袋？那还真是可惜，还以为能有什么重要的信报呢，拖出去砍了吧。"那张熟悉的脸张口说话了，声音却不是之前"钟离竟"那种清澈的音色，而是低沉，有几分沙哑，和"洗澡日"听到的声音一致。

胳膊被人一左一右地架起，那几名士兵便要将她往外拖，肖南回瞬间惊醒。

"等……等一下！"她终于找回自己的声音，却一时不知道该喊些什么。

钟离竟是皇帝？他怎么能是皇帝呢？不对啊，她之前在霍州的时候一直同他在一起，也没听说过皇帝离开都城啊？

然而丁未翔根本不想给她思考的时间，连声催促那几个士兵道："等什么等？还不快快拖出去！"

"我……我有话要说……"肖南回奋力地挣扎，又一个士兵箭步上前按住她的背。

那几个人还真是瞧得起她，四个大汉几乎是将她"连根拔起"，拔萝卜一般将她往大帐外拖去。

"等一下。"座上的帝王突然开口，士兵们的动作一停，便见原本坐在貂皮禅椅上的男人站起身来，端着个烛台向她的方向走了几步，"刚刚离得远了些，这下

倒是看清了。”

肖南回眼中简直要泛出泪光，心想：“陛下，是您金口玉言要臣去打入敌人内部的，现下您终于记起来了吗？”

“这不是前几日宿岩城告示上悬赏的女贼匪吗？”帝王的声音悠悠地传来，肖南回的泪光便僵在那里。

丁未翔闻言，还凑上前像煞有介事地借着烛光看了看肖南回的脸，就像当真没见过一样轻轻地挑了挑眉：“还别说，陛下这么一说，好像确是如此。”

他转向那几名士兵，沉声吩咐道：“你们几个去俘虏营传个酷吏来，要会审女犯的。快去！”

“嗯。”皇帝不置可否地哼了哼，又淡淡地加上一句，“俘虏营离得有些远，今日天色已晚，营禁想必也落了，明日再去寻人手吧。这里就交给未翔，你们先退下吧。”

那几个士兵互相看了看，低头领命，随后十分识趣地躬身退出了大帐。

帐内安静下来，一块上好的丝帕落在她脸上，遮住了她的眼。

“面见圣颜，仪容不整，成何体统！”

肖南回吸了吸鼻子，这才反应过来方才又急又委屈，眼泪鼻涕都流了出来。

她不是个会轻易流眼泪的人，之前受过再重的伤，都没有掉过一滴眼泪，现在也不知是怎么了，兴许是之前经历了诸多磨难，这一刻觉得提心吊胆的日子终于到了尽头，便有种不由自主的崩溃。左右抹了两下，她的心情渐渐平静下来，突然生出些窘迫。

这情绪衬着眼下的情景，直教她浑身不自在，她思来想去好像还没正式拜见，连忙就势伏地，行了个大礼：“臣肖南回，参见陛下。”

大约过了五六个呼吸，那声音才再次传来：“卿劳苦功高，怎可俯身于尘埃之中？快起身来。”

眼前这人说话的声音和语气都和钟离竟截然不同，她心下打鼓，不敢掉以轻心，正要起身，却见那人弯腰向那禅椅上探去。

皇帝伸出两根手指，慢悠悠地从那黑得发亮的皮草上拈起一根长长的头发，又轻轻地一松手，那头发便轻飘飘地落在肖南回眼前：“孤的椅子睡得可还舒服吗？”

肖南回浑身一抖，刚直起来的身子扑通一声又趴回地上：“回陛下，臣不知……不知……”（“不知道你就是皇帝啊！要是知道你就是皇帝，还用得着费这番功夫吗？你是皇帝，你不早说？！”）害得她在霍州呕心沥血地谋划，还以为玉玺就要落入他人之手。等一下，他是皇帝，那霍州之行期间宫中又是何人坐镇？义父是否知道此事？如若不知，她现在知道了会不会连累他？

肖南回心中一阵嘀咕、琢磨，面上神色变幻不定，自己却浑然不觉。

丁未翔在一旁瞧着，实在瞧不下去了，狠狠地咳嗽一声。

地上的人一个激灵回过神来：“臣……臣此次前来是有要事禀报。”

皇帝换了个姿势，懒懒地摆摆手。丁未翔闪身出了大帐。片刻后，大帐外连守夜的士兵换岗的脚步声都听不到了。

肖南回意会，口不停歇地将夙平川遭遇的事情一五一十地说了出来，又结合在碧疆的所见所闻，分析了一番当下的局势。她本想将仆呼那与安律的事一同上报，但又觉得此事太过离奇，现下说出来有捕风捉影的嫌疑，于是暂且按下不表。

其间，她时不时地望一眼那人的脸色，却半点儿情绪痕迹也找不出。

小半个时辰过去，她该说的都已说尽，空气不由自主地安静了下来。

皇帝半合着眼静坐在那里，连衣服上的一个褶皱似乎都没有动过，过了好一会儿才慢悠悠地吐出四个字：“原来如此。”

原来如此？这就完了？肖南回觉得有些不可思议，顺便为自己耗费的那些许口水感到不值：“陛下，臣以为此事非同小可——”

“卿不远万里，风尘仆仆，着实辛苦，这便下去歇息吧。”

她对这场突然结束的谈话感到十分不习惯，原地踌躇了片刻，那要人命的声音便又传来了：“怎么？是要歇在孤的坐榻之上吗？”

吓人。太吓人了。

肖南回节节败退，几乎是踉跄着逃出了大帐。

第六十八章

名为尊者讳

天成治军之法严厉，严禁闲言碎语。士卒间若乱议军政之事，一旦发现，便会被杖责，而后除去编制，此生不得再入行伍。

话虽如此，这人的心却是管不住的。

最近，天沐河旁的天成军营里不少人的心里都在嘀咕那件事。

那天夜里黑羽营的前哨抓到一个南羌俘虏，还是个女人，身上居然带着月前失踪的左将军的腰牌。俘虏营严审这女犯一天一夜，却什么也没问出来，最后那人经不住折磨，咽气了，草草地埋在河道边。

当然，被埋在河边的并不是肖南回。此刻她正躺在自己的小帐子里百无聊赖地挖沙子。

这黑羽营不愧是跟着皇帝混出来的近卫，一个个干起活来心狠手辣、得心应手，也就花了个把炷香的时间，便将她的替身和后续的“死亡”安排得明明白白。她心知皇帝肯定动了心思，开始布局，却不知其中细节。那晚面圣过后，她就被塞在主帐旁边不远处的小帐子里，没有圣上口谕，不得外出。

在知道皇帝是钟离竟后，她倒是一点儿也不担心对方会在此事上吃亏，她的任务也算是暂时告一段落，就是不知伯劳那边是否顺利、有没有接到夙平川等人，夙平川那倔驴一路上又是否安分。不过，若论身手，她对伯劳可是十万分放心。便是夙平川有什么想法，也逃不出伯劳的手掌心。这样算来，要是再能想办法与肖准联系一二，她此次西行就算得上十足圆满了。

她正胡思乱想着，这帐子的正主便掀开帘子走了进来。

帐外温暖的阳光倾泻一地，照亮了一个身材瘦高、眉眼细长的女子。女子肩上搭着一条干活擦手的白巾，手里还拎着一只大桶。下一瞬，那帘子便被毫不留情地放了下来，帐内又恢复了一片阴冷。

肖南回已经换回天成男子装束，非常不雅观地用棉衣将自己裹得里三层外三层，但奈何这帐子主人实在抠门，连炭火也不肯烧上一块，她便是穿得这样厚，仍是冻得鼻涕直流。

搓了搓爪子，她实在难掩不满：“莫春花，你若是想冻死我便直说，我可以将这帐子上的毡毯撤了，给你省些力气。”

那叫莫春花的女子冷哼一声，将手中的桶放在地上：“陛下说你是行伍出身，正经从过军的，现在看来也不怎么样嘛，从头到脚娇气得很。”

肖南回被噎得一口气堵在胸口。这还是头一回有人说她娇气。她简直不知道该哭还是该笑：“我便是个不娇气的，也没必要自己讨罪受。何况你这帐子里是配了炭火的，为何不用？”

“这炭火何其珍贵？上阵杀敌的用不上，你又凭什么用？”

好吧，这是嫌弃她好吃懒做了。对方是不知她当初为了天成的这场仗吃了多少苦头，如今倒是连块炭也不配用了。多说无益，她本来也不善与人计较，何况对方还是个比她小几岁的半大丫头。左右聊下去都是给自己气受，她决定换个话题：“带了什么来？”

莫春花没说话，将那桶上的盖子掀开，一股热气腾腾的羊汤味扑面而来。肖南回咽了咽口水。

莫春花白了她一眼，从身上摸出两块冷掉的馍，熟练地掰碎放进一旁的碗里。她皮肤透着天生的蜜色，那并非这岭西的风沙所致，而是南羌人特有的肤色。但她体态纤细、眉目娟秀，又不似南羌人的长相。

肖南回起先也有些疑惑，后来知道了她的身世，才明白过来是怎么一回事。

莫春花是颜广的女儿，却是个不能归入族谱的妾生女，因此只能跟了生母的姓，名字起得也甚是随便。其实若只是妾室所生，倒也不至如此，但那妾室是个南羌女子，是早年颜广驻守西部的时候收下的人，起先只是当作粗使女婢，后来不知怎的就有了孩子。

莫春花倒是个性情豁达之人，继承了南羌人特有的简单直接，又遗传了几分她老爹身为天成人的傲气，虽说身世破落得很，她却生生活出几分“郡主”的气质。她立志要靠自己的双手做事，便跟着许多郎中、巫医学过手艺，想要日后在军中谋个一官半职，便能和父亲一样随军出征。当然，颜广对此并不认同。他发愁的从来只是女儿的婚事，此次让她跟来也是意外。

皇帝不知为何将自己身边那金贵的瞿家医者遣走了，荒蛮之地又去哪里再找个可靠的人来？虽然心中有所不愿，但颜广最终将莫春花带到了营中。

不过皇帝没用上，倒是让肖南回用上了。她低头看了看大腿上包扎过的地方，觉得有点儿痒，可能是伤口开始愈合了。她下意识要伸手去抓，才伸出一半便啪的一声挨了一巴掌。

那始作俑者看都没看她一眼，不慌不忙地继续掰着手里的饼。

肖南回讪讪地揉了揉手背。原是她在郝白那小白脸那里嚣张惯了，如今报应

来了，竟让她赶上个脾气不好的，活脱脱一个小杜鹃，便是伯劳在这里，恐怕也不是对手。

除去脾气不好，又不肯给她添炭火外，莫春花对她还是不错的。

肖南回眼巴巴地看着对方将滚烫的羊汤浇在盛了干馍的碗里，原本是最没滋味的干粮，此时竟给她比肩山珍海味的架势。就冲这做饭的手艺，她什么都能忍。

“你之前与皇帝见过？”莫春花突然开口。肖南回嘴里塞着东西，只哼唧一声。

哼哼，何止见过？

“陛下虽然话不太多，但性子最是宽容大气，你之前是不是做了什么？他这几日不让你出去，看起来似乎有些计较。”

她……她之前都做了什么……她和皇帝抢过客房，说他是偷鸡摸狗之徒，动过将他拉去妓院接客的念头，还徒手撕过他的衣服，当着他本人的面说他眼神不大好……

肖南回悲愤地舀起一块大饼，又往嘴里塞了一勺。

“瞧你这样子，看来是没少做亏心事。”

这她就不爱听了。她提着脑袋为皇帝做事，怎么倒成她的不是了？

“我瞧你年纪尚轻，不与你计较。我先前与他相识的时候，他根本没说自己是皇帝。”

当然，莫春花压根不信，看她的眼神像看傻子：“你咋不说皇帝是你拜把子兄弟呢？”

肖南回只觉得无力：“是真的！他同他那面瘫侍卫合起伙来骗我，还说自己复姓钟离。我就知道，这天底下哪有人会姓那么个姓——”

“肖大人。”莫春花熟练地将碗筷收到一边，“我且问你，烜远王尊姓为何？”

她不情愿地吐出一个字：“夙。”

“那我天成皇族尊姓为何？”

“……夙。”

这些她当然知道，可是……

“那你还说什么蠢话？”

蠢话？哪里蠢？她决心扳回一局：“你聪明，你倒是说说看，皇帝叫什么名字？”

莫春花果然哽住：“我……我为何要告诉你？”

“我算是看出来了，合着你也不知道啊。”

莫春花被踩中痛处，秀眉拧成倒八字，就要显出南羌人的本色：“我不说不代表我不知道！名为尊者讳，你懂个屁！”

肖南回嘴里啧啧有声：“还名为尊者讳呢？你这丫头年纪不大，掉书袋的架势

可比肩那城北书苑的教书先生了。”

莫春花瞪她一眼，呼啦一下站起身来，直奔她的床榻而去，抱起上面的被子、毯子使劲一卷。

肖南回脸色不妙，喃喃地开口道：“我不过顶你两句，你便要收了我的被子冻死我吗？”

莫春花不言语，又大跨步走到墙角，直奔她私藏在破毡毯下的几块硬饼。

这回肖南回可坐不住了。那可是她费了好大功夫才省下来的饼啊！没事做的时候拿起来啃两口也是好的。

肖南回一个飞扑就挂在了莫春花身上，却不敢真的伤了她，只能扳着她的手指，试图挽救自己最后的一点儿“物资”。

就在此时，帐子入口闪进一个人：“莫姑娘，可收拾妥当了？陛下已下令即刻拔营，还请不要误了时辰。”

肖南回正极不雅观地挂在莫春花身上，闻声回头，正对上丁未翔意味深长的眼神。

那是什么眼神？定是和他那主子学的这阴阳怪气的神态，真叫人心烦。她鼻孔出气冷哼一声作为回应。拔营就拔营，也不提前和她知会一声，害得她还以为……

等一下。

“你……你方才在我帐外站了多久？”

丁未翔懒懒地看她一眼：“没多久。”

这话听着只让人更着急。“没多久是多久？！”她方才那一通关于皇帝的抱怨，他究竟听没听到？听到了多少？

丁未翔不再理她，转身便往帐外走去。

肖南回急了眼，从莫春花身上跳下来，一个疾走便撩开帘子，奔出帐外。

久违的自由空气涌入她的鼻子，她还没来得及吸上几口，一个漆黑的破麻布袋子便劈头盖脸地落下，将她扣了个严严实实。

她下意识一个肘击，又反手去制对方的关节，却被一招比她熟练百倍的大擒拿锁住了胳膊肘。

“丁未翔！有本事你别蒙我的脸，咱们堂堂正正比上一场……”嘴上这样说着，她的另一只手迅速摸向一直束在后背的平弦。

然而某人显然十分了解她的套路，她的手还没摸到就觉得后背一空。

“你再叫，我就只能将你敲晕了。”

肖南回瞬间蔫了下来。她知道对方说到做到，而她确实也不想再挨拳头了。

丁未翔不再说话。肖南回听到莫春花低声与人交谈的声音渐渐远去，随后她

被人拉上一辆车。

车子在营地中穿梭，四周充斥着车马移动和盔甲摩擦的声音，却鲜闻人声，这也足见黑羽营军纪之严。

虽然目不能视，但她的感觉还是十分灵敏的。在之后大半天的时间里，她先后换了三四辆辎重车，其中有拉运军械的车，也有运送物资的车，想必是不想让人看到她。

最后一次换车时，她一直被缚的手才被解开，四周空气明显安静下来，温度也高了不少，这是良好的密闭空间才能有的感觉。这是一辆马车。转念她便想到，急行军途中还能坐马车的人，掰着手指头可能都找不出第二个了。

肖南回背上的汗毛都立了起来，她能听到车厢里另一人的呼吸声，但无人说话。她像只呆鹅一样待在原地一动也不敢动，又过了一会儿，实在忍不住，便将刚刚得了自由的双手慢慢抬起，先摘了套在头上的布袋子。

此时已是深夜，车厢内光线柔和，除了角落里炭盆中的一点儿红光，只有一盏烛火。她的眼睛几乎是一瞬间就适应了过来，视线落在不远处坐在软榻上的男子身上。

他不再着那清冷的月白色，换了件漆黑的裘衣，晦暗不明间，他仿佛与身下那张黑色兽皮融为一体，却衬得那张脸面色冷然。

皇帝没有看她，面前的小案上是堆积如山的简章。他一卷卷地看着，手上做着批复，面上半点儿神情也无。

这情景，倒是让她莫名想起离开霍州的时候与他同乘一车的那段时日。

肖南回咽了咽口水，正寻思着是否应该出声说点儿什么，对方倒是先开口了："与孤同乘一车，你可介意？"

"你都把我塞进来了，还假惺惺地问什么呢？"努力按下翻白眼的冲动，她低头反道："与陛下同乘是臣的荣幸。"她实在不擅长说这些违心的鬼话，语气生硬，听起来像另一个人的声音。

"肖南回。"

被点名了，几乎是在本能的驱使下，她的背下意识地紧贴身后的车厢板："臣在。"

皇帝漆黑的眼锁在她脸上："可有问题要问？"

问题？当然有问题！关于大骗子"钟离竟"的问题，她有差不多一牛车那么多，但……谁敢问啊？

"陛下……陛下为何要亲征？"她憋了许久，憋出一个她自己都觉得十分愚蠢的问题。

"王土待还，孤亲自拿回，有何不妥？"

"不不不，臣的意思是，战场上刀剑无眼，陛下万金之躯，还是要多保重才

是……”

“将在外，君命有所不受。君在外，天命有所不受。若天有不测风云，任它降大任于旁人便可，何须多烦忧？”

肖南回惊呆了。她还是头一回知道，当皇帝的还可以说出“天要我死，那我就去死，皇位谁爱坐谁坐”这种话。也许是她见识短浅，这辈子只见过这一个皇帝，不知道其他皇帝是否也像眼前这个这般……这般放浪形骸之外。不过转念一想，这人是出了名地不露声色，他若是说些违心话，以她这点儿功力也压根看不出来。成吧，他说什么就是什么呗。

“是臣多虑了。”

车厢里一阵沉默。

过了半刻，皇帝又开始没话找话：“这几日与颜将军的女儿相处得如何？”

就凑合呗，还能寻死觅活是怎么着？

“臣与莫姑娘相处甚好，她对臣照顾有加……”

“也罢，她毕竟与你不熟识，不知你身份，年纪又小些，难免有不周全的地方。无妨，之后孤会另行安排。”

等等，她并没有说莫春花坏话啊？怎么就要另行安排了？安排她去哪儿？再去当奸细？肖南回有些崩溃：“这个……其实也不必……”

皇帝却似乎还有一句未说完：“若非莫春花，孤还不知原来你对孤的名讳如此感兴趣。”

肖南回愣了片刻，随即反应过来，早前在莫春花的帐子外，丁未翔那厮当真是一字不漏地将她说的话听了个明明白白。

她一阵心慌口苦：“微臣不敢。”

“此番祛蠹除奸，你也有功劳，孤可破例让你一人知晓。”

不不不，她觉得自己并不想知晓。当然，她的心声，皇帝是听不见的。

皇帝手腕轻挪，手中握的笔上染着饱满的赤色，像刀尖上沾着的血。那是用来批阅奏简的朱砂。

“手。”他的声音并不沉重、严厉，甚至带着几分轻描淡写，但她不知为何就是不敢违抗。

掌心几乎是在一瞬间渗出一层薄汗，她缓缓地伸开握紧的拳，将手递了过去。笔尖轻落，柔中带韧的尖端扫过她的掌心，痒痒的，片刻后就抽离。

肖南回低头望去，只见手心多了一个殷红的“未”字。

“孤的名字，你可记住了？”

未。夙未。这是他的名讳。

莫春花说的其实一点儿都没错。

帝王之尊，名当讳忌。天成知晓皇帝真名的人根本不多。即便知晓，又怎能轻易提起呢？

肖南回不是愚蠢，她只是从没想过自己会是能够知道他名字的人。她以为自己与他的交集就止于“钟离竟”了。

肖南回愣愣地看着掌心的字，只觉得那红色似乎变得滚烫，随着时间的推移慢慢烧进她的皮肤下、血肉中、骨头里。

第六十九章
百鬼夜狩（上）

隐藏身份回到天成军营七日后，肖南回终于用上了炭火，严格来说，应该是蹭上。

皇帝十分畏冷，马车上的炭火烧得很足。

虽然有了炭火，她却失了睡眠。

皇帝话很少，她亦无事做，只能合眼假寐，但还是忍不住从听到的细微声响判断那人在做什么。耳边听着炭火噼啪作响的声音，她想起在白耀关的时候，他外衣被她撕碎，只着单薄里衣与她挨冻的夜晚。唉，丁未翔恼她是应该的。只是当时她不明所以，总以为是姓丁的脑袋进水了。这样一想她又隐隐有些担忧。皇帝表面上没有罚她，该不会心下已经恨极了她，现在假意麻痹她，实则已经决心要牵连侯府了吧？

肖南回眼皮直跳，右眼撑开一条缝开始偷瞄那人。他的姿势与一个时辰前几乎没有变化，还在批奏简，真真是木头人一般。横竖看也看不出什么，问又问不出口，她只得垂下眼帘，余光瞥见地上摊开一半的布阵图，有些好奇地多看了几眼。

那是三目关到宿岩一带的布阵图。

此前关于天成部署战局的情况，她都是从伯劳那里获取信息的，每次传信既不能交代得太详细，又要加上暗语，字里行间已甚是模糊，现在这样一看倒是明朗许多。

她在三目关遇黑羽营奇袭时，就曾困惑于皇帝此举。孙家背后一定有白氏撑腰，不可能轻易向天成低头，即便这棵“墙头草”被除去，白氏也定不会坐视不管，两军难免会在关口短兵相接。

然而她在碧疆三月有余，却未听闻三目关传来战讯，如今才知，皇帝根本没有在关口留下守军。

三目关虽是古来兵家必争之地，但就眼下局势来看，强取却不是一个好的选择。三目关非城池、无遮挡，深入腹地便难以继力，派兵驻守看似赢了这一步，实则是损耗极大的一步棋。皇帝反其道而行之，虽然肃清了三目关的孙家，却又

后撤，不留明哨，任谁来看都是有诈的部署。白氏看似得了块送上门的地盘，实则既无法像先前那样借道三目关，又要时刻提防天成再次从此处突入，心力交瘁之处甚多，反倒落了下乘。这等诡谲的行事作风，倒是与他本人相得益彰。

此局本是连环套，下一步便是垡莽岭的突袭，若能偷得白氏后方空虚之地，此次讨伐碧疆的战局便算是立住了一半。奈何在这关键一步出了差错，白氏又扳回一局。如今两方都陷入僵持，不知那最后一根稻草何时打破平衡，届时全面对战的序幕便会拉开。

肖南回想得出神，没觉得自己脖子越抻越长，不知不觉间已经快要凑到那张图上面。

就在此时，马车突然停了。丁未翔的声音随即传来："主子，到了。"

皇帝抬眼，肖南回吓了一跳，猛地后撤，后背砰的一声贴回车厢侧壁，甚至震出了回响。

皇帝慢条斯理地披上大氅起身，看都没看她一眼，径直越过她僵硬的身体向车厢外走去。

她要怎么办？跟上去吗？

下一瞬，那人就像会读心术一般知道她心下所想，先一步开口道："不必跟来，孤找了个熟人帮忙安置你。"

熟人？

"不知是臣的哪位熟人……"

"你们之前见过几次，听说还切磋过武艺，他也算是对你赞赏有加。"皇帝话音还未落，一个男声便在马车前响起："臣鹿松平见过陛下。"

肖南回震惊地向外望去，便见鹿松平那双细长阴柔的眼正意味不明地看着自己。她觉得自己的舌头瞬间有些打结："臣……臣同鹿州牧只有两面之缘，实在谈不上熟不熟的……"

然而皇帝已然走远，丁未翔那厮跟在后面，侧脸给了她一个表情。她解读了一番，觉得那种表情叫作"自求多福"。

鹿松平烟一样地飘上马车，手脚轻得可怕。肖南回觉得他杀人抛尸时也不会有一点儿动静的。

她像一只刺猬一样警惕起来，浑身肌肉紧绷，手臂一转，平弦化作一道银光横在她和鹿松平中间。

鹿松平低头瞧着那明晃晃的枪头，脸上神情有些古怪："肖大人，在下对你的兵器并不感兴趣，你可以暂且收起来了。"

肖南回冷哼一声："陛下已经走远，鹿大人又何必继续在我这里装模作样？我瞧你在彤城的那段时日可不是现在这般客气。"

鹿松平皮笑肉不笑地咧了咧嘴："在下职责所在，除了必要的守卫工作，自问不曾有过半点儿僭越。"

这是酸她自作自受呢？听这阴阳怪气的语气，倒是和皇帝身边那位有七八分相似。

"我让伯劳一直盯着你，你自然不敢有所妄动。"

"伯劳？"鹿松平停顿片刻，似乎回想起了什么，"原来那位姑娘名唤伯劳。她在我府上停留了两月有余，一人便将今年收成的葡萄吃了大半，想来这账是要记在肖大人簿上的。"

什么？！肖南回牙关咬紧、七窍生烟："你胡说什么？！把话给我说清楚！"

"在下说的是官话，肖大人怎么听不懂了呢？"鹿松平利落地挽起六条辔绳，熟练地驾起马车来，"莫说是葡萄，便连军报她也从我这儿偷看去不少。肖大人虽远在碧疆，心却同我是一条呢。"

"谁同你一条心！"还来不及细品其中意味，马车已然动起来，肖南回脸色微变："你要带我去哪儿？"

鹿松平不语，辔绳狠狠地一抖，马车加速向前冲去。

"放我下去！我要去找莫春花！"

鹿松平一身绿衣、长颈细腰，坐在那里却稳如一座青山："省省吧，陛下将你扔给我了，你便得听我使唤。"

除了肖准和皇帝老儿，这天底下还没人能使唤她！不让她下车？她自己下去还不成吗？

肖南回握紧平弦，想要向车窗挥去。

某人头也没回，后脑勺长了眼一般冷声道："这是陛下的马车，你若有胆子就尽管毁个彻底。"

肖南回一个踉跄跌回一旁的软垫上，心有不甘地瞪了那背影一眼，将手里的枪杆横在胸前。

"车厢如此拥挤，你若不嫌费力，便一直举着吧。"

马车颠簸起来，飞快地驶离黑羽营的行军队伍，向着戈壁上漆黑的山坡而去。

黑羽营拔营路线一路向东南方向后撤，直至二十里开外才停下。

这道军令是皇帝亲自下的，军中无人敢过问，却已有将领心存疑虑和不满。每个人心中都在嘀咕，不知皇帝这一步究竟走的是什么棋。

当晚，十万大军于天沐河河道以东几十里的一处高地扎营，皇帝在主帐召了众将领议事，商讨当如何与北路的光要营、中路的肃北营相配合，对碧疆发起总攻。

议事从亥时初开始，一直到了丑正三刻，皇帝依旧没有对任何一项提议表示

认同。

众将从起先的唇枪舌剑、激烈辩论，到辩无可辩、口干舌燥，皇帝从始至终都是一副不置可否的样子，似乎对所有人的策略都不甚满意。

最后，大帐中陷入了长久的静默。

也不知是否皇帝的怪癖，那元明殿上的青铜刻漏如今居然被搬到了主帐里，滴答作响的水滴声听得人心烦意乱，点滴流逝的时间仿佛被无限拉长，令人倍感煎熬。这摆明了议事是假，旁的什么事才是真。

伴君如伴虎，眼前这个却是伴君如临渊。谁能猜到深渊之中究竟藏了些什么东西呢？唉，在天成为臣，实在是太难了。

终于，有人绷不住了。颜广上前一步，决心带头戳破皇帝设下的这层窗户纸：“陛下此番叫臣等前来，是否另有要事相商？末将是个粗人，不懂弯弯绕绕，不如直接告诉臣等，免得大家在这里虚耗时间。”

皇帝依旧石像般坐在那张禅椅上，身上的黑色大氅衬得他眉宇间比平日多了些冷漠，那双眼却在此刻透出些兴味来：“将军直爽，孤亦不想多做隐瞒。先前左将军领光要营精锐自垡莽岭奇袭碧疆失败，险些命丧白氏之手。他托人告知孤，言及是因行军密令遭泄露，才令白氏有所提防。孤百思不得其解，故请各位前来一叙，不知众将可有话要说？”

此言一出，帐中便被激起千层浪。皇帝的话摆明了是说，军中有细作啊。

不少人都想起那日被埋在河道旁的俘虏，原来这背后竟藏着这么大的事。

皇帝将众人困在这大帐里，想必外面也已安排了心腹守着，这是要瓮中捉鳖、关门放狗了？

纪州牧主簿黄圩犹豫着开口道：“敢问陛下此信报是否可信？此事干系重大，须谨慎核实是否属实……”

“黄大人何必急着质疑？”这回开口的是肃北营先遣部的典武将军孙灼，他最烦文人条条框框地多事，又寻思着赶紧表明立场，急急地开口道，“我看陛下既然开口，想必这信报可信得很，不如速速开始清查，我可带手下先从自家营帐查起。”

这才刚刚对了一回合，帐子中便有了些不和谐的气息。

上军佐史朱庭茂瞥了两眼座上的皇帝，决定在其中和稀泥：“孙将军说得有理，黄主簿亦不必心焦。陛下召我等前来，想必是有所信任，才未顾忌打草惊蛇之嫌。臣等必将齐心协力，为陛下攘除奸凶。只是……”

朱庭茂面上一片犹疑之色，孙灼瞧不下去，冷声道：“朱大人在陛下面前还能说半句藏半句吗？”

朱庭茂好脾气地苦笑一声，似是下了很大的决心，才一揖到底道：“臣只是觉得，左将军失了音信半月有余，偏偏在这两军交战的关键时刻传来这等消息，又

不见其人……”

到底是战场上尔虞我诈过的老将，朱庭茂话还没说完，颜广便已明白对方话中深意：“我瞧朱大人言下之意倒是有理。且不说坣莽岭一战本就并非十战十胜之役，光要营皇亲贵胄甚多，只怕手脚不利落，脸皮却金贵得紧，若是左将军自己带兵不利，羞愤于此，故作细作之说，也未尝可知。何况那碧疆此凶险，便是侥幸捡得一条性命，却又为何不肯现身，反而如此这般装神弄鬼，扰乱军心？”

颜广原是西部守军雁翅营出身，雁翅营乃是分布最广的步兵营，驻守之地大都十分艰苦，营中多是出身底层、真刀实枪一步步爬上来的老将，同那与皇家沾亲带故的光要营向来是有些不对付的。

他这番话若是平日里在自家营场中说笑倒也罢了，偏偏今日大帐内还另有光要营的人。

卫将军夙远修正是皇室出身、金印紫绶，听了这话当即就翻了脸：“光要营居坣莽岭之险时，未见各位有谁前来相助，此刻出了差错，便要被反咬一口。敢问颜将军说出口的话可有证据？若是没有，便同那市井上泼脏水、乱诛心的无赖有何区别？”

颜广被当场驳斥，眼底已有怒色：“你这话是何意？我堂堂一介镇西将军，岂能同那市井泼皮相论？！”

眼见这是要当场打起来，朱庭茂连忙开口道：“黄主簿跟随康王多年，也辅佐过不少州牧，当是最了解纪州形势和那藩王侯爵的心思，不如来说句公道话。”

黄圩在这风口浪尖被点了名，面上有汗珠滑落，却知道宁可得罪完这帐子里的人，也不可欺瞒座上那人，思来想去，如实说道：“左将军乃烜远王府出身，臣以为，陛下如今亲征，独留烜远王坐镇阙中，这孤狼守空山，确实容易滋生为虎称王之想。”

大帐内的气氛因这最后一句话几乎到了快要烧起来的临界点。

只是这焦灼的空气似乎压根就没烧到皇帝眼前，他同他屁股底下的那把禅椅依旧保持着同帐外一样的冰冷温度。

“孤突然有些乏了。”皇帝微微支起额头，合上了眼，声音也低了下来，“诸位接连数月为战事奔波，此番又深夜议事，想必也很是困乏。现下便稍歇上一炷香的时间。一炷香过后，孤自有定论。”

大帐里几乎能听到集体松口气的声音。

谁也没想到皇帝这次议事居然如此凶险，方才又拖了这么久，所有人连口水都没的喝，一个个站得腿软，虽说武将出身的可以忍受，但也免不了人有三急。

一片此起彼伏的告退声过后，大帐内只剩下几人未离去，似乎是想在原地多留一会儿，在皇帝面前表表忠心。

夙未悠悠地睁开眼，瞧了瞧那张几乎看不出任何破绽的面孔，似笑非笑地又合上了眼。

黑羽营扎营处以西的土丘上，肖南回重重地打了一个喷嚏。她已经和鹿松平在这土坡上待了快两个时辰。屁股下面是冷硬的砂石地，怎么都焐不热，她坐立难安地忍了许久，现在实在有些受不了了："我说，你到底在等什么？"

鹿松平没说话，竖起一根手指放在唇边，示意她向不远处的军营方向看去。

这处高地正好可以俯瞰整个营地，其实不用鹿松平提醒，她也早就发现今晚的军营有些不寻常。

虽说备战时期夜间严控火光，以防敌军突袭，但像今夜这般黑得如此彻底，也是从未有过的。一片死寂的营地快要和戈壁融为一体，寂静而肃杀。连着刮了几天的北风似乎停了，荒凉之地又无鸟兽虫鸣，空气中静得可怕。就在这无边的寂静中，有什么细微的声响从远处传来，轻得让人分不清是不是自己的错觉。

鹿松平却立刻站起身来，将一直放在手边的黑色长弓拿起。那张弓细而劲瘦，同他那把银蛇一样的软剑有些相似。他利落地拨开箭筒，清点里面的黑色羽箭，头也没抬地低声问道："肖大人箭法如何？"

肖南回有些莫名其妙地看了一眼身边的人："我箭法如何，干你何事？"

鹿松平没有理会她语气中的抵触，径自从随身带着的长布包中取出另一把弓递给她。

肖南回犹豫了片刻，还是接了过来。

弓臂寒凉，沉得坠手，锋利笔直的弓弦，拨之便有振空之音。这是黑羽营的王弓。

她抬头望去，见那鹿松平的脸上全然换了一副表情。她才知道，原来那样阴柔的眉眼也有带着杀气的时候。

很多人都是有两副面孔的。她熟悉这种感觉，每次上战场前，她也会变成另一个陌生的自己。

下意识地，她开口问道："你要我做什么？"

鹿松平望向黑暗中模糊不清的天际线。

那片黑紫色的天空依旧如凝固了一般，没有丝毫动静。然而那安静中分明有什么在酝酿、涌动，像藏着一群快要破蛹而出的飞虫。

月黑风高，阳气衰败，正是百鬼夜行之时。

"肖大人，盯紧了，不要放过你看到的任何移动的东西。"

移动的东西？什么东西？肖南回的目光落在那片漆黑如墨的夜空中，口中莫名有些发干。

第七十章

百鬼夜狩（下）

作为自古以来的观星胜地，岭西宿岩的夜空本该是群星璀璨、月色怡人的。奈何荒漠之中无半点儿城镇的烟火，一旦乌云遮顶，星月无光，这广袤无边的夜空便化作紫黑色的大罩子，让每一个抬头看天的人都感到绝望。

肖南回努力睁着双眼，眼眶因为干涩而发酸。她的耳朵最先捕捉到了半空中细微的声响，随即才看到那团诡异的黑色。

那黑色似一小片乌云，不仔细分辨，它就与天色无异，移动速度却快得可怕，伴随着阵阵尖锐的嘶叫声，转瞬间便又近了许多。

背脊绷紧，她手指一松，放出第一支箭。那团黑色烟一般变幻着，羽箭像穿过一层黑雾，没有留下半点儿痕迹。她搭箭又连射两支，都是一样的结果。

一旁的鹿松平低声道：“不要停。”

肖南回心跳如擂鼓，胸腔剧烈地收缩，将血液挤向她的双臂和眼睛。她飞快地抽箭、搭弦、瞄准、射出。坚硬的羽箭在她的指间流转，化作一道道银光向黑暗的夜空飞去。

夜晚昏暗的光令她的瞳孔放大，眼中的焦点却随着那黑影的移动而震颤，眉间有细汗渗出。怎么会……根本射不中？

为了名正言顺地成为肖准那张白色弓的主人，她一度将所有的闲暇时间都用在练箭上，即便比不了鹰眼般的神弓手，也自认算得上一流。可眼前这鬼东西，她居然一个也射不中。

黑影纠缠作一团，尖锐地咆哮着，像知道她拿它们没有办法，嚣张地向前极速移动着。

如果目标飞过这片山头，他们将失去最好的射程。鹿松平终于动了，他将早就备好的长弓拉满。肖南回余光瞥过他搭在弓上的那支箭，忍不住停顿了片刻。

长镞窄翼，尾羽内旋，箭杆与箭镞几乎是一体的银白色，纤细、笔直，停在弦上时稳如一道破晓而出的光。

悄无声息地，鹿松平射出第一箭。那支箭擦着黑影飞过，将那团黑色打散成

几个黑点。

肖南回终于看到了那黑影的真面目。

膜翼尖牙、踪影鬼魅，那是一群夜行的鬼脸蝙蝠。它们纠缠在一起迫近整个山头，翅膀摩擦发出的声响嘈杂、细密，像刮在人的骨头上。

下一瞬，她一眼便看到其中一只夜蝠身上似乎有所不同，隐约像挂了一样东西。原来那才是他们今晚的目标。

夜蝠飞行的队伍被打乱，迅速重新靠拢，肖南回连忙又射出一箭，将那只夜蝠与其他几只隔开来。

鹿松平的第二支箭也紧随而至，虽被那畜生一个翻转躲了过去，却擦伤了它的翅膀，使它的速度慢了下来，与蝠群越来越远。

肖南回再补一箭，伸手再去摸箭筒的时候摸了个空。她的箭筒空了。她看向鹿松平。

鹿松平的箭筒里从一开始就只有三支箭。方才他已射出两支，眼下只剩最后一支。

肖南回不敢开口，呼吸都憋在胸间。

鹿松平的手依然很稳，如果不是那跟随目标缓缓移动的箭尖，他看起来几乎像静止了一般。

蝠群已过山头，落在后面的最后一只也要借着夜色永远消失在视野之中了。

鹿松平紧扣的手指终于松开，银色的细箭悄无声息地飞出，像一条游进墨池中的银蛇。

时间只过了半个瞬目，却仿佛有一天那么漫长。

终于，肖南回看到那飞速移动的黑影一顿，随即如落叶般翻飞落下。她憋在喉间的那口气这才长长地舒出。

两人三步并作两步向那只坠落的夜蝠走去，不料那畜生竟未死透，挣扎着向一侧的陡坡滚去，眼见便要坠入山谷之中。

千钧一发之际，肖南回迅速抽出平弦反手掷出。平弦带着破空声飞出，锵的一声将那只挣扎的夜蝠钉在了地上。

鹿松平喘着气看了她一眼，神色终于有些不同，简短地道：“枪法不错。”说完便上前一步将那死透的夜蝠拎起，检查它脚上缠着的东西。

肖南回紧跟着上前，小心地望向那面目可恶、牙尖嘴利的畜生：“这玩意儿堪比安道院的夜枭，甚是难缠。”

鹿松平看她一眼，开口如实道：“夜蝠比不得夜枭，只是胜在行迹鬼魅，有蝠群的时候最是棘手。用来传递密信时，可以此作为掩护，逃脱的机会还是很大的。”

“听你的意思，倒是之前便交过手？”

鹿松平鼻间轻哼一声，算是默认了，随即将那支穿透夜蝠身体的银箭拔出，擦拭后小心地放回箭筒内：“若没交过手，怎舍得一上来便用上三支破云箭？”

肖南回盯着对方的箭筒撇了撇嘴，心道：“原来是个金贵物什，难怪只他自己用，却给她配的是寻常弓箭。”但下一瞬她便明白过来，鹿松平定是早就料到了可能会发生的情景，才会做出方才那样的安排。他根本没有指望她能射中那些东西，之所以让她以王弓射出重箭，是为搅动空气，逼迫那只带信的夜蝠改变移动轨迹，他再以手中的破云箭将其拦截、击杀。

这等操作不仅考验弓箭手的眼力和准头，也考验其预判目标移动轨迹的能力，非顶尖高手，不可达成。这样的身手，怎会去当州牧？他该不会是黑羽营的逃兵，跑去纪州顶了人家的位置吧？

肖南回越想越觉得不可思议，上下打量起鹿松平：“你一个州牧，陛下到底要你三更半夜在这儿做什么？”

“托肖大人的福，捉奸细。”

“奸细不是……”奸细不是你吗？后半句话她没好意思说出口。

这不能怪她，这人实在太过可疑。

鹿松平看了她一眼，不费吹灰之力就读懂了她的后半句话，不咸不淡地丢下一句：“都说兵如其人，肖大人这长枪确实威武，就是可惜打不了弯。”

他这是在讽刺她吧？讽刺她脑子转不过弯？

“哼，就算打不了弯，也能同你斗上三百回合。”

这是说起那晚在康王行宫的事了。

不知怎的，鹿松平面上的神情渐渐变得有些奇怪，他盯着肖南回的脸看了片刻，似乎突然明白了什么。

“三目关强袭乃是陛下临时之举，纪州守军与州牧都是连夜赶来，为行军路线日夜提心吊胆，好不狼狈。我现在倒是明白为何会如此了。”

对方话里有话的样子，肖南回听得一头雾水，不过倒是揪住了其中一点儿关键信息：“之前黑羽营在三目关的时候，你是不是也……”她的话越说越艰难，实在不想问出那个连自己都害怕听到答案的问题。

然而鹿松平显然已经知道她要问什么，意味深长地挑了挑眉毛：“彼时肖大人浴血奋战，令鹿某甚是钦佩。”

他果然在。想到当时自己那般狼狈的样子，肖南回只觉得印堂发烫，脑门当中有根筋在跳：“那只是……那只是权宜之计……”

然而鹿松平似乎根本没太在意她破碎的自尊心，径自收拾起那夜蝠的尸体，转身向山坡下走去：“在下要赶着回去复命了。肖大人要是还想留在这里赏月，在

下就不打扰了。”

对方身轻如燕，一句话未说完，声音已在远处了。

冷风吹过，肖南回吸了吸鼻子，觉得自己被人利用了一番，还是利用完一脚踹开的那种。

一炷香的时间很快就到了。

大帐内再次人头攒动，众将领与随军大臣无不翘首以盼皇帝的一句答复，好赶快结束这场令人心焦的议事会。

皇帝还是一炷香前的样子，脸上不见丝毫疲态，似乎对这场拉锯战颇为享受，一点儿也不急着结束。

就在众人快要忍受不住，纷纷举手投降之时，大帐外响起一阵急促的脚步声。

所有人的耳朵都立起来了，不知道接下来又会是哪出戏。

一声简短的通传过后，鹿松平风尘仆仆地出现在大帐里，顺手将手里的东西往地上一掷，俯身行礼道：“臣鹿松平，见过陛下。”

鹿松平不是不参加此次议事吗？此时怎会突然出现？

大帐内人人都目不斜视，可每个人的心都挂在鹿松平身上。其中不乏蔑视不满的心声。要知道先前有不少人对这个年轻的州牧没什么好感，谁知道康王的死有没有他的份，康王死后他又有没有试图将那纪州划作自己的地盘？

“原来是鹿州牧，孤先前准你告假，不知此时为何又出现在这儿啊？”

皇帝显然对鹿松平甚是宽容，这叫其余的人又生出些不满。原来是可以告假的，早知道就不蹚这浑水了，平白教他们“罚站”了一个晚上。

“回禀陛下，臣夜狩于军营之外，不承想却射杀一物，特来交与陛下。”鹿松平说完，将地上那团黑漆漆的东西展开，血污夹杂着几撮被打湿的黑毛露出，赫然是一只死掉的蝙蝠。

账内武将齐齐轻嗤，文官纷纷倒吸一口气。

“鹿州牧是被冷风吹糊涂了吧？眼下我等正与陛下商议军情要务，怎有闲心管你那劳什子的黑毛畜生！”

“这等污秽血腥之物，怎可呈于陛下面前，岂非脏了陛下的眼？”

大帐内一时骂骂咧咧声不断，众人将这一晚憋在肚子里的邪火全泄到了鹿松平身上，一个个险些忘了还有皇帝在场。

鹿松平倒是平静得很，只淡淡地看着座上的人说道：“在下前来，是因为在这畜生身上发现了些东西。”

此言一出，帐内又是一阵狐疑的沉默。

颜广见状，上前一步道：“末将愿为陛下查看一番。”

皇帝摆了摆手，颜广便原地将那只夜蝠摆弄起来。只一瞬间，他便发现了问题所在，脸上显出犹豫的神色。

鹿松平在旁看着，依旧不动声色："将军何故沉默？可是那野兽身上有什么发现？"

"臣……臣发现了这个。"颜广将刚才拆下的布条捧在手里，举过头顶。

帐内响起一阵窸窣声，所有人的脚步都不约而同地向前迈了半步。

"那是何物？孤离得有些远，看不清。"

颜广似是下定决心一般，沉声道："此物乃是一块碎布，末将乍看像天成军士夹衣下摆的料子。"

这下子，所有人都隐约猜到那块破布是什么了，原来不是瓮中捉鳖，而是引蛇出洞。

皇帝这一局当真摆得是稳、准、狠。大漠之上，深更半夜，便是孤魂野鬼，也跑不出半里地。

不少人在暗自惊叹，只有一人开始冒汗。

那摆局的人一一扫过帐内十数张面孔，突然装起了糊涂："哦？不想天成还有将士如此，悲悯于走兽飞禽，撕下自己的衣物为其疗伤止痛，可谓圣人之举了。"

颜广嘴角抽了抽，只得继续回禀道："陛下……这碎布上有字。"

"何字？念来听听。"

颜广的声音头一次低了下去。

短短数十字，字字透露着天成最新的行军动向，便连数个时辰前黑羽营向东南后撤的指令都传达得一字不差。

饶是众人先前有所猜测，真的听到的这一刻还是令人又惊又怕。

众将哗然，随即神情激愤起来。若是先前还有怀疑光要营贼喊捉贼的，这下瞬间便同仇敌忾起来，恨不能当场将那奸细碎尸万段，以慰平白牺牲的天成将士。

皇帝手指轻扣椅圈，似是有些遗憾："孤自认治军有所得，不想还是出了这种事，合该自省一番，是否先前太过仁慈。"

朱庭茂掩在广袖下的手轻轻擦了擦汗，他上前朗声道："臣等恳请彻查此物，必还陛下一个真相。"

不少人站了出来，跟着附和。皇帝微微抬了抬手，示意众人安静，随即看向鹿松平。

鹿松平会意，将一早调查好的结果如实禀告："陛下，臣已比对过这封密信上的字迹，但写信的人显然有所遮掩，并无字迹可循。"

众将面面相觑。咦？这鹿松平何时这么能干了？

"那传信的人可有找到？"

“臣排查了今晚当值走动的士卒，通过衣摆的残缺发现了此人。正是俘虏营的一名伍长，被抓到的瞬间便自尽了。属下无能，未能留下活口。”

听到这一句，某只被汗浸湿的拳头不由自主地松开。他几乎有些控制不住心下翻腾的得意。皇帝设下圈套为了捉他，但那又怎样？还不是让他糊弄过去了？只要他足够小心，任谁也不会发现……

“朱大人，何事如此开心啊？”

帝王的声音冷不丁地传过来，朱庭茂不自觉地一抖。不，不可能，他面上绝对没有表现出万分之一。

朱庭茂露出一个老实敦厚的表情，恭敬地回道：“回陛下，臣是觉得此事实乃万幸，虽说细作还未捉到，但这关键信报被拦了下来。鹿州牧功不可没啊。”

“朱大人所言极是。然，有功之人不止鹿州牧一人。方才那一炷香的时间，孤分派了黑羽营的数个哨岗在高处盯着大家。有谁回了帐子，有谁去了恭厕，有谁——”皇帝停顿片刻，将目光幽幽地落在朱庭茂身上，“有谁去了俘虏营附近，孤可是一清二楚。你说，对吗，朱大人？”

朱庭茂仍然控制着自己没有发抖，但脸色渐渐苍白。他勉强维系着最后一丝体面，沉着地辩白道：“回禀陛下，臣之所以会去俘虏营附近，乃是因为发现了可疑人的踪迹，这才想要跟上前去一探究竟。”

“那爱卿可有所发现？”

“微臣无能，那人狡猾得很，三两下便不见了踪影，臣还以为自己看花了眼，只得暂且作罢。”

夙远修在一旁冷眼看着，突然开口问道：“既然如此，朱大人为何不在一开始的时候便叫附近巡防的士兵前去查看？又为何不在方才将情况禀明陛下？”

众将频频点头，朱庭茂却几乎没怎么停顿便对答道：“在下并不肯定所见是否当真有异，逢此非常时刻不想闹出动静，不承想却因此惹来怀疑，臣当真是冤枉得很。”

公说公有理，婆说婆有理，这事怕是没个尽头了。

所有人都将目光投向座上人。

皇帝终于有了些表情，似乎是叹了口气：“爱卿的一番话合情合理，只是事出巧合，偏偏就只有你一人去过俘虏营附近，若再无旁人能为你做证……”

朱庭茂的脸色终于有些绷不住了，他跪倒在地，声音中带上了几分哽咽：“臣惶恐啊，陛下！臣是冤枉的，定是有人嫉恨，才想要构陷臣于不义……”

朱庭茂岁数不小了，六旬老臣伏地痛哭，这情景当真有些凄惨。

不少人开始有些心软。

“陛下圣明，许是其中当真有什么误会，还是查清为好……”

皇帝又叹了口气，似乎也对眼前的情形十分痛心和遗憾："爱卿情真意切，孤亦不想为难你。"那声音就从朱庭茂脑袋上方飘来，甚至带着几分笑意，"既然你有如此赤诚之心，容不得旁人污糟，孤便赐你于王座前自裁以证清白，你可愿意啊？"

什么痛心？什么遗憾？都是错觉。眼前这人压根就是块没有感情的石头。

朱庭茂咬紧了后槽牙，最后挣扎道："此事……此事并没有证据直接指向臣，为何陛下就是不肯放过……"

"爱卿糊涂了。孤从未自诩明君，办事亦只信心证，不信旁证。若是爱卿当真枉死，便等孤百年之后再到地府同你赔罪。"

什么？他不服！他明明没有暴露，为什么……为什么……

"来人。送朱大人上路。"

大帐外响起黑羽营侍卫的脚步声，朱庭茂终于不能再忍。他站在大帐靠里些的位置，离皇帝只有五六步远，此时事情败露，他已无活路，眼中凶光闪过，手下已有动作。

上前欲擒他的黑羽营将士只觉得手下一轻，那朱庭茂竟然从捆绑的绳索中脱困，像一条滑溜溜的鱼一般，突然便冲向皇帝所站的位置。

一切发生得太快，颜广等人皆大惊失色，只来得及拔出佩剑。

朱庭茂嘴角勾起得意的弧度，手指尖多了一把锋利的指刀，直奔手无寸铁的座上帝王而去。

三步、两步、一步……

三寸、两寸、半寸……

他盯着手指尖的刀光，却发现它无论如何也无法再前进分毫。

刀锋就悬在帝王咽喉前，杀气伴随劲风撩起他垂在肩头的发丝，却吹不动他眼中的情绪。

朱庭茂盯着那双眼，心中渐渐生出的是一种彷徨和恐惧。怎会有人能在刀悬于喉时仍有这种眼神？毫无起伏，平静得像个死人。

迟来的痛从肋下传来，朱庭茂缓缓地低下头，他看到一柄长刀从帝王身后的帐子穿出，直直插入他的左胸。之前他什么也没察觉，什么也没听到，仿佛那刀是凭空出现一般，只一瞬间便刺入他的身体，就连鲜血也迟缓了片刻才汩汩流出，顺着那刀身细密的花纹漫延开来。

帝王终于动了。他缓缓地站起身来，抬起手将朱庭茂手指上的刀环取了下来，拿到眼皮子底下细细观察了一番："朱大人当真让人开眼。孤与你君臣数载，竟不知你还有这等精巧玩意儿，想是平时甚少交流，疏远了情分。你说，是吗？"

朱庭茂想开口，但嘴唇一张便有血沫顺着嘴角流下。他的手臂垂了下来，腿

也有些发软，整个人像要挂在那柄长刀上一般。然而那刀下一瞬却飞快地抽了回去，便如同它出现时一样快。

朱庭茂沉重地跪倒在帝王的靴子前，发沉的脑袋却抬不起来。他只听到那低沉的声音在他头顶响起，好似催命一般：“爱卿莫急。该聊的还未聊尽，孤不会让你死的。”

第七十一章

他的秘密

肖南回觉得鹿松平可能是属兔子的。狡兔三窟，只有兔子才会跑起来又快又安静，还能在一瞬间便钻进兔子洞，教人找不到踪影。她不过晚了半步，再想去追他的时候，便连个人影也瞧不见了。当然，就连带她来时的那辆马车也消失了。可怜她上那土坡时光顾着留意对方的动作，心思全然不在记路上，若不是大漠之中遮挡较少，军营又还有一两点光亮，她怕是要在这荒郊野岭之中过夜了。

如此耽搁了半个时辰左右，当她上气不接下气地赶回营地时，正有人将一卷带血的毡毯抬出大帐。她整个人愣住，随即心下一阵发凉。难道说，皇帝已经被奸细……

她快步冲向帐子，大帐两侧把守的士兵反应很快，一把将她架住。

她一边挣扎，一边痛心地叫道："陛下！陛下！臣来晚一步。都怪鹿松平他不给我指路，自己一人跑了——"

"喊什么呢？孤还没死。"熟悉的声音在毡帘后响起，肖南回的哭喊生生地憋了回去。

下一瞬，鹿松平的脸从帘子后探出来，他皮笑肉不笑地看了她一眼，转头对着左右士兵道："这位是右将军肖大人，还不快快放手？"

士兵们有些犹豫地放开那奇怪的女子，却见她原地掩面呆了片刻，转身便要离开。

"进来。"大帐里的人又发话了。

肖南回的脚在地上磨蹭来磨蹭去，最后她还是不敢就这么掉头走掉，只能乖乖地进了帐子。

大帐内已经安安静静，根本看不出方才究竟发生过什么惊心动魄的事情。

可方才那卷毡毯上的血她看得分明，一定是发生了什么。

"臣来迟了，请陛下恕罪。"

"卿对孤情真意切，令人感动。"

他不说还好，说出来只让人面上烧得更厉害。

一路奔袭而来的冷空气在肺里开始膨胀，她忍不住咳嗽起来：“这个，臣还以为……”

“起来说话吧。”

“谢陛下。”

肖南回这才站起身来抬头望去，只见夙未正慢条斯理地将新炭添进炉子，他身后阴影里放着个木架子，木架上挂着个人，胸口血迹未干，面容倒是干净，她依稀记得对方应当是上军佐史朱庭茂。这是抓到内贼了？真是人不可貌相，谁能想到坑害光要营万千精锐骑兵的，竟会是这么个小糟老头。

丁未翔正坐在角落的一张脚凳上擦他那柄长刀，留意到她的目光，只吹了吹上面还未干透的水汽：“肖大人来得不是时候，最精彩的一段已经错过了。”

“倒还不算晚，能跟着看个热闹。”夙未站起身来，走到离朱庭茂一步之远的地方站定。

“爱卿一介文臣，竟然有着通天的本领，真教孤刮目相看呢。”夙未说罢摇了摇那穿骨而过的铁链，朱庭茂的脸色也跟着白了白，“之前是孤怠慢了，寻常的绳索看来是困不住朱大人，如今便只得借了军械库的钩刺一用，想来是粗糙了些，且忍忍吧。”

撕破了这用来伪装的最后一张面皮，朱庭茂已然没有了往常那份忠厚，嘴角讥讽地勾起，眼神中也透出几分麻木：“你不必枉费心思，我自认技不如人，但也不会同你多说。”

夙未双眼低垂，并不在意对方话语中的抵触之意：“朱大人可知，在你行刺前，孤其实只是对你有所怀疑？甚至连你去过俘虏营的事，孤也是听你亲口承认才知晓的。”

朱庭茂愣了片刻，随即脸色在一瞬间变了。他早该想到，今夜的营地烛火减半，即便是以目力著称的黑羽弓箭手，也未必能在黑暗中分清究竟是谁去了何处，何况他也是有些功夫在身，不可能被人盯上还毫无察觉。

他中计了，自暴了奸细身份：“可是……”

“可是孤为何一早就对你有所怀疑？”

夙未勾了勾手指，站在一旁的鹿松平便从一个密匣中取出一沓书信，恭敬地递了过来。

朱庭茂只瞄了一眼，便知道了那是谁的书信。

“朱大人忘了，孤的先祖是如何打下这江山的吗？父王教会孤的第一件事，便是如何掌控朝臣。天成朝中六百石以下大臣的行踪、结交对象一月一报，千石以上的大臣除此之外，连书信都会呈到孤的案上。家书自然也在其中。相比之下，你虽然不算身居高位，却也在这监管范围之内，便是书信写得频繁了些，都会有

人编册成文报给孤的。”

朱庭茂的双颞因为咬牙而突出，他几乎不敢相信，自己的败笔竟然早在数月前便已经埋下。

“你是个聪明人，知道人在阙城若想送出密报实在风险太大，于是便将想说的话藏在这家书中送出去，倒也稳妥。”

“我从未在信中明言提及此事，你又是如何发现的？”

夙未勾了勾嘴角。他很少会笑，更不会笑出声，那表情更像一种无声的嘲讽：“朱大人原是来上门讨教的。也罢，今日说好是君臣间坦诚相待，便不瞒你。孤的黑羽卫在拦下大臣家信后便要记录、排查一番。而其中既包括明面上的通报，也有暗言暗语。但既然是暗语，便一定有端倪可察觉。朱大人书信中自半年前起便出现过‘风痛’这个词。”

朱庭茂不语，内心却剧烈地翻涌。他罹患风痛多年，将此二字选为暗语字眼，实该最不易引人察觉。

“不错，‘风痛’二字看似无异，却是告疾之意，若书与家乡老幼，实则在一千封家书中也难出现一次。只因疾患乃讳忌，亦徒增烦扰。此二字看似合理，却不合情。而在你传与乡下的家书中，仅月内便出现过三次，随后康王死讯便传来。此为破绽之一。

“此次征讨碧疆，你未料到孤会亲自出征，先前截获送往宫中战报的暗线便用不得了，你只得想法子跟到前线来。身为佐史，本不必随军出征，你倒是不惜拉上几名主簿为你打掩护，反而露了马脚。此为破绽之二。

“数日前，孤的右将军掩藏身份回营向孤汇报，你心中算到此事可能与你破坏光要营突袭一事有关，连夜叫人换下了审讯的讯吏，叫他暗下黑手除了被讯问者。此为破绽之三。

“你若愿意，孤还能为你数出许多。可怜朱大人浑身破绽，竟以为自己是金刚不坏之身。差遣你的人当真是眼神不太好。”

朱庭茂浑身发抖，不知是痛极还是怒火攻心，许久才从牙缝中挤出一句话：“陛下尽可以逞口舌之快，我已然是个废人，多听几句也不过挠痒痒一般……”

“朱大人这是要拉上全家一起陪葬吗？不过也对，听闻朱大人最宠爱的独子一年前因染时疾去了，如今想来是再无留恋了吧。”

朱庭茂虽然表情未变，呼吸却急促起来。

一直在旁默不作声的肖南回突然觉得眼前的情景有些眼熟。是了，这朱庭茂和在霍州时的安律何其相似，都是轻易便能为那不知身份的人卖命，又都是失去了至亲至爱之人。

“孤不是第一次同你这样的人打交道了。此刻没有将你直接交与廷尉右监，便

是想听你说上几句真心话。此时不说，孤也不知你是否还有机会再开口了。”

朱庭茂脸上神情变换，他似是陷入了对过往的回忆，然而最终还是不得不回到现实。

良久，他喃喃地开口道：“陛下是这山河的主，却做不了这天地的主。”

夙未轻拢衣袖，宽大的衣袍遮住了他腕上的舍利子：“生老病死，阴晴荣枯，星移斗转，何时因人心而转移过？朱大人怕不是老糊涂了？”

“我没有糊涂！”朱庭茂的情绪激动起来，这是他被钉在木架上后第一次试图挣扎，连带着全身的铁链都铮铮作响，“敢问陛下可知，那涅泫裘氏昏聩荒诞至此，为何还能在这江山之上称王数百年？裘氏一族的秘密，陛下当真不想知道吗？”

丁未翔已然拔刀而起，刀尖直指朱庭茂的喉咙：“放肆！”

“未翔。”夙未的声音淡淡的，丁未翔却还是将刀入鞘，只是整个人站得离皇帝又近了几分。

“传闻涅泫第四十九任皇帝裘鸢可通神明、驭五行，你说的秘密可是指这个？”

那人说得轻巧，肖南回在一旁却听得惊诧连连。这是什么皇家秘辛？她可不可以不听？皇帝该不会一会儿就要杀她灭口了吧？

朱庭茂对夙未所言却丝毫不感到惊讶，脸上反而流露出疯狂的神色：“不错！只有神之血脉才会是这天地间真正的王者，能为神臣，万死不辞！”

“你要同孤说，这世间当真有神明存在，而你效忠之人便是这神明的后代？”

“他不是神的后代，他就是神明本身。”朱庭茂抬起头来，大睁的双目里有红色血丝在蔓延，此刻的他像已经感受不到身体的疼痛，眼中放出奇异的光来，“陛下何不同我一道去瞧瞧那神迹？任谁瞧过了，都会折服于它的，只要诚心侍奉莫说这天下，便是长生不老、死而复生也——”

“孤看你是疯了。”夙未的声音冷了下来，像他对此人的兴趣也冷却下来，“拖下去，好好审，查清康王的事是否同他有关。”

丁未翔领命，差人将朱庭茂从木架上卸下，向大帐外拖去。锁链在地上拖出一道痕迹，就从肖南回脚边划过。

朱庭茂的目光停留在她脸上短短一瞬，他突然大叫道：“肖大人，青怀侯可还安好？”

肖南回一愣，还没等做出反应，朱庭茂已然移开目光，嘴中开始碎碎念叨着些不知所云的话，时而大笑，时而狂言谩骂，不知是装的还是真的已经神志癫狂。

朱庭茂的声音终于渐渐远去，直至半点儿声音也无。

大帐内一阵死一般的寂静，丁未翔与鹿松平都静立不语，像早已习惯这种氛围。

肖南回也只得尴尬地站着，她开始有些不明白为何自己会出现在这帐子里。

好像，是皇帝叫她进来的？

“你们出去吧，孤想静静。”

鹿松平与丁未翔行礼退下，肖南回连忙跟上。

“肖南回。”

她还差一步就能迈出大帐的脚步生生地止在那里，半晌，她才不情愿地回过头去：“陛下还有何吩咐？”

“陪孤出去走走。”

荒原之上的黎明总是来得早一些。光明驱赶着长夜的阴霾，将光的界限推向远方。

肖南回低着头吭哧吭哧地爬着土坡，抬眼就能瞧见前面两三步远处那人坠着厚重狐裘的披风在风中滚动出一道道的波浪。

一个时辰前，她刚从这破山包上下来，现在居然又要爬上去。

皇帝开了金口，要她作陪。人家去哪儿，她便得跟去哪里。若是皇帝出个三长两短，丁未翔可能还会大吼大叫地要剥她的皮。她简直没处说理。

夙未一直没有说话，大漠粗糙的沙粒拂过他的脸颊，他连挡都不挡一下，只偶尔停下低低地咳上几声。

终于，前方再无路可走，肖南回如蒙大赦，连忙出言阐明这个事实：“陛下，前方无路了。”

夙未没说话，背对着她望向不远处东方的天空。那里有一道红光正蠢蠢欲动，就要钻出那地平线。

肖南回眨眨眼。这倒是他们第二次一起看日出了。

她同肖准都没有看过日出。虽说她从十几岁起便跟着他四处行军，熬过的夜晚数不胜数，但在那无数个黎明日出时，肖准连停下来多看一眼的时间都不曾给过，她便也都是在匆匆一瞥中飞快掠过的。像现在这般两人独处、安静到与世隔绝的氛围更是从未有过。

所以人生际遇有时当真是说不清道不明的。

内心感慨完毕，她突然想起那天日落时分离开碧疆时的那一幕。先前因为诸多怪异之处，她没有第一时间将此事上报，现在倒是个说出来的好机会。毕竟眼前这人喜怒无常，现下看着和气，回头治她一个“知情不报”之罪，她可承受不起。

“陛下，臣……臣有一事，一直未能禀明。”

夙未的背影依旧沉默，她踟蹰片刻，觉得话既已出口，已然不能再咽回去。

“臣在碧疆时曾见过安律，他似乎同白氏的人有勾结。臣还发现他似乎掌握了

某种秘术，倒是和朱庭茂所说的神迹有些相似——”

“我问你，你相信这世间有所谓的神迹吗？”夙未突然打断了她的话。这是他坦露真实身份后第一次在她面前称“我”，而不是“孤”。

但这反而让她左右为难起来。她还没蠢到觉得自己可以僭越妄言，只得硬着头皮支吾道：“诚如陛下所言，都是疯癫之语，不足为信。”

夙未微微侧过脸来，风将他束在脑后的长发吹散开来，发丝掠过他的眉眼，模糊了他此刻的神态：“我那母妃便算是他口中永葆年华之人，容貌十数年间几乎未曾变化过。可这般神眷恩赐的下场是什么，你可知晓？”

肖南回愕然。她对皇帝生母的事情略有耳闻，只知其曾盛宠一时，后因容貌之异掀起妖邪之说，最终被困深宫，渐渐疯癫，郁郁而终，下场可谓极其凄惨。

此刻站在她面前的若是姚易或伯劳，她大可以与其拍肩共饮一番，再送上几句安慰之言，最后来个不醉不归。可眼前的人是帝王，她从未面对过这种情况。莫说是她，可能天成数百朝臣也未面对过此种情况。恍惚间，她突然想起那夜在白耀关时眼前的人说过的话。此刻她才有些明白，为何他会那样厌恶永生之说。

“陛下说过，永恒实乃虚妄。正是因为美好终会逝去，所以我们才会更加珍惜当下，不是吗？”她的话被风吹散，四散飘洒，她不知有几个字落在了那人耳中。

下一瞬，夙未忽然转过身来，迫近肖南回几步。他们本就站得很近，这一来便几乎是面对面贴在一起。

肖南回脚下一时忘了移动，抬起头来，几乎能感受到那人的气息，带着清冷的气息，迎面将她牢牢锁住。

“孤告诉你个秘密如何？”他又换回了称谓，语气却并无身为君王的威严，反倒像个还不谙世事的孩子。

那似笑非笑的眉眼在此刻突然鲜活了起来，清晨的朝阳在他身后放出夺目的光，衬得他连鬓角也带了飞扬的神采：“孤王的母妃乃是为人所累。世人口中流传的疯癫之人并不是她，而是孤。”

肖南回盯着那漆黑的双瞳，初升的太阳在其中点亮了两团火，随风烈烈，渐渐蔓延成燎原之势。

“肖南回，你怕孤吗？”男子暴露在金色的晨光之中，就连脸上细腻的绒毛都清晰可见。

他仿佛在这一刻褪去了那些阴沉与伪装，再没有半点儿阴谋算计可以留下，变得触手可及，温暖而真实。他今日没有戴发簪，只在束发的地方系了一条锦带。风又大了些，将那条锦带吹得摇摇欲起。

鬼使神差地，她伸出手，一把抓住了那条快要飘走的带子。停顿了片刻，她

踮起脚来，将那带子重新系回帝王的发间。

“惧怕陛下之人没有万万也有千万，倒是不差臣一个，所以，臣不怕。”

风中有细沙飞过，像要眯了谁的眼。

帝王眼睫轻垂，遮住了其中的情绪：“肖南回，记住你今日说过的话，来日莫要后悔。”

第七十二章

铁甲加身

在皇帝说完那句“莫要后悔”的话半刻钟后，肖南回就后悔了。或许不单单是“后悔”两个字那么简单，她简直有些后怕。她与皇帝短短的几次交锋中又添一笔孽账。这回她居然还替他系了发带，现在想想，这简直和耗子给猫系铃铛没有差别。

皇帝问她是否怕他，其中或许有两层意思。其一是简单地问她是否怕他这个人，其二则是问她是否怕他所代表的皇权天威。然而不论是哪一种，她身为天成臣子，都不该说出那个答案。虽然她不想承认，但在黎明前的那一刻，她并没有把眼前的人当成天成的君王，而是当成了一个普通人，进而生出些不对劲的情绪。

现在想想，一定是因为她近期睡眠不足、头昏脑涨，又被美色迷了眼，才会说出那样的话。

可坏就坏在，听她回话的那人向来清醒得很。

在说完那句意味不明的话后，皇帝几乎是一瞬间便恢复了常态，像什么也没发生过一样，优哉游哉地下山去了。

肖南回的心里却翻了天，连腿都有些抖。据说天成有不杀武将的惯例，她可不想成为破例的那一个。

她天性中强悍的一面落了下风，懦弱的一面倒是袒露无遗。她将这种诡异的现象归咎于他们之间悬殊的地位差距。一定是因为对方是皇帝，她才总是如此狼狈。

借着晨时的光亮，肖南回踉踉跄跄地回了营地中莫春花的帐子。

刚进帐里没走两步，她头上便硬挨了两拳。饶是如此，她仍是有些没回过神来。

莫春花怒气冲冲地掌了灯，这才看清楚肖南回的脸，愣了片刻，斜眼打量道：“你这是打哪儿回来的？也不吱声，幸亏我刚刚没拿个大棒敲下去，否则你这脑袋瓜子可就要开花了。”

肖南回没理她，懒得开口辩解，正常情况下，莫春花别说一棒子，便是十棒子也敲不着她。

莫春花打了个哈欠，将厚夹袄穿上，转头瞧她一副失魂落魄的样子，挑了挑眉毛：“哟，不过一日多未见，你就变成这副德行，看来是真的得罪陛下了。”

肖南回依旧不语，卸下平弦，丢到一旁，随即仰面倒在毛毯垫子拼成的小榻上，双手交叉放在胸前，一副挺尸的样子。

莫春花冷哼一声，拿起平弦充作烧火棍，往旁边快要熄了的炭中捅去。

肖南回果然睁开眼：“你做什么？”

莫春花用平弦将那炭火盆搅得叮咣作响：“原来没哑。”

肖南回张了张口，随即又恹恹地闭上了嘴，翻了个身，背对莫春花，一副眼不见心为净的样子。

莫春花捣鼓了一会儿，手便有些酸了，炭散了一地，还要她自己收拾，只得气呼呼地将平弦丢到一旁。

豆大的火苗微弱地在油灯盏上挣扎着，像极了肖南回此时的心情。

莫春花当真抠门，连点个灯都舍不得添油。

眼皮沉沉地合上，她想趁着这当口小眠片刻，也好打起精神面对之后的诸多烦心事。

偏生莫春花的嘴又合不上了，絮絮叨叨，一直在她耳边念叨着什么。她拿出了多年在杜鹃那儿磨炼出的本事，那些词句字字从她左耳进右耳出，半点儿痕迹也没留下。

柔软的羊毛毯子将她陷入其中的身体包裹起来，她像坠入云端一般。半梦半醒间，某个似乎在先前便做过的梦又浮现出来。她迷迷糊糊地低头看去，只见梦里自己的手里抓着半截衣服——月白色的衣服。她顺着那截衣服向上看过去，便见一个熟悉的背影，又是那穿月白色衣裳的“仙子”。

“仙子请留步。”欸，这回她倒是能开口说话了。

“仙子”果然停住，随即缓缓地转过身来。这一回，“她”面上的光辉似乎正慢慢褪去，终于显出轮廓清晰的眉眼。

怎么会是他？！

“肖南回。”

不，不要喊她的名字。

“肖南回！”

肖南回猛地从浅眠中惊醒，眨了眨眼，才让混沌的思绪回到当下，又费了片刻时间才想起来自己身在何处。

莫春花的脸从上方逼近，方才急急地唤她，这会儿又不停地向她使着眼色。她顺着对方的目光向后望去，却见一名玄衣礼官不知何时已经立在那里，视线微微低垂，规矩得像立在那里的一根柱子。

“肖大人可是醒了？”

肖南回一个激灵从软榻上坐了起来，又飞快地站起身来行礼道：“近日甚是疲累，有些懈怠了，还请这位大人莫怪。不知是何事……”

她心下揣摩着会不会是肖准那边有了新的战报，但转念一想，如果是军情，该不会是个礼官来报，当真是有些纳闷。

那礼官恭敬地回礼道：“小的奉陛下之令，来请右将军前去王帐议事。”说到此处，他停顿片刻，冲帐外拍了拍手，两名下属礼官手捧一套银甲走进帐中，“这是陛下特意命人为您准备的甲衣，还请将军披甲面圣。”

帐子的毛毡帘被拉起来些许，灿烂的阳光透进来，直直地落在那套银色铁甲之上，令肖南回眼前一亮。

那是光要甲，光要营特有的甲衣，同她从前在肃北营时穿的绛色步兵甲完全不同。前襟明亮的胸甲是“光要”二字的由来，整套甲衣精密非常，便是只有一点儿光亮，也会反射出夺目的银光。

先前在都城的时候，因为走得匆忙，她虽被封了将军，却连封礼都没来得及细看，想来除了那些金子，还应当要有将军才能穿的甲衣。就是不知天成是否有专为女子准备的甲衣。

那礼官一看便是做惯了这种差事的，察言观色便知道肖南回在想什么，殷切地笑着：“将军立功了，这些都是应得的。这甲衣是武库那边按照将军身量新打的，将军尽可一试。”随即他抬起眼皮斜一眼莫春花：“还不快服侍将军披甲？”

肖南回吓了一跳。她哪敢使唤莫春花这只胭脂虎，连连摆手道：“不用不用，真的不用，我自己可以的……”

然而莫春花已经黑着脸冲她走了过来，用她那铁钩子一般的手钳住了肖南回的两条胳膊，声音像从牙缝中挤出来的：“婢子这就服侍将军披甲，还请将军抬抬胳膊。”

莫春花说完这话便闭了嘴，脸上虽然一副不大情愿的样子，但到底没有再多为难。她虽野惯了，可从小跟着一个外族姨娘讨生活，该忍的还是能忍下来的。她不能在那礼官面前太过火，毕竟礼官最是事多，还个个都爱传话，若是有点儿什么不妥传到她老爹那里，依她老爹的脾气，估计是要当场将她打包送回纪州府上的。

可怜肖南回自记事起就没有被人服侍过，即便只是配合，也生疏得紧，而莫春花手下又力道极大，这套甲穿下来，她整个人已出了一身汗。

那礼官见怪不怪，不知从哪儿又拿出一面铜镜，恭敬地递到肖南回眼前：“请将军自正仪容。”

锃亮的铜镜映出一张熟悉的脸，同她数月前离开都城时似乎又有些不同，似

乎嘴角的线条坚毅了些，又似乎是那双眼睛更亮了些。或许她的脸根本丝毫未变，令她有所改变的只是她身上的这套甲。

铁甲加身，以报君恩。

她曾经多么渴望能有一日真的成为一代名将，名正言顺地站在肖准身旁。如今，她终于穿上了这套甲衣，却觉得分外沉重。甲衣上连接紧密的锁子，像一道道收紧的绳索，明明没有压迫她的胸骨，却令她有些喘不过气来。

束好最后一处腕甲，莫春花退开，看了看，由衷地感叹道：“真是威风。”

肖南回从思索中回过神来，偷瞄身旁那小女子的模样，心下有些好笑，故作严肃道：“先前事关紧要，我不能在你面前表露身份，如今却是不同了。难道颜将军的女儿当真如此不识礼数，见到本将军连个大礼也不肯行吗？”

莫春花愣住，显然没想到会被如此拿捏，既羞愤，又有些惶恐，咬了咬嘴唇，这才俯身行了个大礼：“小女子莫春花，见过肖——”

“大人”二字还没说出口，莫春花便听得一声憋不住的偷笑。她恍然明白过来，抬头恨恨地向那笑作一团的女人瞪去，嘴里嘟囔着她那南羌人的家乡话。

肖南回听得一耳朵，知道反正不是什么好话。她没有作声，走到一旁拿起平弦，想要像从前一样将它放回背上，手抬起来，碰到那冰冷的甲衣才意识到，这身行头恐怕没有给她的兵器留位置。她只得将平弦握在手中。

那礼官瞧见，挑了挑眉，随即恭敬却不容拒绝地说道：“肖大人披甲前去即可，御前怕是不宜持这……烧火棍的。”

肖南回愣住，一旁的莫春花已然笑出声。

她也没太计较，只低头将平弦上沾着的黑色炭灰吹去，轻轻递给莫春花：“暂且替我保管着，晚些再来找你取。”说完，不再看那姑娘脸上错愕的表情，跟随那礼官快步离开了帖子。

第七十三章

〖任务〗

天成灵微十五年暑末，帝亲征碧疆，东临三目关，引白寇西还，后屯兵于岩西天沐古道东岸，运筹帷幄之中。十月廿六，大雪，雾自西向东而起，遂有日蚀于中天，国君之大忌也。是夜，白寇密遣燕紫、奎郎二将夜袭王帐，然终败于色丘。

这是史书上对天沐一战的描述。

此战过后，天成与碧疆的战局发生了压倒性的扭转，白氏再无力抗衡，呈溃散状流于纪州各部，便是后话。

然而彼时，肖南回对即将发生的那场战役还一无所知，更不知道她在其中将会扮演怎样的角色。

她此刻正立在十数将领中间，屏息聆听前方传来的最新战报，脸上有欣喜，也有忧愁。

纪州彤城以西传来捷报，肖准率领的三十万肃北大军已扫平整个岩西的白氏守军，全军驻扎于三目关外，等候发起总攻的最好时刻。

信报念完的一刻，营帐中的氛围瞬间热烈。虽说不久前军中刚刚出了细作，但肃北军接连大捷的消息还是令人欣慰的。如若时机把握恰当，或许天成有望速速结束这场平乱之战，从而免去多年对峙的虚耗。

这些肖南回不是不知道，只是她更加担心肖准。

十数年前，肖准还是锐不可当、血气方刚的少年郎，率领当时的朔亲王旧部追赶白氏，却在三目关吃了败仗，若非当时的飞廉将军率光要营重骑前来搭救，十万精兵旧部恐全军覆没，便再无之后的肃北军。

那是肖准一生中唯一的一场败仗，别人或许不知，但肖南回知道，对当时曾失去几乎全部亲人的少年来说，那种影响如深渊回响一般，是难以真正消散的。

大帐内你一言我一语地进言献策，持续不停。皇帝安静地聆听，脸上既无喜色，也无忧思，只左手轻轻扣在小几上，指尖一下下轻点着。

“右将军。”皇帝目光突然便转向肖南回，“孤常闻碧疆之富庶，方寸之地可产黍千石、牛羊百头。不知可是真的？”

肖南回谨慎地回道："传闻有所夸大，但赶上风调雨顺的年份，碧疆确可算是丰产之地，只是南羌人不喜农作，耕地甚少。"顿了顿，她又补充道，"臣在其间数月，还曾发现其北部多地沙土呈赭石色，间或有桐花生长茂盛，皆是铜铁之引。"

她的话一说出口，武库令吕子越便率先做出反应："天成对铜铁矿产出一向管控严格，可如若将军所言皆属实，那白氏确实找了个好地方休养生息。如今多年过去，怕是早就已经冶铁厉兵，不好对付啊。"

颜广却有些不悦："依末将来看，犯不着为那区区一点儿铁引而自乱阵脚。不过都是些粗鄙蛮人，还能抵挡得了我天成铁骑不成？"

吕子越擦了擦汗："将军此言差矣啊，若只是南羌族人，倒也不足为患，可那白家当年也算得上是能人辈出——"

"荒唐！区区逆贼，怎担得起能人辈出这四个字，吕大人怕不是老糊涂了吧？！"

"好了。"皇帝终于出声终结了这场无意义的争辩，随即再次将目光投向肖南回："富庶之地，其民却悍，何解啊？"

肖南回的内心在泣血。这皇帝老儿当真是不肯放过她，一次次地要她开口引这帐中人争吵。她这个右将军归位还没满一个时辰，便要将这日后的同僚得罪个干净。

煎熬归煎熬，她还得硬着头皮答道："碧疆水草丰沛，是南羌族人心中的神明应许之地，然古来争夺，战火不断，是以南羌对外族敌意颇深，加之其族内语言、文字乃至生活习俗与天成多有不同，难以同化，故常给人民风刁悍之感。"

皇帝点点头："欲征其城，兵戎伐之。欲征其族，良策安之。孤的心意，诸将可领会得到啊？"

大帐内一时安静下来，不少武将都显得有些不满。

这倒也不难理解。将士出征，本就是为拓伐疆土、保家卫国，心只向着自己人，何时考虑过外邦的感受？

然而这话落在肖南回心里，倒是对皇帝有了些不一样的看法。她一直以为，像他那样的人，不大会在意别人的死活，或者说，是不在意那个所谓"明君"的称谓。即便他说出这样的话，他真的有过所谓的悲悯之心吗？一个连自己的死活都不太在意的人，她只能猜测他生来便是如此薄情。而薄情之人却做出如此仁厚温善的决定，除了让人惊诧，也会让人生出些恐惧。或许他不过是在扮演那个仁厚温善的角色罢了。

自古杀伐容易、止杀难，所有人都在猜测皇帝话语中的止杀之意到底有几分。

主簿黄圩斟酌着开口问道："臣赞同陛下所说，只是不知这仗要如何打才算得上是……不大动干戈？"

皇帝轻轻歪了歪头，像偶然想到了什么，便随口说出来与众人分享一般开了口：“派一支不超过三十人的小队潜入碧疆天沐河上游，将孙家筑下的水坝捣毁，最快几日可成？”

此言一出，在场的所有人都或多或少地明白了皇帝要做什么。

什么良策安之，无非是以计谋策反民心。

孙家筑坝圈地、为害宿岩，多少都有白氏在背后撑腰。

天沐河下游并非只有宿岩百姓，也有许多碧疆游牧民族和土生土长的南羌人，河水断流对他们的影响绝非一言两语可以蔽之，但白氏手中握有军队，便是有再多不满，也只能咬牙吞下。

捣毁水坝，虽说是战时策略，却不可不说是无意中帮了那些饱受风沙干涸之苦的百姓。

夙远修几乎在一瞬间便想到了接下来的排兵部署，沉声道：“如今本就是枯水季，若是再将水坝捣毁，天沐河上游必有水落石出之势，光要营重骑涉水而过，要不了半月便可踏平那白寇北部的一切防线。”

主簿黄圩也仿佛活过来了一般，两眼放出光芒：“恐怕好处还不止这些。上游泄洪之力必会冲击其下游干涸已久的古河道，砂岩本就松动，如今的深渊沟堑恐怕到时候便会成为一片谷中浅滩。不日便是大雪——”

颜广几乎是迫不及待地接过话头：“不日便是大雪，今年入冬以来，纪州还未飘雪，若能在事成后赶上一场寒流，河道下游不足四五尺的浅滩便会在数日内结冰，到时候莫说重骑，便是我雁翅营的步兵也能不费吹灰之力渡此天堑！”

好一着由上至下兼有雷霆之势的妙棋。这样的谋划，短时间内绝不可能促成。想来便是数天前自古河道旁撤离时便有此意，所以才会拔营，以便腾出河水下泄的地方。

大家以为皇帝昏了头，原来他不过是懒得讲。众将又活了过来，对皇帝既有些埋怨，又感佩非常，一个个摩拳擦掌。

鹿松平向前跨出一步道：“臣愿为陛下分忧，万死不辞。”

典武将军孙灼先前便对鹿松平有所不满，此时已然连掩饰都懒得掩饰：“鹿大人这便有些越俎代庖了吧？大人堂堂州牧，不好好在帐子里待着喝茶，反而要跑到前线去，就不怕刀剑无眼，到时候有个三长两短的，纪州牧的位子可又要空出来了。这事还是交给我们这些粗人来办为好。”

孙灼话中带着毫不掩饰的轻蔑，语毕，便有几人跟着笑了几声。肖南回却听得暗暗摇头：“孙大人啊孙大人，看来你是没和鹿松平那小子交过手啊。他那使剑的身法和射箭的力道，便是在营中做个校尉也是够的……”

她这厢正想着，那边鹿松平已然躬身行礼。他单膝点地、左手扶腰、右手碰

额，行的是武者剑客的礼："臣黑羽营校尉鹿松平暂代纪州牧一职。如今纪州已平，臣请回营。"

肖南回瞪大了眼。不是吧，他还真是个校尉？她之前总觉得哪里怪怪的，现在回想起来总算明白问题出在了何处。

鹿松平管理康王行宫的手段根本不像个州牧，反而像个军营出身的校尉。她自认潜入时没有引起风吹草动，束心阁又地处偏僻，然而鹿松平还是很快便找到了她头上，除去武功高强，还免不了要心细如发，明察秋毫。这些特质都不太会出现在一个习惯发号施令的州牧身上，但若是常常需要事无巨细、亲力亲为的校尉，倒是十分符合。何况他还是黑羽营的校尉。

皇帝轻轻点点头，鹿松平便起身站到一旁，自始至终也没半个多余的表情。

"这段时间，你辛苦了。此事须得同肃北轻骑里应外合，算是急差，然黑羽营中事务堆积如山，也须疏导、整顿。你且权衡一下，再做打算。"

鹿松平暂时未急着开口，肖南回的耳朵却在听到"肃北"二字的时候立了起来。是不是只要接下这份急差，就能同肖准并肩作战了？

孙灼回过神来，顿时便觉得面上有些挂不住，他倒是个能屈能伸的汉子，哽了哽，干脆请命道："末将愚钝，不知陛下安排。但愿领手下精锐日夜兼程直捣敌营，以固大局，十日可成。"

十日。这军令状立得倒有几分胆色，只可惜，倒也算不上快。

肖南回飘飘然想着，冷不丁便又被皇帝点了名："右将军不语，可是另有妙计？"

她脸上写字了吗？这人怎么每次都能将她点得措手不及？虽说知道这话一出口便会实打实地得罪孙灼，但肖南回还是开了口："臣以为，五日可成。"

此言一出，众将哗然。

孙灼接连被打脸，已然有些恼怒，愤愤开口道："碧疆地势复杂，且不说那白氏不会任由你横冲直撞，就算是最训练有素的士兵在其中全力开拔，日行也不过十里。肖大人可是被立功冲昏了头脑，口出狂言了？"

肖南回尽量摆出一副礼貌、恭谨的表情，不敢表露出半点儿倨傲："在下所说非寻常手段。诚如将军所言，碧疆地势复杂，远非单一地貌可以概之，避险则绕远，直达则路险。在下曾观察当地人出入迁徙时的路线，倒也识得不少密道，这些密道是有人细心开拓过的，走起来须有些技巧。许多关隘十分狭窄，不易多人同时通过，因此寻常行军定是不可，但若依照方才陛下所讲，只需数十人等，那便是最好不过的选择。"

孙灼听罢，心知自己确实无法证实肖南回所讲乃是虚妄，一时也说不出什么反驳的话来。

皇帝漆黑的眼牢牢锁在肖南回身上，嘴角是满意的弧度："甚好。"

虽然对这句夸奖并不意外，但肖南回心下还是有些得意。她在碧疆的这些日子可不是白混的。这些天成将士远道而来，虽然勇猛，却不如她这半个当地人灵巧。

欸，虽说捣毁水坝这差事绝非好差事，但能与肖准里应外合，对她来说就是一桩美事。心之向往，她从未觉得苦闷。

肖南回这点儿美滋滋的想法还没在心头焐热，皇帝已转身向身旁的丁未翔示意："不过丁中尉方才对我言及三日可成，便由丁中尉挑选人手执行这项任务吧。"

什么？三日？！怎么可能三日呢？飞也飞不过去啊！

"丁中尉，你可弄清那碧疆的形势了？何况我等还在天沐河东岸，届时不论是渡河还是横跨干涸的沟堑，都会花上不止三日时间……"

"宿岩东高西低，碧疆地势更是整个纪州最为低陷处，因此才能聚集水汽、河流，植被生长茂密。敢问肖大人，如能借此地势而为，是否可以缩短行进的时间？"

她拧眉道："什么借势而为？你倒是讲清楚。"

丁未翔不语，自腰间解下一样东西放在案上。

肖南回定睛看去，却是眼熟。那是飞梭链，她在霍州凭霄塔上的时候还用过一回。

飞梭挂索，连夜入侵，这都是什么刺客招数？他们不是在打仗吗？她再一抬眼，只见丁未翔明显面带得色地看着她，似乎在明确自己在皇帝身边第一有用的位置。

"好好好，你最有用，你最能干，行了吧？"腹诽归腹诽，她眉头紧锁许久，确实想不出一个合理质疑对方的理由，最终只得道："你那时候不是说只有一条——"

话还没说完，丁未翔便狠狠地瞪了她一眼。

她后知后觉地想起来，在霍州的时候可不止他们两个人。

颜广却已经察觉肖南回这话中玄机，飞快地说道："哦？肖大人竟然见识过飞梭链？丁中尉对这样法宝可是宝贝得紧，咱们几个同营的都没见他拿出来过呢。"

肖南回瞬间语塞，磕巴地道："倒……倒也没见识过，就只是听他说起……"

下一瞬，皇帝狡黠的目光便投来，他非常不合时宜地插嘴道："爱卿不必谦逊，孤看你那日就使得甚好。"

皇帝此言一出，众将瞬间便将好奇探究的眼神投向肖南回，那一道道灼热的视线简直要将她脸上烧出个洞来。

她这是头一次见识到，原来武将看起热闹来相比文官也是毫不逊色的。

好在夙远修适时地开口，及时救她于窘境之中："听闻飞梭链使用起来须讲一个'巧'字，若无训练，恐怕一时半会儿也难以掌握，不知丁中尉是否要亲自上阵，又可曾考虑过执行任务的人选？"

这玩意儿原来还要训练？肖南回下意识地觉得屁股一疼。这该死的丁未翔根本连个使用说明都懒得同她讲，她那日从凭霄塔上滑下的时候没摔死也是命大。

那罪魁祸首竟还看着她，大言不惭地说道："在下以为倒也不需多少时日。毕竟当时右将军也就花了片刻工夫便使得甚是熟练了。"

肖南回本想就着这事再驳上两句，谁知皇帝突然发话了："既然如此，此次的密袭便全权交由丁中尉亲自带队，右将军从旁协助绘制地形图，其余人等留候听令吧。"

丁未翔似乎没想到皇帝会派他亲自前去，不知想到了什么，急急地道："陛下请三思，臣亲自前去恐怕有所不妥……"

就是就是，派她去不好吗？

"陛下，臣也以为丁中尉未必合适，臣愿为陛下分忧……"

"孤已想清楚，不必再想。"皇帝的声音有些凉意，看向肖南回的眼神似乎已将她直直穿透，"右将军是愿为孤分忧还是愿为青怀侯分忧啊？"

此话一出，肖南回头上不禁冒出汗来。她忘了，这人是玲珑心窍，她的心思到底还是藏不住的。

她连忙下跪请罪："臣万万不敢，臣只是……"她一时语急，不知该辩解些什么。

帐中偏生又在此时陷入一片死寂，她只觉得如芒刺背，分外煎熬。

夙远修静静地看着，最终还是开口打了个圆场："右将军不语，恐怕是不想旧事重提。当年若非白氏叛国，朔亲王一案也不会发生。右将军本是侯府出身，在这件事上多花些心思，倒也可以谅解。"顿了顿，他又说道，"逆贼白氏，罪当万死。然雨安之乱仍有诸多疑点，臣恳请陛下留其性命，或许也可查明当年的真相。"

这话，在场的十数人中也就只有夙远修敢说出口。

雨安之乱乃是朝中禁案，其中真相便连肖准也是追寻多年都未曾弄清。究竟是谁杀了肖家满门？真的是白氏所为吗？白氏又是为了什么？真的是如案宗上所说，因为谋反之事败露而杀人灭口吗？谋反与叛逃相隔不久，既已图穷匕见，又何须将肖家满门诛杀，遮掩意图？

肖南回欲东行追寻秘玺一事时，姚易便曾警告过她，若非答案难寻，便是有人不想让这真相现于世间。

如此手段，背后若无高位者推波助澜，真相又怎会时到今日还在暧昧混沌之中？

提起此事，可谓禁忌加上危险。肖南回自己已甘愿为肖准卷入其中，但并不代表旁人也做此想。

因此，夙远修的话实则是十分难得的。

她暗暗地松了口气，对夙远修投去一个感激的眼神。

皇帝似乎是听进了那番话，只是目光却自始至终都没有从肖南回身上移开。

许久，他似乎已不太在意先前讨论的种种，懒懒地闭上了眼：“然，便依卿所言。传孤旨意，诸将听令，此后若与白氏短兵相接，务必生擒寇首白鹤留，不得斩杀。”

第七十四章

犬马之劳

天成朝廷向来对江湖武学的发展表现得十分宽容，甚至隐有扶持之势，具体为何，虽早已不知，但因这传统，倒是孕育了许多神奇的流派和组织。

其中就有安道院。

安道院，顾名思义，安天下正道之院，院中武者尽得正统武学之真传，不仅修为颇高，且以忠直为训。

安道院的创始人姓谢，至于叫谢什么，已经没有人记得了。此后安道院的历代掌管者都会继承这个姓氏，以表对师祖的敬意。

安道院中只有院长和院众两种人，而院众在出师后须自择明主，宣誓效忠，此后终生不得再回院中做事。是以，安道院中人以忠烈闻名，不论效忠对象是贫是富、是生是死，一生只侍奉一名主人，很多人终其一生也没有离开过自己的主子。

这样的安道院里常年传颂着两个传说。

其一便是个好典范。说的是入院时年纪最小的武者乃是世家遗孤，如何凭借自身的天分和努力成为安道院有史以来出师最早的院众，不仅择得一位身份尊贵的明主，还继承了院长亲传的刀法，可谓从此走上人生巅峰。

这其二嘛，便是个坏例子。说的是那江洋大盗同富商千金的私生女，如何顽劣不恭，被送进院中来寻个管教，入院后整日好吃懒做、寻衅滋事，明明早就到了出师的水准，却迟迟赖在院里不走，非要院长传授刀法，最终被强行塞给一户只有五口人的破落人家当了丫鬟，可谓一落云间便成泥。

肖南回是不知这两个传说的。此刻，她只是觉得心中有些不平衡。在她看来，那谢黎老儿远不似传颂的那般高尚、洒脱，其实未尝不可能是个势利眼。只因他将那最忠心、最强悍的学生留给了九五之尊，然后塞给她一个“残次品”。

看着眼前据理力争、面红耳赤的丁未翔，再一想到自家那脾气暴躁、背主求荣的大头娃娃，她心中便甚是愤愤不平。

“主子，属下自跟了您之后，还从未离开过这么久。何况如今实在是非常时期，莫说白寇有多少人在暗处等着动手，到时候要真的打起仗来就是刀剑无眼，

属下怎能放心您一人独处……”

丁未翔已在这儿磨了约莫一刻钟，其实他再多磨上一两个时辰，肖南回都是不太在意的。可若她也被皇帝留在帐中跟着旁听，那便是另一回事了。她实在是不想在这里看这场“主仆情深”的大戏了，她也不明白自己怎么就会蹚进这潭浑水。早知道她或许不该离开碧疆的，她那寨子待起来真的甚是舒爽，便连那猥琐凶狠的阿匡如今想起来也不是那么讨厌了。

丁未翔似乎又滔滔不绝地说了很久，突然便被一直沉默不语的帝王打断了。

“谁说孤会一人独处？”夙未说完，目光便落在丁未翔身后的女人身上。

肖南回昨夜没怎么合眼，此时站着都有些打瞌睡，只听得耳边那些人的你一言我一语突然停了下来，随即一片安静。她花了点儿时间找回自己飘出帐外的意识，又努力撑起沉重的眼皮，终于将目光聚焦在皇帝身上。刚刚最后一句话好像是他说的吧？这场对话是不是要结束了？

她立正站好，不遗余力地表着忠心：“陛下有何吩咐？臣万死不辞。”

嘿嘿，好话，她也会说。反正去捅敌巢、毁水坝的事不会落在她头上，又还能有什么幺蛾子……

“甚好。孤命你从即刻起侍辇御左右，不得离开孤半步。”

这话落在丁未翔耳边，像炸塌了一座山，肖南回觉得自己仿佛都能看到对方瞳孔中的“崩溃”二字。当然，她自己应该也没好到哪儿去，脸上难掩震惊和费解。

陪聊一晚，她已经要睡不着觉了，这要是一陪到底，她岂不是就要英年早逝了？不行！绝对不行！

“这个……臣自认武功造诣比不得丁中尉，性子也有些粗心大意，到时候怕是会有所疏漏。是也不是啊，丁中尉？”

肖南回语毕，疯狂地眨眼暗示丁未翔。

丁未翔觉得她此举甚蠢，只装作看不见，附和道：“右将军说得有理。护卫之事看似简单，实则要关照诸多细节，恐怕也绝非一朝一夕可以做得圆满。”

“孤不急于一朝一夕。”夙未的话说得慢条斯理，像要与臣子拉拉家常一般，“都说世上无难事，只怕有心人。不知肖大人是否能做这个有心人啊？”

这话的分量和意味都十分不寻常，肖南回只觉得自己的小腿肚子又开始隐隐抽筋：“陛下万金之躯，臣唯恐不能担此重任啊。”

“卿是不能还是不愿啊？”

这下好了，不光小腿，她的胃都开始抽筋。

她这一脸菜色瞧在丁未翔眼里好似一万个不情愿，当即两道目光便似刀子一般向她脑袋上飞来。

“右将军原来是不乐意？守卫辇御乃是神圣的职责，大人若是连这点儿觉悟都没有，还做什么天成将士？不如解甲回家种田。”

肖南回平白中刀，还没来得及开口辩解，对方又是一记连环掌：“还是说肖大人自认技不如人，恐担不起这职责？本以为大将军府上教出来的人应当不俗，到头来却是个缩头王八。”

话说到这份上，肖南回的眼睛也开始喷火。什么王八？谁是王八？！说谁都成，就是不能说肖准！

“在下何时表现出过贪生怕死？倒是丁中尉这般慷慨激愤，像极了那被抢了食槽的狗。”

“……你！”丁未翔气极，几乎便要对她拔刀相向了。

肖南回丝毫不惧，正想着对方若是御前出刀，她便可以抽出平弦同他大战上三百回合，随即突然想起来，她的平弦早被她留在莫春花的帐子里了。她几乎能感觉到自己的气势在一瞬间便萎靡下去，人跟着也矮了一头。想到这帐子里唯一能压制对方的人就站在那里，肖南回连忙将恳切的目光投向夙未：“臣方才所言，句句发自肺腑，还请陛下明断。”

“近前来。”夙未冲她轻轻招了招手，脸上居然带着点儿笑意，像在招呼一只驯良的小土狗。

肖南回不情愿地往前凑了几步。

“左手。”

她犹疑地抬起手来。

帝王缓缓地翻开掌心，那里不知什么时候多了一枚漆黑的环。

肖南回还没反应过来，便觉得腕上一凉。她低头看去，是一枚玉样质地的光滑手环，却不似一般玉石那样温润，反而寒气逼人。环上有一个尖锐的凸起，锋利的刃口上錾着一个古怪的符号。没看清这环是如何扣在她腕上的，左右查看也找不到开合的痕迹，觉得甚是稀奇。

“你既无令牌，便戴着它，方可出入孤的左右。”

这话一出，她更觉得自己像一只被拴上了脖圈的狗。

抬眼望向已经失宠的“丁恶犬”，她压下心中翻涌的不满，不得不屈从于眼前形势，低头做了“肖恶犬”。上位者的话有时候其实根本不是在征求他们的意见，只是在传达命令罢了。她的个人意志又有什么用呢？

“臣，愿为陛下效犬马之劳，定当竭尽全力以护陛下周全。”

丁未翔生气了。

这倒是一点儿都不稀奇。反正之前霍州之行的时候，他就经常别别扭扭的。

但这一回他气得似乎是比上次要严重一些。

肖南回不是个记仇的人，很多小口角、小磕碰，她转眼便能忘了。然而丁未翔显然不是这样的人。从半个时辰前他们从大帐出来，他就几乎没和她说过一句话。要是放在平时，她根本也懒得搭理。可眼下她还要履行夙未交给她的任务，将碧疆内部的地形图和密道详细地描绘给丁未翔看，许多细节更是要交代清楚。可对方自始至终都是一张臭脸，对她的“倾囊相授”没有丝毫反应，便好似她上赶着同他共事，令她颇为不顺畅，心里窝着一团火。

好不容易讲完最后一条线路，肖南回将炭笔往旁边一扔，斜眼看向某人：“丁中尉这样沉默，莫不是同我那侍女患上了同一种毛病？”

丁未翔抬起眼皮看她一眼，没说话，但脸上写着几个字：什么毛病？

她看懂了，笑嘻嘻地说道：“心眼小的毛病。”

丁未翔眼底的火苗噌噌噌地蹿得老高，他一把将桌上刚画好的图纸抢了过来，拿着炭笔背对她，不知在上面比画着些什么。

肖南回瞧着对方那别扭的样子，翻了个大大的白眼：“不说话就不说话，一会儿若是有问题也不要来找我。”

对方还是没动静，似乎打定主意就是不说话。

若是放在往常，肖南回早就拂袖而去了。管你是雁翅营的校尉还是陛下眼前的红人，她才懒得搭理。想当年许束仗着身份欺压她，她被打断腿都没低过头。可是现在压根不是她低头不低头的问题。捣毁水坝的任务与肃北军西进密切相关，若是失败，难免不会对肖准造成阻碍。他曾经在三目关败过一回，她怎能让他再输第二次？就冲这一点，她也不能让丁未翔心里不痛快。

心里想明白后，她耐着性子又凑了过去，厚着脸皮开导道：“其实吧，我也不是不知道你在担心什么。”

丁未翔这回连眼皮都没抬一下，手上炭笔飞快，也不知道在勾画什么。

肖南回嘴里啧啧有声，再次开口：“你也说过，此去不过三日。算上你在那边做事的时间，往返或许最多也不过就七八日，眨眨眼也就过去了，实在不用过度忧心。”

说着说着，这话便开始顺畅起来，她也不管对方是否回应，自顾自地继续念叨着：“何况我的身手你在霍州的时候也是见识过的，莫非你就这般不信任我？便是不信我，也该信那黑羽营的人，便是不信黑羽营，也该信任你家陛下。陛下又不是傻子，既然派你去，显然对各种情形都已料想到。他都不担心，你担心什么？”

说到皇帝，一个想法突然在她心中一闪而过。或许解铃还须系铃人，这问题就出在皇帝身上。

就她所知，天成武将开国，历代君王必精通骑射，先帝夙印年轻时更是武学大家，就是不知为何竟传位给一个从未习过武的皇子。

天成的这任皇帝是少有的能文不能武，虽颇有治国的手腕，却是个连纵马都很少的“座上皇帝”。肖南回有些纳闷，这样脆弱的一个人，干吗非要御驾亲征呢？战场上刀剑无眼，真要是遇上险情，怕是有十个丁未翔也给不出万全之策。

她心中如此琢磨着，那个想法渐渐地清晰起来。为了避免太过突兀，她决定先为自己的建议铺垫一下：“丁中尉，伯劳，你应当认识吧？”

丁未翔还是不语，但她从对方那微微挑起的眉毛中已看到了答案。

“她同你一样都是出身安道院，也是我义父名正言顺从院里请来的护卫。可自打我认识她起，她就没护过我几回，不仅没护过，还打过我不少次，三天两头地不见人影，也是常有的事。可你看现在，我不也还活得好好的嘛，哈哈哈……”

丁未翔对这笑声充耳不闻，转过头来盯着她瞧，瞧得她笑声发干。

肖南回收了笑容，轻咳一声，决心再进一步：“我也知道你们安道院中人个个忠心职守。但有时候吧，忠过了头也不大好，你看你主子其实早已成年，身为男子又身无残疾，身量发育得也不错，实则早就该学点儿拳脚功夫防防身。所谓百密仍免不了一疏，求人不如求己，若是真到了那生死攸关、命悬一线的时刻，说不准就能——”

“你……你懂个屁！”丁未翔终于说话了，语气愤愤难掩，像刚刚听到了什么十恶不赦又愚蠢至极的话一般。

肖南回愕然不解：“我还没说完呢，你急什么？”

“用不着说完！不行！”

闹了半天，这人压根不想解决问题，怕不是就等着和她在这儿抬杠呢？她气极反笑：“那你倒是说说看，哪里不行？”

“不行就是不行！”

好心被当成驴肝肺，她也急了眼：“你当我愿意揽这苦差事？！那是皇帝！我教他功夫，万一他有个三长两短，我还要遭罪！这世间哪有什么万全之策，就算黑羽营的人一个顶十个，我武功盖世，独孤求败，可谁又能保证每天十二个时辰寸步不离地跟在他身旁？如今这里又是战场，若是真有个百密一疏，死的又是谁的主子？！”

这话说得可谓通透，但也没留情面，甚至十足地大逆不道。但肖南回此时已顾不上那么多，几乎是倒豆子一般将心里的话倒了个干净。

丁未翔又沉默了。

肖南回说完这许多，也泄了先前的怒气，有些疲惫地摆了摆手。算了算了，就当是她自作多情了。生死有命，富贵在天，爱谁谁吧。

然而就在她前脚要迈出帐子的时候，身后的人终于出声了：“你说的事也不是不可以。”

肖南回定住，转过头去等着那下一句。

“但是在开始之前，我有必要叮嘱你一件事。”

第七十五章

驯龙高手（上）

“所以，那日丁未翔到底叮嘱了你些什么？”肖南回睁开眼，便见莫春花一边扎着马步，一边锲而不舍地追问着。

“好好练你的功，不要总是对为师的事这般好奇。”肖南回换了个姿势跷起二郎腿，啜一口还冒着热气的奶茶，满足地长叹一声。

“谁要认你当师父了？”莫春花气呼呼地立起身来，“这都三天了，还在扎马步，你到底是不是在耍我？”

“三天才哪儿到哪儿？当年我跟着义父学功夫，扎马步扎了三个月。”

她气定神闲地看着莫春花原地转了两圈，又乖乖地回到角落。莫春花这姑娘，脾气虽然差了些，但倒是个能吃苦的。

那日她同丁未翔约定好后，练武的事情便被层层报给了皇帝。皇帝没反对，只说丁未翔起程后再开始安排。

丁未翔只花了三日时间整顿小队、紧急训练，也算是神速了。肖南回闲来无事，便正好同莫春花打发打发时间。

莫春花土是土了些，却是个看脸便能看出些外族血统的美人，虽然嘴上从来没抱怨过什么，但以她在边疆行军时的所见所闻，对莫春花的遭遇也能猜到一二。

南羌与天成关系向来紧张，一个有着外族血统的私生女，脸蛋又长得漂亮，即便生养在将军府中，日子也是不好过的。肖南回心下暗叹对方的身世，进而想到自己，索性趁这几日教她些功夫，一来免得这姑娘日后受人欺负，二来她自己也能先练练手，免得到时候对着皇帝手足无措。

结果这才三日，丁未翔那边竟然便收拾妥当了。

唉，若是告诉莫春花她这几日的马步可能要白扎了，她会不会跳起来揪自己的头发？肖南回咂咂嘴，喝进去的奶茶开始有些苦涩。

那厢莫春花还毫无察觉，才被压下去的好奇又浮了上来：“喂，你同我说，皇帝要你贴身伺候，可是真的？”

“什么贴身伺候？”肖南回纠正她的用词，“我一个将军，为何要做那婢女做

的事？那叫护卫，贴身护卫。”

“好吧。”莫春花两手揉着大腿，歪着头思索片刻，“先前倒是没听说皇帝有请人教习过拳脚功夫。”

肖南回动了动耳朵。咦？是吗？她故意试探道：“便是没习过武，应当也有人教过骑射吧？”

“那倒未必。听闻咱们的陛下出行从未亲自骑过马呢。”

肖南回回想了一番，好像确实如此。这么看来，她此次的任务也算得上一次前无古人、后无来者的壮举了。天子乃真龙之身，她这算不算是在“训龙”呢？撩虎须有何了不起？她才是高手中的高手，高高手也！想到这儿，她实在有些压抑不住的得意，只差没有叉腰仰天大笑三声。

丁未翔是今早离营的，左右不过才走了半个时辰，但她已觉得四周的空气都轻盈了起来。

想到这儿，她眼前不禁浮现出那啰唆刀客临走前的样子。丁未翔惯常是有些面瘫的，但今早起来能看出几分愁绪，可见已是担忧至极。

肖南回拍他肩膀教他放宽心，对方转过身来，第七次开口道：“还有一事。”

她深吸一口气，将快要顶到嗓子眼的咆哮生生地咽了回去。她得忍着，只有忍过这阵唠叨，她才能将这尊打不过又无法让其闭嘴的“斗战胜佛”快快送走。

肖南回轻咳一声，掩饰了一下自己的情绪，学着他主子的模样换上一张皮笑肉不笑的脸：“丁中尉请讲。”

丁未翔兀自忧心，压根没注意到对方眼中的不耐烦，严肃地说道：“陛下乃万金之躯，你指导的时候千万要控制好自己的力道，莫要伤到他。”

这哪里是还有一事？明明还是刚刚那件事！不，是三天前的事！她心中继续默念忍字诀，第七次诚恳地回复道：“这个是自然。我便是有一万个胆，也断然不敢对陛下出手啊。”

丁未翔却又垂首摇头：“但是武场上本就难说万全，所谓拳脚无眼，我怕你到时候一时忘形就不记得我今日说过的话了。”

肖南回正要大大地翻个白眼来纾解一下抑郁的心情，突然心中警铃一响，不由得小退半步。丁未翔这厮该不会是等着找碴，抑或是同侯府结了梁子，等着治她的罪吧？

“丁中尉此言差矣。在下自认当差还是能尽到十成本分的，然而你我同是习武之人，当知道，要想学到点儿真本事，挨上几下有时也是免不了的。陛下若是要为这个砍我的脑袋，在下还是不做这差事为好。”她做打退堂鼓之势，心中却打定主意对方不会就这么放她撂挑子不干。

丁未翔果然一时没说话，脸上却又浮现出那熟悉的欲说还休的表情。

肖南回觉得自己额角的青筋在跳："丁未翔，你知不知道自己有时候说话十分不痛快，有话不妨直说，我又岂是不通情理之辈？"

然而丁未翔似乎打定了主意不将话说明白："肖大人难道没有难言之隐？此时又何必刨根问底？总之，你记得一点，"他脸上神情换上了十足的诚恳，殷切地叮嘱道，"千万不要让陛下觉得你的举动会威胁到他。你知道的，有时候人的本能反应是很可怕的。"

肖南回纳闷地看着对方，实在不明白他到底是瞧不起她还是瞧不起教她功夫的肖准。不可说就不说嘛，何必同她扯这一通胡言乱语？！

"肖大人？"

肖南回一激灵回过神来，那日来给她送甲的礼官不知何时立在帐里，一同来的还有鹿松平。

莫春花在一旁放肆地打量着对方，估摸着是在琢磨，这么个长相阴柔的小白脸到底是怎么当上黑羽营校尉的。

肖南回这几日同她混熟了，莫春花又是个心思很浅、很好猜的人，肖南回九成已经知道对方在想什么，拍了拍她的肩，低声道："客气些，不然小心来日后悔。"

莫春花哼唧一声，算是应了。可她转念一想，觉得自己就这么被唬住，有些没面子，于是她气哼哼地走上前，接了那礼官手里的衣服。

下一刻，那礼官便开口催促道："右将军，演武场已准备好了，请更衣后随小的一同前去吧。"

肖南回换衣裳前，没想到会是这个颜色。摸了摸身上这身朱红的短打，她有些稀罕地左右看着，没忍住，开口问道："营中还有这种颜色的衣裳，我先前怎么没见过？"

当前几步埋头苦走的礼官头也没回："营中的事小的不知，将军若有疑惑，一会儿亲自问陛下便好。"

她哽了哽，只得作罢。

要说这衣裳的制式确实是最普通的操练武服，只是这颜色实在奇怪，不是深赭，也不是正红，而是介于朱色与橙色之间的一种颜色，倒像……肖南回只觉得手心一烫，眼前闪过那人手执朱笔在她手心写下的那个字，是朱砂的颜色。

"肖大人在想什么？"鹿松平突然开口。

肖南回像做坏事被抓包了一般，突然有些不自在："在想……在想这衣服……"

"我是说方才在帐子里。"

肖南回愣了片刻，反应过来对方是在问自己在帐子里为何发呆。她想了想，觉得鹿松平虽然行事不讨喜，可眼下也算得上半个自己人，正好心中有些憋闷，

便将早上丁未翔的那通说辞复述了一遍。

鹿松平听后沉默片刻，挑了挑眉："丁中尉当真那般说？"

"还有假不成？"肖南回愤愤地一系袖口，将绑手又勒紧了些，"你说他是不是成心给我添堵？明知道我扛了个吃力不讨好的差事，还总说些有的没的——"

"右将军。"鹿松平突然出声打断她。

他甚少唤她官衔。肖南回停下，狐疑地看向他。

鹿松平的神色却又一瞬间松下来，他只半是打趣地冲她咧了咧嘴："将军当知小心驶得万年船的道理。说不准，丁中尉是为了你好呢？"

鹿松平说这话时带着半开玩笑的语气，可不知为何，肖南回却有些分不清其中有几分真几分假。

不等她继续分辨，前方领路的礼官已经停下脚步，转身看向她："肖大人，前方便是临时开辟的演武场，四周守卫都是鹿大人亲自调配的，妥当得很，请安心去吧。"

什么叫安心去吧？肖南回对这礼官的措辞十分不满，却也一时说不出什么。鹿松平在一旁静静地看着她，目光中有些说不出的怪异。方才身上就有的那股不自在越发强烈，她使劲挠了挠头，又原地活动了下四肢，分散了一下注意力，打定主意迈开脚步，向着演武场内走去。

说是演武场，实则地方并不大，想来是临时辟来给皇帝用的。四周布局看似随意，却能看出不少心思，既要方便暗哨在四周巡视，又不能留下能够藏人的死角。

肖南回心中对鹿松平的评价又高了些，探究的目光下一瞬转到场子中央，这才看到那里站着一个人。

那人听到她的脚步声，缓缓地转过身来。就那一瞬间，有风扬起盐碱地上的沙石，眯了她的眼。她知道眼前的人是谁，却又分不清他此刻是钟离竟还是夙未。

早前丁未翔叮嘱的时候，她甚至是有些逆反心理的，总幻想着要假公济私好好"教教"皇帝什么叫武学。可那人只用了一瞬间便教她放弃了这个念头。

他褪去了惯常穿的那种布料华贵、慵懒、拖沓的长衫，换成一身鸦青的短打，长发束起，可惜那过于清俊精致的脸没有平添一丝英气，反而在那件略显粗糙的衣料衬托下更显脆弱，像一座被无知的村民盖上破布的玉雕神像。他同他脚下那片粗糙、贫瘠的土地截然相反，也同那片土地中生出的她截然相反。

肖南回突然有些头疼。早年她同军中各式粗人切磋、胡闹时是从来不知"分寸"为何物的，可现下她不得不谨慎地思考一下这个问题了。

就这一点儿停顿，夙未便察觉到她的犹豫，抬起眼来望向她，脸上不知为何就带上一抹浅浅的笑。

肖南回的头疼瞬间变为呼吸困难，她如临大敌般倒退了半步。他……他做什么？她见惯了带兵打仗的那种血性男儿，从没想过男人还可以这样。

从前面对千军万马、悍匪恶徒时，她眉毛都不会皱一下，但此刻沐浴在温和的阳光里，她竟然觉得有些腿软。

皇帝绝对是故意的。平日里别说是笑了，就连抬下眉毛都少有的人现在居然对着她笑！

“你以为你笑一笑我就会对你手下留情了吗？！”肖南叵内心挣扎，轻咳一声作为掩饰，故作严肃道：“陛下若是准备好了，咱们便开始吧。”

夙未微微张开双臂，她看到他手腕上那串莹润的舍利在阳光下闪闪发光，像那传说中巨龙口中衔着的日月光华。

“孤准备好了。”

第七十六章

驯龙高手（下）

岁末的宿岩荒漠寒冷而贫瘠。风刮在脸上像一把锉刀，几日便能将一个细皮嫩肉的美人打磨成个沧桑的妇人。

肖南回不动声色地摸了摸自己的面皮，觉得手感似乎比之前糙了几分，再看眼前这人的脸，心中生出几分不忿。

夙未的脸上干干净净的，因为甚少有表情，她甚至在上面找不出一道纹路。

“传道授业”才刚刚开始，她便意识到自己一直在分心。她知道这样是不对的，却又忍不住将注意力从对方的脸上移到身体上。唉，这小身板，到底禁不禁得住她的敲打？还有这腰，也太细了些……

“肖卿。”

嗯？在叫她吗？

“肖卿为何盯着孤瞧个不停？”

肖南回的心咯噔一下。她连那人的眼都不敢看，连忙调整好状态，磕磕巴巴地开始专心上课。

几番试探过后，她终于确定，皇帝当真是毫无根基的武学新丁，没有丝毫基础。

既然寻常的兵器难以直接上手操练，那便从最基础的近身格斗擒拿学起。这是保命的方法，不似一般武场上切磋的点到为止，她教的都是一招致命的招数。

她先讲了些基本的理论常识，教对方认清人体最为脆弱和最为坚实的几处要害。对习武来说，说上一百句也不顶练上一刻钟。该讲的都讲完后，接下来自然是要演示和进行实战练习的，然而丁未翔的话就仿佛住在她的脑壳里一般，时不时地便会响起来。

思忖一番，她让夙未站好，开始边指点边讲解关节技的要点。指到哪处关节时，她便伸出两根手指，又轻又快地在对方身上对应的位置点一下，力道被控制到最小，生怕一个不小心做过了头。

一进入正题，时间便过得飞快。

眼看要到午膳的时辰，四周的风又大了些，几乎教人睁不开眼。即便是在飞

沙走石乃家常便饭的戈壁中，这天气也有些不寻常。

肖南回擦了擦额头的汗，低头看了看手上的汗渍，只觉其中八成都是被吓出来的，心中不禁又骂了丁未翔一百八十遍。她深谙一口吃不成个胖子的道理，风又吹得人难受，索性决定让皇帝休息一会儿，想着避过这猛烈的风头，午后再继续。

然而转念想到接下来的实战练习，肖南回又犯了难。君臣有别，何况这“君”还是棵非常易碎的翡翠白菜。

她偷瞄那人。

不远处，皇帝就静静地坐在一棵枯了的胡杨树下，盘腿而坐的姿势十分标准，同他先前在马车里的样子如出一辙。他似乎并不知道她内心的纠结，眼帘轻合，眉宇舒展，面无表情的脸上有几分高深莫测。如果不是眼下这苍凉简陋的地界，她简直要怀疑自己撞见了正在坐化成佛的佛祖本尊。这般神坛上供着的人物，伸手触摸都是亵渎，又怎好上手摔打呢？

大风吹过，带来他身上的气息，又是那舍利子的古怪气味。她以前不喜欢这种气味，总觉得闻起来有种冷到骨子里的寒意。可现在不知怎的，兴许是有些习惯了，她倒是觉得这气息别有一种屠绝鬼气、苏醒人魂的作用，让人颇为安心。可她为何会有这样的感觉呢？莫不是先前……

肖南回眼前闪过一小段如梦境般的记忆，还没等她抓住，便已溜走，下一瞬她眼前一花，那人竟站起身向她走来。

她咽了咽口水：“陛下可是哪里不舒服了？定要及时告知臣，臣——”

“倒也不是。”皇帝在她面前两三步远的地方停了下来，轻轻歪着头看向她，“孤只是好奇，右将军这身本事是花了多久练成的呢？”

真是尴尬聊天的标准开篇。

肖南回打起精神，努力试着回答这个问题：“承蒙陛下看得起。大概是从臣记事起，一直到现在吧。”

皇帝沉吟片刻，似乎在计算年头。然而肖南回并不觉得对方会知道自己的生辰，毕竟连她自己都不知道。

“卿是块当校尉的好料，先前委身区区一个队正之位，实在是孤失察之过啊。”

尴尬的聊天开始变得危险，肖南回刚擦干净的冷汗又冒了出来：“陛下体恤臣辛苦，臣却不敢妄自尊大。臣一介武夫，就算有些舞枪弄棍的本事，也断然不敢以将军之位自居。”

“孤觉得你当得，你便当得。”皇帝轻飘飘地撂下一句话，似乎便要结束这场对话了。

肖南回的心刚刚有些放下，对方却又开了口：“孤听右将军方才讲述的要点，倒是有一处不明。”

嗯？肖南回抬起头来。她以为皇帝对习武一点儿都不感兴趣呢，原来他竟这般好学吗？早就听闻皇家子弟大都勤奋刻苦，如今一看似乎确实如此。

她躬身行礼道："臣初行教授之事，多有不周到的地方。陛下若有疑问，可不必顾虑，直接问臣便可。若是臣力所不及，也会寻得旁人——"

肖南回的话还没说完，皇帝的身子便突然袭近了。他的动作很轻，只带起了细微的风声，加上她正专心回话，压根没注意到对方的动态。待她反应过来，对方已经离她很近了。

"如果我从后面这样……"

耳边飘过低沉的声响，一只手准确地扣住了她腰侧的要害，还未来得及使劲，肖南回的身体已经做出了本能的反应。

也就一瞬的工夫，她便疾风骤雨般地抬肘、转身、固定、摔出。一串动作又快又准，无可挑剔，等她反应过来，皇帝的身体已经不可逆转地向地面倒去。

肖南回只觉得脑门正中咔嚓一声劈下一道雷。她做了什么？她把皇帝摔出去了！丁未翔这个乌鸦嘴！来不及多想，她赶紧扑向眼前倒下的身影，只来得及在落地前一刻用手臂垫在那人身下。他没有想象中的重，她的手臂只在沙石地上硌了一下，便稳住了他的身形。

"臣……臣罪该万死！罪该万死，死不足惜……"她光顾着迭声请罪，许久没见人回应，缓缓地抬头才发现，自己此时的姿势实在是有些……不妥。

她两只手臂都绕在夙未背后，整个身体都贴在他身上，两人的脸此刻也离得很近，感觉就像她在抱着他。

男子半合着的双眼正看着她，狭长的眼尾上有长睫投下的影子，让那目光少了平日里的平静无波，反而多了几分迷离和深邃。他微仰的下颌线条优美，顺着因方才的动作而敞开的领口向下，便能看到那微微凸起的喉结、形状分明的锁骨、平滑中略有起伏的胸膛……

肖南回下意识地咽了咽口水，突然意识到，自己顺着那道敞开的衣领口看到的太多了。

"肖南回啊肖南回，你这是贼胆方消，色心又起啊。"她手脚并用，几乎是从对方的身上倒退着爬了下来，道："臣，罪该万死。"堂堂一介将军，此刻声如蚊蚋。

不怪她，真的不怪她。她是个人，真的担不起调教"真龙"的责任。

良久，未见"龙"有所反应，她睁开一只眼，偷偷去看。

皇帝还是方才倒地的模样，正好整以暇地看着她："右将军要放孤在地上躺多久？"

肖南回一个鲤鱼打挺跳起来，像个资深内侍一般狗腿子地贴了过去，将皇帝小心翼翼地从地上扶了起来："陛下可有受伤？臣实乃无心之失，但请治臣行为不

当之罪。”

皇帝不露声色地将手臂从她手中抽了回来，抖了抖袖子：“无碍。”言毕，他向着演武场的出口走去。

这是不练了？她连忙跟上去：“陛下当真无碍？不如让鹿大人帮忙瞧一下……”

话正说着，鹿松平已经鬼一样出现在他们面前。

肖南回怀疑，从她把皇帝摔倒那一刻，这人就已经时刻准备提剑进来砍死她了。

鹿松平却没看皇帝，而是先看了她一眼，表情又是那般奇怪。她不明所以，冲着对方疯狂地使眼色，示意他关注一下皇帝。

鹿松平这才将目光移开，行礼道：“陛下有何吩咐？”

皇帝脚下未停，向着西边走去：“孤外裳脏了，差人送件衣裳到小帐。”

果然，皇家子弟不禁夸，她刚才还想表扬对方勤奋刻苦，转眼连衣服沾点儿沙土都忍受不了，果然不适合学武。

肖南回一个分神的工夫，皇帝已经不见踪影了，鹿松平更是不知去向，只留她一个人在原地，冷风一吹，当真有些脸疼。

是她教得不好吗？她怎么觉得自己有点儿被人嫌弃了呢？虽然皇帝并没有苛责她，但她心中还是有些失落。到底还是她办事不力，丁未翔的担忧，她样样正中红心，真是令人气闷。

想着想着，她回莫春花帐子的脚步便停了下来。

都怪许束那浑蛋，拜他所赐，以往切磋武艺时她下手一向偏重，方才虽然克制了一番，可心中仍然有些没底。皇帝该不会是为了遮掩擦伤，才说是去换衣裳吧？可从皇帝的角度出发，他是绝没有为她做掩饰的必要的。可万一要是为了全个面子，所以才说无碍的呢？

想到当初他们离开霍州时，对方染了风寒还一路死撑的样子，肖南回越想越觉得有这个可能。她强烈怀疑皇帝有“报复她”的可能性，此时不发作不代表之后不会发作，不在她身上发作不代表不会对侯府发作。此事若不探个明白，她恐怕要被自己的胡思乱想淹死在原地。

坚定了这个念头，肖南回便向着营地西侧而去。

第七十七章

兔走触株

军营的西侧本是王帐所在，可皇帝并未回王帐，而是去了小帐。小帐具体在哪儿，肖南回是不知道的。但她可以用排除法来确认一番。

王帐平日会集众将议事，后面连着皇帝就寝的营帐。小帐则供小憩，理论上来讲应该不会与王帐隔得太远。

她远远地观察着，果然看到几个经常在皇帝身边晃悠的黑羽营的熟面孔，于是顺着那个方向摸过去，徘徊在几顶帐子之间。

然而这些毕竟是军帐，即便不是王帐，只是哪个将军的营帐，她也不是想进就能进的。她要如何才能表现得尽量得体一些，不动声色地打探到皇帝的消息呢？

肖南回远远地看了一会儿，实在看不出什么名堂，倒是把自己看得更加焦虑。想了想，她略微调整了一下表情，硬着头皮朝着最大的那顶帐子走了过去。

她方才走近几步，那门口的守卫便敏锐地察觉到她的意图。

黑羽营的守卫未等她走至营帐门口便颇为冷硬地出声阻止道：“此地非请勿入，何人擅闯？”

肖南回低头看了看身上，她今日没有披甲，演武场训练的衣裳看不出任何名堂，瞧着就像名普通的士卒。

她没再往前走，下意识解下自己右将军的临时腰牌递过去，又原地行礼道：“在下光要营右将军肖南回，不知陛下……”她边说边将脑袋向一旁探了探，想透过那微微掀起一点儿的毡帘偷窥一下里面的情况。

下一瞬，那守卫不动声色地往旁边站了半步，将她探究的视线挡了回去。

对方客气地将牌子还给了她，依军职向她行礼，只是头盔下露出的两道目光依然冷峻：“原来是右将军，不知将军有何事？”

肖南回咽了咽口水：“方才与陛下操练，尚有一二要领未曾说明。”话一出口，她便觉得这个借口真是烂透了。

那守卫仍是面无表情，定定地瞧着她。

“啊。”她顿住，十足僵硬地从腰封里取出一只小瓷瓶，“还有这瓶活血化瘀的药，正打算带给陛下。”她说这话的时候，手指就捏着那瓶子，因为太使劲而有些抽筋。

这是她早上起来刚从莫春花那儿顺来的羊脂，瓶子下面还沾着隔夜的羊腿油渍。她原本想着在外风吹日晒的一天下来，可以拿来抹点儿润润脸的。当然，这玩意儿也就只能润润脸。

她咽了咽口水，突然对自己这添油加醋的行为有些后悔。万一皇帝一会儿真的不客气地拿来往身上一倒，她可能就不只是欺君之罪，还得加上一条妄图“毒害龙体”的罪过。

她煎熬地等待着。终于，那守卫慢悠悠地开了口：“陛下不在此处。将军请回吧。”

什么？不在？！不在你早说啊！害她在这儿浪费半天的时间……

“或者将军可以把东西留下，在下定当代为转送……”

她嘴角一抽，连退三步，疯狂地摆手：“啊，不必劳烦，我晚些再来便是。”说完，她转身飞快地离开了现场。

肖南回疾走出去数十步才慢下脚步，心有余悸地回头看了看。

那守卫显然对她没太大兴趣，此刻连望都没朝她的方向望一下。

不知从何时开始，午后那股疾风突然就小了下来，一小队巡视的军卒方才走过，四周静悄悄的。

肖南回本想离开的脚步再次停了下来。她自认耳力不如肖准和伯劳，但也比寻常人要灵敏许多。她四处看了看，很快便确认了自己耳朵捕捉到的声音从何处传出。

那是方才她路过的几顶军帐中的一个，只不过先前她是从侧面经过，此时是在这帐子后面。

有细微的人声从那帐子底下的缝隙中漏出，虽然声音很低，但细细分辨，也能听出大概的方位。她小心地挪动脚步，向那声音所在处又近了几步。

这下她听得更真切了，声音确实是从方才她想进的那顶帐子里传来的。奇怪，不是说皇帝没在帐中吗？难道是在骗她？可骗她做什么呢？

肖南回是个很少好奇的人，但此刻不知怎的，却有些压抑不住内心的好奇。她说服自己，只是为了确认皇帝是否安好，悄悄地绕到了小帐的另一侧。

小帐的旁边有个十分低矮的小棚，和小帐也就一两层毡布相隔。平日里随侍的下人会将皇帝换洗的衣物和火烛之类的杂物暂放在这里，也是为了取用时方便些。宿岩天干物燥，十分容易走水，军营中对明火的管制十分严格，便是像这样的小棚也都四面密封得严实，避免风灌进来吹倒烛火。

这小棚子封得有多严实呢？肖南回几乎在地上刨了个洞才勉强从那棚布下面钻进去。

矮棚里黑黑的，她能听到自己的心脏因为刚刚那一连串的操作而怦怦狂跳。

她是掐着巡视兵交接的空当钻进来的，一会儿也要估摸着这个空当钻出去才好。

头顶临时用来搭棚的架木压得很低，她不敢完全站直身子，只小心翼翼地向那声音传来的方向摸索而去。

断断续续的男声越发清楚，她能分辨出那确实是皇帝的声音，可除他之外，再无别的人声。皇帝在自言自语？

肖南回又凑近了些，脸贴在那块用来分隔的油布上，用手指将那布轻轻地钩开一道缝。

夙未正背对着她，坐在小帐中一张长案的后面。他还是那身鸦青色的短打，甚至袖口和肩胛上沾着的灰印子都还在。果然，皇帝并不是来换衣服的。

她又往前挤了挤，将耳朵凑近了些。这回她倒是听清了。然而，她还是不知道皇帝在说什么。准确地说，她能清晰地听到他口中发出的每一个音节和音调，却完全不明白他说的是什么。

肖南回早年跟着肖准也是走南闯北过的，虽说不上是个方言通，但很多方言即便自己不会说，也多少听过些。可皇帝低声念的东西是一种她从来没有听过的语言，不像任何一州的方言。

外面的风声彻底停了，四周静得能听清男子顿挫的气息声。

尽管此刻正是午时刚过，天光正好，可小帐的帷毡遮得很严，四周的角落都黑漆漆的。

肖南回的目光落在那张案子上。案子上摆着一个烛台，那是眼下这帐子里唯一的光亮。而烛台旁边只有一样东西，好像是一卷简书，此时摊开一半，另一半仍卷在一起。是军报吗？天成军中何时有过这么长的军报了？

肖南回眯起眼，使劲盯着那卷轴上面的黑点点看了一会儿，勉强看清了一两个字符，却觉得那字跟鬼画符一般，看得她一头雾水。

一位帝王坐在案子前，眼睛看的不知是何处的文字，嘴里念叨的不知是何方的语言，这场景真的怎么看怎么诡异。

过往姚易曾给她讲过鬼上人身的故事，说的是鬼神挑选了合适的躯壳，便会想办法侵占这凡人的肉身，一番享乐糟蹋后便随意地丢弃。姚易还说，这有的人天生便是鬼神的“佳皿”，若无纯净的法力或法器加持，大半都会早夭。

肖南回眼前飘过那人手上的舍利珠串，心跟着漏跳一拍。即便眼下是一天中阳气最旺盛的时候，她还是莫名地感到背后一阵发凉。

方才一时兴起的好奇心令她有些忘了原本的目的，此时顿生冷彻惊醒之意，觉得她此番举动简直有如中了魔障，实在是千不该万不该的。真是离他越是近，便越是让她做出与从前截然不同的事来。

肖南回决心不等换岗交班的时机了，现下便尽快撤退。

几乎就在她心中动了这个念头的一瞬间，那低沉的吟诵声突然停了。她瞬间便不敢动了，只能维持着原本的姿势，全身上下只眼珠子朝那人的方向转了转。

皇帝仍坐在案前，停了片刻，将案上的东西卷起收好，随后慢慢起身。他做了一个略微舒展身体的姿势，收紧的衣裳不似他先前所穿那般宽大飘逸，只将平日里瞧着有些瘦弱的身形勾勒出分明的宽肩细腰来。随后，他开始慢条斯理地除去腰封，脱下那件沾了灰尘的外裳。

肖南回的眼珠子赶紧转了回来，呼吸都急促起来。然而眼睛看不见，不代表耳朵听不见，那厢窸窸窣窣的声响不断传来，过了一会儿竟有脚步声朝着她的方位走来。她一惊，连忙低下头去，不承想头上的簪子钩住那半块油毡布，被猛地一扯。下一瞬，她只觉得头皮一紧，半边的头发瞬间散了下来。她急忙抬起右手向头上摸去，却怎么也摸不到原本簪在头发的玉簪子。她任头在矮棚的地面上摸了一番，还是什么也没有。

这一刻，肖南回终于明白了什么叫祸不单行。她从刚刚开始就狂跳不止的心此时有些跳不动了。她屏着呼吸，目光紧紧地盯着近在咫尺的那道身影。

皇帝的身形就立在离她鼻尖不过两步远的位置，还保持着将外裳拎在手里的姿势。

时间仿佛凝固在这一刻，不知过了多久，那身影再次动起来，将手里的衣裳放在一旁，随后向不远处立着的木衣架子走了几步，似乎是在思考接下来要换哪套衣裳。

肖南回趁着这空当，赶紧将手从油布间伸了过去，小心地在那堆柔软的绸布间摸索。

油毡布的那一边正好是一张软榻，榻上堆了几件衣裳，也亏得这几件衣裳，她的簪子落下时才没有发出声响。

她找得心急，没注意许多，只觉得手指突然划过一块冷硬冰凉的东西，似是玉的质地，她连忙抓在手里，缩回油布里。

没等她再细细分辨，不远处那人取了衣裳又走了过来。

透过那布间的缝隙，她看到那半敞开的轻薄里衣内是一具若隐若现的男子躯体，连细腻皮肤上起伏的筋骨线条都看得一清二楚。

肖南回瞪大了眼睛。转瞬间，她也不管那人是否听得到声响，逃也般地从矮棚中爬了出来，末了连自己方才刨的坑也忘了填回去，几乎是一路小跑地离开了

营地。

小帐里，身形修长的男子正眼睛一眨不眨地盯着软榻后的那块油毡布，过了好一会儿才不紧不慢地继续更衣。

他穿衣的手法甚是利落，根本不像个让人从小伺候到大的君王。他才系好中衣，一阵急促的脚步声便从帐子入口处传来。

夙未狭长的眼微垂，他将那微微掀起一角的油布抚平："放肆。"

他的声音很平静，传递出的压迫感却令那守卫瞬间停下脚步，隔着一层纱帐跪下请命道："属下贸然闯入，还请陛下恕罪！敢问陛下是否一切安好？"

夙未拎起那软榻上月白的外裳，一件东西随之掉落："孤安好。何事慌张？"

"属下方才听到矮棚那边有异响，查看后发现北边的地面被人掘了个洞，看着像是——"

夙未突然悠悠地开口打断道："倒也未必是人。"

那守卫有些愕然："什么？"

"孤说那刨坑的未必是人。"夙未浅浅地笑着，手里把玩着方才捡起的簪子，"此处本就是荒野之地，说不定只是一只昏了头的野兔罢了。"

大营北侧，光要营右部营帐前，肖南回揉了揉有些发抖的腿肚子，心方才平静下来。她抬头看了看日头，似乎才过未时。回想这一天的遭遇，她只觉得时间格外漫长。

路过的同营将士迎面走来，正要同她问好，瞧见她半是披散的头发都是一愣。

肖南回这才反应过来，自己就这么披头散发地跑了一路。她心有余悸地摊开手心，看清自己顺出来的东西的一瞬间便有些呆住了。簪子呢？她的簪子呢？

被冷汗浸湿的手心里只有半块狭长的玉佩，被削掉一半的韘形佩。韘形佩本就少见，削掉一半成这种形状的更是少见。可她不久前就刚刚见过一块。

肖南回彻底糊涂了。这难道不是……那晚她在康王行宫里看到过的玉佩吗？她在雪迷殿晕过去再醒过来的时候，玉佩已经不在她身上了。可是，怎么会在这儿？怎么会在……那人的帐子里？

第七十八掌

紫贪食日（上）

军营中的帐子大多是行军所用，按照屯、伍、队、卒依次划分，各小营归属不同的大营掌管，行军驻扎时排列分明。

就在光要营和黑羽营两处营地的分界处，有一顶明显多出来的小帐子。此时，那小帐子中隐隐传出南羌女子低沉婉转的歌声，透着一股悠然自得的开心劲。

随军生活最紧要的就是懂得“抓住好时候”。这是莫春花悟出来的真理。在这种难得不用担心衣服被风吹满沙子的好天气，她要抓紧将能拿出去晾晒的东西都晾出去。

抱着最后一捆羊皮褥子往外走的时候，她迎面和一个人撞了个跟头。

因为手里抱着东西，莫春花的重心有些不稳，被撞得一屁股坐在了地上，粗硬的沙土地将她的屁股硌得生疼，羊皮褥子也散了一地。

她抬眼一看，就瞧见肖南回的一张大脸，神色忧郁得很。

莫春花鼻孔出气：“肖南回！你是眼睛里糊了眼屎吗？！瞧不见我正往外走吗……”

半晌，对面没有反应，她爬起来才发现，肖南回已经将地上的羊皮褥子捡了起来，抱进了帐子。

莫春花一撩帘子，紧跟在后面，瞧见对方的后脑勺，半张着嘴，怔然开口问道：“你……你的头发怎么……”

肖南回暂时没工夫搭理她，将羊皮褥子往榻上一扔，一屁股坐在上面，一脸心事。

半晌，莫春花终于把嘴合上了，脸上却显出一种有些猥琐的神情：“哦，我知道了。”

对方那声“哦”音调拉得老长，听得肖南回耳朵发烫。她愤愤地回头：“你知道个屁。”

莫春花对她的反击毫不在意，依旧两眼放光：“那你倒是说说看，为什么你去教皇帝习武教得头发都散了？”

肖南回手里摩挲着那半块玉佩，心里有些发苦：“我问你，先前皇帝的起居可是你在料理？”

“料理过一阵子。为啥问这个？”

肖南回五指张开、合上，又张开，又合上，最终艰难地问道：“那个……你可有见过皇帝的常服中有月白色的衣裳？”

莫春花两眼望天：“皇帝那么多衣服，我哪里记得过来？”

“唉。”她沉沉地叹气，“那就是有了。”

“有又怎样，没有又怎样？你倒是说清楚啊！”

说清楚？

“我自己都不清楚，又要如何同你说清楚？”肖南回有些郁闷，郁闷之外又生出些怕。她也不明白自己在害怕什么，只觉得不能细想先前的种种，对那细想的结果尤其不愿面对。

她从榻上坐了起来，决定换个话题：“我没在的时候可有书信传来？”

莫春花显然对她上一个回答有些不满，扭过头去：“没有。”

肖南回不死心：“一只鸟都没看见过？”

莫春花悄没声地拿了肖南回的一缕头发，绕在手指上恶狠狠地打了一个结：“这事，你该去问那个姓鹿的。”

肖南回眨眨眼，这才想起之前的事。

自从与伍小六等人分别，夜枭已经很久没有来找过她了。她自然失去了伯劳、夙平川等人的消息。

这都拜鹿松平所赐。

前方战事吃紧，这几日大军频繁离营，鹿松平加强了王帐所在位置的守备工作，一切规章制度都日渐严苛。便是连传书用的鹰鹞都禁了，军报只依靠战马快传。

肖南回起先不解，后来才有些明白其中的缘由。

传闻南羌人某部族乃是当年枯衣氏后人，能识鸟兽语。鹿松平疑心病很重，加上之前夜狩蝠群的经历，他只觉得任何可能泄露王帐所在的隐患都要从根本上杜绝。

也不怪他如此小心，帝王亲征，又无子嗣，一旦有个三长两短，天成必将大乱。

她又想起数月前离开阙城时被护送入宫去的那一群妙龄少女，也不知皇帝亲征前是否一一临幸过那些美人，为自己留下一儿半女呢？

莫春花见她许久不语，又凑上前来：“瞧你差事结束得这样早，闲着也是闲着，不如再教我几招？”

肖南回瞥她一眼，故作懒散：“闲着也是闲着，不如躺着睡大觉。”

莫春花瞧着那张懒洋洋的脸，气不打一处来，抓住对方屁股底下的羊皮褥子

奋力一抽："睡大觉？我看你今晚都别睡了！"

肖南回只觉得一股大力袭来，自己一屁股坐在了地上。莫春花得意地看着她，然后转身要走，她上前一把抓住羊皮褥子夺了起来。

莫春花虽然有一身蛮力，但到底不如肖南回这个习武的，僵持了一会儿败下阵来，左右又有些气不过，伸手去掰肖南回的手腕，方一下手，掌心便被什么东西硌了一下。

"哎哟！"她痛得松了手。

肖南回后知后觉地抬起手来，这才想起来手腕上还戴着个环。方才莫春花的手便是被上面那尖锐的凸起刺了一下。

"怎样？"她有些抱歉。

莫春花却又气又委屈："你这个死婆娘，就知道欺负我！"

肖南回挠了挠头，声音低得像蚊子哼哼："这是皇帝给的，又不赖我。"

嗯？皇帝给她这玩意儿的时候好像说过这是个可以出入他左右的凭证？那她方才在小帐外折腾的那一遭又算哪出？肖南回脸上的表情更加悲愤了，抬起手腕的那一瞬间，她突然又想起来一件事。将那铁环转了转，她果然瞧见了錾在那个凸起处的古怪文字。先前她没太留意，因为她根本不认识那个符号，以为那可能是黑羽营的什么标志。可这几天下来，她并没有在黑羽营其他地方见过这个标志，直到刚刚……

"莫春花，你认识这个吗？"

莫春花手掌仍火辣辣的，气呼呼地看她一眼，咬着嘴唇不说话。

南羌算是异族，有些部族还保留着上古时候使用的文字，莫春花虽然没进过书苑，但应该比一般的天成人见多识广那么一点点。

肖南回厚着脸皮凑近些，拿出从前同姚易打交道时练就的本事："你帮我瞧一眼，我教你三套拳法。"

莫春花"哼"了一声，朝她勾了勾手指，肖南回连忙将自己的爪子递了过去。

莫春花前后左右地看了一阵，直看得肖南回有些焦躁："你到底认不认识？"

"别吵。"莫春花又将那铁环离近看了看，胸有成竹地说道，"认识。"

肖南回两眼放光："当真？是什么？"

"不知道。"

肖南回一口气憋在胸口，化作一声咆哮："不知道你说认识？！"

莫春花掏了掏耳朵，瞪着两只无辜的大眼睛："我见过，自然是认识，但我又不知道这是什么意思。"

肖南回顺了顺气："在哪儿见过？"

莫春花做低头沉思状："就……我很小的时候，还没进府那会儿，有一次旁边

寨子里的公羊跑出来吓到了我，我梦魇了三天三夜。我阿嬷请了一个过路的老法师来作法，我记得他的铃杵上就有这个标志。”

小时候？梦魇？法师？肖南回皱起眉头：“你……确定？”

莫春花非常肯定：“嗯，我确定。看起来真的差不多。”

肖南回叹口气，觉得自己在浪费时间，还是等到回阙城的时候再去问姚易好了。

“不过，你为什么突然想起来问这个？这手环不都在你手上有些日子了？”

肖南回抿了抿嘴唇，没说话。她眼前闪过的是方才那光线昏暗的小帐内那卷摊开的书简。

这一切都是巧合吗？皇帝在看的究竟是什么呢？

自从那日演武场的大风过后，戈壁中四季不停歇的风似乎突然消失了。

肖南回平日里用来挡风沙的巾帽已经被她扔到了角落，只偶尔想起来时翻出来包一包头发。她那根从阙城开始戴了一路的簪子是彻底找不回来了，她只得学着莫春花的样子将头发编起来，末了用布绳胡乱地捆一捆完事。

而教习皇帝这门差事自那日之后居然也就那么不了了之。皇帝以军务繁忙为由，不再召见她，就连鹿松平也忙得不见人影。她甚至有种错觉，或许应承学武一事根本就是皇帝为了让丁未翔安心上路的“缓兵之计”，而鹿松平那厮也一早就有所察觉，只是配合演戏罢了。

想到这儿，肖南回心底有些说不出的小失落，她把这归咎于对皇帝“不上进”的惋惜之情，便将教习的热情全部投注到莫春花身上，直把对方练得腰酸腿疼、叫苦连连。

私心作祟，她又将营里巡视的活揽下来，带几队人在附近侦察，借此机会爬上沙丘登高远望，希望能看到夜枭的身影，却还是什么也没等来。

皇帝虽要她“贴身”随侍，却并不会像带丁未翔那样时刻将她带在身边，她偶尔仗着手环在王帐跟前晃荡片刻，也是希望能听到关于肖准的消息，哪怕是丁未翔的消息也好。

丁未翔许诺过三日可达上游，可不知为何，白氏的人近来突然便停止了在三目关一带的试探，就像已经听到什么风吹草动一般。

两方暂时休战，交战线上却透着令人不安的寂静。胆大的秃鹫时常盘桓在天沐河裂谷之上，聚集分食着战死兵卒的尸身，如黑云一般，百里之外仍可见。

肖南回接连两日都睡得不太踏实，虽达不到失眠的程度，但每到夜里子时初左右，她都会莫名其妙地醒来。她觉得这和最近有些反常的天气有关。

前日，随军的太史令向皇帝请罪，请罪的原因是，未能尽到日观天象的职责。

宿岩是古时地名，意为星宿之岩，只因此地古时便空旷、晴朗，地势高处是观星的好地方。这样的地方竟然接连数夜不见星辰，只有一轮模模糊糊的月亮挂在天上。

莫春花前几日晒毡毯忘了收进帐子里，几张羊皮一晚上的工夫便好似被丢进河里泡了水一般。这在宿岩这样干燥到拧不出一滴水的地方实在是件荒唐事。

一眨眼，距离丁未翔离开已经过去了五六日。

为了节省用度，帐子内的油灯早早便熄了，肖南回在黑暗中睁着眼，盯着头顶粗糙的油毡布发呆。耳边已经响起莫春花熟睡的呼噜声。这姑娘这几日累得很，一沾枕头就不省人事了。

肖南回翻了个身，藏在枕头下面的那半块玉佩便露出一角来，直落在她眼里，彰显着自己的存在。她愤懑地将它塞回枕头下，又狠狠地合上眼，心中默念，眼不见心为净。她应该为肖准担心才对，却总被这没头没尾的事分了心。

或许等到丁未翔得手，各路大军便会在碧疆会合，到时候她就能名正言顺地见到肖准了。他们重逢的情形会与以往不同吗？毕竟他们许久未见，他还没见过她披甲的样子，会不会认不出她来呢？她的嘴角微微勾起。没有关系，她能认出他就好。

可转念想到肖准沙场搏命，生死一瞬，她却只能窝在这憋屈的小帐子里做劳什子的皇帝近卫，肖南回的心里又火烧火燎地难受。她只期盼那关于战事的转折点快些到来，届时无论结果如何，她定要请命回到肃北营，再与他并肩而战。

在各种纷杂烦扰的思绪中，肖南回陷入了轻浅的睡梦之中。

细细碎碎的记忆碎片混合着帐子中越发潮湿的空气，将她的脑子搅得昏昏沉沉。恍惚间，她又回到了那晚彤城的康王行宫。

头顶盘踞的巨大兰花消失了，从雪迷殿正中的天井望出去，那里悬着一轮又大又圆的月亮。

滴答，滴答。有什么液体滴落在地板上。

她低头看向自己的手，手心里静静地躺着那半块玉佩，上面还滴着水，仿佛上一瞬才从池水中捞出来。

她环顾四周，倾倒的桌案残局却消失不见，只有一个月白色的身影背对着她，就站在碎裂的王座前。

“南回。”有人唤她，是她最熟悉的声音。

肖南回欣喜地转过头去，果然见到肖准的身影就立在大殿的门口。月光从他背后轻柔地洒进来，勾勒出一道剪影。

她有些看不清他的表情，但他唤她的语气是那样熟悉而亲切。

她的脚步不由自主地想要向殿外走去，可走了几步，她似乎想起来什么，又

停了下来。她慢慢地转过头去。那道月白色的身影还立在王座前，安安静静，一动不动。

一个声音在她的心底说道："肖南回，你得看看这个人究竟是谁。"双脚仿佛着了魔一般，她掉转方向，向着黑暗中的王座走去。

"南回，不要过去，那里很危险。"肖准的声音在她背后响起，隐约透着一丝焦急。

危险吗？她好像也知道那里很危险，但只看一眼应该没有关系吧？"只看一眼，义父。"看过，她就可以放下这件事，永远不再想起了。

十步远、五步远、三步远。她已经能看清那人衣摆上的花纹了。

"喂？"她想开口唤那人，那背影却在下一刻缓缓地转过身来。与此同时，风云突变，乌云遮月，整个大殿转瞬间陷入一片黑暗之中。她吃了一惊，茫然四顾时，一只手牢牢地抓住了她的手腕，钢铁一般，难以撼动。

眼前的那抹月白已被黑暗吞噬，空气中是逼人的潮湿气味，像腐朽的墓穴散发出的气味，令人感到恐惧和战栗。

她吃惊地想要退缩，却无论如何也挣脱不了，回头望向大殿的门口，肖准的身影已被慢慢淹没，消失在她的视野中。

"义父！"她听到自己心底的呐喊声。

"不，不对，不该是这样的。醒来，快醒来。"

肖南回在害怕与后悔中哭着睁开了眼，映入眼帘的仍是头顶粗糙的油毡布。她有些头昏脑涨，胡乱地爬起身来，摸索着将平弦抱在怀里，心情这才慢慢平静下来。

还未听得营地中打更人的动静，她不知现在是什么时辰，只觉得帐子外的天色依旧阴沉。空气里的潮湿味越发重了，像她梦境中闻到的气味。

"莫春花？"

黑暗中无人回应，只隐约传来翻身的声音。

若按平时，肖南回应该会躺回床上，继续睡上一觉。可今日不知怎么了，也许是方才的噩梦令她有些后怕，她现在清醒得很。想了想，她穿上靴子向着帐外走去。

撩开营帐的一瞬间，她险些以为自己的眼睛出了问题。她伸出手在眼前晃了晃，只瞧见两团模糊的影子，复低头看了看双脚，只瞧见靴口的一点儿灰白。她往前走了几步，再回头时，已完全瞧不见帐子口在哪里。

她左肩旁垂着光要营的大旗，饱经风霜的旗面起了绒毛。可此时那上面连一根翘起的细线都纹丝不动。

营地中的火把好似散落各处的鬼火，月光彻底消失不见。四周静得可怕，仿

佛一切都已消融在这如梦一般的朦胧之中。

是雾，百年一遇的大雾。

打更人的声音断断续续地传来：“丑初，昧旦。夜之将尽，熹微有盼……”

肖南回朝着那声音寻去，一把抓住打更人的肩膀：“这雾起了多久了？”

那人吓了一跳，看清来的是人不是鬼后，才缓了缓，开口答道：“约莫……约莫三更刚过的样子便起了。”

三更过？那便是已经起了有阵子了。

“今天是什么日子？”

“回大人，十月廿六，大雪了。”

第七十九章

紫贪食日（下）

肖南回曾经与肃北营的一名老中尉交好。对方在战场上救过她一命，后来她请对方在望尘楼喝过酒。

老中尉酒过三巡，拍着她的肩膀传授了自己久经沙场的个人经验——危难之中，能救人一命的往往不是智勇谋略，而是人的本能，而本能往往是在无数次危难之中练就的。

眼下这场大雾，让她想起在碧疆的最后一天那随着霜降寒潮而来的安律与藏在阴影之中的“仆呼那”。那种危险靠近的感觉是如此强烈，经历过一次便不会忘记。

这雾不对劲，她要尽快找到鹿松平才行。

因为一早将吉祥留在了纪州，归营后，肖南回一直没有固定的坐骑，现在只能步行。她依靠先前在营地中摸索时的记忆，前往最靠近西边的岗哨。

就在此时，浓得散不开的白色中有什么声音由远而近地传来。

嗒嗒，嗒嗒，是马蹄声。

她很紧张，仔细分辨，却只听得一匹马的声响。

马蹄声越来越近，并不急促，像有人在放马散步一般。

终于，一个轮廓自浓雾中渐渐显露，黑漆漆的一团。那是一匹马，一匹黑色的马。马背上光秃秃的，骑手已不知去向，似乎就只是从马厩跑出来的一匹战马而已。

马走得又近了些，似乎没有停下来的意思。

肖南回犹豫了片刻，走上前去，想去牵那马的缰绳。

看清那马鞍的瞬间，她的手一顿。不对，这不是普通的战马。寻常的战马不会在马头上拴红络子，也不会在马鞍上镶嵌白宝石，更不会用上好的丝缎做不经磨的鞍面。不过，那都不是最重要的原因。她之所以会对这匹马有印象，是因为她见过它。这是……夙平川的马，那匹雄赳赳、气昂昂、通体漆黑的高头大马。

她一把抓住缰绳，微微使力，那马终于慢慢地停下脚步，四只漆黑的蹄子稳

稳地落地。她这才发现马的四只马掌已全部被人剔除，因此她方才听到的马蹄声并不响亮。她凑近瞧了瞧，只见马蹄边缘几乎翻起。那是走了很长的路才会留下的印记，而马嘴旁已经干涸的泡沫也说明了这一点。

先前因为黑色的皮毛而不明显，此时离近了她才发现，那马的双眼之间似乎被人画了个奇怪的符号。

肖南回轻轻地抬手摸了摸，轻捻手指过后，指尖留下一片发黑的红色。那是还未干涸的血迹。

下一瞬，那马突然受惊一般嘶鸣起来，任她好一阵安抚才渐渐平静下来。

顺着马尾的方向望去，地面上一道浅浅的坑洼伸向迷雾之中。那是马蹄留下的印记。

肖南回的心瞬间沉到了底。

昼夜交界之时，天地间最是混沌一片，也是人最为懈怠、疲惫的时候。

丑时初至寅时末往往是两军交战时偷袭的最佳时刻，因此军营中多会增强守备，夜巡的队伍也都会挑选最有经验的伍长来带领。

今夜负责营内巡视的伍长是雁翅营的老兵，数月前方从南境守军撤下来。对于营地守备，他向来熟稔，但对于宿岩这又干又燥的鬼天气，他是非常不适应的。这种不适两天前方才有些好转。可惜好景不长，今夜又出变故了。

半刻钟前，他听到营地西侧的角鼓被擂响。

对行军驻扎的营地来说，烽火燃燧都是示警联络的惯常手段，但以今夜的情况来看，便是再大的火光也穿不透这厚重的雾气。然而擂鼓是非常紧急的时刻才会采取的示警行为。他心下有些忐忑，却又存着一丝侥幸。

这雾确实有些不太寻常，但也不至于因此自乱阵脚。他在南境的时候见多了各种雾瘴。

营地中因为擂鼓声而起了骚动，然而还未等他带着手下赶到，那鼓声便停了，随后一阵急促的马蹄声自营地正中传出，似是有人纵马疾驰而来。

军营中除加急军报，严禁纵马疾行，一旦被抓，可不是挨几军棍这么简单，革职降级都是小事，严重的可能还会连累上级。

持军报者会鸣哨示意，此人却并没有如此。伍长示意手下做好将来人拦下的准备，想看看究竟是哪个不长眼的偏在这当口赶着送上门来。

然而还不等他履行自己的职责，一匹漆黑的高头大马便冲出雾气直奔他而来，那纵马而来的人转瞬间勒紧了缰绳，一个翻身便落到他近前。

他猛地抽出佩刀，透过模模糊糊的雾气，这才看清来的人是谁：“右将军？”

“鹿松平呢？”

鹿松平虽然不招人待见，但好歹是一营校尉，怎能直呼其名呢？这女娃娃，年纪轻轻就封了将军，果然是不知天高地厚，轻浮得很……

伍长皱眉："将军可知在军中纵马疾行乃是一等重罪，若是冲撞了——"

肖南回一把揪起那人的衣领，两眼仿佛要喷出火来："我问你，鹿松平呢？！"

伍长被眼前人疯疯癫癫的神情惊得一愣，随即反应过来："方才擂鼓的可是将军？究竟出了何事——"

"不好的事。"肖南回话音未落，一道身影已鬼魅般出现在她身后。

鹿松平只看了一眼那匹黑马，面色转瞬间便沉了下来："这是左将军的马。"

肖南回点头，急切地将那马身上的痕迹展现给对方看，又将先前夙平川在碧疆被俘的事飞快地说了一遍。她还未来得及说出自己的推测，鹿松平已然有了判断。他解下一直悬在腰间的铜号角："速传各营，按先前部署，准备迎接敌袭。"

如果非要给鹿松平这人安一个字，肖南回会选"算"这个字。

就像那晚在彤城的康王行宫，她对他使了"调虎离山之计"，但他几乎立刻便算到有事要发生，于是杀了个回马枪，将她堵死在雪迷殿内。还有上次夜狩蝠群、彻查叛贼一事。这或许就不难解释，为何他武功或许不及丁未翔，却能担任一营校尉。

但这一回，就算是鹿松平，也算不到这一遭。

他算到宿岩一入九月便北风肆虐，风会带走营地的烟火气息，因此将驻扎地点选在天沐河的下风口，却没算到会有大雾从西边来。

他算到飞鸽传书可能会暴露营地所在，因此早早便规范了军报传递的方式，却没算到数月前战败将军的马竟能"识途而归"。

肖南回能够理解鹿松平的懊恼，但又隐约觉得，这一切并非他的疏忽，而是白氏在逆天而行。

宿岩向来干燥得拧不出一滴水，怎会起雾？马通人性，战马更是与主人心意相通，怎会轻易听外人差遣？若说其中没有南羌人做过手脚，她是一万个不信的。那马额头上的血符就是最好的证据。

若是数月前，有人同她提起咒语符法一说，她定是笑而不语，只当听个乐子。每年去寺庙并不代表她是个笃信鬼神之说的人，但自从与那人有了交集，她的生活中就时常发生以她现有认知所不能解释的诡异之事：飞线杀人、神秘难寻的仆呼那，瘦小狠戾、出手成风的安律，荒原百里中诉不尽的奇诡传说，还有……那帝王本身。或许不是她自己成长了，而是不知不觉中被人改变了。从前的她是眼中只见晴好、不见阴损的习武之人，如今却也懂得欣赏如鹿松平一般的阴沉诡诈

之辈。她不知这种改变是好是坏，只觉得等到回到阙城再遇到许束那衰人，自己或许战力有所提升，再也不用吃亏，如果她还有命回去的话。

此次西征兵分三路：北路先前一直以卫将军夙远修为首，带领光要营主力军自垤莽岭围困碧疆；中路以青怀侯肖准为首，带领肃北大军从彤城西入直插三目关；唯有帝王亲征的这支队伍行迹叵测。

传说中，天成黑羽营只伴王驾左右，白氏却在三目关峡谷中捡到了黑羽营的箭镞。这大大影响了白氏对碧疆形势的判断，从而错失了阻挡天成大军挺进宿东的时机，虽然此后白氏利用一早埋伏在天成内部的暗桩破了光要营的包抄突袭，但看似胶着的战局实则已向不可逆转的形势发展。

对白氏来说，两方军力悬殊，如果不能在短时间内迅速扭转局势，那天成大军深入碧疆腹地将其吞并是早晚的事。

一切都只是时间的问题。除非他们能直接斩杀王座。

身处局中的皇帝不会不明白这个道理，虽说在天沐河西岸驻扎有地势之优，但除此之外，他似乎再无其他防备，为了配合三日后击毁水坝后的部署，他甚至将大半军力调离王帐，只留了黑羽营半数和其余各营总计不到两万的军力。

肖南回多年后梦回那一天，仍会以为那人是故意为之、诱敌现身的。又或者他其实也是百密一疏，险些因此丢了性命。可还有一种可能藏在她心底深处，便是那人总是带着一种一心求死的可怕念想，方才处处兵行险招，就像他彼时微服入霍州一般。

当然，这些都是后话了。

此时的肖南回根本无暇思考这些问题，她被裹挟在风雨欲来的巨大焦虑中，只留身体在机械地执行着鹿松平派兵部署的命令。

天成军队行军变换阵形、用旗，只有危急和进攻时刻才会吹角。而此刻的营地百里内仍是一片浓雾，漆黑不见五指，如此情形对所有的天成将领士卒而言都是一次巨大的考验。

鹿松平那阴郁到有些病态的脸此时在雾色中竟透着一种令人信服的可靠感。毕竟所有人都相信，要想对付狡猾而变态的敌人，只有祭出更为狡猾变态的将领才行。

如今营中第一狡猾之人在王座之上，第二便是鹿松平。

彤城之乱时，鹿松平隐去校尉一职，以州牧身份前去稳定大局，足以见其掌控局势的能力。传闻黑羽营最是灵活善变，行军布阵之法多至九九，攻守兼明，寡众各益，是众多营阵中最难缠的一支。

然而此时形势颇为严峻，黑羽营多弓箭手，善远攻，而不善近战，必须占据有利的地势和开阔的视野，才有可能制敌取胜。眼下的大雾无异是对弓箭手能力

的巨大折损，这还不算宿岩一带多平坦地势，一旦引发追逐战，弓箭手很容易便会被碧疆的骑兵一网打尽。而此时发出求助信息，最近的天成大军也要至少三日才能赶来。到了那时，皇帝的尸骨都凉透了。

鹿松平心里清楚这个道理，每一个天成将士心中都明白这个道理。所以，这一战不能败，即便战到最后一人，也要捍卫王座。肖南回的位置便是那王座旁的最后一人。

为了不错过一丝的风吹草动，一切有声响的东西都必须在此刻保持安静。

铜鼎更漏已断，只有手臂长的计时香在安静地燃烧，纤细的青烟一缕缕绕在半空中，撩拨着人敏感紧绷的神经。

时间还在一点一滴地流逝，然而透过马车的缝隙向外望去，外面的天色与一个时辰前没有半点儿差别，依旧漆黑如墨。

肖南回坐在马车里，握着平弦的手沁出一层冷汗。

以前在战场上，她从来都是冲在前面，在刀尖箭雨中求胜，她从未胆怯、后怕。可此时待在这马车中，她却有了前所未有的恐惧。她肩上的责任太大了，一旦出错，她将付出远远超出预计的、最沉重的代价。而那代价或许远非她一人之死可以承担。

“在想什么？”皇帝的声音在黑暗中沉沉地响起。

不知为何，此时听到这有些喑哑的声音，肖南回竟生出一种安心的感觉。这声音告诉她，尽管她身在黑暗之中，也有人同她一起。

她吸了口气，尽量让自己的声音听起来不那么紧张：“回陛下，在等天光。”

黑暗中传来窸窸窣窣的声响，是上好绸缎舒展摩擦的声音。她感觉到一个温热的物体凑近，在她脸庞右侧几寸远的地方停住，似乎是在望向窗外。

“昨日丑寅交界之时破晓，现在早已过了日升的时辰。”

肖南回微微侧过头去，夙未的脸在晦暗中显得更加莫测，像她遥远梦境中的那团黑影。

“今日不会有天光了。”

黑黝黝的天际不见日月星辰。太阳被“吃掉”了。

第八十章

雾隐

传闻，古时天成西南的谷地中生有赤色蛟，毒害甚烈，然年幼时色黛而无毒，便连鹰雀也可随意啄食。于是此蛟幼时便习得一本领，可于风雨雾气中不吃不喝七日，直到长出可以躲避天敌的斑纹。后人称此藏身避害之举为“雾隐”。这也是鹿松平给予此次应战行动的秘密称号。

皇帝的车驾悄无声息地隐匿在天成军队的辎重车中，就像蛟龙隐藏在雨雾之中。这辆马车内部浇铸了生铁骨骼用来加固，车壁也比一般马车足足厚上寸余，然而外观与其余装载军需物资的车并无二样，周围部署也无重兵。那些看似普通、散漫的步兵实则都是各营翘楚，当中有些熟面孔，便是黑羽近卫，皆可以一当十。

计时香最后一截燃尽，灰烬落入盘中，悄无声息。

寅时已过，卯时接计。

肖南回迅速又点燃一根香，仿佛只有看到那烟再次袅袅而出，她的心才能平静一些。

做完燃香的动作，她再次将身体伏下去，整个脸侧贴在马车底板靠近车毂的地方，细细地听。

大地传来的隐隐震动正由远及近，不知是否雾气的缘故，听起来分外模糊。

“骑兵夜袭，大都会包覆马蹄，先遣的几支轻骑往往并无声响。”

夙未的声音在她头顶响起，她心不在此，一时未有回应，只继续听着。

不知过了一刻还是半刻，一声明显重于嘈嘈之音的钝响传来，似石子入深潭之中。那是鹿松平一早在高处布下的礌石。

此处地势过于开阔，即便有小丘可以略起高势，也不足以似峡谷中那般，以礌石做伏，砸杀敌人。

只是鹿松平的礌石并非用作杀敌，而是为了确认白氏骑兵与天成军队的距离。

骑兵多负重，行过之地必有震颤，礌石受到震动滚落，天成众将便可听音辨其方位。

眼下听得响动，便说明敌军已挺进至天成守军外围。肖南回这才起身，将马车车窗内侧铜铁所铸的板子放下，车厢内瞬间又黑了几分，只有计时香上的一点儿红光明明灭灭，透着一股脆弱不堪。

男子低沉的声音打破了这令人窒息的寂静："该来的迟早会来。"

肖南回眨了眨眼，试图在黑暗中分辨出那人的轮廓，然而最终什么也看不见。她口中发干，只想说些什么来令自己心中有些底气："臣先前在三目关曾目睹黑羽营阵法之变幻无穷，南羌蛮夷善强攻，不善阵法，真要对上兴许还能占得一二先机。"

"黑羽阵法重在变幻，可今日大雾，敌人方位都辨不清，阵法便是一盘死棋，早晚会破。"那声音停顿片刻，又悠悠地响起，"肖卿不知，黑羽阵法变幻以琴音为令，除孤外，无人能驱使。"

肖南回气息一滞，下意识地反问道："那要如何应对敌人奇袭？万一对方有备而来，反利用地势将我等困死在这里怎么办？"

"鹿松平布局，形多散落，而非聚集。若想围困，非百万大军不可。至于如何随机应变，黑羽营当与其余各营无异，既然旌旗不可见，便以錞钱于鼓角之声为进退。然此机制，白氏亦知晓。如此说来，确是天成失了先机。"

皇帝每多说一个字，肖南回心中的石头便更沉一分。她咬着嘴唇，总觉得对方像有意加剧她内心的紧张，却又不敢开口顶撞，只能自行将那份惴惴不安压下。

就在此刻，另一种奇特的声响透过厚重的马车车壁传来。

有呜咽声自半空中传来，似鹤在云中悲鸣，紧接着化为沉重的鼓点，狠狠地砸向大地。这是万箭齐发的声音。

鹿松平开启了第一轮远程攻势。

凝滞的空气阻隔了厮杀的怒吼和战死者的哀号，但她此刻不由自主地在内心描绘着那杀戮的声音，就像牢牢地握紧最后一张符咒。

"鹿松平麾下的黑羽箭手持有破云箭千余支，此箭不仅可配合落日长弓做远攻，力度更是霸道，百步之外仍可穿甲而过。臣先前见识过一回……"

"你可听闻过犀兕之甲？"

肖南回顿住，茫然地摇摇头。

"自远古以来，碧疆一带便盛产奇珍异兽，其中游牧族人不喜金铁为甲，反以兽革为甲。而羌人更善鞣犀兕以为甲，坚如金石，可寿百年。惯常的刀剑难以贯之，便是破云箭，威力亦要减半。"

她越听，面色越急："鹿中尉可有应对之策？"

"据孤所知，并无。"

她一时哑然，顿了顿道："那该……那该如何是好？"

“犀兕之甲甚是珍贵，总不至于万人大军人皆有之。能杀一百是一百。”言毕，他摆摆手，像在解释一件无关紧要又有些乐趣的小事一般。

肖南回有些呆愣，她几乎有种皇帝在同她开玩笑的错觉。可眼下的情景实在让她无法沉浸于任何好笑的事情中。她不是疯子，实在是笑不出来。

夙未的目光在黑暗中轻易便捕捉到了她的表情。他歪了歪头，眼神有几分笑意：“卿不愿与孤同日死？”

肖南回欲哭无泪：“陛下莫要再打趣臣。陛下乃真龙天子，寿同天地，自有神佛护体——”

夙未轻嗤一声：“又无旁人，何必道此托词？”

肖南回再次语塞。

“都是凡躯肉身一副，假借神明之意又是何必？”

她思索片刻，终于定定地摇了摇头：“虽都是生而为人，命却各不同。”

那人似乎低低地笑了一声，却转瞬又恢复正常：“依卿所见，孤是否当命绝于此？”

她又恢复了有些㞞的样子，搓了搓手：“陛下，臣惶恐——”

然而她还未来得及说出那后半句话，当的一声闷响在她左侧响起，与此同时，整个马车车厢微微一震。

肖南回整个人跟着一颤，迅速将平弦横在胸前，并将黑暗中的人护在身后，随后伸手去检查了一下左侧的车壁。

“莫慌，许是流矢飞窜罢了。”夙未话音刚落，又是当的一声。

这次，她一眼便看到了那从马车厢壁的木头中透出的森森箭镞。

“哦，看来不是。”他笑了笑，那笑中没什么太多意味，却与眼下情形构成一种诡异的错位感。

“陛下，莫再出声。臣要听外面的响动。”她的语气空前地严肃，整个人仿佛一只嗅到敌人气味的猎犬，脖颈上的鬃毛都一根根立起。

马车飞檐侧旌上漆黑的羽毛低垂着，一动不动。

在这个没有风、没有日光的早晨，一切动向都只能从声响来判断。终于，厮杀声裹挟在迷雾中近了，更近了。

如果天色再亮些，人们或许能看到，那雾气都被喷溅的血液染成了血红。可此时天色晦暗，唯有直蹿鼻腔深处的血腥味在空气中弥漫。

比起这种感官上带来的压迫感，一种谁也无法言说却又深埋心底的挣扎才是萦绕在每一个将卒心中的真实情绪。

白鹤留当年带走的十万大军原本就是天成将士，他们中的大多数根本不是南羌人，有些甚至是生长在阙城的名门望族，是曾经天街寻暖、打酒夜歌的翩翩少

年郎。可如今十数年过去了，少年中的一半留守都城，在官场上扬名，在战场上建功，成了保家卫国的栋梁。而另一半却背井离乡，年少时的热血被宿岩的风吹冷，他们被迫在不属于自己的土地上被迫落脚，渐渐也有了自己想要捍卫的新家。如今，他们拿起兵器要对抗的是敌人，也是昔日的伙伴和来自旧梦的阴影。

捍卫疆土、平定四方是无法撼动的信仰，就像他们手中的利剑长枪，永远只能指向出征的方向。而叛国之罪无赦免、宽恕的余地，就像他们用马蹄踏出的那条没有回程的路。

食日的阴霾正渐渐散去，天地间正缓慢地恢复光亮。

铿锵的铁蹄声如响水入海，大地微微颤动，进而是冲天的喊杀声。战场上的厮杀才刚刚拉开帷幕。

皇帝的马车被小心地围在不起眼的角落，已是鹿松平此次部署中最为安全的地方。

然而外围架不住小半个时辰的车轮战，渐渐地开始有渗入的敌军闯到四周。肖南回坐在车里已能清楚地听见刀剑穿肉透骨的声响。

白氏的骑兵杀红了眼，似乎并无确切目标，只是要杀尽每一个天成士兵，战死了一批，又拥上一批，俱是不死不休的架势。

这个角落的存在使得白氏久攻不破，四周包围的士兵越来越多，终于引起了敌军中一双眼睛的注意。

那是一双豺狼的眼睛，眼珠小而局促，在大片眼白的包裹下显得凶残而冷酷。这便是白氏四骑之一的奎郎。此人的出身与莫春花相似，是天成人和南羌人的混血儿。不同的是，他从小长在碧疆，骨子里流淌着对天成的恨意。

奎郎抽枪，带出一串血珠，从马背上飞起，踩着一路兵卒的脑袋瓜直冲辎重车的方向杀了过来。都说天成的皇帝不会武，这会不会是……他不会放任自己胡乱猜测，势要亲自验证。

他善使马槊，招式大开大合，甚是霸道，鹿松平布下的弓箭手在近战中失了优势，原本严密而巧妙的防线被生生地撕裂了一个大口子。

预感越发强烈，血腥味带来的杀戮感逐渐蔓延成一股兴奋。他要把那劳什子皇帝的心肝挑出来，曝晒在三目关的神像上，看看有哪个天成人敢踏足碧疆半步。

接连掀翻一片车马后，他手中的长槊越发顺手。下一瞬，八面棱角的槊锋刺入一辆马车的门板，他的手一顿，生生地勒住胯下的马。这手感，与刚刚的都有所不同，虽然只是短暂的滞涩感，但他可以肯定，这辆马车的车厢壁与方才几辆都不一样。

玩味的笑在他脸上勾起，随即小臂用力一拧，咔嚓一声，那马车的门板被从外劈开一个洞，飞出来的一根木屑好死不死地飞进了他的右眼。

“他娘的。”奎郎暗骂一声，一边皱眉一边将手中的马槊伸到门板后探寻。

预想中的哭喊求饶或是惊慌的响动都没有，马车里静得像空无一物……难道是他判断错了？他有些不甘，用左手捂了捂抽痛的右眼，正准备踹掉残破的门。

下一刻，那门板自己飞了出去，砸在不远处正策马而来的白氏骑兵脑袋上，那倒霉的士兵立刻晕了过去。

一切都发生在转瞬之间。

奎郎有些惊疑，反射般地举槊挑刺，却更为惊讶地发现，自己那玄铁淬钢、重达百八十斤的马槊就像扎进了石头山一般，戳、拔都不动。他猛然抬头，借着渐渐亮起的天光向槊锋的方向瞧去，整个人一呆。这是……什么情况？

摇摇欲坠的破烂车帘后，一身银甲的女子左臂死死地夹着他的兵器，踹出的右腿正慢慢地收回，在碎成两半的包绸缎木榻前，缓缓地抽出一根只有手臂长短的银色棍子。

奎郎紧绷的嘴角狠狠一沉，右眼却一蹦一蹦，疼得更厉害了。

“一个臭娘们儿，也配和老子斗……”他没看清那女子的容貌，只觉得她身后似乎还有一人，当下双臂发力，要将兵器抽出。

而肖南回等的便是这一刻。她不再和那股巨大的力量较劲，利用护腕和腋下的护甲边缘卡死对方的槊锋，借着那股力量飞出，直奔奎郎而去。这一招甚是凶险，需有置之死地而后生的气魄。

然而男女之间力量上的悬殊有时是很难追平的。

奎郎冷笑一声，手腕翻折，将槊杆压低，另一只手臂如铁钳般迅速准确地扼住了那女人的脖颈，而她手中的短棍将将刺到他面前，就差几寸，再也无法移动分毫。

简直不堪一击嘛。马槊杆长，而对方兵器短小得多，他有些得意，同时对那根形制怪异的棍子轻轻一哂。

而就在此时，他看到那女人面上扬起一个有些嘲讽的笑容。

一阵机栝弹起的清脆声响起，他只来得及看到一道银光直直冲着自己的面门而来，快到等他反应过来时，方才一直跳着的右眼已经不疼了。因为右眼已经不在了，取而代之的是一个黑乎乎、血淋淋的洞。

那根方才只有手臂长短的短棍飞速伸长，变成了一把长枪，将他的头贯穿了。而杀死他的并非她的武力，而是他的自大。

脖子上那不甘心的力度最终渐渐退去，肖南回冷冷地抽回平弦，看都不再看那具尸体，任凭他被胯下的马驮着东倒西歪地离去。

天光比方才又亮了些，她转向马车里的人时，脸上杀戮过后的麻木还未褪去。周围的厮杀声和流矢飞窜的声音刺激着她的耳鼓，但她试着让自己露出一个温柔

的表情。

“陛下，”女子将手上的血在衣摆上胡乱地擦了擦，转而覆上面前那双古井无波的眼，“此地血腥，若是不愿，可以不看。”

她感觉到手心有细软的绒毛搔过，像昆虫翅膀划过她的掌心。然而就是这极尽脆弱微小的触感，使得她从方才的杀戮中渐渐平息下来。她顿了顿，移开手掌。

那人已顺从地合上了双眸：“那便带孤离开这里。”

肖南回深深吸了口气，将断裂的车轼一脚踹开，又将数根辔绳牢牢地攥在手中：“臣会带陛下活着离开这里。”

第八十一章

杀机

肖南回花费了一刻钟的时间，才将被骑兵冲散的队伍重新集结起来。这是她第一次以将领的身份指挥作战，却没什么心情享受这一刻。

尽管黑羽营的箭矢抵挡住了白氏的第一轮进攻，但随着战事陷入胶着，这里早晚会变成修罗场。她必须趁白氏骑兵收紧包围圈前，借着地势向北突围，撤离到交战区的大后方，而后再寻机会与各营会合。

鹿松平先前交代过，如若发生不测，便听鼓声辨方位，想办法向阵眼的方位移动，那里会是整个天成军队背水一战的地方。

肖南回的队伍中有鹿松平的亲信，应是知晓此次作战的个中细节，她留下其中一人作为引路者，将其余的分散开来，各驾驶一辆马车，以分散敌军的注意力。

日食正接近尾声，天色渐渐亮了起来，只剩大雾还未散去。先前阻碍视线的雾气此刻变成了一种有利的掩护，只要能适时地避开白氏骑兵最具破坏力的前锋，与天成大部队会合并非难事。

然而为了以防万一，她还是将系在腰间的香筒引燃。筒中是一种特制的追踪用香料，可在危急时刻指引鹿松平获悉王座的方位。

沉重的鼓音持续从前方隐隐传来，那是各个阵眼的将领们在指挥作战。做完这一切，肖南回不再犹豫，驾着车迅速向离自己最近的那个方位赶去。

在雾气中穿梭会让人失去对距离的判断，肖南回只能通过估算马匹的脚力和车轮滚动的频率大概推算自己向北行进的路程。

其间，不断有小批被冲散的骑兵撞上来，她都以最快速的方式结束了战斗，只求可以迅速脱身。

约莫半盏茶的工夫过后，就在她离那声音的来源越来越近的时候，鼓声却蓦地停止了。

几乎是在本能的驱使下，肖南回迅速勒停了马车。马蹄和车轮滚动的声音一停下来，她便察觉到四周比方才要静上许多，就连厮杀声都变得遥远。

是已经离开交战区了吗？她的心中渐渐生出不祥的预感。

不对，此处地势已然平缓，若是一直向北，应当会路过鹿松平布阵时的那片小丘。

她派去探路的士兵仍然没有回报，就像走进了这迷雾深处的什么地方，再也出不来了一般。

肖南回紧紧地盯着眼前如纱帐一般的雾气，直觉下一瞬那里便会有可怕的东西钻出来。

就在此时，一阵急促的摇钲声从雾中传来，吓了她一跳。那声音急如骤雨，又戛然而止，似被什么怪兽一口吞掉了。

四周再次安静下来，肖南回的心开始急促地收缩、跳动。

鼓声为进，金响为退。前方定是出了岔子。

离阵眼可能只有几里了，但此时前方吉凶不明，她不能冒险。暗骂一声，她手下使劲，辔绳瞬间收紧，数马齐喑，马头高高昂起，铁蹄再落地时，已向着与来时截然相反的方向狂奔而去。

为了防止有人从侧翼向她进攻，肖南回将队形调整为倒三角形，这是典型的撤退阵型，左右翼的人马将会连成一条线，既能提防夹击，又可切断追兵。

然而她很快发现，她这支百余人的小队正被迅速蚕食，就像那突然消失的鼓声、钲声一般，还未见敌人行迹，便已原地消失。

肖南回咬紧牙关，将马车驾得飞快。她勒令自己不能左右四顾分心，但士兵临死前的那一声声哀叹已经离她越来越近，近得仿佛就要贴到她的耳边。

该死，她早该料到，白氏此行突袭应是势在必得，又怎会只派四骑之一？只是，即便是奎郎那样的对手，也不能在顷刻间悄无声息地斩杀数名训练有素的士兵。

她的心乱作一团，马车在狂奔中早已失了方向，她只能依靠流矢的声音勉强分辨交战区的方位，却完全不知马头所向是何方。总之，不能是身后的方位。身后那迷雾中有个可怕的追杀者。而她一定要想办法逃出去。

四匹马齐齐打了个响鼻，粗重地喘着气。万物皆有灵性，它们和她一样，也感受到了正步步逼近的杀机。

然后，有什么东西正穿透迷雾，向着正在行驶的马车而来。

肖南回最先听到的是一声尖锐似泣的鸣叫，是剑鸣。

那是一体铸造的古剑出鞘时才会发出的声音，但似乎又远不止于此。

那声音令她恍惚间想起，在永业寺大殿经常听到的那种佛音铜磬，悠长的共鸣钻入耳朵深处，直达人的脑袋里，赶也赶不出去。

“肖南回！”突然，有人唤了她的名字。

她突然意识到自己正在失神，也就在那一瞬间，带着寒意的剑气接踵而至，

她将将来得及抽出平弦，便听见金铁击鸣之声，整个马车为之一震，一侧的车轮竟离地而起。

牵引的四匹马嘶鸣一声，被带得向一侧歪去，肖南回连忙站起身来，利用身体的重量险险将失去平衡的马车拉了回来，车轮重重地落地。

她随即向右侧看去，那里一片空落落的雾气，什么也没有。

当真是深厚到可怕的功力，在五步开外的距离，剑气都可以传递出如此霸道的力度，如果面对面过招，接下此招者恐怕非伤即残。她感觉到自己被汗浸透的发丝在铁盔之下似结了冰一般湿冷。

“打起精神来，还没到最后关头。”夙未的声音再次从身后的车帘内传出，平静得听不出丝毫慌张和恐惧，仿佛刚刚出声提醒她的只是一件无关紧要的小事。

就是这短短一句话，却令肖南回浑身一凛。她的职责还没有完成，怎能生出退却之意？

然而不等她有所准备，那如鬼泣一般的剑鸣声再次响起，这一回仍是从右侧而来，速度更快，力道更劲。这至少说明她的对手可能只有一个人。

肖南回勒紧缰绳掉转方向，四匹马的脚步瞬间慢了一瞬，那一击擦着马车车厢而过，却斩断了半边车辕和车轭。只听咔的一声，拖拉车舆的重量全部落在车靷与辔绳上，驾车的四匹马惊叫相撞，眼看就要脱离四散。

电光石火之间，肖南回转身，一把将夙未从车厢里拖到胸前，接着一掌托着他后背，使得他整个人的重心都落在车辕后半部的木条上。

车厢失去重压，开始左右摇摆，四匹疯狂奔袭的健马扬起沙土、石块，不断擦着人脸飞过，令人睁不开眼。

肖南回根本无暇顾及那么多，她努力眯起眼瞄了瞄，选了一匹看起来脚力尚健的大青马，两手抓住夙未的腰封将他提起，随即缓缓地在那飞驰的马车上站了起来。

男子今日穿着一件乌色及地长袍，素面的底子，上面罩着一层轻薄的纱縠，见风的一刻，那轻薄的纱便裹挟着八片衣摆瞬间四散炸开，就像一朵黑色的莲花在这朦胧的雾色中安静地绽放。

肖南回的目光仍然停在前方奔跑的马上，却感受得到手下那具躯体传递出的沉稳内敛的力量。

身为九五之尊，遇到眼下这种荒唐的情况，本可以不满、愤怒、质问、呵斥，然而他什么也没说，什么也没问。那是一种与生俱来的优雅，就算下一刻伏尸当场、流血五步，他也自在从容。

下一瞬脚下的木板向下沉去。失去平衡的前一刻，肖南回奋力一蹬，连带着怀中的人一起，重重地落在那匹大青马的背上。

几乎就在同一时刻，十数根辔绳尽数断裂，她抽出平弦，反手一挥，斩断车軔，那厢被射成刺猬模样的马车彻底被他们丢在身后。

冷风迎面灌来，她感受到夙未的发丝在她颈间搔拨缠绕，这才反应过来他的冠在方才的拉扯中脱落了，后知后觉地想起告罪的话来：“陛下，臣方才得罪了。”

她瞧不见那人的脸色，却听得一阵低低的笑声。

“孤实在是想不到，有生之年竟还能体会这般光景。”

她该说什么？臣荣幸之至？肖南回有些摸不着头脑，只压低嗓音提醒道：“陛下莫抬头，那人还跟在后面。”

这匹马是用来拉车的，除了辔头，并没有配鞍，她只能尽量抓住缰绳，控制身体的平衡，然而两人同乘一骑的情况下，她还是不敢夹紧马肚纵马狂奔。

雾气似乎没有凌晨时分那样浓重了，她仔细辨认着四周的景象，开始以迂回的方式前进，试图甩掉跟在身后的人。

身后的声响忽远忽近，她留心听着，只要声音近了，便立刻掉转马头，用急转弯的方式拉开距离。可长久这样下去绝不是办法。

她低头查看腰间的香筒，发现香已经燃到尽头，不知鹿松平的人何时才能赶来支援。就这一分神的工夫，她猛然察觉到迎面有一阵微弱的风刮过。

平原之上，气流的涌动大都是规律的，往往只有接近山谷之类有起伏的地方，才会发生变化。鹿松平的作战区在小丘一带，可她方才逃出的方位几乎是完全相反的方向。那么，还有另一种可能……

几乎是下意识地，她猛地收紧了缰绳。衔铁狠狠地勒进马嘴中，那匹马高高地扬起前蹄，因失去重心，而向一侧倒去。

肖南回抱紧夙未，借势从马背滚下，将将停住身形，便觉有一阵凉飕飕的风自下而上从她肩头刮过。

她慢慢地回头，便见到了这片干枯土地的边缘。

大地怎会有边缘？当然不是边缘，只是到了尽头——悬崖的尽头。

第八十二章

七数之渊

受了惊的青马爬起来后飞快地跑远。肖南回因后怕，心漏跳一拍，连忙拉着身旁的人站起身来，警觉地退开两步。眼前便是天沐河古河道的深堑，她宁可寒冬时去蹚结冰的天沐河也不愿横跨的那道天堑。

她突然明白，为什么方才他们两人一骑，速度并不算很快，而追击的人却始终与她保持着距离。对方是要将她彻底逼入绝境，才好一举得手。

嗒嗒的马蹄声隐隐约约地传来，那策马而来的人似乎根本不着急，带着几分猫捉耗子的悠闲。

她不要落在这样的人手里，更不能让天成的君王落在对方手里。

这个念头渐渐坚定，肖南回摸向腰间。那是最后两条飞梭链，丁未翔临行前留给了她。

谢天谢地。如果有必要，她可以当着丁未翔的面感谢他祖宗十八代。她双手合十，将飞梭链握在手心，默念祈祷了一遍。她很少祈求神明，但这一刻她愿意用任何供奉去换一次神明的眷顾。

短暂地默念后，她奋力将两条飞梭链一齐掷出。

飞梭链出手的瞬间，她便在内心默数，直到雾气中传来飞梭链没入石壁的声音。

七个数，她和天沐河的西岸隔着七个数之宽的万丈悬崖。飞速在心中估算过这段距离后，她不得不反过来说服自己最好还是忘了这个计算结果。好吧，也不算是……很远。肖南回认命地吸了吸鼻子，抓紧时间将另一条飞梭链的扣环扣在夙未腰间："陛下外衣内里可穿甲衣了？"

一直沉默的男子轻轻点了点头。

她也跟着点了点头："甚好甚好。"顿了顿，她还是不放心，想也没想，上手去扒那人衣襟，瞧见内里穿戴整齐的细密银色锁子甲后重重地舒了一口气。

但马上她便反应过来，自己眼下的举动十分不妥，而且这情形何等熟悉，似乎先前就发生过一次。

她有些尴尬，赶紧解释道："臣要确认甲衣的制式，确保陛下龙体万无一失。"

男子慢慢地拢好衣襟："确认了吗？"

她简直有些抬不起头了："确……确认了，是一体的软甲，据说可抵重槊、马刀、剑客十成功力一击，甚是牢靠——"

一个清脆的声音蓦地在雾气中响起，好像那声音的主人已经站在那里很久了一样："我若只取他首级，便是穿着软甲，又有何用？"

肖南回一个闪身将夙未挡在身后。

此人不仅剑法远在她之上，就以这隔空传音的功力来说，也是深不可测。即便是在看不到对方的距离，她依旧没有十足的把握。而且不知为何，她听那声音有几分耳熟。

然而还不等她有所反击，夙未的声音便在她身后淡淡地响起："你若对自己的剑足够有信心，便不会这般炫耀武力。"

雾气中一阵安静，随后她听到了刀剑出鞘的声音。

"我的剑不需要向任何人证明。"

剑鸣声响起，这一回没有回响，只有骤然而至的尖锐的呼啸声。

肖南回屏气凝神，用尽全力去捕捉那一道刺破雾障向她而来的寒光。

终于，她看清了。那是一把没有任何花纹装饰的古剑，形制至拙至简，像市集上随处都可以买到的普通铁剑。那一招朴实无华，像学剑的人从师父那里学到的第一个招数。

然而就是这样简简单单的一刺，却令她如临大敌。

那握剑的手是那样从容、稳妥，不论她如何发力刁难，都不曾乱了分寸；而那剑的剑锋又是如此狡诈难缠，不论她如何移动躲闪，都能追着她的要害不放。等她反应过来时，寒凉的剑已擦着她左侧腋下的光要甲而过。

刺耳的剐蹭声传来，一阵火花爆起。她只觉得左臂一轻，整条手臂上的组甲瞬间脱落，连内侧的衣袖也一并被划破，切口整齐得如有人故意裁之一般。

"下一次，就是你的手臂了。"

紫色的身影在雾中向她走来，肖南回终于看清执剑人的脸。是他，那个在孙太守宴席上出现的白家剑客——燕紫。他的眼睛很圆，黑眼珠很大，整双眼睛显得无辜而迷蒙，带着几分能令人放下防备的单纯。

如果不是曾经目睹他转瞬杀死数人，连眼都不眨一下的样子，还有方才那骇人的招数，谁也不会想到，这样一个长相孩子气的人会是一名心狠手辣的剑客。

"我听闻天成皇帝身边的……是个刀客。"

肖南回露出一个有些勉强的笑："他今日沐休，换我当值。"

燕紫的目光徐徐下移，最后停在平弦的枪尖上，眼神有些异样："你是梅

家人？”

肖南回一愣，有些不知对方言甚。

就在这空当，那剑客又微微眯起眼来：“细瞧了瞧，似乎又不是。倒也无妨，这把枪瞧着也是十分有趣，我当使出全力与你一战，也算令此枪使得其所。”

“全力一战？你不如直接戳死我算了。”

高手对决，气场之威压有时会在刀剑出鞘之前先行交手，一方如果在出手前有所犹疑或胆怯，那便已输了一半。

肖南回此刻就已失了先机。这不怪她，她本来也打不过他。

“没想到，天成最后竟然留下你这样的人伴驾。”燕紫的语气没有多少嘲讽，只是真实的疑惑，像对一个问题的答案百思不得其解。

“孤也没想到，有人行事清高、孤傲，却会将窃来的东西奉作贴身利器。”帝王的语气平静得像周围凝滞的空气，只有对事实平静的叙述。

而剑客的面容却渐渐染上无法掩饰的怒色。他平生最不能忍受的事就是有人对他的剑妄言妄语、指手画脚。

“你胡说，这剑是我自己得来的——”

“动爻之剑，谓其锋芒一动而宙合之局瞬变。赤金而成，锋长三尺一寸，格宽三寸半指，一体而成，无纹无铭，唯锷处有一点儿赤色。是也不是？”

那燕紫脸上的错愕一闪而过，随即又迅速恢复了倨傲之色：“是又如何？就算你识得此剑，也休想借此诓骗、迷惑我。我奉命取你性命，你大可奋力抗之，但我绝不会失手。”

听闻两人对话的肖南回却因这一句话渐渐静了下来。她今日不是代表哪个宗师门派前来比武的，荣耀、体面、输赢对她来说都不重要，最重要的只有生死罢了。眼下进也是死，退也是死，那便挑一个爽快一点儿的死法？

又或者……

她的目光落在那片雾气茫茫的万丈深渊。看不见下面的好处就是，有时你会生出一种这天堑并没有那么高的错觉。

她微微侧身，与身后的夙未贴得更近。“陛下可信臣？”她的声音压得很低，似乎再高声一点儿，这寥寥数字中的情绪就要藏不住。

过了片刻，夙未都没有回应。

燕紫玩味的声音中带了笑意：“不仅懦弱，而且愚蠢。”

肖南回没有回应，似乎根本就不在意对方言语之中的轻蔑。下一瞬，她感觉到有人轻轻握住了她正微微颤抖的手。那只手依旧有些凉，然而此刻比任何铿锵豪言、沸腾热血都能安抚她的不安，点燃她的斗志。

她承诺过，要带他活着离开这里，她不能食言。

腰间的细线微微抖动，这是山谷间的风吹动飞梭链带来的牵扯。就要起风了，这漫天不见边际的雾该散了。

她冲那手持名剑、武功盖世的剑客咧嘴一笑。这一回，她笑得分外舒坦：‘燕先生想不到的事还会有很多。”语毕，她一把揽住身边人的腰，决绝地转身，从断崖处一跃而下。

她知道那人的剑有多快，所以她不能有任何迟疑。即便如此，她还是听到身后传来破空而至的风声。她用平弦回手去挡，那剑气却一分为二，一道落在枪尖上，震得她虎口发麻，而另一道……

只听啪的一声，夙未腰间的飞梭链应声而断。

紧绷的金石绳索向上弹起，在她脸颊上抽出一道血痕，随即失去劲力，像一根绵软的发丝轻飘飘地落向深渊之中。

两人的重量转瞬间都落在肖南回腰间最后一条锁链上，那可断金石的细线发出可怕的咯咯声，像有人咬紧牙关、骨头摩擦发出的声音。

剑气再次从背后袭来，这一回她无暇躲闪回击，只牢牢将那人护在身前，仗着身上的光要甲，生生地受了这一击。

再多坚持一会儿，就一会儿。肖南回在心底默念。

五、四、三……短短七个数的时间，她却觉得仿佛过了半生一般长。终于，她看到了对岸那粗糙的岩壁。

然而抵达彼岸前的那一刻，她感觉自己腰间巨大的牵扯力倏地一轻。

嗳，她就知道会这样。就不能让她多飞一会儿吗？！就一会儿而已。

失去牵引的身体在半空中开始下落，肖南回借着飞梭链带来的最后一点儿力道，将手中的平弦奋力刺出。

这一招，她先前在离开霍州那座吊桥时用过。只是那次只有她一人的重量，北方岩壁质地也更紧密，不比宿岩一带都是疏松的砂岩。然而，她没有时间去权衡这一切变化可能带来的后果，她甚至没有机会开口向身侧的男子解释，这一回他俩都活下来的概率或许只有两三成。就这样吧，将一切生的希望都寄托在这一击上吧。

跃起的一瞬间，她听到那人低沉而坚定的声音在耳畔响起：“孤信你。”

第八十三章

君臣之情

宿岩的风中时常有种焦煳味，当地人习惯称之为石头的味道。肖南回倒是觉得，那是阳光炙烤大地的味道。

离开宿岩十数年也没能将这种味道从她的记忆深处抹去，当再次踏上这片土地的时候，她几乎是一瞬间便被勾起了回忆。

现在迎面的冷风涌入鼻腔深处，她却在其中嗅到了别的气味。那是一种夹杂着水汽的土腥味，像盛夏时节暴雨将至前夜里的气味。

当然，这只是她脑海中一闪而过的一个念头。她此刻无暇分辨这背后隐含的真实意义，因为她的全部精神都集中在眼底那道笔直向前的银光上。

平弦在空气中发出一阵低吟，沾染鲜血的枪头泛着冷光，刺破重重迷雾后牢牢地扎进岩壁之中，枪体与石块摩擦，发出一声刺耳的尖啸。

两个人的重量使得惯性加倍，她的身体狠狠地撞上岩壁，皇帝在她怀中一震。她能感受到他的重量透过胸甲压迫在她的肋骨上，胸腔的挤压令她猛地咳出声来。

四周的风更大了，雾气正迅速退散开来。

很快，她和她的陛下将会成为这光秃秃岩壁上的两个靶子，便是随便一个二流弓箭手，也能一箭将他们射个透心凉。

眼下两条飞梭链全部断掉，她手边没有任何可以攀爬受力的物件，好在此处离崖顶不过丈余，只要过了这最后一关，他们就暂时安全了。

深深吸一口气，肖南回用脚在岩壁上摸索可以落足的受力点，随后对怀里的男子说道："陛下，您要踩着臣的肩膀，才能上去。"

夙未深深地看了她一眼，没有多言，沉默地抓住平弦，借着她托在腰间的力量，用力向上攀去。

就这一瞬间的发力，两人面前的崖壁便发出一声脆响，一道裂痕从平弦刺入的地方裂开，疏松的石块骨碌碌地滚下万丈深渊，像在提醒他们失足后的可怕结局。

时间不多了，她不能犹豫。

肖南回将全部力量都集中在肩上，拼尽全力将身前的人举了上去。而与此同时，她脚下的石块轰然剥落，她整个人挂在平弦上，悬在半空中。

生死一线间，她觉得眼前的一切都变慢了，耳边隐隐有呼啸声从远处传来，刺激着她的五感。有什么声音夹杂在其中，急切地呼喊着她的名字。她缓缓地抬起头，向上望去。

不断滚落的碎石中有一只手悬在她头顶，一只纤瘦、白皙、骨节分明的手，那手的手腕上还戴着一串成色甚好的佛珠，简直就像佛祖的手一般。

今日是怎么了，怎么总有种前尘往事历历在目的感觉？

“肖南回！快把手给我！”那人的声音穿透四周轰隆的巨响，直钻进她的耳膜。

生的渴望令她下意识地伸出手，想去握住那希望，可理智令她停住了动作。她身上穿着厚重的铠甲，即便没有这些，对一个不习武的人来说，她还是太重了。如果他不能将她拉上去，她很可能会将他从崖顶拖下来。他是她身为一名天成将领存在的意义，她不能违背自己的誓言和职责。

肖南回怔怔地看着那人的脸，突然觉得，如果死前见到的最后一个画面是这张向来没什么表情的面孔突然变得疾言厉色、情绪失控，倒也是件十分难得的事。

此时此刻，他确实是那副表情。

咔，最后一点儿支撑碎裂，肖南回感觉手中的平弦一歪，随即从岩壁中脱出。她的身体像一块沉重的石碑，慢慢地向后仰去，即将在漫长的下落之后摔得粉身碎骨。

然后，她翻转的视野在下一瞬停住了。一股力量拉住了平弦，阻止了她的下坠。

肖南回顺着平弦向上看去，那只手正牢牢地攥着平弦的枪头，锋利的枪尖将他的手割破，鲜血汇成几道血线，顺着枪杆上的花纹向下漫延。

“陛下……”

她下意识地便想放手，然而那人像能读懂她的所思所想一般，厉声喝道：“你若此刻放手，便是欺君抗旨之罪。”

他又加了一只手，她能看到那双手在颤抖，有什么温热的东西滴在她的脸上。

“甲衣！脱掉你的甲衣！”

她回过神来，用另一只手反手去解甲衣上的锁扣。

光要营最引以为豪的便是这光要甲，可这甲衣穿戴起来甚是复杂，锁子扣几乎不可能单手从外解开。然而不幸中的万幸是，方才燕紫的剑气从背后袭来，她的甲衣已经从背后被剖成两半，当下已有几分摇摇欲坠。

她手腕翻转，狠狠用力，整片胸甲应声而落，随后是腰甲、两块护肩……她顿时感觉身上一轻，已经流失殆尽的力气此刻似乎又缓缓地流回体内。她抓紧平

弦奋力向上而去。

血在精钢打制的枪杆上流淌，肖南回只觉得手下滑腻不堪，还差最后一点儿，再也攀爬不动。

拉她的人体力已经到了极限，眼看就要不支。

最后关头，她看到了崖边的一丛骆驼草。那是这贫瘠土地上最常见的一种植物，虽然带刺，但根扎得十分坚固。她一把抓住它，终于使尽最后一点儿力气，爬上了崖顶。

下一刻，她听到那方才就一直在耳边隐隐作响的轰隆声一瞬间大噪起来，在她身后的悬崖之下咆哮而过。

劫后余生的两人喘息了一会儿，从地上缓缓地爬起来，向那悬崖之下望去。那里已经不能称作天堑了。

她一开始以为那只是风声，现下才明白，即便是大漠风沙，也不可能发出那么大的声响。

那不是风声，而是水声。

被水坝堵塞多年的天沐河河水倾泻而下，混浊的河水混杂着两岸经久堆积的砂石，沉重又势不可当地冲向下游，像一群出闸的猛兽。

丁未翔终于得手了。

劫后余生，又见捷报，肖南回觉得自己此刻应该是欣喜的，可方才经历的凶险令她疲惫而心情复杂。

奔腾的河水与呼啸而至的北风一起袭来，将笼罩在大地之上的迷雾一并吹散。

肖南回看到一河之隔的对岸，一身紫色衣裳的剑客仍立在原处，她看不清他面上的表情，却比任何时候都能感受到他身上透出的杀气。

这一局，她赢了。

“他暂时是过不来了。”身边的人突然开口，将她从这场对视中惊醒。

帝王的长发在风中飘扬，和他那身墨一样的衣袍一起飞舞，天地间的一切因他的存在而失了颜色，他手上那一点儿鲜红格外刺目。

她扑通一声跪在地上：“陛下请治臣死罪！”

其实此刻她莫说是请罪，便是给眼前的人行五体投地的大礼也不为过。他刚刚冒着生命危险救了她的性命。这样的举动即便放在一个普通人身上，也受得住她的拜谢，何况眼前的人是天成最为尊贵之人。

河水依旧在耳边呼啸，肖南回许久都未听到那人的回应。她有些忐忑地微微抬起视线，却见帝王也正看着她。他依然没什么表情，只是面容有些苍白，仿佛方才疾言厉色的另有其人。

“卿何罪之有？”

“罪臣判断有误，险些置陛下于险境，陛下却顾念君臣之情，救臣于危难之中——”

“肖卿还是穿布衣瞧着顺眼些。”那人突兀的一句话打断了她的自述。

她愣住，一时不知该做何答复。

身上的光要甲已经大半解下，只剩半边护臂和胄盔。想了想，她三下五除二摘掉剩下的盔甲，活动了一下手腕，倒是觉得轻省了许多，随后再次躬身请命。

她现在又恢复了当队正时的样子，穿着普通的布衣，看起来平凡而不起眼，怎样看也不像将军：“罪臣难辞其咎，但请容臣上前为陛下处理伤口。”

帝王没说话，向着远离崖岸的方向走去，那里有一株看起来枯了很久的胡杨木。

这是几个意思？肖南回有些尴尬，想了想，还是跟了过去。

皇帝走得很慢，似乎方才的一番惊险也耗尽了他的力气。他的左手垂在身体一侧，整条手臂都被衣袖挡住，而粘在袖口的血迹已经干涸，在乌色的衣料上几乎看不出什么痕迹。

这样的皮外伤对肖南回这种人来说或许不算什么，但她知道，眼前的人从出生起或许就连磕碰都少有，更遑论流血了。她心中有不安，但更多的是愧疚。

“陛下，罪臣……”她话说到一半，突然意识到什么。便是寻常的武者在方才那样的情形下强拉人上岸，也是需要技巧和体力的，他没什么根基，又只有平弦可以抓着，恐怕不只割破了手心。

她越想越觉得有些不对劲，急急地开口道：“陛下方才拉臣上来，手臂可有不适的地方？”

那人没说话，已走到胡杨树下，将将停住脚步。

她锲而不舍，情急之下有些忘了君臣礼节，快行几步，上前想要确认自己心中所想：“可是脱臼了？请让臣看看……”

“别过来。”那人转过身来，脸上的神色又冷又淡，“别过来，孤要单独待一会儿。”

她停住，脸上都是不解。她看着他宽大袖袍下掩藏的手臂。他从方才开始就没有动过那条胳膊，她早该察觉到的。

肖南回张了张嘴想要说什么，那人一个眼神便读懂了她的意图：“肖南回，你要抗旨吗？”这是他今天第二次用抗旨的罪名来压她了。

“罪臣不敢。罪臣——”

“就站在那里吧。”说完这句话，他终于流露出一丝倦意，缓缓地在那棵胡杨树下席地而坐。

肖南回偷偷抬眼去看。那是个标准的打禅坐姿，和那些大寺法会时僧人念经时的坐姿一模一样。

眼下的情形实在有些诡异，她浑身不自在，心里也是七上八下：“陛下，臣惶恐，臣戴罪之身，要不臣还是——”

“孤恕你的罪。”

“谢陛下！陛下恩泽，臣没齿难忘。请陛下给臣一个机会——”

“肖南回，你甚是聒噪。”

“聒……聒噪？臣知道了，臣这就闭嘴。”心底无声地嘀咕一番过后，肖南回在离那树五步远的地方也坐了下来，姿势是标准的行伍蹲，配合眼下这凄凉的景象，显得七分狼狈、三分萎靡。

那人就不同了。他只是微微蹙眉，除此之外，并无痛苦的神情挂在脸上，就那么抱着左臂静静地坐在那里，仿佛并非胳膊脱臼，而只是有些怕凉而已。

那件十分怕脏的深色外裳沾了沙土，他也并不去拂、去掸，只让那些细沙留在身上，就好像他已经在那棵枯树下坐了很久一样。

风声大作，夹杂着他的低语，正是那日她偷偷进入那小帐时听过的声音。当时她只觉得诡异，此时听起来，倒有几分像佛音。低沉吟诵的声音像古老神庙中传出的私语回响，令人恍惚中生出几分不真切的感觉。

不知过了多久，她见他紧蹙的眉渐渐舒展，苍白的脸再次恢复成平日里那寡淡而冷漠的样子，只有额角的一点儿汗意在诉说他方才的那点儿不平静。他似乎……总是在刻意压抑自己的情绪。

肖南回对自己这突如其来的推断感到惊讶，却又觉得越想越有几分真切。

她知道上位者总是习惯掩藏情绪，避免有心人利用他们的喜好揣度心意，他们管那叫“喜怒不形于色”。可即便如此，也绝不至于做到眼前这位的程度，就连伤痛也要装作无恙。他和他手腕上的那串舍利都透着一股清冷，那是常年近乎冷酷的修炼才会养成的气质，像专修佛法的苦行僧，斩断七情六欲，只为最终普度众生后成佛。所以，莫非……他其实……他其实是活佛转世？

肖南回不自觉地点了点头，对自己的猜测深以为然。这就可以解释为何他手上有那千万黄金也买不来的珍贵舍利子，也能想通他与那永业寺的一空法师交好的缘由。想来谁也没想到这活佛竟会转世在帝王家，而夙氏一脉向来单薄，这尊“活佛”才会被困在王座之上。

她一边这样想着，一边打量那人的眉眼，竟然觉得对方有些慈眉善目，当下自己的胆子也大了起来。不管怎样，在他“成仙”之前，还是个凡人。

她不动声色地往前挪了挪：“陛下，胳膊不能就那样放着，若是落下隐疾，日后怕是会有不便。”

那人没吭声，口中一直念念不断的吟诵却停了下来。

肖南回的屁股又往前挪了挪。她觉得自己眼下这动作十足猥琐，却又不敢起

身惊动那人，只得就这么往前蹭着："陛下——"

"脱臼而已，接上便可。"

哦？这是有戏？她连挪几下，屁股下蹭出一道土沟来："可否让臣瞧上一瞧？"

"你懂得接骨之术吗？"

肖南回不敢隐瞒，一五一十地说道："臣略通一二。"

"是通，还是不通？"

下一刻，她已能摸到他的袖子，说时迟那时快，她已经抓住那人的大臂和肩胛，一用力，只听一声闷哼，骨头已经复位。

"之前不通，刚刚通了。"肖南回说完，突然觉得自己有点儿得意忘形。但不知怎的，当下这种逃命的氛围让她生出了好几个胆来，就好像不放肆这一回，以后就都没机会了。管他呢，能活下来再说吧。

她以为皇帝会压她几句，然而对方只是看了她一眼，便一声不吭地站起身来："上游水坝倾泻的水流会慢慢放缓，两岸砂石塌落也会渐渐填平这里的沟壑，东西两岸连通也许花不了半日时间，这里不是久留之地。"

肖南回也跟着站起身来："水坝已然摧毁，上游的光要营不日便可渡河发起总攻，届时肃北大军也会挺进三目关。天成已胜了大半，陛下的困境自然也……"她说到一半，自觉说服力实在低下，声音也小了下去。

若想等鹿松平前来救援，最好的办法是留在原地等待。但是鹿松平会来，白氏的人也会来。如果来的是敌不是友，那么她此刻独自一人迎战，又有几成胜算？

"此处离岩西三目关还有多远？"

肖南回收敛心神，四处观望了一番地势，开口保守地道："若日夜兼程，再走些捷径，或许三日可到岩西古城附近。"

她语毕，突然明白过来皇帝接下来的打算，不禁有些惶恐："陛下，此去路途艰辛，臣恐怕——"

"卿走得，孤便走得。白氏此番借雾气突袭，或许早在天沐河道之中开了密道，靠近河岸并不安全。上游水坝被毁，势必会引其后顾，此时北上才是最安全的选择。"

皇帝说得都没错。可是……

肖南回低头看了看自己的一身狼狈，又抬头瞧了瞧两手空空的皇帝，开始后悔方才跳马车时没有将车上的糕饼包一些带在身上。

一阵冷风吹过，将那棵胡杨树上最后一片叶子也吹上了天，好不凄惨，好不萧瑟。

"前路漫漫，还请肖卿快些带路吧。"

第八十四章

今宵别梦寒

岁将暮，时既昏。寒风积，愁云繁。于是河海生云，朔漠飞沙。

离开天沐河道，向北行进的第二天，宿岩的天空开始飘雪。

盛夏时节呈现焦黄色的大地如今一片苍白，雪凝结成的冰粒混在砂石之中，使得那向着远处延伸的小丘泛着一片亮晶晶的光，风吹起的旋涡将它们搅起来，打在人身上，发出嗒嗒的细响，磨得人面上生疼。

这般严苛苦寒的时节，即便是当地人，也不愿意在此时出门赶路。

肖南回回头去看身后那人的身影。他面上几乎看不出任何饥苦的神色，只偶尔走得实在是累极，才会因为喘息而稍稍显出一丝虚弱的姿态，此外再无言语抱怨。若是不看周遭的荒凉景致和两人这满面风尘，恐怕会以为他正在早春时踏青。

多数时间，两人只是沉默地在这荒原之上移动。

恍惚间，肖南回会觉得好像回到了在霍州白耀关时的那一夜，自己不是刚刚封了将军的天成武将，只是带着坏脾气小厮的姚小哥；眼前的人也不是夙姓帝王，而是那喜着长衫、身形单薄的钟离公子。

文明繁荣制造出身份地位上的差距，而蛮荒原始却可以抹平人与人之间的沟壑。

有时她根本忘了要以君臣相称，举动上也多有逾越，却没觉得有什么别扭的地方，更不会像第一次面见帝王时那样吓得半死。眼下有更值得害怕担忧的事，那就是生存。

天沐河奔泻而下的水流湍急，岸边的石土滚落，几乎无法靠近，在找到第一处泉眼前，她只能想办法用自己的胄盔取水。

这是沙漠行军时经常用到的一种方法，大致就是将铁器埋入土中，又在其中垫上干草和石块，过一夜后便能在其中取到一些冷凝后的露水。但眼下是冬季，昼夜温差不大，每日能取得的水少得可怜，沙枣之类的酸涩果子也寻不到多少，只能算是聊胜于无。

除了水，还有食物短缺的难题。这荒漠之中最好获取的充饥之物是一种小小

的四脚蛇，虽然非常难以下咽，却是最安全的食物。可她自己吃得，那人却不一定吃得，她每每费尽心思希望能捕些小兽，却常常空手而归。嘴里又干又苦，胃里也空落落的，饿到极点的时候，她甚至有些期盼能在此时看到安道院夜枭的身影。她会想办法将那鸟射下来烤了好饱餐一顿，只要能活着出去，便是此生与安道院结下梁子也无所谓了，何况她身边带着的人，谢老头绝不敢埋怨。

可每当她将目光投向遥远的地平线时，那里什么也没有。

战争不仅仅带走了战死者的灵魂，还带走了这片土地上的生气。一切有腿会跑的动物都被接连数月的厮杀声惊得四散逃离，天空中偶尔会有几只过路的秃鹫，飞得又高又远，看起来小得像几粒芝麻。

然而食物和水还不是最要命的问题，眼下最急迫的是要保暖。

宿岩的黑夜来得比阙城要晚上一个时辰左右，然而一旦入夜，气温便会迅速下降。现在正是寒冬时节，便是白日，也冷得彻骨，更不要说入夜之后了。

肖南回身上穿的是士兵行军时较常穿的夹棉粗布袄，尚且能抵挡一些风寒，而夙未身上的衣服就要单薄许多，她一早在出发前就将他衣袍袖口处系紧，又尽量将他衣裳下摆扎进靴子，为的就是避免冷风灌进去后带走人身上的热乎气。

天色将将开始有些昏黄的时候，肖南回便寻着地势找了一个避风处，用平弦劈砍了些枯木凑成篝火堆，将火生了起来。做完这一切，她又四处搜寻合适大小的石块，尽量为两人今晚栖身的地方垒上一堵可以挡风的墙。

她做这一切的时候，那人就静静坐在那里，若非偶尔轻咳两声，他简直要和这沉寂的大地融为一体了。

她倒不是第一天知道这人十分能忍，但他未开口，不代表肖南回没有察觉到他身体的不适和疲惫。他们已经连着赶了两三天的路，却连一点儿像样的吃食都没进过肚子，她或许还能撑个几天，可再这么下去，皇帝恐怕就要倒下了。

思索一番，趁着天黑前最后的一点儿亮光，她提着平弦再次离开，希望可以碰碰运气。

老天眷顾，在路过一小片灌木丛时，她发现了一只被吃剩一半的黄羊。

黄羊本不该在这种荒漠之中游荡，很可能是碧疆动荡，游牧人豢养的牲畜跑了几只出来，成了狼群的美餐。

可奇怪的是，在食物如此稀缺的季节，狼群多半不会剩下任何食物，便连秃鹫都很难分得一点儿剩余。是有什么东西惊走了狼群吗？

肖南回心中有些不安，但眼看那黄羊还剩大半，实在无法就这样离开。她也担心狼群很可能会返回，于是只用随身匕首割下部分骨肉，小心地掩盖了血腥气后才离开。

回到篝火堆旁的时候，她脸上的笑几乎快要溢出来：“陛下，我找到些吃食，

你可以不用吃那干果子了。”

她当他累极，不愿开口，于是自顾自地在一旁捡了枯枝做支架，将那半块黄羊肉小心地架在火上。

火苗舔着逐渐融化的油脂发出噼啪的声音，食物的香气渐渐散开。

“我烤东西的手艺不是太好，此次又走得匆忙，调味的东西一概没有，味道可能会有些难以下咽，但还请陛下尽量多吃些，往后不一定何时才能吃上像样些的食物了。”

一旁的男人向前凑了凑，脸庞因为靠近那跳动的篝火而染上一丝暖色：“你伺候人的本事倒是出乎意料地好。”

肖南回没当回事，注意力全在那块肉上：“好说好说，还有很大的进步空间。”

“未翔从安道院出来后就跟在孤身边，有些事早就做习惯了。你出身侯府，应当是被人伺候的，怎么做起这伺候人的事来如此得心应手？”

她翻动树枝的手顿了顿，随即又快速利落地往火堆里添了些枯枝：“我不是个习惯让人伺候的主，而且我们府上有位病人，离不开人，总是需要人看着些，我有空的时候也会帮衬帮衬。”

那人沉默了片刻，不咸不淡地来了一句：“原来是熟能生巧。”

她听着这话有些别扭，于是又开口解释一番：“那倒也算不上伺候，因为是义父亲近的人，所以我自然也将她看作亲人。亲人之间互相照顾，算不得伺候。”

听到这话，他突然便向着她的方向微微斜了身子，一只手臂撑在额间，肩头的长发沉甸甸地滑落下来，就这么扫过她的脸颊：“那孤对你来说算是伺候还是照顾呢？”

他本就生得有几分雌雄莫辨，但平日里甚是端庄、冷淡，所以倒也不会令人有些不合时宜的想法。可眼下他只稍微显露出一点儿随性慵懒的姿态，便让人有种脸红心跳的感觉。

肖南回手一抖，差点儿把那块肉捅进火堆里。她直觉认为对方的问话里有陷阱，却一时想不明白是哪种陷阱。总之，她不能说：“因为你是皇帝，所以我必须保你。你要是死翘翘了，我岂非也要全家玩完？”

她盯着手里的肉，眼珠子都不敢转一转。她怕自己一旦对上那人的视线，下一瞬就会像这块肉一样被烫熟。

咽了咽口水，她突然看到扔在地上的平弦。枪杆上原本银色的花纹此时成了深赭色，那是血留在里面凝滞后的颜色。

“陛下……陛下对臣来说是恩人，救命的恩人！所以臣这算是……报恩。”话一出口，她都想给自己拍手称赞一番。她真是太机智了。

趁着对方还没再次开口，她连忙将手里的肉递了过去：“陛下，肉烤好了。”

过了半晌，她看见那只白皙的手将食物接了过去，随后又递了回来，上面的肉少了一半。

她看看眼前的肉，又看看那人。

“瞧孤做什么？莫非你在这里面下了毒，所以自己不肯吃？”

她赶紧接了过来，咬了一口，自证清白。那人有些好笑地看她一眼，默不作声地将撕下的另一半肉送进嘴里。

这一顿晚膳实在是简陋得很，两个人却都吃得很慢，仿佛这样就能延续这填饱肚子的过程，吃进嘴里的东西也会变多。热食下了肚，仿佛周遭的寒冷也变得不那么难熬了。

肖南回又添了一遍柴火，确保这个火堆在天亮前都能保持一点儿余温。

细碎的雪花在火焰上盘旋，原本干涸的沙石地面因为落雪而变得湿冷，她将火堆移开一些，露出烘烤干燥的地面，抬起头正想叫那人，却见他已合上双眼，不知是否已经睡着。他手心的伤口上缠着一些碎布，都是她从衣摆上撕下来的，那里隐隐透出些血色，因为干涸而微微发黑。

想了想，她小声提醒道：“陛下手上的伤该换药了。”

男子仍闭着眼，只微微将手伸出来些。

肖南回凑过去，将布条拆开，露出里面结着血痂的伤口。因为手边没有可供清洗伤口的干净水源，她只能用采来的植物汁液替代，尽管她随身带着伤药，但那伤口仍是有些皮肉外翻，愈合得并不十分平整。

可能要留疤了。这么好看的一双手，想想也是有些可惜。不过就他们经历的一切来说，只留下一点儿浅淡的疤痕，或许已经算是最好的结果了。

鬼使神差地，她突然不合时宜地开口道：“先前在悬崖边上的时候太惊险了。如有下次，陛下应当放手。”

男子睫毛轻颤，瞥了她一眼：“你该晓得，孤不善于放手。”

她哽了哽，不死心地继续说道：“这次多亏崖边有株草，下次可能就没有了。臣当时穿着甲，甚是沉重，很可能会将陛下一同拉下悬崖。到时候岂非一个也活不了……陛下难道不怕死吗？”

先前在霍州也是如此，尽管秘玺一事确实重要，但正因如此，才格外凶险。明明交由亲信去办才最稳妥，他为何只带一名护卫，亲自前去？当然，这后面的问题她是没有问出口的，只是在心底嘀咕了一下。她以为对方不会回答她这个听起来有些愚蠢的问题，但那人停顿了片刻，似乎真的在思考这个问题的答案。

“以前不怕。”他顿了顿，又缓缓地接上一句，“现在怕了。”

她有些不明白他话中的意思，正要追问，那人却说道：“如果当时你跌落山崖而死，那接下来的路便只剩下孤一人面对，想来或许会更加凶险。”

肖南回有些无语，她本来是想规劝对方要珍惜自己的性命，毕竟他的身份不同旁人，又牵系着多少人的希望，不能有闪失。然而此时她又有些摸不准，这一切到底是不是只是眼前这人的权衡之计。

三两下将药重新敷好，又换了干净的布条包扎完毕，她将装伤药的瓶子塞回衣服里时，腰封内却叮叮当当掉出三个黑不溜秋的豆豆。她自己也是一愣，捡起来细细一看，只觉得脸上一红。那是三枚杏核，前几日还在营地的时候，她偷偷从小帐那边顺的三枚杏的残骸。因为要躲着莫春花那个大嘴巴，她都是揣在袖中偷吃的，吃过后，果核也不敢乱丢，都是塞在腰封内，打算寻机会丢到营地外面。这三枚，想必是吃过后忘记丢掉，就这么一直卡在衣服褶皱中了。

她深知这有些不大光彩，想偷偷捡起来，那人的眼睛却尖得很："衣服里掉出来的是什么？"

她有些窘迫，将那三枚果核捡起来捏在手心，别扭了一会儿才拿给那人看。

帝王盯着那三枚黑乎乎的果核看了似乎足足有半刻钟，突然笑了出来。他很少笑，笑出声更是少有，即便是有，也不是惯常意义上的那种笑，总让人心底发冷。但方才那一笑有了几分普通人的样子，就连他脸上沾着的那些灰尘都跟着生动了起来。

肖南回呆呆地看着对方，只觉得这人今天晚上分外反常，反常得让她有些不安。

"你这身衣裳里还藏着什么，不如一并倒出来吧。"

她听出其中有打趣的成分，略有些不甘心，硬是打算将这局面给扳回来。

"这杏核也算得上好东西，丢了可惜。"说罢，她拿起一旁的石块，三两下将那杏核砸开，小心地取出里面的杏仁。三颗杏仁，指甲盖大小，倒是圆溜溜、胖乎乎的。

她拈起一个放进嘴里尝了尝，味道有些涩，也有些甘香。她便将剩下的两颗放在那人的手心里："陛下，都这时候了，咱别浪费。"

两颗苦杏仁，搁平时或许连塞牙缝的资格都没有，可眼下却有几分金贵。他静静地看了一会儿，慢慢地放了一颗进嘴中。他吃得很慢，仿佛要将那颗杏仁彻底磨碎碾成末，再咽进肚子里。随后他手掌一翻，剩下那颗杏仁便随着那只手消失在他宽大的袖子中。

篝火继续噼啪作响，寒冷的长夜当真十分难熬。

又不知过了多久，肖南回蜷缩的身体转了个方向，顺便掸掉落在头上的雪。

她一直抱着平弦守在风口，转过身才发现那人的姿势也一直未变，还是那样斜斜倚在那里。她想起从霍州离开时的马车上，他在病中也是这样睡着的。怎会有人习惯这样睡觉？

“陛下还未睡吗？”她的声音很轻，不仔细分辨，就要消散在这风中。

墨色的身影翻了个身，简短地说道：“冷，睡不着。”

她搓了搓手，随后爬起来，将方才架在火堆旁的粗布外裳拿起来，反着穿在身前。

吱嘎，吱嘎，是她的脚步踩着薄薄的积雪发出的声音。

紧接着，有温暖从他的背后袭来。

她身上有刚烤过火的柴火味，热烘烘的，又有些粗糙、硌人，像一只莽撞的家犬就那么贴了上来。

“臣离开家乡的时候只有六七岁，别的事都已经记不清了，但唯独挨饿和受冻记得清楚。那时宿岩像臣这样的孩子还有很多，到了晚上大家都挤在一起取暖，年纪大的便会安慰年纪小的。”

一双有些粗糙的手拂过他的背，轻轻拍了拍。

“睡吧，睡着了就不冷了……”他身后的声音低低的，在风雪之中显得模糊而不真切，隐隐透着旅人的疲惫。

漫天的雪花还在纷纷扬扬地飘落，像在诉说这寒夜没有尽头。

帝王紧闭的眼缓缓地睁开，篝火映亮了他的瞳仁，像那远古神话故事中从天上而降临在这大地上的星火。

第八十五章

色丘

肖南回闭了一会儿眼。

她并没有睡着，因为此时此刻她还不能睡着。尽管他们暂时逃离了白氏的追杀，但前路叵测，在没有与天成的大部队会合前，她都要保持着十二万分的警觉。所以，她只是闭着眼而已。失去了视线上的干扰，她反而更能集中精力在其他感官上。

空气中是潮湿的沙土气味，夹杂着一股苦涩清冷的气味，是那人手腕上那串舍利散发出来的。

她能听到自己的呼吸、心跳，还有那人的气息声，天地间仿佛只剩他们两人。

火堆的外围已经熄灭了，只剩中间一点儿火焰还在燃烧，烧过的木柴被消融的雪水侵蚀，发出浸润过后的吱吱声。

雪还在下，有细碎的冰碴相互撞击的声音。

风从很远的地方吹来，呜呜咽咽，像孩童的啼哭。

肖南回猛地睁开了眼。不对，不是风声。她俯下身，尽量贴近地面，又仔细分辨了一番。果然，那呜咽声突然消失了，再次响起的时候似乎更近了些。

她猛地起身，迅速灭了火堆，快步上前回到那人身旁，一边轻推他的肩膀，一边压低声音道："陛下，醒一醒。"

男子只顿了片刻便坐起身来，似乎也并未睡熟："出了何事？"

肖南回正迅速收拾着地上散落的物品，又将先前垒好的石墙推倒、打乱："不知道，许是狼群，许是别的什么东西。"

闻言，那人站起身来，好整以暇地看着她忙活的身影："听闻典武将军当年曾在荒野遭遇虎豹相围，他孤身赤手与之相搏，生擒二兽。"

"典武将军威武雄壮！臣甚是佩服，佩服！"她手上敷衍地做了个拱手礼让的动作，脚下却没闲着，一脚踩灭篝火堆中剩余的一点儿火星。

"先前在三目关的时候，未翔也曾一人斩杀数只豺狼，起落不过半盏茶的时间。"

肖南回已举着平弦吭哧吭哧地在地上刨坑，将方才吃剩的一点儿黄羊骨头埋

进去，听闻头也不回地敷衍道：“不愧是丁兄，武艺高强，大侠风范！”

“孤还记得前年秋猎的时候——”

她终于听不下去，猛地转过身：“陛下，您的将军们个个威武，臣甘拜下风。臣武艺不精，现在又饥寒交迫，实在不想与群狼肉搏，您就当体恤下属，莫要再出声了。”她是真的有些急眼了，英气舒展的眉都皱到一块儿去，瞧着都有几分恼怒了。

男子收了调笑的姿态，乖乖地站起身来：“孤说笑罢了。你是生气了吗？”

“说笑？我怎么不知道你是会说笑的那种人呢？何况这都什么境地了，还有心情说笑？”肖南回心道，而后深吸一口气，挤出一个微笑：“陛下说什么呢？我怎会——”

她还来不及解释，耳朵便敏锐地捕捉到一阵若有若无的鼻息声。

“嘘。”她一把捂住那人的嘴，带着他蹑手蹑脚地远离了宿营地，走了数十步远才停下，随后将他整个人都拉低，趴在地上。

她早前便发现这里的地势有一处隐蔽的凹陷，若不走近看，决计无法察觉，而他们所在的方位算是下风位，多少能掩盖他们身上的气味。

那东西的声音更近了，隐隐夹杂着抓挠地面的声响。

肖南回的心提到了嗓子眼，不一会儿，她果然看见一个半人高的身影从风雪中缓缓而来。那是一只鬃毛耸立、利齿垂涎的灰狼，四只爪子上沾满沙土和雪沫，像走了很远的路，或是扒拉了什么东西。它一直低着头在地上嗅着什么，走得十分缓慢。它踱到篝火堆附近时慢慢停了下来，随即开始用前爪在地上抓挠刨土，随后从沙土中拉扯出一块布条。那是给皇帝包扎伤口时换下的带血迹的布。

肖南回的心一沉。她不是没想过这种可能性，但狼的嗅觉比普通的家犬还要灵敏，她不想冒险将带血的布带在身边。

那只狼继续在四周嗅着，她等了一会儿，没有再见到其他狼的身影，心又微微放宽了些。只是一只狼，她有把握可以将它杀死。可转念一想，她又觉得奇怪。现在并不是狼群繁育的时节，不会有求偶失败的狼落单，相反，这是西南荒漠环境最严酷的时候，所有狼都会团结在一起渡过难关，绝不会轻易脱离狼群。她想到先前那只被吃了一半的黄羊，内心的某种预感更加强烈。

随即，一阵若有若无的铃铛声从风中传来。她看到那只狼猛地停下动作，抬起头来，随即对着夜空发出一声嚎叫。那昂起的狼头上赫然可见一片用血画就的奇怪符号，和夙平川那匹黑马头上的印记一模一样。

拉长的嘶吼戛然而止，像受到某种召唤一般，那只狼又向着来时的方向离开了。

它离开了，但一定还会回来的，也许是带着狼群，也许是带着未知的敌人。

白氏对王座的刺杀或许远远没有结束，最危险的时刻还没有到来。

天成总攻的号角早已在天沐河决堤的那一刻鸣响了，但她此刻脱离了大营，无法得知肖准是否已经挺进岩西城，自然也无法预知前路是安全还是危险。

肖南回从隐蔽处爬起来，向西北方向眺望："陛下，从现在开始，咱们要昼夜颠倒地赶路。天亮之前，咱们必须找到一个可以藏身的地方。"

夙未没说话，只轻轻地点了点头。

肖南回郑重地拉起他的手，牢牢地攥在手心："不要松开我的手。"

野兽会通过气味追踪，她只能先向着下风口的方向转移，随后挑选最近的捷径穿越这荒漠中最后一片戈壁。

他们现在应该已经到了岩西古城的边缘，还需大约半日路程便可走出这片没有遮挡的土地。尽管已经接近破晓，但因为下雪，天依旧阴沉着，她甚至看不清大地的轮廓，只能凭借风来的方向判断出大致的方位。

她无法像先前那样缓慢地跋涉，几乎是拉扯着那人在向前狂奔。遇到沟壑障碍，她便将他背在背上一跃而过，遇到陡峭向下的小丘，她也不放缓脚步，就借着地势连滚带爬地俯冲而过。她能听到身后那人沉重的喘息声，但她不能停下，甚至没有时间回头去短暂地安抚他，只能竭尽所能地拖着他向前，向前……

终于，她看到了一点儿山丘似的轮廓。

按照她先前的估算，即便她尽力赶路，进入岩西古城也还需要小半日的脚程。也就是说，眼前的这片小丘并不是城池的轮廓，但天马上就要亮了，此处已经不再是鸟兽绝迹的无人区，如果继续在空旷的荒漠上行进，一旦被敌人发现，后果将是不堪设想的。

借着有些苍白的晨光，她终于看清眼前那片山丘的样貌。它们此刻正呈现出一种诡异的黑红色，在这片苍白的荒漠上显得分外突兀。

她想起从阙城出发前曾在天成风物志上读到的小记："岩西古城以南十数里，有风蚀小丘数，日东出而色绀，日高悬而色缥，日西沉而色紫，古称色丘。"

如果眼前的这片山丘就是色丘，只要从中穿过，便是与三目关接壤的岩西古城，天成大军不日将从那里踏过，她与皇帝的"逃亡生涯"也将圆满结束。她与肖准再见的日子也不会远了。

想到这儿，肖南回内心又振奋了起来，就连数日卧冰而眠、无米下肚的窘境，也显得不那么令人难熬了。

太阳终于升起，雪似乎小了些，四周天光大亮。肖南回将夙未安顿在一座隐蔽的山坳里，自己拎上平弦向前探路，希望能在抵达目的地之前再获得一些食物和水。

先前她只顾着赶路，并没有仔细观察这周围的地貌，此时踏足其中好好瞧了

瞧，便觉得甚是神奇。

四周的岩壁不再是那种枯黄的颜色，而是杂糅着深浅不同的紫、赭、赤、橙，层层叠叠，像丝缎一般伸展、蔓延，覆盖了整片小丘。大抵也是因为如此，随着日头升起到落下，光线在其中变化，才会现出不同的三种颜色来。这样奇特的景色似乎不该出现在宿岩这样的贫瘠之地。又或许是她之前从不曾停下脚步仔细端详过这里的景色，此时有了细看的心思后才能发现不同。

这真是一件奇怪的事情。毕竟眼下的情形，按理说，她不该有看风景的心思。

沿着小丘边缘的谷地一路深入，她发现这里的地面不似关外那般坚硬粗糙，反而覆盖着厚厚一层沙，这令她不得不更加小心，一边前行一边清理着自己留下的足迹。

这里的山石小丘看起来都是一副模样，人行在其中，会有种原地打转的错觉。但她不敢轻易留下标记来记路，担心会有人寻着标记找过来，于是只能行个百步便停下来仔细观察周围的地貌，在心中反复记忆。

先前在碧疆的时候，为了定期给天成后方传递地形信息，她时常一个人从村寨溜出去，一去就是大半日，那些山林、小洲、荒野、碎石滩，她走过无数遍，时间久了，自然练就了记忆路线的能力。也多亏这段历练，她现在做起这些事来才算得上得心应手。即便如此，她也不打算离开太远。天色马上就要大亮，她实在不放心将那人独自留在原地太久。

小丘之间蜿蜒的小路渐渐变得开阔，四周岩壁上开始有些细小带刺的灌木，她知道自己可能正在进入一小块低洼地。在这种干燥的地方，只有四面环丘的低洼地可以聚集一些水汽，如今正是干冷的季节，她不抱太大希望可以见到明水，但她知道这种地方往往是小动物喜欢聚集的地方，如果运气好，她可以抓到些下肚的东西，挨到进城就不是问题了。

她沿着有些潮湿的地面向前摸索，地面上有一些被往来的动物踩出的脚印，她仔细分辨了一番，没有发现狼的足迹，心中微微松了一口气。

就在此时，一点儿棕黄色从前面一闪而过，快得好似一小团被风吹起的沙子。

肖南回一激灵，飞快地揉揉眼，那点儿棕黄又消失了。

她心中有了计较，小心地挪动脚步，又从身上取下一小块发白的甲片。那是光要甲护腕上的一小块挡板，先前过天堑时留下来的，现下依旧闪着光亮的银白色，她前些日子用它生火也算是物尽其用。

她将甲片伸出去一点儿，借着微弱的阳光，在地上透出一道光斑。随着手中甲片的移动，那光斑也在砂石地上四处蹿来蹿去，最后停在不远处那块地面上，明晃晃的一汪，就像水波反射的光芒。

果然，不一会儿，一个毛茸茸的脑袋从岩石后探出头来，先是竖着灵活的耳

朵四处听着动静，随后才谨慎地探出半边胡须。

那是一只肥硕的沙鼠，方才应当是钻进了洞中，才会消失。

这种鼠在宿岩并不少见，但很难成为沙漠旅人的盘中餐，原因很简单，就是它们非常狡猾，速度又快，很少离开巢穴太远，只要一有风吹草动，转瞬就能钻到地下，消失不见。有时候捉一只沙鼠消耗的体力或许吃十只也不一定赚得回来，这样吃力不讨好的事，自然没有人愿意去做了。

但对肖南回来说，这沙鼠倒是没那么难对付。小时候吃不上东西的时候，她跟着大一点儿的孩子学过捉沙鼠。这些沙鼠的嗅觉十分灵敏，但视力不大好，看到光亮的东西就会以为有水源，有时只需要一块破铜镜就能将其引出洞来。

眼下，她只需要等一个一击必中的机会，今天的餐食就算是有着落了。想到这儿，她兴奋地活动了一下握着平弦的手指。

那土黄色的毛团东闻闻西嗅嗅，似乎在疑惑为何没有闻到水汽。

眼见它离那光斑越来越近。就在肖南回准备出手的前一刻，一道薄而亮的光一闪而过，她看到那沙鼠突然原地不动了，随后慢慢地在原地散成了两半，血洇了一地。与此同时，那死掉沙鼠旁的岩石蓦地一分为二，就像一块豆腐一样被切成了两块。

惊诧和冲击令肖南回生生止住了手上的动作。她瞪大了眼睛，随即迅速将甲片收了回来，伏低身子，从藏身的岩石后慢慢地望去。

寂静的砂石地上没有任何移动的物体，只有那摊血还在缓慢地漫延。

良久，一个人声冷冷地响起："搞什么？一只老鼠而已。"

那声音，她再熟悉不过了。

随即，一个瘦小的身影从百米外的岩石后走出，面容比之月前更加瘦削，连眼窝都深深凹陷，整个人透着一股和年龄不符的阴鸷，正是安律。

十数个身影跟随着他的脚步鱼贯而出，每个人都是一身灰衣。他们的头上缠着沙漠旅人惯常戴着的那种头巾，但肖南回还是很难不注意到那一条条头巾下露出一半的面孔，一张张模糊得像熔化过后的蜡一般的面孔。大家都管他们叫……仆呼那。

伍小六的话仿佛还在耳边，钟鸣一般在她脑袋里回荡，而她的身体像石化了一般，一动也动不了。

她还记得第一次见到这些杀手时的情形。彼时她对他们还一无所知，反而无所畏惧，而现在她不光知道他们曾经做过的那些阴狠毒辣之事，她还有一个致命的弱点带在身边。

"狼向来不会出错，我确实在附近看到他们的踪迹了，以他们的脚程来说，绝不会走得太远，大抵就是这儿附近。"

她看不清说话的人究竟是那一张张面孔中的哪一个，却看到一个手腕系铃铛的人向前走了几步。

那铃铛声音喑哑，像经年在雨水中浸泡，已经锈成了实心的一般，但她不敢掉以轻心。

她先前在碧疆的时候，曾经见过那里的大巫师佩戴过这种铃铛，他们管那叫作“灵铎”。传说，天神落入人间后，便用这种铃铛来互相感应。此后这种铃铛渐渐流入南羌部族，成为作法、祭祀的通灵法器。或许，白氏就是用这种方法透过飞鸟走兽的眼睛，来侦察、监视他们的行踪的。

“人影呢？！”安律将那被分尸的沙鼠尸体一脚踢飞，语气中透着一股暴躁，“不是说那皇帝身边只带了一个女人？这都抓不到！”

那仆呼那被训斥一番，却并不恼怒，抑或是他们的声音就是那般毫无起伏，没有情绪：“此处是无人之地。在这种地方找两个人比找一支军队要难多了。”

一阵穿谷的冷风吹过，肖南回不由自主地瑟缩了一下。

那方才说话的仆呼那突然仰起头来，似乎在这股风中嗅到了什么气息，他对着安律比了个噤声的手势，随后将身子伏低，整个人贴在地面上，闭眼聆听。

肖南回屏住了呼吸，连睫毛的轻颤都令她心惊。冷汗在额角凝结，就要滴落，她眼明手快地用手将那滴汗接住，汗水浸润掌心，悄无声息。

终于，那人缓缓地从地上爬了起来，对着安律摇了摇头：“没听到什么动静，看来是不在附近了。”

安律的脸色更加阴沉，他没说话，只反复摩挲着手中的一样东西，显得焦虑而烦躁。

肖南回注意到他的动作，盯着他手里的东西使劲瞧了瞧。

她所在的位置实在有些远，又不敢做出太大的动作，只模模糊糊地看出，那似乎是一只朱红色的细颈瓶子。

还没等她进一步探究，安律已收起手中的动作，似乎已有了定夺。

“不急，只要他们还没进城，就势必会路过这里。”他的目光扫过周围的小丘，“去这儿附近最高的地方，除非他们不吃不喝不走动，否则总会有动静的。”语毕，他头也不回地向着另一个方向而去，而那十数个灰蒙蒙的影子便也悄无声息地随他离开。一行人像在这丘陵间游荡的孤魂野鬼，转瞬间便消失不见。

肖南回等到听不见任何声响后才慢慢地从岩石后走出，天地间再次恢复死一般的寂静，如果不是地上那只沙鼠的尸体，她几乎要以为这里什么也没有发生过。

她提起一口气，沿着记忆中的路线狂奔回她之前离开的地方，可左找右找却不见那人的身影，瞬间便急出一头汗来。

她不敢大声呼喊，只能小声急急地唤着：“陛下？陛下……”

许久，她才看到一个身影从岩石后的阴影中慢吞吞地走出来。

她长长地松了口气，提着平弦快步走过去：“陛下可让我好找！差点儿以为你不见了，吓死我了……”

那人没说话，抬起袖子擦了擦她额角的汗。

肖南回被对方的这个动作惊得一呆，一时忘了躲闪，等反应过来，那只手已经飞快地离开了。

“太阳一升起来就把这地面都照亮了，孤的衣服在这儿实在太显眼了。”他淡淡地解释着，顺便指了指方才藏身的地方，“那边刚刚好，还可以看到你从这儿经过。”

她点了点头，想起方才遭遇的惊险，显得十分焦灼：“陛下，咱们要先寻个地方躲一躲，等天色暗下来，我再去探探是否有天成军队的消息。”

“好。”他简短地回她一个字，便静静地看着她，像一个等候安排的乖巧孩子。

面对这样的目光，她反而感受到一股前所未有的压力，仿佛如果她不能做出有力的安排，便辜负了他那全心全意的信任。

一阵搜肠刮肚的寻思、琢磨，又盯着四周那五彩斑斓的岩壁看了半天，她终于发现这里的地貌有些眼熟。一段来自过往的模模糊糊的记忆终于浮现出来。

色丘是古地名，如今的宿岩少有人这般称呼。所以她先前一直以为自己应当是第一次来到这个地方，所以即便踏足其中也没有往别的方向去想。

她抓住那念头，又细细地思索了一番，心中渐渐有了定论：“陛下，我知道一个地方，兴许可以暂时藏身。”

第八十六章

传说中的传说

因为常年随军四处奔波，肖南回此生去过不少景色壮阔的地方。

肃北营多驻守北部边疆，北境是苍凉之地，有连绵的雪山和湛蓝静谧的湖泊，磅礴大气的景色那里应有尽有，她看过的没有万万也有千万。

除了她还未曾见过的大海，她认为不会再有什么景色能令她惊叹了。直到数月前她托孙太守的福，去了那传说中的别梦窟。那一晚，她的注意力都在孙太守、潘媚儿，还有那即将嫁给豺狼的新娘田薇儿身上，对周围的景致没瞧上几眼，但心中已留下了极深的印象。

她记得那些岩壁上曼妙的赤色和紫色，层层叠叠，交织在一起，于天顶和地面蜿蜒地流淌。那绝非人工可以雕琢、渲染，而是经年累月的风沙沉积形成的。能从太古到今日，独此不朽由天成。先人推崇浑然天成的景色，认为只有那才是永恒的，她也是认同的。

可若这天造就的景致中兼有一位出尘入世的天赋之人的雕琢，谁又敢说它必不如这大好河山呢？

传说，曾有一位疯魔的画匠，天生一双能洞察世间美妙事物的眼睛，其画中男女痴嗔怒笑呼之欲出，只一背影、回眸便能摄人心魄，画中山水更如浑然天成，观之如乘舟车置身其中。然而他并不满足于人间的美人美景，毕生心愿便是一睹天神的风采。

他向神灵许愿，只要能让他瞧一瞧那九天之上的琼楼玉宇，听一听那凡人写不出的神魔故事，他情愿献出自己的半生光明。

终于，他的心愿被路过的神明听见了。神明应许了他的愿望，带他去神界住了三日三夜，随后依照约定拿走了他那双装下人间至美之物的眼睛。

回到凡间的画匠激动不已，他向遇到的每一个人诉说他在神界的所见所闻，可没有人愿意相信他荒诞的故事，所有人都觉得他是因为瞎了眼而成了疯子。

渐渐地，画匠不再开口，他将毕生财富化作金子和宝石，带着这笔财富消失在荒无人烟的大漠中。有人说，画匠早就因为饥渴而死在黄沙之中；也有人说，

他一入大漠便遭了马匪，人财两空；更有人说，他早已到了他梦中的应许之地，并在那里用不会磨灭的金子画下了他在天上的所见所闻。

这个故事是肖南回在姚易那堆杂物的小间时无意中从一本旧书上读到的。

这些传说大都虚无缥缈，连一个像样的人名或地名也找不到，更遑论去细细考究。她倒也不是多喜欢这些鬼灵精怪的故事，只是读来找些乐子。

可如今，她时常有这样那样的疑惑，又时常觉得，那些疑惑的答案或许就在那传说之中，只是世人不愿相信，有意将它们当成消遣罢了。就拿当下来说，她便因这传说想通了一件事。

色丘的地貌十分特殊，特殊到她先前只在一个地方见到过类似的岩壁，那就是孙太守的别梦窟。叫它“孙太守的别梦窟”其实是有些不妥的，毕竟他只是鸠占鹊巢，而别梦窟或许根本不叫这个名字，只是他找了些文人酸诗，强加附会罢了。

谁又能想到，这别梦窟就在这名叫色丘的古地呢？

肖南回带着皇帝在小丘间小心地移动着。那晚赴会时天色已暗，她只依稀记得那洞窟附近有一大片羊草，不知是不是那孙太守差人种的。

左右寻觅一番，还真教她找到了一个入口。她以为自己找对了地方，兴冲冲地进去一看才发现，这根本不是那一晚她去过的那个别梦窟，只是个有一点儿相似的小窟。

左右总比没处躲没处藏强些，她便带着皇帝向着洞窟深处走去。

没有了烛火的映照，洞窟内晦暗不明，只有些许从头顶岩壁中露出的光线交织其中，照亮的也不过是方寸之地。再过一会儿，太阳光就会照不进来，这里将会变得一片黑暗。

除了要做些火把之类的东西来照明，当务之急仍然是寻找水和食物。

孙太守夜宴数百人的情形仿佛就在昨天，她只要一抬头，就能见到当时坐在她前面的胖老爷和他头上的那几根毛。想到那一晚满桌的佳肴美酒和空气中的食物香气，她就觉得自己无论如何也要试一把。尽管距离别梦窟那一宴已经过去了三月有余，但她知道孙太守那乌龟王八守金山的特性，这地界肯定还有不少存货。

她能感受到微弱的气流，这或许证明这些大大小小的洞窟天然相通。她方才进入的不是别梦窟，但或许离它也不远。墙上这些似曾相识的壁画就是最好的证据。

振奋一番，她叮嘱皇帝不要乱走，便拎着平弦向着洞窟别处探去。

洞窟内将声音聚拢，有时只是轻微的响动，便能在其中泛起不小的涟漪，而且经久不散，回音良久。她一路走得战战兢兢，时常要停下来听好一会儿动静，才敢继续向前走。

日头西斜，洞窟内的光线渐渐暗了下来，她舍不得用那最后一点儿布条做火

把，只能摸黑往前走。终于，她到了一个开阔的大窟，四处岩壁上有明显人为打凿过的痕迹，似乎是用来做插火烛的凹槽，但还未来得及做好。

好在这里火把倒是有不少，她点上一支左翻翻右看看，在角落里找到了几个被沙土埋了一半的破木箱子。没抱着太大希望，肖南回用枪头撬开了几个箱子板，定睛往里一瞧，整个人都瞪大了眼睛。

满满一箱子，都是真金白银。

她咽了咽口水，心中第一个想到的便是姚易。他如果在这儿，说不定会将这洞窟都笑塌了。

金银虽是这世间真真的好东西，可眼下却是吃也吃不得，喝也喝不得，恐怕还比不得一棵水灵灵的大白菜来得有用。

她不甘心，在此处做了标记，又向连通着的别处走去。

每到一个洞窟，她便开其中一个箱子查看一番，里面的东西都差不多，不是金银珠宝，便是奇珍古玩。一个又一个洞窟，仿佛像那孙太守填不满的胃，大大小小塞满了他囤积的宝物。那些东西在黄沙中闪着光，间接控诉着其主人这些年的斑斑劣迹。

约莫走了十数个洞窟，她已有些疲劳，许久才在尽头的一个小厅内发现一些碎裂的陶罐。这里可能是临时用来储藏食物的地方，规模不大，统共没几样东西。

她满心期待地开了几个还算完好的，里面只有些陈的黍子和胡饼。她抓了几粒放进嘴里尝了尝，觉得有中毒的风险，又去拿那胡饼，可那几个饼只被碰了一下便原地化成了灰。这都怪宿岩的气候，在又干又冷的冬季，任何食物在空气中放上一个月都会变成“干尸”。

抱着最后一丝希望，她在最后一个罐子里发现了些风干的水果，看起来还算能入口，便不再挑拣，一股脑全倒进布袋子里，又捡了些原本要做工具用的木棍子做柴，临走拎着角落里的一坛子果酒，这才恋恋不舍地离开。

四周已经一片漆黑，她举着火把沿着来时的路摸索回去，发现那人就在黑暗中坐着，几乎保持着她离开时的样子，一步也没动过窝。

“你回来了。”他站起身来，往旁边让了几步。

肖南回这才看见，先前地上的碎石块被规整了，他学着她先前的样子，垒了个烧火的火塘。她颇有些惊讶和稀奇，离近看了看，由衷地夸赞道：“陛下的手艺还不错啊。”

夙未迤迤然背过身去，表情甚是平静：“还好。”

肖南回没再看他，飞快地生起火来，又将布袋子里的东西一样一样地掏出来，脸上带着几分如数家珍的骄傲：“这一串是彤城运来的葡萄，我当日是尝过的，味道极好，现在虽然成了葡萄干，但味道应该还是不差的。还有这蜜青瓜，外面的

果肉虽然不能吃了，但里面的核可以烤熟了吃，和栗子差不多。还有这个……”

她滔滔不绝地汇报自己的战果，那人就借着火光静静地看着，丝毫没有不耐烦。

将最后一样东西拿出来，她总结性地说道：“那老不死的孙太守是个只进不出的貔貅，屯了那么多金银财宝，却连块完整的饼都不肯留给我们，实在是令人气愤。不过，虽说没什么太像样的东西，但吃个一两日还是可以的。这些都是甜的，吃了让人有力气。”

“肖卿甚是能干。”

她正抒发感慨，对这突如其来的夸赞有些不适应，想到先前自己也夸了对方，她只觉得两人之间的气氛更是不对劲起来，脸一红，连忙打岔道：“水缸都干了，我只找到这个。”

她将别在腰间的酒罐子放在地上，又将找来的羊毛毡毯垫在下面铺好。

男人看了一眼酒罐，淡淡地问道：“是酒吗？”

肖南回点点头，拿着顺来的银杯倒了两杯，推给他一杯。

那人看着银杯中那清澈的紫红色，没有动作：“孤不喝酒。”

她顿了顿，有些不解：“陛下是不喜喝酒还是不能喝酒？眼下除了酒，实在没有可以解渴的东西了。”

他没有马上回答，似乎是在仔细思考这个简单的问题，最后答道：“不能喝，至少现在不能。”

好吧，反正他奇奇怪怪也不是一天两天了。若是放在平时，她说不定会刨根问底，但此时她实在没有力气开口。

肖南回叹口气，将对方那一杯酒倒进自己的杯子里，一饮而尽。

被宿岩干燥的空气蒸腾数月过后的果酒又酸又涩，透着一股奇怪的香味，喝起来并不爽口，反而有一种油一样的挂嘴感。

“不好喝？”

她摇摇头：“不好喝。”比姚易那里的云叶鲜可差远了。

想到姚易和云叶鲜，她便不可抑制地想起阙城、想起侯府，想起肖准。叹了口气，她又为自己满上一杯。

然而酒不可“貌相”，这果子酒的滋味不咋地，后劲却有些上头。

几杯下了肚，她便开始微醺，盘腿托腮看着四周岩壁上已经斑驳脱落的壁画，只觉得那些飘忽、破碎的人影在篝火的映照下仿佛活过来了。

“陛下瞧着，这墙上的画画得如何？”

夙未瞧她一眼，随即将目光投向四周：“如不可执，如将有闻。笔法洗练，功法自然。”

肖南回胡乱地点点头，其实没太听懂，只知道是夸赞的话，于是又歪着头细

细端详起来。

先前在别梦窟的时候，她只匆匆瞥过这墙上的画，彼时觉得那画中人穿着怪异，还近乎赤身裸体，便道是些香艳的助兴图画。此时她细细看来，确实和市井那些粗俗的画法不大一样，倒是有些令人疑惑的内容在里面。就好比那画中左边的男子腾云驾雾，却披散着头发，双目紧闭，好似半个瞎子。

“这墙上的壁画画的都是些什么人物？为何瞧着这样古怪？”

“那不是人，是神。”男子微凉的声音在石窟内响起，激荡起低沉的回声，“传说上古的时候，神明会借用凡人的躯壳降临人间，人们将之称为降神。这幅画描绘的便是风神临世的时候。”

肖南回凑近了看着那画，金子碾成的古老颜料虽然不会褪色，却在经年累月的风沙中开始斑驳，原本镶嵌的珍珠宝石也掉落大半，即便如此，依旧可以看出落笔之人对笔下人物颇有深意的雕琢。

“可这画上似乎有两个长得一模一样的神，一个睁着眼睛，另一个却闭着眼睛，一个踏着云彩，另一个踏着火焰。”

男人慢慢地合上眼：“因为传说中这风神最后成魔了。”

成魔了？可若是成魔了，为何还要刻画两个形象出来呢？就像作这画的人也不知道那究竟是神还是魔一样。

古时壁画大多歌颂善良、大义，批判邪恶、堕落，像这般正邪对立、不偏不倚的描绘是少之又少的。

顿了顿，她又有了别的疑问：“陛下又是从哪里听来这些鬼神传说的？”

“从孤的母妃那里。”他说这句话时脸上显出一种少有的寂寥神色，像有些遥远的回忆翻涌出来，浸染了他的情绪，“她常说，史学有时未必就是真实，而传说有时未必就是虚妄。”

这是他第二次提起他的母妃。事实上，那个美丽的女子就仿佛一个活在传说中的人物一般，就连史书上对她的记载也只有寥寥数笔，只因世人都觉得，那女子是个又疯又邪的不祥之人。

她想起他曾经对她说的话，疯的人不是他母妃，而是他。虽然她到现在也没太明白这话究竟是何意思，但她仍忧心是自己无意中触到了他的伤心事，于是故意岔开话题：“陛下这火塘垒得甚好。我先前教过一个岭西的胖子做这事，他学了几日只能摆出个东倒西歪的鸡窝。”

话一出口她就后悔了。先不说夸赞一名帝王善于垒火塘是件多么荒唐的事，她一定是脑子进了沙子，才会将他同伍小六那胖子相提并论。

然而还没等她往回找补，那人已接了她的话茬儿：“孤有一事向来做得不好。”

她赶紧借坡下驴地问道：“何事？”

“簪发。”他左手的伤口正在结痂，这让他的动作显得有些慢条斯理，等那只手从衣襟中拿出来时，手心便多了一样东西——一支玉簪，“还请肖卿为孤簪发。”

肖南回接过那玉簪，整个人一愣。

那是她的簪子，她那日溜进小帐时不小心落下的簪子。而她从帐子里顺走的半块韘形佩此刻就在她中衣的腰封内。她觉得自己应该开口问一些事情，可那些字眼到了嘴边，却一个也倒不出来。

她用手指摩挲了一下那支不论是样式还是质地都十足普通的簪子，另一只手小心地穿过那人肩头的长发。她没有篦子，只能用手指当作梳子，小心地将发丝梳通，又一缕一缕地分成股，高高地盘起。

经历了这些天的波折与苦难，这一把柔顺的青丝没有丝毫枯损的迹象，就只是沾了些灰尘，轻轻掸去后，又恢复了往日的光泽。

人们时常歌颂玉的温润，却忘了玉石的坚硬。它是那么坚不可摧，一般的砂石瓦砾都休想在它光滑的表面留下一道划痕。就像有些人，生来便注定不是什么人和事都能在他心中留下痕迹一样。

而她不是。她只是这西北荒漠中一粒不起眼的沙子，随风落在哪里都不会有人记得。即便三生修来的福分令她能够被人小心地装在瓶子里带回家中，她还是日日夜夜地担忧着，有朝一日起风的时候，她终究还是要离开的。而如果她永远地离开了，又会有多少人记挂她呢？

许是方才那半坛子酒在肚子里作祟，肖南回的心绪有一瞬间的起伏，眼前的视线渐渐模糊，她只能匆匆忙忙将手中的簪子在发间固定好。

那支玉簪静静地停在那里，明明只是最普通的样式，在那人头上却好似一只停在枝头的凤凰。

她的手缩回来，转而移向剩下的半坛子酒。粗糙的石瓦罐子、劣质辛辣的酒液才和她相得益彰。眼中的光渐渐暗淡下来，她想起那一日在她目送下走入大漠的田薇儿和贾公子。他们那时是否也如她现下这般困顿？是否也如她这般随时都有身死的可能？可他们还有彼此，即使下一瞬便双双罹难，他们的人生也不会如她这般还有诸多遗憾。

“陛下，我还不想死在这里。我还有好多好多事情没有做。我在小福居存的十坛子云叶鲜还没取，姚易的铺子里还有我三成银子，郝白那浑蛋还没将花虬还给我，我答应了伯劳要带她去海城看泊玉海，还说要用新得的俸银给黛姨打一支新钗，陈叔和杜鹃姐还在等我回去，我还没见到义父，我还没告诉他……”还没告诉他“我喜欢你”。

她说不下去了。她的嘴还半张着，却因为鼻腔和嗓子眼的酸涩而发不出声音。

如果她是在战场上被人一箭射死或者一刀削掉脑袋，或许根本不会有时间在

这里想这些令人难过的“如果”。可偏偏这等死的时间被无限拉长，令她平白生出许多不舍。

她的人生只过去了二十年，这二十年中，她每时每刻都在说服自己要知足、要懂得感恩，因此她从不敢奢望很多东西。她知道有些东西从来不属于她，而追求不属于自己的东西只会让自己不快乐。

但是就在此时此刻，当她短暂的人生即将面临终结，她还是有些难过。如果……如果她其实值得更好的呢？如果有些问题的答案其实并不是她想的那样呢？然而她的卑微和懦弱令她错过了这些答案。如果她今夕死在这黄沙之中，她将永远也不会知道那些答案，不会知道某个人的心里到底有没有她的存在。

“说完了吗？”男子的声音蓦地响起，听着比平日里还要沙哑。

随后，他慢慢地抬起左手，摸了摸头上的发髻，似是有些叹息：“这簪发的手艺实在是有些粗陋。”

他已经很久没有喝过水了，但除了沙哑，她从他的声音中听不出任何疲倦和痛苦。

肖南回的思绪生生断住，她吸了吸鼻子，没敢开口，她怕一开口就会发出难听的哭腔，不仅十分丢脸，还会显得她十足矫情。

“倒不是些要紧的事。回阙城后，你可以一一去做。”说完这一切，他转了个身，用身体挡住了从洞口吹进来的风。

火塘里那一小簇火苗似乎又活过来，坚强地挣扎着，维持着最后一点儿光亮和温暖。

肖南回眼眶里蓄了许久的泪终于落了下来。泪水啪嗒啪嗒地打在干冷的石头上，不一会儿就蒸发得一点儿踪迹也没有，就像她根本没有哭过一样。

她这一刻的脆弱，天地间除他之外，不会再有人知晓了。

第八十七章

降神

不眠不休地赶路，加上精神高度紧张，肖南回已经连续三天没怎么睡过安稳觉了。而那坛子陈的果酒让她有些陷入了情绪发泄过后的疲倦，加上先前一直风餐露宿，现在头顶有了遮风挡雨的顶，这种安心的感觉令人不自觉地有些松懈下来。虽然再三提醒自己需要保持清醒，但她还是陷入了短暂的昏睡。

她没有做梦，只是迷迷糊糊间似乎听到了尖锐的鸣叫声隔着层层岩壁从很遥远的地方传来，随后便猛地惊醒。

原地又仔细听了一会儿，她确定不是自己睡迷糊了，是夜枭的声音。此刻的欣喜之情难以用语言表达，她只觉得四周黑漆漆的天色都要亮起来了。

顺着风吹进来的方向，她很快便找到了最近的通往外面的洞口，将脑袋探了出去。

不远处的山丘还蒙着夜色，天际线上方隐隐泛着浅青色，那是晨光熹微的颜色。

她一探出头来，那鸣叫声瞬间便近了些。她使劲仰着头向着天空的方向望去，果然便见到一个圆滚滚的身影正在半空中盘旋。

她打了个简短急促的呼哨，那身影一个俯冲，迅速便落在她跟前。看着那熟悉的圆滚滚的身材，肖南回简直热泪盈眶。眼前的若不是个麻点畜生，她可能会给它一个大大的拥抱。

夜枭抬起一只脚不耐烦地搔了搔头上的两根须，似乎在催促她快些备信，它还急着赶路。

肖南回有些犯难，身边莫说笔和纸，便是连块白颜色的布都找不到一寸。她从短得不能再短的衣摆上再撕下一块，又取了昨夜烧剩下的木炭在布上写下“色丘”两个字，想了想又觉得不够具体，翻过来又写了“洞窟”两个字。随后她将布条牢牢地绑在夜枭的腿上，那鸟屁股朝天一蓄力，嗖的一下便蹿到半空中去了。

她目送着那道身影。它身上寄托着她生的希望，她希望它飞得再高些、再快些……

嗖，一道冷光从山谷间飞出，直奔方才起飞的夜枭，因为距离遥远，看起来就像一枚飞得很快的银针。

肖南回大惊失色，整个人不自觉地往前伸了伸。

那夜枭听得风声，双翅一振，悬停在半空中，那冷光擦着它而过，转瞬落回山谷间，瞧着像拴了细线的弋射之线。

弓箭手中有专门喜射鸟者，他们会用可拴线绳的矰缴做箭矢，一些猛禽中箭后会挣扎、逃脱，但只要箭矢上细线未断，便能随着线找到猎物。

这虽是王公贵族的游戏，可她此时身在荒漠之中，哪里会有什么王孙贵胄？九成不过是白日遇到的那伙人罢了。

弋射者一击未中，又出一箭，比方才还要快，还要狠。

夜枭一声鸣叫，飞向更高的云层，云朵迅速掩住了它的身影，那紧随而至的箭矢失去了目标，掉落下来，随即被一道看不见的风刃切成两半。

肖南回屏住了呼吸，目不转睛地盯着那光秃秃的小丘。不一会儿，一个身影从那之后走出。

安律的眼死死盯着头顶的那片天空，嘴角勾起冷冷的笑："不急，跑得了和尚，跑不了庙。"

他身后立着的仆呼那没有作声，只死死地盯着手腕上的铃铛。

安律有所察觉，回过头来："我说的话，你们没听到吗？快些动作，那两人一定就在附近，我们找了一天都不见他们的踪迹，说不定是躲到什么洞窟里去了。"

那仆呼那沉默了片刻，突然开口道："小师爷，这铃铛方才响了。"

安律的表情有些不满。

这个南羌人奇奇怪怪，总是用他听不懂的语言自言自语。明明只是串哑了的铃铛，故作玄虚什么呢？

"铃铛响？我怎么没听到？"他走上前，使劲摇了摇那铃铛，"明明没有声响。就算响过了又如何？许是你弄错了……"

"小师爷有所不知，这是灵铎，是通灵之铎，是不能被这般摇响的，只有在感应到咒语或是……"说到这儿，那南羌人顿住，似乎有什么忌惮。

安律越发不耐："有一说一，有十说十，吞吐什么？还是说你瞧不上我，一定要那位在这里你才肯开口？"

那人低垂了脑袋，低声说了两句南羌话，似在告罪，随后才慢慢地说道："不是我不愿告知，只是部族中的老人曾经警告过我们，若是铃铛没有法术驱动，却无风自响，那便是附近有神明靠近，须得退避三舍。"

那人说完又低下头去，安律死死地盯着他瞧了许久，突然爆发出一阵大笑，像听到了什么十足可笑的事情。

“有趣！实在是有趣！”他的笑到了顶点，渐渐变作一种癫狂的表情，眼中是挥之不去的嘲讽，“如此，我们便去会一会这真神。我倒要看看这神究竟长得什么模样。”

十数张面无表情的脸汇入灰蒙蒙的山谷之间，在黑暗中悄悄靠近。

隔着这么远的距离，她早已失去了那些人的踪迹，却还是感受到了前所未有的威胁。

一阵冷风刮过，肖南回猛地缩回洞口。

如果天成的军队已经行过三目关，那么夜枭搬来救兵或许只需数个时辰，此刻冒险离开可能会错失与之会合的最好机会。可继续留在洞窟之中是否就是坐以待毙？黎明就在前方，可眼前却是最黑暗的时刻。

她飞奔回洞窟的时候，火堆已经灭了。

那人已经醒了，站在那幅巨大的壁画下，一点儿清冷的光从背后勾勒出他的轮廓，恍惚间，他和那壁画上的神明融为一体。

他听到动静，却没有回头：“有人来了？”

她喘着气点点头，耳边仿佛还有那飞线扫过时的破空声。

“是敌是友？”

肖南回没作声，定定地望着他，仿佛这样她便不用开口也能让他知道即将发生的事一样。

停顿了片刻，她做出了决定。她快步走上前，将自己身上穿着的唯一一件布衣甲脱下来，小心地披在那人身上：“这洞里虽比外面要暖和些，但入了夜还是冷得厉害，陛下若是不会生火，恐怕会冻得受不了。”

随后，她将地上剩余的吃食收拾起来包好放在他手中，又小心地将生过火的地面用砂石掩埋干净。

他目光沉静地看着她：“你要做什么？”

“臣……臣去引开他们。”她说这句话的时候低着头，但语气很坚定。她又用回了君臣之称，像是在用这个来提醒自己，不要忘了自己的身份。

“方才夜枭已经去报信了，要不了多久，天成的人便会赶来。臣去将那些人引开，陛下只要好好待在这里，一定会得救的。”她说完，似乎心中也觉得多了几分希望。

从决定踏上战场的那一天起，她就已经做好赴死的准备。她的希望可以留给别人，而那个人还是这个王朝最尊贵的人，她应当为此感到荣幸。

帝王静静地看着她。黑暗中，那张脏污的脸上嵌着一双坚毅明亮的眼睛，带着生命的热烈和脆弱。

即便方才内心也是惧怕的，但真到了这一刻，她还是拿出了自己全部的勇气。

无知者的无畏一文不值，而懂得恐惧和害怕却依然选择勇敢的人，才如金子一般可贵。

“不必了。”

她怔怔地看着拉住自己的那只手，那上面还缠着她今天才给他换上的新布条。

“不必离开，留在这里陪孤欣赏破晓的晨光吧。”

“可是，他们就要来了——”

“此处并非只有一个出入口，你若从这里离开，他们又从那里进来，孤要如何自保？”

肖南回像根木头一样戳在那里，进也不是，退也不是。他说的是对的。但此时她难道还有更好的办法吗？

“臣不知他们是如何追踪到这里的，兴许是通过气味。臣穿上陛下的衣裳从别处出去，或许他们就会追过来——”

“肖南回，你还记得自己说过的话吗？”

她微微愣住，随即单膝跪地，说出自己的誓言：“臣记得。只要臣一刻不死，就定会保陛下周全。”

“孤说的不是这一句。”

不是这一句？她说过的话没有千千也有万万，他老人家说的到底是哪一句？她还没来得及问出口，一阵轰隆声便从洞窟深处传来，岩壁上窸窸窣窣地落下一层土，呛得人一阵咳嗽。

这洞窟之中，千里之外的响动也能通过这些岩壁传达到每一个角落，更遑论这样的震动。

轰隆声的余响散尽，开始有细微的脚步声从四面八方传来。该来的还是来了。

四周壁画上的神静静地看着他们，无悲无喜，像在度过他们在这里漫长岁月中最普通不过的一天。

然而空气里弥漫着肃杀的气息，这是地狱大门开启前的宁静。

平弦伸展开来，锈色的花纹染着血，它是横在两人身前的最后一道防线。

肖南回的脸色还有些苍白，但握紧兵器的手没有一丝颤抖。她将还未显形的未知恐惧想象成荒原上的狼群，如果不能逃避，那便去面对。她会是保护无辜羔羊的那只犬，带着要将对方撕碎的狠劲，战斗到最后一刻。

“肖南回。”他在她身后唤她的名字，声音是那样近。

她微微回头，发现他摘下了一直戴在左手的那串佛珠，随后拉过她握枪的手，将佛珠放在她手里。

“这个，你拿好。”

她一时反应不过来：“做什么？”

他竟然笑了笑："一会儿不是要打仗吗？"

肖南回哑然，看着对方连一点儿硬茧都没有的修长手指，露出一个比哭还难看的笑："陛下还是别闹了。"

脚步声更近了，洞窟内的回音将那纷乱的声音混作一团，像即将袭来的蜂群。

他收了笑，认真地将肖南回的手抬起，那串佛珠滑向她的腕间，带着一丝体温："等到一切都结束后，一定要把它戴回孤手上。无论如何，一定要做到。"

什么？什么一定要？她觉得自己没来得及问出口的话或许永远也问不出口了。

空气凝滞，他们在这骤雨前的一刻屏息而待。

下一瞬，有什么率先刺破黑暗，似凄厉的鹤鸣，呼啸而来。那是箭羽破空而来的声音。

肖南回奋力挥动平弦，将箭斩断，带着倒钩的铁镞应声落地，发出像地狱之门开启的吱呀声。

随即，暴雨般的飞箭咆哮而来，每一支箭的后面都拖着一条长长的银丝，它们一击未中，便转而化作一张看不见的网，势要将网中的猎物绞杀成碎片。

肖南回手中的平弦舞作一面不透风的墙，将那试探而来的箭纷纷斩落在地。

然而很快，进攻者便开始展露险恶的用心，一道看不见的风刃钻过她的防卫线，悄无声息地割开了她的腰侧。

鲜血涌出，她无暇顾及，抬眼间便看到安律站在黑黝黝的洞口，正无声地冲着她露出一个笑容。

那是她离开碧疆的那个黄昏见过的招数——看不见的风刃。

怎会有人可以驱使这样的招数？他用的究竟是何兵器？便是再厉害的武学大家，也无法凭空捏出一把看不见的刀。

那安律似乎知晓她的困惑，却不打算对她有所解释："杀了她。"

周围密密麻麻的细线开始旋转收紧，要将那网中的猎物凌迟处死。

这些仆呼那比他们上次在穆尔赫遇到的那一批人还要厉害，行招间毫无破绽，显然配合已久。他们有条不紊地驱使着手中的细线，渐渐将她逼入绝地。而那些带着倒钩的箭矢有着几分狩猎的意味，一旦她有逃脱的意图，他们便会将她射成"风筝"，只要线在他们手里，她便逃不出生天。

要想突围，她必须找到这阵法的破绽。可安律就在等她突围，只要她有一丝偏离阵眼的尝试，那诡异的看不见的风刃便会从刁钻的角度袭向她。

周围只剩下方寸之地，她的防守渐渐溃散，而细线搅动空气发出的破空声震颤着她的耳鼓，令她连自己的声音都听不真切。

"陛下，趴下！快趴下！"

耳鸣中，她听不到那人是否有所回应，却感觉到身后的人缓缓地贴向她的后

背，随即一双手将她整个人拥住。

震惊中，她对这从背后袭来的动作来不及反应，手中的平弦一滞，一支牵着细线的箭瞧出她的破绽，迎面而来。

腰间的那双手臂抱住她转了半圈，她只觉得视线一晃，眼前映入的是两片绣着熟悉暗纹的衣襟。

他将她环在了胸前。

转瞬间，她看见带着倒钩的箭像一条毒蛇，撕破了那精美繁复的纹路，从中钻出个头来，温热的血溅在她眉间，带着一点儿颤动的气流，有些痒。

她右手握着平弦，左手缓缓地摸上那人的背。她的手像陷入一汪温暖的泉水中，一股热意在手下蔓延开来。发生了什么？

周围的鸣噪声有一瞬间的停歇，仿佛就连敌人也对眼前的这一幕感到震惊。

怔怔地转动眼珠，她的睫毛就这样滑过那人的下颌线。

“肖南回，你说过不怕孤。记住你说过的话……”

他的气息还停留在耳畔，下一瞬，一股巨大的力量四散开来，昨夜她亲手为他簪好的头发瞬间被那股凌厉的气息打散了。

乌色的长发像一匹被撕碎的缎子四散开来，玉簪清脆地落在她眼前，随即一股重压袭来，令她直不起腰来，整个人趴在了地上。

一阵奇怪的声音钻进她的耳朵深处，像万万千千虫蚁啃食叶片发出的声音，又像蜂群盘旋掠过。那声音从四面八方来，又往四面八方去，细细密密，无孔不入，摧人心肝。

肖南回捂住耳朵，努力克服那种头痛欲裂的感觉，随后，她试着慢慢地睁开了眼。目之所及，是她有生以来从未见过的情形。

很多年后，她依然记得那种感觉。

空气似是被一把看不见的刀一分为二，然后又被分作四、十六、成百、上千、无数，直到不能再分割为止。

她看到那些飞驰在半空的箭化作一团团雾气消散在风中，那张由细线组成的网也凭空消失在原地，像画纸上炭笔画下的痕迹，撣一撣便不见了踪影。

十数名杀手仍立在原地，似乎根本不确定方才究竟发生了什么。他们仍保持着进攻的姿势，手中的武器却化乌有。

离得最近的那个人最先发出一声惨叫，他看到自己前伸的手臂似是被什么东西蚕食了，消融在空气中。他的尖叫声随即卡在喉咙里，发出古怪的咯咯声，他的腿似乎想带他逃离这里，却怎么也挪动不了分毫。就在这转瞬间，他的整个身体已经化作一团血雾，消散在这个空间里，哪里也找不到这里曾经存在过一个人的痕迹。

安律跌坐在地上，随即转身扒着身后岩壁上的石缝，疯了般向上爬去。

剩余的人仍站在那里，那蜡一般被毁掉的面容上只有一双双流露出惊惧和战栗的眼睛。有人突然便跪在地上，双手合十，嘴中喃喃说着什么，祈祷神明能够听到他们的祷告。

然而洞窟石壁上的神像依旧是那副无动于衷的模样。很快那些壁画的线条也变得模糊起来，好似褪了色一样渐渐淡去，最终化作一团闪着金光的雾气，混入那极速搅动、旋转的空气中。

肖南回瞪大眼努力分辨，才发现那些发光的细碎粉末是这岩壁被搅碎后的残骸，当中还夹杂着壁画上的宝石与金线，那些美丽而坚硬的石头就在那看不见的风中被搅成了尘埃。

风鸣声越发尖锐，空气因为极速震动而扭曲，被裹挟其中的碎石化作尘埃，将那无形的风勾勒出形状，组成一道道纱縠般的屏障，层层叠叠地包裹成一个巨大的球形。而这球形还在不断膨胀、扩大，向周围的岩壁挤压而去。

肖南回的头变得很重，得费力才能抬起。

指尖用力，她将那人的衣襟抓得起了皱。

衣料下的那具躯体如石头一般无法撼动，那支带着倒钩的箭将他贯穿，她看见他胸口流出的血渐渐变成一条条细碎的线，像叶脉一样四散到半空中，将这可怕的暴风眼不断扩大，似乎要吞噬整个世界。

空气变得稀薄，她只觉得呼吸越发困难，眼前一阵阵发黑，像被一只看不见的罩子扣在头上，一点点被消耗掉生气。

"陛下……"她颤抖着伸出手，将那人披散的头发拨开些，露出那张她熟悉又陌生的脸。

他还是没什么表情，苍白的脸上却绽放出一种奇异的光彩，让人不敢直视。那双曾经淡泊如古井一般的眼中，此时只有两个无限放大的瞳孔，像漆黑恐怖的洞，当中是看不到尽头的疯狂与痛苦。

那里住着一个陌生的灵魂，仿佛就是那传说中冰冷孤傲的神明。他的双瞳在那股可怕力量的驱使下开始渗出血液。血线顺着他的眼角生长出来，缓慢地爬向鬓角。

"陛下，陛下……醒一醒……"

他毫无反应，就像听不到任何声音一般。

她去抓他的手，那双苍白纤细的手此时似最冷硬的石头，怎样也无法撼动。

她的脑海中只回荡着一句话——无论如何，一定要将那串珠子戴回去。

"陛下！"她声嘶力竭地喊着，祈求着他能恢复一丝往日的神志。然而她的呼喊像沉入深海的一个气泡，破碎之后，什么回响也没有留下。

她用尽最后的一点儿力气，奋力用指尖挖着他左手下那片粗粝干硬的地面，砂石嵌进她的指甲内，鲜血从指尖渗出，她也浑然不觉，只不停歇地重复着动作，直到她可以将手伸进那窄窄的缝隙。

无法呼吸的压迫感令她的手不住地颤抖，她将那人的手指一根根拢入手中，再缓缓扣紧，同自己的手叠在一起。

她想起他用朱砂写在她掌心的那个字。

“夙未……”带血的指尖死死地扣紧他的手，她将那串先前戴在手腕上的舍利佛珠推向那只手。

“夙未……”她一遍一遍地叫着他的名字，直到陷入沉沉的黑暗之中。

第八十八章

梦里不知身是客

肖南回在黑暗中睁开了眼。

她发现自己站在阴冷潮湿的地面上，四周的墙壁围成了一个圈，将她困在其中。周围黑漆漆的，只有头顶方寸的地方能看到一点儿星河，离她十万八千里般遥远。

这里是哪里？阎王的地府吗？原来地府是口深井，竟修得如此简陋。她生前没做过亏心事，倒是杀了不少人，阎王爷会不会把她丢到一八层地狱去呢？

她叹口气，原地转了个圈，突然发现这空间内原来不止她一人。狭窄逼仄的角落里有一张又窄又高的石床，石床上躺着个人，看身量还是个小孩子。

地府里……怎么还有小孩子？是个小鬼，还是阎王爷的孩子？

左右自己已经死了，还有什么可怕的呢？肖南回眨眨眼，蹑手蹑脚地走上前去仔细打量起来。

那是一个七八岁的小孩子，穿着一件过于宽大的长衫，似乎是大人的衣裳。他的脸冲着墙壁的方向，似乎是在熟睡，整个身体却十分僵硬地维持着一个姿势。也难怪如此，他身下的那张石床实在太过狭窄，只要稍有偏移，他便会掉下床来。

她正想着，那孩子身体一抖，似乎做了噩梦，随即便失去平衡，从石床上跌了下来。

她吓了一跳，眼睛和那孩子惊醒的脸瞬间便对上了。

那是一张稚气的还未长开的脸，唯有那双狭长的眼睛已经定形，目光流转间，像含着一汪水，四周的黑更衬得他的皮肤明晃晃的，那是一种常年见不到阳光的苍白。真是个漂亮的男娃娃。

男孩眨眨眼，清明渐渐浮上眼底。他在地上坐了片刻，便站了起来。

“喂。”

那孩子从她身边擦身而过，径直走到角落里。

看不见她吗？她不死心，又跟在后面凑了过去。

男孩坐在角落的一方石案上，打坐的姿势甚是标准。他面前摊着一卷书简，

破破旧旧的，瞧着有几分眼熟。

然而更眼熟的还在后面。看到那孩子手腕上的东西的那一刻，肖南回整个人一顿。

那是一串形状略不规则的珠子，在那还未长成的手腕上显得有些大。那样珍贵、稀罕又奇特的东西，这世间应当不会有两样。

她又仔细看那孩子的眉眼，心中的疑惑越来越深。她这是……在那人的梦里吗？

男孩点上一盏油灯，开始磕磕绊绊地念着那经书上晦涩的文字，一念就是大半天。

她贴在那经卷上仔细瞧那鬼画符一样的文字，瞧了半天也瞧不出名堂，她从起先的困惑到好奇，最后在这催眠般的念经声中昏昏欲睡。

不知又过了多久，她睁眼一看，头顶的星空已变作白日，而那孩子也不在石案前了。

四周光线亮了些，她发现周围环形的墙壁上实则嵌着一圈旋转的石头楼梯。上方隐约有人声传来，她顺着石阶盘旋而上，便看到那个小小的身影正坐在一个石头开出的洞口前，而那人声便是从洞外传进来的。

她仔细听了一会儿，说的都是些国策国论，甚是无趣。而他听得倒是专注，时不时地还要回答对方的提问。

她凑近了，使劲往洞外面瞧，可外面一片刺眼的亮光，她只模模糊糊看到半截人影坐在那里，脖子往上便都看不到了。

什么传道授业解惑的鬼老师，连个脸都瞧不见。她暗自嘟囔着缩了回来，想顺着那石阶往上爬，然而爬到尽头才发现，天顶的那个小窗于她而言依旧遥不可及。

天成的右将军是不是都如她这般倒霉？生前陪着亡命天涯，死后还要陪着在地下坐牢？那百两黄金拿得实在是不划算。

抬了抬眼皮，肖南回发现那洞口有人推进一个装满精美食物的托盘，什么花雕醉虾、时令鱼脍、酿四宝，个个都是掐头去尾的尖货，就连汤汤水水和下酒的小菜都做得精致好看，怕是不输御前。

哟，吃得倒是不错。她伸出手想去抓个酪酥，却一抓一个空，最后只能郁闷地蹲回原地，看着别人吃。

男孩吃得很慢，一样菜只夹一点儿，最后将筷子摆回原位，连着那个托盘一起推回洞外。

她想起传闻中帝王家的规矩，每日用膳不可贪食，不可有一道菜肴吃尽，也不可有一道菜肴未动，总之，就是个折磨人的吃法。

一天到晚只吃进这么点儿东西，又不见天日，连个大一点儿的活动空间都没

有，任谁也长不成壮实魁梧的样子。他真的是皇子吗？不会是先皇找来的什么影子替身吧？

肖南回的脑子里蹦出无数个话本折子里的故事。什么狸猫换太子、偷龙转凤、替身与真身的故事，她自娱自乐地想了一遍，天色不知不觉又暗了下来。

男孩又回到了他的石床上，就像她刚来到这里时一样。

日升、日落。月隐、月现。男孩整日都重复做着一模一样的事情，她便一直在角落里看着，无聊到数墙壁上的砖块。

直到第三天晚上，她看到那男孩似乎又做了噩梦。

那具小小、瘦瘦的身体连蜷缩起来都做不到，只僵硬地冲着墙壁，薄薄的衣衫勾勒出他背脊的形状，似乎还在微微发抖。

她在他的梦里看见他在做梦。这感觉有点儿神奇，也有点儿触动她的心。

她还没见过这样的皇帝，所有脆弱都袒露无遗。

虽然知道对方听不见她的话，但她还是忍不住走上前，轻轻地叫道："喂，醒一醒。你做噩梦了。"

下一瞬，男孩居然睁开了眼。他似乎在看她的脸，随后慢慢地坐起来。

肖南回觉得有些诡异，后退了几步。谁知男孩起身走了几步，正好停在她面前，随后抬起那双乌黑的眼直勾勾地望向她的脸。

她被盯得有些发毛，喃喃地开口道："你看得见我？"

男孩许久才蹙起眉："你为何还在这里？"

"能看见？！能看见你不吭声，害得老娘一直对着空气自言自语，丢死个人！"肖南回心道。

大的，她不敢欺负，难道还不敢欺负个小的吗？她想上前去拧他的脸，可一出手就又扑了个空。

肖南回气急败坏："你看得见我，听得见我说话，前几日为何不理我？"

"为何要理会？一个个的，我若总是理会，还如何做功课？"

她眼睛一亮："怎么？先前还有像我这样凭空跑到你这儿的？"

男孩点点头："只是他们不会像你这般赖着不走，大都半天便消失了。"

肖南回摆出一个无奈的姿态："我也想走，可是我不知道怎么出去啊。"

男孩淡然地转身，像是司空见惯了："无妨。时候到了，你自然就出去了。"

哟，瞧这口头禅，瞧这做派，还真真是从小便这副样子了呢。

她不依不饶地跟了上去，将先前心头的疑惑通通倒了出来："那你说说看，我到底是什么？是鬼魂吗？你是有看到鬼的阴阳眼吗？"

男孩似乎非常嫌弃她自作主张的猜测，悠悠地说道："我若是能看到鬼魂，你现下便是已经死了。你不害怕吗？"

她挖了挖鼻孔："死了便死了。我活着的时候已经纠结过这个问题了，现下反而不用纠结了。"

那男孩终于抬头看了她一眼，沉默了片刻才开口："阿娘告诉我，你们都是我一生会遇到的人。现下不过是提前见了，不必挂心，之后注定还会相见的。"

提起他的娘亲，男孩的神情有一瞬间的落寞。他到底还没修炼成之后那副"独卧青灯古佛旁"的样子，虽瞧着比同龄的孩子成熟许多，但有些情绪仍可以从脸上读出一二。

肖南回轻咳一声，觉得自己应当要有身为大人的样子，便做出一副慈悲的表情来："你有阿娘？你阿娘在哪儿？为什么放你一人在这里？"

男孩奇怪地看她一眼，又恢复了板正的样子："阿娘要陪父王，自然不能来陪我。"

她更是不解："那你父王为何放你一人在这里？"

男孩看向她："我为何要告诉你？"

她被噎了一下，有点儿尴尬，故作不屑道："看来你自己也不知道。"

男孩低头思索一番，却开口道："这原来便是老师所说的激将法。"

屡次被拆穿，她委实有些没面子，加上莫名其妙来到这里的一肚子委屈，干脆一屁股坐在地上生起闷气来。

空气又恢复了先前的静悄悄。

潮湿逼仄的空间令人压抑不已，生不出半分力气。男孩盯着眼前摊开的经卷，突然就有些看不下去了："你怎么不说话了？"

她哼唧一声，别过身子去。

身后又是一阵沉默，就在她有些忍不住想要回头的时候，男孩的声音突然低低地响起："知道我秘密的人几乎都不在这个世上了。"

肖南回转过身来，十足诚恳地道："反正我也算不得是个人，你告诉我也无妨。"

男孩愣愣地看了她一会儿，突然笑了笑，随即意识到什么，飞快地收敛了表情："父王说我得了癔症，这病治好之前，他不能放我出去。"

"癔症？"她觉得这个说法有点儿不对劲，但一时又想不起来哪里不对劲。

"我必须学会控制自己的情绪，愤怒、悲伤、欣喜、恐惧都会令我失控，而我一旦失控，周围的人就都会跟着受苦。"

这回换她沉默了。她想起来她为什么会在这儿了。

"喂。"男孩轻轻地唤她，"我同你说了这么多，你还没告诉我你叫什么名字呢。"

肖南回静静地看着男孩的脸，只觉得这一刻的时空仿佛静止了。

她张了张嘴："我叫——"

“肖南回……”一个声音突然在耳边响起。她一愣，随即掏了掏耳朵：“你听见什么声音没有？”

男孩轻轻地摇了摇头，依旧望着她：“你说你叫什么？”

“肖南回……”那声音又近了些，似乎就在她脑子里。

她站了起来，正要对男孩说些什么，眼前突然便一黑，整个人被一股力量拉扯着开始下坠。

她又进入那种昏昏沉沉的黑暗之中，不知过了多久，才循着先前唤她的那个声音，向着光走去。

光里似乎裹着一团人影，在那儿晃来晃去，晃来晃去……

啊，好烦。她猛地伸出手，一把抓住那影子，随后突然就醒了过来。入眼的是一张烙饼大的脸，那脸上嵌着一双浓眉大眼，正滴溜溜地转着眼珠看着她。

“醒了？”

肖南回猛地从床上弹了起来，随即像被鬼压床的人刚醒来时一样，揉了揉昏沉的脑袋。

她看着面前那张日思夜想、魂牵梦萦的大脸，嘴唇一阵抖动，又是一声哭号，随即一把将对方抱入怀中。

伯劳被勒得头大，骂骂咧咧地喊道：“什么毛病呢这是？郝白！郝白！你个庸医，你不是说她没事吗……”

房间门被猛地推开，一身白衣的郎中大步流星地跨进屋来，带进一股脂粉香：“起开，我瞅瞅。”

他伸出两根手指，装模作样地在肖南回的手腕上探了探，随后拈着他那不存在的两撇胡须，悠悠说道：“从这脉象来看，身体甚是强健，就是先天智力不足，恐非我力所能及啊……”

她就知道这江湖郎中没个好话：“滚。”

肖南回抬脚要踹，那人已经灵活地躲开，想来是在碧疆那段日子练就了些本事。

伯劳仍抱臂立在一旁，脸色有些狐疑：“当真没事？”

郝白心有余悸地指着床上的人：“你瞧她那架势，像是有事的样吗？就她那腿，还是我给接的呢，你瞅瞅这力道、这灵活度……”

肖南回从床上撑着身子爬起来，确实只有些晕，应当是卧床太久的缘故：“我这是……睡了多久？”

伯劳伸出三根手指：“三天？”

肖南回脑子里闪过梦中的那些碎片。她在那个鬼地方似乎也待了三天。那真的只是梦吗？感觉为何那样真实……

她愣神的工夫，伯劳又凑上前来，盯着她的脸使劲瞧了瞧：“我看不是先天智力不足，是后天摔坏了脑子，竟连几根手指头都分不清了。”

肖南回一把推开她的脸，已经有些懒得搭理了：“陛下呢？他还好吗？”

屋子里静了片刻，她脸色突地就变了，急急忙忙要下地穿鞋。

郝白见了连忙开口：“瞧你急什么！我什么都没说呢，那位真要是出了事，你醒过来还能是这光景吗？”

她有些茫然，更多的是焦虑：“那到底是怎么样了？”

“他后心挨的那一箭确实凶险，不过现在倒没有性命之忧了。只是……”郝白停顿了片刻，似乎在斟酌如何开口。

“只是什么？”她更是着急。

“只是人还没醒过来，即便醒过来，我也不知道是个什么情形。”

失去意识前别梦窟发生的事，如潮水般涌进她的脑袋里，同那即将消逝的梦境混作一团，闹得她头疼。这一切到底是怎么回事？

“我得过去看一眼，就一眼。远远地——”

一旁的伯劳突然出声：“我劝你最好还是别凑过去。”

“为什么？”

伯劳的两只眼睛不可思议地瞪大，像不明白肖南回为何会问出如此愚蠢的问题：“为什么？丁未翔那狗腿子现在恨死你了，巴不得要将你碎尸万段，你说为什么？”

肖南回往外迈的腿终于缩了回来。

“你同皇帝何时走得这么近了？”郝白在一旁跷着二郎腿，出口的话一针见血。

肖南回定了定神，给了他一个完美的回答：“陛下是我亲自护送的，关心他是死是活难道不是我的职责吗？”

郝白露出一个谜之微笑，似乎不打算就这么放过她：“你知道他其实就是——”他故意顿了顿，随后才接着说道，“难道没有什么别的感想吗？”

伯劳在一旁敏锐地眯起眼：“其实是什么？”

郝白指了指肖南回：“你问她去。”

说罢，门外便传来一阵通报声：“郝先生可在？丁中尉请您过去一趟。”

“这便来了。”郝白给了肖南回一个意味深长的眼神，随后起身飘然而去，留下她和伯劳大眼瞪小眼。

肖南回十足害怕对方追问方才那个问题，因为自己实在不知该从何说起，于是先开口道：“我有重要的事要问你。你们是如何找到我们的？”其实她真正想问的是他们来的时候究竟看到了什么。

伯劳盯着她看了一会儿，反问道：“你什么也不记得了？连皇帝为何会中箭也

不记得了？”

肖南回心跳如擂鼓，下意识地便撒谎道：“不记得了。我只记得遇到了一群杀手，很像之前咱们在穆尔赫遇到的那群人。我同他们缠斗，然后……然后……”

她有点儿编不下去了。唉，都怪她躺了这么久，脑子更不好使了。

就在她觉得自己要露馅的时候，伯劳却接着她的话顺了下去：“怪不得怪不得。都说这岭西砂石疏松，洞窟内不得高声言语，否则便有天崩地裂的危险。你可倒好，竟在其中打斗，想来这就是那里会塌了一片的原因。”

“塌了？”肖南回喃喃自语。

他们的打斗把整个石窟震塌了？

她知道事实肯定不是那样的。可是伯劳却深以为如此：“还能有假？我们接到夜枭传信赶到的时候，几乎没费什么力气就找到了你的位置，就是因为那一片的洞窟都塌了个彻底。一个营的将士挖了一天才将你俩刨了出来，你还能活着当真算是幸运了。”

肖南回陷入短暂的沉默，随后她想起另一件令她挂心的事来：“义父呢？他还好吗？可是随你一起来的？他——”

伯劳还没来得及开口，一阵急促的脚步声便在门外响起。

第八十九章
重逢

肖南回以为自己会看见肖准的身影，谁知门扉一动，进来的却是夙平川。她站得离门近了些，对方没刹住脚步，直愣愣地便冲到了她跟前。

为了避免尴尬，肖南回顺势给了对方一个庆祝劫后余生、顺便表达关爱的拥抱："原来是平川弟，真是好久不见啊，好久不见！"

寒暄完，她退开，夙平川却仍然立在原地，僵硬得只有眼珠子跟着她转了转。

肖南回觉着有些奇怪，又凑近去瞧他："你怎么了？脸这样红……"

这两句话仿佛解了对方的"定身咒"，夙平川飞快地退开："你醒了？身体有无大碍？"

她拍拍肚子："无碍，就是些皮外伤，不打紧。"

"你没事就好，我先走了。"说完，他飞快地转身就要离开，却被门口一堵宽厚的肉墙挡住了去路。

伍小六探出个脑袋，见到肖南回，眼泛泪光，脚下上前几步，将夙平川又拱了回来。他似乎是想哭上两嗓子，但方挤出点儿声音，便被肖南回一掌给堵了回去："别叫唤。我刚起来，头疼。"

伍小六从善如流，眼泪可谓是收放自如，脸上瞬间便雨过天晴："我做了好些吃食，你若有精神，我这便端进来。"

睡了三天，肖南回确实有些饿了："也好。这里还算宽敞，桌子也够大。"

伯劳欢呼一声，拉上伍小六便去门外端吃食了。

肖南回抬眼见到夙平川依旧僵硬地站在那里，有些过意不去。人家可能根本不是特意来看她的，但是当下又不好意思明说，瞧着他们三个热火朝天的，所以才会有些尴尬。不管怎么说，先前他们也是同甘共苦过的，如今也算是皆大欢喜、平安再聚，理当庆祝一下。

思虑片刻，她郑重地开口道："平川弟，既然都来了，就一起吃个饭再走吧。"

夙平川似乎更加扭捏，过了一会儿才点点头道："便依你所言。"

伯劳正端着汤走进来，瞧见这一幕瞪了肖南回一眼，又看向手上那口锅，眼

神中的意思是，她并不想多一张嘴分她的口粮。

肖南回装作没看见，面不改色地给夙平川盛了一碗汤："你还没同我说，上次分开后，你们是怎么去到晚城的？一路上顺不顺利？"

夙平川瞥一眼伯劳，鼻间发出一声冷哼："都过去了，不提也罢。"

她从夙平川那短短八个字中听出了不同寻常的意味："听起来似乎……不大顺利？"

这时恰逢伍小六拎着食盒走进来。他听了个话头，自然而然地接了下去："哪里是不太顺利，简直就是要了半条命。这位伯劳大侠身手了得，挑的都是猿行犬嗅之道，虽说距离上确实近了不少，可走起来实在费鞋。我们方才出了戈壁，又进了碎石林，那碎石坡，双脚踏上便会陷入其中。我同郝先生都是连滚带爬地下去，平川兄觉得狼狈，非要坐着滑下去，起身时这半边腚都要露出来了。现在想起来，真真是不堪回首……"

夙平川的脸随着伍小六"平平无奇"的叙述而变换着颜色，肖南回简直有些不忍看，假作对面前的花生米有些兴趣而低下头去。她想过那过程应当有几分精彩，但没想到会这么精彩。她寻思着这伍小六此时怕是还不知道夙平川那一层身份，否则断不会如此口无遮拦。

轻咳一声，她努力压下上扬的嘴角："如此说来，到了晚城，你们应当多休整一段时间，怎么又回了岭西？"

空气中有片刻微妙的停顿。随后那三人几乎异口同声道："反正不是为了你。"

她对这三人的反应有些讶异："我何时说过你们是为了我才——"她顿住，脸上有些遮不住的开心，"难道当真是为了我？"

伯劳翻了个白眼，语气十足冷酷："才不是。我听说你请命留在了黑羽营，便想着来同侯爷会合，为的是汇报你的近况。一眨眼你请命西行已经数月，数月来侯府对你的下落可谓完全失了音信，现在看来你怕是有些乐不思归呢。"

肖南回完全没介意对方语气中的挖苦，再次提起肖准使得她有些难以平静："义父在此处？为何一直未见他？可是出了什么事？难道是受了伤——"

"侯爷不在。"伯劳飞快地打断她的猜测，见她面上有些难以掩饰的失落，又毛毛躁躁地补上几句，"光要营在垡莽岭渡河成功，打了白氏一个措手不及，三目关一战大捷。侯爷想着乘胜追击，知道你被救下后就带肃北军拔营往西南去了。凭你这皮糙肉厚、常年挨打的身体素质，想来过几日就能去找他了。"

啊，他终于打赢了。

年少出征，而立乃还，尽管中途多年未曾踏足西南这片土地，但她知道，那一场战役从未在肖准心中鸣金止戈过。他多年的夙愿如今就要达成了。只是这样重要的时刻，她却不在他身边。她会去找他的，哪怕……可能会晚一些。

她沉思间，伍小六已将烤得金黄的馕饼端上了桌："这饼中我加了酪子酥油，趁热吃最好不过。"

伯劳两眼放光，一屁股坐在桌边，便去撕那张饼。

夙平川看在眼里，皱眉不语，没动眼前的碗筷。

肖南回已收回了心思，余光瞥他一眼，关切地问道："平川弟为何不吃？可是这饭食不合胃口？"

夙平川看一眼伯劳，语重心长地回道："她是你的婢女，怎能和你在一张桌子上用膳？"

他这话一出口，肖南回就知道坏事了。果然，下一瞬，她便听得伯劳那破铜锣一样的嗓门提得有天棚顶那么高。

"婢女？！"伯劳那张生动的脸上眉毛、眼睛一阵乱跳，仿佛一个盘子上的几颗蚕豆，嘴角的饼渣扑簌簌掉了一地，"你哪只眼睛瞧见我是个婢女？"

夙平川一副"少爷不同贱民一般计较"的姿态，又将脸转向肖南回："你说得没错，这婢女的脾气确实差得很。"

肖南回只觉得两道目光瞬间像两根筷子一样扎在她身上。她低头抚额，对着夙平川只说唇语："闭嘴，不要说了。"

夙家少爷终于大发慈悲地闭上了嘴，伸出筷子，直奔伯劳最爱的烤羊腿："既然你都不介意，我也不好多说什么了，这便少少吃些也罢。"

烤羊腿本来就只有一条，是要用小刀将肉切下来吃的。当然，夙大少爷是不知道的，他觉得自己只是"少少地"夹了一筷子，堂而皇之地将那一整条羊腿都夹到了自己的盘子里。

伯劳的眼睛已经可以喷火了。

肖南回趁她还没化作一条喷火龙之前，赶紧架着她出了屋子。可怜她那大饼才刚啃了两口。

"肖南回，你个吃里爬外、背主求荣的女人……"屋外的长廊里，伯劳的大嗓门拖出了长长的尾音，引得几个过路的士兵纷纷注目。

肖南回一把捂住那张喋喋不休的嘴，咬牙切齿地道："祖宗！我求求你小点儿声，这里是军营，你以为是在黛姨的院子吗？"顿了顿，她也有些愤愤然，"谁是主，谁是仆？我怎么就背主求荣了？"

伯劳一把扒拉掉她的手，鼻间哼了一声，嘴噘得老高："那便是背仆求荣，总之，你是大大地对不起我。我在那鸟不拉屎的彤城守了那么多日，没日没夜地帮你传消息、递情报，还要翻山越岭去接应你不知从哪里捡来的三个蠢蛋。我带着他们仨是又当爹又当妈，如今好不容易熬出头来，竟然还要在这里受气吃瘪……"

肖南回瞥她一眼，不咸不淡地接道："我在黑羽营的时候认识了个姓鹿的老

熟人，他说自己收留了一位非常能吃的‘门客’，将他那儿的葡萄都吃了个精光，活得很是滋润。”

伯劳眨眨眼，声音突然就细了起来：“其实也就每天……一串。”她伸出一根短粗的手指，随即又不自信地弯了弯。

肖南回看着那根手指头，气极反笑：“你一天吃一串葡萄的时候，你主子我却被人打断了腿。”

伯劳的脑袋垂得更低：“……谁教你当初不让我跟过去，侯爷……侯爷若是问起来——”

“他不能知道这事。”肖南回果断地截住了她的话头。

伯劳先是一喜，随即甚是疑惑：“不让他知道？为啥不让他知道？你做什么对不起他的事了吗？”

肖南回有些急了：“什么对不起他的事？！不过就是伤了腿，从前也不是没伤过，何况现在已经好利落了，何必再跟他说上一遍，徒增烦扰？”

伯劳“哦”了一声，突然又凑近她瞧了瞧：“可我怎么觉得你这次回来后和以前不大一样了？”

不一样了？哪里不一样了？

伯劳仍将信将疑地看着她，直把她看得有些发毛。

她心下打鼓，虽然明知自己没做什么出格的事，可不知为何却有种心虚的感觉。她还没来得及细细品味其中的意味，伯劳却已将目光挪开了：“罢了，郝白都同我说了，定是你在那碧疆的寨子里养了太多男人的缘故。早知你如此饥渴，还不如在姚易那里多挑几个，好歹也算得上知根知底。”

肖南回只觉得一股血气上涌，想把眼前这只放肆又碎嘴的“鹌鹑”就地拔毛下锅炖了。

伯劳感受到了她的杀气，脚底抹油，一个翻身上了墙头。左右得知自己的把柄不会落到肖准那里，她那大脑袋瓜子又精精神神地立了起来，从后面看好像一只冬瓜成了精。

肖南回瞧着来气，本想去追，可一来腰上的伤还有些疼，二来方才那番对话令她不自觉地有些烦躁，便索性转身向另一个方向走去。

她本想就近走走透透气便回去继续吃东西，可出了长廊进了一座院子，她一眼便瞧见了那眼熟的石桌石凳。

她原以为这里是岩西旧城的哪座官府，此时才发现这里正是那孙太守的院子。

兜兜转转几个月后，她又回到了这里。

只是时过境迁，如今的孙府已没有当初的半点儿模样，先前的那场杀戮使得这里疮痍满目。而天成军队入驻后，便肃清了一切无关紧要的杂物，周遭干净得

像刚建好的新府。

只可惜了那孙太守几房如花似玉的小妾，也不知最后落得个什么下场。

她一边感慨，一边溜达着，不自觉地就走远了些，正要掉头回去的时候，冷不丁前方突然蹿出个人来。

“见过右将军。”那人在她五步远处停住，然后恭敬地行礼，亮出腰牌，一看便训练有素，“在下是雁翅营扶风校尉旗下佐军。丁中尉差我来唤您，让您往议事厅去呢。”

丁未翔？怕是来者不善啊，竟都找到这儿来了。

肖南回心中警钟大作，面上露出难色，用三流手段推脱道：“这议事厅在何处？听起来有些远的样子，在下伤后初愈，也不好四处走动……”

“不打紧，属下这便差人去抬顶软轿来。”

她要是坐顶轿子招摇过市，明日便不用在营中混了。

肖南回连连摆手，简直要使出一套掌法来：“这怎么使得？在下只是略有不适，休息几日便好了，丁中尉若无急事便改日再——”

“确是急事。”那人几乎是当下便将她的话头打断，语气依旧挑不出半点儿错，“将军若实在不愿走动，属下可以背您过去。”

“老兄，我怕了你还不成吗？”肖南回心道。

“背……还是不必了。”她勉强露出一个微笑，又紧了紧腰间裹伤口的白布，“那便劳烦带路了。”

第九十章

他的血（上）

天成如今的四大军营分别为肃北、光要、雁翅、黑羽，其中以黑羽最为神秘，而雁翅规模最大。

肃北为骑，迅疾如风；光要利甲，坚不可摧；黑羽精锐，势不可当。而“雁翅”一名得自一种守卫的佩刀，刀身宽而长，前端微翘，如大雁展翅，与以精锐著称的黑羽不同，象征着一种厚重、可靠的力量。是以肖南回一度觉得这雁翅营出身的中尉应当个个都是十分好打交道的宽厚之人。

当然，她现在不那么觉得了。

此刻她正立在一座荒无人烟的院子前，倚在两根光秃秃的石柱子上左右望天：“敢问兄台，此处当真是议事厅吗？”

那名领她前来的雁翅营佐军面不改色地点点头：“正是。”

她又前后张望一番：“议事的人呢？”

“前脚刚走。”

她觉得有些好笑：“那丁中尉人呢？”

“丁中尉正在内屋煎药，劳烦右将军在此稍候。”

煎药？他既然在煎药，又有什么着急的事，非要现在找她过来？

她脸上的神情泄露了些许情绪，那人见了又添一句：“或者在下进去通禀一声，让将军先行进屋去等。”

这煎药的屋子大都不怎么通风，药味、水汽聚集在一起，并不是个让人舒服的地方，何况还有一个丁未翔。

“我在这里等等就好。”

那佐军听言随即行礼退下：“那在下先行告退。”

肖南回眨眨眼，多余的话还没问出口，那人就像来时一样迅速，转瞬间便不见了人影。

她找了块破门匾坐在上面，眼睛盯着那破石头房顶冒出的烟气发呆。只见那道烟随着风一会儿歪向左边，一会儿歪向右边，但就是绵延不绝，仿佛有一整个

御膳房的人正在里面做宫廷流水席一般。

半个时辰过去了，屋里还是半点儿动静都没有。肖南回叹口气，站起身来，几步上前，一掌拍开了那半扇摇摇欲坠的门板。

一阵尘土随着她的动作飞起，随后纷纷扬扬地落在屋内唯一的后脑勺上。

丁未翔正背对着她守在一个小灶前，灶上只有一只甜瓜大小的陶盅，正嘶嘶地冒着热气。

肖南回轻咳一声，暗示了一下自己的存在。

丁未翔并未回头，慢悠悠地拿起一旁浸在木桶里的琉璃盏，舀起一捧清水浇在那烧得滚烫的陶盅上，一阵热气腾起，慢慢悠悠地顺着烟道飘了出去。

肖南回的目光在这光秃秃的屋子里转悠一圈，落在墙上的半张纸上。

那半张纸被钉在石头缝隙中，她凑近一看，郝白的字迹跃然纸上，依旧是自诩风流的狂草。前面依稀是大段的药材名，列了二十几种，最后还有一句话："生蓟脆嫩，于沸水中易失药性，须得密封后用文火熬上一个时辰，其间不可开盖查看添水，每隔一刻在陶盅外浇一次水防止水沸，直到其中叶瓣化作汤汁。"

不管先前在外头吹风顶着太阳等了多久，此时此刻看到这张药方，她便觉得自己矮了三分。这不是药方，而是一张赤裸裸的控诉书。谁让皇帝在她手里出了事？确实是她理亏。痛定思痛，她顶着那股热气和浓重的药味走上前，想着如何来一番诚恳的道歉。

可她凑到左边，那人便将脸扭向右边。她换到右边，那人又将脸扭回左边。一来二去，她恶向胆边生："丁中尉可是昨夜睡下后受了风？为何这脸一直歪向另一边？"

丁未翔手中的动作一僵，随后他继续充耳不闻。

"我寻思着，你是在为陛下受伤的事生我的气。此事确实是我的过错，但你当时若是在场，也会明白我们的处境实在是艰险，如今总算是活着熬出头来，实属不幸之中的万幸——"

咔嚓一声，丁未翔手里的琉璃盏碎成了渣渣。他随即冷哼一声："我守护主子十数年，他连手指都没割破过。这才将他托付给你几日，你竟然让他流血！"

对方字字诛心，她又无力辩解。她总不能同他说"是你主子非要扑上来挡那一箭的"吧。

肖南回低下脑袋："要不然你扎我一刀，咱们就算是两清了。"

空气一时安静，只剩灶上的陶盅还在咕嘟咕嘟地冒着热气。

不知过了多久，丁未翔终于站起身来。

肖南回以为对方当真要拔刀之时，却见他只是小心地垫了布，将那陶盅内的东西用纱网过滤后，倒在一只玉壶里。

洁白细腻的壶身隐隐透出些汤药的黑色，她望着那黑漆漆的东西咽了咽口水。这玩意儿怎么看着有点儿像……杜鹃每个月熬给她补气血的十全大补汤呢？

“你自己送进去。”

冷不丁，那只玉壶便被塞进她手里。许是玉石本身寒凉的缘故，她摸着只是有些温热。可是她心神作祟，只觉得手里的东西烫手得厉害：“这可不大好，你如此辛苦、费神费力熬出来的东西，我怎么好抢了这份功劳……”

丁未翔那张向来有些木讷的脸正以肉眼可见的速度变红。

就在肖南回差点儿以为对方是对她心存暗恋、心中羞涩之时，一声气沉丹田的怒吼便冲着她的面门而来，直要将她的天灵盖都掀了去：“你以为我愿意？！”

不愿意就不愿意呗，有什么话不能好好说呢？肖南回一只手举起火把，用另一只手端着那只玉壶。

这条黑乎乎的密道中石阶磨损，有些严重，因为没有其他光亮，似乎看不到尽头。

半刻钟前，她从丁未翔那近乎咬牙切齿的说明中才反应过来，找她前来的并不是他，而是今日才转醒的皇帝。

皇帝已经苏醒的事在天成军中似乎没有广而告之，或者说，他曾经在小雪那天因敌袭而失踪的数日危情也是大半人都不知晓的。这一段隐秘的历史虽然短小，却意义非凡。只是由于那众所周知的缘故，即便是日后为此执笔的史官也不可能让她的名字出现在史书上一笔一画的。

想当初，她将脑袋别在裤腰带上接下这趟南下的任务，也不知到头来能得个什么封赏。怕就怕最后得的都是金银赏赐，她一心期盼的功名却反而落不下什么了。

叹口气，她向前路张望一番，又回头看了看身后的黑暗。

这条密道就藏在丁未翔煎药的破石头房子下面，看样子应当是那孙太守用来囚禁私犯的地牢，但比那日她受刑的地方深邃了不少。看来议事厅未必有假，只是不在明面上罢了。

她又走了数十步的样子，前方终于隐约透出些火光。随着密道尽头的一个转弯，一间可容纳百人的石室出现在她眼前。

四周石砖上的凹槽暗示着这里曾经挂满刑具，而此时四壁上却空空荡荡，这就显得当中坐在石椅上的人分外显眼。

“臣肖南回，参见陛下。”

夙未没有起身，裘衣领口扣得紧紧的，衬得那张脸比先前看起来还要清瘦：“出生入死、劫后余生，肖卿同孤就只有这句话要说？”

先前她是有股冲动想来看看他是否安好的，可现在教他这么一问，她反而有些不知如何开口了。想了想，她还是拘谨地问道：“陛下可还安好？”

“安。”那人语气甚平，似乎对这白开水一般的问话颇为不满，“只是胸口甚是疼痛。”

胸口疼？他说他胸口疼？她该怎么回答？她总不能说：“是的，我的陛下。您的胸口让人射了一箭，会痛是很正常的事呢。”

她舌头抽筋，只觉得眉毛一直在跳：“陛下乃真龙之躯，福泽深厚，定会平安无事的。就是不知陛下召臣前来是——”

“你没有东西要给孤吗？”

她后知后觉想起来手里的玉壶，赶紧递了过去：“药是丁中尉熬的，臣不敢居功。”

纤长的手指拨开玉壶的盖子，一阵冲鼻的药味在石室里蔓延开来，夙未却似是半点儿也没闻到，眼都不眨一下，便将壶中的汤药一饮而尽：“孤本意是要你来煎药的，看来他到底还是不肯，非要自己动手。”

肖南回开始有点儿感激丁未翔这事必躬亲的做事态度了：“臣手脚粗笨，怕是会毁了药材。臣也自知此次护卫不力，理当领罚，陛下若有差遣，肖南回定当万死不辞——”

“这次的事，除孤与你二人外，细节只有未翔知晓，今后对旁人也都不必再提。你可明白？”

她一凛，身上突地冒出一层冷汗。

这哪里是尽没尽职这么简单的事？她知道了皇帝的秘密，如果他要杀她，也无可厚非。而丁未翔若要动手，她恐怕更无胜算。可怜她睡了三天三夜，一脑袋糨糊，完全没有想到这一层。丁未翔来找她，她竟以为只是桩端茶送药的私人恩怨。她这是怎么了？难道和皇帝在一起短短几天的时间，她已经将他看作自己人，全然忘了他是个身居高位、眼里容不得沙子的帝王了？

“臣明白。”她开口应答，声音有些涩然。

夙未没说话，深深看她一眼，神情有一瞬间的无奈，似乎又有些好笑，最终归于平静。

“找你来还有别的事情。”说话间，他翻转石椅旁的转珠，一阵沉闷的轰隆声响起，石室的一面墙徐徐下沉，露出半顷深不见底的黑水。

她吓了一跳，这才发现这石室里还有一人。先前这人一直被浸在水中，似乎已经失去了生气，因此她没有察觉到半点儿第三个人的气息。

一阵水花声过后，一张有些浮肿的脸从那黑水中浮现出来，打湿的头发贴在那张脸上，依稀布满细碎的伤口。

努力分辨了一番，肖南回大吃一惊。他竟然……还活着？

“安律，我们又见面了。”

第九十一章

他的血（下）

石室摇曳的火光下，那漆黑的水面泛起一圈波纹。没在水中的脸转动了一下，突然向上跃起，半个身子都探出水面。

肖南回几乎本能地向前迈了一步，挡在夙未前面。

但那身影只是在水中挣扎而已，他身上的锁链已扣入关节骨头，因为受到牵扯而哗啦啦地作响，在石室里激起刺耳的回音。

安律阴冷的目光转了转，落在她身上，紧接着他发出一阵粗哑难听的笑声。

“姚公子？”他故作停顿，嘴角勾起讥笑，“我该叫你姚公子还是潘寨主呢？”

肖南回听出那语气中的讥讽，直直盯着那张脸一字一句地道：“你听好，我姓肖，大名肖南回。寻仇报怨，可莫要找错了人。”

“原来是肖家的人。我倒是不知，肖家竟还出了个不男不女的细作。难怪你会如此死心塌地为人卖命，原来是攀上了皇帝。这白日里是将军，到了晚上谁知道是什么呢……”

他话说得难听，用心也甚是险恶，整个人浸在水中，就像一条盘踞在深潭之中的毒蛇，一张嘴便啐出一口毒液来。

肖南回对这种恶毒的唇枪舌剑经历甚少，一时不知如何反驳，但她手心痒痒，只想上前抽他几个响亮的巴掌。

下一瞬，微凉的手指轻轻地搭在她手背上。她顿住，微微侧头看向帝王，对方的手却已抽离。这一来一回掩藏在他宽大的衣袖下，她看不到他的动作，好像一切只是她自己的错觉一般。

随即，他对着那黑水中的身影语气平淡地开了口：“你比之从前倒是有些长进，只可惜先前弄丢了秘玺，这一回又失了手，你身后的人应当多少会有些后悔。”

安律收了笑声，定定地盯着石椅上的男子：“他的能耐，你们根本没见识过。有朝一日，你们定会后悔……”

晦暗中传来男子的一声轻笑：“那孤的能耐你见识过了吗？”

安律的脸色蓦地有些发青。他想起了别梦窟中那噩梦般的一幕。

“你那是……那是……”他磕绊着，呼吸变得急促，一时说不出完整的话。

“孤那是什么？”夙未的声音就像这周围的石头一般寒凉，语气又带着几分明知故问的恶劣，“是被附体了？降神了？还是……显灵了？”

“你是怪物！是怪物……”安律的嗓子变得沙哑，他不停地重复着嘴里的话。

“怪物？”夙未眼神平静地俯视着那黑水中的头颅，“痴慕于龙的人从未见过龙，每日端详自己得到的那一片龙鳞沾沾自喜，心生向往。可有朝一日见到龙的那一刻，才发现自己其实害怕它、畏惧它，岂不是愚蠢得很？”

空气中传来生铁相击的细碎声响，那是被束缚的手脚抖动发出的声音。许久，那声音终于平静下来。

“我知道你们留我性命不过是想从我这里探听消息。”安律顿了顿，再次开口时带上了几分得意，“只可惜，这嘴长在我脸上，我想说什么就说什么，不想说什么，谁也撬不出半个字。”

石椅上的男子动了动手臂，从石椅的另一侧拿起一样东西。

咔嗒，是硬物放在地上的声响。

安律抬起头来。他以为对方会拿出什么恐怖的刑具，却见面前只是多了一面镜子——一面锃光瓦亮、普普通通的铜镜。

“这里光线暗了些，但也足够了。”

那镜子正对着浸在水中的人，借着石室里摇曳的火光，安律的视线渐渐聚焦在镜子上那扭曲的脸上。

“不！不！不……”他胡乱地摸着自己的脸，那张脸明明还是自己的样子，瞧着却根本不像十几岁少年的面容，反而像个苍老畸形的丑汉。

萎缩发皱的肌肤暗淡无光，那几绺沾了水的稀疏头发因他粗暴的动作而脱落，烂布一样缠在他手上。他疯了一般用手胡乱地抓着，随即突然停住，缓缓地将手指伸到眼前。那十根手指的指尖已经开始发黑。但这并不是最恐怖的事，他动了动自己的食指，一片指甲便轻飘飘地落入水中。

“不！不……你对我做了什么？！”他的声音因为尖厉而破音，眼前的一切似乎比凌迟之苦更让他崩溃、癫狂。

帝王终于从椅子上站了起来，拢在袖中的手翻开，掌心是一只朱红色的瓶子。

肖南回一看到那只瓶子，瞬间便认了出来。她在色丘的时候，曾经远远地见安律手里拿过它。

而安律显然也认得那原本属于他自己的东西，眼珠子死死盯着，半寸也不肯挪开。

“这瓶子里的东西已经一滴不剩，可见你服了不少。这种情况下，你还能维持现在的状态已经算是幸运。到底还是具年轻的身体，想来这也是他挑选你的原因。”

“你说的话是什么意思？”安律的嘴唇哆嗦着，说出的话带着几分口齿不清，“你以为凭空捏造几句话，我就会信你——”

“他将这东西交给你的时候，只说是对你的恩赐，却没提它会带来的诅咒。它赐予你力量，也会蚕食你的身体。你已服食数月，一旦停止，要不了半月，身体便会在这水中化作一摊烂肉，连根骨头都不会剩下。”

肖南回就这么站在旁边静静地看着，从最初的惊讶、困惑到此时渐渐明白过来，为何这安律短短数月不见，不仅功力大增，还能使出那凭空纵风之术，原来都是那瓶子中东西的缘故。

世人都向往力量，只有得到力量才能赢得尊严，才能为自己争取一席之地。但她不能理解的是，有人会为了得到力量而付出自己无法承受的代价。她愿意十年如一日地在校练场上吃土流汗，愿意牺牲花间小楼的安逸生活，只为得到一副百炼成钢、充满力量的身体，但她不会用自己的灵魂去交换。

出乎她意料的是，那安律似乎知道她在想什么，于是将嘲讽的目光投向她：“你这种人不会明白，以我本来的身体，便是打断骨头、熬碎筋脉重新接起来，也永远不可能成为独当一面的高手，旁人更是不会多看我一眼。这是我用命换来的东西，原本就该属于我！”

肖南回愕然，随即认真地说道：“可这世间如你一般生来孱弱的人也绝非一二，纵使不能习武，读书治学也一样会受人尊重。难道拥有力量就仅仅意味着可以杀人吗？”

“我不杀人，别人会来杀我！读书治学有何用？也改变不了生来就是贱籍的命！”那张灰败的脸猛地抬起，眼睛望向帝王年轻的脸，眼中是满满的嫉恨：“都是你，这一切都是因为你。你明明同我一样，为什么……为什么你可以毫发无损？”

“为什么呢？”帝王的衣摆缓缓地在他面前滑过一个弧度，“大概是因为你这瓶子里装的同孤身上流着的是同一种东西。”

肖南回因这句话愣住了。什么？那瓶子里装的……是人的血？

安律安静了片刻，随即发出一阵怪笑：“你骗我，你想骗我！那支血脉早就已经断了，就连死人的血都不剩多少，你又怎么会——”

帝王没有回答他，只安静地看着他。

“你骗我！你是个骗子！”他被对方的平静击溃，高高昂起的头颅对着石室的天顶，仿佛要看穿这石室，直达九天之上，“这世间哪里有什么神明？！你告诉我，如果真的有神存在，我那苦命的阿姊缠绵病榻、苦苦挣扎的时候，它在哪里？！我苦苦哀求，哀求不要将我最后的亲人也一并带走的时候，它在哪里？！那些平日里榨干她的血、她生病时害怕被她过了病气连口水都不肯给她的人，为什么没有受到它的惩罚？！我不信，是你骗我，是你骗我……”尖厉的叫喊声在

石室回荡，似哭似笑。

肖南回目露不忍，厉声喝道："你阿姊已经死了！你比任何人都清楚这一点。你说你是为了她，难道这样就会让你心安吗？！"

"我没有！"安律布满血丝的眼看向她，一字一句像说给她听，又像说给他自己，"我不是为了自己，我是为了她，为了她！他说过会带她回来的，他说过的，他一定做得到……"

"是吗？"看戏的帝王终于又动了动，他手指一松，那朱红色的瓶子便跌在地上，摔了个粉碎，露出里面团成一团的手帕，"这是安韵的帕子，你杀了那名叫金豆儿的青楼小厮得来的，可还记得？"

不再看那安律的神色，他向肖南回示意，拿过她手中的火把，向地上的丝帕凑了过去。沾了火油的火把只轻轻一扫，那丝线织成的薄薄一层布转瞬间便烧了起来。

"你这是做什么？快住手！"

帝王没有理会他的控诉，转身在地上那碎裂的瓶子碎片中随意捡起一片捏在手中，高悬于安律的头顶之上。

安律的眼珠便随着那只手不由自主地转动着。手帕正被火苗缓慢地吞噬，可他的目光无论如何都无法离开那只手。

苍白的五指微微攥紧，一道暗红便从指间钻出，滴滴答答地落下来。

安律盯着那血，又转头去看另一边正化作灰烬的手帕，突然疯了一般向上挣动着锁链。他的嘴大张着，舌头都伸了出来，身上的每一根汗毛都在向那滴落的鲜红使着劲。可无论他如何向前挣扎，都始终离那滴落的红色只差一点点。他像一只饿了多天、正在乞食的狗，早已将尊严抛在脑后。

帝王缓缓地收回流血的手："你看，这就是你的选择。"

最后一点儿火星吞噬了那条丝帕，它已化作一团灰烬，转瞬便消失在石头缝隙之中。

肖南回的心也跟着一点点凉了下来。她为那可怜又可恨之人扭曲的欲望而悲哀，也因帝王玩弄人心、冷血无情的样子而心生寒意。她垂下了眼，不想去看那恶心却真实的一幕。

"该知道的事，孤会想办法从你嘴里一个字一个字地撬出来，倒也不急于今日。"

安律仿若未闻，仍抻长脖子去够散落在地上的一小摊暗红。

那铁链甚是牢固，勒得他眼球都突了出来，脖子上的血管因为用力而根根暴起，嘴角泛起涎液和泡沫，气管里发出嘶嘶的声音。

帝王再也不愿多看一眼，转身向着肖南回来时的密道而去。

她一时难以回神，突然听得那人唤她："他已不能活着走出这里，你难道要在

这里陪他？”

她最后望一眼那在黑水中挣扎的人影，飞快地转身离开了石室。

重新踏入那条悠长黑暗的甬道时，安律挣动铁链的声响还从身后不断传来。肖南回听着那声音渐渐远去，心却无法平静下来。

她想起在穆尔赫望尘楼初见的时候，他做一身小厮打扮，跟在那名唤阿汐的倌人身后。瞧见她从安韵的房中走出的那一瞬间，他脸上的表情是那么生动，带着一丝惊喜和随即而来的失落。那一刻，他可能以为自己会看到早已逝去的阿姊。然而半年多过去，当初那个瘦弱伶俐又隐隐透着不安的少年已经彻底消失了，留下的只是一具等待腐烂的躯壳。

“在想什么？”夙未低沉沙哑的声音在前方三步远的地方响起。

肖南回回过神来，一五一十地说道：“臣原本以为这世间最宝贵、美好的东西就是人的情感，可情感原来是如此脆弱的东西，经不起任何考验，转瞬便能灰飞烟灭。”

“那便不要让它经受考验就好。”

肖南回愣住，随即又不以为然地摇摇头。那又谈何容易？人生在世，起起落落，多数时间都身不由己，自顾尚且不暇，又谈何去顾及一份感情？

这一点，皇帝应当比她要清楚，毕竟处在那样的至高之位，身不由己的事又何止一件两件？这样的人怎会说出这种话？

她决定将脑海中纷杂的声音放一放，问出了一早就生出的疑惑：“陛下今日为何召臣前来？”

“为解你困惑。”

解她困惑？她现在比之前还要困惑啊。

她突然想起来，她曾将安律身上发生的怪事一五一十地告知他，而对方似乎并不惊讶。联想到在别梦窟的经历、石室中的对话，她发现他和安律有着绝对相似之处。安律得到的只是一朵开败了的曼陀罗花，而他才是那永夜中一眼望不到边际的黑色花海。归根结底，皇帝对这一切诡异之事绝非一无所知。

“陛下是一早便知道那安律究竟是怎么一回事吗？”

“不知道，只是猜测。”那声音停了片刻又响起，“你觉得孤和他是同一种人？”

肖南回对这人的敏锐感到心惊，立刻便摇了摇头，可随即便意识到对方看不见，只得开口道：“臣怎会这样想？他已经入魔了，怕是没救了。”

“成魔不过需要一点儿执念罢了。是人都会有求而不得的东西，是人便都会成魔。”

“那陛下……”她几乎是下意识地便想问皇帝他是不是也有想要而得不到的东西，临到嘴边突然有所醒悟，生生将问题咽了回去，“是臣多言了。”最近只要和

皇帝单独相处，她就觉得这对话常往危险的方向发展。

石室中的一幕便是对她的提醒，提醒她要与眼前的人保持距离。

然而下一刻，身前的人像有所察觉般突然停住，随即转过身来。

她吓了一跳："陛下……"

他却没说话，只把手翻开递到她面前。那掌心正中破了个口子，是那瓷瓶碎片割破的痕迹。细看，底下还有些许开始淡去的伤痕。那是他救她时留下的伤疤。

肖南回心头那点儿刚浮上来的疏远之意就这么被击垮了。暗自叹了口气，她举着火把小心地检查一番，确定那伤口里没有留下碎瓷片，又熟练地扯了干净的布条包扎伤口，他也顺从地任她摆弄，像此次劫后余生留下了无言的默契。

"陛下千万莫要再流血，丁中尉若是知道了，臣的日子恐怕会不好过。"

"他方才为难你了？"

她如实道："倒也没有。"她想了想又补充道，"也是臣自己心生愧疚。"话音落下，她已经打好了结。

那人将手收回，两人又恢复了先前三步远的距离。

静立片刻，皇帝转身继续向前，她也跟了上去。

肖南回跟在夙未身后，就这么在黑暗中沉默地走着。直到前方的夜风吹进来，将新鲜的空气和他身上的气息送进她的鼻间。柔和的月光依稀从出口透进来，正映在他停住的背影上。原来已经是晚上了。

"孤不喜欢肖卿总是走在身后。"

肖南回腹诽一阵，寻思着这路也快要到尽头了，为何先前不说，非要到了现在才说。

"方才那密道太过狭窄，臣不好越过。如有下次，臣定会走在前面为陛下引路。"

"为孤引路的人有未翔一个便够了。"

她有些摸不着头脑，先前便有过的那种忐忑又涌上心头。

还没等她回过神来，那人却已转过身，向着夜色而去："无妨，这外面山高水阔，断然不会连肖卿与孤并肩的方寸之地都容不下。"

肖南回站在原地停住了。皇帝的话在她心底转了几个圈，也没能盘旋落地。她想弄明白这话中的深意，可又觉得不过是些胡思乱想罢了。纠结了片刻，她还是迈开脚步踏入夜色之中。

第四卷 殇城

她献他以纯白的牺牲，他报她以漆黑的地狱。

第九十二章

弦断（上）

岁末将近，这一年很快便要过去了。

大雪过后便是岁寒，雪停之后，碧疆又起了北风。风从三目关的关口吹进来，常常从白日呜咽到子夜。

孙府北面的墙比南面厚出几寸，冬日里的寒风半点儿透不进来。但肖南回有时夜半惊醒，仍常常以为自己还在那狼群四伏的荒漠之中，要起身掌灯后才能回过神来，之后便睡不着了，只能独自一人在窗前坐到天明。

她的伤好得很快，没几日已经可以活动自如。她数次想着立刻拍马赶去碧疆与肖准会合，可一来肃北接连拔营转移阵地，她可能前脚找过去，对方后脚已不在原地。二来，她现在是有正经官职在身的，归营后按规制掌三部军马，再也不是从前的小小队正，想去哪里就去哪里。未能找到合适的由头前，她也不好擅自行动。这三来便是，皇帝以养伤为由准她暂时不必出战，却派了两名亲卫给她，言明是规制所定，不得拒绝。她独来独往惯了，最多能接受一个上蹿下跳、时常不见人影的伯劳，现在平白多出两个影子，每天抬头不见低头见，实在是尴尬。

而且不知是不是她的错觉，她总觉得这两人名义上是她的近卫，实际上却是皇帝的眼线。可皇帝看着她做什么呢？她向来不是个值得花心思的对象啊。思来想去没有答案，她也不敢明目张胆地斥开他们，只找了个机会交给伍小六“料理”。所谓“料理”便是给他俩找点儿事做，让他们至少白日里不要总是盯着她。毕竟她怕的不是这两人，而是派他们来的人。

那日从那所谓的议事厅回来，她得空便开始留意那儿附近的动向，一些重要的军报，她都没有落下，还破天荒收到了鹿松平随军报传来的口信。

信中，她得知莫春花一切安好，心下又是一宽，但也觉得这是意料之中的事。大雪那日凌晨，她郑重地嘱托鹿松平千万要在乱局中顾及莫春花的性命。她没有文官权臣那样识人的本事，认可一个人往往是通过和对方切磋武艺。鹿松平天性阴柔，心细如发，虽然诡诈，却未必不能受重托。这世间若有一人能在当时的乱局中护下莫春花，那便是他无疑了。

有时她会觉得莫春花同自己有几分相像之处。她们算不上名贵的花朵，不论流落到哪片土地上，都能扎根生长。而正是由于这几分相似，她同对方多有亲近之感，也不知日后是否还有机会再见。

鹿松平兴许是因她同皇帝走得近的缘故，并没有在信中多言。但她觉得有些事一码归一码，回阙城后她或许应当以侯府的名义送上些谢礼。当然，这一次她万万不能再让杜鹃插手。

捷报就这么接二连三地传进肖南回的耳朵里，当中有不少熟悉的地名都是她当初亲手写下绘进图纸的。

入冬后最冷的那一天，她听闻军报传道，白鹤留的长子、次子已确认战死，只剩下一个不过六岁的小儿子，在同奶娘逃走的时候被光要营的人抓了，现下就被关在俘虏营中。皇帝对此非常冷淡，只交代了让人好生照看着，只字未提如何发落。

事实上，除了临军布阵时殚精竭虑、洞察入微，旁人从这位亲征的帝王身上几乎看不出多少上心的态度，对此番大捷，他也没什么喜悦之情。

若放在从前，肖南回定是有些费解的。可和那人相处了一段时日，她倒是觉得皇帝的心思也不难揣测。收复碧疆或许只是他必须做的一件事罢了，同他当日为追寻秘玺的线索，只带一名护卫便离开皇城深入北地的行为没什么两样。

帝王之心多少等同家国之心。对天成来说，收复碧疆只是早晚会成定局的大统之势，而对那些曾同她一起生活过的碧疆百姓来说，却是整个世界都变了天。她心情有些复杂，但更多的是一桩大事将了的解脱感。从某种程度上来说，她对皇帝有信心。他有能力收复失落的西南之地，也有能力将它变得更好。

她已经开始幻想着，等到战事正式平息，青怀侯府上又该是怎样一番不一样的景致。

肖准并不留恋权位，对杀伐一事亦早已心生倦怠，只要灭门一事查清，他便可向皇帝提出隐退。到时或许须得交出青怀侯的封位，按规制每月进府的银子自然也会少上许多，但这都不重要，重要的是肖准要开心。

她已想好，如果他们继续留在阙城，她可以考虑在光要营中担个闲差，俸禄虽然不多，但有侯府这座宅子傍身，吃喝倒也足够了。若是随肖准回乡下老家，她便辞了官，找份镖局的生意做做，也足以养活他们几口人。每月剩下的银两全部交给杜鹃打理，再添置几个下人，让她也当个甩手掌柜。陈叔的腿脚近些年越发不利落了，趁这个机会可以早些身退，过上清闲日子。这些事几乎每天都会在她的心中过上一遍，现下已经熟稔到可以编出一台大戏来。她偶尔会和伯劳念叨一下，对方从来都是掏掏耳朵，一副不大感兴趣的样子。

这日凌晨，她从梦中惊醒后再难入睡，便像往常一样甩开“监视”她的亲卫，

拉着伯劳爬到三目关高高的峭壁之上吹风。

天还没亮，四周除了风声外，再无其他声响。肖南回有一搭没一搭地和伯劳聊着，不知不觉又提起未来的事。伯劳却一反常态地不高兴起来："肖南回，你这未来大计之中为何没有小爷我的存在？"

肖南回愣了愣，似乎确实没想过这个问题，便下意识地回答道："你不是向来跟着我吗？以后自然也是如此。"

伯劳噘了噘嘴，似乎就在等这句话："那可未必。侯爷当初将我塞给你，不就是怕将来有一天不能护你周全？如今看来倒是多虑了，到时候我去求求他，说不定就能解了你我之间的契约。到时候山高水阔，再有些银钱……"

她边说边不自觉地咧开大嘴，正要发出些憨笑声，冷不丁头上便挨了一巴掌。她愤怒地抬头，正对上肖南回面无表情的脸："都说安道院满门忠烈，此生不侍二主，或是你想挑战谢黎，篡了院主的位子，改一改那儿的规矩？"

伯劳狠狠地瞪她一眼，咬牙切齿、张牙舞爪了一番，最后撂下一句狠话："不日见了侯爷，我定要告你的状！"

这回轮到肖南回掏掏耳朵："随便你。左右咱俩都算是捡来的货色，大不了齐齐滚出府去睡大街，我还怕了你不成？"她这番话说得又无赖又狠绝，连给自己的余地都没留下，伯劳一时竟不知如何反驳。

肖南回得意地翘起嘴角。当她这段时日同皇帝在一起是白混的？嘿，原来这说话当真是门学问，可以不动刀不动枪地让人吃瘪，这感觉不要太舒爽。

她这厢正飘飘然地想着，耳边突然听得些动静，睁眼一瞧，便见一小队黑骑从孙府的方向鱼贯而出，向着西南出谷的方向而去。

"咦，那不是……"天色太暗，她怀疑自己看错了，几个翻身落到近些的地方，才确认了自己的判断，"那不是皇帝的车驾吗？"

行军中除了后勤用的辎重车，很少会有马车，那辆黑色的马车制式、外观都十分眼熟。但最有说服力的还是跟在那辆马车一侧的丁未翔。

"皇帝急匆匆的是要去哪里？御驾亲往，可是出了什么大事？"

伯劳瞥了一眼，语气中还带着些方才的气闷："八成是有了白鹤留的消息。"

白鹤留？肖南回倒是有些没想到，不过能让皇帝亲自走一遭，也就只有这个可能了。

"看来，这场战事是真的要结束了。"肖南回习惯性地擦拭着平弦，仍有些不真实的感觉。

"速战速决难道不好？若是拖个三年五年才叫糟糕。"

当然好。没上过战场的人永远不会知道战争是多么糟糕的事，但她十几岁的时候就已经知道了。

如今一切似乎都要顺顺利利地结束了，她应当高兴才是。可不知为何，她总是隐隐地生出一股不安。也不知是因为最近接连在梦中惊醒而不安，抑或是因为这份不安才会夜夜惊梦。

仿佛是在对她的忧虑有所回应一般，下一瞬，她看见又一队人马从孙府外军营的方向快速奔袭而来。山谷中回荡着如雷鸣般的马蹄声响，预示着这是一支至少数百人的骑兵队伍。她心口一紧，连忙凝神去瞧那打头的是何人。

骑兵的移动速度很快，几乎是在峭壁之下的山谷一闪而过，她怀疑自己有些眼花，但身旁的伯劳显然十分笃定："那不是夙平川吗？这讨厌鬼的模样，我隔着十万八千里都能认出来。"

转眼间，那队骑兵便到达那日她被克桑追杀时路过的岔口，又毫不停留地向着碧疆深处而去。

那是通往碧疆战场的方向，可自天成突破三目关口、深入腹地后，为避免敌方利用地形优势展开局部的迂回战，策略上便甚少使用小编制队伍进行清剿，一旦出击，大都是万人以上的队伍。

脑海中飞速地过滤着这几日大大小小的信报，肖南回还是无法肯定夙平川究竟在搞什么鬼。依她先前对碧疆的了解，当地人很会利用地形优势，即便只是个寻常的村落，若是提前有所准备，设下埋伏，一举歼灭训练有素的千人军队也不是不可能。夙平川先前栽过跟头，如今怎么还会如此行事？

左思右想，她还是放心不下："不成，我得跟过去看看。"

伯劳斜眼看她："你不怕皇帝找你麻烦了？"

肖南回几乎脱口而出"他不是正好走了吗"，可话到嘴边，又咽了回去。

不知怎么回事，她心底有点儿不太情愿承认自己对皇帝的忌惮。皇帝明面上并没有禁止她外出，但她莫名地觉得，如果自己一意孤行真的出去了，便会生出一种说不清的负罪感。

"废话这么多，我自己去好了。"

肖南回说罢提着平弦转头便走，伯劳却已经拍拍屁股站起身来："我才说了一句，你急什么？这几日待得骨头都酸了，正好活动活动筋骨。"

第九十三章

弦断（下）

等到肖南回拍马赶上夙平川的时候，那支队伍早已深入凛冬之下的碧疆腹地。

天色已经亮起，却照不到前路的尽头。四周高矮不一的灌木和错综其间的小丘与溪流将地势切分得七零八落，天然的砂石小径遍布其中，反而没有了“道路”可言。

吉祥许久没有出来放风，脚下生风，跑得飞快。花虬在晚城被郝白喂得胖了一圈，四只蹄子倒腾得费劲，稍稍落在后面。两匹马一前一后飞奔而过，引得一队骑兵纷纷侧目。

肖南回没有径直去找夙平川，而是先同他的副将攀谈了几句。

那副将看起来年纪不大，架子却端得甚高。起先，他以为肖南回是前来送军报的下官，得知对方便是那传说中与他家左将军“决斗”过的右将军，神色变幻之复杂，便连那副头盔都遮不住，反复确认了她的腰牌后才缓缓地开口道：“右将军何事前来？可有军令？”

肖南回避重就轻地答道：“我先前在此地待过数月，多少可以提供些帮助。何况左将军与我也算是相识一场，我出手相助，是应当应分的事。”

那副将脑海中再次滚过那“大战三百回合”的传闻，眉头更加紧锁，半晌才犹豫着说明了情况。

光要营此次出兵，确实事出突然。原是不久前接到信报，称发现一座规制过大的寨子，且有白氏部下一名重要参军出入其中，怀疑是处隐藏的据点。

碧疆一带的寨子沿袭了游牧民族的搭建技巧，除去季节更替时必要的迁徙，平日里若遇外敌也可朝夕之间举寨迁徙。

肖南回深谙其中道理，因此也不难理解天成此次派兵的仓促。

她正想着，夙平川的声音便蓦地响了起来：“你怎么在这儿？”

那副将见机行事，退得飞快。肖南回干脆开门见山，不答反问：“你是吃过亏的，当知道不可轻敌的道理，怎么就带了这几个人？”

夙平川没吭声，转过头目视前方，似乎不打算回答这个问题。

伯劳转头瞧瞧身后那些骑兵的神色，心中已明白了七八分："既然他们不情愿同你并肩作战，又何必勉强？"

夙平川面子被挑破，有些挂不住："军令如山，哪有情愿与不情愿一说？"

肖南回终于有些看明白了。夙平川这是被人排挤了。他是烜远王府的公子，在光要营的位置看似风光，实则有几分道不出的窘迫。

行伍之间看重军功，最不屑那些依靠家族便利谋得一官半职的人，即便是贵族名门齐聚的光要营，如烜远王夙彻、卫将军夙远修等皇家子弟，也无一不是军功累累的悍将。夙平川立足于这样的群体，还顶着烜远王之子的名号，压力无疑是巨大的。更糟糕的是，他还没来得及证明自己的能力，便交了一份错漏百出的答卷。

坚莽岭一役，光要营三千精锐因为突袭失败，几乎全军覆没，身为将领的他失手被擒，在敌营待了半月乃还，这期间发生过什么，无人知晓，许多猜疑、揣度自然就冒了出来，即便事后查明事情确因内奸而起，但这可算得上耻辱的经历还是深深刻在他的利剑盔甲之上，生出了足以摧毁尊严的裂纹。

她又想起他被关在碧疆那矮棚时的样子，任人宰割，朝不保夕，骄傲都被踩在地上。她本以为将他救出去后一切都算是了结了，此时才发现这一遭属于他的劫难还远远没有过去。

轻夹马肚，她驱使吉祥往夙平川的身边靠了靠，声音也压得更低："军中多是行伍出身的粗人，识人断事都直接了些。他们不知实情，我却是知道的。你本就清白，也没做错什么，别往心里去才是。"

夙平川仍是不语。肖南回从侧面只能看到他半张脸，一时也无法判断他的情绪，只得继续劝道："你年纪轻轻，又出身太好，多被议论几句也是免不了的——"

"我早就习惯了。"对方突然回了话，语气倒还算平静。肖南回静下来想了想，觉得他可能也没那么脆弱。

到底是从小含着金汤匙长大的孩子，人情世故上的经历，哪里是她这根野草比得了的呢？但她乐得落个自由身，倒是从不曾有这种烦恼。

"也罢。正所谓家家有本难念的经——"

夙平川瞥她一眼："右将军家中难念的经是哪本？"

肖南回一愣，顿时有种多管闲事反被人消遣的感觉，没好气道："我那是打个比方，比方，懂不懂？"

"朱庭茂的事，多谢了。"

对方话锋一转，她又不好意思继续发火，于是跟着客气了两句："我只是将消息送到而已，其余的确实是陛下的决断。"

提到皇帝，夙平川几乎控制不住地又瞧她一眼，这一眼不知为何带了几分要笑又不笑、别别扭扭的神情。

“话说你不是要陪陛下吗？跟来我这里做什么？”

当然是怕千辛万苦从寨子里救出来的蠢蛋再马失前蹄让人给擒了啊，那她岂不是白忙活了？但她知道对方面皮薄，便打了个哈哈：“皇帝身边现在有丁中尉，要我做什么？”

夙平川十分满意，点点头道：“也是。你要明白，皇帝性子清冷，除了一直带在身边的那几位，对外人，他是断断不会交心的。若是对你有几分好，兴许也是看在青怀侯的面子上，你切莫失了分寸，总是凑上去，他定会心生厌恶。”

嗯？这话听着怎么这么拧巴呢？搞得好似是她上赶着去贴皇帝的冷屁股一样。呸呸呸，什么屁股不屁股的。

“你这是何出此言？”肖南回皱着眉头看了一眼身边的人，总觉得自己并没得罪他，不知对方为何说话如此难听？

夙平川干咳一声，声音莫名其妙就低了下来，神色也有些不自在：“听人说，你同陛下在荒野之中独处了几天几夜，可算得上衣食住行都贴身伺候，不仅说了许多推心置腹的话，还时常一同听风赏月，好不快活……”

他说这些话的时候，一直目视前方，好似若是瞧见了她的表情，他便会原地尴尬而死。

肖南回起先有些纳闷，随即明白过来什么，感到有些好笑。她寻思着这夙平川也不是个傻子，况且还同她一起在荒漠中逃过命，应当知道那境况是何等糟心，怎会相信这种话？

“我同陛下在荒漠的时候连水都喝不上一口，还能有心思听风赏月？这是哪个乌龟王八蛋传的没谱的事，真真是对不住我吃的那些沙子……”

夙平川突然勒了马，转过头，异常严肃地盯着她：“当真没有？”

肖南回被他这目光瞧得发毛，耳边突然回荡起皇帝在密道中说过的话，瞬间觉得心虚气短，连忙摇头道：“当真没有。”

那夙平川又盯着她瞧了好一会儿，这才一夹马肚向前冲去，背影瞧着倒是比刚刚欢脱不少。肖南回抚了抚胸口，舒出一口气，努力忽视不远处伯劳探究的目光。

半个时辰后，与前哨接应完毕的肖南回等人终于来到目的地附近。

晨起的雾气像河流一般在林间流淌，这种雾同先前在天沐河东岸遭遇的大雾有所不同，它缠绕着这片林子的根部，将将没过人大腿的位置。此时若有人在其中走动，便会将沉积在底部的水雾带起，格外显眼。

肖南回与夙平川带领的这支轻骑没有着重甲，整队人皆下马蛰伏于矮灌木丛中，等待雾气退去。

寒气在她眉间凝成了水珠，随着她眨眼的瞬间坠落下来。

她没在意，同夙平川低声交代道："此处地势低洼，依我先前的经验，他们定会在隐蔽处设哨塔。一会儿我与伯劳在前探路，你带领剩下的人先按兵不动。我会依次引出哨塔动向，你随后快速击破，这样方能不打草惊蛇，趁机将他们一举歼灭。"

她说完，许久没听到回应，转头看去，却发现夙平川正目不转睛地看着自己。

两人目光短暂地接触了片刻，夙平川已移开视线。银色的胄盔遮住了他的上半张脸，只露出坚毅的下颌线。这几日行军，他长出些许青色胡茬儿，瞧着比以前倒是稳重不少。

肖南回以为对方仍在为先前被俘一事而糟心，生怕他因情绪而影响战斗，于是真诚地拍了拍他的肩膀，语重心长道："昔日与平川弟切磋时便知你力大无穷、招式精猛，后知你虽从未踏足西南之地，却愿以一己之力涉险峻，乃是我平生所见人中最为英勇之人。将军尚且年少，假以时日，必为我天成铁骑之首，奉为上将。如今你我得此机会并肩作战，自当上阵杀敌，快意恩仇。有何心事，可等战后一饮，自然就畅快了。"言罢，她不再看对方的表情，一手拎起平弦，一手牵着吉祥，向着前方而去。

那座神秘的寨子就掩藏在雾气与灌木丛中，肖南回靠近的方向迎着晨光，只能小心地借助树木的影子掩藏身形。伯劳紧随其后，依照她的手势摸入哨塔，两柄短刀杀人无声，就连晨起觅食的鸟都没有被惊动。

两人连攻三座哨塔，敌方终于有所察觉。号角声在寨子中响起，肖南回唤来吉祥，翻身而上。吉祥脚下似起舞一般，在复杂的地势间灵活迅速地移动着。肖南回气沉丹田，双手握紧平弦迎向敌营中冲出的第一队人马。

果然，不出她所料，这看似不起眼的营地中敌军数量远比想象中要多。若非临军布阵的安排，那便应当是另有蹊跷。

身后的厮杀声渐大，夙平川已带人杀了进来。百余精骑训练有素地四散开来，利用移动迅速的优势抢占有利地形，将试图突围的敌军牢牢地困在原地。

围剿的圈子慢慢缩紧，眼见势头大好，正是一举歼灭的好时机。突然，几道银光闪过，转瞬间插入几名天成将士的胄甲。那几人瞬间喉咙鲜血飞溅，还没来得及反应过来发生了什么，便一头栽下马去。是弓箭手，百步穿杨、三箭齐发的弓箭手。

肖南回低喝一声，迅速拆散天成原本聚集在一起的骑兵阵列，试图缩小己方目标。

嗖嗖嗖，又是三箭接踵而至，转眼又杀三人。

这一次她已能锁定那弓箭手的位置。猛地回头看向不远处的哨塔，她可以肯

定那一支支冷箭便是从那里射出的。

伯劳正在不远处杀得起劲，肖南回回枪又挑了两名不要命的悍匪，轻斥一声，吉祥一个灵活转身，从一片混乱的战局中一跃而出，向着那哨塔奔去。

哨塔上的人也察觉到了她的意图，一支支飞箭破空而来。她试探性地挥枪格挡，这才发现对方虽然箭法精准，力道却不是十分刚猛，是以方才的箭皆是从胄甲下方的空隙射入，而没有一支是穿甲而过。她驱使吉祥加快脚步，手中的长枪舞得密不透风，那箭便近不了身。

眼见离哨塔越来越近，肖南回毫不减速，纵马飞奔而去，长枪横至腰间，瞧准时机扭腰挥出。锋利的枪头呼啸着向哨塔底部捆扎的青竹砍去，碗口粗的竹竿应声而断，哨塔一角瞬间塌陷，随后整个塔身失去平衡，向一边歪斜倒去。

塔顶的遮蔽物散落开，一个瘦小的人影显露出来。对方试图抓住哨塔上一根未完全折断的竹竿，却被上面的倒刺穿了手掌，手一松，彻底跌落下来。

坠落的一瞬间，肖南回听到“他”低呼了一声，整个人顿了顿。是个女人的声音。

碧疆虽是母系掌权，却少有女子习武，似方才那般精妙的箭法更是稀奇。

一种奇怪的感觉在心中弥漫开来，肖南回驱使吉祥靠近那人坠落的地方。

对方穿着普通碧疆百姓穿的辫线小袄，看起来身形颇为瘦小，整个人可能因为方才的撞击晕了过去，散乱的头发遮住了她半张脸，露出的那半张看起来也是脏兮兮的。

是她多想了吗？屏气凝神，她抬起手中的平弦。

天成有不杀妇孺的行军令，但她认为眼下情况大有不同。对方不仅是一名女子，更同她一样是一名战士。而她此时脚下所踏之地是征战的沙场，她的立场不能有所动摇，更不能为跟随她的天成将士留下隐患。手臂微微用力，笔直的枪杆蓄势待发，就要结束这场短暂的对决。

然而下一刻，她敏锐地察觉到右后方有人正飞快地靠近。

一切发生得太快，肖南回只来得及在余光中瞥见一名赤甲的骑兵向自己扑来。

赤衣配甲是天成肃北军的装束。来人并非敌军。肖南回停顿了一瞬，没有做出反击的动作。可随后她虎口一麻，手臂因巨大的震动而狠狠地撞回她腰间。伴随着一声刺耳的金铁摩擦声，银光陨落，平弦转瞬间已断作两截，她不可思议地瞪大了眼。

有生以来，这是肖南回第一次在战场上被友军挡开杀敌的长枪。不，不是挡开，是一击截断。

周遭的一切似乎都慢了下来，她看见那个骑在马上的人缓缓地回过头来，露出一张她再熟悉不过的面孔。

肖准沾了鲜血的眼中流露出一种夹杂着恐惧与喜悦的复杂情感，而这双眼正死死地盯着地上那个碧疆人。

从数月前孤身远征的那日起，肖南回没有一天不幻想着与他重逢的这一刻。然而她从没想过重逢的情形会是眼下这般模样。

肖南回愣怔在原地，手中断裂的枪杆滑落。此时的她还不明白发生了什么，只觉得有着那样神情的肖准，她从未见过。

第九十四章

自允

人生中有多少瞬间能令人动容、深刻，乃至终生难忘呢？细想之下，肖南回觉得其实也并不多。她常常希望其中多些美好、深刻的瞬间。可事与愿违的是，人们能够记住一生的往往都是一些难堪、痛苦乃至悲惨的回忆。是以她又寄希望于悠悠岁月能够磨去爱恨痴嗔，重新将她那点儿情感衬托得渺小乃至虚无。然而她又是这么年轻，有些事发生过就会刻在身体里，非伤筋动骨不可祛除。

都说顶尖武者往往终生只拥有一件兵器，他们的魂会沁入手中的利器，一举一动、一呼一息都与之联动、牵绊，直到其人身死或是金铁锈蚀、折断之时。

肖南回曾经幻想着拥有一件永远属于自己的利器，直到十四岁那年某个平凡的黄昏，肖准带着平弦来到她面前。接过它的那一瞬间，她所感受到的重量、温度、钢铁坚硬的质感，就如同錾刻铭文一般印在她的记忆深处，多年后更是已同她融为一体，熟悉得像身体的一部分。

“此枪名唤平弦，重二十一斤四两，长一丈一尺二，精铁打造，饰金银错纹，内含机栝。”说罢，他拂过那枪杆上的花纹，不到三尺长的枪杆转瞬便伸长，从一根短棍变成了一把杀人利器。

肖南回的眼睛中映着那道银光，心中的某个角落就这么亮了起来。

“世间夫为琴，妻作弦。此枪是为女子所用，取名平弦是为隐喻，昭告世间女子也可上阵杀敌，与男子平等无二，亦是对你的寄托。”他将平弦郑重地放在她举高的双手掌心之中，仿佛放下的不是一件铜铁兵器，而是一柄金玉做的如意，“我将此枪赐予你，望你从今往后身正影直，懂得屈伸，有如此枪。”

她激动地握紧那枪杆许久，声音难掩颤抖：“肖南回，谢过义父！”

许久，肖准都没有回应。肖南回忐忑地抬头，发现对方正神色复杂地看着自己。

“日后，不论是驰骋沙场，抑或是闯荡江湖，都不可轻易透露你手中兵器的名字。”

她以为是自己学艺不精，还不够资格使用平弦，当下便现出了几分急迫，站

起身来："如果义父觉得我会辱没了它，南回可以先不用此枪，等我枪法再精进些——"

"此枪为故人所托，他不喜旁人知晓，与你无关。"

"原来是这样。义父放心，我今后断不会在旁人面前提起此事。"那张稚嫩的脸因他的三言两语又舒展开来，带着习武者的锐气，但更多的是一种浑然天成的诚恳。坚硬、锐利和柔软、迟钝向来在她身上并存，却一点儿也不违和。

肖准收敛心神，背着手转过身去："从今日开始，你就算是出师了，平弦便是你的出师礼。我再没有什么好教你了。"

她对这突如其来的"出师"还有些不可思议："可义父才教了我一套枪法……"

"枪法贵精不贵博。肖家的枪法总共便只有一十九招。"

她伸出十根稚嫩的手指，一招一式地默算着，末了抬起头来："可我只习得了一十八招，还有一招。"

肖准没说话，突然提起一旁拆招用的白蜡红缨枪向她攻去。这一攻去势刚猛，她连忙对阵，平弦尖锐的锋刃在她手中化作银星点点，令她兴奋不已。

然而肖南回的枪法都是眼前人传授的，身法、力度又都不及他，很快便败下阵来。防守被破，她手中的平弦一震，瞬间便不受控制地脱手，跌落在地上。

肖准教她习枪法已有数载，入门第一课便是教她学会如何握枪。可现在她竟然一招都没能走过，就连兵器都脱手，震惊之余又觉得实在羞愧难当："南回学武不精，请义父责罚。"

肖准见她如此反应，并不意外，神色渐渐柔和："你离上乘境界确实还差些时日，但方才若是换上旁人也是一样。"

她心下并没有因这句安慰多出几分轻松，反而有了些不服输的倔强："这招叫什么？我怎么从未见过？"

"这一招叫截杀。"肖准利落地收起枪头，"我只使了五分力，而你手中的枪又非寻常兵器，否则……"

"否则便会怎样？"

"否则你手中的枪便会断于此招。"

她目不转睛地盯着那笔直的枪杆子，方才的挫败一扫而空，转而变成一种兴奋和渴望，心里想的全是她如何用这厉害招式将许束那浑小子揍得满地找牙："义父快快教我，我想学这招。"

"我毕生所学已尽数教与你。唯独这最后一招现下还不能传授。"

"为什么？"她难掩失望，声音中都是不解。

"因为这是师门留下的规矩。"肖准将她拉近些，视线与她平视，眼中的光却迫得人心生畏惧，"如果有朝一日传承枪法的人做出不配这肖家枪法的事来，那便

用这最后一招废掉他手中的枪，教他从此以后都不能再以此逞恶。”

彼时的她那么稚嫩又忐忑，听了那话便惶恐地跪在地上，行的是拜师时的叩头大礼：“义父肯收留我，给我遮风挡雨的地方，又传我武艺傍身，南回万死难报恩情，绝不敢肆意妄为。如果有朝一日南回做了对不起义父、对不起肖家的事，便让我五雷轰顶、不得好死……”

她孤注一掷地说着赌咒的话，似乎只要她的话说得狠绝恶毒，那人便会相信她说的都是真心话。

那一天演武场的尾声，她已经有些记不清了，似乎肖准说了许多宽慰她的话，又似乎他没说什么，只叫了杜鹃来陪她。但她还记得，那日过后，她便连着做了数月的噩梦，梦中都是肖准严厉的脸。他呵斥她做了不该做的事，教他失望透顶，并当着她的面将平弦一斩而断。

年幼的她心底埋下的是一种原始的恐惧。她害怕犯错，害怕失去拥有的一切，害怕有一天肖准会站在同她对立的那一面，将他们之间的那一点儿温情都斩杀殆尽。

可她万万没有想到，她儿时噩梦中的情形数年后竟然真的在她眼前上演了。

夜色静谧，掩映在胡杨枯木林中的肃北大军营帐人影幢幢，却不见半点儿灯火。

肃北军奉令深入碧疆腹地绞杀白氏余党，却一直未能生擒白鹤留本人。其间，白氏夜袭频频，大营接连迁徙，军中更是立下临时规矩，入夜后，除帐内，其余地方不得明火点灯，以防泄露方位。

如今经由数次诱敌、剿灭、转移的行动，肃北大营终于暂时驻扎此处，算起来已有三日之久。

大将军两日前带一万精锐离营，今日方回，身后还跟着光要营的数百轻骑。

不想几个时辰之后，皇帝的车驾竟然也借着夜色到了营中。如今的肃北营中可谓龙盘虎踞、水深火热之地，人人都要提起十二万分的精气神来应对。

回营的骑兵在营中来来往往，虽无人交谈，却掀起杂乱的脚步声。

肖南回蹲在肖准的账外已经整整一个时辰。其间，她曾偷偷掀开一点儿毡帘，却发现肖准不知什么时候又在里面拉了一道一人多高的帷幔，她只能看到里面隐约透出的烛火，其他的什么也看不到。

随军的医者进进出出了三四趟，送军报的士兵也来过几回，肖准还是没从帐子里出来。

她的肚子开始咕咕叫起来。叹口气，肖南回起身活动了一下僵硬的身体，正准备出去找些吃食，大帐的毡帘就这么毫无预兆地被掀了起来。

她有些茫然地看着肖准布满血丝的眼，无措地搓了搓手：“那个……我刚刚路

过，便想着过来看看……”

唉，真是糟糕的开场。他们数月没见，重逢之后她说的第一句话竟然是路过。

“她刚醒，进来吧。”肖准叹口气，没再多看她一眼，转身又回了帐内。

肖南回原地踟蹰了片刻，便跟着进去了。

大帐内黑乎乎的，只有那帷幔里透出一点儿灯火。肖准将帷幔拉开，露出一张矮榻。那榻上躺着一个女人，长发披散，只穿着里衣，左手绑着纱布，还在渗血。

等等，这不会是白日里那个……肖南回一时回不过神来，傻站在原地。

擦去了脸上的污垢，她这才发现那是一个美丽的人，小巧精致的五官嵌在一张柔和圆润的脸上，整个人似是玉做的骨、水捏的肉，白皙脆弱，冷冷清清。

没来由地，她低头便看见自己因常年握枪而粗糙的手，脸上突然涌上一股热意，连她自己也不知是为什么。

“南回。”肖准在唤她，她连忙抬起头，“南回，我有事拜托你。”

“义父请讲。”

肖准的目光飞快地在那女子身上点了一下，然后便转了回来，他几不可闻地叹了口气。他很少叹气，肖南回几乎没见过肖准叹气，但就在刚才他已经叹了两次。

“她身份特殊，从现在起，你要寸步不离地守着，直到有人来替。”

她连忙点点头：“好。”

肖准将旁边一碗还冒着热气的汤药递给她：“这是刚煎好的，你让她一会儿趁热喝进去，一滴都不许剩下。”

她接过那碗，却一眼注意到肖准的手背、手腕上有几道明显的牙印。她猛地看向床上的女子，眼睛里露出克制不住的凶光。

床上女子的眼中却只有冷漠，她的视线像没有焦距，完全看不见这帐子里的任何一个人。

之前接连几场大仗，入碧疆后又连夜行军，肖准脸上写满了疲惫。他揉了揉眉尖，那道深深的褶皱再次出现：“陛下入夜后方才回营，白日里的事我还未去禀明。若有急事，你差人来唤我。”

肖南回没说话，眼睛死死地盯着肖准手上的印子，像是忘记了眨眼。

对方许久未见她回应，睁开眼道：“怎么了？还有什么事吗？”

“床上的人是谁？你认识她吗？你为什么对她这么好？”肖南回心道。她睫毛轻颤，终究还是移开了视线，然后轻轻摇了摇头：“没事。”

肖准已是累极，不再多言，转身离开大帐。

厚厚的毡帘刚放下来，肖南回便将手里的药碗狠狠地撂在桌子上。碗发出哐的一声巨响，把床上一直没什么反应的美人吓了一跳。

“我脾气不好，你是自己喝还是我帮你喝？”

大账内又是一阵静默。片刻后，一个清冷的女声响起：“我不喝。”

肖南回不吭声，拿起那药碗便气势汹汹地向床榻走去。

那女子见她凶神恶煞，有些颤抖，但骨气还是有的，愣是一声不吭，倔强地低着头。

肖南回硬着心肠，出手如电，一把捏住那女子的下颌，一用力就掰开了那张嘴。女子吃痛，呜呜叫着，两只手拼命反抗。肖南回上了两条腿夹住对方的臂膀，另一只手便将药碗举起来，想着无论如何也要把药给灌进去。

那碗将将碰到女子的唇，她便感到手上一热，抬眼一看，女子竟然哭了。

那双有些骄傲的眼睛盛满泪水，睫毛颤抖着，她不敢眨眼，害怕一眨眼豆大的泪珠便会不争气地掉个不停。

肖南回是个典型的吃软不吃硬的主，从小到大最见不得人哭，尤其是女孩子哭。从前她身边向来没什么娇小姐，伯劳和杜鹃都不是轻易掉眼泪的人，就算是黛姨，也很少伤春悲秋。这回她碰上一个，倒是真有点儿不知所措。

她有些烦躁：“你哭什么？喝个药而已，又不是要你的命。”

女子咬着唇，压抑了一会儿情绪，才哑着嗓子开口道：“不过是早晚的事。反正都是要折磨一番最后弄死我，现在又有什么喝药的必要？”

肖南回气极反笑，声音都高了起来：“折磨你、弄死你？他要是想害你，还会救你？还会挡我的枪？还会把你放在他的帐里，不许别人多看一眼？”

女子没有理会她的气愤，反而定定地瞧着她，片刻后才开口道：“你不知道我是谁，对吧？”

肖南回没好气地哼了一声，心想：“你是天王老子也没用。”

“我姓白。”

肖南回的心怦地跳了一下。

“我姓白，我叫白允，我的父亲叫白鹤留。”

肖南回手里的碗差点儿捏碎，药汁洒了出来，淌了她一手。

“天成绥元三十九年三月，帝携宫眷、文武权臣、官贵之少杰往都城以北雨安例行春猎，亲阅新军岳泽、点兵利甲。时逢夜狩过半，前御史中丞白鹤留私窃兵符起兵造反，挫于黑羽联营之守备，长子白冲、次子白浑领叛军杀肃北驻守军千余人，朔亲王肖青一府满门皆殁，白氏遂携家门叛逃至碧疆，裹挟新编岳泽军十万人，史称雨安之乱。”

第九十五章

葬枪

冬日里的烛火没有飞蛾小虫在旁起舞，燃烧得分外安静。

剩下的半碗汤药在粗陶碗底渐渐凝结、变黑，挣扎抵抗过的女子终于扛不住疲惫，沉沉地睡去。肖南回盯着那半碗汤药一言不发地坐了一个时辰，直到肖准的亲兵来替，才浑浑噩噩地走出帐子。

天色阴沉，有浮云遮月。

她突然回想起小时候听杜鹃讲故事时的情形。那时的杜鹃只是个半大丫头，有时偷喝一点儿兑了水的桃酒就能滔滔不绝地说上一个晚上。

在杜鹃为数不多的几次提及王府旧事的对话中，她是这样说的——

入朔亲王府的那年，她只有七八岁，原本是最不起眼的烧火丫头，后来因为干活干净利落，才被调入内院的小厨房做帮手，也慢慢能听到些这高门大院里的事。

朔亲王肖青年少入仕，年近而立才开始征战沙场，却在短短数年内立下累累战功，获封亲王称号。这样一个传奇人物，私下却是个有几分忧郁的沉默男子。而其长子肖衡最似父亲，沉稳、随和，又带悲悯之心；三子肖谨乖巧、早慧，年纪轻轻已然进退有度；只有次子肖准不类父兄，性子刚烈难折，做事不留余地，气质随了江湖侠隐出身的生母，带着一股谁也挡不住的锐气。这样的肖准在阙城权贵的孩子们中并不受欢迎，加上生母出身并非望族，年少时的肖准是在排挤和恶意中成长起来的，总是比旁人多一些孤僻和固执。可谁也没想到，这样的肖准最终也找到了朋友——和同样脾气古怪的白家“小少爷”越走越近，两人形影不离，结为挚友，远胜一般情谊。

可杜鹃后来才知道，那时的白家根本没有“小少爷”，除了年近弱冠的长子和次子外，白鹤留只有一个与肖准同岁的女儿。官宦人家的女儿扮作男装与将门之子相交绝非好事，何况御史中丞的位子敏感，易招是非，这段情缘最终烟消云散，谁也不再提及。

转年春天，赤州刮起了停不下来的南风。空气中总是带着湿润腥甜的气息，像海边才有的气味。

十七岁的肖准跟随父亲肖青及族中男子、亲眷与当时的皇帝夙印前往雨安城参与春猎。出发前夕，杜鹃那卧床多年的弟弟因冬日里染上肺疾而咽了气。老母年迈，家中再无旁人，杜鹃只得向府上告假回去料理丧事，也因此被从肖家春猎的随从名单中剔除。

那时的她没有料到，那长长得一眼望不到尽头的车队半月后就只回来了两人。那牵马扫院的伶俐小厮、夫人房里美貌的大丫鬟、庖厨里碎嘴的婆子大娘通通没有回来，他们变成了肖家那笔血债中的一点儿殷红，随着时间的流逝而慢慢褪色。

提起往事，杜鹃经常这样念叨，是那耗尽她供养、拖累她半生的弟弟最终用自己的死救了她一命。

酒醒后，杜鹃总是千叮咛万嘱咐地告诫她，千万莫要在肖准面前提起与白家的往事。她如数应下，觉得肖准对他们应当是痛恨至极，她自然不能在他面前提起。再后来，杜鹃也长了年岁，关于那白家"小少爷"和雨安的事，她便说得越来越少了。

但肖南回一直记得。白氏叛国、杀忠烈朔亲王满门，这是任何情谊也模糊不了的血海深仇，是以她对那传说中的白家嫡女从未上过心，认为对方不过是一笔迟早会被清算的旧账罢了。可如今见了肖准对那白姓女子的态度，她突然有些不确定了。难道杜鹃口中的那些血海深仇都是假的吗？那她这些年苦苦探寻、保家卫国，期盼有朝一日夺回失地一雪前耻又是为了什么？

肖南回觉得，她应当亲自去找肖准问个清楚。可那又是肖准的疮疤，她怎么忍心亲自去揭？

焦灼、压抑反复倾轧，她在行军帐之间走着，重重地喘着气，试图将肺腑之间的那股浊气吐出去，却怎么也做不到。

一个人影从前方的帐子里钻出来，却是夙平川。

他看见肖南回远远地走过来，她却好像没看到他一样从眼皮子底下飘过去了："喂。"

肖南回停住，回头。

夙平川把怀里的东西扔给她："你的东西。"

她一把接住，是个布包，打开后发现是断了的平弦。

从肖准斩断平弦的那一刻起，她的思绪和记忆都是混乱的。她几乎不记得自己是如何结束了那场战斗，又是如何跟着肃北军回到营地的。

现下她猛然回想起来，不由得有些庆幸对方帮她将平弦收了起来："多谢。"

这是肖准为她打的兵器，她从十四岁开始一直用到现在的兵器，她以为将会陪伴她一生的兵器。

她摸了摸那处断口，锋利得能割伤人的手指。肖准的枪法一如既往地凌厉，

一出手便没有回旋的余地。

夙平川看着她的脸色，缓缓地开口道："我已经拿去给兵器营的老师傅看过了，你这枪杆中机窍太过复杂，一旦断了，也就没有留的必要了。等回阙城后叫人重新打一把吧。"

肖南回像没听见对方的话一般，依然不舍地摸着那断了的枪杆。她的手掌是如此熟悉这种温度和质感，今天早上拿起它的时候，她怎么也没想过那竟是最后一回。

"喂，我说的话，你听见了吗？"夙平川自诩孤高，绝不是个爱管闲事的人，此次突然心血来潮发了次善心，对方却从刚刚开始就一副呆样，连个反应也不给，"肖南回……"

"嗯，我知道了。"肖南回说完，便抱着那断了的枪杆低着头走开了。

夙平川站在原地，脸上一阵青一阵白，莫名有种失落感。

他望着那道远去的背影，正想迈动脚步追上去的时候，一个声音毫无防备地在他身后响起："左将军这是要去哪里？"

夙平川背脊一僵。对方身法、气息之高明，令他不知不觉间被近了身。

说话的人却似乎并不打算惊吓他，上前几步走到他身侧。夙平川这才看清来人的样子。他平平无奇的脸让人一看即忘，但似乎是近些天常在皇帝身边的那个带刀侍卫。

对方似乎猜到他的疑惑，率先开口道："在下雁翅营中尉丁未翔，奉命前来召左将军往议事帐商讨明日拔营事宜。"

雁翅营？奇怪，这开场白怎么好像很久之前……在哪儿听过呢？

夙平川又定定地瞧了瞧眼前人的脸，目光移到对方腰间的牌子上，暂且压下疑惑："知道了，这便过去。"

两人一前一后向着议事帐的方向而去。丁未翔微微侧头向着肖南回离开的方向瞥了一眼，轻轻叹了一声。

肖南回是个不善于掩藏心事的人，在亲近的人面前，她的情绪时常无从遁形。因此从小到大，每每遇到伤心难过的事，她都会一个人跑开，找个没人的角落躲起来。只有这样，才不会有人带着同情的目光询问她事情的原委；只有这样，她才不必在伤痕累累的时候还要用尽力气去假装无事发生过。她不是一个没有骄傲的人，只是多数时间她都把自己的骄傲深深埋葬了。就像现在，她要亲手将那曾代表着她尊严的长枪埋葬。

她找后勤的小兵要了把锹，扛在肩上走出营地好远，找了个没人的地方，开始吭哧吭哧地挖坑。那坑已有半人深，埋个伍小六都绰绰有余，可她还在不停地挖着。

只要看到断了的平弦，她便会想起肖准斩断她枪杆的那一瞬间，想到他手上的那些牙印，想到帐子里那个漂亮的女人，想到那个女人说过的话。她要挖个坑把枪埋了，这样眼不见心为净。可真到头来她又舍不得，于是只能任由情绪折磨自己。

又挖了一会儿，她终于觉得有些累了，便一屁股坐在地上，呆呆地看着那个黑乎乎的土坑，眼睛突然就酸涩起来，嗓子眼也一阵阵发紧，憋得她喘不上气来。她最终发泄般地大喊起来。

她以为自己会落下眼泪，却发现无论如何也哭不出来，只徒劳地抹了抹眼睛，希望能从那里面揉出一点儿水来。她其实也分辨不清心里究竟是什么情绪，就是觉得委屈，还有点儿愤怒，胸中憋着一股气却吐不出来。她以前从没有过这样的感受，因此有些不知所措。

伸出的手又缩回来，攥紧的拳头又松开。犹豫挣扎了许久，她还是用布把断了的枪重新包了起来。

不行啊，她果然还是舍不得。即使这支枪已经断成两截，她还是舍不得就这样将它埋葬。如果有一天，她和肖准之间的羁绊也如平弦一般被斩断，她又是否能够独自一人走下去呢……

一阵树枝被压到的声音在她背后响起。

“不要这副模样。”

肖南回转身抬头看去，月光下年轻的帝王披着黑色的大氅，整个人似乎已经快要和夜色融为一体，只有那双眼闪着一点儿光亮。她又习惯性地抬手去擦脸，仍是不发一言。可她手上还沾着泥土，脸自然是越擦越脏。

夙未见了皱起眉头：“不要这副模样，实在太难看了。”

肖南回的内心在咆哮：“要你管！”可咆哮到了嘴边，转眼变成一句蚊子声似的嗫嚅：“更深露重，陛下早些休息吧。”说完，她起身要走，走到一半想起来什么，又折回来拿起地上的布包。

夙未的视线落在那裹着断枪的布包上，毫无起伏的声音又在她身后响起：“孤准你退下了吗？”

肖南回此刻心情极差，却无法在眼前这人面前甩脸子，只得停下：“陛下还有何事吩咐？”

夙未看着她开了口，像不经意间的君臣相交：“青怀侯方才向孤求情，说要赦免白氏之女白允。此事，右将军如何看啊？”

这话此刻就像淬了毒的刀子一样剐肖南回的心。肖准果然不想让她死。为此，他不惜践踏自己身为一军领将的立场，卑微地向这石头心肠的人求情。

肖南回发现，自从她知道了眼前人的真实身份，就越发觉得对方诡谲难测，

不光说话的声音变了，举手投足间的气质都迥然不同。亏得她之前还一度觉得那个所谓的“钟离竟”身上有种佛性，现在看来都是伪装，就算长着一张佛面，这人的心根本就是黑的。

深吸一口气，她努力让自己看起来心平气和一些：“陛下自有定夺，臣不敢妄言。”哼，不就是踢皮球嘛，她看都看会了。

“哦？孤还以为你会为青怀侯求情，毕竟白氏当斩，诛九族都不为过，他身为天成将领，竟然敢向孤开口留人，是笃定孤会为他手中的兵权所迫言听计从？”

肖南回蓦地冒出冷汗。她犯了个错，便是先前同他独处久了，竟当眼前的人还是之前的钟离竟。钟离竟总爱说“无妨”，时间久了，她便懈怠了。

“义父全家为白氏逆贼所害，血洗碧疆都不足以平息这仇恨，又怎会裹挟私心？更不敢要挟陛下。其中定是另有隐情，还请陛下明断。”她单膝跪地说着这番话，却不敢抬头看眼前人的神情。

帝王之心谁能知晓？与其不懂，不如不看。

许久，就在她怀疑跟前站着的人是不是已经离开的时候，对方终于说话了：“孤本是为月色而来，却叫你那哭坟一般的声音给扰了。便罚你在孤的大帐外守夜，不离寸步，直至天明。你可认罚？”

肖南回斜眼看了看天色。今夜是个阴天，地上连月光投下的影子都看不见。她尽量控制着自己的声音不那么咬牙切齿：“臣认罚。”

夙未满意地点点头，临走之前又悠悠地加上一句：“明日寅玗开拔，切莫迟了。”

第九十六章

回不去的故乡

离天亮还有一两个时辰，大帐内依旧亮着烛火，人影攒动。

起先，肖南回想打起精神偷听那帐子里的各路将军都在商量什么弯弯绕绕，可这一回大帐内围了个严实，她一个字也没听清。

她本就十分疲惫，这夜守下来早已困得眼皮打架。不过也亏得这阵挡不住的睡意，她竟一时忘了肖准和白允的事，就这么稀里糊涂地跟着拔营的队伍返回了三目关。

肖准不知同皇帝说了什么，竟真的保下白允一条性命，连同白家那个最小的孩子一起，在黑羽营的押送下返回了阙城。

肖南回事后回想，那很可能是因为抓捕白鹤留的围剿计划失败了，天成需要一点儿握在手中的筹码，抑或是宣判定罪的对象。

白鹤留逃了，在丢下妻子儿女后，独自一人消失在碧疆崎岖诡谲的地平线上，仿佛一抹挑起战争的幽魂，自始至终都不曾存在过一样。

接下来的一个多月时间里，清洗渗透在各个角落的白氏残部成了天成军队的主要任务。不断有归降的小股士兵出现，他们大都曾是天成岳泽军的旧部，在过往的十几年间背井离家，乡音已变，食他人俸禄，即便归降，也不可能重新获得信任，只得暂时以俘虏的身份被安置在彤城附近的屯兵处。

终于，临近年关，凤凰回巢。以皇帝为首班师回城的队伍踏上了归途。

一路上，不断有白氏流寇在各地被截击的消息传来，其中以纪州、赤州交界一带的怒江沿岸、北部冢山居多，这两处都是纪州入赤州的必经之地，想来是有人企图趁王座未归之时突袭都城。

怒江曾连年水患，常年驻有雁翅营的兵力，冢山却以山岳居多，人迹罕至，原本并不是各营常驻之地，为何会突然之间便有了可以独当一面的军队呢？

肖南回突然想起大约一年前皇帝曾派肖准前往冢山剿匪的事。

那时她心中多有不满，认为肖准一个大将军实在不该被如此使唤，可现在看来恐怕剿匪是假，驻兵是真。假借剿匪的名义将手伸到平日里少有踏足的地方，

再不动声色地埋下日后收网用的细线……蓄谋已久，这绝对是蓄谋已久。行兵打仗，须臾之间，养军布阵却岂是一日之计？

在皇帝深不见底的心湖之中，那颗代表着收复碧疆的石子原来早已投下，她如今所见，不过只是湖面泛起的一点儿涟漪而已。

可越是如此，她心底的那份疑惑就越发清晰。肖准对这一切都是知情的吗？那她呢？她在这场精心策划的棋局中又有着怎样的位置，扮演着一颗什么样的棋子呢？

各军论功行赏，肖南回自然被记了一大功，可光要营那些陌生的同僚大都不知道她究竟在这场战役中贡献了什么。只偶尔同夙平川远远相望或是在行伍中擦身而过时，两个当事人会有短暂的眼神接触，证明过往的一切不是虚幻，而是真实发生过的。

郝白因医治皇帝有功，据说得了不少好处。但他同肖南回说，自己颇有风骨地拒绝了封赏，只要了一辆马车来装他从碧疆各地采来的奇花异草，迫不及待地拉回晚城了。

肖南回事后觉得，那马车里一定还有些别的，但也再没有机会证实自己的猜测。毕竟她准备那辆马车的时候，是特意留了伍小六的位子的。不拉那胖子，空出来的位置一定不小。她本意是想让伍小六跟随郝白回晚城去的，毕竟那里常年湿润温暖，物产丰富，向来是块养人的风水宝地。可伍小六执意要跟着她，自称要去都城开开眼，长些见识。可方才骑了一日的马，他便嚷嚷着屁股开了花。左右她也不能真的把这胖子扔在路上，就只能再找一辆后勤运送粮草的车，将他塞了进去。

除去镇守碧疆的雁翅六营和肃北三营，其余人马皆北还整顿。肖南回跟着光要营的队伍浑浑噩噩地行了几天的路，直至到了彤城才有些反应过来，这场十数年前就已经燃起硝烟的战事如今算是真的过去了。

北风依旧在吹，但气味却不大相同了。那是种说不上来的气味，带着烧尽的柴火青烟，还有摩肩接踵的人群吐出的热乎白汽，满满的都是烟火气。

大漠孤烟都落在身后，现下四处洋溢着年关将至的喜悦之情。有时她望着一路上渐渐热闹起来的城池街景、村庄小镇，又觉得自己似乎就生在这里、长在这里，从来没有离开过这里。

一进赤州境内，入冬以来最大的一场雪飘扬而下。

不同于纪州那凛冽的冰碴，这里的雪是轻柔的，一团团棉花似的落在人身上，像是老天不忍这天寒地冻，特意为路人加了床被子。

往年这时，肖南回若不随军在外，便已早早在府上备下除夕用的爆竹和花灯。她其实从小便是个爱热闹的人，但肖准总是静静的样子，令她不敢将气氛闹得太

热烈。杜鹃会偷偷带她在后院放上一两串爆竹，那便是她每年最开心的时刻之一。

只可惜，那样的日子如今越来越少了。她本以为这一回她能同肖准在回阙城的路上一起过除夕，可她如今位列光要营的队伍，与肃北只能远远相望，何况行军途中又哪里有过节的气氛呢？

雪停的那晚又是宿在远郊。不远处村庄的火光明明灭灭，同雪后初霁的星空连成了一片。雪在地上积成厚厚一层，月光映在上面，将周围都照亮了些。营地里的篝火烧得很旺，烤得人浑身暖洋洋的，从里到外都熨帖起来。

肖南回头枕着软垫，垫子下放着布包，布包里是断了的平弦。

她已经多日没有见过皇帝派到她身边的那两名亲卫，估摸着那二位应当跑到皇帝跟前说了她不少坏话。可白允的出现就像一块移不走的石头压在她胸口，她现在实在没什么心情去想别的事。她陷入了一种大事方了、愁绪又来的颓丧氛围，常常很多天也没有一句话。逢军营里的同僚问起，她便说是受了风寒，嗓子哑了，实则就是懒得开口说话罢了。

“肖南回。”迷迷糊糊中，她听见伯劳鬼祟地在她耳边叫唤。

她翻了个身，一副病恹恹不想理人的样子。

伯劳的声音锲而不舍地从这边换到那边：“喂，你快看皇帝。”

皇帝？皇帝怎么了？长得是挺好看的，不过她前阵子天天看呢，现下已经不想看了。把毯子拉上来蒙住脑袋，她还是不想吭声。

“我怎么好像在皇帝的脑袋上……”伯劳眯起了眼，“看到了你的簪子。”

肖南回心里咯噔一声，随后垂死病中惊坐起，顺着伯劳的视线定睛一看。

嗯，没错，皇帝的脑袋瓜子上顶着的确实是她的簪子。

今晚的营地中就数他最显眼。他又穿着那件月白色的满绣纹长衫，整个人在夜色中荧荧地发着光，篝火中飞出的星火围绕在他身边，好似捧着一轮月亮的星子。

脑海中一段莫名其妙的记忆碎片跳了出来，击中了正在发呆的肖南回，是一抹月白——带着人体温的月白。

她曾坠入一片带有温度的月光中，仰望雪迷殿那高悬的屋顶，巨大的兰花落下的点点尘埃在她的视线中化作了漫天飞雪……

“喂。”伯劳在一旁不客气地戳了她一下，那突然跑出来的画面瞬间便烟消云散了。

“哦。”肖南回故作镇定地将篝火旁吃剩的骨头扔进火堆里，“一定是你看错了。”

伯劳瞪大她那炯炯有神的眼睛，再三确认一番，笃定地开口道：“怎么会？！我这双眼可是能隔着两条街、一道门、三道纱帘看清姚易那厮房内有没有烧鸡的眼啊！”

“那也是人的眼，总有走眼的时候。”肖南回不遗余力地否定，心中暗自期盼

那劳什子皇帝快快走远些。

伯劳却死心眼地越挫越勇："要不然你把你的簪子拿出来给我瞧瞧。我瞅着你这段日子都没用过簪子，莫不是它早就不在自己手里了……"

肖南回有些坐不住了，她觉得必须转移一下话题才行："你还有闲心在我这里要簪子？我让你打听那紫衣剑客的事，你到底有没有花心思？"

话题一个急转弯，伯劳果然陷入沉默。肖南回赶紧乘胜追击："你若是没什么线索，我便书信一封给老院长去问问，他老人家见多识广——"

"不成！"伯劳突然就急了，竟站了起来。

肖南回当她是怕见谢黎，有些奇怪地撇撇嘴："你紧张什么？我就是问两句，又不会让你亲自跑一趟。"

"这事你既然问了我，就不要再麻烦别人了！"

"你是没见过那人的身手，我是觉得这事有必要让安道院知晓，万一——"

"你㞞什么？！下次再见着他，我同他过上两招，便能知道一二，用不着现下在这儿胡思乱想。"

下次见面？还过上两招？过上两招她哪还有命在啊？

"算了算了。"肖南回觉得自己是鸡同鸭讲，白白浪费这么多天攒下的力气，"我四处走走，你不要跟屁虫一样贴过来。"

伯劳"哼"了一声，表示自己毫无兴趣。

肖南回走出挺远，回头望望，发现对方确实没有跟来，这才踩着嘎吱作响的雪地向远处走去。

一晃眼的工夫，皇帝已经不知去向，她只能朝着皇帝马车附近走去。她想寻个法子把簪子要回来，便抬手摸了摸腰间的袋子，那里有半块揣了一路的玉佩。或许她可以假借这韘形佩的事将那晚模模糊糊的记忆问个清楚。

皇帝的车驾被黑羽营围在隐秘的位置，肖南回远远瞧着，有种遥不可及的距离感。自从那日让她在大帐外"罚站"后，皇帝就没再搭理过她。

喊，他三天没洗脸的样子自己都见过，现在竟又摆回连衣角都摸不到的姿态了吗？她愤愤地想着，又走近了些，冷不丁前方晃过一道人影，却是丁未翔那沉默中透出恐怖气息的身形。

心虚作祟的肖南回又开始进退两难，畏畏缩缩，连身形都跟着猥琐起来。左右看了看，她决定先找个隐蔽点儿的地方等着，只要皇帝一露面，她就伺机凑上去。

皇帝出行大都会备数辆车驾，这些马车从外观上看几乎毫无差异，但只有一辆中坐着皇帝本尊，其余的只是侍从。

肖南回找了一辆空马车。车里的侍从应当是去当差了，车内只有一张小案和几张软垫。她一跃而上，坐在马车后面的车轸上，找了个视野合适的角度便

开始蹲点。

过了一会儿，她将视线微微挪开些，无意中瞥到屁股下的那根横木，眼神便顿了顿。

因为车轮行进过程中搅动起来的泥土砂石会被车后的横木挡住，即使时时清洁，这车轸上也多覆盖着一层泥沙。可眼下这木头上明显有一段太过干净，就像有人用手反复抹过一般。

猛然想到了什么，肖南回飞快地跳下马车，横起一脚，踢开了车轸上的那块挡板。木板飞出，与此同时，一个瘦小的身影从车底钻出，直奔她而来。

对方气势颇足，但身法不得要领，方才出手便被她一个横扫撂倒在地。

可看清那袭击者的脸后，她还是吃了一惊。难怪对方可以藏身马车车辕之下，却原来是个身形还未长成的孩子。

那张瘦得凹陷的面颊上嵌着一双南羌人特有的浅褐色眼睛，蜜色的皮肤因为寒冷、干燥而蜕了皮，他倔强地抿着嘴唇，似乎这样别人便看不出他其实正在颤抖。

“别……别杀我，我只是想讨口水喝……”

肖南回的动作不自觉地慢了下来，可潜伏在她血液之中的警觉并没有散去，提醒她眼前这一幕绝非这么简单。

他是什么时候藏到马车下的？一个讨水喝的小孩子又怎么会在车轸下藏这么多天？

就是在她犹疑的这一瞬间，那孩子的眼中瞬间透出凶狠的光，一直藏在袖中的手抽出来，发青的拳头里紧紧握着一把羊骨磨成的短刀，径直向她腹间袭来。

这一击带着不遗余力的狠绝，但对肖南回这样常年习武的人来说，还是太慢了。她出手如电，那少年还没反应过来，那把羊骨做的刀便飞了出去，落在尘埃之中。

一击不成，他又顽强地爬起来。瞧见她腰间的匕首，他大吼一声便要扑过去抢，却被她单手擒了双肩，一用力便卸下他半条胳膊。

对方疼得龇牙咧嘴，动弹不得，却仍忍住，一声不吭。

南羌一族刚烈难驯绝非传闻，肖南回心知肚明。即使对方是个孩子，她手下也没留太多余地：“谁派你来的？”

那少年梗着脖子，一言不发，汗珠子顺着脸淌了下来，颤巍巍地滴在她的手背上。

她五指紧缩，手下力道又加了两成，那孩子终于经受不住，叫出声来：“没有人，没有人指使我，我自己来的！”

她冷笑一声：“自己来的？且不说天成行军路线都是绝密，从碧疆出发的回朝

大军共有四路，王驾在哪一路更是秘而不宣，你又是如何知晓的？”

“什么王驾？我要杀的人是你！我是跟着你才跟到这儿的……”

这次肖南回倒是一愣，她细看那孩子的面色，不确定对方是否在狡猾扯谎，为的是伺机逃脱：“你知道我是谁吗？就编这样的谎话……”

谁知对方突然便神色激动起来，硬是扭过头来盯住她：“叛徒潘姚儿，人人得而诛之！长老说过，砍下你的头便是给成千上万被杀的南羌人报了仇，寨子里的每个人都会为我祈福！”

肖南回牢牢按在那孩子双臂上的手终于不由自主地松开了一些，看着那张因疼痛而扭曲的脸，她心中有了一点儿熟悉的感觉：“你是……寨子里的人？”

“潘寨主这么快便不记得我们了？可碧疆人都将记得，他们款待过的客人、奉为上座的寨主最终带来了战争，成了占领他们家园的豺狼！走狗！皇帝的走狗！”

心漏跳了一拍，她望着那张沾着污泥、写满仇恨的脸，仿佛看到的是自己亲手写下的斑斑劣迹。不，不该是这样的。挑起战争的人并不是她。她做的一切都只是身为一名天成将士必须做的事。

“不做碧疆人，还可以做天成人。你们原本连水都喝不上，放牧的地方也总是被抢，以后总好过从前——”

“那姓白的从前也是这样说的，可到头来又是如何？到最后谁也没有兑现诺言！骗子！你们都是骗子！神会惩罚你们，让你们为今日的所作所为付出代价，身堕业火寒窟之地狱，心受众叛亲离之苦……”

她望着那孩子眼中的怨恨在蔓延，蓦地便想到那日水牢中安律的脸。历史当真只是换了角色的同一出戏罢了，只有拿到戏本的人径自沉浸其中，看不清未来的方向。

她是否该在这里杀了他？因为总有一日他也会被仇恨吞噬，变成另一个安律。可握紧匕首的手终究还是慢慢地松开。她已经夺去了他们的希望，做不到再夺去他们的性命。

附近已经有听到动静的士兵向这边望了过来，肖南回反手将匕首深深地刺入车辕：“滚吧，离这里越远越好。我若再看见你，便只能杀了你。”

少年狼狈地爬起来，转身跑入树丛之中，消失前最后回过头来狠狠地瞪她一眼：“我打不过你！但若有一天你再回宿岩，定会有人杀了你！”

小半个时辰后，外出随侍的侍从终于归来。

今日是他当值，皇帝这些天几乎都不怎么开口说话，周遭的气氛时常比这数九寒冬还要冷凝，每每当差结束，都仿佛从鬼门关溜达一圈归来一般。他方才行礼准备退下，皇帝的脚步却突然停住。

侍从有些忐忑不安，余光偷偷瞥去，却见皇帝正停在他那辆马车前，低着头

似乎在看什么。

又过了一会儿，皇帝便同那带刀的冷峻侍卫走远了。

侍从松口气，走上前去瞧了瞧。雪地上只有一行伸向远方的孤零零的脚印，似乎有人在这里站了一会儿，然后又原路折了回去。

篝火旁，肖南回手撑在膝盖上，一动不动地坐了很久。夜已深，营地内安静下来，只有巡逻的士兵整齐划一的脚步声交替响起。

伯劳将火堆旁剩下的三个红薯吃了个干净，又抢了她铺好的褥子，呼呼大睡起来。

她望着眼前熊熊燃烧的火，恍若又看见离开碧疆时的那场大火。曾几何时，她还想过有朝一日能够堂堂正正地回到那可爱淳朴的寨子看一看。但人果然要为做过的事付出代价。尽管日后她还是可以重新回到那片土地，但只要想到回去的时候会遇见方才那样的情形，她的心就涌出一股难以言喻的悲凉。

她从不后悔自己选择的路，而人生走过的路亦没有回头的余地。

或许这就是她与宿岩最后的归宿。南回，难回。她再也不能向南而去，回到自己的故乡了。

第九十七章

众生相

天成灵微十六年元月初一，碧疆之乱乃平，帝自西南而返。

除夕过后的第二夜，阙城以东的枢夕山上，连绵数日的积雪将山路铺成银色的带子，弯弯绕绕绵延至永业寺的山门前。送炭的老李赶着驴车下山了，在雪地上留下最后两道带着炭灰的车辙。

上香的香客大都喜欢赶着初一进山拜佛，逢了初二，人便会少上许多。阙城附近最为红火的寺庙要数紧邻皇城的大成寺，而因为冬日积雪，山路分外难行的枢夕山就更是少有人拜访了。

山间入夜的月光倒是比城内明亮许多，将几座大殿上露出的瓦片照得亮闪闪的。

院内，独株的老蜡梅还在抽枝攒苞，这是永业寺一年之中唯一一段没有花香的时间，空气中只有淡淡的柴火味，寡淡又冷清。

天寒地冻，又无事可做，晚课过后不久，偏殿后院的僧人们便已睡下，只有大殿中的长明灯还透出一点儿火光。

“师父，师父！”一身灰色僧袍的小沙弥急匆匆地一路小跑，身上的袈裟环叮当作响，方迈进殿来便一眼瞧见正倚在香案前打瞌睡的住持。他连忙装作没看见的样子，又立在门口轻咳一声。

一空打了个寒战，从迷梦中惊醒，瞧见弟子不知何时出现在大殿门前，于是连忙正襟危坐于蒲团之上，抬手要去分那分到一半的灯油，却发现灯油早已凝住，只得又拿起一旁的经筒擦拭起来：“都这么晚了，何事闯到殿上来？明日的早课不是都交代下去了吗？”

“回师父，山门处来了辆马车，不听劝阻，非要进来呢。”

一空放下经筒，眨了眨惺忪的睡眼，一边将灭了的火盆重新搅动，一边向殿门外望了望。

大殿飞檐上的冰凌还未来得及清理，在月光下晶莹剔透地闪着光。

可不远处的山门之外一片漆黑，瞧不见半点儿灯火。前几日落的雪此时还积在山上，进寺的那条小路恐怕更加难走了。即便是在白日，登山拜佛的人也不如往日。

然而半夜登寺门的香客以前也并非没有过。

皇城中有钱有势的人很多，谁家夫人难产了，哪户童子走丢了，抑或是亏心事做多，实在是孤夜难眠……总之，这心急的拜佛者是从不计较时辰的。当然，事了之后，那香火钱也是分外丰厚。是以在一空的教导下，碰上这种“救急救难”的事，永业寺向来是不分昼夜尽职尽责的。就是不知这一回又是哪家的王公贵胄出了岔子。

一空勾了勾手指，那小沙弥甚是机敏，连忙凑近。

年轻住持白净的脸上显出几分狡黠，他压低嗓音问道：“可是大户人家的马车？”

小沙弥显然“身经百战”，早已练就一双火眼金睛，当下肯定地道：“弟子瞧过了，是丞相府的马车。”

一空愣了愣，喃喃地道：“不会是又来讨安神香的吧？”

这老丞相的失眠症真是越发厉害了，深更半夜的竟又找上门来。早知如此，他当时就应该多报几两银子的价钱。

一空站起身来，正准备伸手去取放在一旁的袈裟，便听得殿外有了响动。

一阵急促的脚步声由远及近，夹杂着另一名弟子的低声劝阻：“施主！两位施主莫要往前去了，住持今夜要念经超度，吩咐过不能打扰的……”

啊，他这徒弟们被教导得真是十分识大体，晓得给他这个住持争取一点儿穿戴的时间。

趁这工夫，一空已系好袈裟，方摆好点油灯的姿势，一个清浅的声音便已在殿门外响起：“一空法师。”

一空听得那声音一愣，随即快步迎出殿去。那月下踏雪而来的两道身影已行至门前。

“听闻一空法师正在念经超度，不知能否多算一人？”男子清浅的声音再次响起，配上那副清冷淡泊的面容，倒像云游至此的修行者一时兴起叩响山门。

一空挑了挑眉：“公子说笑了。这超度鬼神之事，生者还是不要掺和的好。”

对方身后那青衣侍卫闻言瞬间透出一股咄咄逼人的气势，杀气似乎比平日更甚：“主子已接连赶了半月的路，未入城中便马不停蹄地到了你这儿。你莫要如往日一般婆婆妈妈，若是耽搁了——”

“未翔。”男子轻唤一声。那青衣侍卫只得气哼哼地闭了嘴。

一空定了定神，轻轻挥了挥手，将两个小沙弥派了出去：“烛鱼，你与瓶儿在大殿外守着，不要让旁人进来。”

两人应声退下，挑了灯笼去院子里守着了。

男子瞧一眼自己身后的人，虽未开口，但意思已明。青衣侍卫看一眼一空，转身便消失在屋脊飞檐之间。

“深夜造访，还望法师不要见怪。”男子嘴上客气，却根本没有行礼赔罪的意思，只淡淡地打量眼前这和尚，目光最终落在对方那趿拉着一半的鞋子上。

一空有所察觉，将那只脚往后藏了藏，随后抬起半边眉毛，瞥向对方身上那还未来得及换下的玄色氅衣。九色缠枝纹张牙舞爪地绣满了身，在酥油灯映出的火光下，游走出一道道耀眼的金光，令人目不敢视。

“小僧不敢，只是不知小僧今日见的是钟离公子还是……”

夙未瞧那狡猾和尚一眼，偏不给他答案，只挥一挥袖子，径自迈入大殿之中。

大殿正中那坐皱了的蒲团还未收拾，周围乱七八糟地散着些经卷和油布，最抢眼的还是那已经褪了色的红漆木匣子。那是大殿上供着的香火台，此时已被拆开，当中的碎银铜板摊了一地，似乎方才有人在这儿清点过。当真是座小到不能再小的庙，竟要住持每日亲自清点香火钱。

一空已后脚跟了过来，留意到对方玩味的目光，竟还能镇定自若地走上前将那匣子收好，仿佛那当中并非铜臭之物，而是些流传已久的至上法宝。三两下收拾完毕，他又从那叠成宝塔状的油灯中随意取了一盏端在手上：“公子请在此处稍等片刻。”一空说完便钻进那幡幢之后，片刻过后搬着一张眼熟的小案又钻出来，将那案子正对佛像摆在蒲团旁，自己席地而坐，将唯一的蒲团用手抚平，推到男子面前。

男子盯着那蒲团，一时没有动作。

“今日为何不请我进内殿坐坐了？”

一空依旧笑眯眯的样子，状似随意地指了指身后那尊慈眉善目的大佛：“内殿瞧不见这尊佛像，小僧——”

男子细长的眼微微挑起：“你怕了？”

一空终于顿了顿，诚实地叹出一口气来：“按例公子每月都要来寺里一趟的，如今因碧疆一事耽搁数月，小僧心生惶恐啊。”

男子终于决定放过他，轻巧地落座在那蒲团之上，打坐的姿势瞧着竟比一空还要老练不少：“佛门出身，竟也惊惧虚妄之事。”

和尚对眼前人那令人吃瘪的说话方式显然早已习惯，将炭盆上烧得正好的铜壶取下，心平气和地斟上两杯热茶：“小僧只是遵从师父遗愿，尽心做好分内之事，唯恐疏漏不察，酿下隐患。”

夙未指尖轻点小案上如兽眼一般的琥珀色木纹，那是上等迦南木料经年摩擦才会有的，衬得其上的紫砂茶杯同那根降魔杵一般乌漆墨黑的：“那依你所见，可有疏漏啊？”

一空没有看向眼前的人，只静静地望着小案上那双小盏中的清茶：“公子从前都会先喝一口这茶水的。”

夙未沉默片刻，才缓缓道："我本就不喜饮茶，今日看这茶杯分外不顺眼罢了。"

"公子从前都不提喜恶爱恨的。"一空清澈的嗓音在大殿中回荡，小几上摇曳的烛火也跟着明明灭灭，将周遭四尊护法金刚怒目圆瞪的脸照得有几分狰狞。

良久，一空再次开口，声音却没了往日柔和慈悲的味道："公子可是动了心思？"

夙未没说话，一空的语气冷了下来："公子的情况，自己应当最清楚。起心动念，皆是凶险。"

"起心动念，皆是凶险。"这八个字是当年还未圆寂的无皿大师留给他的话。此时无皿的徒弟又说了一遍给他。这就像一道专为他设下的诅咒，他既要仰仗它活命，却又受制于它，终生都无法摆脱它。

"我已身在凶险之中，亦多年不曾忆起忧惧是为何物。"

"公子不为自己考量，也当为身边人着想。"一空叹口气，流露出几分不多见的无奈，又继续问道，"是从何时开始的？"

何时开始的？这个问题问得好，他须得好好想一想。

夙未眼前闪过那日他们从霍州归来停在阙城外小溪旁的情景。她敲开他的窗子，将那饱满鲜红的果子递到他眼前。

他自认经得起任何诱惑，但在那个普通、微小，没经过任何预谋设计的短暂瞬间，他察觉到了来自灵魂深处的一丝动摇。他想接过那颗熟透的蓬虆，不是因为他当下应当这么做，而仅仅是因为他想。他已经很久很久……没有生出过"想"这个念头了。

在更早之前，他就已经抛下了那些欲望纷扰，并已做好此生都不再拾起的准备。可一生果然是太漫长了。清冷如他，也早已生出了疲倦和厌烦。他想着，只要退开一点儿，这不在他掌控之下的情绪便会消散了。所以他以果子酸为借口拒绝了她。可她却没有离开。她固执地又拿出更多的果子，明晃晃地摆在他眼前。

他望着那些殷红的果实，像又瞧见她一次次被击落凭霄塔，再一次次爬起来的倔强。如果他敞开那扇严防死守的大门，她是否会愿意离开阳光，穿过黑暗，到门的另一边来呢？

像是古老、巨大、不可摧毁的远山出现了第一丝裂缝，他的心也是如此。自此之后，那裂缝便会一直存在，最终扩大到不可收拾的局面。

"肖南回，我第一次同你说那果子酸的时候，你就该走开的，如今想走，可能有些困难了呢。"

起心动念，然后便有爱、恨、生、死、离别。一空说得不错，但那又如何？

身在红尘中，与君相伴老。不入红尘去，焉得君之好？

这世间因缘际会实在难以捉摸。与她同行不久，他便失去了一颗舍利。又似乎是因为那股常伴身边的力量无形中减弱了一些，他才会生出这些本不该有的情绪。

“大约就是弄丢那一颗舍利的时候吧。”他轻描淡写地拾起一旁的经卷，盯着那上面扭曲繁复的文字，似乎又想起了似曾相识的情景，“但我总觉得，似乎在很久远很久远的从前便已见过她。”

一空脸上并无半分惊讶，竟像早已料到他会说出这番话一般：“公子母亲的本家着实特殊，公子常有此感也不足为奇。”

夙未的眼睛平静地看向一空，语气中也有了些冷意：“我从未在你面前提过母亲的事。”

一空顿了顿，将手中的茶盏端起，随手泼在烧红的炭火上。蒸汽嘶嘶腾起，模糊了两人的面容。

“公子不必多虑，一空师承无皿大师，而老师生前最是喜爱云游四方。一空称不上博闻强识，只是对奇闻逸事有些情有独钟罢了。何况以公子如今的身份，一空又有何能耐去撼动公子座下分毫呢？”

夙未不再回应，一空也默契地不再提起。他捧出那古老却熟悉的经卷，像往常一样将降魔杵放在手边，开始了漫长的吟诵。

不知过了多久，东方已微微泛白，月亮浅淡的影子正渐渐隐去。

永业寺大殿房檐下的冰凌因为温度回升而松动，猛地坠落在地，摔了个粉碎。

一空的声音终于停下来，夙未睁开眼瞧向殿外：“这屋檐下的冰凌要及时清理了才好，否则容易伤到人。”

一空的手拂过那根降魔杵，随后将它收进经卷之中：“公子说得极是。须知这道理人人都懂，可应验到自己身上，却总是有些心存侥幸的念头。”

夙未当然知道对方意有所指，微垂下的眼睫轻轻颤动：“见你之前，我已尽力远离她了。”

一空露出一个笑来，言语间却没有退让：“来见小僧之后，希望公子也能尽力远离她。”

夙未不语，许久才站起身来。身上那件绣工精湛、布料奢华的外裳因这一夜的盘坐而起了一道深深的褶皱，看起来是轻易无法抚平了。

他盯着那道褶皱，突然便反问道：“听闻法师精通佛法，更熟于佛法古语，不知可曾听过一词叫作仆呼那？”

一空略作思索状，片刻后才缓缓地吐出一个词来：“仆呼缮那。”顿了顿，他继续解释道，“公子说的那个词应当是仆呼缮那，那是古语里‘众生相’的意思。”

“依你所见，可有何深意啊？”

“法身为烦恼所缠，往来生死，故称众生。我人相所不及者，存有所了，名众生相。公子与我皆是众生。公子设问于我，我以天地作答，便是众生相。”

男子的身形突然便近了些，酥油灯将他身下的阴影投在一空的肩膀上，看着

像打湿了一般沉重："你知道的当真便只有这些吗？"

一空没有抬起头来，双手合十放在胸前："这几个字对小僧来说确实只是佛法用语罢了。其余的，小僧也不曾习得，怎敢妄言？"

许久，男子的回应仍没有传来。一空慢慢抬起头来，才发现那人早已离开，大殿中又只剩下他一人。

他孤身立在油灯佛像之前许久，直到那名唤烛鱼的小沙弥再次找到殿上来："师父，他们已经出了山门。"

一空点点头："知道了。"

烛鱼因为守夜而困顿不已，回想方才的情形又有些不忿："师父，那两人当真是丞相府上的人吗？半夜登门竟还如此不知礼数，害得师父诵经到深夜——"

"你若气恼自己没了睡眠，下次我便只吩咐瓶儿便是。"一空不客气地拆穿了小沙弥的心思，不等对方羞愧自省，突然又问道，"你可听过龙作鲤于池的故事？"

烛鱼茫然地摇摇头。

"鲤渴望一跃化龙，它们虽心生向往，却并不晓得龙究竟有何厉害之处。反之，如若幼龙生于莲池之中，终日与鲤做伴，它便不会知晓其真身可以翻云覆雨、撼动天地。我们要做的就是不去惊扰这方池水。只有这样，才能保得莲池安定。"

烛鱼听得云里雾里，困上加困。他只能偷偷寻思，方才那两人的身份一定非比寻常地尊贵。师父不想得罪，这才来同他讲这些大道理。

"师父的教诲，烛鱼铭记在心。"他心不在焉地应承着，只想着快些回去睡觉。

一空瞥他一眼，只觉得瞌睡虫已经在他的脑袋上跳起了舞，当下挥了挥手："回房去吧。睡前记得交代下去，明日午时之前，大殿的门都不得开启。"

烛鱼有些困惑已经折腾了一夜的师父还要忙什么，可最终睡意占了上风，他打起精神行了礼，摇摇晃晃地退了下去。

一空独自站在空荡荡的大殿正中，许久才撩起幡幢向大殿后走去。

大殿正中那尊佛像的背后立着一座毫不起眼的小龛，龛中无牌无位，只放着一只小巧的铜碗，碗边已经磨得发亮，内里却生了一层铜绿，显然多年未曾有人用了。

"师父，您曾担忧之事终究还是发生了。"他用火折燃起一炷香，却没有点灯，就在黑暗中注视着虚无的远方。

"人人都说，修行之人最不宜有偏见之心。如今看来，弟子还是修行不够啊。"年轻的僧人缓缓地跪拜，身躯像陵前倾倒的一株松柏，"弟子私做主张，违背了您的意愿，就当是我为苍生苛求一线生机。一空愿此生身殉出佛门，魂魄不得归于天地，以偿付他一人之业果。"

第九十八章

梅小初开

一入正月，阙城的梅花便在各府各院中先后绽放。

皇城中的有钱人家喜欢赏牡丹，真正有权势的人家却喜欢赏梅，约莫是因为梅花自带风雅又凌寒而开，实乃珍贵。

梅自古便与庭院做伴，如今已育有百种，其中最稀有的便数映水重楼。一根带三朵花苞的映水花枝，可以在官市上叫到百两黄金，文人墨客更是无不心向往之，称赞其色如血、其蕊如丝、其形如重楼叠嶂，一枝花绽，满城皆香。

放眼整个赤州，映水重楼最多的地方便要数阙城，而阙城中又要数烜远王府。只可惜王府的院墙之高，远非常人可以窥上一二，而除王府之外，寻常人或可一睹映水重楼风采的地方便只有丹翎街的小梅庄了。

小梅庄听起来像女子购置胭脂水粉的地方，实则却是天成最大的金银庄，其中不仅流通各州商铺的银票、通货，也兼顾发放六百石以下官员的俸禄，可谓半个官家店面。

小梅庄的名字得来已久，不可溯源，就同其院中那株千金难求的映水重楼一样久远。虽然只有独一棵，这映水重楼却也树大花繁，开得很是美满。每每到了正月，慕名前来的客人便会踏破门槛，连带着庄里的生意也忙得不可开交。

据说天成建都之时，曾有大臣异议官府发放俸禄的地方怎可冠以这等轻佻的名字，上书陛下请求重新赐名，最终被当时的镇北大将军梅子绪一言驳回。梅家世代从军，以威正严明的家风闻名。梅子绪言及“梅”之一字傲骨天成、不为寒冬而折腰，正是天家财库应当秉承的气节。皇帝欣然应允，小梅庄的名字终于得以保留。

当然，这些都是文人墨客喜欢议论的风雅之事，武夫莽汉对此一无所知。

作为一名行伍出身、苦命攒钱的小官，肖南回每次来往小梅庄都只是急匆匆地确认新到账的薪俸数目，除此之外，并无其他心思。

对她来说，此时此刻站在黑檀柜台后的胖掌柜比院子里那棵只会开花的树可重要多了。

“你说什么？”因为无法相信自己听到的数目，肖南回瞪大了眼。

胖掌柜瞧她一眼，似乎早已看惯那些见财眼开之辈，微笑地将手中的玉珠算盘转了个圈，推到她面前：“肖大人的账上这月新进的银钱记下的是三千两，昨日方才入的账，加上先前的积蓄，总共是白银三千四百八十四两九钱、黄金一百两整。”

肖南回盯着那算盘上的玉珠子，只觉得自己快要不识数了：“这……这是否算错了？在下虽说数月前方才升的官，但俸禄应当也没这么多……”

“回大人，这是少府右监直接拨下来的银子，与俸银无关。”

“少府？”她只觉得满脑子的疑问，“少府不是只负责皇宫内务？又为何会给我这么多银子？”

“啊，督办此事的乃是御前的单大人，他特意留了备注，说是……”

胖掌柜边说边眯起一双老眼，在那密密麻麻的账本批注中搜寻着那一行小字。肖南回也情不自禁地跟着眯起眼来。

“啊，找到了。”胖掌柜短粗的手指在那细如蚊蚋的账面某处点了点，“说是陛下先前折损了肖大人的一支玉簪，少府那边依照宫内条例以此银钱用作赔偿。”

玉簪？她的玉簪？且不说她那簪子已经戴了多年，摔摔打打的，少不了裂纹，就拿雕工、成色来说，撑死了也就是十两银子的货色，怎会拨她三千两银子？宫里如今究竟都是些什么人在当差？若不是昏了头，就定是瞎了眼。

肖南回轻咳一声，有意凑近了些，声音也压低下来：“有劳掌柜的。不知这账上的银钱若是算错了，可还会被要回去……”

胖掌柜依旧面带微笑，只是声音也跟着放低了：“回肖大人的话，小的当差三十几年，还未曾听闻过这种事呢。”

肖南回长舒一口气，突然有些不知所措起来，拿了柜台上查领薪俸的木契，匆匆走出门去。

她撩开厚厚的棉帘，北风迎面吹来，带着点儿烤板栗和热糖糕的气味，似乎已经不那么刺骨了。

回到阙城已经数日，她的生活似乎又回到了原来的轨迹。这里的阳光、气味、街道和街道上那些涌动的面孔，无一不是她熟悉的样子，可分明又有什么不一样了。

捏了捏手里那块木契，她不知是该笑还是该哭。她这算不算是情场失意、官场得意呢？

将方才那胖掌柜的话在心里滚了一遍，她突然意识到一件事，如果她收下这银子，是不是就代表她不能将簪子从皇帝那里要回来了？这可如何是好？按理说，她并不是个贪财之人，可是……真的好多银子啊。

肖南回被这矛盾折磨得愁眉苦脸，更不知道这一遭究竟是件好事还是坏事了。

“怎么才出来？去了这么久。”

思绪中断，她闻声抬头，便见伍小六坐在路边，左手抓着两个盐水鸭腿，右手举着一摞香油大饼，油纸还透着热气。不远处，伯劳正趴在马车辕子上打盹，一副天塌都睡不醒的样子。

今日不光是发放禄银的日子，也是发领禄米的日子，她一大早便催着伯劳赶上车往司农仓去了。司农仓设在城南，那边巷窄人多，每月逢发领禄米的日子，各家派去拉米拉布的车子能将巷口堵个水泄不通。有时各家马车挤在一起动弹不得，便会就近攀谈几句。

肖南回对这类事向来能躲则躲，每每都尽量赶在司农仓开仓时第一个申领，将马车送回府上后再回房内补眠。可今日情况特殊，她一时半刻恐怕是回不去了。

“我交代你买的蕈子呢？”

伍小六从身后扯出一个青面彩纸压成的纸包，眼神有几分躲闪：“喏，不是在这儿呢吗？”

肖南回拎起那纸包晃了晃，目光又落在对方那两个鸭腿和一摞大饼上，额角青筋凸起：“我让你买鲜蕈子，你却弄些便宜货糊弄我？”

伍小六自知理亏，却还想着最后一辩：“这大冬天的，到哪儿去买鲜蕈子？就算有，一定也是贵得离谱，不如买些实在货……”

对方还在说着什么，肖南回已经上前一步，一把抓起对方手里的那摞饼，扔进一旁的马车上。

马车一震，伯劳腾地立了起来，瞧见肖南回的脸，又两眼一翻倒了回去。

肖南回抓住那颗大头将人晃醒：“喂，别睡了！起来干活了！”

伯劳气急败坏地护着自己头上那宝珠一般圆润的发髻：“恶霸肖南回！我看我就是去怒江边上找个挑夫的活计，也比在你这儿受虐待要强些！”

肖南回根本不理，将赶车的辔绳强塞进对方手里，一掌拍在马屁股上：“你将这一车东西送回府上去，记得让陈叔清点过后放到府上的粮库里，莫要堆在外面落了灰。”

车轮声夹杂着伯劳骂骂咧咧的声音渐渐远去。肖南回转身拍掉身边胖子手里的半个鸭腿，又丢给他一条帕子：“擦擦你手上的油。好不容易给你找了一套穿得下的干净衣裳，你要是再给抹脏了，就光着身子出门吧。”

“哦。”伍小六臊眉耷眼地抹着手，眼皮子不时地瞥着地上的鸭腿，“咱们一会儿到底要去见谁啊？”

“见你未来的财神爷爷。”

从小梅庄到燕扶街步行需要小半个时辰，快着些走，还能提早半刻钟。

可现在除夕方过不久，街头巷尾还沉浸在节日的喜庆气氛中，闲逛的人流比

往日还要密集许多。肖南回带着伍小六赶到望尘楼的时候，天色已经擦黑。

望尘楼内灯火初上，正月新挂的彩灯霓峙将临街探出的阁楼装点得令人眼花缭乱，美人们裹着厚厚的狐裘斜倚在栏杆上，媚眼如丝、言笑晏晏，一边在缅缎扎成的巨大绣球后谈笑，一边向着街上的人们飞去一个个燥热的眼神。

伍小六显然没想到要见识这等场面，突然就怯了场，耷拉着脑袋，躲在肖南回后面，不肯露头。可他的身形又实在不好藏住，两只局促的胖手都露在外面，像两截成了精的胖藕，扭来扭去。

肖南回没心思顾他，只左顾右盼地寻着姚易的身影。她方才应当快点儿的，赶上眼下这快要上客的时辰，想要同那黑心财主说上几句话恐怕是要费点儿劲。

一把拉住店里一个眼熟的小厮，她低声问道："劳驾，请问姚掌柜——"话还没说完，她便留意到那小厮的眼珠滴溜溜地向她身后转了转。

肖南回一转头，便见姚易不知何时已经倚在门框上，一脸冷笑地盯着自己身后那扭动的身影。

她瞧他似乎还得闲，连忙将他拉到一旁说明来意。

"总之，你这里也是常年缺人手的，便当作收了个打杂的。若是瞧得上，日后说不定能算作你的徒弟。"将前因后果说明一番，她如是总结道。

姚易的脸颊因为咬紧牙关而微微突出，将他向来引以为傲、和气生财的脸形破坏殆尽："肖南回，我问你，我们为何是朋友？"

她眨眨眼，十足确信地回答道："因为我们志趣相投。"

姚易狠狠地闭了闭眼，继续问："望尘楼管账的邱老爷同我志趣更投，我为何不与他做朋友，偏与你做朋友？"

她冥思苦想一番："因为我比他风趣？"

"风趣你个鬼？！"姚易的嗓门又尖又细，简直要戳破整条街的窗户纸，"你瞧我这楼里敢在我面前晃荡的，哪个不是有姿有色、细皮嫩肉的？便是连个端夜壶的小厮也得能登上台面！你这又是在哪儿找的这矮冬瓜，竟敢往我这里塞，是把我这里当瓜棚了吗？！"

肖南回被这番话惊得一呆，缓了缓，才不可思议地问道："难道说你愿同我交友是因为我的姿色？"

姚易一把将她的脸推到一旁，径直走向伍小六，腰一叉，眼一斜："我方才的话，你也听到了。我姚易是出了名地尖酸刻薄，可不是那种会为了谁一句好话而拉不下脸的软耳根子，你要是还有几分自知之明，便趁早去别家谋个生计，莫要在我这里浪费时间。"

伍小六抬起绿豆大的眼睛飞快地瞧一眼姚易，很快又垂下头去："我倒是觉着，正是因为我瞧着便同姚掌柜不是一路人，咱们才有合作的可能不是？"

姚易冷哼一声："合作？你莫说是要为我这花楼添些不一样的颜色，就你这咸菜墩一般的货色，我拿来压酱菜都不够格。"

伍小六摸了摸自己那肥厚的面皮，又瞧了瞧肖南回殷切期盼的眼神，方才进门时的怯懦突然就淡了许多："我虽是宿岩人，但小时候也在晚城附近生活过。那里四面通商，我很多话都会说上几句，对各处来的客人都不会怠慢。我在宿岩的这些年也辗转过十数个东家，对各行各业也算都有些见识。再者说，姚掌柜如果有些不方便去做的事，大可交与我来办。我的样子便能与姚掌柜划清界限，日后若是摊上不愉快，姚掌柜也可独善其身。"

这番话一出口，莫说姚易，就连肖南回都有些惊讶。她瞧一眼姚易，心知这算盘精除了喜欢好看的人外，也是喜欢聪明人的。

果然，对方的脸色缓和了些许："这张嘴倒是会讨饭。"

肖南回一听这话，就知道事情有了转机，连忙趁热打铁："你先收了他，工钱都好说，日后若是用着不顺手，到时候再做打算也不迟。"

"自己去后院找邱老爷，就说是我让你去的。晚些时候我自会去找你，在此之前莫要问东问西，这里的人都忙得很，没人有工夫同你扯闲篇。"

不等伍小六有所反应，肖南回已经按住那颗胖脑袋一叩首到底："还不快谢过姚掌柜？！"

伍小六迷迷瞪瞪地行了礼，便被一个机灵的小厮带了下去。临走前他一步三回头地望着肖南回，好似在演一出"儿行千里母担忧"的苦情戏。

肖南回只好一番挤眉弄眼，暗示他以后见面的日子有的是，那胖子才终于消停，走远了。

送走了伍小六，她一边瞧着姚易的脸色，一边又是一番感恩戴德，拍着胸脯表示，今日欠下的蕈子改日一定补上。

姚易瞧她还没有要离开的意思，便觉察出几分别的意味："你那矮冬瓜，我也收下了，你还赖在这儿做什么？怕我转头炖了他不成？还是说……"

"那个……"她神情突然有些扭捏，姚易见状冷哼一声，转头要走，她连忙拉住对方，磕巴道，"你那藏书的地方……能……能不能借我瞧一瞧？"

早先说过，这望尘楼的生意做得高级，同姚易喜藏书画脱不开关系。像吴醒那样的人脉，姚易手上握着大把，经年累月下来，除去送与贵客、摆宴赏玩之外，仍有许多堆在一间仓库模样的房间内，也算得上是望尘楼的一大财产了。

书册画卷，瞧一瞧本也不算大事，可她先前因为霍州之行打湿过那张古宅地图，便算是有过一次前科，现在再开这个口，就有几分正好踩在钉子上的感觉。

果不其然，姚易的脸色开始变幻莫测起来。就在她以为自己要无功而返的时候，对方竟然松了口："罢了罢了，若是不许你这一回，怕是从今往后要日日缠着

我。”一串镶着宝石的金钥匙被塞在肖南回手里，彰显着其主人财大气粗的审美，“这是钥匙。地方你之前也去过。我要你进去的时候什么样、出来的时候还什么样，做得到吗？”

肖南回点头如捣蒜，眼中翻涌着感激之情，就差没当场掏出匕首来个歃血为盟：“姚兄此番所作所为令肖某甚是感动，一定是我这么多年投喂的蕈子打动了你那石头般的心——”

姚易赶在眼前的女人说出更恶心的话之前，将她一把推开：“我要忙了，莫再烦我。”

肖南回对这恶劣的态度一点儿都不介意，哼着小曲摇着钥匙，大摇大摆地向望尘楼的后院走去。

人在埋头做事的时候，时辰总是不禁用的。肖南回进那藏书房开始翻看的时候，将将是要点灯的时辰，等她再起身去添灯油的时候，窗外已是月上梢头了。

她从书案上看到小几旁，最后干脆趴在地上，几乎翻遍了每一本画册古籍，却对自己想要找寻的真相越发茫然。

她依照伍小六提供的关于“仆呼那”的关键信息，在各地方志、异闻录中寻找，只找到了一个名字——无皿。

这无皿大师来历神秘，传闻有人初次记载遇见他的时候已是百年之前。他孤身一人出现在南境泊玉海的海面之上，脚下踏着一只巨大的海兽，于浪花中翩然而至。“仆呼那”最早便出自他写成的经文之中，如今修习佛法的僧人依照原意将它译作“众生相”。可经书中关于众生相的记载大都与佛法有关，看起来晦涩难懂，与她接触过的那些杀手似乎没什么关系。左翻右看，查列典籍，把自己搞得疲惫不堪之后，她发现自己并无太多收获。

肖南回叹口气，不想整夜耗在这里，于是将摊了满地的书册画卷重新整理起来。

无意间，她的目光落在散落在一旁的几册闲书上。那是姚易闲来无事收来的一些野闻逸事，对她要找的答案没什么帮助，方才便被扔到了一边。最上面的那本色泽鲜艳，丝帛册封上描着四个字——南亭手记。但最吸引她目光的是落款者的名字——须弥子。

“琴圣须弥子，碧疆哀劳古落人，曾游历四海，留下众多谱曲，一生漂泊无定所，唯独偏爱山野孤亭，世称南亭先生。”

她回想起那段在碧疆的时日，似乎曾有几个小孩子同她提起过这须弥子的事。眼下她正有些烦躁，想着不如换换心情，便拿起那古册翻看起来。

她翻了几章，突然便瞧见一章名为“神化之音”的短记，当中如是写道：

昔闻未五岁能诵，七岁能诗，九岁抚琴已有空谷绝响之音，宫中琴师无人能对。今得见未于上巳宴席之上，奏一曲圯桥进履，音之通透，境之高远，不落凡尘，自成一格。吾今日一闻，愧以琴圣之名冠己，遂断指离席，言至此不论琴瑟之事。

肖南回愤愤地将手中册子扔到一旁。她本以为那三个小屁孩是以讹传讹，没想到居然真的是这么写的。

随即，她突然意识到一件事情，不论她再如何否认，皇帝所站的地方都是她极目远眺也未能看清的高处。而这样的人，不知为何，突然便出现在她的世界中，亦不知何时才会退场。

窗棂缝隙吹进一股冷风，抠门掌柜采购的劣质油灯又灭了。

这一次，肖南回没有再续灯油，而是借着月光沉默地在黑暗中将一地狼藉恢复原状，然而已经打破秩序的事物又岂是轻易可以复原呢？

第九十九章
梅落无声

从燕扶街到侯府的夜路，肖南回已经走过许多回。

以前，她喜欢叫上伯劳一起溜到望尘楼的后院找姚易喝酒。喝着喝着，伯劳便从那灶台高的年画娃娃长成了个浑球，姚易从打杂的小厮变成了如今的掌柜，她也从那个被许束欺负得哭鼻子的半大丫头变成了如今铁甲加身的马上将军。但只要踏上这条回家的路，不论白日还是黑夜，那种熟悉感都能令她安心，似乎一切都未曾变过。她不是个贪心的人，只要维持现有的一切，便已感到满足。

她抬头望见侯府大门的时候，子时刚过。

陈叔年纪大了，兴许已经睡下，肖南回熟门熟路地摸着外墙上那几块凹陷的墙砖，灵活地翻过墙头，正落在中庭的院子里。

“南回回来了？”脚才落地，熟悉的声音便在黑暗中响起。

肖南回呆呆地回头，便见肖准坐在院子正中的石桌旁，手边也没有掌灯。他，等了她许久吗？

“义父。”她有些慌乱，低声唤了唤。

肖准脸上的困顿渐渐褪去，瞧着她的神情中露出几丝笑意：“去了哪里？这么晚才回来。”

她暗骂伯劳不将她的去向交代清楚，害得肖准担心，连忙解释道：“我去找了姚易，将我那个从岭西来的朋友安顿了下来，然后在他那里坐了一会儿，就耽搁到现在了。”

她知道肖准不喜姚易，但对自己今日所作所为并不想隐瞒，只下意识地没有提起调查仆呼那的事。

出乎意料的是，肖准难得没有对姚易多说什么，只招了招手，示意她走近些。

肖南回上前几步，还未到肖准跟前便看到了地上的几串爆竹。

“今年的除夕全耽搁在路上了，未曾好好陪你。知道你每年都爱同杜鹃玩些这带响的图个热闹，这便托李叔去买了些，不过只得些爆竹，烟花已是买不到了。往后不必避着我，一年一次的乐趣，我岂能扫兴？”

她几乎是错愕地立在原地，直到伯劳、杜鹃、陈叔笑着从内院走出来，她才反应过来，肖准不知不觉间已走到她的面前。

他将火石递到她手中，粗糙的指尖轻轻滑过她的掌心，随后又轻轻拍了拍她的头："南回，新年快乐。来年我们也要好好的。"

她的泪猝不及防地滚下来，她又急匆匆地掩去，只重重地点着头。

噼噼啪啪的爆竹声中，伯劳似乎又在一旁聒噪地说了几句不合时宜的话，教杜鹃拎起耳朵一阵数落，陈叔在一旁抱臂瞧着，边笑边躲着那两个扭作一团的女人。

肖准的声音在这嘈杂中断断续续地传来："平弦的事，我十分抱歉。那日事出有因，我情急之下才……"

他低声同她解释着，但她只听到了第一句话，后面的一概听不清了。她等这句话等了好久，本以为自己会十分委屈，可此时终于听到，内心竟然比想象中要平静些。她不是不难受，只是已经过了最难受的时候。

她抬起头，对着肖准咧嘴笑了笑："义父不必自责。平弦本就是义父所赐，义父若要收回，也是理所应当。"

肖准慢慢地望向那双原本藏不住任何情绪的眼睛。如今，那双眼睛中分明多了些令人难以捉摸的东西，似乎是那轻轻半合的眼睫，又似乎是眼角的弧度，一切的一切都有了些许微妙的变化。

肖南回不知肖准的心思，伯劳还在不远处拎着燃了一半的爆竹追着杜鹃打闹，她正准备移开视线，出手教训两下那恶劣的丫头，目光扫过肖准的衣襟，却随即一顿。

"欸？义父的衣服上落了东西。"她边说边伸出手轻轻一拨，那夹在衣襟褶皱间的轻薄之物便飘然落在她掌心。

那是半朵水红色的梅花，花蕊似冠，缀着鲜绿色，即使已有些许残败，但仍然能看出那一重一重的花瓣，远非寻常人家能够养出的梅花。

伯劳手中的爆竹在这一刻燃尽，一直震颤喧闹的空气突然安静下来。

肖南回盯着手心的那半朵梅花，思绪不受控制地放大。

侯府上下没有一株梅树，城外的肃北大营也不会有梅花。何况，这似乎并不是普通的梅花。肖准去了哪里呢？

不远处，杜鹃气急败坏地从陈叔背后杀出来，一把拧住伯劳的胖脸，某位武学大师杀猪般惨叫起来。

肖南回思绪中断，飞快地将那梅花握在掌心，若无其事地同肖准说道："南回今日很开心。夜已深了，义父明日还有军务要忙，还是早些休息吧。"说完，她不敢再细看那人脸色，转身匆匆地向自己的小院走去，任伯劳在身后哇啦哇啦地叫

着也没有回头。

她一夜辗转，半梦半醒，终于挨到了天亮。

肖南回盯着头顶缠枝纹的帷幔，觉得那图案似乎正在原地枯萎、褪色。她睁着眼躺了一会儿，正准备爬起来，突然听到有脚步声，又连忙缩回被子里。

来的人穿着纳过三层的鞋底，步子很轻，但那种熟悉的急促感难以掩饰。果不其然，下一瞬杜鹃的声音便隔着被子响起来："装睡呢？闷不闷？"

肖南回不动，决定继续装死。

"你昨儿是怎的了？侯爷难得有空陪你，大家伙正玩得好好的，你却闹了脾气。"

肖南回将脸埋在被子里，手垫在枕头下，有些硌得慌。她还是将平弦藏在枕头下面，每日又怕见着，又怕见不着。

半晌，她还是开了口："我没闹脾气。"

"还说没有？！"杜鹃不客气地将那被子扯下来，正要接着数落几句，蓦地看到那小衣下隐约露出的伤痕，新旧伤疤从背一直延伸到小腿，尤其是脚踝上的那道疤最是骇人。

杜鹃捏着被角的手握紧又松开，一巴掌糊在肖南回的后脑勺上。床上的人立刻像一条胖鲤鱼一样打了个挺。

"长本事了？！出去这么久，也不知给家里回封信，回来之后还三天两头往外跑，以后干脆不要吃我做的饭了，搬去同你那燕扶街的朋友天天喝花酒去好了……"

肖南回深谙这种"晨起训话"的路数，遂捂着头看向杜鹃，故作严肃道："杜鹃姐当真没拜过师学过掌法吗？还是已经自立门派，只是秘而不宣罢了？"

杜鹃终于没绷住，笑了出来，随即想起什么，从身上摸出一封书信："贫嘴。这是给你的信。颜将军府上差人送来的，点名要交到你手上。"

颜广？肖南回有点儿摸不着头脑，接过信来仔细一瞧。

信笺是上等的纸张，那上面的字迹却是又粗又钝，惨不忍睹。

打眼前头第一行便是"见字如见人"，再往下看是一句没头没尾的说辞："十月廿三，肖南回于军中帐子承诺本人教习拳法三套，至今仍未兑现，特此催告。"落款三个字倒是流畅，一看便是平日里只练这三个字，赫然是"莫春花"。

肖南回挑了挑眉，有几分了然："颜将军最近可是带女眷回府了？"

杜鹃拧着秀眉仔细想了想："约莫是的，我瞧着丁禹路上的布庄金楼前日差人送了不少缎子、首饰过去，像是有新主入住。"

可以啊，莫春花，她这是苦尽甘来熬出头了呀。肖南回有些好奇颜广究竟为何突然便想通，对这不受待见的庶女开始上心了。改日她一定要去问问莫春花。

杜鹃瞧着眼前女子的神情，有些若有所思："你这次从宿岩回来似乎交了不少

朋友。”

“是吗？”肖南回挠挠头，显然没太留意这回事，“都是路上结识的，改日我引荐给义父认识一下。”

“最近还是算了。”杜鹃摆了摆手，一副有些忧愁的模样，“侯爷这几日的模样实在太过憔悴，从别馆回来的时候更是——”突然意识到自己提到了不该提的东西，杜鹃猛地闭了嘴，又飞快地瞧一眼肖南回的脸色。

这一眼带了几分“不打自招”的意味，不看还好，一看，肖南回便知道，肖准去什么别馆的事八成又和白家的事有关。饶是内心已经说服自己无数遍，再听到和那女子有关的只言片语，她还是会控制不住地从内里开始崩坏。“白允”这两个字现在就像一道诅咒一般，轻易就能将她原有的生活击得粉碎。

“南回，其实——”杜鹃似乎想找补两句，下一刻，陈偲的声音从院子里传来，打破了杜鹃已经吐到嘴边的话：“小姐可起身了？”

杜鹃掩饰般将装着热水的铜盆端来，蘸湿了帕子，丢到肖南回脸上，对外面回道：“这便起来了。”

陈偲顿了顿，又说道：“雁翅营来人说有要事要跟小姐当面转述，现下正候在前厅。小姐是现下去见，还是再等上片刻钟？”

一会儿是颜家一会儿是雁翅营，肖南回寻思着，她这里从前可没这么热闹过。现下正有些烦心，她本不想见人，但转念又觉得有个人打岔分散些注意力，说不定也是好事：“劳烦陈叔了，我这便过去。”

她用湿帕子胡乱地抹了抹脸，又抓起昨日换下的衣裳套上身。一旁的杜鹃瞧了，又是一番吹胡子瞪眼。

她装作瞧不见，从杜鹃端来的茶盘上顺了块蒸糕，叼着便往前厅去了。

蒸糕三两口下了肚，脚下也刚好到了地方。肖南回抬眼一瞧，不得了不得了，前厅立着的人赫然便是丁未翔。她当对方这辈子都不愿同自己说话了，没想到居然还能在自家前厅瞧见。

她躲在柱子后面磨蹭了一会儿，丁未翔那野狗一般的耳力转瞬便已察觉到她，目光穿透那根柱子，他略行一礼，恭敬地问候道：“见过大将军。”

肖南回有些尴尬地从柱子后走出来些，又故作豪气地摆了摆手：“啊，你有意和好，倒也大可不必登门拜访。大家都是同辈，叫什么大将军不大将军的……”话说出口，她才发现丁未翔用一种不可说的目光瞥了她一眼，行礼的方向却并不是正对着她。

肖南回浑身一抖，回过头去才发现肖准不知何时跟了过来。

肖准看她一眼，淡淡地开口对丁未翔说道：“我这义女今日不知怎的有些口无遮拦，还请丁中尉不要计较。”

丁未翔装模作样地看她一眼，露出一个欠揍的笑容："好说好说。"

肖南回气得牙痒痒，又不好当着肖准的面发作，只得咬紧牙关问道："丁中尉前来所为何事啊？"

"在下前来是代钟离公子转告姑娘一句话，平弦的事可去城东梅家问问。"

她一怔，随即控制不住地激动："这么说，是能修好的？"

"在下不知，只是代人传话。话已送到，在下便先告辞了。"语毕，他对着肖准再次行礼，随后看也不看肖南回一眼，飞快地离开了。

肖南回的心仍有些难以平静。她本来已经不抱希望，可如果是那人说的，或许还有希望。随即她反应过来一件事，方才丁未翔说的是"钟离公子"，虽然没有直接说是皇帝，但肖准应当并不知道钟离竟的事。她有些忐忑，既害怕肖准问她钟离公子是哪位，又莫名地有些期待他会追问。

然而最终肖准只是轻轻点了点头："你若心急便去吧，莫要失了礼数。"

她有些小庆幸，但更多的是失落。最后她还是勉强打起精神笑着应下，简单准备了一番，便牵了吉祥急匆匆出门去了。

肖准身后，陈偲望着肖南回离开的背影叹息："姑娘去了梅家，恐怕就会知道那段伤心事了。"

"她已不是小孩子了，或许早该知晓。"肖准的声音沉沉的，"我只是没料到最终为她指路的竟是旁人。"

吉祥蹄下轻快，在碎石铺成的小路上小跑着。它今早得了一整包蕈子干，虽说不如那新鲜的吃起来带劲，但比起它在纪州时的待遇，可要好上太多啊。

马背上，肖南回的心就跟着这颠簸的马屁股一起七上八下的。

梅家是有名的将门，关系好的铸剑师、冶兵匠想来不少，可平弦远非寻常兵器，匠人将它造出已是不易，更遑论将其恢复原状了。可她转念一想，又觉得这条路是那人指给她的，总归错不了。

也不知是从什么时候开始，她对他说的话总是有些难以抗拒的信任，或许这便是他们口中常说的为上位者的威信吧？

吉祥打了个响鼻，肖南回这才发现路已到了尽头。若非亲眼所见，她怎么也想不到阙城这寸土寸金的皇城根竟还有眼前这等荒凉的景致。

石子小路在尽头变成一片碎石滩，灰白的地面上夹杂着入冬后枯黄的野草，同其上那座朱门大宅格格不入，倒和那青瓦上的几株老藤还有几分交相呼应。藤属阴，高门显户决计不许藤条绕上自家前门，认为其有克家宅之嫌。

她只知梅家隐退十数年，却不知其家宅竟已凋敝至此。抑或是，主人家早已失了管理庭院的心思，任这周遭渐渐变为千百年前无人定居时的样子。

即便如此，肖南回还是依照礼数翻身下马，将吉祥牵到驻马石前拴好。驻马石的柱头雕着一虎一豹，依稀透露着此户人家武将出身的信息。

拾级而上，还没等她叩响门环，大门突然便从内打开，一个干练装扮的中年男子探出头来。她见状连忙表明身份："在下光要营右将肖南回，此番贸然前来……"

中年男子瞧她一眼，又望了望不远处摇着尾巴的吉祥，便让出进门的路："原来是肖大人，我家主子候在内庭，还请随我前来。"

这是……知道她要来？肖南回不知眼前人的身份，只得揖一揖道："有劳这位……兄台。"

中年男子似笑非笑地瞧她一眼，已有皱纹的眼角透出几分和这避世古宅不相称的世故老练："我只是平日帮家主打理庭院花草的下人，大人不必多礼。"

下人却不用卑称，肖南回觉得眼前的人和这宅子一样古怪。而打理花草一说就更是令她哭笑不得了，若是这样的院子都算得上有人打理，那她青怀侯府的后院岂非也可称得上有几分景致了？

可下一刻，一个转角过后，眼前的景象却令她瞬间扭转了方才的想法。四四方方的庭院内种满各式各样的梅树，当真是一个角落都没有留下空白。

盛放的梅花缀满枝头，一团团似赤霞粉雨、金帐绿纱，带着一种拥挤的蓬勃，像要将这方圆几里地的生气都汇集于此。

"先生这梅树种得当真是好。"便是肖南回这等不懂行的武将也不由得呆呆地称赞。

中年男子见怪不怪，瞧着那梅树，却透出不一样的情绪来："咱家的梅花开得早，如今已是颓势了。大人若是早来几日，花才正好。"

一阵寒风吹过，那枝头的花瓣果然化作细碎的花雨飘落。

肖南回突然想起什么，从袖中摸来摸去，摸出那朵已经压扁的梅花，递给那中年男子瞧："劳烦先生帮我瞧瞧，这梅花是何种梅花？"

中年男子接过那花仔细看了看，又轻嗅一番道："回大人，此花色如晚霞映水，重瓣似檐角加叠，又是罕见的绿蕊，虽已败落，却仍有余香，当是映水重楼。"

肖南回对这答案有些意外，又追问道："先生可知阙城何处有这种梅花？"

"据我所知，映水重楼除小梅庄那一株外，便只有烜远王府上有了。"

这两个地方……她倒是没想到，但随即觉得如果是小梅庄和烜远王府，同那白允似乎并无什么关联，心中突然又有些豁然开朗，连带着都有了几分闲聊的兴致。

"先生这里诸多梅树，为何没有栽种这映水重楼呢？"

中年男子少见地停顿片刻，复而望向那片盛放的梅花："从前有，现在没有了。"

肖南回察觉出这话中似乎有些故事，还没来得及细问，一个苍劲有力的声音

蓦地在那梅林间响起："可是肖家人来了？"

肖南回闻声回头，只见依稀有道身影坐在那梅间小亭之中，白发苍髯，武弁玄衣，身姿甚是挺拔，想来便是这宅子的家主——昔日战功累累的大将军梅樵。

中年男子转瞬恢复了恭敬的模样，躬身行礼道："回主子，是肖南回肖大人。"

"肖南回见过梅老将军。今日冒昧登门，也未来得及备下见面礼，还请老将军不要怪罪……"

又是一阵风起，白发老将的声音再次响起，已是近在咫尺："老夫早已目盲，瞧不见你是圆是扁、是空着手还是揣着宝。"

肖南回错愕地抬头，这才发现不知何时走到她面前的老者双目混浊不堪，不见半点儿光亮。

昔日的猛虎悍将如今早已须白目盲，她心中翻涌的不知是何种滋味，恍然间似乎又看到了很多年后的肖准，抑或是……她自己。

她一时不知如何开口，梅樵却显然并无耐心等她："这眼睛不是一天两天了，无用的话还是省省吧。老夫在此避客多年，听闻肖家来人才让阿楸带你进来，你有何事，最好直说。"

肖南回回过神来，连忙将装着平弦的包袱抖开，递了过去："在下今日前来，是为这件兵器。不知老将军昔日善用的造兵巧匠如今可还在府中？"

梅樵接过东西，一双大手拂过断裂的枪杆，声音如常："此处向来只老夫同阿楸两人，再无他人。"

肖南回只觉得心下凉了一半。昔日工匠早已不在，目盲之人又怎可能修得好平弦？

然而下一瞬，梅樵的声音再次传来："平弦乃是老夫所造，又干他人何事？"

第一百章

梅魂若骨

天成开国大将军中草莽出身者众多，梅家便是其中一支。

这大抵是因为夙氏本就是权臣出身，深知名门望族的势力盘根错节，助力总有一日会成为掣肘，一早便不能留下隐患。

梅樵十七岁上战场，十九岁便已身负战功，凭借的是勇猛无比的身手和不怕死的信念。然而也是因为如此，他年近三十才娶妻，三十又三才得子女。梅家长子梅若冲子承父业，年少善战而得名，曾是天成挂帅之将。次子梅若虚和三子梅若照都不问官途，做了闲云野鹤般的武学先生。

传闻梅樵最器重长子，然而梅若冲年未及廿八便战死沙场，梅樵一夜白头，自此退隐朝局，不再过问征战之事，性情也日益古怪、孤僻，朝中旧友相继归乡后，梅府再少有故人登门。

肖南回便是这梅府多年来少有的客人，她对于登门拜访之类的事向来犯怵，更莫要提对方位分颇高，而她又有求于人。

生疏的主人和生疏的客人，就这么着在正月的寒风中静默了许久。

终于，肖南回有些憋不住，率先开了口："晚辈此前在碧疆战场时不慎将此枪折断。幸得……"要说到那人名字时，她不自觉地打了个磕巴，"幸得雁翅营丁中尉指点，这才贸然前来，还请老将军以铸枪人的身份助晚辈修复平弦，不论所需多么严苛，晚辈都愿意去一一争取。肖南回可以在此立誓，有生之年供您差遣，只要——"

"若我要你叛国谋反，亲手杀死心爱之人，你也愿意吗？"

梅樵的话令肖南回哑口无言。有些事，她确实做不到。她有些着恼，不知对方是否在有意试探自己："老将军德高望重，怎会要晚辈去做伤天害理之事？"

"年轻人，莫要总是赌咒发誓，有些誓言你永远无法兑现，说出口便是谎言。"梅樵那双混浊的眼似乎在看她，又似乎在透过她看向别的什么人，"这枪，老夫修不了。肖大人，请回吧。"

肖南回万万没想到，自己等来的竟是这样一句判词。接二连三的打击令她难

掩绝望。若是一开始便断了念想倒还好，可偏偏令她燃起那一点儿希望的火苗后又彻底浇灭，仿佛心死了两回。

她放低姿态，声音中透出一种不易察觉的卑微：“恳请老将军再看看。您也说过此枪是我义父向您求来的，如今若是连您都说不能修了，它便真的是废了……”

“废了那便再打一支便是，莫要执着于这一支。”梅樵的语气并不重，却带着不容动摇的意味。

肖南回原地呆立了片刻，几乎是一动不动地站在那里，随后蓦地俯身深拜，姿态就像在寺庙中向神明祈求祷告。眼前的人是她唯一的希望，如果转身离开，她将求助无门：“晚辈已无他法，恳请老将军——”

须发尽白的老将军突然伸出手，摸了摸她的发顶：“为将者，不轻易跪拜。你起身。”

肖南回的肩颤了颤，她终究还是站起身来。她望着已经断裂的平弦，不肯移开视线，仿佛这样做，它下一刻就会恢复原状。

那是肖准送她的第一件礼物，也是她人生中的第一件礼物。她十四岁那年，肖准将平弦递到她手上，告诉她平弦的意义，寄予她那样的厚望，定下了她与他之间的约定。

此后数年间，每当肖准不在她身边时，都是平弦陪伴她上阵杀敌、渡过难关的。那不仅仅是一支枪，那还是她与肖准之间的联系。她怎能任它就这样断掉?

梅樵见肖南回许久不语，胡须微颤，摸索着将平弦拿在手中。那枪杆中复杂的机窍在他手里仿佛小孩随手拈来的一件玩具，三两下便拆解开来。

“人有寿命，兵器亦是如此。你义父应当叮嘱过你，不可轻易在外人面前提及此枪的名字，你可知是为何？”

肖南回茫然地摇摇头。肖准没有告诉过她原因，她一直认为是自己不配知道。

“这枪本不是生来便是如此构造的，而是在很久以前便断过一回。我将它交与肖家小子的时候，便当它已经死了。”

肖南回愣住，无论如何也没想到她曾经日思夜想的疑问最终竟是这个答案。突然，她脑海中回想起从霍州返程途中皇帝曾同自己说过的话，他说她并不知晓平弦背后的故事，还说肖准没有将全部事实告诉她……

“你不说话，看来是不知。”梅樵的声音中有几分意料之中的了然，“将军未曾在你面前提过这段往事，大抵是因为他心中对梅家仍有愧疚。”

肖南回对这接二连三的信息有些缓不过来。按照年纪推算，肖准与梅樵已是两代将领。梅若冲战死之前，肖准似乎也与他并无交集。

梅樵听她不语，咧开嘴无声地笑了笑，笑中却无几分暖意，只有经历风浪过后的苍凉。

“士者杀身成仁，兵者却要以他人之血肉成就自己。一将功成万骨枯，有时一念疏忽，自己便化作白骨。你也是上过战场的人，这道理应当明白。

“十数年前青萍渡一役，青怀侯一战成名，领兵压境碧疆，却因求胜心切在三目关吃了败仗。那一战若非光要营弃守天沐河古渡口，前来相助，肃北十万大军生还者将寥寥无几。而彼时光要营的领将正是飞廉将军，也是老夫的爱女梅若骨。”

肖南回难掩震惊。天成朝中对飞廉将军的记载甚少，但她没想到对方竟同自己一样是女子。

梅樵并不在意她的反应，兀自沉浸在往事之中，连面上都透出几分光彩：“若骨若非女子，如今早已位列领将之位。她的枪法是她兄长亲自教授的，平弦是老夫亲手锻造的，她是梅家开在枪头上的红缨，是我梅樵毕生的骄傲。只可惜，她遇到了那个人……”

梅樵的脸色再次恢复了苍老，声音也渐渐冷了下来：“她嫁了人，生了子，多了慈爱、宽宥，少了凌厉杀气。她判断三目关一战有诈，又爱惜肖准乃一代将才，不惜违抗调令前往支援，对阵白浑手下悍将时深陷围困，平弦被玄铁天罡槊斩断，她自己亦身受重伤。她想回她的家乡，却终究没有撑到那一天。她笑着骑在马上离开这座城的，回来时却裹在草席中，老夫亦自此不知该去何处寻她。”

肖南回沉默地听着这段往事，心中感慨万千，却并无太多悲伤。

人与人之间的缘分当真如此奇妙。

因梅若骨伤重，肖准才会率大军在宿岩停留几日，而就是那几日的时间令她的人生发生了天翻地覆的改变。

若干年后，她继承了梅若骨的兵器，承袭了她的意志，却直到弦断之时才知晓这段往事。

或许冥冥之中，梅若骨的英魂就附在那杆枪里，无形中引领她一步步走向女将曾经走过的路，又无数次在危难中护她周全。

“飞廉将军有情有义，晚辈只愿余生杀敌卫国，以继其志。但知人虽死，精神不死，老将军既做断枪重铸之事，应当也是觉得如此。”

梅樵明白肖南回话中之意，却没有出言否认：“老夫戎马一生，手上鲜血无数。老天留我性命，却将若冲和若骨夺了去，我怨愤这天地不公，执念之深已然无法自控，这才会将断枪重铸。老夫曾耽于此多年，直至一朝醒悟才赠枪与你义父。你须明白，枪本刚直，世间造枪者无不以浑然一体为上乘，繁复机巧为下乘。这把枪或许本就不该存在。”

梅樵的一番话字字掷地有声，鼓点一般敲在肖南回的心上。

她喃喃地开口，像是说给对方，又像是说给自己听：“繁复机巧落于下乘，这

些我都不在乎。平弦于我的意义远非一件兵器而已。”

四周寒风又起，梅樵的声音像是在耳边响起，又像是随风从远方而来：“便是再如何寄情于物，它终究只是一杆枪而已，过去无法代替若骨，现在也无法代替你心中所想。你是否想过，或许你只是在为无法继续前行寻个借口罢了？”

如果说对方先前的话只是骤雨前的疾风，那这一句对肖南回来说便如惊雷闪电一般击在她内心深处。她像黑暗中向着一个方向不停挣扎的飞蛾，突然间四处都见了亮光，她却失了前进的方向。

梅樵的声音依旧在四周盘旋，将那光亮燃得更盛：“睹物思人之苦，老夫已然尝尽。然而这世间唯有逝去之物不可强求，就像这枝头的梅花，只须记得它绽放时的美，待它凋落之时便放手让它去这天地间。”

话音落地，寒风亦穿堂而过。枝头的梅花又落下许多，两人又像初见时那般陷入了沉默。

不知过了多久，肖南回终于缓缓地向前迈了几步。

年迈将军的背脊依旧直挺，端坐时威严不可直视，但那双不再握枪的手如今再无东西可握，只能固执地蜷成一团放在膝头。

“今日晚辈将平弦归还，还望将军为它寻个归处。”肖南回伸出手，轻轻地在老将军的手背上握了握。梅樵的手微不可察地抖了抖。

那是一双同若骨十分相似的手，手掌心是一层薄茧，虎口粗糙硌人，骨节也分明得不似女子。那是一双练枪人的手。

下一刻，那手已抽回。

肖南回缓缓后退三步，郑重地行了军中大礼：“末将肖南回拜别梅将军。望将军保重身体，福寿绵长。”

她没有抬头去看老将军的神色，低着头退出亭外。

候在不远处的阿楸安静地走来，领着她离开了这座寒梅盛开的院子。

走在来时的路上，肖南回仍旧有些恍惚。

走在一旁的阿楸却突然开口：“阿楸谢过肖大人。”

肖南回这才回神，慌忙回礼：“先生何出此言？就算言谢，也当是在下谢过老将军和先生才是。”

阿楸和气地笑了笑，倒是比初见时多了几分随意：“大人方才入府时的样子与曾经的小姐有七八分相似，主子虽瞧不见，却感受得到。故人已去，如今哪怕能窥得昔日的一点儿影子，都是令人感激的。”

这番话令肖南回有些不好意思：“在下怎敢同飞廉将军相提并论？”顿了顿，她突然有些好奇地问道，“先生曾说这府中原有映水重楼，可是与飞廉将军有关？”

阿楸笑意更浓，那张脸上终于显出一些岁月的痕迹，却原来已算不得是个中

年人了：“映水重楼是小姐生前最爱。小姐虽是武将，却从小生得漂亮，嫁入高门后，老将军便将院子里唯一的那株映水重楼挖去了王府，又生怕那王孙贵胄瞧不起习武女子而欺辱她，亲手打了平弦送作嫁妆。‘平弦’二字便是告诫，要夫家以平等的心对待小姐。”

原来这才是平弦名字的来由。

“那飞廉将军可有后人？”她话一问出口，便意识到有些唐突，连忙表态，“在下只是有些疑惑为何平弦最终会落在我义父手里。”

阿楸却似乎并不介意，只是面上的笑容淡了去：“大小姐曾有两位公子，大公子最像梅家人，只可惜未满七岁便随小姐去了。小公子年幼失母，老将军不想他母亲的悲剧在他身上重演，便让他弃枪从剑，在他八岁时送去了终天桃止山，虽也苦修多年，却终究比不得他的生母。”

桃止山？怎么听着有些耳熟呢？肖南回正寻思着，前方的月门闪进一个人影。

下一瞬，夙平川抱着一捧梅花枝急匆匆地迎面而来：“楸伯，我见门口没人，便自己进来了……”正说着，他视线一偏便瞧见立在一旁的女子，那女子也正睁大眼睛盯着他。

四目相对，皆是吃惊。

“你怎么——”

“你怎么在这儿？！”

肖南回话还没说完，却被夙平川打断了。

她想回答对方是因为平弦的事，但话到嘴边，突然瞧见对方手中那几枝盛开的红色梅花，莫名觉得有几分眼熟：“你手里这是……”

“映水重楼。”夙平川简短地回答道，说完不知为何又飞快地瞧她一眼，“这几枝是赠给我外祖的，是每年的规矩。你若想要，改日来王府，我亲自摘给你。”

然而肖南回注意力显然不在这后一句话上，她有些呆呆地在心里重复了一遍“外祖”这个称谓，有些迟缓地脱口而出：“你外祖是……”

“梅樵梅将军。”

肖南回的语气越发不可思议：“那你母亲是……”

“我母亲姓梅，出嫁前的闺名是若骨。你问这个做什么？”

肖南回瞪着眼前夙平川那白净的小脸，又回想起方才梅樵那张沧桑的脸，一时间五味杂陈。随即她又反应过来，对方身为梅若骨的儿子，竟然不知平弦的存在，当真是个呆子。她想开口解释自己是为他母亲的兵器而来，可思绪纷乱，根本不知该从何说起，只能继续和夙平川大眼瞪小眼。

就在她纠结不已的时候，一直旁观的阿楸终于开了口：“小少爷，主子此刻就在内庭，你若要见他，现下过去刚好。”

肖南回如蒙大赦，做拱手告辞状：“在下已然叨扰许久，莫再误了两位的时辰。平川弟且快快去吧，咱们改日再叙。”

夙平川终于将视线从肖南回身上抽离，走了两步又停住，回过头来：“下个月你我一同当值，到时候又可以时常见面了，倒也不急在一时。”

这当真是哪壶不开提哪壶。

肖南回眼前瞬间便浮现出他俩当初一个城东一个城西、抬头不见低头见的尴尬场面，一时间竟分不清对方是在表真心还是在挑衅，又碍于阿楸在场，只得跟着客气两句。夙平川这才捧着梅花离开。

阿楸望着那背影消失在内庭，这才转过身，恭敬地对肖南回说道：“我家小少爷年幼时长在王府，小姐离世时，他不过四五岁的年纪，很多事他当时未必知情，如今更不必再提。肖大人，你说，对吗？”

肖南回仔细思索一番，谨慎地答道：“在下与平川算是同僚、战友，理当以诚相待。如若平川不曾问起，在下绝不多言。但若他问起，在下也不便隐瞒。”

阿楸少见地顿了顿，随即迅速恢复了常态：“肖大人果然如他人口中所说那般是个有趣的人。”

这话听着有几分奇怪。谁提起过她？还说她有趣？肖南回想问个究竟，那阿楸却已径自向前，似乎再无攀谈的意思，她只能快步跟上。

正午的日头刚好，吉祥正甩着尾巴等她。

翻身上马离去时，她又回头看了看这座透着衰败气息的宅院，陡然间觉得，自己的心情相比来时的迫切竟已平静许多。

梅若骨桀骜一世，有着常人不能及的勇气。她在最肆意张扬的年华里，为了心爱之人放下手中的兵器，步入那高墙之中，又在静好美满的岁月里选择重回沙场，遵从了自己年少时立下的誓言。这样的人又岂是一件冰冷的兵器能替代的？

断弦不可再续，但她亦不能止步于此。前路漫漫，或许她暂时还看不清方向，但此刻她已有继续前进的勇气。

梅府内庭，独坐亭中的白发将军一如个把时辰前的样子，只是面前多了几枝鲜红的梅花。

耳朵微动，他已察觉有人近前：“人已经离开了？”

“是。”语毕，阿楸察言观色继续道，“方才瞧见小少爷往后园去了，应当是去祭拜，一时半刻不会过来了。”

“嗯。”梅樵的声音很低，“午后你亲自往宫中去一趟，就说他吩咐过的事我已做到了。”

“是。”阿楸谨慎地应下，顿了顿又问道，“主子虽已多年不问朝中之事，但宫

中一直多有照拂，对老宅的事从不多加干涉，是否要摘几枝梅花送过去？也算得上是应景的物什——”

“不必了。”梅樵冷声打断，脑海中几乎下意识地便浮现出多年前他还未目盲时匆匆一瞥而过的那个少年身影。

少年穿着太子常服，一手执刀，一手拈着玉雕的梅花簪，静静地望着眼前用作对照的梅海，下一刻便面无表情地松了手。那梅花簪落在地上碎成几段。次日，那片梅海便被整片移走，消失不见。

梅樵面上因回想起往事而显出几分讥诮：“那样的人怎会是喜欢赏花之人？”

阿楸对梅樵的反应毫不惊讶，只是想起方才那女子站在梅树下的样子，若有所思：“人都是会变的。或许从前不曾留意，如今却又上心了。”

但梅樵已起身而去，只留下两句未及消散的话：“树有冬去春来、荣枯往复，人却不可死生颠倒、逆转重来。只望她莫要步上同若骨一样的命运，便也不辜负老夫今日的一番话了。”

第一百零一章

招魂（上）

天成灵微十六年正月诲，帝于长宓台祭神，三方玉玺齐出，日月光华盛极一时。

传说中，天神戴滕照管五生魂、五恶鬼，忙碌了一年之后在正月的最后一日不小心打了个盹。趁天神小憩之时，五鬼逃出，为祸人间。五生魂为挽回局面，修补亏缺的月亮，做成宝珠，五鬼被光华所吸引，吞噬了月亮，终于惊动天神，将其重新收服。自此，正月的最后一日无月，被称为晦日。

按照天成惯例，皇帝要在阙城宫墙内的元穹殿进行长达三日的祭神活动，以保来年山河兴旺、百姓无灾。

然而今年的正月晦祭与以往又大有不同。

碧疆战事大捷，理当开坛祭英魂。而除此之外，这又是天成三方国玺归位后的第一次祭典。

失落多年的秘玺终于找回，对那些等着在史书中落下浓墨重彩一笔的史官来说，这一场祭典是多隆重也不为过的。众礼官联名上书，奏请皇帝将此次祭典安排在宫外的长宓台以显庄重。

长宓台在阙城城西不远处的焦松县，三面环山，一方绕水，古来引为通天聚灵之地，备受方士巫觋推崇。

前朝涅泫伺神历史悠久，白藏、玄英二祭乃是皇家秘事。涅泫王朝覆灭后，昔日皇家祭典的传统也随着旧王室的覆灭而消失于历史长河之中，玄英祭的内容与地点已不可考究，只有行白藏祭祀大典的地点保留下来，便是有着赤州第一高台之称的长宓台。

事实上，尽管朝局变幻、势力更迭，古来统治山河的王者们都不可避鬼神而谈。轻者医、巫并提，神鬼之祠多如林立，抑或是椎牛酬神、解祟禳灾，无不重于此道。

巫蛊之术同庞杂的权势斗争已如藤绕根系，深深纠缠在一起，轻易无法分割开来，是以即便早已改朝换代，如今的天成依然委任礼官操持盛典祭祀，岁岁不断，不可荒废。

重开长宓台是大事，消息在宫内宫外传开后，群臣亦是热议一时，焦松县城十

里八乡的村民百姓都聚了过来，差点儿将县尉辛辛苦苦重修的几座石桥挤塌。

虽然长宓台威严高耸，闲杂人等绝不可能靠近观礼，但这丝毫不能削减喜看热闹的天成民众的热情。

无数热切期盼的脸呵出的白汽将整个焦松吞吐得云里雾里，那一个个高矮胖瘦不一的身影在寒冬腊月也不惧严寒，一站便是一整天，他们拥挤在一起，议论着、憧憬着，在心中记录着这值得回味一生的时刻。

皇家祭祀向来是私密而遥远的传说，那些被围在高高宫墙之内的咒语祝词、严正礼制无不散发着神圣不可侵犯的气息。

而天成的皇帝更是出了名地深居简出，早年似乎是因为身体不大好，甚少出宫。如今他不仅御驾亲征，竟然还跑到县里抛头露面，和传说中的天神下凡也差不了多少了，这一等一的“大热闹”，错过一回岂非要抱憾终生？

据那日挤在最前排的民众实时转述，皇帝身形甚是挺拔，容颜亦是俊美。也有人说皇帝远征归来清减了不少，瞧着有些病弱。然而更多的人还是在抱怨离得终究太远，什么也没瞧见。

这些人中当然并不包括肖南回。

祭典尾声，皇帝会亲自为立下战功的将士颁下封赏的漆匣班剑，总共一十七名大将论功与官位排列，亲自接下这份殊荣。

肖南回作为这些将领之一，此刻就站在离皇帝不过十步远的地方。

皇帝今日穿得比以往任何时候都要隆重，乌发束进赤金冠冕，层层叠叠的上衣下裳繁复厚重，玄底十二章纹衮服广袖收衽窄腰，外层还罩了极薄的纱縠，穿在他身上竟也不显得臃肿，只将身形勾勒得比平日硬朗许多。

肖南回觉得自己并不是有意要偷看皇帝，而是今日他确实格外好看。爱美之心人皆有之，她亦早已忘了一年前的自己是决计瞧不上这等病弱美男的。

祭典中心最抓人眼球的，除皇帝外，便要数此次祭典领头的大祭司。

那是个穿得同样隆重的长眉老者，手拿一柄缠花金杖，此刻就端坐在祭坛的正中央，可谓全场目光的焦点。此人便是那传说中从北方而来自立北弘济门的扶丘天师。

北弘济门听起来是个比步虚谷还要神神道道的地方，实则确实是个靠鬼神吃饭的门派。领头人扶丘一边自诩巫族出身，另一边又大行顺应天道的自然之法。早年夙氏定江山后，他曾在旁协助过，后来便成了年年大祭上的主角，如今在霍州、赤州都算得上信徒众多。

几个时辰前，肖南回以光要营守卫将军的身份护送众礼官进入长宓台，倒是留意观察过这位远道而来的贵客。

整个北弘济门排场极大，除扶丘本人是个糟老头子，其余随侍仆从无一不是俊男妙女，寒冬腊月里个个穿得花枝招展，瞧着不像仙子仙孙，倒像哪个洞哪个

窟中修出来的精怪。

这扶丘天师本人长得虽有几分仙风道骨，可瞧他那胯下的青牛，可谓金银都武装到了牛犄角尖，雕镂精美的鞍子上，白蜃为珂，紫金做花，九色丝绦遍绣银线，挂满了牛身。这副模样当真不是过来唱戏的吗？肖南回对这未曾见识过的祭典充满了怀疑。

一个时辰过后，她的怀疑已然转变成切切实实的肯定。

祭祀礼才过了不到一半，数十礼官手执各式祭器法宝，以那扶丘为首，将皇帝团团围在中间，像一群作法的道士要将那“阵法”中的人念咒念死。

这祭祀是否真能通鬼神，她是不知，可她知道这人是会累死的。眼下她都有点儿站不住了，更不要说一直在行礼、配合仪式的皇帝了。以她对那副身板的了解程度，她十分担心对方会扛不住那几十斤的衣服和头饰，最后在这祭台上晕过去。

过往当真年年如此吗？这到底是祭典还是渡劫呢？她又转动眼珠瞧了瞧左右，可周围似乎并没有人在意皇帝在做什么。

众臣神游的神游，打瞌睡的打瞌睡，似乎早就习惯这一年一度的“行刑场面”，反倒衬得她一副很没见过世面的样子。

日头从高悬到西斜，围在长宓台外围看热闹的百姓换了五六批，祭典终于进入尾声。

肖南回已然腰酸、腿疼、口干、肚饿，将小福居的云叶鲜外加杜鹃拿手的水晶烧鸭在肚子里“温习”了三四遍。可再瞧那数十礼官，他们却个个精神焕发，越“战”越勇，她简直要怀疑他们上台前是否服了什么秘药，否则她实在想不通，一群半百老臣，平日上下马车都要人扶的主，今日竟然如此精神矍铄。

又过了一炷香的时间，一直端坐正中的扶丘终于换了个姿势，拿起一直放在一旁的铙管呜呜咽咽地吹了起来。

听到这动静，肖南回终于打起精神来。

这是祭典开始前礼官千叮咛万嘱咐过的环节，也是整个祭祀过程中唯一需要她参与的部分。其实也说不上参与，只是配合皇帝走完一道赐剑的流程，从头到尾也不过一盏茶的时间。

祭祀台上除皇帝外，任何人不得佩带兵器。这是对神明的尊敬，也是出于守卫安全的考虑一早便定下的规矩。其实按照原本的祭典祖制，祭台上除皇帝和礼官外，亦不得有朝臣在侧。而今年因祭战事英灵，才加了这么一个赐剑的环节。

天成以左为尊，官位最高的文臣武将便立在左侧，而肖南回站在最右侧，便是与夙平川也还有几人相隔，更莫要提站在最左边的肖准了。即便如此，能与帝王同台参礼神佛，也是至高无上的荣誉。至少这一刻，她离肖准又更近了一步。半年前，她便是为着这一天才只身往碧疆腹地的。可此时她得偿所愿，切切实实

地站在这高台上，心中所感却和当初预想的不太一样。

她想起归途中遇到的那个南羌男孩，想到那个她生活了数月、最终在大火中化作灰烬的寨子。她为了这一天付出了许多难以估算的代价。而她曾经以为是自己渴求的东西，或许大多数时候只是肖准想要的东西罢了。

礼官手中清脆的击玉声在耳畔响起，肖南回微抬眉眼，发现皇帝已在她左侧赐剑完毕，正走到她面前。

一段长而拗口、听不明是何意思的吟唱过后，礼官将最后一个漆匣打开，露出里面纹饰精美的班剑。皇帝缓缓地将那把剑从匣中取出，双手持平，递到她面前。

他的双手掩在袖间，她什么也瞧不见，待伸出手去接那班剑时才触到那人的手心，却发现那双手冷得像冰块一样。不知为何，她的手突地抖了一下，心似乎也跟着颤了一下。

鬼使神差般，她抬眼望去，却发现帝王漆黑的眼也正望着她。那双眼睛依旧平静无波，仿佛对冷热悲喜都失了感觉，便是当下有人刺他一刀，他也不会有太大的反应。

有那么一瞬间，肖南回感觉这偌大的长宓台上似乎从来只有他一人。她终于明白自初见时他身上便有的那股枯伴佛灯、万古寂寥的气息从何而来。锦衣华服、万人簇拥、至高无上又如何？此刻他身边连一个能为他焐热手的人都没有。他只能一个人站在高台正中央，扮演着神的角色，接受子民的参拜、祝祷。但在这副躯壳的深处，她坚信那里蜷缩着的终究不是神，只是个人，是个会冷、会热、会痛、会笑的人。

寒风吹过他冠冕上金玉打成的垂旒，发出细碎的金鸣声。他望着她，似乎下一刻便要开口说些什么。

她连忙将目光垂下，像从未与他眼神相对过一般，单膝跪接过那班剑，随后举过头顶："臣肖南回，谢陛下恩典。"

许久，她看见脚下那片玄色刺绣的衣摆离开，胸口屏着的那口气才悄悄呼出来。

随行的礼官用燧阳玉做的长柄槌轻击她手中的班剑，示意礼成，她这才站起身来。

就在此时，一阵细微的声响自风中而来，却又很快减弱，消失不见。

肖南回突然觉得脖颈后的汗毛立了起来。她警觉地转头，望向不远处高台下围观的人群。那里人头攒动，密密麻麻，全然瞧不出半点儿端倪。

不对，这种感觉，她实在有些熟悉。过往的某个时刻，她曾经听过这种悠长的共鸣声，凄厉的，由远及近，带着杀机……

瞳孔猛地一缩，她抬头望向长宓台的最高处。高台正中的祭坛上，高耸直指天空的交龙旂顶端立着一道紫色的人影。

第一百零二章

招魂（下）

燕紫抱臂立在那方寸不到的旃杆尖，风吹动他腰间系带发出的抽打声，同四周经幡拍打的声音混在一起，和谐得让现场所有人都忽视了他的存在。然而他手中的那把古剑散发着迫人心肝的气息。这种气息隐匿在风声中，若非亲自与其交过手，便连最上乘的武者也未必能够察觉。

肖南回方才听到的声响便是此剑出鞘的声响。数月前，她初次与此人交手时便险些死于他的剑下。

他是什么时候上的祭台？除了她之外，到底有没有其他人察觉到这个入侵祭典现场的刺客？

长宓台四面全是窄而陡峭的石阶，拾级而上少说也要花上片刻，待到那时怕是该发生的早已发生。

最重要的是，眼下高台之上连一支铁簪子都没有，离得最近的礼官们手中只有金玉之器，便是受赐的武将也只得一把短而脆的玉剑。

只这分神的一瞬间，她再次向那旃顶望去时，紫衣男子手中那把锋端如雪的长剑已高高扬起。

肖南回觉得那根本不是一把剑，而是对着一片青青麦苗举起的收割镰刀。

早上那礼官苦口婆心的礼仪说教此刻已成了耳旁风，她一脚踢开挡在前方的供桌香案，同时将手里方才皇帝御赐的玉剑朝着那扶丘天师头顶上方的厘伯钟狠狠地掷了出去。

玉剑未开锋，质地硬而脆，碰上青铜古钟当场便碎裂开来，却也因此发出清脆的击鸣。提早被敲响的钟声在长宓台上激荡开来，压过了一切声响。这一声示警令长宓台上所有人的目光都聚集到扶丘的脑袋顶上。

扶丘后知后觉，缓缓地抬头望向正上方。因着他那绝妙的角度，他先是将那紫衣刺客的大袴和脚底板看了个明白，随后才留意到对方手中那缓缓起势的剑锋。

这是肖南回第一次瞧见那扶丘的眼睛睁开的样子。只见对方那双平日里似是永远睁不开的眼睛此刻瞪得牛大，那台阶都上不得，须得步辇伺候的腿脚此刻瞬

间得了力，矫健得离地一蹦就是三丈远，眨眼间已躲到礼官队伍的最后面，一张嘴更是声如洪钟，堪比燕扶街上吆喝卖大饼的岭东大汉：“有刺客！快来人！快来人！”

这一声惊叫像投进深潭的一块巨石，将围着整个长宓台的里里外外的人群全都搅乱了，倒是比方才那声钟鸣更加奏效。

然而声音不如光影快，燕紫手中的剑像一道光一般从半空俯冲而下，直奔皇帝的后心而去。

肖南回感觉到自己后背的衣裳一瞬间便湿透了，她拼尽全力向皇帝的背影冲去，却依旧赶不及那光影的速度。

千钧一发之际，另一道影子从扶丘方才坐过的祭坛下一闪而出，迎向那紫衣刺客的剑。

虽然早就知道这狗腿子侍卫武功高强，可今日真瞧见他拿出十成的精力对敌，其功力还是令肖南回有些惊叹。那样的刀法早已登峰造极，若非兵器相克，恐怕世间难逢对手。至此她终于明白为何皇帝身边只得丁未翔一人，因为一人就已足够。

锵，白刃相击，刀吟剑鸣。杀气止步于帝王后心一尺处。

刀客与剑客各自退开数丈远，却是难分高下。两人显然都有些诧异。

丁未翔占据主场，似乎早有准备，一声呼哨过后，训练有素的黑羽营守卫便从四面八方向长宓台包抄而来。丁未翔并不急着下令进攻，只小心地将皇帝置于对阵的死角护好，同时小心地观察起敌方的路数。

燕紫立于厘伯钟下调整气息。他心知一击不成，对手又旗鼓相当，继续纠缠只会越发于己不利，却似乎并不打算立刻离开。

此时惊慌失措、乱作一团的礼官们终于回过神来，各自举着手里的礼器，拖着长长的礼服衣摆，向着石阶下的方向缓慢地移过去。

说时迟那时快，燕紫突然便向着那行在最后的一名礼宫背后袭去。

在场的丁未翔、肖南回都未料到眼前发生的这一幕，只见白光闪过，那礼官腰封瞬间化作两截，跌落在地，手中捧着的玉匣已不见踪影。

好一招调虎离山之计！肖南回终于明白这燕紫真正的目的是什么。对方看似行刺杀之举，实则是为了抢夺一年才会出宫一次的秘玺。

东西一到手，紫衣剑客便不再耽搁，飞身点过祭台四周临时设立的台柱，借力向着长宓台外围而去。

然而这一起一落之间，黑羽营守卫弓箭已就位，随着丁未翔一声令下，黑压压的羽箭便向着那道影子而去。

却见那燕紫竟能于半空中翻身躲避，在没有任何着力点的情况下迸发出惊人

的力量，手中白刃舞作一片水泼不进的亮光，眨眼间便将两石弓射出的黑羽箭斩落在地。

就在此时，一阵微弱的铃铛声自西南方位响起。

紫衣剑客听音辨位，转瞬间已找到黑羽守卫薄弱之处，一个起落便冲出十丈开外。寻常侍卫不是他的对手，还未来得及收紧的包围圈转瞬被撕开一个口子，那燕紫提剑而去，仿若出入无人之境。

这等放肆的行径须得有着上乘功夫傍身才有底气，然而肖南回此刻更为在意的是方才那夹杂在吵闹人声中的铃铛声。

这铃铛声是从观礼的人群中而来，极其细微喑哑，但也并非无迹可循，听起来仿佛寻常驿铃或是谁家女眷的饰物，可细细分辨便可知与其有所区别。最重要的是，她曾在色丘与那些仆呼那交手时听到过这种声音。

那厢丁未翔已然追着燕紫而去，肖南回顾不上那么多，迎着闻声赶来的侍卫队狂奔下长宓台，顺手抽出一名侍卫的佩刀，转头向着人群中发出铃铛声响的方位追去。

外围的人群还不知前方发生了何事，不少人仍沉浸在庆典的喧闹中，目光向着高台之上，言语间甚是热烈，只有她一人逆流而行，在拥挤中艰难地前行。

方走出平地，进入楼台坊间，肖南回便一个翻身到了屋瓦之上，寻着移动轨迹可疑的身影。

果不其然，不远处的民居深巷中一道身影急匆匆地一闪而过。

此时看热闹的人群都挤上了街道，巷子中本空无一人，这种时候简直是追击的绝佳时刻。她翻身而下，锁定那身影，一路向巷子深处追去。

追了一会儿，她便觉察出吃力来。焦松是个小地方，坊间的院墙修得比阙城低矮许多，人行其中尚且拥挤，更莫提有些巷子深处还堆着冬日烧火用的木柴与瓦棚，不仅无法全速奔跑，就连快走起来也甚是费劲。

转过一条窄巷，她与一个举着破招牌的算命卦师迎面相撞，两人双双踉跄了两步。

虽只是一瞬间的耽搁，可待她匆匆赔礼，再抬头望去时，整个巷口已无半点儿那人的影子，空巷之中仿佛从来都没有过什么可疑之人。

气闷之余，肖南回很快反应过来什么，一把将那算命的抓住：“你方才可瞧见有人过去吗？往何处去了？”

那算命的方才被撞了一下，正有些不舒爽，瞧见肖南回这有事求人的样子，便要起赖来：“未曾未曾。”

肖南回心急那人的去向，不肯死心，又追问道：“在下也是有急事，瞧见那人从这巷中过去才追得快了些。先生当真没瞧见有人经过？也没瞧见那人模样？”

“小老儿腿瘸眼瞎的，能瞧见什么呀？”

这一回，肖南回总算听出对方的言外之意了。他分明不是瞎子，却自称瞎眼，这便是有些自我贬损、引人追问的意思了。

正在这僵持不下的当口，一道人影自另一边翻身而下，却是丁未翔。

丁未翔瞧了肖南回一眼，又看了看一旁那算命的，便已将他自动忽略：“人呢？”

肖南回懒得敷衍：“丢了。”

说完，她看一眼对方脸上那难看的神色，便知他也追丢了那燕紫，当下便主动言和：“我且嘴上饶你一回，你便不要再来数落我了。再者说，在祭台上我可是又救了你主子一回，我们之间算是扯平了。”

丁未翔冷哼一声，倒也没再提以前的破事，只冷冷地打量了一下那算命的。

那算命先生瞧不出丁未翔是什么来头，正拈着自己的两根鼠须，想要继续同肖南回讨价还价：“这位仁兄也可来评评理。并非小老儿不愿帮忙，只是因这祭典，整个焦松县城内人都空了一大半。小老儿开不了张，几日未曾有米下肚，这如今头昏眼花，脑浆子都混成一团，实在是没留意到那什么可疑之人。”

肖南回觉得自己仿佛看到了几十年后的伍小六。只可惜对方不是个胖子，耍起小聪明时少了那份憨厚加持，看着就特别讨人嫌。

她正准备故技重施，还未来得及拔出兵器，身后一直沉默旁观的丁未翔已经瞧明白了这出戏，先她一步抽出刀来。

唰的一下，那算命的背后背的竹竿招牌便被一分为二，连带他头顶上的那黄皮子毡帽也开了天窗。不过丁未翔的力道控制得相当好，对方只觉得头皮一凉，随即飘下两根碎发。

丁未翔面无表情地开口道：“雁翅营当差，瞧见你这儿过了个贼。你若不配合，我便只好将你押回去细细问。”

肖南回还没说出口的狠话就这么咽了回去，随后她觉得做人不能如此做绝，又往回找补了两句：“你若配合，少不了你的银子，只是休要太过贪心。”

最终果然还是“银子”二字起了作用，那算命的瞬间眉开眼笑，整个人看起来都乖顺了不少：“能为官爷排忧解难是小老儿的荣幸，方才那人也算是同我迎面而过，瞧了个真真切切。”

“既然如此，现下便随我回去走个流程。”

丁未翔不知为何似乎要赶着回他主子身边复命，非要将人带回黑羽营审问，肖南回却不肯退让：“现下就画。那人刚出现没多久，他记得还算清楚，若是隔了夜，能回忆起来的细节就更少了，到时候再耍几个花招，我们岂非要白付他那些银子？”

丁未翔皱眉：“此处又无画师，你教何人来画？难不成你来画？”

肖南回画过画吗？当然画过，画完之后还没来得及向肖准显摆，便被杜鹃当

成来历不明的符纸给丢出去了。

“这个……”她故作深沉，还没想好如何接下这话茬，一旁那算命的却嘿嘿一笑，露出一口黄牙：“老小儿早年在外讨生活，给人画过肖像，倒还有些手艺。”他边说边拿起别在帽檐上的毛笔，放在舌尖上舔了舔，润出些墨色来，又从怀里掏出一张写符用的黄纸，思索一番，便落笔画了起来。

约莫一盏茶的工夫，算命的便放下笔，将纸呈到两人面前：“官爷，请看。”

丁未翔只瞥了一眼，似乎嫌有些潦草，便将头扭到一旁。

肖南回却看得仔细些，心下当时便想，这算命的笔下有些功夫，寥寥几笔甚是传神，就连唇下的痣都点得颇像那么回事。

她指着那颗痣，语气中有些怀疑：“他与你迎面而过，只一瞬间的事情，你竟然连他脸上的一颗痣都记得清楚？不是胡乱画的吧？”

算命的又是嘿嘿一笑：“哪能呢？这各行各业总要有些吃饭的本事，我是给人瞧面相算大运的，最爱留意这些眉眼高低、皱纹走向、痣在何方……”

算命的滔滔不绝起来，肖南回却有些听不进去，眼睛盯着手中那张画像有些出神：“你觉不觉得这画得有点儿像一个人？”

丁未翔起先闭目立在一旁，听她言语，这才又瞧了瞧那符纸上画的东西。

画像上的人两颊瘦削，生了一双三角眼，瞧着不像个有福气的人，偏生额头生得很高，似乎又有些威势。这威势又被他嘴下的那颗痣破坏了不少，整个人多了一丝阴郁的气质。

画像上的人同脑海中的影子渐渐重合，丁未翔渐渐露出不可思议的神情：“怎会是他？”

“可是……”肖南回的话语也变得有些艰难。

丁未翔已经知晓她要说什么：“可是邹思防已经死了。”

距离霍州之行已过去大半年的时间，如果不是眼前这张画像，再过上一年半载，或许邹思防这个名字连同那张没什么特色的脸也会慢慢消失在他们的记忆当中。

可谁也没有想到，就在此时此地这个名字突然又跳了出来。

当初因秘玺一事在邹府大费周章的往事还历历在目，肖南回是亲眼瞧见那邹思防沉入了白耀关的沼泽，怎会有假？

人死不能复生。难道是这长宓台上的祭典当真通了鬼神，招来了那邹思防的魂魄？还是什么人借此机会故意大行鬼神之道？可为何偏偏是邹思防呢？

那在人群中秉铎摇铃为燕紫指明出路的神秘客，究竟只是一个长得像邹思防的陌生人还是邹思防……其实根本没有死？他同整件事有何关联？安律口中的主人是否就是他？他操纵仆呼那三番五次行刺杀盗玺之事的目的究竟是什么？

肖南回望着手中的画像陷入了沉默。

第一百零三章

心的构造

正月晦，夜，焦松县的帝王行宫内灯火寂寥。

这处行宫是在一座古刹之上修建的，因时间匆忙，仍保留了大部分原有庙宇的模样，只在其中增添了陈设、装饰，重新修裁了园石林草，瞧着倒像一个辟给贵族的清修之地。

行宫西北正位上坐落着一座巨大的主殿，当中供奉的正是传说中照管五魂五鬼的天神戴滕。巨大神像的双目在黑暗中散发出柔和的光芒，竟是夜光宝玉雕成的。

神像座下，年轻的帝王缓步而来，身上还带着殿外消散不去的寒气。

他望着那神像平和到没什么表情的脸，将供案上一直铺着的锦罽掀开。

锦罽下是一只放在楠木托盘中的掐丝镂空金球，细看那金球中层层叠叠，又隐隐透出些翠绿色。托盘旁已经冷了的手炉散发着一阵略苦的香橼气味，和男子身上的气息倒是有几分相似。

他正要伸出手去拿那手炉，一阵脚步声便在身后响起。

夙未收回衣袖，转身看向自己的内侍官。

单将飞简单地行礼过后，屏退了殿门口的值夜宫人，上前小心地为帝王取下那沉重的冠冕："陛下，丁中尉方才来报，说人已回了住处，陛下可以安心了。"单将飞的声音很轻，显然只说给眼前人听。

夙未轻轻靠在软榻上，闻言轻哼一声，表示自己知道了。

单将飞正要将手中的冠冕放回礼部备下的漆匣中，余光瞥见供案上已经熄了的暖炉，神色一变："陛下方才没带手炉吗？"

帝王瞥一眼那暖炉，神情如常："大概是更衣后落下的。"

单将飞上前将那暖炉收好，语气颇为自责："到底不是从宫里带出来的，做事如此不周。是小的安排疏漏，请陛下责罚。"

"一个暖炉而已，罚你做什么？"

单将飞一时没有说话。

眼前的人因除了冠冕而露出高高束起的乌发，修长的脖颈从交领中探出，节节脊骨都能瞧得一清二楚，白皙的皮肤上是一圈被沉重的头饰压出的红印子。

叹一口气，内侍官从袖中拿出一小瓶药来，涂在那红印上：“陛下对自己的身子为何总是不上心？天还冷着，祭典又程序繁多，陛下可以让小的代劳的。”

半透明的乳膏在皮肤上被指腹推开，渐渐显出透骨的热度。夙未半合了眼，神态终于多了些柔和：“你扮孤的样子如今也算有七八分相似，若非离近了瞧，真要连王叔都骗过去了。只是这祭典毕竟是在众目睽睽之下，又要亲手赐剑，万一让今日台上的那些老家伙知道了，回头不知又要怎样揣测孤。”

单将飞觉得有些好笑：“往年不也如此？怎么没见陛下顾虑过这些……”

话一出口，他便察觉不妥，连忙告罪：“小的失言了，请陛下莫要怪罪。”

帝王显然无意治罪，只淡淡地道：“若是往年便算了，今年不行。”纤长的手指慢悠悠地摸过手腕上那一颗颗舍利珠，他似乎在思考别的事。

内侍官平顺的眉眼抬也未抬，便知眼前男子似乎心不在此处：“陛下可有心事？”

夙未指了指一旁小桌上精美雕漆盒里五颜六色的干果蜜饯：“这里面为什么没有杏仁？”

单将飞一愣，似乎对这问话有些无措，随即连忙道：“小的这便叫人准备。”

帝王手心一翻，掌心便多了一件干瘪瘪的东西：“要这一种。”

单将飞又凑近了些才勉强看明白，那是一枚已经风干的皱巴巴的杏仁核：“这是野杏子的杏核，宫内怕是寻不到。小的可以教人去城东市集上瞧瞧……”

夙未顿了顿，又将干杏仁收回袖中：“算了。这点儿东西倒不值得大费周章。”

这一来一回，单将飞越发肯定自己的推测了。他走到一旁，将暖炉中已经烧尽的炭灰挑了出去，又添了些安神香进去，小心地让它燃起来：“时辰也不早了，陛下今日劳累了一天，也该歇下了。”

帝王望着那静静燃烧的香炉，突然便从软榻上坐起身来：“孤还不想睡，但又觉得有些无趣。”

单将飞又一次愣了愣。他从十三岁便开始服侍眼前的人。只要在宫墙内，他就是帝王的影子。与帝王形影不离如他，此前从未听过这清冷的人抱怨无趣。

他愣神间，夙未突然舒展开了眉头，似乎已拿定了主意：“青怀侯所在别馆离行宫有多远？”

单将飞将那异样感压下：“驾车的话约莫一炷香的时间。”

夙未点点头，随后悠悠开口道：“派人去青怀侯那里，叫右将军亲自来谢罪。”

单将飞神色如常地应下，却不得不谨慎地问道：“这三更半夜的，青怀侯若是问起，这罪名是……”

“她不是在祭典上丢了孤赐的班剑？论罪当斩。至于斩法……”夙未故作停顿，“孤须得仔细想想。”

单将飞松了口气，总算确定这趟差事还没到要他老命的地步，可转头看到帝

王脸上的神色，这心又有些七上八下。

小半个时辰后，行宫侧门外的甬道上，肖南回打着哈欠从吉祥背上爬下来，一眼便瞧见立在夜色中提着一盏灯的年轻内侍官。她认出对方便是先前入宫时见过的单姓总管，心中生出几分亲切，可不知为何，对方今日却瞧着分外严肃、疏离。行过礼后，她便也只好尴尬地沉默着。

今日祭典上，她虽只算得上配角，却也累得不轻。先前那一番周折过后，她本想拉着丁未翔再查一查那“邹思防”的下落，可事发前后方圆百里内约有上万人聚集在祭台和城内，即便调动军营前往一一排查，短时间内也无法有个确切结果。左右权衡一番，她只得暂时作罢，将这烦琐的工作交回丁未翔手里，只叮嘱对方，若有新消息一定要告知她。

回到别馆的时候，她各种小心翼翼，生怕肖准责怪自己蹚了这潭浑水，可最终却发现对方并未回住处。

正当她躺在床上辗转反侧的时候，行宫便来人传唤，说是要她去“谢罪”。

这是肖南回头一次三更半夜被召去谢罪。她甚至怀疑这在天成朝史上兴许也是头一回。偏偏肖准又不在身旁，她连个缓兵之计都使不出来，只能老老实实地从命。

单将飞步履匆匆地走在前方，除去见面时几句简短的问候，当真是一个字也不再多说了。这让肖南回内心更加犯起嘀咕来。左右这祭典之上她也算救了皇帝小命，这昏君该不会还在记恨先前岭西的事，如今要寻个由头将她灭口吧？想着想着，她脚下又是连着几个踉跄。

晦日内行宫不得见烛火，偶有行走的宫人内侍皆袖中拢一盏萤火做的冷灯照明，好似鬼火一般，直将周遭氛围衬得更加阴森、不祥。

又转了几个弯，周围越发安静，单将飞的脚步放得更轻。

肖南回微微一抬头，便发觉自己站在一座巨大的神殿前。她虽去过不少深山老林，却没怎么进过那些寺庙古刹，常去的便只有永业寺那座小庙而已。眼前这座神庙的制式外形都是她从未见过的样子，瞧着绝非近百年赤州兴建的样式，当中供奉的应当也非佛陀或天王地母，而是一些更古老的神。

单将飞立在入口处向内通禀，随后又示意她快些跟上来。

肖南回一迈入殿内，一阵温暖干燥的气息便扑面而来。

大殿正中摆着一只巨大的雕花铜炉，镶着暖玉的宝盖中透出一缕缕细烟，大肚中都是烧得通红的炭火，整个炉子散发出的热气将寒气推向四周，在这偌大的殿中劈出一块温暖如春的地界。

除了那铜炉，殿中最引人注目的便是深处的那尊神像，神像周围有十数根黑漆漆的柱子，个个须得两三人环抱，高耸直上，没入屋顶的黑暗之中，竟给人一种向上延伸没有尽头的感觉。

殿内依旧没有点灯，除了那炭火透出的一点儿光亮，便只有进殿甬道两侧的琉璃宫灯。宫灯内仍是冷冷的萤火，样式也不是寻常灯盏的样子，而是一朵朵巨大的花冠。那花朵层层叠叠，其下细叶卷曲曼妙，瞧着像某种兰花，可花心却旋转扭曲，像一个个旋涡盛开在黑暗之中。这样的花似乎不太常见。可为什么……她会觉得有点儿眼熟呢？

肖南回一边往前走一边瞧那宫灯瞧得出神，完全没有留意到引路的内侍官早已止步，退下。

“右将军喜欢这宫灯？”皇帝的声音冷不丁在黑暗中响起。

肖南回吓了一跳，四处张望了一番，才瞧见神像座下的男子。他身上仍穿着白日里祭祀时的玄色衮服，几乎快要与这周遭的黑暗融为一体。传闻皇帝不喜光亮，她从前没觉得，此时可算是见识到了。

先前的猜测又浮上心头，她一阵不安，摸索着四周地面跪拜行礼。

“臣——”话开了个头，她突然想起自己是来请罪的，连忙又改口，“罪臣肖南回特来请罪，还望陛下宽宏大度，能网开一面。”

良久，那个声音才再次响起：“哦？你何罪之有啊？”

肖南回只觉得心口一堵：“不对呀？不是你叫我来的吗？什么罪你自己没想清楚吗？！”

可怜她方才顾着脸面没有开口问那内侍官，此时只得搜肠刮肚、冥思苦想，生怕一个不小心踩了老虎尾巴：“这……这个……罪臣在祭典上行为唐突，坏了规矩，还追丢了那刺客，实在是有负陛下信任。”

哐当几声脆响，肖南回跟着一哆嗦。

几片碎玉被扔在她面前，依稀是那把被她丢出去撞击厘伯钟的班剑碎片。

“你竟敢将孤送的东西摔个稀巴烂，该当何罪啊？”

肖南回又是一抖，都怪这儿太黑，摸来摸去，最后还是摸到了老虎屁股上。

“臣罪该万死，请陛下恕罪。”

哼，她何罪之有？要不是她将班剑丢出去示警，您老人家的脑袋可能此刻正在长宓台上吹风呢。

“无论孤如何罚你，这东西碎了便是碎了，你又要如何补救？”

肖南回在地上蠕动了一下，盯着那几个碎片，走神了片刻。这皇帝真是闲得要死，都碎成这样了，还一片片捡回来，就为了给她看个罪状？！不成不成，好汉不吃眼前亏，她可不能今天交待在这儿。眼一闭，牙一咬，她急中生智，硬着头皮道：“罪臣……罪臣去找个上好的工匠，再将陛下赏的金子熔了，将这剑用金子重新镶起来，再挂在家中风水最旺之处，日夜跪拜，生死不敢忘也——”

“甚好。起身吧。”帝王的声音透出一种少见的愉悦，连音调都扬了起来，“还

请右将军谨记自己许下的承诺，否则便以欺君之罪论处。”

肖南回迷迷瞪瞪地站起身来，突然就觉得自己今天走的这一遭好像有哪里不太对劲。下一刻，她抬眼瞧见香案上摆着的那掐丝镂空金球，这种感觉就越发强烈了。她并不认识那精巧繁复的物件，却认识当中露出的那点儿剔透的翠绿色。那可是人间绝无二般的颜色，她见过一次便不会忘记。

“这……这不是在祭典上被……”那金球之中放着的可不就是那让她猴子一样爬上爬下，又在泥潭里泡了一夜才得来的秘玺吗？

只震惊了一瞬间，她随即便反应过来，秘玺现在还在，那祭典上被夺走的只有可能是假的。

先前她便寻思着，这秘玺丢失是天大的事，丁未翔竟连半点儿慌张、急迫感都没有，还能分出心思来寻她，真真是奇了怪了。现在看来，原来他们一早就摆了个请君入瓮的局，而她只是个不知情的局外人罢了。早在霍州的时候，这玉玺便真真假假了多少回，如今旧事重演，她越发觉得自己像个傻子了。

“陛下好计谋。既然国玺无碍，在下便先回去了，也好早日寻得那工匠，贯彻陛下旨意……”

“你急什么？”

她急着逃离这诡异的氛围，急着想明白她究竟忽略了什么，急着平复内心那股越发明显的不安……

偷偷转过头去，肖南回突然发现，不知何时，领她前来的单姓内侍官早已不见踪影。不止如此，整个殿门外都空空荡荡的，一个人影也瞧不见。

今夜薄薄的月光洒进殿门内的甬道上，将她自己的影子拉得好长。随后她便瞧见前方的黑暗中拉扯出另一道影子，缓缓地走向自己。

“你知道这装玉玺的东西是什么吗？”金色花球在男子手中旋转，像在把玩一个无关紧要的摆件。

“臣，不知。”

“这是玲珑龛，一旦闭合，便要扭转九层机窍才能开启。孤曾与青怀侯结下约定，如若他能将这玲珑龛解开，孤便应他一个请求。你猜，他求了孤何事？”

肖南回的心突突地跳起来：“臣不知。”

“伴君如伴虎，离孤身边一寸近便一寸险。孤本以为他会请求将你从右将军的位置上调走，但他求孤应允他出战碧疆。”

“他若请求将你调走，则孤此生不会重用你，亦不会再与你有更多交集。但如若他放弃了你，那孤便不会放手，你的未来将不受侯府照管，而是全权交由孤来定夺。”

肖南回沉默地听着，直到开口时才发现嗓子有些沙哑：“义父并未放弃过臣，

他只是……”他只是有他必须要做的事而已。

收复碧疆、剿灭白氏、为父兄报仇，是肖准毕生夙愿。这个念头已在她心头盘旋了那么多个日日夜夜，只是不知为何，此时这句话她竟无法说出口。可与此同时，今夜的不安突然消散了些，另一种情绪占据了她的心。

肖南回终于抬起头来，直直看向那有心挑拨、不怀好意的帝王：“臣的未来自然握在自己手中，怎敢劳烦陛下费心？”

不知是不是她的错觉，对方的眼睛在黑暗的映衬下反而变得更加明亮。

“肖卿似有不满，不知是对何事不满？”

肖南回盯着那金色花球，沉沉地问道：“不知义父解开时这龛中可放着秘玺？”

“并无秘玺。”

“可有宝物？”

“也无宝物。”

她胸中一口恶气终于吐出来：“既然是空的，陛下为何又要人费尽心思去解？”

她这话说得已有几分放肆，言外之意是在指摘皇帝喜欢用这些奇技淫巧去难为人，肖准一介将军出征，生死都置之度外，他身为一国之君竟还要左右设槛，难道不是成心刁难？

然而此话放在眼下这情景中又有了些言外之意，就好像她在质问皇帝，为何要三番五次以言语戏耍她，教她猜不透他的真实目的。

肖南回反应总是慢半拍，察觉到自己的话有些不妥的时候，一切都已经晚了。

“参透玲珑巧思，洞察其曲折构造，本身就是一件趣事，又何须有宝物？”

地上的影子又靠近了些，几乎要与她的影子纠缠在一起。

“陛下聪慧过人，自然是觉得有趣。可臣向来蠢笨，恐怕不能体会其中乐趣。”肖南回想退开，腿却动不了。

“你可知，玲珑龛再繁复难解，终究是有规律可循，算不得这世上最复杂的东西。”

肖南回只觉得心跳得很快，四肢的血液却流得很慢，慢到让她的一举一动都变得迟缓起来：“臣愚钝……”

他的气息已十分靠近，近到她低垂的视线已能看清他衣服上针脚细密的黼黻纹。那是帝王祭祀时才会穿的衣服，繁复而庄重，带有几分禁欲、冷峻的意味。她鼻间又闻到他身上那股似有若无的气息。不知怎的，这气味此时竟少了几分清苦，多了几分温度，连带着周围的空气都热了起来。

肖南回大气也不敢喘一下，正想着无论如何也要回避。

下一刻，一根如玉的手指轻轻地点在她的心口。

“这里……才是这世上最复杂的东西。”

肖南回感觉自己的心蓦地漏跳了一拍。她顺着那只手向下看去，那个舍利珠

串依旧好好地待在它该在的地方。他不是戴着那串佛珠吗？可为什么她会觉得眼前的人……好像又在发疯呢？

“这世间许多事物看似神秘诡谲、变幻莫测，实则一朝被看透了运行的规律，也不过就同那月升日落一般枯燥无趣罢了。可是肖卿这里的构造，孤却一直看不透呢。”

她呼吸都急促起来，几乎是嗫嚅着说道：“臣对天成的一片赤诚之心，陛下怎会看不透呢……”

“肖南回，你是真的不明，还是在同孤逗闷子？”

他的身影在四周宫灯的幽光下摇曳着，在她脸颊上投下狭长的影子，紧接着那影子又四散开来，将她包围。

她感觉到一双瘦而有力的手揽上了她的腰，还没等她有所反应，一片薄而微凉的东西便落在她唇间，像一片深冬时节落下的寒梅花瓣。

血冲上了天灵盖，肖南回感觉到自己上升的体温温暖了那片花瓣，令它同自己贴得更近、更紧。

涌动的气息将她包围。她终于反应过来，下意识便要挣脱这个怀抱。

可她方一发力，那人便好似知道她下一步动作一般，借力一闪，她整个人便向着一旁的桌案倒去，瘦长的身躯借势压在她身上，他的目光就这么从她的脸上一直滑下去。

那日演武场的一幕再次上演，只是这一次谁在上谁在下似乎反了过来。

“肖卿教导的一招一式，孤日夜不敢忘却。”

她像一只被褪了毛躺在案板上的呆鹅一样，使劲扑腾了两下，却不敢真的使力，瞧着倒像情人间欲拒还迎的小把戏。

他就那么静静地看着她，眼神变得滚烫，那漆黑的瞳中仿佛生出两个旋涡，要将她吸入其中。

她慌了，只觉得四周的一切都天旋地转起来。

那双眼同四周巨大的雕花宫灯一起化作荧荧光点，混着冷冷的月光，直直撞入她记忆深处。她终于想起雪迷殿那一夜的情景和那个怀抱了。

可是为什么？怎么会……肖南回的思绪停滞了。她感觉到有什么先前一直潜伏在她心底的东西此时就要不受控制地翻腾出来。这滋味比身体不受控制更令她慌乱不已。为了摆脱这令人窒息的局面，她恼羞成怒般开口道：“陛下仗着自己是皇帝，我不敢弄伤你，便能随意欺负我吗？”

几乎是一瞬间，那双眼睛中的火便熄灭了，再抬起时又恢复了古井无波的样子，只是这一次似乎比先前还多了一分死气。

他放开她，缓缓地退开几步，随后头也不回地走向宫殿深处的黑暗之中：“单将飞，送她出去。”

第一百零四章

黑羽箭

肖南回逃命似的回到别馆时已是过了子夜。同住别馆的其他几位将领早已歇下，夜到深处，四周寂静无声。

中庭里点着灯，肖南回虚浮的脚步顿了顿，心底突然生出些希望，她急急忙忙往前快走了几步。可中庭空空如也，肖准并没有在等她。

此时此刻，她最想见也最怕见到的人就是肖准。她想见他，告诉他自己的迷惑和彷徨，但她也害怕见到他，害怕被他看出端倪。

那只点在她心口的手、隐晦却热烈的话、落在她唇上的那团火，都似在她脑海里生了根，她越是想忘越是忘不掉。一种奇特又令人不适的情感占据了她的身体，几分慌张、几分羞耻，还有几分……背叛感。

为什么会有背叛感呢？肖南回想不明白这件事。她只想用肖准的音容笑貌洗去那人在自己身上留下的记忆。如果是今夜，她或许可以鼓起勇气倾诉自己这么多年来的思绪，如果是今夜……

可今夜，肖准偏偏没有回来。

中庭的石桌上留着一盏油灯，许是巡夜的士兵留下的。肖南回将那盏油灯点亮，又在石桌旁坐下来。她还不想回自己的房间，不想爬到床上，不想进入睡梦之中。她害怕睡着以后，那人又入梦来，将她戏耍一番，来回摆弄。

就算此时此刻她还清醒着，老天也偏不遂她的愿，将那段羞耻中透着缠绵的画面唱戏般反复在她脑海中演来演去。

时间一点一滴地流逝，肖南回眼巴巴地盯着那盏油灯，心中祈祷着肖准快些回来。

此行来焦松县，加上往返路程也就几天的时间，她与肖准都有军务在身，实在不可能顾及许多，便没有带上杜鹃和伯劳。她没让杜鹃跟来，是觉得车马劳顿，不值得杜鹃折腾这一趟。而她不让伯劳跟来，却是嫌伯劳折腾旁人又爱捅娄子。

可此时此刻，她突然就有些后悔了。只有身体筋疲力尽，她的思绪才能停下来。如果伯劳在，她还可以挑衅对方一番，来个大战到天明。

枯坐了一会儿，肖南回从衣襟里掏出一张皱巴巴的符纸。这是白日里那算命的画下的，丁未翔嫌这张画得粗糙，最终还是教人重新画了分发下去，这张原始稿便留在她手上。

脑子里乱哄哄的声音停不下，肖南回索性就着那盏昏暗的油灯，对着邹思防的画像琢磨起来。

不知过了多久，天色渐渐亮了起来，别馆侍从领着一队前来分发流程帖子的礼官进来，一抬头被中庭里坐着的人吓了一跳。

侍从原地站了一会儿，走近前，定睛一瞧，才发现那人影似乎是光要营的女将军。

对方发髻散了一半，头发上还结着一层霜，手里捏着半张黄纸，一动不动地趴在石桌上。

“右……右将军？”

那人颤了颤，慢悠悠地抬起头来，露出一张青白浮肿的脸：“什么时辰了？”

侍从定了定神，细声细气地道：“辰时了。”

肖南回猛地站起来，一不小心将桌上那已经燃尽的油灯打翻。她无心顾及，急急忙忙地问道：“昨天夜里大将军可有回来？”

侍从摇摇头：“小的守夜到天亮，右将军是昨夜最后一个进院子的。”

肖南回的身形顿在那里，许久才动了动，将那盏油灯扶了起来。她的脸有些冻僵了，此时已经做不出失望的神情。

侍从察言观色，正要退下，转头却又被叫住：“先生能否帮忙安排送封信？”

“当然，将军尽管吩咐。只是焦松是个小地方，驿站没有快马，若无军令调配信使，送信回阙城，估摸着也同返程的日子差不多了……”

“不是送去阙城。”肖南回将薄薄的信笺递给那侍从，“是送去霍州的。”

那封信是她昨夜犹豫很久后写下的。

如果说祭典上出现的“邹思防”便是仆呼那的领头人，如今的重重迷雾便算不上一点儿破晓的希望都无，至少她曾到过邹府，而邹思防也并非来去一身轻、没有家眷的人。邹府的人，她也打过交道，看起来不像能掺和进这种事的。如果“邹思防”有异，他的家人或许能够察觉一二。

仆呼那的事必须有个了断。

她反复说服自己这是职责所在，与那人无关，却已忘了最早霍州之行实则是为了肖准。

侍从领了信便退下了，临走前将礼官留下的帖子照例给了她一份。帖子上记录的是今日祭祀的大致安排。肖南回一目十行地瞧了瞧，确认基本与自己无关。

好不容易有一天得闲，她不想一个人在别馆度过。想了想，她牵了吉祥往驻

守的黑羽营而去。

黑羽营是皇帝近卫，直接听命于皇帝，按理说应当驻扎在帝王行宫附近。可这一次晦日祭，黑羽大营却设在别馆众多的焦松外城。

阙城附近的别馆有数座，其中又以焦松县的最为密集。先前杜鹃曾说漏嘴，她又从姚易那里探到些消息，基本确定白允就被囚禁在焦松一带的别馆之中，可究竟是哪一座却不得而知。

但昨天长宓台发生的事给肖南回制造了一个机会。

以丁未翔的判断力，他一定已经察觉到了那紫衣刺客同白氏的关系，是以昨夜帝王行宫守备格外森严。而祭典抢夺秘玺之事既与白氏有关，白允所在的别馆势必也会加强守备，以防那燕紫或其同伙趁乱与之联系。

她实则并不知道就算找到那处别馆、找到白允，自己又能如何。只是在肖准离她越来越远的这些日子里，她心底一直有种说不清的预感，而昨夜肖准彻夜未归似乎更加逼迫她去确认这种猜测。

对她来说，那处别馆里住着的不是一个人，而是一个残忍却引人探究的谜底。

策马奔袭小半个时辰，她将吉祥拴在黑羽营驻扎地外不显眼处，步行来到营地入口。

黑羽营的明卫很少，但暗哨颇多。她并不想蹚过烂泥、爬过铁蒺藜、翻墙翻到一半的时候被人一箭射个透心凉。可“不入虎穴，焉得虎子”，就在肖南回对着营外守卫犯愁的时候，她突然想起来自己手腕上的东西。

在碧疆的时候，皇帝曾经给过她一只手环，那东西瞧着不起眼，却无论如何也取不下来。时间久了，她也暂时忘了这档子事，此时突然想起，倒是无意中帮了她一个大忙。

定了定神，她大摇大摆地走出隐蔽处，径直向入口的守卫而去。

即使瞧见她穿着光要营的甲衣，黑羽守卫还是迅速将她拦了下来：“来者何人？”

“光要营右将军肖南回。”

随后她轻咳一声，带着几分不确定露出手腕上的环。

那黑羽营守卫瞧了一眼，眼中便露出明显的惊讶，他犹豫了片刻，并没有立刻放行，语气却客气了许多：“圣驾未离行宫，右将军为何会来此处？”

肖南回瞬间紧张起来。

皇帝给她这东西的时候，确实说的是出入圣驾左右，没说哪儿都能去。她先前理所当然地以为在皇帝身边都出入自由，一个黑羽营还能拦她？可到头来还是对鹿松平那办事滴水不漏的妖人低估了太多。

手指不自觉地握紧，她努力回想着伍小六面不改色扯谎的样子：“这个……不是昨日祭典上出了岔子？那刺客与同伙还下落不明，我与那凶徒交过手，特意来

同鹿中尉商议一下对策。再多的……”她故作严肃地顿了顿，“恕我不能告知。”

空气短暂地安静了片刻，两侧的黑羽营守卫终于收了兵器退开：“右将军到访一事，在下会如实禀报中尉，还请将军莫要怪罪。”

肖南回强压住内心的狂喜，故作淡定地点点头，迈着沉稳的步子进了营地。她行了数十步回头偷瞧，发现没有人追过来，这才放下心来，快步向着守营中尉的帐子而去。

伍小六曾经说过，说谎话要真假参半。她从前嗤之以鼻，现在却打算将其奉为经典，每隔一段时间便温习一遍。

从某种程度上来讲，她并没有说谎，她确实是来找鹿松平的，只不过当然不是来找他商议什么对策。

一个鹿松平再加上一个丁未翔，如果是这两个人都搞不定的事情，她从中横插一脚又能解决多少问题呢？

天成四大军营各有排兵布阵之道，但她有了先前在岭西营地的经历，对黑羽营并非完全不熟悉。而且此次跟随圣驾来到焦松的中尉并不多，她没费太多工夫便找到了鹿松平的帐子。

太阳刚升起不久，帐子里还有些昏暗，肖南回仔细确认了一番情况，这才小心翼翼地摸了进去。

帐子内整洁得有些诡异，丝毫看不出有人常驻于此的痕迹，只有正中那张垫了兽皮的大案上有些杂乱。

可怜她其实没有多少同鹿松平深入打交道的经验，只能认命地先从那看起来最有希望的案子翻看起来。小到一片指甲盖大小的纸灰，大到须得两人才能抬动的布阵沙盘，她究竟要翻到何时才能找到她想要的答案啊！

肖南回深吸一口气，用入口处固定毡帘的玉钩做了个简易的预警装置，随后撸胳膊挽袖子，准备干一些“偷鸡摸狗”的事。

案子上东西繁多，又杂乱无章，须得小心地记下看过的顺序，每翻看一样东西，还要记得放回原位，简直是对人心智的莫大摧残。

翻着翻着，她突然就有点儿委屈。为什么她总是要把自己置于“偷鸡摸狗”的境地呢？前有夜探邹府被那主仆二人耍得团团转，后有夜探康王行宫被鹿松平那厮拿剑追着砍，这哪里是一个得了封赏的将军应该干的事啊？！

肖南回悲愤地想着，手上动作却不停。所谓一回生二回熟，慢慢地，她觉得自己似乎掌握了一点儿节奏，正翻看得有几分渐入佳境、酣畅淋漓之时，一个声音冷不丁地在她背后响起：“你怎么在这儿？”

肖南回浑身一僵，不用转过头去，也知道来的人正是鹿松平。

碧疆一战过后，她已有许久未见过他。昨日在祭台上接受赐剑时，他似乎并

不在台上，八成是在外围同丁未翔打配合。

这人的动作一如既往地无声无息，不仅完全没有触动门口毡毯上的玉钩，就连脚步声也半点儿都无。他真该昨日去祭台上扮鬼吓退那燕紫，而不该屈尊在这儿当个中尉。

肖南回按下腹诽，尽力做出一副亲切的模样转过身来："许久未见，鹿中尉可好？我这不是惯常巡视，就顺道过来看看你。"语毕，她瞬间感觉自己袖管下的汗毛都立了起来。果然比说谎更令人难受的是对着鹿松平说谎。

鹿松平细眼一眯，并未当面揭穿，说出口的话却令人恶寒："光要营离这里少说也有十里地，右将军同我关系竟近到如此地步，真是令人受宠若惊。"

肖南回掩面干咳，试图遮一遮脸上的尴尬之色，心中默念"伍小六准则"。她方才是怎么对门口守卫说的来着？

"这个……倒也不全是为了看你，这不是昨日祭典上出了岔子，那刺客与同伙还下落不明，我与那凶徒交过手，特意来跟鹿中尉通个气……"

鹿松平点点头，似乎认可了她的说法，身形却绕到那案子后，目光扫过其上的杂物，犹如霜寒凋草木，北风摧秀林："却不知右将军为何绕着我的案子打转，还将衣袖挽得那样高？"

肖南回近乎节节败退，余光落在那案子上放着的弓箭等杂物上，急中生智道："自然是在研究这先前缴获的碧疆弓箭。至于这袖子……实在是琢磨到兴起之处，心血来潮，难以自已……"

她这厢刚手忙脚乱地放下袖子，鹿松平已拿起桌上那张纤长的碧疆弓，熟练地摆弄着上面还未上紧的弓弦："既是如此，右将军看来是有些见解了，何不说来听听？"

眼前这人的箭法，她是见识过的，这见解说不好，怕是又中奸计。迟疑一番，肖南回才低声道："早前在战场上交锋时，我发觉对方弓箭手的射程比天成要远许多，待查看过他们的兵器后才发现，原来是弓的构造、材质与天成的不同。"

鹿松平手上的动作顿了顿，他似乎有了些兴趣："哪里不同？"

肖南回捋了捋思路，缓缓地道："就拿这弓臂内侧的弓面来说，天成的落雁弓和王弓是用岩羊角制成，虽坚固耐用，但过于沉重、僵硬。而这把碧疆弓用的却是本白、中青的水牛角，不仅长度更有优势，而且弹性、韧性都更胜一筹。"

鹿松平终于看向肖南回，眼神中多了些意外："你并非弓箭手出身，能觉察到这些差别，也算得上可贵了。"顿了顿，他将上好弦的弓放到一旁，"可惜的是，天成气候偏冷些，更少有湖泊河流，大规模使用水牛角制作弓面也是不现实的。"

对方如此认真地作答，便教肖南回有几分忘记这只是自己先前找来的借口。她沉浸在弓箭制作的思路中，认真地问道："若是将两种弓结合一番，是否会另有

收获？”

“弓与箭须搭配得当才能发挥效力。若要改弓制，箭也必须跟着调整。前后从磨合到投入使用，少说也要数年才能完成。”

这一层她倒是没想到，但这话令她想起先前在碧疆目睹鹿松平射杀夜蝠的情景：“先前见你射过破云箭，不知搭上这碧疆弓又如何？”

“我的弓是特制的，只因破云箭的箭镞较沉，箭镞与箭杆一体而成，弓不拉满一石二，无法发挥效力。而且一支破云箭须耗费工匠三日时间才能打成，便是用作精锐弓箭手的配给，也太过奢侈。”

左也不行右也不行，肖南回终于回过神来，有些后悔和对方聊这个话题，想要草草收个尾：“我一个用枪的自然不太懂你这弓箭中的弯弯绕绕，黑羽营能够做出黑羽箭，总能找出一两个能人供你差遣。”

谁知鹿松平听了这话，反而突然露出奇怪的表情。

他见肖南回不明所以地望着他，这才缓缓地道：“黑羽营如今所用的黑羽箭，是当年朔亲王亲自所创。随后大将军又在此基础上亲自改良了箭矢的锻造手法，这才使得黑羽箭可以百步穿甲。”有意停顿片刻，他看向肖南回，“你是肖府中人，竟连这都不知？”

第一百零五章

白角弓

鹿松平话一出口，便轮到肖南回表情怪异了。她只知肖准精于枪法，完全不知他还精通弓箭之术。沉默了片刻，她嘴上还是敷衍地应了两句：“听你提到，这才想起来。”目光移到那把碧疆细弓上，她突然开口道：“这弓可否借我一用？”

“做什么？”

“我在碧疆的寨子里待过一阵，对那些工匠的手艺还有些印象，或许能模仿出一二来。假以时日，说不定就能有把新弓试上一试。”

这话当然是借口，她领着光要营的薪俸，凭什么要替黑羽营操心？只是如果能做出匹配黑羽箭的新弓，并且在行伍间流传下去，她便算得上同肖准一起做过一件了不起的事了。

鹿松平的目光从她的脖子移到肩膀，又从肩膀移到腰腹，眼神中有毫不掩饰的放肆。

肖南回本能地不自在，险些以为自己要被拆穿：“为何如此看我？”

鹿松平沉默片刻，说出了自己的结论：“你肩背先天不足，弃枪从弓怕是没什么出路。”

对方轻描淡写地啐出一口毒液，肖南回深吸一口气，挤出一个微笑。谁要弃枪从弓？啊呸！她才不稀罕呢！

“行与不行，试过才知道。”说完，她拎起那把弓准备趁此机会溜之大吉，鹿松平的声音冷不丁又响起：“等一下。”

肖南回方才褪下些的冷汗又冒了出来。这人也太难缠了，她本以为陪聊这么久，这一篇也该翻过去了。

她立在门口，时刻准备夺门而出：“鹿中尉还有何事啊？”

鹿松平露出一个皮笑肉不笑的表情：“右将军不是来商讨那刺客的事吗？”

肖南回愣了一会儿才反应过来，对方是在重提她先前被岔开的话，一时琢磨不出他的心思。

“鹿中尉可是有察觉什么异动？”问完她又担心说得不够具体，当下又补充

道，“那刺客很可能同白氏有勾结，我担心——”

“白氏女的事，右将军大可不必担忧。白氏所在别馆就在营地内，黑羽营最善布暗哨，只要愿意，便是连只苍蝇也飞不进去，右将军先前在天沐河古道当中也是见识过的。”

这轻描淡写的两句话直接令肖南回呆愣在原地，甚至连对方语气中的挖苦、讽刺也无暇顾及了。

黑羽营竟然直接用营地将白允所在的别馆围了起来？！难怪昨日出了那么大的事，整个焦松却并无多少慌乱，原来早已将这步棋下好了。只要白允这枚白棋还被围困在黑棋之中，那么早晚会有白棋来救，黑棋要做的不过是据守一方，静观其变罢了。

回过神来的肖南回莫名有点儿气愤，早知道是对方一句话的事，她何苦还在这破烂堆成的案子上翻那么久？！

望着鹿松平那张无辜中透出几分阴险的脸，她突然觉得对方可能从进帐子的那刻起就知道她的目的，却偏偏要兜一个大圈子瞧她在这儿费尽心思地自圆其说。

她有些咽不下这口气，然而鹿松平似乎并不打算给她扳回一局的机会，直接开口赶人了：“右将军还有何事？”

肖南回不肯认输，手一翻，顺走箭筒里的三支黑羽箭，义正词严地说道：“借三支箭一用，鹿兄莫要小气。”说完，她担心对方又要出招，脚下抹油，化作一阵风迅速溜走了。

然而鹿松平并没有再开口，也没有追出去，他抬眼瞥了瞥门口毡帘上被带得清脆作响的玉钩，嘴角弯了弯，低头继续摆弄起弓弦来。

在军营中找一座别馆可比找一顶帐子要容易得多。可就算找对了地方，肖南回也不敢贸然上前。鹿松平的话还在耳边回响，她之前在岭西偷偷摸摸去找皇帝的时候，大腿上还被射过一箭。

四周静悄悄的，瞧不见半个巡逻的士兵，更瞧不见一丁点儿部署暗哨的痕迹。果真是鹿松平的手笔。

肖南回在半个土坑里蹲了一会儿，实在想不出什么好对策，只觉得再这么耽搁下去也不是办法，干脆起身走到明处。

她此时穿的是武卫便服，但头上戴的是正经武官才有的玄翎武弁，为的就是能在这军营地界走得顺心一些。

走了数十步，四周依旧没什么动静，别馆的灰色院墙就在眼前，肖南回有些忐忑，调试手中弓箭做了几个把式，一副要在此地演练的样子，又清了清嗓子开始酝酿：“此处甚是宽阔，当真是个习射的好地方。”

话音刚落，一旁树上的老鸹突然张嘴“啊啊”叫了两声，将她吓了一跳。

等了片刻，四周还是静无人声，肖南回觉得自己这此地无银三百两的演法透着一股愚蠢，可戏已经开了头，她不晓得周围是否有人在暗中看着，只得继续演下去。

仔细观察了一番那别馆的院墙，肖南回心中已拿定了主意。她将手中那张弓拉满，瞄准墙上的一处缺损，下一刻箭离弦而去，啪的一声打破了墙沿上腐败的白灰，射进了院子。

肖南回放下弓箭，又自言自语道："哎呀，这箭竟然穿墙而过了！要是伤到了人，这可如何是好？"

寒风卷起枯叶而过，树上的老鸹又"啊啊"叫了两声，随后便扑打着翅膀飞走了。最后一名"观众"也离开了现场，四周彻底安静下来。

肖南回转了转眼珠，也不知时机拿捏得是否正好，下定决心抬手将弓挎在身上，突然飞身上前，借着那院墙上的缺损一个翻身就进了院子。

墙内同墙外一样安静，肖南回蹲在墙根听了一会儿，发现外面无人追来，这才有些惊疑不定地站起身来。

这黑羽营的守备当真令人迷惑，先前她东躲西藏还被射了个透心凉，如今大摇大摆地翻墙进来竟然无事发生。

肖准昨夜是否来过这里呢？是奉命前来从正门进入的，还是也如她这般……肖南回不想继续猜测了，她强迫自己四处看看，想着无论如何还是眼见为实的好。

别馆入眼之处都是荒凉，庭院内光秃秃的，连一段枯枝、几根荒草都瞧不见，这番景象即便是在冬日里也是不多见的，想来是有人故意将庭院中的绿植、假山都移了去，为的是将房屋原本的格局显露出来，防止有人藏身其中，不易察觉。

肖南回顺着最近的廊庭走了一段，突然便停下了脚步。身后某处有清浅的呼吸声，虽然不是很明显，但逃不过她的耳朵。

下一瞬，一颗小石子啵的一声打在她腿后。她转过头去，便见一个只穿着中衣的奶娃娃正从不远处的廊柱后面探出个脑袋看着自己。

对方见肖南回转过头，连忙缩了回去，可头上顶着的小锥髻却从柱子后面支棱出来，好似一头蒜苗，瞧着有几分好笑。

这不是白氏女住的地方吗？怎么有个小屁孩？肖南回装作未见，转身要走。

啵的一声，又是一颗石子，这一回正正好好落在肖南回的屁股上。她猛地回头，对那始作俑者怒目而视。

那"蒜苗头"意识到自己暴露了，转头就要溜走。肖南回几个大跨步上前，一把拎住了他的耳朵。

"打了人就想跑，你是谁家的娃娃？怎么如此无礼？"

"蒜苗头"在她手里像条泥鳅一般扭来扭去，嘴里还硬气得很，磕磕绊绊地表达着自己的愤怒："坏……坏人，欺负小孩……"

这小屁孩岁数不大，脾气却差劲得很。他继续挣扎着，却无论如何也挣不脱。

肖南回邪恶一笑。她这手艺可是师承杜鹃，怎可能轻易让个小屁孩挣脱？

“怎么，只许你用石子丢别人，就不许别人还手了？我便就是欺负你了，你又当如何？”

话音刚落，一阵金石摩擦的刺耳声伴随急促的脚步声响起。

肖南回抬头望去，便见一名白衣女子穿着单衣赤着脚从廊庭另一端赶来。她的脚上挂着沉重的锁链，方才的声响便是那锁链摩擦地面发出的声响。因为脚上沉重，她走得有几分踉跄，饶是如此，她面上依旧没有太多狼狈，仿佛肖南回手里拎的并非她的什么人，就只是一根蒜苗。

“蒜苗头”一见救兵，便扭得更欢：“阿姊救我！她……她欺辱我！”

“阿岂，休要胡闹。”女子淡淡地唤道，声音虽不怎么严厉，但那孩子已瞬间收敛了撒泼玩闹的性子，泄了气的皮囊一般挂在肖南回手上。

肖南回本就没想为难一个小孩子，顺势便松了手。那孩子低着头走过去牵住女子的手，另一只手揉着自己发红的耳朵，偷偷冲她龇着牙。

可肖南回此刻完全没有搭理他的心情，她的注意力都在白衣女子身上：“白姑娘，好久不见。”

白允那双迷蒙的眼轻轻地扫过她的脸，似乎有一瞬间的疑惑。

肖南回紧绷的敌意突然就有种无处发泄的感觉。对方没认出她。

“在肖准的帐子里，我们见过。”她忍不住出言提醒。

白允脸上的那份迷茫终于褪下一些，又变为冷冷清清的样子。

“罪女见过将军。”尽管是在行礼赔罪，但她那姿态没有半点儿放低的意味，“我阿弟年纪小，前阵子刚没了奶娘，越发任性。是我疏于管教，将军要罚便罚我吧。”

没了奶娘就如此混账，以后要是没了亲爹，岂不是要成混世魔王了？肖南回心底有点儿不舒服，也分不清是为这句话不舒服还是单纯不喜眼前这个人：“是他顽劣，我罚你做什么？”

“他如今已有六七岁的年纪，心智却还同两三岁幼儿一般，话都说不明白，道理更是讲不通，将军便当可怜可怜他，饶他这一回吧。”

这话倒是令肖南回有些意外。

如今白鹤留的两个儿子都战死沙场，唯一留下的这根独苗竟还是个傻子。此刻她若是执意怪罪，倒像她没度量了。

“此事我就不追究了。”

每在这女子面前多待一刻，她的心就多难受一分。肖南回决定开门见山地表明自己此行目的：“我且问你一件事，我义——”她顿了顿，调整了一下称呼，“青怀侯肖准，可有来找过你？”

听了这话，那白允明显顿了顿，但最终还是平静地摇摇头："未曾。"

对方不答还好，答了肖南回就更不信了："当真从未来过？"

白允不说话了。

肖南回心头突地蹿出一股火。如果白允此刻大大方方同她讲个清楚明白，她或许还能敬这白家人有点儿骨气，可对方这副受了天大委屈却屁都不放一个的样子，实在是令人瞧着恼火："你不愿说就算了，我亲自去问他好了……"

那白允听了这话，神情终于有些松动："你要去哪里？"

肖南回抱臂而立："我既然进来了，那便想去哪里就去哪里。"

空气中有一瞬间的凝滞，两个女子相对而立，谁也不肯退让。

良久，白允的面色恢复了从前的清冷孤傲。

"将军是要去找这个吗？"她从宽大的衣袖中取出一支眼熟的箭来，"将军一箭射进我的院子，不过是要寻个借口名正言顺地进来。现在我将这支箭双手奉上，将军便没有理由继续待在这里了。"

肖南回心下一颤，几乎无法相信自己反复遮掩的用心竟如此轻易就被揭穿了。她强撑着面子，声音却不自觉地有些心虚："一支箭而已，我若不取，你又奈我何？"

"黑羽箭是当年朔亲王为近卫所制，如今更是黑羽营中独有，便是当差借来用，少了一支也不好交代，何况出现在逆臣贼子的院子里。将军若是不怕为侯府惹上麻烦，便将这支箭留在此处。"

对方字字轻如柳絮，落在肖南回耳朵里却似雷公在挥动手中的大锤。黑羽箭是肖家父子所造，她身为肖府中人都不知晓，眼前的女子却知晓。可凭什么？她明明已经背叛了肖准，背叛了天成，有何脸面在此替侯府忧心，为肖准担心？

肖南回的怒气几乎一瞬间便冲上了脸，再懒得粉饰太平，她几乎是脱口而出："黑羽箭如何、肖家如何，与你又有什么关系？！你害他一次还不够，还要害他第二次吗！"她是常年上战场的人，这几句话不自觉地便带了些杀气。

白允身边那个"蒜苗脑袋"起先一直低着头啃手指，此时被吓得"哇"的一声哭了出来。

白允见状并没有去哄他，似乎早已见惯了这样的场面，只半蹲下身子，用自己的衣袖去擦那娃娃脸上的眼泪，一边擦一边喃喃自语，不知是说给谁听："怎么会，怎么会……我怎么会害他呢？"

肖南回在一旁冷眼看着，对那女人嘴里说出的话一个字都不信："把箭还我，我懒得在你这儿多待。"

白允却似乎改变了主意，起身定定地瞧着她："将军方才一箭便将墙上的缺损处贯穿，力用了十成，却只入了木栏三分，可知是为何？"

肖南回本不想搭理对方，却不知为何想起了自己曾与肖准的赌约，下意识地开口道：“箭过石墙有所磨损，力道自然会减弱一些。”

“非也。黑羽箭当初为了稳定箭矢破风的力度，特意加长了箭铤的部分，却使其准头多有不足，须得良弓做配。”她边说边向肖南回伸出了手，“将军射我一箭，我还将军一弓。将军可愿借弓一用？”

先前战场哨塔上那一箭还历历在目，肖南回心知这女子是射箭的个中老手，绝不像看上去那样柔弱无害。理智告诉她，她不该顺着对方所言轻易递上武器，然而此时此刻她有种赌气般的执拗。

肖南回将背上的弓递给了白允。

女子纤纤细手轻轻握住弓臂，对着她绽开一个没有温度的笑容：“将军且看清楚你和我的区别。”

肖南回愣在那里，只定定地看着那白衣女子行云流水般抽箭、搭弓、瞄准、射出，速度快得惊人。

这是她第一次近距离看到白允射箭的模样，那是极为罕见的反手小架射姿，同肖准射箭的样子一模一样。

漆黑的箭矢从银白的弓弦上飞出，擦着肖南回的耳侧而过，似一条灵蛇一般钻进百步之外廊庭上那镂花的细孔，钉入树干时力度依然不减。

那张弓不过七八斗的拉力，射出这样的力度只说明，箭矢穿过细孔时没有半点儿摩擦减损，可谓一击而过，干净利落。

“这是白角弓，本就出自我手。你用不惯，也是常事。”

对方每说一句话，肖南回都感觉自己心里的某座殿宇坍塌了一角。她望着那把弓臂磨得发亮的白角弓，突然觉得浑身发冷。在记忆深处的某个角落，她曾经见过这样的弓箭，弧度纤细、优美，设计简练、精巧。

可惜她从前心思不在弓箭本身，一心只想着完成约定，根本没注意过那弓的细节。那把不准旁人触碰的弓、那把被当作赌注的弓、那把终究不属于她的弓，它挂在肖准房间最里面的墙壁上，多年无人使用，已暗淡了许多，但如果能有一块软布蘸上细粉好好擦一擦，她应该能看到那弓的弓面好似一弯皎洁的新月，正是白色的水牛角制成的。

黑羽箭、白角弓，它们本就是一对啊。

第一百零六章

烟花送流水

肖南回从小接受的都是行军打仗的训练，杀敌时若用弓箭便都是重弓，只有一石拉力以上的弓才能穿甲而过，射杀敌人。像白允手中这样纤细轻巧的弓，她连碰都没碰过。

她是肖准一手栽培的。除了枪法，很多摔打招式、刀剑用法，都是肖准亲自教的。但唯有弓箭，肖准是找了别人代劳的。她见过几回肖准反手射箭的样子，便央求要学，却总被他三言两语化了去，再问，对方的脸色便不甚好，她只得知趣而退。

肖准为什么不教她射箭呢？这个问题曾经困扰了年少时的肖南回很久。现在，她终于有了答案。因为白允射箭是肖准教的。

同样是十几岁的少女，教她射箭是否会令他想起以前的白允呢？又或者说，他是否一直或多或少在她身上找着过去白允的影子？只是，她终究不是白允，而且随着年纪的增长越发不像了。所以肖准疏远了她。

可笑她全然不自知，一味做着无用的补救。回想过往每个殷切的期盼、卑微的迎合，肖南回心间都是火辣辣的痛。她自以为在岁月征伐中磨炼出的尊严坚不可摧，如今却不过在顷刻之间便丢盔卸甲，溃不成军。

再次抬头望着眼前的人，她的目光突然就定在美人乌发间插着的那支簪子上。那其实都算不上簪子，只是半截木枝，枝头还有已经干枯的花朵。

肖南回的注意力就在那些花朵上。先前只是匆匆一瞥，她只道是寻常的枯木枝，可现在细细想来，这庭院中连一株枯草都没有，又怎会有枝条呢？尽管那花枝已经枯萎，但她就是能看出来那些花朵鲜活时的样子。因为那样的花见过一次便不会忘，她在夙平川手里见过、在肖准的衣服上也捡起过——映水重楼。

肖准是去过小梅庄抑或是烜远王府都不重要了，重要的是，白允被禁足在此，总不可能是她叫人采来，只有可能是出入这里的天成人带来的。

那个她寻觅已久的答案此刻就在眼前。

肖南回死死地盯着那半截花枝，眼睛中仿佛能沁出血来。

她那可怕的眼神引起了白允的注意，白允微微侧过头，瞧见她视线的一瞬间便明白了什么。

美人那向来冷清的脸上突然就多了无法掩饰的慌乱，她用手胡乱地扯下几缕青丝遮住发间的木枝，嘴唇哆嗦了一下，用近乎哀求的姿态看向肖南回，声音低到尘埃里：“求求你，求求你不要……”

这一瞬间，肖南回突然从自己无法抑制的情绪中抽离，有些说不出话来。方才她脸上的表情一定很可怕，是她向来最讨厌的那一种——嫉恨的、阴暗的、欲求不得便想要将一切都撕碎的恨意。她从来没想过，对肖准的情感有一天会令她成为她最讨厌的样子。她从小立志习武，拿起兵器，是为了保护弱者。可不知从何时开始，她竟成了想要仗着形势欺压别人的人。

别馆门庭处传来巡视守卫的动静，脚步声越来越近，白允的脸苍白得像一张纸，希望自这具躯壳中渐渐流走，她整个人的背脊都不自觉地塌了下来。

肖南回瞧着眼前的女子，心终于慢慢平静下来。

白氏曾经也是名满一方的望族，过着受人尊敬的体面生活，可如今沦为阶下囚，被发跣足地活在这牢笼之中，连一朵花、一只鸟都看不到。那梅枝早已失去了鲜活，她却舍不得丢掉它，还将它小心地藏在发间，生怕有人将这属于她的最后一丝温暖也被夺了去。那是属于她和肖准之间最后的一点儿联系。这般心境，肖南回能够体会。

人与人之间的羁绊需要多少年才能结下，又需要多少年才能解开？肖南回不知道。但她知道，是她自欺欺人高估了她与肖准之间的羁绊。

肖准年年陪她赏花，只是从没送过她花朵。

金茶梅不好看吗？好看，只是比不上映水重楼。

肖准对她不好吗？好，只是没那么好罢了。

守卫的脚步踏上廊庭的那一刻，白允颤巍巍地抬起头来，才发现那持弓而来的女子早已消失不见。

二月算不得赤州早春的开端，却实实在在是寒冬的尾声。

前几日还积得很厚的雪现在已化作水汽，将土地浸润成不见边际的黑色。

吉祥的脑袋贴着地，鼻子呼哧呼哧地冒着热气。它仔细嗅着潮湿枯树枝中有无新生蕈子的味道，一路从树林走到了冰面刚开始融化的小河边。

河面已开了小半，不断有坍塌的冰层落入流动的河水中，翻滚了两下后便消失不见。

肖南回静静地看了一会儿，纵着吉祥涉水而过。冰冷的河水打湿了她半条腿，吉祥也跟着打了个哆嗦。她将手缓缓伸入衣襟，摸出一张薄薄的名帖。

这名帖是焦松听风楼鲈鱼宴的座席帖。今晨出门的时候，她特意将一早准备好的另一张名帖放在了肖准的案子上。

焦松县最有名的酒楼是听风楼，听风楼最有名的菜肴是橘酿鲈鱼羹。眼下并非吃鱼的最好时节，但焦松的玥河常年不冻，能比江北等地早一个月吃上鲈鱼，且此时节鱼的肉质比夏季更加甘甜、细腻，配上深秋藏下的橘酿，虽比不得宫中御膳，却也是难得的美味。

每年二月来听风楼吃鱼羹的客人常常要从前一年入冬前开始约，来年凭着请帖才能入楼吃上这道菜。肖南回自然是没有这个先见之明的，她是听闻祭典要在焦松县举行后特意求姚易从别人手上买来的帖子，为的就是能同肖准一起吃顿饭。他们已经很久没在一张桌子上吃过饭了。她把杜鹃和陈叔当家人，但席间肖准的位置对她来说总是特别的存在。肖家家训严厉，和肖准在一起用膳，气氛总是沉默的，即便如此，她也感到十分满足。

听风楼的帖子订的是今晚的席位，姚易吹嘘说是位置极佳，能看到玥河河畔最好的夜景。肖南回甚至为此特别准备了一套衣裳。然而时至今日，她一点儿也不想回别馆换衣裳。她不想去任何人多的地方、看见任何人，包括肖准。

从黑羽营出来后，她回光要营领了个差事，纵着吉祥在荒野中游荡着，晚上随意找了户农舍歇下。次日天还没亮，她便走到屋外，一直坐在柴火堆上，望着天边，直到太阳升起。

肖南回人生中只正经看过三次日出：一次是在今天，一次是在宿岩，一次是在白耀关的沼泽地中。

白耀关寂静无声，充满死亡的气息，即便是在生死关头，看到太阳升起的一瞬间她便轻易获得了力量。

而这一次，身处安逸温馨的农舍，她却再也无法重归平静。她回忆起过去的许多事情，肖准的身影穿插其中，似乎还历历在目，却又模糊不清。

不远处越冬的羊群带着臃肿的毛挤作一团，远看像荒原上还未融化的雪，零星有几只山雀在羊背上蹦着，叽叽喳喳，显得分外热闹。

太阳爬上中天的时候，肖南回终于从柴堆上站起来，为那农户留下一点儿碎银后便牵着吉祥离开了。

今日是三日祭典的最后一日。

按那礼官发放的流程帖上所写，今日昏后，皇帝会在玥河上举行送神的祭祀大典，随后在河畔宴请百官。肖南回是百官之一，无论如何都是要到场的。

长宓台上请神来，玥河河畔送神去。玥，意为传说中神明的右眼。玥河，便是神的眼泪汇聚而成的河流。

礼官们将这一日视为整个祭祀大典的终篇，无不竭尽全力、耗尽心血地布置

每一处细节，甚至短短几天内在河面架起了一座高台，为的便是能俯瞰河流西去，目送神明归位。

那座高台正对着新修葺的黄石古桥，傍晚霞光四溢，入夜月色流淌，也算担得起“送神”的重任了。

不同于长恣台平地高耸，只可仰望，不可俯览，玥河两岸楼阁无数，其中又以听风楼最高，不仅能将河景尽收眼底，更能围观祭典。送神祭典过后，皇帝于高台上宴请百官也有与民同乐之意，是以并不会特意驱逐人群。

祭典上，皇帝会亲自从高台上将五色米、七色帛、两色铜铁撒入玥河之中，祈祷来年五谷丰登、风调雨顺、兵强马壮，而下游的百姓会自河中捞起这些东西，摆放在家中辟邪、祈福。

玥河河畔最高的楼要数听风楼，远远望去好似一座小木塔，足足有五层高。申时未至，楼中便已层层都挤满了人，然而唯有持鲈鱼宴宴帖的贵客可独享一间厢房，算得上一金难求的美事。

霞光渐暗，玥河两岸灯火璀璨，若非河水冰冷，人们恨不能跳到河里去看热闹。然而此时若是有人抬头望望，便能发现那听风楼各扇小窗透出的一片光亮中，唯有一扇窗暗了下去。

肖南回吹灭了手中的烛火，在空荡荡的厢房内发了一会儿呆。良久，她从那方才做好的一桌佳肴中间拎出一坛酒，顺着半开的小窗翻出去，又沿着斗拱飞檐而上，直到坐在听风楼楼顶的瓦片之上。

看热闹的人群目光都集中在玥河的高台之上，没有人注意到她的身影。

角兽拱起的背被月色照亮，同不远处的玥河河面连成一片，像方才跃出河面的水兽。河水的腥气夹杂着祭典上燃烧的兰草灰飘洒在风中，令人有种时冷时热的错觉。

她还记得在穆尔赫攀爬凭霄塔时的感受，穿过云层的那一刻，世界在她脚下是如此安静而驯服，似乎就连心中最烦忧之事也能轻易看破。

喧闹的人群不断传来阵阵欢动，人们将前日未能在长恣台前发泄的热情全部倾泻在玥河之上。皇帝在参拜神明，而他的子民在参拜他们的帝王。帝王祈求山河永固，子民祈祷家宅平安。

只可惜对她来说，不论是“山河”还是“家宅”，她其实都不曾拥有。抽离感越发强烈，她只觉得眼前的一切都离自己十分遥远。她以为自己早已不再属于岭西宿岩，可此时此刻她又觉得自己似乎也不曾属于赤州。她与赤州、都城、中原之地的联系只有肖准，如果肖准否定了他们之间的关系，她是不是便与脚下这片土地毫无瓜葛了呢？

河畔人群中又是一阵骚动，突然有人欢呼起来，随即那欢呼声像涟漪般扩散

开来，在河两岸掀起声浪。

肖南回顺着高台望去，只见一串串光点在祭祀礼官的队伍中升起，随即飘向河面上空，转瞬间爆出一朵朵炫目的花火。

竟然是烟火。

肖南回瞪大了眼。她回想晨起那礼官送来的帖子，怎么也记不起来上面写过祭祀典礼中还有燃放烟火的环节。

天成的烟火是在爆竹的基础上改制的，燃放时须得放在天灯上，待计算好时辰的引线燃尽，便会在半空中绽开一朵朵花火。只是烟火是守岁时才会燃的，从未听说过祭祀大典上也会燃放。

数不尽的天灯被依次送上半空中，借着东风沿着蜿蜒的玥河向西而去。明明灭灭的烟花绽放，照亮了河面。肖南回的眼底被黑夜中一道道火光映亮，耳边充斥着热闹喧嚣的人声，她的脸上露出短暂的笑容。

这是她从碧疆回赤州后最开心的一刻，没有诸多烦忧、算计，只有简简单单的快乐，是她曾经以为最容易获得的那种快乐。

为什么喜欢烟花呢？

小的时候是因为喜欢热闹。肖府人丁稀少，逢年过节总显得孤寂、冷清，而烟火和爆竹一样，可以瞬间驱散府里那经年不散的寂静。后来等到再长大一点儿，她才有些懂得喜欢烟火的真正缘由。

花期再长的花朵，终有凋谢的一天。而烟火虽然短暂，却热烈，快到让人看不到衰败的一瞬间。她是个不喜离别的人，只有烟花可以令她不留遗憾。如果可以，她不会许愿希望自己获得永生或长寿，她只愿如烟火一般，一生中用尽全力地活过一次，那至死便也没有什么遗憾了。

不远处，燃烧过后的炽热星火从半空中缓缓坠落，最终落入奔流的玥河之中，腾起一阵雾蒙蒙的青烟。

世人惜花、爱花，叹花之短暂，不可长久。而流水西去，又何曾有人悼念、缅怀？肖南回举起手中的半坛酒，轻轻浇在脚下的琉璃瓦片之上。

不论是烟花还是流水，终究都是留不住的东西。她突然有些明白那日在梅府中听得的一番话，心中惜别之意骤浅，而释怀之意绵长。

今夜，就让烟花送别流水一程，悼念她心底失去的东西。

不论肖准与她的关系将往何处去，肖南回的内心已经知晓，从今往后，她只能是一个人了，抑或者，她从来都是一个人。

第一百零七章

明月下西楼

最后一点儿烟火陨落，整个玥河上空弥漫着一股淡青色的烟雾。

祭典已经接近尾声，皇帝携众礼官退居高台上座。

高台上灯火变幻，无数宫人执花灯而入，将正中方圆相嵌的祭台照亮，随后便有戴着木质面具、身着七彩羽衣的伶人入圆中站定。乐师围坐在圆外的方池之中，以鼓、龠、大竽、匏笙演奏，为即将上演的傩戏铺垫前奏。

傩戏古来是祭典上用来表现神明驱逐疫鬼的舞蹈，如今随着编排演绎，大多有了些情节，是极具观赏性的祭祀舞戏。

而今傩戏作为祭典的终篇，也是百官入席的信号。

候在高台两侧石舫上的文官武将们纷纷挪动脚步向着高台而去，躲在听风楼包厢里的肖南回却不想挪地方。

按照原本的安排，她此时和肖准应当已经酒足饭饱，随着那人群步上高台了。

左手将空酒坛扔到一旁，肖南回又抓了一把糖酥花生，告诉自己，吃完这一把，就得立刻、马上、片刻不得耽搁地下楼，去高台上和众人会合。

百官宴没有百人也有数十人，一眼望去，恐怕也分不出谁到谁未到。可座席是对号入座的，她若不去，光要营的席间便会出现一个缺口，到时候皇帝要是较起真来，她又会吃不了兜着走。

捏花生的手一顿，肖南回面上突然有些不自在起来，她撑起一只手，透过窗棂的缝隙向着河面上的高台望去。

他们之间隔了数十丈远，中间还挤满了纷杂吵闹的人群，可她还是一眼就瞧见了他。

整个祭台上的灯火都围绕着他，他换了青白相间的礼服，头上是摇曳的九旒冕，整个人席地坐在正中铺就的绣锦丝毯上，巨大的藤蔓旋花图案在他身下向着四周蔓延开来，像一朵平地绽放的巨大烟花。

空气中的青烟还未散去，但肖南回觉得她几乎可以瞧见对方脸上每一个细微的神态、每一次暗流涌动的抬眸。她一时挪不开眼，待终于微微转开视线，方才

注意到他身旁坐着的人。

那是个珠帘遮面的乌发美人，同他一样穿着青底白纹的华服，颔首间脖颈连着胸前那片肌肤露出一点儿雪白，亮得刺眼。她安静地坐在帝王的身侧，像一只依附在莲花旁的白鹄。

肖南回手指尖捏着的花生不知何时已经碎了。她已经习惯在他身边看见丁未翔的身影，却几乎从未见他身边有过女子。时间久了，她竟忘了他帝王的身份，他本就该是鲜花锦簇、蜂蝶环绕的。

可不知怎的，心头竟突然有些憋闷，眼前猛然闪过前夜在行宫内的经历，肖南回霍地站起身来，脚下踉跄着退了半步，一不小心撞上身后的条案。条案上新插的梅瓶跌落下来，啪的一声摔得粉碎。

盯着那一地狼藉，肖南回一时间愣怔，不能回神。她慢慢抬起一只手拍了拍胸口的位置，她的心还好好地待在那里跳动着，可又似乎生病了一般有些怪怪的。

一阵脚步声在厢房外响起，打断了她的心绪。她以为是听风楼的小厮听到动静前来探查，正有些尴尬要如何解释，又有些担忧那梅瓶价值不菲时，小厮的声音已在门外响起："客官，有位客人说要见你，不知客官方便否？"

肖南回愣住了，厢房里安静了片刻。是肖准吗？他不是……不来了吗？

远处河面上传来伶人唱戏的声响，戏文正唱道："从此无心爱良夜，任他明月下西楼……"

她突然有些不知所措，不知该如何面对此刻门外站着的人。

那小厮许久未得回应，正要带来人退下，肖南回连忙开口道："进来吧。"

小厮应下，为那人撩开了厢房外的竹帘。

一阵窸窸窣窣的衣料摩擦声过后，便是软履踏在木板上的声音。

奇怪，这声响听着有些短促，不像肖准的脚步声。

"肖南回。"女子的声音隔着屏风响起，下一刻，屏风上映出一道纤长的影子，那影子绕过廊柱从暗处走来，赫然是一身麻衣的白允，"他不会来了。今夜要找你的人是我。"

女子走到光亮处，身上隐隐带着血迹，不知是自己的还是旁人的，只有那双眼睛映出窗外的灯火，似有火焰在其中燃烧。

肖南回难掩震惊，一低头发现对方脚上的镣铐已不见踪影，更是警铃大作："你是……你是怎么出来的？！"

白允没有打算瞒她，抬手从发间抽出那支枯梅枝做的簪子。

肖南回这才发现，簪子藏在乌发中的部分竟被仔细雕琢成了钥匙的形状。

"他们知道我的能耐，所以搜走了我身边的一切铜铁，我花了些功夫才用木头磨出了形状，却是直到今日才知道行得通。"

肖南回望着那细弱却发挥了可怕作用的梅枝，仿佛在看眼前这柔弱却令人害怕的女子。

昨日她出现在别馆是个意外，但在那短短的一瞬间，白允已想出利用她同情心的法子，轻而易举将她骗了过去。

她沉默间，白允竟已察觉她所想，轻轻笑着："你不必气恼，我利用了你的同情是真，珍爱这梅枝却也是真。"

好个玲珑心窍、杀人不见血的冰美人！肖南回眼神透出冷意，手覆上腰间别着的匕首："我不是我义父，他会对你手下留情，我却不会。"

"怎么？要杀了我吗？"白允的神情依旧淡淡的，她似乎一点儿也不害怕肖南回会当场将她擒下，"杀了我，你会错失很多秘密的。"

肖南回的动作果然顿住。她自然没有什么秘密可供人拿捏，可她想到了肖准。

"你是他收的义女，多年来应当同他上下一心。我且问你，你愿意为他做到何种地步？"

对方话未说尽，肖南回却从这话中听出了些别的意味。

收复碧疆是件难事，但他们已经做到了，剩下的便是肖家疑云。灭门案一定事关重大，不论是揭开真相抑或是伺机复仇都非易事，她从懂事起就明白这个道理。可她愿意为肖准做到哪种地步呢？

这么多年，她从未想过这个问题。她只是尽力去做，却不知道到了生死大义的关头，自己究竟会坚持到几分。

她想到那日在梅府梅樵反问过她的话："若我要你叛国谋反，亲手杀死心爱之人，你也愿意吗？"

肖南回脑海中反复翻滚着这句话，一时无法给出答案。

窗外又传来人群欢动的声响，高台之上的傩戏已进入高潮。伶人挥舞着缀满铃铛的青铜剑，起落间劈开了象征着圆月的玉盘，盘中珠玉瞬间四散开来，叮叮当当地落在地上，引得高台下围看的人群惊呼哄抢。

"你怕了？"白允的声音在嘈杂喧闹的人声中显得忽远忽近，"真是可惜，我本已打算将真相告知你了呢。"

真相？

"什么真相？"

耳边的喧闹渐渐化作耳鸣，肖南回感觉自己仿佛身处一口棺材中，心口憋闷不已。长久以来埋伏在黑暗中的那颗种子此刻似乎突然开始躁动、萌发，挣扎着要破土而出。

"你难道不想知道那年春猎究竟发生了什么吗？"

天成绥元三十九年的春天，肖家突逢变故的那个春天。

肖南回不明白为何有人可以一边做尽残忍之事一边装作无事发生过的样子：“是你们白氏谋反，残杀黑羽、肃北守军，又恐朔亲王带兵追上，于是痛下杀手——”

她的话被白允的笑声打断了。那笑声中没有笑意，有的只是凄厉和绝望。

“好一个白氏谋反、痛下杀手！”白允瞬间收敛了笑，死死地盯着她的眼睛，“你可有亲眼所见、亲耳所闻？那提笔写下这段史书的史官可有亲眼所见、亲耳所闻？！”

理智告诉肖南回，眼前的人疯了，可内心深处的某个角落不由自主地想要知道那个所谓的真相和答案。

“我这人不喜同人兜圈子，你若知道些什么，当下便讲出来，否则我便当你在这儿胡言乱语。”

“你可想好了？如今知晓这件事的，除了我与父亲，便是做下这件事的人。你若知道了，便要做出选择，是与肖准一起，还是抛弃他，做他的敌人。”

许久，肖南回深吸一口气：“我无法对你做出那种承诺。便是义父此刻站在这里，也一样无法应允你的要求。”

白允渐渐安静下来，她眼角的那颗痣活了一般，衬得她有种凄绝的美：“你果然是他教出来的，就连性子也与他一模一样。”

肖南回同肖准像吗？似乎是像的。但肖准经历过的事，她并未经历过，他们又注定是不同的。

“如果你口中所说的真相并非虚妄，又为何不同我义父说明，非要在这里同我打哑谜？”

白允半垂下眼帘，声音轻轻的：“若是当年，我一定拼死将真相告诉他，只可惜这么多年过去，他和这里的牵绊已经太深，我不忍心看他受折磨。但是你不一样。”顿了顿，白允一字一句地道，“你本就不属于这里，难道不是吗？”

此话一出，肖南回便感觉自己像被人刮去鳞片的鱼一般，赤条条地站在那里，连最后一丝尊严也被剥夺殆尽。她咬紧牙关看向眼前的人：“你究竟要我做什么？”

窗外的高台之上，傩戏已近尾声。

伶人手中的彩旗经幡上下飞舞，象征着火神的大祭司吐出一团团火焰，炙热与艳丽的色彩将夜色搅得一团迷乱，鼓点密集如骤雨，金鸣之声不绝，带着寒光与杀机，震荡四方。

不知何时，白允的身形已离她不过几步远，近到她可以清晰地看到对方脸上那毫不掩饰的恨意。

“你且看清楚，当年欠下肖家血债，害我白氏一族颠沛流离、至死不得魂归故里的人，如今就坐在那高台正中灯火最亮的地方。”

顺着白允的目光，肖南回缓慢地望向高台上的身影。其实她不用看，也知道此刻最显眼的那个人是谁。

他依旧安静地坐在那里，身上的青白两色被灯火映照出一团团的光晕，令人想起北地那绵延不断、圣洁而受人尊敬的雪山。他是这场大戏的主角，却仿佛四周的喧闹热烈都与他无关。

高台上的伶人飞速地旋转着，彩衣开出一朵朵绚丽的花。

“我要你杀了他，杀了他就能为肖准报仇。”

金鼓之鸣骤停，旋转的伶人随之定住身形，将手中还滴着鲜血的岩羊心脏高举过头顶，匍匐着进献给主位的方向。这是所有祭祀的核心——牺牲。

鲜血滴在洁白的丝毯上，淌出一道道血痕，像是预示着即将有一场杀戮在此上演。

帝王缓缓地起身，衣上的绣线随着他的动作滚动出一波波弧光，他伸出手指蘸取了那一点儿鲜血，在大祭司的额头上写下古老的符号。

肖南回一动不动地盯着那道身影，指尖不自觉地攥紧。

怎会是他？怎能是他？那双手上沾有肖家人的鲜血吗？可是……十数年前，那时他还没有继位，一个无权无势的皇子怎么可能同那样的事有关联？

她坚信自己的推断，笃定道：“天家的事怎能算在一人头上？”

“为何不可？！夙氏降灾祸于我族人的时候可有算过其中的分别？！”

肖南回哑口无言，但她还是无法就这样放弃：“他和其他人不同……”

白允的动作突然便停住了，她定定地瞧着肖南回，那双秋水般忧伤清澈的瞳仁里多了些疑惑。

“难道你对他……”顿了顿，她眼中的疑惑渐渐变为肯定，“你喜欢他。”

这轻飘飘的一句话，瞬间令肖南回血冲天灵盖，整个脑袋嗡的一下，连脱口而出的辩驳之词都磕巴起来：“你……你胡说什么？！”

白允瞧着眼前人的反应，觉得有些好笑：“我只是随口一说，没想到现在看来倒是真的。”

肖南回心乱如麻，她觉得今晚自己出现在听风楼或许就是个错误：“你私自出别馆，已经是重罪。你若不想连累义父，便随我回去向督军禀明情况——”

“肖南回，”对方突然唤了她的名字，“我改变主意了。”

下一刻，白允突然便贴了过来。

肖南回能闻到她身上有股令人迷醉的香气，随着说话间气息流转在她耳畔涌动。

“我帮你一个忙如何？”

“什么忙？”

肖南回本能地想要躲闪，白允却已抽身退开：“帮你看清楚，你心里的人究竟是肖准还是现下坐在主位上的那个男人。”

话音未落，肖南回便觉眼前一晃。

对方的动作很快，脚下一个回转便已到了她身后，身法绝妙而老练，绝非常人可以企及。

肖南回本就心神大乱，等反应过来，转头望去时，只觉得心头一滞。她那张立在身后角落的白角弓已落在白允手中。女子纤纤玉手拂过那弓弦，眼中一瞬间略过决绝之色，随后五指微张，一道黑影自她手中滑出，已稳稳地架在弦上。

意识到她要做什么的一瞬间，肖南回如坠冰窟。

她要弑君。

白允的脸上又挂上了笑容。她像一个缠绵床榻、饱受折磨的病人，在这一刻终于得到了解脱。

弓弦拉紧的声音被淹没在窗外人群的欢呼声中，细白的指尖无声地松开，弓弦在月光下弹起一阵灰尘。一切慢得好似静止了一般。

肖南回的瞳孔骤然收缩，身体如同那弦上的箭一般蹿出，扑向那道立在窗边的身影。

可终究还是晚了一步，那支纤细的黑羽箭已然离弦。箭矢化作一道黑影钻出窗棂，刺破寒冷的空气，向着高台之上的帝王飞去。

第一百零八章

牺牲（上）

天成灵微十六年二月初二，白氏女刺王于玥河之上。是夜，帝行宫掌灯通明至晓光之时，星月为之隐耀。

而彼时的肖南回正望着漆黑一片的夜空发呆。

不同于晦日祭那晚的幽暗，今夜的帝王行宫内灯火通明，却气氛肃杀。火星四溅的篝火架将整个内庭照得通亮，刺目的红光遮蔽了天上的星星，越发显得夜空漆黑、压抑。

她跪在冷硬的地面上，手被缚在身后太久，已经麻木、僵硬，她也没有察觉。她的思绪还停留在一个时辰前。当她从白允身上爬起来向听风楼外望去时，整个高台上已乱作一团，一片地动山摇、日月颠倒的景象。

四散奔走的人群冲翻了围在河岸的木栅栏，有人跌落水中，有人被踩在脚下，哭喊惊叫声不绝于耳。这声音此时还停留在她耳朵里，赶也赶不走。

有人从身边走过，碰撞着她的身体。眨了眨眼，肖南回的视线对焦在眼前。

惊慌失措的伶人们正抱作一团，涕泪将他们脸上的脂粉油彩冲得一塌糊涂，好似今晚纷杂混乱的局面。

不断有鞫狱和廷尉司的人走来，将其中一两个提走问讯，为的是排除刺杀时内外勾结的可能。被带走的伶人们哭喊着，指甲在地面上抓过，留下一道道血痕。

不远处，高台上表演时用过的祭台和祭祀用具被掰开、砸碎，一一检查，那只在高台上被献祭的纯白色岩羊就躺在地上，四肢已经僵冷，被一刀砍下的头上还有未干的血，打横的瞳孔像两扇将开未开的门，直直地对着肖南回。

自古祭祀都会选择纯色的牲畜，并将它们称为牺牲。牺牲之中又以纯白色的牛犊、羊羔为上品。只因白色象征着纯洁，幼小象征着具有生命力，这向来是神最喜爱的馈赠。而传闻中，岩羊的双瞳可以连接天地两界，亦有人说，那其实是通往地狱的大门。

她伸出手，想把那双眼合上。

下一刻，一直紧闭的大殿殿门砰的一声打开，内庭的焦虑氛围随着冷风倾泻

而出。

等候多时的群臣一个个都低着头沉默不语，没有人敢在此时交头接耳。宫人、内侍、医官的脚步声混在一起，偶尔夹杂着几声单将飞的训斥，那声音处处透着一股紧绷。

从内庭飘出的每一个字、每一句话，她都听得清楚，可她的心已经乱成一团，完全无法分辨它们的意思，只觉得那些声音渐渐化作嘈杂的轰鸣声，在她脑袋里盘旋。

内庭回廊后走出一个熟人的身影，正是阴沉着脸的丁未翔。对方似乎往她的方向看了一眼，目光虽然带着怒气，最终还是移开，转身向厢房走去。

丁未翔没有冲过来一刀劈死她，是不是代表皇帝还活着？

她看见丁未翔手中拿着半支黑羽箭，那支箭的箭铤被快刀削断了，显然是丁未翔的手笔。

肖南回微微松了口气，随即又觉得不对劲。箭身在，箭头呢？她的心又开始左摇右摆，不安与焦虑像虫蚁一般爬满她的全身，撕咬着她的每一寸肌肤，想要往更深的地方钻。

又一队医官疾步从侧门而入，看着比前面几队医官的年纪都要大。白胡子老头们没有一个敢怠慢，一个个飞快地倒腾着腿脚，手中的医箱都快要脱手。

肖南回的心就跟那些摇摇欲坠的医箱一般，不知内里都装了些什么，只知道所有东西都上下颠倒、左摇右晃起来。她明明坐在原地，却觉得整个天地都在震动。过了好一会儿她才发现并非天地在动，而是她自己在颤抖。

就在她每时每刻都如凌迟般的煎熬中，残月已西斜。

冷风吹过神殿檐牙飞角之上的金蟾，吹响了蟾嘴中的铜珠，呜呜咽咽的声响在整个行宫回荡，仿佛哭丧一般。

吱呀，大殿正门终于缓缓打开，两侧宫人垂身而立，让出中间的甬道。

单将飞的身影缓步而出，半垂着眼，并不看那庭院中各色神情的脸：“诸位，陛下有请。”

因这一句话，内庭之中便响起一片此起彼伏的松气声。皇帝没死。只要皇帝没死，一切都好说。

肖南回也跟着松了一口气，冷不丁身后有人拎起她的衣领向前拖拽而去。然后她便看到白允被人从侧门押进来，双手双脚都戴了铁枷锁。她突然反应过来一件事，自己实在没有替别人担心的立场。如果不能自证清白，她就会和白允一样被归为乱党，到时候整个肖府都会被牵连。

大殿中温度很低，那只烧炭的巨大铜炉子消失了，取而代之的是那座眼熟的莲花刻漏。

群臣早已习惯这样的氛围，似乎只要那滴答声响起，所有人便瞬间回到了皇城中那悠长漆黑、不见尽头的元明殿。

不知是谁起了头，殿内群臣开始了对皇帝龙体安康的热切关怀。一轮你争我抢、前呼后拥的问安过后，场面再次冷清下来。

皇帝端坐在神像下，身前条案上燃着的香飘起一阵青烟，将他的脸笼罩在一片晦暗不明之中。他似乎是换了个姿势，一只手轻轻地支住额头："孤无碍，然而崔氏为孤挡了一箭，眼下正是性命攸关的时候，孤很是担忧。"

崔氏？肖南回突然反应过来祭典上坐在皇帝身边那个女子的身份，难怪她先前在听风楼远眺那道身影时觉得那样眼熟。

崔星遥，已故康王之女，那个寄托着族人满门期许、坐在锦绣堆成的轿子上被送入皇城的美丽女子，她是许束的心上人，也是皇帝的枕边人。

算上先前在阙城外的小山上，肖南回已经远远见过她三次，却没怎么将她放在心上。可现在，这个名字就像一瞬间刻在她脑子里一般，深刻到令她害怕。

大殿中不知是谁哽咽了一下，声音听起来格外刺耳。随即一名圆脸短眉、体态有些笨拙的文臣出列行礼，正是崔星遥的舅父、当今宗正余右威："老臣失态了，实在是突闻此讯心痛难自抑，但只要想到我这甥女能为陛下安危献身，臣亦倍感欣慰。只愿陛下福荫广博，能庇佑她渡此难关。"

余右威匍匐在地，双肩颤抖，似乎已是悲痛至极。神像下的皇帝轻轻摆手，示意他起身来："余宗正请起，崔氏静淑端丽、品行温良，孤已封她为淑媛。她命中当承这份福泽，定能逢凶化吉。"

余右威肥圆的腰身灵活地摇晃着，又行了一个大礼："老臣叩谢陛下圣恩。"

礼毕，他终于从地上爬起来，缓缓退下。

另一个声音随即响起："既然陛下无碍，那臣请当堂严审此谋逆大案的祸首，望陛下恩准。"

说话的男子天生一双桃花眼，因为上了岁数，眼尾多了许多尾纹，但依稀可以看出年轻时勾人的气质，只因那薄而锋利的唇总是向下抿着，破坏了整张脸的美感，多了几分令人不敢直视的阴鸷。

这是常年浸在地牢刑讯司才有的气息，而说话的不是别人，正是许束的父亲——当今廷尉许治。

"准。"

随着那熟悉的声音响起，肖南回几乎立刻被人从地上拎了起来。

她离神像下那道人影又近了些，近到可以看清他衣服上蜿蜒曲折的银线，却仍是看不清他的脸。他依旧是祭典上那身衣裳，不染纤尘的样子，更找不见半点儿污渍和血迹。

再看她身上这套武卫便服，穿了两三日都没换洗，又经历了这一晚的折磨而沾满灰尘，衣领被拉扯得变了形，膝盖下的布也已经磨破了。

她几乎是原地瑟缩了一下，却发现其实根本动弹不得。她就这样跪在大殿正中冰冷的石砖上，接受无数视线的拷问和质疑。

上一次在这大殿中，他离她那样近。现在不过隔了一两天的工夫，他离她又同初见时那样远了。

“逆贼肖南回，伙同白氏乱党密谋行刺，如今人赃俱获，你又要如何辩解？”许治一开口，审的不是白允却是她。

肖南回总算知道许束那张臭嘴是从何处得来的了。她一定是上辈子砍死了对方全族，这辈子才会和许家如此过不去。她努力让自己不去看那位列天成酷吏榜榜首的人的嘴脸，只盯着他身后那片青白色：“臣订下听风楼座席，只因心中向往那鲈鱼宴。臣对天成忠心可鉴，绝无谋反之心，更没有参与刺杀。请陛下明察！”

许治察觉她的目光，问出口的话直戳她的要害：“那便请右将军解释清楚，白允为何会与你同处一室？又为何会用天成的黑羽箭行刺？”

对于这句问责，肖南回无力辩解：“臣不知，臣先前曾往黑羽营借弓一把、黑羽箭三支，只是为了习射，鹿中尉可为我做证。”

许治冷哼一声：“鹿松平玩忽职守，统率整个黑羽营，却连个重犯也看不住。他自己都尚未能洗脱嫌疑，又如何为你做证？”

左右能证她清白的人都已牵扯其中，她便是浑身长了嘴，也说不清了。

一阵令人窒息的沉默过后，那个熟悉的声音终于响起：“南回曾买下两份鲈鱼宴请帖，本意是与我同往，但我因故未曾赴约，另一份此时仍在别馆房中。许大人如若不信，大可派人去搜。试问我侯府一体同心，若密谋行刺之事，又怎会自留把柄在房中？”

肖准还是站出来为她说话了。但此时此刻的肖南回心中没有半点儿喜悦。

肖准站出来的那一刻，便注定同这件事脱不了干系。但有些话从她口中说出毫无分量，换作肖准则大大不同。

这番辩驳在群臣中掀起一点儿波澜，似乎有人点头认可，然而谋逆之罪足以令任何人退避三舍，无人敢在此时站出来为青怀侯府说话。

昔日肖准战功赫赫，朝中谁人不想拉拢贴近他？如今他一朝跌倒，竟连抱不平的声音也听不到。人情之凉薄，大抵如此。

“那也未尝不可能是你们故意留下用作障眼之法，青怀侯所言恐怕证明不了任何事。”许治所言虽是诛心之法，却也字字在理。

不管怎样，事发时，她确实同白允身在同处。

“若孤没有记错，早前在碧疆时，正是右将军擒获了白氏之女。”一直沉默不

语的上位者突然开口。肖南回几乎能感觉到局面一瞬间微妙地扭转。

就着这股劲，终于有人站了出来。

“正是！”一个声音在肖南回身后响起，令她有些惊讶。

夙平川的声音急急的，与他平日里傲慢的样子相去甚远：“那一战臣也在场，臣可以做证，右将军英勇杀敌，不曾退缩，断无与白氏逆贼勾结的可能。”

以夙平川的官阶来说，他在这场审判中决计是插不上嘴的，但他背后是烜远王府，便是许治也要多出几分忌惮。

许治的表情几乎毫无波澜，那双眼转向肖准，他换了进攻的方式：“她是与白氏过往毫无交集，可青怀侯却不是。”

群臣喟叹，私语声四起。

对一些在朝有些年岁的老臣来说，肖府旧事显然不是什么秘密。只是这秘密却没有被说透过，从来只有三四分的确切，剩下六七分便是真真假假、凭空揣测。

什么叫人言可畏？这是肖南回第一次见识到。

她的手又开始发抖，这一次不是因为焦虑，而是因为愤怒：“我义父为天成枕戈待旦、出生入死，绝无叛国弑君的可能！”

“大将军确实为收复碧疆立下汗马功劳，只是这世间不还有情之一字？有些事谁也说不准。”许束说话间神态自若，仿佛在说一个世人皆知、只是未成文书的事实一般。

如果说刚才的情绪只算得上愤怒，那当下的肖南回只觉得浑身的血液都要烧起来了。

肖府人丁稀少，朔亲王死后，几乎是肖准一人撑起了氏族遗愿，这些年府上的几人虽是主仆相称，但哪个不是当彼此为依靠、相依为命熬过来的？现在对方轻飘飘的一句话，便将肖家过往十数年忍受的孤苦全部抹杀，继而沾上一点儿不洁的色彩，引人往更坏的方向遐想。如果她身上的匕首没有被收走，此刻她可能已经冲到许治面前捅他几刀了。

解铃还须系铃人，肖南回强迫自己冷静下来，将目光转向从一开始便沉默不语的白允。她还记得白允在听风楼说过的话，她相信对方不会伤害肖准：“你说，你到底是如何到听风楼的？！”

为了守着最后那一点儿殿前礼仪，她一直压着嗓音，声音却几乎是从喉咙深处吼出来般：“你说话呀！”

白允依旧无动于衷，目光自始至终都没有离开过皇帝，眼睛深处空洞得可怕，许久才缓缓地吐出两个字：“凑巧。”

“事到临头你可是还要狡辩？若无旁人相助，你是如何从层层守卫的黑羽营中逃脱出来的？若无约定，为何玥河两岸如此多的楼台亭阁，你偏偏就选在听风楼

的那一间动手？”

“你们的守备确实森严，却也并非一堵密不透风的墙。只要是人看守的，就有空子可钻。至于为何在听风楼动手，因为听风楼是玥河两畔最高的酒楼，平日里客流密集，混在其中不易引人注目。”

“荒谬。黑羽营地距离焦松县城内尚有十里路，你一人如何赶在守卫发现你之前抵达城内？”

“许廷尉莫非忘了？家父升作御史中丞前曾在凉舒郡做过八年太守，我跟随为官的父亲四处游走，焦松县中的每一处我都踏足过。彼时许廷尉还只是博士郎中门下的一名弟子，经常捧着书卷登门拜访，是我父亲一手提拔了你——”

“住口！”女子诛心之法用得比他还要纯熟，许治的脸色变得难看，那双桃花眼也掉了伪装，显出凶光来，“陛下面前，岂容你搬弄是非？！”

许治话音未落，一直垂首站在后排的许束上前一步，丝毫未避讳地与父亲并肩而立：“末将以为，白氏顾左右而言他，其性狡诈，言审无益，不如交由鞫狱当场行刑，定能问出事情原委。”

此话一出，肖南回便控制不住地去瞧肖准的表情。他依旧立在原处，似乎并没有太大的动作，但肖南回看见了他袖间紧握的手。

用折磨白允来逼肖准犯错，好狠毒的招数。她回想方才皇帝说起崔星遥伤重时许束的反应，心中有一万个理由坚信他是要借此机会公报私仇。好一对许家父子，论心狠手辣、忘恩负义的本事，怕是一代胜过一代。

然而下一刻，肖南回的心才彻底陷入绝望的深渊。

“准。”皇帝轻描淡写地说出这个字，将一切推向万劫不复的地步。

肖南回没有立场责怪他，却无法掩饰心底的那份失望。他是那样一个玲珑心窍的人，不会看不透许家父子背后的盘算，但依旧允诺。

左右监开始传唤鞫狱，行刑者的脚步声步步逼近。

肖南回转头去看白允，她依旧是没什么反应的样子，似乎早就料到会有这一遭。这世间有的是人视死如归，可她不该拖肖准下水。肖南回突然后悔起许多事来。她后悔在听风楼上被扰乱心智，没能及时阻止这一切，后悔那日心血来潮潜入别馆，后悔当日在碧疆战场上没有斩草除根。肖府上下若因此而受牵连，她一定要杀了这女人。都是她，都是因为她，如果不是她……

“你在想，如果不是我，肖府便不会有事，我说得可对？”白允的话很轻，轻到似乎只是说给她一人听的。

下一刻，轻笑着的女子已被行刑的狱卒拖了下去，可她轻飘飘的声音却传来，带着一丝嘲讽：“肖南回，你忘了我说过的话吗？造成如今局面、陷肖府于不利的人从来不是我，而是你自己的选择。若你在听风楼没有阻止我，我的箭此刻已夺

了那狗皇帝的命，肖准又怎会被问责？是你，是你自己做出的选择。你在肖准和皇帝之间选择了后者……”

不，不是的……怎么会呢？肖准待她有十数年的养育之恩，于她是一日为师、终身为父的存在，是她仰慕多年却不敢说出口的人。这样的存在，怎么可能会输给一个她只识得不到一年又与她隔着万丈深渊的人呢？

可是，在扑向白允的那短促的一瞬间，她真的没有想过这场刺杀失败的后果吗？

怎么会？她当然是想过的。她甚至都能想到各部审罚的流程，想到丁未翔那厮脸上的表情，想到肖府可能会面临的灭顶之灾。即便如此，她还是下意识地做出了那样的反应。脑袋做出的选择或许不是真心的，可身体的反应骗不了人。甚至在方才一切成定数之前，她的心还系在他是否活着这件事上。她不想让他死。为此，她在一瞬间便赌上了肖府的存亡，赌上了自己的全部。

第一百零九章

牺牲（下）

大殿外，行刑的酷吏安静得传不出一丝一毫的声响，只有女子压抑的呜咽声断断续续传来，起先只是断断续续的，到了后来便成了声嘶力竭的喊叫。

大殿上再次陷入安静。

许久，神像下的男子才开口打破这令人备受折磨的局面："鹿松平何在？他欲戴罪立功，孤想听听到底都查到了什么。"

许治立在一旁不置可否，一双眼却时不时地扫过不远处的肖准。传闻没有人能在廷尉司手下挨过半个时辰的极刑，他有的是时间看这出好戏。

殿外宫人层层传召下去。

不一会儿，鹿松平的身影便出现在殿上。他仍穿着黑羽营守卫的甲衣，行礼时甲衣在坚硬的地面发出刺耳的剐蹭声："臣鹿松平，叩见陛下。"

"鹿松平，孤且问你，白氏因何能够逃出黑羽军营？"

"白氏称幼弟白岂突发恶疾，恐危及性命。臣等顾及陛下指令，要保全其性命，这才抽调车马护送其前往医馆，不料却教她钻了空子，伤了守卫数人，乔装后逃出去了。"

许治听闻此话，不由得冷哼："黑羽营个个以一敌百，她就算身负些功夫，却也是手无寸铁，如何伤得了看守的侍卫？"

鹿松平看一眼许治，面色不动如山："许大人对这白氏倒是了解，这倒也难怪，毕竟当初这看守白氏的任务当是落在廷尉司头上，也不知是因何缘故最终又塞给了黑羽营。"

阴人对上阴人，许治没有占到便宜。然而他毕竟官大一级，推拉的手法已是炉火纯青："鹿中尉肯接下这烫手山芋，想必当初是有了万全之策，就是不知这'万全'最后怎么就成了'万一'。"

鹿松平不再多看许治一眼，转而从身上取出一样东西，呈给身边的内侍官："臣有一物，请陛下一看究竟。"

大殿上的目光一瞬间便都聚焦在那内侍官的手上。那隐约是条帕子，帕子上

有一支木簪子。

内侍将那支簪子捧到主位前，单将飞单手接过，又细细查看一番，才递交给主位上的男子。

片刻后，男子的声音不急不缓地传来："以木枝雕作锁匙，确实手巧。"

鹿松平却又进一言："请陛下闻一下那支簪子上残留的香气。"

单将飞瞬间疾言厉色："放肆！这簪子上若有古怪，伤了陛下，你可担待得起？！"

鹿松平垂首行礼："臣以项上人头担保，那香气不会伤人性命。"

帝王深深地看一眼单膝跪地的年轻中尉，将簪子轻轻放在鼻尖晃了晃："香气清幽，却有经久不散之势，是特意调制过的。"

"回陛下，正是如此。白氏善调香，先前臣便特意交代营中守卫清理了别馆中的花草树木，为的便是杜绝后患。但是……"

"但是什么？"

鹿松平沉吟一番，最终还是开口道："但是昨夜出事后，黑羽营仔细搜查别馆，却发现了以兽角粉末和梅花花蕊制成的迷香，同白允随身之物上残留的香气吻合。"

此话在大殿上引起一番低语。不少人心中已有定论，只道今日这殿上怕是不止白氏一人要见血了。

肖南回被缚在身后的双手紧紧绞在一起，一时竟不敢抬头。她在心中默默祈祷，祈祷那人不要追问。只要他不追究，那么……

刻漏声滴答了整整三下，她的心就这样悬在那里。然而，帝王的声音还是不急不缓地传了来："兽角从何而来？梅花又从何而来？"

"兽角被制成扳指模样，一直为白氏贴身携带。因白犀角本就质地如玉，是以先前守卫未能察觉。而梅花……属下只查得一半事实，未能窥得事情原委，请陛下降罪。"

肖南回像是一条被抛上岸又短暂回到水中的鱼一般，不由自主地喘了口气。但那梦魇般的声音再次逼近，像今日诚心要置她于死地一般："鹿中尉不妨说出那一半事实，剩下的部分，孤自会定夺。"

鹿松平犹豫了一下，似乎也在斟酌是否要说出那虽只有一半却分外凶险的实情。

许治嘴角一沉，瞬间便拿出严审重犯时的做派："鹿松平，你本就还未洗脱嫌疑，莫要因为陛下召见就得意忘形。有些事你现下不说，日后若让我查出来，你今日便是在陛下面前说一藏一，当以欺君之罪论处。"

鹿松平没有看向频频施压的许治，最终谨慎地说道："白氏住所发现的梅蕊，整个焦松县皆无产出，最近所得也自数十里之外。此事事关重大，还请陛下准许臣引荐行宫灵芝园监苏开盛上殿做证。"

群臣哗然。

赤州负有梅花盛名的古城只得郡城与阙城两处，而郡城远在氐水以南，只有阙城离焦松县整整数十里。如果白氏谋逆所用梅蕊来自都城，那此事便很可能与朝中近臣有关。谁也没有想到，本以为是一桩源自岭西的旧祸，实际却是一出灯下黑的戏码。一时间猜忌、推诿、怒斥、忧言响彻大殿。

帝王充耳不闻，只轻轻挥手，示意传召："传苏开盛上殿。"

约莫一盏茶的工夫过后，一名穿着布衣的干瘪小老头被带上殿来。他微微行礼，开口时声音像从一截枯木中传出的一般："老臣苏开盛叩见陛下。"

"免礼。不知苏先生对此有何见解啊？"

"老臣曾在宫中掌管草药数十年，后举家迁至焦松，便在行宫灵芝园谋了份差事，这些年对制药制香也称得上有门道。鹿中尉呈与老臣的香粉，调配秘方看似简单，实则精妙。用香者颇懂得润物无声的道理，故意削减了迷香中太过招摇的气味，也并不追求使人昏厥的霸道药力，使得这香粉有了乱人神志的功效，能惑人于无形之中。说到底，要多亏其中那一味梅蕊。"

帝王语气平淡，不急不缓地道："依先生所见，那梅蕊出自何处呢？"

"梅有幽香、烈香两分别，而能炼香粉的烈香梅花少之又少，这一朵虽只剩下蕊心，却还是有迹可循。老臣多年前离开阙城时，曾有幸一睹这种梅花的风采，是以绝不会认错。老臣以为，此梅正是映水重楼无疑。"

虽然早就知晓这答案，但真的在大殿之上听到这个名字，肖南回的心还是狠狠地一跳。她听到四周急切议论的声音，那些迫不及待的判断和争先恐后的定论就像一道道不祥的预言，等待着被兑现那一刻的到来。

不知是谁站出来发出疑问："郡城亦有映水重楼，为何偏说是在阙城？"

那苏开盛似乎早料到会有此质疑，声音依旧破败，给出的答案却如板上钉钉："映水重楼喜土中带沙，氐水以北开作赤红，以南便做胭脂色。这别馆中找到的梅花色泽如血，必是产自氐水以北的阙城无疑。"

"鹿松平，你可知罪？！"许治的声音已然如山石般压下，"畿辅一带皆归黑羽守卫，你竟对此毫无察觉。不论将映水重楼带入别馆的人是谁，你身为黑羽中尉，都有失职之嫌，当以军法处治。"

畿辅守卫除去黑羽营便是光要营，若是黑羽营牵扯其中，则光要营也无法独善其身。

烜远王夙彻沉声问道："敢问鹿中尉，事发前几日可有黑羽营之外的人进入别馆？"

"有。"

"是何人？"

鹿松平望向群臣中那道站得笔直的身影："是青怀侯。"

喧哗之声再次响起，这一次几乎不带任何掩饰，直将那青铜刻漏的声响一并吞没。

先前一直默不作声的余右威此时已站了出来，语气中带着些不容人回避的压迫感："听闻这昔日的白家小姐本就是个造兵器的奇才，与青怀侯也算得上相识相知于少年，情谊不比寻常。青怀侯，不知老臣说得可对？"

"余宗正所言确实属实。"

朔亲王府的二少爷曾与白家小姐交好确实是有迹可循的事，但谁也没有料到肖准竟会当堂承认此事。

然而下一刻，肖准说出的话才是真的令人吃惊："正是因为臣对白氏知之甚深，先前才会恳请陛下将白氏女囚在别馆，要她交出制弓箭、冶铜铁的技术，以换得自己性命。"

群臣呆滞，又望向上位者。

皇帝神色自若，仿佛肖准提及的不过是一件无关紧要的琐事："确有此事。许廷尉以为如何啊？"

皇帝转手将烧红的铁球扔向许治，许治只得咬牙接下："既然青怀侯是无辜的，梅蕊一事又一时无法查清，臣想，不如先请陛下处置了白氏，再派我司中好手彻查此事，也算能给崔淑媛一个交代。"

不出肖南回所料，许治果然没有轻易放过肖准。不知是不是她的错觉，从方才开始就一直没有望向她的皇帝似乎飞快地看了她一眼。然而很快，那道短暂停留的目光便收了回去，他的脸上呈现出一种熟悉却可怕的平静，声音依旧毫无起伏，话语中的一字一句却都带着杀伐之气："白氏女，怙恶不悛，逆心难劝，行刺未果，劣行昭然，罪当车裂，曝尸三日以示众。"

许治面上闪过一丝不易察觉的得意，他看见肖准几乎是无法控制地向前迈了一步："陛下！"

从方才开始，肖南回的目光就停在肖准的侧脸上。他面容中那种发自内心的焦急、彷徨是她从未见过的。她此前十数年从未在他脸上见过的种种神色，如今短短一个月内教她瞧了个遍。

肖准的反应逃不过在场每一个人的眼睛，那余右威的脸色已然十分难看："青怀侯这是何意？难不成康王一族的遗孤都比不上这逆臣贼子的性命？祭典上的一箭何其凶险，若非崔淑媛为陛下挡下一箭，后果将不堪设想。青怀侯如今若要为那白氏求情，又将陛下的安危置于何处？"

大殿外，白允的嘶喊声几乎已经听不到了。

如果肖准就此沉默，白允就算没有即刻被送上刑场，也势必会被毒打至死。

可如果他开了口，要么便是坐实他与白允的私情，要么便是承认了两人暗中勾结的事实。

每个人都屏住了呼吸，等待着青怀侯的抉择，那青铜刻漏的滴答声似乎也被无限拉长。

终于，肖南回听到肖准的声音艰难地响起：“回禀陛下，映水重楼是臣——”

“是我带入别馆的！”肖南回半张着嘴，等到话音已经落地，才反应过来这句话是从自己的嘴里吐出来的。

和方才的哗然不同，此刻的大殿死一般沉寂。

肖南回听到自己的心跳在这一刻突然放缓。那把悬在她头顶的利剑此时终于落下，直直将那最后一点儿悬念斩为两半。她到底还是走到了这一步。

许治的目光冷冷地落在她身上，像在审视一件有着明显瑕疵的赝品：“你说梅花是你带入别馆的，意思是承认谋反之事与你有关？”

“并非如此。”她飞快地否认，声音却异常平稳，她觉得自己从未像此刻这般头脑清楚、冷静自持过，“我嫉恨义父时常往别馆去，也知晓白氏最喜梅花。前些日子机缘巧合在梅府得了几枝映水重楼，便想拿去羞辱她一番，没想到无意中铸下大错。”

她的话一出口，夙平川的声音便近乎愤怒地在她身后响起：“你胡说！那日在梅府你明明——”

“左将军何必自欺欺人？”她从不知道自己可以一边心痛如绞，一边用如此恶毒的语气说话，“你那外祖年事已高，眼睛又不方便，我偷得几枝梅花还是可以不惊动任何人的。”

夙平川的声音没有再次响起，这大殿之上唯一会为她开脱的声音也彻底消失了。

肖南回嘴角的讥笑变得苦涩，她又轻描淡写地为自己的罪责加上一笔：“臣曾假借习射之名潜入别馆，当日黑羽营守卫皆可做证。”

此话一出，就连鹿松平也不由得看向她。

大殿之中无数目光落在她身上，带着探究、审判、轻蔑和一点儿看好戏的意味，将她的背脊压低、压低，再压低，直到与那漆黑的地面融为一体。

神像下的男子仍未开口说话，她不知道此时的他面上会是哪一种表情。她也不敢去看，既怕看到一张失望、嫌恶的脸，又怕看到的是一副如那神像一般无悲无喜的面容。

“陛下，”肖准的声音离她很近，带着一点儿不易察觉的颤抖，“臣的义女从小由臣教导，今日之事，臣未能事先体察情况，有不教之过、未察之失，臣愿替她接受惩罚。”

那许治却仿佛突然心生慈悲，秉承公正了，眼角的那丝阴柔之气也比以往更

胜："听青怀侯话中的意思，怎么倒有代人受过之嫌？肖家忠烈之门，陛下想必也不会不念旧恩胡乱贬斥一番。此事归根结底，是你义女之过错，你就休要纠缠其中，令陛下为难了。"

"青怀侯，孤本不欲令你为难，只是此事牵涉崔淑媛无故遭殃，孤必须给康王遗族一个交代。白氏或可免于一死，但侯府得有人为犯下的错误付出代价。你便在其中做个选择吧。"

若罚肖准，势必要看在已故朔亲王的面子上，酌情减轻处罚，这对在场的某些人来说，是不可能轻易作罢的。

肖南回没有侧头，也能感受到肖准此刻的挣扎。然而事到如今，她已经能清楚地看到对他们来说最好的选择是什么了。她赶在肖准开口前，将那选择说了出来："罪臣肖南回愿领受任何责罚，请陛下降罪。"

许久，肖南回都没有听到回应。

她跪伏在地上，看不到高高在上的帝王竟缓缓起身。大殿之上的所有人都注视着眼前的情形。这是今日这出大戏中最令人看不透的一幕。

夙未慢慢地走下石阶，厚重的披风在他身后滚落一级级台阶，威严得悄无声息。

他走到离她足够近的位置，声音近乎就在她的头顶上方："死罪能免，活罪难逃。你可听说过髑骨之刑？"

肖南回身上一抖，双手指尖用力抠向地面。

髑刑，军法之一，不是众多刑罚中最要人性命的一种，却是对习武之人最为残忍的一种。行刑者以劈开的新竹为刑具，行棍杖之法，看似不如军棍凶险，实则柔韧中暗藏杀机，每一击都能准确地落在受刑者的肩胛与巨骨交接处，时常会打断受刑人双肩的经脉，使之终生失去发力用兵的能力。

"此事因弓箭而起，便罚你终生不得拉弓弋射，可算公平？"这声疑问中似乎带着一丝隐忍不发的情绪。

群臣更是迷惑。皇帝定罪，何时需要询问一个罪人是否公平？

然而此刻的肖南回并不能体察其中的细微之处，她只知道皇帝在等她的回应。他在等什么？等她求饶吗？可她不会求饶，也不能求饶。她努力将恐惧压在心底，开口时才发现那声音已不像她自己的："公平。"

"好。"青白相间的披风从她面前一扫而过，只留下一点儿稀薄的影子，"光要营右将肖南回，玩忽职守，擅入重兵把守之地，与逆贼有私通勾结之嫌。然念其南下有功，又有侯府担保，暂不予追究，便革去右将军一职，贬为营护卫，按军中律法行髑骨之刑，即刻领罚。"

她献他以纯白的牺牲，他报她以漆黑的地狱。

“肖南回，你可认罪？”他似乎是最后一次发问。

而此时此刻她匍匐在地，连最后一丝尊严也凋落、破碎，答案是什么已经不重要了：“臣，认罪。”

空气中似乎有了一阵不同寻常的沉默。

过了许久，帝王的声音才再次响起，这一回已是不带一丝一毫的情感：“来人，拖她下去。”

第一百一十章

黑色曼陀罗（上）

冬日的日出总是来得晚一些。

焦松县帝王行宫外的官道上，文臣武将们的车驾正挤作一团候着他们的主子，赶车的小厮们哈欠连天，呵出的一团团白汽令人睡意更浓。

而此时行宫宫墙内的气氛却是截然不同。

亲眼见了方才大殿上的那一遭，所有人无不战战兢兢，疑虑重重。人人都在暗自思忖着，白氏这桩理不清的案子究竟会不会有哪道关哪道坎将自己绊进去。

于是，众臣殿前方才散场，互相点头告辞，转头便又一个个晃悠到偏殿，想着或许能面见帝王表一表忠心，此外再探一探自己是否有凶险。

然而所有人似乎都短暂地忘记了一件事，皇帝向来是不喜欢见人的，私下面见臣子更是少上加少。

众臣在偏殿外尴尬地站了一会儿，又只得互相点头告辞，带着忐忑和一身寒露白霜回别馆去了。

送走最后一名大臣，单将飞将手中的奏牍捧入殿内，又小心地阖上殿门，屏退了守夜的宫人。

许是听到些响动，内室珠帘后，软榻上的男子缓缓地睁开眼："什么时辰了？"

外间的内侍官听到问话，连忙掀开珠帘走进来："回陛下，卯正一刻了。"

"都走了？"

"都走了。"单将飞将奏牍放到一旁，取了一旁小炉上热着的汤盅，小心地端了过来，"这是早前就让人熬下的，陛下从祭典开始就滴水未沾，好歹喝些热的暖暖胃。"

帝王没有拂了内侍官的好意，就着那汤盅里的瓷匙啜了两口，目光落在那几卷简牍上："都是些什么？"

"只有姜司正言明是对这次祭典用度的报备，其余的小的不知。"

天成司正负责历来大小祭祀和朝拜的规章用度，按理说，若是年年相同，倒也没有必要上疏奏请。只是今年有二为破例，其一便是选址焦松，其二便是玥河

送神时燃放烟火。

天成建国以来的晦日祭典上，从未有过燃放天灯烟火的先例。但皇帝开了尊口，谁又敢不给安排上呢？可安排过后又怕皇帝忘性大，转头再来怪罪，于是为了自己的安危着想，便连账本这等啰里啰唆的东西也都觍着脸送到御前，不过是图自己的安心。

至于其余那几卷，虽不是账本，但上奏目的也差不了多少，都是排队等着在皇帝这里求个定心丸。

单将飞有意将那些奏牍拿远了点儿，不动声色地灭了几盏灯："不早了，两个时辰过后便要启程赶路了，陛下何不小睡片刻？这几卷也不是什么急事，回程车上再瞧吧。"

帝王却已放下汤盅，伸出修长细白的手："无妨，现下便拿过来吧。"

单将飞无法，内心将那几个平日偷闲、遇事慌张的臣子又编派了一番，才将那几卷奏牍捧了过去。

帝王拿起奏牍的动作很慢，目光却在字里行间跳动得极快，他显然已是做惯了此事。

他一边瞧着奏牍上的字，一边突然开口问道："司寇今日掌刑的是哪位？"

这话一出口，多年跟随的内侍官便已心下明了："陛下放心，崔恩是宫中的老人了，我要他留了手，他自然懂得分寸。"

帝王没有立刻接话，只有些心不在焉地翻看着手里的奏牍。一卷、两卷……看到第三卷的时候，他终于停下了动作。

偏殿内十分安静，上好的丝炭在炉中安静地燃烧着，几乎没有发出任何声响。

"外面可是起风了？"

单将飞走到窗前，摆弄了一番窗棂上的钩锁，又瞧了瞧窗外檐牙角上的铃铛："今夜静得很，半点儿风声也没有。"

帝王盯着那琉璃灯盏中跳动的烛火。

四周寂静无风，那烛火却无风自动，片刻后又恢复了宁静。

奏牍啪的一声被扔到一旁。

"你唤未翔去偏门瞧一眼，见人出了宫门便回来报我。"

单将飞愣住，几乎不敢相信自己听到的命令："陛下是说让丁中尉——"

"对。"

内侍官面上现出遮掩不住的异色："陛下近卫众多，派个旁人过去查看也是一样。圣驾不久便要离开此地，那贼人却还查无下落，小的担心——"

"阿飞，"帝王少见地唤了他的名字，"莫要耽搁。"

单将飞很少听见对方唤自己的名字，上一次这样唤他，已经记不清是多少年

前的紧要关头了。

“是。”内侍官拿出几分远超年岁的沉静严肃来，脚步不停地往殿外去了。

帝王的手指叩在案上，在寂静的偏殿里响起单调而令人烦躁的节奏——嗒、嗒、嗒……

肖南回模糊的焦点渐渐汇聚在眼前的青石砖上，她看见黑红色的液体一滴一滴地落在坑洼处，已经积成了一小摊。那是她的血。

“肖营卫，已经结束了。”掌刑的讯吏第三次唤她，她那飘出身体的灵魂才仿佛一瞬间回到躯壳中。

肖南回从刑凳上爬起来，手因为抖得太厉害而没法将堆在腰间的外裳拉回肩上。那讯吏倒是仁义，上前替她将衣服整理妥当，又唤了个宫人过来。

“现下宫门外面应当还聚着不少人，营卫若还能行走，小的便教人带您从西侧门出去。”

肖南回艰难地抬起袖子擦了擦脸上的冷汗：“有劳了。”

那讯吏客气地回礼：“好说。一个时辰后大军拔营返程，肖营卫莫要耽搁了。”

肖南回浑浑噩噩地应下，跟着那宫人手里的一点儿光亮走出了行刑处。

赤州才出正月，正是寒冷将尽未尽的时候。凌晨的寒气透入衣衫，没一会儿的工夫，肖南回便觉得自己颈下肩背上的血都凝在皮肤和衣料间，一动便钻心地疼。然而椎心的痛比不过她此时心中的那股悲凉。她的胸口像被人挖走了一块肉，那里曾经有满满的温暖和回忆，如今空落落的，什么也没有了。

她试着说服自己，肖准也是别无他法，他想保肖府上下平安，又想留得白允的性命，如果这惩罚不落在她身上，势必是不得两全的。她失去的可能只是一双挽弓的手，而白允会没命。她是这场博弈中最划算的那步棋，就连她自己也是这么想的。

今夜这行宫内的路似乎格外漫长难熬，在石板路上走了许久，又拐进一条小路。小路到了尽头分作左右两条，分别通往两道不起眼的耳门。

肖南回下意识地便要往右边拐，可那引路的宫人却站在路左：“肖营卫，路在这边呢。”

肖南回有点儿恍惚。她依稀记得来的时候走的似乎是东边的那道耳门。

“西侧门要绕开后花园，那处落了锁，晚上是不许外人进的。”

疼痛令她的反应比平日里慢了不少，没有多想，她便抬起沉重的腿往左侧而去。

四周漆黑一片，正是黎明前最晦暗的时候。那耳门后的路上一盏宫灯也无，空气里飘着一股说不上来的气味，像什么东西腐烂的气味。

起先，肖南回以为是自己的脚步滞涩，才迟迟没有瞧见行宫的宫门，但一盏

茶的工夫后，她终于察觉出些不对劲。

周围太过安静，除了她与那宫人外，竟连一丝人声都捕捉不到。若是临近宫门，至少会有守夜侍卫巡视的声响，不会如眼下这般死寂。

肖南回停下脚步，努力让声音听上去镇定一些："请问此处可是通往宫门的路？为何走了许久还未见宫墙？"

前方的那道背影停住，没有动作："自然是的，再有片刻便到了。"

那盏摇曳的宫灯晃得人眼花，肖南回眯起眼，努力想要看清周围的情况："宫门附近应当有黑羽营的守卫，怎会连一点儿灯也瞧不见？"

那宫人终于缓缓地转过身来。他手中拎着盏宫灯，那宫灯却只照亮了他半张脸。那半张脸上的一只眼睛耷拉着，嘴上却挂着微笑，看起来好不诡异。

"你倒是比想象中要机警些。"

肖南回退了半步，受伤的肩开始不可控制地疼痛起来："你究竟是谁？"

"我们见过面的，只是你认不出罢了。"那宫人边说边从袖中慢慢抽出一把匕首。

眼前的情形太过诡异，一时令人理不出头绪。肖南回抿紧嘴角，只在心中飞快地盘算着如何才能一招制敌。她方才受完刑，基本上是半个废人，眼下手边更是连个可以防身的物件都没有，得先发制人才有胜算。

可还没等她有所动作，那宫人便飞快地将手中的宫灯吹灭了。

四周顿时陷入一片黑暗之中，眼睛还来不及适应四周晦暗的光线，她只听得风声从正面而来，几乎是本能地向一旁闪避。

对方扑了个空，喘息声从她左前方传来，听起来并不像个练家子。

方才的闪躲令她偏离了那条小路，脚下似乎有结了霜的软草，靴子踩在上面滑腻不堪。

四周终于透出一点儿亮来，肖南回隐约看清了面前那道人影。

那宫人察觉到她的视线，便举着匕首向她扑来，身形尽管僵硬，却带着一股不管不顾的凶狠气势。

肖南回狼狈地躲闪，四周黑影幢幢，分不清是假山还是树影，她一脚踩到花坛边缘，靴子卡在瓦缝中，一时间竟动弹不得，人也跌坐在地上。

一落地，她几乎立刻便察觉到了异样。触手是某种藤蔓植物柔软的枝条，四周升起一股异香，原本沉积在地面的某种气息被搅动，空气开始变得令人昏沉、滞缓。她立刻想起那日在雪迷殿遭遇的情形，只是这黑暗中的香气比那日的更加霸道、缠绵，顷刻间就令她头昏目眩，手脚发软。

喘息间，那宫人已从地上慢慢爬起来，举着匕首一步步向她走来，似乎全然未受影响，脸上依旧带着那令人毛骨悚然的微笑。

生死关头，肖南回那条还能活动的腿狠狠地踹向那人的肚子。她使出了十成的力气，几乎能听到对方腹腔内肋骨断裂的声响，然而那人仿佛感受不到疼痛一般，右手力道不减，狠狠地向她的喉咙捅了过来。

肖南回艰难地抬起手臂护在身前，试图挡下这致命一击，然而下一刻，有风声从她背后的方向而来。

一股劲风贴着她的侧脸而过，长刀的刀刃在月光下快得好似一道闪电。

她看到那只握着匕首的手缓缓滑下，留下一个黑乎乎、光秃秃的断面。温热的血溅上她的脸。

好利落的一刀斩。肖南回如是想着，随即便陷入沉沉的黑暗。

第一百一十一章

黑色曼陀罗（下）

肖南回是被肩颈上的疼痛唤醒的。

咚，咚，咚，有什么沉重而有力的声音从耳畔传来，贴着脸颊的热度绵延不绝，鼻腔间流淌的空气温暖而干燥，但分明又有一丝寒凉清苦的气味。那熟悉的气息此时就沾在她紧贴肌肤的那层衣料上，渗透在她的发丝间，萦绕在她的每一次呼吸中。

眨了眨眼，肖南回听到了自己睫毛滑过银丝绣锦发出的声响。她突然意识到自己并不是趴在床榻之上，而是趴在一个人的身上。方才一直听到的声音是那人的心跳声，而脸颊下的温度亦来自那人的胸口。她突然觉得浑身都烧了起来，不自在地动了动，一个声音便在她头顶响起："醒了就不要乱动。"

他的声音恢复了平淡，甚至有几分当初的"钟离竟"的味道："你跌在了曼陀罗花圃中，吸入太多花粉，才会昏睡过去。"

肖南回的视线聚焦在眼前柔软垂地的帐幔上，一个个纠缠在银丝藤蔓中的花朵旋转绽放着，花心却是漆黑的颜色。她终于有些看明白这频繁出现在皇帝周遭的花是什么了。

从前在南国边境驻守的时候，肖南回曾听那里的游僧说起过关于曼陀罗的传说。

纯白色的曼陀罗花象征着圣洁的神明。传说，佛祖参悟佛法之时，天空落下洁白的曼陀罗花雨，它代表着天神公正无私、无念无欲的神性，能够肃清一切爱恨折磨、生死挂碍。

还有一种曼陀罗花通体乌黑，传说神明堕落之时，它便会在通往地狱之门的路上破土而出，它象征着无边无际的欲望和痛苦，夹杂着爱恨与报复的恶果，即便只沾染一点儿它的花粉，那炽烈的香气也会勾起心魔。

黑白两色，圣洁却又危险，就似眼前的人。

肖南回蜷缩起手指来。此时她的神志终于完全清醒，可身体是彻底不敢动弹了。肩上的衣服被褪下去一半，她能感受到他的手指蘸了微凉的膏脂，轻轻地在她的背和肩上游走。

他涂得很慢，指尖像在宣纸上描摹工笔，待那膏脂的温度同她烧起来的肌肤几乎同样炙热后才慢慢离开：“好了。”

她立刻想要撑起上半身，但肩上的剧痛令她使不上力。慌乱中，肖南回几乎是从那人身上摔了下去。

手忙脚乱地爬起来，她视线落在床榻旁那张小几上。那里摆放着的匕首甚是眼熟。昏过去前的一幕猛地浮现出来，她几乎脱口而出：“那宫人呢？”

“死了。”

“死了？”她难掩震惊，“怎么可能？我明明看到……”她明明看到丁未翔只斩断了他的右手，他怎么就死了呢？

肖南回还沉浸在这一连串诡异的事件中回不过神来，冷不防，那人的声音便又近了些：“你没有其他话要对孤讲吗？”

见他靠近，她几乎本能地向后躲了躲，肩上的伤依旧火辣辣地疼，却不是方行刑过后那种透进骨头的疼痛了。然而颤抖的右手仍在提醒她不久前发生过的事情，她或许再也不能握弓了。

她扶着手臂，缓缓地伏地行礼：“陛下的伤药，臣受不起。”

他没有让她起身，声音依旧不紧不慢：“可药已用在你身上，你待如何？”

软榻上的男子已经半倚半靠地坐起身来，他只除了那件厚重的披风，青白相间的华服不见褶皱，只她趴过的胸口有些许凌乱。

哪怕姿势慵懒，他依旧高高在上，不染纤尘，就连情绪似乎也毫无起伏，仿佛先前的种种不过只是一阵云烟，在他身上连半点儿痕迹也没有留下。

“你喜欢他。”白允的话突然毫无征兆地在她脑袋里响起。

不，她没有……她怎么会喜欢这样一个人，她怎么可能为了这样一个人任由自己落到这步田地……

先前在殿上所受的悲苦、委屈、绝望、愤怒一瞬间涌上心头，令她一时间忘了自己身在何处、眼前又是何人：“陛下既然要罚臣，又何必再在臣身上浪费这些东西？还是说陛下只是乐于此道，喜欢将人折磨到半死，再加以抚慰，以为这样便可以令人感恩戴德——”

“住口！”她的话被对方冷厉的声音打断了。

她几乎能感受到面前人瞬间涌出的可怕怒气，那是一种几乎不可能出现在他身上的情绪。

下一刻，她被人从地上一把扯了起来。如果不是真实感受到手臂上的那股力量，她简直不敢相信，看上去那样瘦弱的人竟能有这般骇人的力气。

“肖南回，事到如今，你还是不知你究竟错在何处吗？”

她盯着对方的眼睛，那双曾经平淡如水的眸子里已住进了寒风和暴雪，漆黑

中映出她自己同样有些扭曲的脸。

“是臣自作自受，臣已认罪，刑罚也已领受了，陛下到底还有何不满？不如今日一并交代了，臣正好尽数领教了，也省得来日还得再上一回刑场……”她的声音近乎有气无力，带着一种筋疲力尽后的死气。

可下一瞬，那人说出口的话才当真如利刃一般直插她心口：“你可知你现在的模样令孤想起那猎户饲犬？平日随意给口剩菜剩饭，关键时刻那狗便能为他卖命。肖准也是这般对你的，不是吗？这等划算的事，孤怎的遇不到？”

肖南回只觉全身血液逆流，气得浑身发抖，吐字都艰难起来：“陛下要臣的手臂拿走便是，为何还要这般……羞辱臣？！”

袖中的手攥得紧紧的，眼前的人若非九五之尊，她说不定会让他血溅当场。

“废你手臂的人是孤？”夙未狭长的眼眯起，眼中是毫不掩饰的讽刺，“不，是肖准。他将你架在刀口之上，没有第一时间选择你的那一刻就已经放弃你了。肖南回，你不过是他一手栽培的靶子——关键时刻给白允挡刀的靶子！”

积压在胸口多时的难堪像洪水般涌出，她只觉得那股压抑已久的气终于冲上脑门。她猛地推开眼前的人，一把抓住头顶的武弁，狠狠地扯了下来。

光要营带羽翎的官帽被狠狠地掷在地上，原本系在颈间的红色缨珠应声四散，在两人脚下蹦跳滚动。

再次开口的时候，她才发现自己的嗓子有多沙哑：“陛下的臣子难当，肖南回请奏解甲归田。”

夙未死死盯着她，像下一刻就要用最残忍的方式将她摧毁。

一时间，空气中只有两人沉重的呼吸声。

也就片刻的工夫，夙未脸上的怒色突然散去。他又恢复了那副千年高山般难以撼动的神情，嘴角甚至带上几分笑意，但那笑意不达眼底，令人由心底生出一股寒意：“怎么？要和孤置气吗？”

肖南回咬紧牙关，一声都不吭。有生之年她从未有过这样的感觉，明明对方在身体上全然不是她的对手，却令她无处可逃，甚至生出恐惧。

“论置气，从来没人赢得了孤。”帝王冰冷的手触上她的掌，肖南回被激得一抖。

下一刻，一个冷硬的物体被塞进她的手，对方低哑的嗓音在她头顶响起：“你若因这个而怨恨，孤还你便是。”

肖南回还未来得及反应，手上覆着的力道陡然变紧，眼前银光一闪，有什么温热的东西溅上了她的脸。

她目光僵硬地向下移动，只看见带着精美云纹的匕首直直穿透了帝王的手，钉在一旁的小几上，而她自己的手就握在那把匕首上。

他握着她的手狠狠地向一旁剐去，分筋错骨的吱嘎声传来，薄而快的刀锋迅

速在那双修长莹白的手上撕出一道大口子。

她终于回过神来，疯了般甩开他的手，一把将那匕首拔了出来。

鲜血涌出，他脸色白了白，额上有冷汗渗出，愣是咬紧牙，没哼一声："肖南回，咱们两清了。"

她的脑子嗡的一声炸开，随后便是一片苍白、虚无，只闪过一些荒诞的只言片语，依稀是那碧疆孩童在她面前吟诵的词句，又似乎是她在姚易后院中挑灯读到的文字。

> 未五岁能诵，七岁能诗，九岁抚琴已有空谷绝响之音，宫中琴师无人能对。今得见未于上巳宴席之上，奏一曲圯桥进履，音之通透，境之高远，不落凡尘，自成一格。吾今日一闻，愧以琴圣之名冠己，遂断指离席，言至此不论琴瑟之事……

视线飘忽，那双可以奏出高古之曲的手此时就血淋淋地摊在她眼前，飞溅而出的红色液体落在对方青白色的衣摆上，像绽放其上的罪恶之花。

恍惚间，她听见单将飞急急忙忙地闯进来，惊呼着奔向帝王。有人用刀架在她脖子上，大声呵斥着，片刻后又粗暴地推开她，将她挡在殿门之外。

她一人失了魂一般走出偏殿，又跟着值夜的宫人浑浑噩噩地出了行宫宫门。

天色破晓，行宫内外开始交替守卫，为圣驾离宫做着准备。

宫人将最后一盆血水端出偏殿，单将飞屏退众人，独自清理着地上最后一点儿痕迹。素色的丝绢将最后一点儿血迹擦除，整个偏殿又好似无事发生过一般。

单将飞捧出一套深色常服为帝王换上，目光落在那人左手上，层层纱布和伤药也遮不住下面隐约可见的血肉，他不自觉地叹气："陛下这是何苦呢？此后莫说是抚琴，就连执笔都恐有不便。"

帝王单手挑起新换上的带钩调整，依旧优雅自持："孤另一只手也使得。"

正主一派云淡风轻，仿佛刚才置气自残的是旁人。

单将飞控制不住地沉了沉嘴角："黑羽营还要依靠音律听陛下调遣，陛下到时候也要用一只手吗？"

"孤若今后不弹，倒还有你。"

单将飞愣住："小的技艺粗陋，怎能和陛下相比——"

"当初让人教你抚琴便是没想瞒你这项技艺。你从小心思便重，琴音的境界虽差了些，但技法纯熟，调遣黑羽营的那些音律于你不该是难事。"

年轻内侍官的脸上的惊惶一闪而过，他随即跪下："陛下……"

"惊什么？孤只是在说事实罢了。"

殿门大开，正对东方，两侧宫人已在殿外恭敬地候作两排。

帝王转身迎向晨时苍白的日光："左右不过一双抚琴的手罢了，若能换得她起心动念，便是再合适不过。"

他微微抬起手，广袖随之落下，修长的手指骨节分明。一道深可见骨的伤口横跨，撕碎了这份美感，令人不禁生出遗憾。

"她身上有孤留下的痕迹，孤身上亦有她留下的痕迹，便是此生再难交集，也定要无法分离。"

第一百一十二章

问桥

二月的焦松县少有平静无风的日子，这一日的早晨却是半点儿风声也无。

行宫宫门外正对着流淌而过的玥河，早起的艄公裹着棉衣在河面上撑船而过，尖尖的船头划破如镜的水面，像割开了一块绸缎。

原本清澈的河水上此时漂着一层黑灰，那是天灯焚烧掉落的灰烬，同眼下河畔两岸的气氛一样，尽是狂欢过后的寂寥，仿佛昨夜那场奇诡绚丽的祭典不过是大梦一场。

古桥的桥头点着一盏灯，灯里的烛火还未熄灭，但已被升起的太阳夺了光彩，显得虚弱而苍白。

宽敞的官道上已看不见别家车驾，只有一人一马孤零零地立在黄石古桥的桥头，似乎在望西去的河水。只有那人自己知道，他望着的并非河面，而是河面上的高台。

短短十日时间，千万根梁柱被运到河面之上，搭起那华美的高台，最终不过得了那昙花一现的一晚辉煌。

河水的腥气飘入鼻间，令肖准的思绪回到了昨夜的高台之上。

祭典开始前，灯火还未点亮十成，四周光线昏暗，群臣低语应酬，他孤身立在桥头，从未想过皇帝会突然出现在他面前。

帝王穿着浅色礼服，这种颜色折损了些许他身上的压迫感，却莫名在月光下生出一种朦胧暧昧的光。

“青怀侯，好久不见。”对方的神情淡淡的。

在肖准的记忆中，那张脸似乎在很多年前便是这副模样了。

天成的这位君王，他向来是有些忌惮的。

对方年少登基，无功无过；看似保守，却无人能左右；在位数年间，已教无数根深朝野的权臣先后落马，似乎只对武将格外宽容。而这一切，不过是为收复碧疆铺垫的序曲罢了。

他第一次见皇帝，是在自己满门族亲被杀之后。他作为肖家仅存的血脉被召进元和殿，而对方则是刚登基不久的年轻帝王，亦是第一次私下召见臣子。

内侍官降下长长的纱幕，将他与皇帝隔开。行过大礼后，他起身望去。

他的年岁要长对方不少，尽管如此，那少年帝王的身量似乎太过瘦弱，那袭深衣穿在他身上显得空落落的，竟给人一种柔弱不胜衣的感觉。对方就端坐在纱幕之后，穿堂而过的风将他的身影吹得有些模糊，好似一道鬼影。

就这第一眼，便在肖准心底留下了复杂而幽深的印象。那是一种阴柔寒凉的气息，靠近便会沾上身，缓慢地透进骨头里，很久都不会散去。

他不喜欢这位新皇帝。

将门之子，生性刚烈，彼时少年心性，又刚逢家中剧变，急于知晓真相，短短几段问话间，他顶撞了皇帝数次。

两侧的宫人和礼官频频抽气，最后跪了一片，瑟瑟发抖。

可不论他如何挑衅、反诘，那纱幕后的人却似乎永远一副做派，就连说话的语调都没有发生一丝变化。

最后他累了，委屈和不甘平复了些，终于沉默不语。

“肖郎可知问桥的典故？”

肖准愣了愣。肖家虽是将门，却并非不通诗书，他小时候也是读过许多书的，可名为“问桥”的典故却怎么也没有印象。他心下是不知道的，可又不愿承认，便咬紧牙，不说话。

年轻帝王一语拆穿他的窘迫，言语中却没什么嘲讽之意：“问桥乃是经书中的典故，未闻也是常理。孤讲与你听如何？”

肖准依旧沉默，对方平淡的声音再次响起：“此一比丘因甚贫穷，欲往大布施会所，于途中就所见而生种种疑问，如桥何人所作等，作七千八百问，因此耽误至会所之时间，以致所需物品荡然无余，终无所获而归。肖郎以为，此人如何啊？”

肖准不知对方为何说了这样一个故事，只蹙了蹙眉：“种种所问皆是愚蠢——”

他话一出口，突然反应过来对方是在借此喻他，面上顿时有些挂不住：“问桥之事与己无关，怎能同我相提并论？”

那声音却依旧平和：“孤以为此间并无不同。喜恶之事发生，便做欢愉怨恨，欲探其因果始末，却终究不得扭转乾坤，只因桥早已在原地。世间种种，皆是如此往复。孤劝肖郎早日放下心中诸多疑问，才能尽早渡桥，到达彼岸。”

短短数句，仿佛不过禅语尔尔，却为彼时孤立无援、前景凄凉的肖府指出了一条路。

朔亲王府凋败已成定局，他尚且年幼，追讨血债绝非眼下之事，须得留存实

力，等待东山再起之时才是正道。

帝王言毕，不再等他的反应，便起身消失在纱幕之后。

月余后，圣旨下，言陛下封朔亲王之子肖准为青怀侯，另择封地建府，赏赐无数。

而后数年间，他便甚少再单独面见这位帝王。只是每每朝堂之上的一瞥，抑或是在那无数次隔纱而望的目光中，他总能感觉到那股寒凉无情的气息。

伴君如伴虎。即便皇帝当初对他有过点拨之恩，他也从未敢放下警惕之心。

入室窥见猛虎，自会有所警觉，可若只见得人形，才是真正可怕之处。毕竟谁又能知道这人皮之下藏的究竟只是猛虎还是什么别的东西呢？

“臣见过陛下。”他恭敬地行礼，膝头还未碰到桥面的青石砖便被对方出言打断：“免了。孤只有三两句话，说完便走。”

帝王轻轻摆手，那年轻内侍官便带着宫人守卫退到光影暧昧之处。桥面瞬间空了下来，只得二人相对而立。

“青怀侯今夜为何没有赴约？”

肖准一惊，几乎掩饰不住脸上的神情。

“你不必惊惶。孤深知肃北善拓疆征伐，却不善于此道。”帝王没有瞧他，目光只盯着不远处的高台，“祭典开始前三日，玥河两岸所有酒楼卖出的每一张座席、每一份宴帖，都已经过详细调查。听风楼选在二月初二摆设鲈鱼宴，自然也是要查一查的。知晓有两份宴帖经由望尘楼姚易之手落在肖府，实在不是什么难事。”

话虽如此，又为何偏在此时提起？思索片刻，肖准谨慎地回道：“臣先前临时约了马都尉探讨开年选拔新晋武官的事宜，便不好再往听风楼走一趟了。”

“哦，是吗？”皇帝似乎对这个答案不置可否，“那不知右将军是否知晓此事呢？”

肖准心下又是一颤。他隐约料到皇帝为何而来，却不想对方竟如此直白。

“臣的义女并不知此事，不过一会儿席间也有机会言明，不差这一时。”

言语间，一队舫船从古桥下悄然而过，艘艘船尾甲板上摆满了排列整齐的天灯烟花，虽还未放飞，却已能预见其规模之壮观。

“孤料到你兴许不会赴约，便备了些别的。”帝王注视着那船队停靠在高台旁，语气依旧平淡，“出了正月，这烟花还当真有些难寻，便只好教人临时制了。孤此番用意，不知青怀侯可看得明白？”

这话若是问旁人，或许当真没有答案。可肖准知道，对方是有意问到他头上的。他身边认识的人之中只有一人喜爱烟花。而今夜他不打算赴约去见的人，也只有她一个。

帝王的言外之意是那样分明，可他却几乎不能相信，更不能言破：“臣不

明……”

“在孤看来，你并非不懂。”夙未的声音凉凉地响起，与周遭热闹的氛围格格不入。

“圣上非臣，怎知臣心思？”肖准眉眼未动，话却已经带了几分强硬。

那人闻言轻笑起来，带点儿沙哑的声音让那话语中的情绪都变得不真实起来：“人心难测，但到底只是一颗人心罢了，在孤看来也无甚分别。”言及此处，那笑声蓦地收了，“你年少失亲，心中落寞，收养她不过是作为心思寄托。你欺她爱你，欺她年少蠢钝，欺她不敢违逆、僭越半步，所以便能日复一日地粉饰太平，等到终有一日演不下去，便将她一股脑推开，管她是死是活。”

顿了顿，那声音才平和下来，却带了种高高在上、冷眼俯瞰的无情：“多年过去，青怀侯仍未渡桥。而如今又要困住何人同你一起？”

这轻飘飘的几句话如同符咒一般将肖准钉在原地。

时隔多年，同样的情形再次出现，他依旧如同当初那个莽撞少年一般，被帝王三两下拆了防卫，一刀正中要害。他自知背负太多，此生注定孤苦困顿，实则给不起任何承诺，但为了心底渴求的那一丝温暖，他却执意以家人之名给她庇护。只是风一吹便溃散的牵绊，又能护一个人到几时呢？

不远处的高台两侧传来一阵吵闹的哄笑声，那里有几顶青绿色的帐子，烛火将里面更衣换装的伶人身影投在帐上，人影幢幢，好似一群妖娆的鬼魅即将倾巢而出。

帝王转身，长长的衣摆在地上拖出一道影子：“青怀侯可喜欢看戏吗？今日的这出戏平日怕是不大容易瞧见，切莫错过了最终的收场。”

肖准抬头望去，帝王的身影已消失在交错的光影之中。

彼时，他只模模糊糊有所预感，却并不能肯定即将会发生何事。而几个时辰之后，他才知晓这个残忍的答案。

思绪被不远处沉闷的回响声打断，肖准抬头，便见高耸的行宫宫门缓缓而开。

古木与青铜在石砖地上发出沉重的摩擦声，太阳还未完全升起，光线只照亮了半扇大门，其余的便隐没在阴影之中。

许久，半开的宫门后缓缓走出一个人影。那人穿着深赭色的衣裳，半披散着头发。她走得很慢，每一步都踏得虚浮，短短百步的距离，却走了一盏茶的工夫。终于，她踏出了那片阴影，晨光投在她脸上，越发显得那脸色白得像一张纸。

肖准张了张嘴，最终没有喊出对方的名字，只取了披风迎上前来：“可还好？”

肖南回缓缓抬头，对方焦急憔悴的脸映入眼中。

她牵了牵嘴角：“还好。”

肖准将披风围在她身上，目光落在她头发上。她发髻散了些，帽子也不知去

了何处，再往下，隐隐透着血的外裳草草罩着，带子也是胡乱地系着……

他猛地收回视线，想要伸出手去碰一碰那肩头，最终却顿住了："陛下他……是否为难你了？"

肖南回看着那只悬在自己肩头的手，心中那已经虚空的一角突然发出沉重的回响。

就在此时此刻，她突然想回他，是的，皇帝确实为难她了。可然后呢？然后又会怎样呢？她沉默了片刻，话到嘴边变成了另一句："义父昨日为何没有来听风楼赴约？"

肖准显然没有料到她会问出这个问题，滞了滞才答道："我……向来不喜吃鱼。"

肖南回怔怔地看着眼前的人，过了一会儿才突然笑了一下。那其实也说不上是笑，倒像一声叹息。

他可以说祭典流程繁杂，他代表侯府得提早入席，抑或可以说肃北营军务紧急，他一时抽不开身。可他都没有说，单单说了他不喜欢吃鱼。

他们真的很像，就连被迫说谎时狼狈的样子都几乎一模一样。

往昔，她很沉迷于这种相似，就好像她是他的一部分，间接证实了他们之间某种不可撼动的羁绊。可如今，她却被这种相似感刺痛了。

她脸上的神情落在肖准眼里，令他不忍再看，只能转过身去："我们回家吧。"

诚如那人所说，焦松县短短三日的时间，不过是天家手中的一场大戏。现在，他只盼望着这出戏快快落幕。

"义父。"肖南回突然出声，声音低低的，但在这空无一人的古桥头显得突兀而迫切。

肖准的身影顿住，并没有转过身来。她盯着那背影，突然有一种话在喉头哽咽难出的感觉。

那一句话已在那里卡了很久，久到几乎已经和她的血肉长在了一起。可今日有一股气在胸腹间蹿动，她觉得，如果不用刀子将那血肉中的疑问挖出来，她便要窒息、崩溃。

她深吸一口气，问出了那个她以为自己永远不会问出口的问题："义父可曾喜欢过南回？"

肖南回话一出口，肖准便似被针戳到一般，脸上涌上几分薄红，不知是惊还是窘。

肖南回看他这般反应，只觉得心往深渊更深处沉了沉。

大殿之上她的自白仍历历在目，偏殿中夙未的话也犹在耳边。过往的无数次猜测辗转中，她也曾想过，她在他身边多年，这点儿心思又不是一天两天了，他能全然不觉？可若他察觉，又不回应，她又当如何呢？

肖南回再开口，声音已带上涩意：“你到底……有没有……喜欢过我？”

肖准再也无法沉默，半晌开口道：“我拾得你那年不过一十九岁，你也只是六七岁的孩童，我念你身世凄苦，便以收作义女之名留你在府中，教你本领也是希望有朝一日你能不被人欺，在这世间立住脚，除此之外，不做二想。你的名字，我确有私心，你若不喜，待到许了人家可一并抹去。我未婚娶，也无子女，不知父女亲情该是何模样，但以长辈之心待你，未曾有过不诚之心——”

他说了许多，但落在肖南回心口只有二字——未曾。

“那便是未曾喜欢过。”肖南回陡然出声，打断了肖准的自白。为了这个迟来的答案，她等了许多年，蹉跎了许多岁月，耽搁了前行的脚步。

她想起姚易曾对她说过的话，如今想来，当真是分毫不差。

她看似强悍，实则懦弱。对肖准的爱慕从未让她变得坚强，只是年复一年地消耗她的勇气。白允的出现是一块从天而降的巨石，迫使她从那虚耗至今的旋涡中抽身。

人和人的差别是否可以通过后天的努力去补足呢？她曾经以为可以，可在听风楼上瞧见白允射出那一箭的瞬间，她便知道不可能了。

那支匆忙射出的黑羽箭，穿过听风楼的雕花窗棂，又穿过带着烟气的玥河上空，最后穿透层叠的人群和帝王左右的华盖，准确无误地到达了终点。

要想那样射箭，是要有天赋的。

可她没有天赋，她有的只是日复一日的苦练。即便如此，她的箭法依旧比不上对方。她与肖准之间也一样，即便她有与他朝夕相处的十数年，终究比不过少年时的那一点儿回忆。

她咬紧嘴唇，脸上的表情渐渐平静下来，只声音还有些颤抖：“义父可知，我随陛下在宿岩的时候曾经有一次差点儿跌落山崖，命丧黄泉？”

肖准无言。他知道她在岭西的那段时日发生了许多事，但从未细想过其中会有哪些曲折，更未想过那些曲折会如何改变眼前的人。

“白氏有一剑法高超的剑客，他曾以剑气伤我，而我当时身上穿着光要甲。那甲衣替我挡下了致命一击，可下一刻我置身悬崖之上时，那铁甲的重量却令我不断下坠，最终险些夺走我性命。

“义父传我武艺，教导我为人、修武学的道理，给我遮风挡雨的屋子，赐予我温热的饭食，就像这铁甲一般，给我庇护。可甲衣与我终究并非一体，我也终会有脱下它的一天，就像我终有一日……”她顿了顿，有些说不下去了。

但想到她为这一刻所鼓起的全部勇气、所经历的那一个个不眠的夜晚，她终究还是决定为这一切画上句点：“就像我终有一日还是会离开肖府，离开义父。”

空气一时凝结，心中的钝痛令她不知该做何表情。等她再抬起头时，便觉得

眼前肖准的脸似被蒙上一层雾气，看不真切了。

她多希望眼前的人说“不，你不用离开，我们会永远永远在一起”。然而她知道他不会。肖准永远不会对她说出这句话，因为他对自己做不到的事从来不会轻易许诺。她也知道，她说出这番话的那一刻，就注定了他们之间的关系即将无限疏离，再也回不到曾经那种亦亲人亦师徒的亲密关系。

她曾经贪恋那种亲密带来的温暖，并幻想着那种亲密有朝一日可以转化成她希望的那一种感情，可时间带给她的答案是残酷的。

现在，她终于亲耳听到了那个答案，无比清晰，震耳欲聋，像一记钟鸣在她心底敲响。

那就这样吧。没关系的。

这些本来就不属于她，她可以重新回到那个蛮荒贫瘠的世界中去。她本来就该属于那样的世界。

转身的一瞬间，她的泪水滚落下来，又在寒风中四分五裂，破碎无踪。

（未完待续）

图书在版编目（CIP）数据

解甲：全二册 / 八条看雪著. — 北京：北京联合出版公司，2023.3

ISBN 978-7-5596-6550-8

Ⅰ. ①解… Ⅱ. ①八… Ⅲ. ①长篇小说－中国－当代 Ⅳ. ①I247.5

中国版本图书馆CIP数据核字(2023)第010302号

解甲：全二册

作　　者：八条看雪
出 品 人：赵红仕
责任编辑：孙志文
特约监制：穆　晨　殷　希
封面设计：商块三
出版监制：辛海峰　陈　江
特约编辑：王苏苏　丛龙艳
产品经理：张梦璇　陈隽萱
内文排版：任尚洁

北京联合出版公司出版
（北京市西城区德外大街83号楼9层　100088）
北京联合天畅文化传播公司发行
天津中印联印务有限公司印刷　新华书店经销
字数 714千字　710毫米 × 1000毫米　1/16　37.5印张
2023年3月第1版　2023年3月第1次印刷
ISBN 978-7-5596-6550-8
定价：79.80元（全二册）

版权所有，侵权必究
未经许可，不得以任何方式复制或抄袭本书部分或全部内容
如发现图书质量问题，可联系调换。质量投诉电话：010-88843286/64258472-800

她献他以纯白的牺牲，他报她以漆黑的地狱。

绿宝石

上架建议：畅销·小说
ISBN 978-7-5596-6550-8
9 787559 665508 >
定价：79.80元（全二册）

U0914697

绿 宝 石
Fall into your light